Ein zerrissenes Land.
Ein tödliches Geheimnis.
Ein junger Mann auf der Suche nach der Wahrheit.

Als Matthew Neave an einem Septemberabend 1625 den Auftrag erhält, den Leichnam eines »Pestkindes« auf seinem Karren zur Pestgrube zu bringen, ist er wenig erfreut, willigt aber aufgrund der guten Bezahlung ein. Auf dem Weg zur Grube stellt Matthew jedoch fest, dass das Neugeborene lebt. Er nimmt den Jungen, den er Thomas tauft, bei sich auf und zieht ihn zusammen mit seiner Frau Susannah wie sein eigenes Kind groß.
Zehn Jahre später zeigt plötzlich ein unbekannter Wohltäter Interesse an Tom. Er kommt in London bei einem Drucker in die Lehre und findet sich in die neue Umgebung nur mit Widerwillen ein. Bald ahnt er, dass er nicht der Sohn eines Werftarbeiters aus Poplar ist, wie er bisher glaubte. Ein dunkles Geheimnis umgibt seine wahre Herkunft. Tom muss erkennen, dass ihn jemand lieber tot als lebendig sehen würde und seine Suche nach der Wahrheit alles andere als ungefährlich ist.

Peter Ransley stammt aus Leeds und lebt heute in London. Er arbeitet erfolgreich als Drehbuchautor für das britische Fernsehen, und sein großes Interesse gilt der Geschichte. Durch die intensive Beschäftigung mit dem englischen Bürgerkrieg entstand die Idee zu der Romantrilogie um den Druckerlehrling Tom Neave, deren Auftakt »Pestsiegel« ist. Die Arbeit am zweiten Teil hat der Autor mittlerweile abgeschlossen. Die deutsche Übersetzung wird ebenfalls im Fischer Taschenbuch erscheinen.

Weitere Informationen, auch zu E-Book-Ausgaben, finden Sie bei www.fischerverlage.de

Peter Ransley

Pestsiegel

Historischer Kriminalroman

Aus dem Englischen
von Maria Poets

Fischer Taschenbuch Verlag

MIX
Papier aus verantwortungsvollen Quellen
FSC® C083411

Deutsche Erstausgabe
Veröffentlicht im Fischer Taschenbuch Verlag,
einem Unternehmen der S. Fischer Verlag GmbH,
Frankfurt am Main, August 2012

Die Originalausgabe erschien 2011 unter dem Titel
»Plague Child« bei HarperPress, London.

Druck und Bindung: CPI – Clausen & Bosse
Printed in Germany
ISBN 978-3-596-18403-3

Pestsiegel

London um 1640

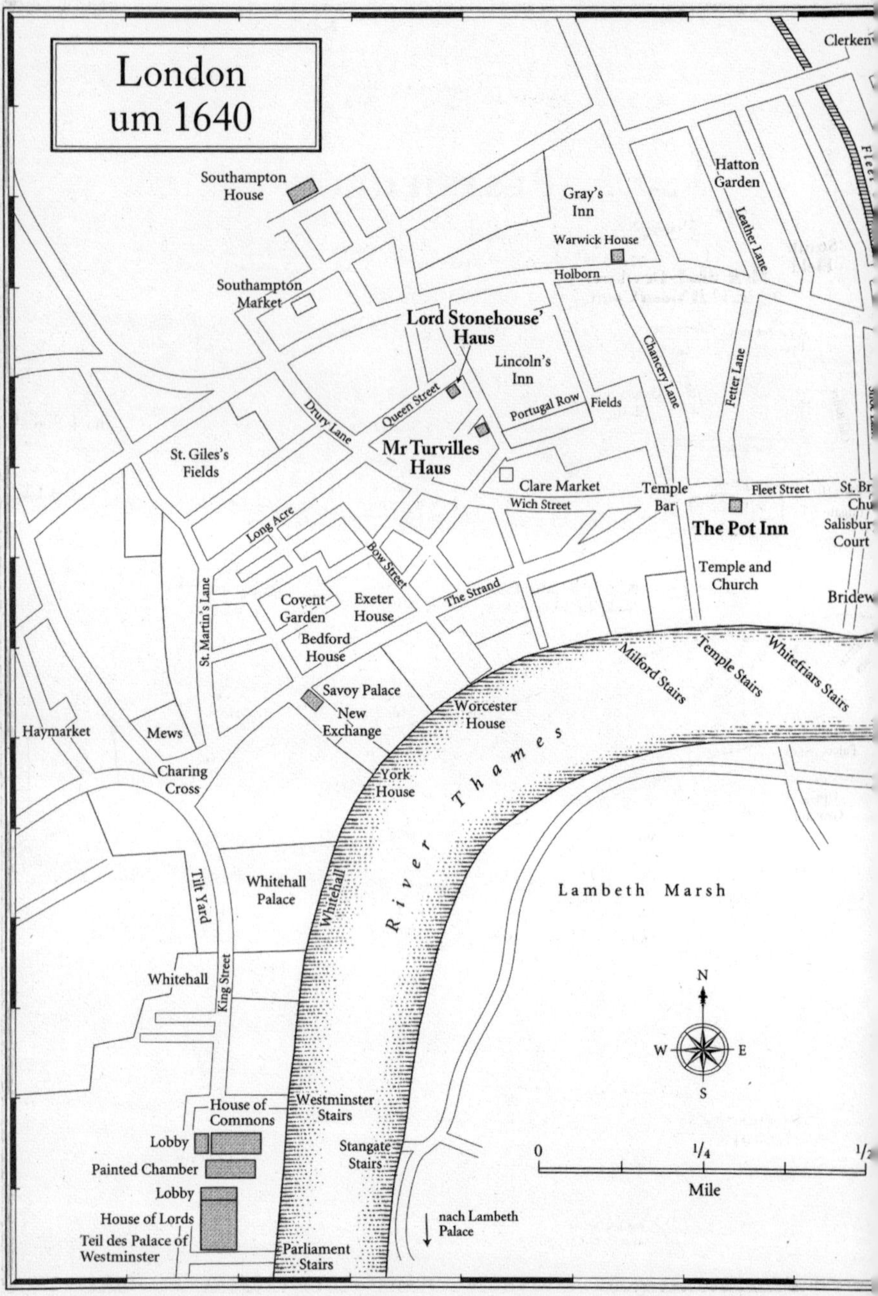
London
um 1640
Southampton House
Southampton Market
Gray's Inn
Hatton Garden
Leather Lane
Warwick House
Holborn
Lord Stonehouse' Haus
Lincoln's Inn
Portugal Row
Fields
Chancery Lane
Fetter Lane
Queen Street
Drury Lane
Mr Turvilles Haus
St. Giles's Fields
Clare Market
Wich Street
Temple Bar
Fleet Street
The Pot Inn
Temple and Church
Long Acre
Bow Street
The Strand
Covent Garden
Exeter House
Bedford House
St. Martin's Lane
Savoy Palace
New Exchange
Worcester House
Milford Stairs
Temple Stairs
Whitefriars Stairs
Haymarket
Mews
Charing Cross
York House
River Thames
Tilt Yard
Whitehall Palace
Whitehall
Lambeth Marsh
King Street
N
W
E
S
House of Commons
Westminster Stairs
Lobby
Painted Chamber
Lobby
House of Lords
Teil des Palace of Westminster
Stangate Stairs
0
1/4
Mile
nach Lambeth Palace
Parliament Stairs

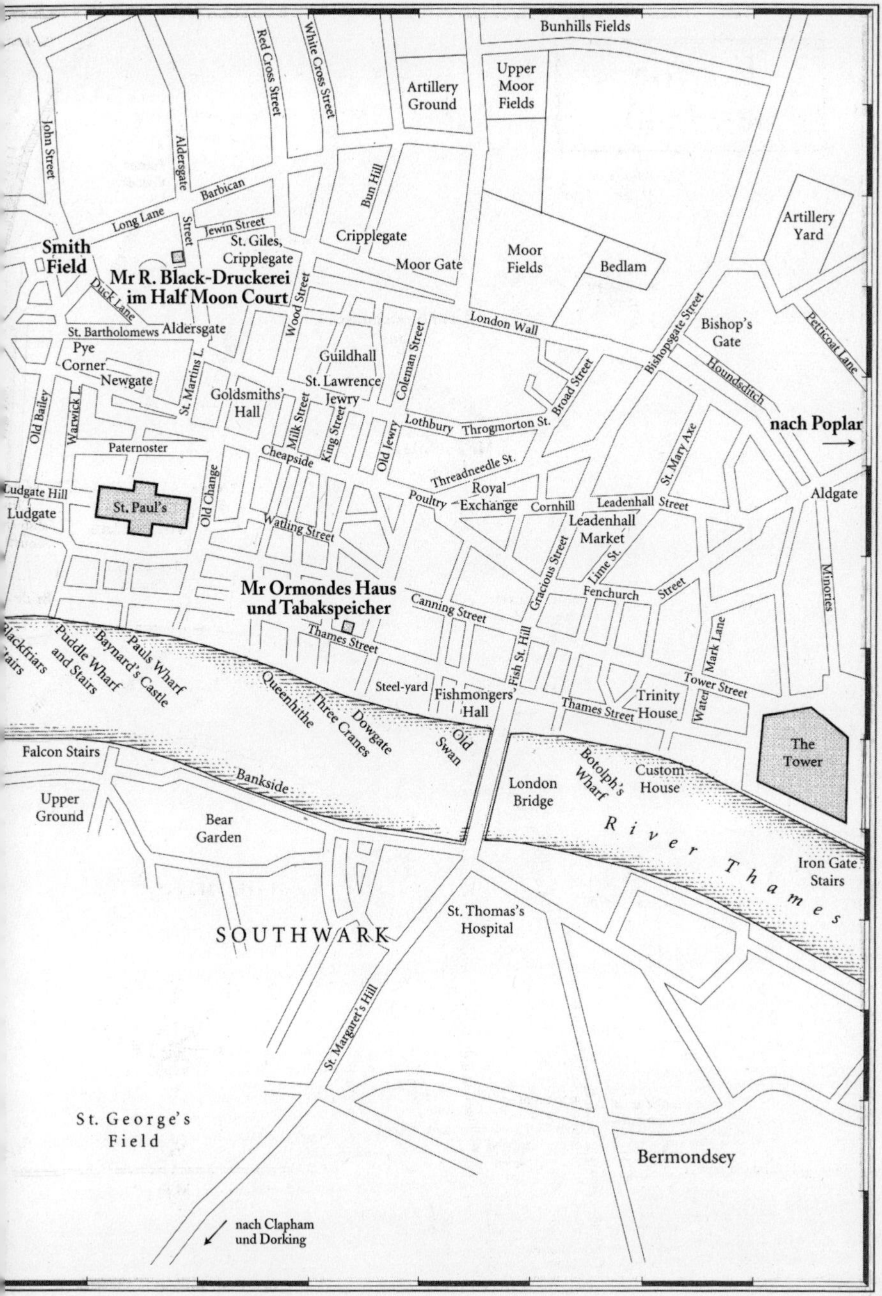
Bunhills Fields
Red Cross Street
White Cross Street
Artillery Ground
Upper Moor Fields
John Street
Aldersgate
Barbican
Long Lane
Street
Jewin Street
Bun Hill
Cripplegate
St. Giles, Cripplegate
Moor Gate
Moor Fields
Bedlam
Artillery Yard
Smith Field
Mr R. Black-Druckerei im Half Moon Court
Duck Lane
Wood Street
London Wall
Bishopsgate Street
Bishop's Gate
Petticoat Lane
St. Bartholomews
Aldersgate
Pye Corner
Newgate
St. Martins L.
Guildhall
Coleman Street
St. Lawrence Jewry
Goldsmiths' Hall
Broad Street
Houndsditch
Old Bailey
Warwick L.
Milk Street
King Street
Old Jewry
Lothbury
Throgmorton St.
nach Poplar
St. Mary Axe
Paternoster
Cheapside
Threadneedle St.
Ludgate Hill
Ludgate
St. Paul's
Old Change
Poultry
Royal Exchange
Cornhill
Leadenhall Street
Aldgate
Leadenhall Market
Watling Street
Gracious Street
Lime St.
Minories
Mr Ormondes Haus und Tabakspeicher
Fenchurch Street
Canning Street
Thames Street
Mark Lane
Fish St. Hill
Blackfriars Stairs
Puddle Wharf and Stairs
Baynard's Castle
Pauls Wharf
Queenhithe
Three Cranes
Dowgate
Steel-yard
Fishmongers' Hall
Old Swan
Tower Street
Thames Street
Trinity House
Water
The Tower
Falcon Stairs
Bankside
London Bridge
Botolph's Wharf
Custom House
Upper Ground
Bear Garden
River Thames
Iron Gate Stairs
St. Thomas's Hospital
SOUTHWARK
St. Margaret's Hill
St. George's Field
Bermondsey
nach Clapham und Dorking

Für Cynthia, Nicholas, Imogen,
Rebecca und Lochlinn

Prolog

Eines düsteren Abends im September des Jahres 1625 lenkte Matthew Neave den Karren mit den Toten, die er eingesammelt hatte, zum Ufer des Flusses Cherwell. Sieben Leichen: Viel würde man ihm nicht dafür zahlen.

Während die Pferde tranken, aß er das, was er an Brot und Käse noch übrig hatte. Das Brot war hart und trocken. Er weichte es mit etwas Bier aus seiner Flasche auf und wartete darauf, dass das Licht verschwand. Ehe es nicht dunkel war, näherte er sich niemals der Pestgrube.

Im Frühsommer, als die Pest in Oxford ausgebrochen war, hatten die Verwandten der Toten auf der Lauer gelegen, um den Karren abzufangen. Die Angst vor der Seuche wurde von der Furcht vor der Hölle besiegt, in der ihre Liebsten, und später sie selbst, würden leiden müssen, wenn sie kein christliches Begräbnis auf geweihtem Boden erhielten. Bei einem Kampf war Matthew niedergestochen und beinahe in die Grube geworfen worden, ehe die Wache gekommen war.

Doch als die Menschen starben oder flohen und der unbarmherzig heiße Sommer die Übriggebliebenen in dumpfer Apathie zurückließ, blieben solche Übergriffe aus. Gleichwohl setzte Matthew seine Flasche ab, als er das Geräusch eines galoppierenden Pferdes hörte. Unbemerkt tropfte Bier auf seine fleckige Barchentjacke, während er über die Christ Church Meadow starrte.

Wegen der Bäume konnte er den Reiter zunächst nicht ausmachen, aber das Tier war ein rotbrauner Wallach, das Pferd eines Edelmanns. Das Pferd trat aus den Bäumen hervor. Der Reiter war in Schwarz gekleidet. Er war maskiert, obwohl es kein heißer Tag gewesen war. Vielleicht enthielt die Maske einen kleinen Strauß aus Kräutern, die den Träger vor der Seuche schützen sollten. Aber Matthew wollte kein Risiko eingehen.

Er nahm das Messer, mit dem er den Käse geschnitten hatte, und zog sich zum Karren zurück. Der Gestank der verrottenden Leiber bot einen besseren Schutz als jede Waffe.

Wenige Meter vor ihm zügelte der Mann sein Pferd.

»Matthew Neave?«

Matthews Arbeit machte ihn zu einem Ausgestoßenen. Außer mit Susannah, die mit ihm lebte und deren religiöse Visionen ihr sagten, dass sie niemals an der Pest erkranken würde, sprach er – von den Toten einmal abgesehen – nur mit wenigen Menschen.

»Wer will das wissen?«

Der Mann nahm die Maske ab, hielt sich jedoch die Kräuter darin weiter vors Gesicht. Matthew ließ das Messer fallen und riss seinen Hut herunter, die Worte erstarben ihm in der trockenen Kehle. Das war kein Herr von hoher Geburt. Das Pferd war aus einem besseren Stall als der Mann, der es ritt. Aber für Matthew war Mr Eaton von weit größerer Bedeutung als jeder Edelmann.

Mr Eaton war der Verwalter von Lord Stonehouse. Als Findelkind hatte er es aus eigener Kraft zu etwas Grundbesitz gebracht, Feld um Feld zusammengekauft. Das mühsame Ringen hatte tiefe Furchen in seinem Gesicht hinterlassen. Am eindrucksvollsten war eine schartige Narbe, die sich von der rechten Wange bis zum Hals zog.

»Es gibt ein totes Kind in Horseborne. Bennets Farm.«

Mehrere Meilen entfernt, auf der anderen Seite des Shotover Hill, am Rand von Lord Stonehouse' Familienbesitz.

»Ein Pestkind, Sir?«

»Ja.«

Matthew wusste, dass das nicht stimmte, wusste, dass das Probleme gab. Er war an der Pest erkrankt, als er sechs war. Die quälenden schwarzen Beulen unter seinen Armen waren aufgeplatzt, aber er hatte überlebt. Den Rest seiner Familie hatte man auf den Karren geworfen und ihn allein im Haus eingesperrt.

Die Pestordnung, die ohne Zweifel die Ansicht der meisten Menschen widerspiegelte, dass es sich bei der Krankheit um eine Strafe Gottes handele, schrieb vor, überlebende Opfer für vierzig Tage und vierzig Nächte unter Quarantäne zu stellen. Mehr als einen Monat lang war Matthew eingesperrt gewesen, am Leben erhalten allein durch die dicke Suppe und das dünne Bier, das der einzige Nachbar, der sich in seine Nähe wagte, ihm durch das Fenster reichte.

Da die wenigen Überlebenden der Pest nie wieder daran erkrankten, versorgte ihn die Krankheit, die Matthew beinahe getötet hatte, jetzt mit Brot und, in einem Pestjahr wie diesem, sogar mit Fleisch. Manche Menschen hielten Matthew für einen Hellseher und Heilkundigen, denn es hieß, er könne vorhersagen, wer an der Krankheit stürbe und wer überlebe. Vielleicht wahrte der Verwalter jetzt nicht nur wegen der Leichen Abstand, sondern auch, weil er diese Geschichten ebenfalls gehört hatte.

Matthew kratzte sich am Kopf. Er kannte jeden Fall im Umkreis von zwanzig Meilen. Manche mochten der Quarantäne entgangen sein, aber das war unwahrscheinlich. Noch unwahrscheinlicher war es, dass die Seuche sich immer noch ausbreitete. Die schneidende Kälte in der Luft und die geringer werdende Anzahl an Leichen verrieten ihm, dass der Ausbruch so gut wie vorüber war.

Langsam schüttelte Matthew den Kopf. »Horseborne, Sir? Kann nicht sein.«

So mühevoll, wie er seinen kleinen Grundbesitz aufgebaut hatte, so sorgsam hatte Mr Eaton auch an seiner Art zu sprechen gearbeitet. Anders als Matthew mit seiner langsamen, verwaschenen Sprechweise ahmte er den kühlen, spöttischen Tonfall der über ihm Stehenden nach.

»Ich fürchte, es kann sein. Sie breitet sich immer noch aus.«

Die Wolken hatten inzwischen schwarze Ränder, und der Wind frischte auf. Als wüssten sie, dass es ein kurzer Abend werden würde, machten die Mauerschwalben Sturzflüge über das Wasser, um Fliegen zu fangen. Schon bald würden sie davonfliegen, ganze Schwärme von ihnen, und im Himmel verschwinden. So wie die Schwalben wussten, dass es keine Fliegen mehr gab, wusste Matthew, dass es in Horseborne keine Pest gab.

»Ich sammle es morgen ein.«

Trotz seiner Angst, sowohl vor den Leichen im Karren als auch wegen des Fluchs, mit dem Matthew ihn möglicherweise belegen könnte, drängte Mr Eaton sein Pferd dichter heran. Sein Tonfall wurde wieder zu einem bäuerlichen, gedehnten Singsang mit scharfem Unterton.

»Du wirst es heute holen.«

»Es gibt keine Papiere«, erwiderte Matthew starrsinnig.

Nicht alle Menschen, die in der Grube endeten, waren Opfer der Pest. Um die Armen machte sich niemand übermäßig Sorgen, aber als ein Bauer umgebracht und in die Grube geworfen worden war, hatten die Wachen Matthew eingebläut, wie wichtig die Papiere seien, mit denen sie vor seiner Nase herumfuchtelten, ehe sie ein versiegeltes Pesthaus öffneten. Und Susannah hatte Matthew eingeschärft, niemandem, den Gott nicht mit der Pest gestraft hatte, ein christliches Begräbnis zu verweigern.

Aus einem Beutel am Sattel zog Mr Eaton ein Dokument hervor. Er machte sich nicht die Mühe, näher heranzukommen, da er nicht erwartete, dass Matthew es lesen konnte. Das Papier allein genügte. Später konnte Matthew sich nicht entsinnen, ob es unterschrieben gewesen war, aber der Anblick von Falkenklauen, die einen Schild umklammerten, hatte sich in sein Gedächtnis gebrannt. Es war Lord Stonehouse' Siegel, und dessen Wort war Gesetz.

Der Wind beugte die Bäume über Matthew, und was von der Sonne übrig war, verbarg sich hinter dunklen Wolken. Er würde eine Stunde brauchen, um nach Shotover Hill zu gelangen – dorthin, wo auch der Bauer, der betrunken vom Markt zurückgekehrt war, ermordet worden war. Anschließend würde er nach Oxford zurückkehren und am nächsten Tag ein gebrochenes Rad oder ein lahmes Pferd vorschieben. Er ging zu seinen Tieren.

»Dann breche ich besser auf«, sagte er.

»Du wirst tun, was ich sage! Keine Ausflüchte!«

Matthew starrte ihn an. Der Verwalter hatte den Ruf, sich vor nichts zu fürchten, aber irgendetwas hatte ihn erschreckt. Er hatte die Worte so heftig hervorgestoßen, dass ihm die Kräuter, die er sich vor den Mund gehalten hatte, aus der Hand fielen. Gleichwohl lenkte er sein Pferd noch näher.

»Hier!«

Etwas Silbernes blitzte auf. Matthew fing die Münze ebenso geschickt wie eine Schwalbe Fliegen fängt. Seine Haltung veränderte sich.

»Danke, Sir!«

»An der Grube bekommst du noch eine. Und kein Wort – verstanden?«

Matthew verstand, dass zwei halbe Kronen eine ganze ergaben. Und dass Mr Eaton an der Grube auf ihn warten würde, um sicher zu gehen, dass er seine Aufgabe zu Ende brachte.

Der Regen setzte ein, kurz nachdem Matthew die Wiese hinter sich gelassen hatte. Heftige Böen durchnässten ihn, während er fluchend auf die Pferde eindrosch. Nur mit Mühe und rutschend kam er den Shotover hoch. Sobald er über die Kuppe war, holte er die Silbermünze heraus, um seine Stimmung zu heben. Eine halbe Krone. Erst dieses Jahr anlässlich der Krönung Charles I. frisch geprägt.

Sie half Matthew zu vergessen, dass er bis auf die Haut durchnässt war. Eine halbe Krone! Das war mehr, als ein Tagelöhner in einem Monat verdiente. Und an der Grube würde er noch eine bekommen!

Er war so mit der Münze beschäftigt, dass er die herannahende Kutsche nicht wahrnahm. Der Kutscher peitschte die Pferde, damit sie am Fuß des Hügels Fahrt aufnahmen. Klappernd und holpernd rollte Matthews Karren den Hügel hinunter und war auf die Mitte des Fahrwegs geraten. Matthew riss an den Zügeln, und Funken flogen, als er erfolglos die Bremse zog.

Die Pferde der näherkommenden Kutsche bäumten sich auf. Matthew erhaschte einen Blick auf das zornige Gesicht des Kutschers und spürte das Brennen eines Peitschenhiebs auf seiner Wange. Er ließ die Zügel los, und der Karren schlingerte durch den Dreck. Mit einem knirschenden Geräusch kratzte Holz über Stein.

Fluchend schrie er der Kutsche hinterher, dann suchte er nach der Münze, die ihm aus der Hand geglitten war. Er schob eine der Leichen beiseite, die aus dem Karren gefallen war, bis er schließlich aufgab und verzweifelt den Kopf hängen ließ. Dann dachte er an die andere Silbermünze, die bei der Grube auf ihn wartete. Er warf die Leiche zurück zu den anderen auf dem Karren und bedeckte sie mit den dicken Bündeln aus Heu, mit denen er seine Fracht verbarg.

Als er kurz vor Horseborne den Weg zur Bennets Farm entdeckte, war das eine Rad verbogen und rieb an der Seite des Karrens. Der Name des Hofes sagte ihm etwas, aber er konnte sich nicht daran erinnern, was es war.

Der Weg war eine dicke, zähe Masse aus Schlamm, Blättern und Dung, pockennarbig von den Hufen der Rinder und Pferde. Darüber lagen die frischen, tiefen Spuren einer Kutsche.

Inzwischen war es fast dunkel, der Regen hatte nachgelassen und tröpfelte nur noch von den Bäumen. Der Karren rumpelte und hüpfte durch ein kleines Wäldchen. Ein Zweig zerrte an Matthews Hut, ehe er das offene Tor zum Hof erreichte.

Vor der Tür des wohlhabend aussehenden Bauernhauses aus Flechtwerk und Lehm hielt er an. An der Tür war kein rotes Kreuz. Und noch etwas stimmte nicht.

Es gab keinen Hund. Wer hatte je von einem Bauernhof ohne Hund gehört? Dann fiel es ihm wieder ein. Bennet war der Bauer, der ermordet worden war. Mr Eaton hatte den Hof gekauft, um ihn seinem benachbarten Land hinzuzufügen, und noch keinen neuen Pächter gefunden.

Mit wachsendem Unbehaben näherte er sich der Tür und blieb abrupt stehen. Ein Paar funkelnder Augen beobachtete ihn aus den Büschen heraus. Er wollte schon davonlaufen, als er bemerkte, dass die Augen nicht blinzelten. Sie bestanden aus Juwelen und zierten den Kopf eines Falken, dem Mittelstück eines prachtvollen Anhängers, dessen goldene Kette sich in den Büschen verfangen hatte. Matthew wusste, woher er stammte. Es würde ein Finderlohn darauf ausgesetzt sein – eine beträchtliche Summe. Er hatte das Silber verloren, aber Gold gefunden. Er stopfte die Kette in seine Tasche und klopfte an die Tür.

Er hatte die Witwe Martin erwartet oder eine andere besoffene Hebamme, doch die Frau, die ihm öffnete, war ein weiterer Schock für ihn. Wie Mr Eaton gehörte auch sie nicht zum Adel. Kate Beaumann war die Gesellschafterin einer vornehmen Dame, ebenso gottesfürchtig, wie ihr schlichtes schwarzes Gewand vermuten ließ, und sie war offensichtlich genauso erschrocken darüber, ihn zu sehen, wie er über ihren Anblick. Sie kannten einander, denn es war erstaunlich, wie viele Menschen aus allen Schichten die Dienste eines Heilkundigen in Anspruch nahmen. Sie hatte ein herzliches, freundliches Gesicht, das Matthew an den guten Nachbarn erinnerte, der ihn während der Pest am Leben erhalten hatte. Sie war Mitte zwanzig, aber in ihrem Haar waren bereits graue Strähnen zu sehen, und ihre Augen waren rot vom Weinen. Ihr Kleid war, wie ihre Unterschuhe, dreckbespritzt.

Er berührte seinen tropfenden Hut. »'N Abend, Miss Beaumann.«

Ohne ein Wort bedeutete sie ihm, ihr zu folgen. Hastig schloss sie eine der Türen, doch er hatte bereits einen Blick auf ein schwach glühendes Feuer und den hastig abgedeckten, blutbespritzten Boden erhascht. Sie führte ihn in einen Stall, in dem der Bauer wohl seine kranken Tiere untergebracht hatte. Auf dem Stroh lag ein kleines, in eine Leinenschürze gehülltes Bündel.

»Nimm ihn.«

Als er sich nicht rührte, hob sie das Ding auf und stieß es Matthew in die Arme. Das kleine Bündel war kalt und feucht. Ein Teil des Tuches, mit dem es bedeckt war, rutschte zur Seite und gab den Blick auf das Gesicht des Säuglings frei, ohne die verräterischen Pestbeulen oder Narben. Das Kind wirkte auf Matthew, als sei es totgeboren oder kurz nach der Geburt gestorben.

»Er sieht nicht aus wie ein Pestkind«, sagte er.

Die Rauheit in Kate Beaumanns Stimme überraschte ihn. »Für uns war er die Pest«, sagte sie.

Ohne ein weiteres Wort ging Matthew und rannte fast zum Karren. Er nahm die Schürze an sich, ehe er das Baby auf den

Karren warf und es mit einem Bündel Stroh zudeckte. Die Schürze war aus feinstem Leinen gefertigt, das möglicherweise sogar aus Flandern stammte. Kate Beaumanns schmutziger Rock legte nahe, dass sie das Kind auf das Feld geworfen hatte, damit es starb. Das war ebenso verbreitet wie der Tod selbst. Matthew trank den letzten Schluck Bier, ehe er sich daran machte, den Shotover ein weiteres Mal zu überwinden.

Die Frage war, warum Kate das Kind nicht einfach dort gelassen hatte. Oder es vergraben hatte. Oder es in den Fluss geworfen hatte. Babys sahen sich ziemlich ähnlich. Aber Leichen konnten gefunden werden.

Mr Eatons Drängen und Angst zeugten deutlich davon, dass das nicht geschehen durfte. Vielleicht hatte das Kind besondere Gesichtszüge oder ein Muttermal. Wenn das der Fall war, war die Grube die ideale Lösung für das Problem.

Eingesetzt zur Bekämpfung der Pest, fraß sich der Kalk rasch in die Leiber und Gesichter und verwandelte sie innerhalb weniger Tage in einen nicht wiederzuerkennenden Schleim. Niemand würde sich der Grube nähern und schon gar keine Leiche daraus hervorholen. Jemand wollte verhindern, dass man die Gesichtszüge des Kindes auf der Ladefläche seines Karrens erkannte oder vorgab, sie zu erkennen.

Matthew zuckte mit den Schultern. Seine Hand schloss sich um den Anhänger, bis er die Umrisse des juwelenbesetzten Vogels und die Glieder der Kette ertastete, eines nach dem anderen. Dann hielt er inne, und er hörte auf, sie zu streicheln. Was, wenn man ihn verdächtigte, das Schmuckstück gestohlen zu haben? Es war riskant, viel zu riskant, es zurückzugeben. Die Pferde, die den Karren immer langsamer zogen, brauchten neue Hufeisen, und der Schmied würde das Gold einschmelzen. Die herausgebrochenen Edelsteine konnte er einzeln auf der Witney Fair oder in Oxford verkaufen, zusammen mit der Leinenschürze, die Susannah waschen und plätten konnte.

Auf diese Weise grübelte er vor sich hin, und das Schaukeln des Karrens ließ ihn in einen Halbschlaf sinken. Allmählich rutschten ihm die Zügel aus den Fingern, bis er den ersten holperigen Schrei vernahm.

Er musste eingeschlafen sein und geträumt haben. Hier gab es nichts als den Wind, die erschöpften Fehltritte der Hufe und das Knarzen des Karrens. Aber da war es erneut. Unmissverständlich. Der Schrei eines Babys.

Hatte er nicht von Anfang an befürchtet, dass etwas nicht stimmte? Hatte Susannah ihn nicht ein ums andere Mal davor gewarnt, jemanden, der nicht an der Pest gestorben war, in die Grube zu werfen? Das Kind war mausetot gewesen – und jetzt war es zurückgekehrt, um ihn heimzusuchen!

Als der Schrei zu einem kläglichen Wimmern wurde, bekreuzigte Matthew sich voller Entsetzen und trieb die Pferde an, um dem Geist zu entfliehen, von dem er überzeugt war, er würde ihn bis in die Hölle verfolgen. Es war die Hölle, der er als Kind irgendwie entkommen war, aber er wusste, dass er schon immer für sie bestimmt gewesen war. Seine Hölle war keine Feuergrube, sondern eine voller Leichen, die langsam zerfressen, verbrannt und wieder erschaffen wurden, nur um erneut zerfressen und verbrannt zu werden und sich bis in alle Ewigkeit im ätzenden Kalk zu winden.

Teil I
Half Moon Court

November 1641 – September 1642

1. Kapitel

Das war die Geschichte, die ich schließlich dem Mann entlockte, den ich für meinen Vater hielt, Matthew Neave. Es gab verschiedene Versionen, jede farbenprächtiger als die vorige, und natürlich erzählte er auch, was danach geschah. Aber alles zu seiner Zeit.

Wir lebten in Poplar, von dem manche Leute sagten, es sei eine Gegend voll Heiden und Barbaren, weil es außerhalb der Mauern Londons lag und wir keine Freien waren. Ich verstand das nicht, denn in Poplar Without, wie es naserümpfend genannt wurde, hatten wir viele Freiheiten. Es gab wenige Gesetze, und einen Constable habe ich dort nie zu Gesicht bekommen. Ich liebte es dort. Benannt nach den hohen wohlgestalteten Pappeln, welche die High Street und die Marsch säumten, war es immer noch zur Hälfte Farmland. Rinder wurden gezüchtet, die nur wenig Fett verloren, wenn sie von den Viehhändlern den kurzen Weg nach Smithfield getrieben wurden. Aber die Bauern wurden zurückgedrängt von der Vielzahl kleiner Häuser, von denen jeden Tag mehr aus dem Boden schossen.

Diese Häuser waren anders als die hohen Gebäude in der Stadt, die mich mit Ehrfurcht erfüllten, als ich sie zum ersten Mal sah. Die fröhlichen Fachwerkhäuser mit ihren engen Giebelfronten boten einigen der ersten Hugenotten, die aus Frankreich geflohen waren, eine Heimstatt. Diese brachten mir bei, meinen Hut einen »Schapo« zu nennen und den Papst in Frankreich zu verfluchen. Vor allem jedoch waren die Häuser für Werftarbeiter wie Matthew errichtet worden.

Besucher aus der Stadt nannten die Schiffsbauer einen scheinheiligen Haufen, denn sie seien, so behaupteten sie, ehrlose Gesellen, die nicht der Zunft der Schiffsbauer angehörten und außerhalb der städtischen Gerichtsbarkeit standen. Aber für mich waren sie Zauberer, die große Schiffe in ihren Köpfen herumtrugen. Auf der Werft in Blackwell sah ich, wie diese Visionen zu Schiffsrümpfen wurden, dann zu Gerippen, Bug und Masten wuchsen empor, während ich Eimer voll Pech schleppte oder Matthew eine Krummaxt in die Sägegrube brachte.

Wenn der Schnee die Hundeinsel bedeckte und das Eis auf der Themse allmählich dicker wurde, war es hier immer noch warm. Mit nackten Füßen und nichts am Leib außer Kniehosen füllte ich die Eimer mit Holz und Kohlen und trug sie zu den Feuern, über denen das Pech gekocht, das Eisen gehämmert und gegossen und der Dampf erzeugt wurde, über dem das Holz gebogen wurde. Wie ein Wunder kam es mir vor, wenn das Holz am Ende genau die Form hatte, die den Zeichnungen des Schiffszimmermanns entsprach.

Manchmal, wenn ein Schiff fertig werden musste, brannten die Feuer die ganze Nacht über. Kein Wunder, dass es auf die wohlhabenden Stadtleute, welche die Schiffe in Auftrag gaben, wie die Hölle auf Erden wirkte. Und es roch wie die Hölle. Bei Ostwind gesellte sich der Rauch aus den Kalkgruben von Limehouse zu dem der Kohlen, und zusammen ergab es einen beißenden giftigen Odem.

Wir lebten in Hütten, von denen viele ärmlich waren, aber ich war glücklich. Im Gegensatz zu meinen Kameraden wurde ich nicht geschlagen. Matthew schlug manchmal Susannah, besonders, wenn er seinen Lohn ausbezahlt bekommen hatte und im Black Boy oder dem Green Dragon gewesen war; aber mich schlug er nie. Er schrie mich an und verfluchte mich, und manchmal fuhr seine Hand zum Gürtel oder sammelte einen Scheit Holz auf, aber im letzten Moment hielt er sich zurück, sah mich merkwürdig an und ging murmelnd davon.

Einmal fragte ich ihn, warum er mich niemals schlug.

Er lachte, als wollte er nie wieder aufhören. »Wollen der Herr etwa geschlagen werden?«

»Nein, Vater, aber jeder sonst wird geschlagen.«

Er versetzte mir eine Kopfnuss und wischte mir die Kappe vom Kopf, aber in dem Schlag lag nicht mehr Kraft als in den Klapsen, die Susannah mir gab.

»Da«, sagte er. »Ist dem Herrn es so recht?«

»Nein«, erwiderte ich, »aber das waren auch keine Schläge.«

Er hörte auf zu lachen. »Du bist ein sonderbares Kind«, sagte er.

Ich glaubte nicht, dass ich sonderbar war, aber mir stießen merkwürdige Dinge zu. Die meisten Kinder, die ich kannte, hatten nur eine vage Vorstellung davon, wann sie geboren worden oder wie alt sie waren. Es gab einfach zu viele von ihnen. Aber ich wusste, dass ich im Jahr der Krönung von König Charles geboren wurde, gegen Ende September. Ich sage, gegen Ende, denn der Tag schien zu variieren. Doch stets war es kalt geworden, Nebel hing über dem Marschland, und die trockenen Samenschoten der Sumpfpflanzen klapperten im Wind. Mit dem ersten Licht stand ich auf, die Lider noch verklebt, nahm einen Kanten Brot und etwas Käse von Susannah, und sie sagte: »Die Irrlichter waren da, Tom.«

Dann riss ich die Augen auf, ließ den Brotkanten fallen und rannte zur Vordertür. Auf der Schwelle lag ein Kuchen, mit Zuckerguss und dem Namen TOM in dicken Buchstaben aus gelbem Marzipan darauf. Das Innere war hellgelb und mit Früchten gefüllt, und es war der köstlichste Kuchen, den wir je aßen, wobei ich sagen muss, dass es der einzige Kuchen war, den wir je bekamen. Wir besaßen keinen Ofen, und der Bäcker in der High Street verkaufte nur Brot und Pasteten. Ich suchte im Moor, aber den Ofen der Irrlichter fand ich nie. Matthew warnte mich, sie niemals zu fangen oder sie auch nur anzusehen, oder sie würden mich ebenfalls backen. Und dann würde TOM nicht nur auf dem Kuchen, sondern auch darin sein.

Aber ich war entschlossen, sie zu fangen, und eines Abends im nebligen September, bei richtigem Irrlicht-Wetter, bettelte ich Susannah an, mich zu wecken. Ich musste fünf oder sechs gewesen sein, und eine ganze Woche lang erhob ich mich zitternd und starrte verschlafen durch die Löcher im Ölpapier des Fensters.

Am fünften Morgen döste ich ein und wachte mit einem Ruck wieder auf. Ich lehnte mich aus dem Fenster. Dort stand der Kuchen! Ich hatte sie verpasst! Die Straße war leer, bis auf eine Frau mit einem weiten grauen Umhang und spitzem Hut, wie Hexen ihn trugen. Sie musste mich gehört haben, denn sie blieb stehen und drehte sich langsam um. Im letzten Moment duckte ich mich, zitternd und voller Angst, sie könnte ein verkleidetes Irrlicht sein und mich augenblicklich in einen Kuchen verwandeln. Als ich mir schließlich zugeredet hatte, ich sei albern (ich führte ständig solche Gespräche mit mir selbst, wie alle einsamen Kinder es tun) und erneut nachschaute, war sie im wabernden Nebel verschwunden.

Eines Ostersonntags nach dem Gottesdienst sah ich den Kuchen im Vestibül der Kirche. Er sah genauso aus wie immer, und das Marzipan glitzerte, aber beim Namen hatten sie einen Fehler gemacht. Statt meines Namens stand dort GLORIA. Ich nahm ein Messer, das neben dem Kuchen lag. Ob ich meinen Namen darauf schreiben oder mir ein Stück abschneiden wollte, erinnere ich nicht mehr, aber das Messer wurde mir vom Pfarrer, Mr Ingram, entwunden, und dann begann er, mich zu verprügeln. Susannah hörte den Lärm und sprang mir bei.

»Dies ist Tom.«

»Ah. Tom. Ja. Ich erinnere mich.«

Es sollte noch eine ganze Weile dauern, bis ich erfuhr, an was er sich erinnerte. In diesem Moment erntete ich indes wieder einmal diesen sonderbaren Blick. Unter Tränen versuchte ich ihm zu erklären, dass es *mein* Kuchen sei, nicht Glorias! Ich weiß noch, dass er verblüfft war, weil ich lesen konnte. Doch dazu war es wie folgt gekommen:

Susannahs größter Schatz, praktisch ihr einziger Besitz, war ihre Bibel. Sie konnte nicht lesen, aber vom Gottesdienst in der Kirche kannte sie ganze Passagen auswendig und wusste, wo sie zu finden waren.

»Selig sind die Armen und Sanftmütigen«, sagte sie zum Beispiel und fuhr mit dem Finger über die Textstelle, »denn sie werden Gott sehen.«

Voll Staunen starrte ich auf die Passage. Ich wusste, dass wir selig sein mussten, denn ich erkannte wohl, wie ärmlich unsere winzige Kammer war, in die der Wind durch die Spalten des Ölpapiers am Fenster zog, auch wenn ich Gott nicht sehen konnte.

Ich glaubte, wenn ich die Worte verstünde, würde ich Ihn sehen. Eines Tages deutete ich auf eine Textstelle und sagte zu Susannah: »Ich … bin … der … gute … Hi…«

»Hirte!«, rief sie laut.

Das Leben war für sie ein einziges Gleichnis, so dass sie es für ein Wunder hielt. Plötzlich war mir die Gabe des Lesens verliehen worden. Zitternd und mit Freudentränen in den Augen zog sie mich auf die Straße, damit die Nachbarn davon erfuhren.

Eine skeptische Frau öffnete das Buch an einer Stelle, die Susannah niemals rezitiert hatte. Als ich stumm auf die Seite blickte, hielt Susannah mich zunächst für verstockt. Dann glaubte sie, einen Fehler gemacht zu haben, indem sie mich vorführte wie einen Tanzbären und dass Gott seine Worte zur Strafe zurückgenommen hätte.

Sie war so getroffen von diesem Gedanken und dem Grinsen und den Witzen der Nachbarn, dass ich zu den Passagen blätterte, die sie so oft für mich rezitiert hatte, dass ich sie auswendig kannte, und tat, als würde ich sie vorlesen. Ich stockte und stotterte sogar ein wenig, so dass Susannah, deren Gesicht erneut Freude zeigte, mich korrigieren konnte.

Die Nachbarn waren von Ehrfurcht ergriffen, und um diesen Ruf nicht zu verlieren, verwendete ich meine ganze Sorgfalt darauf, so glaubhaft wie möglich zu wirken. Und an jenem Tag, als ich glaubte, jemand hätte mir meinen Kuchen gestohlen, begann Mr Ingram persönlich mich zu unterrichten. Er erklärte, dass es sich bei dem Kuchen um einen Osterkuchen handelte, mit Safran und Früchten aus dem Osten, ein Symbol der Auferstehung und der Wiedergeburt. Ich begriff nicht, was das mit dem Kuchen auf unserer Türschwelle zu tun hatte, oder wer Gloria war, es sei denn, sie war eines der Irrlichter. Er lachte und sagte, es sei überhaupt kein Name, sondern die Kurzform für *Gloria in Excelsis Deo*. Ehre sei Gott in der Höhe.

Und das war meine erste Lektion in Latein.

Eines Tages, als ich acht war, kam ein bedeutender Edelmann, um die *Resolution* zu inspizieren, ein fünfhundert Tonnen schweres bewaffnetes Handelschiff, an dem er beteiligt war. Seine Flagge flatterte am Mast; ein Falke mit erhobener Klaue. Ich sah, dass der Herr mich anstarrte, als ich einen Eimer mit kochendem Pech abstellte und ging, um den nächsten zu holen. Er sagte etwas zum Schiffszimmermann, der etwas zu Matthew hinüberrief. Neugierig wandte ich den Blick von dem Pech ab, das ich gerade abzapfte, und die heiße Masse spritzte auf meine nackten Beine. Ich hatte mich zuvor schon verbrannt, aber noch nie so übel wie dieses Mal.

Schreiend rannte ich zur Pumpe, um die Beine in Wasser zu tunken, doch der Edelmann bestand darauf, dass ein Bader gerufen wurde, der meine Wunde verband und mir ein Stärkungsmittel gab. London Treacle war eine Mischung aus in Wein gelösten Kräutern und Honig, und manche Männer behaupteten, sie würden sich selbst etwas antun, um es zu bekommen. Es war der erste Wein, den ich jemals trank. Ich lag im Kontor des Schiffsbauers, inmitten von Zeichnungen und Schiffsmodellen, die er anfertigte, ehe sie das richtige Schiff bauten, und schlief ein.

Träumte ich von dem Edelmann, weil er so freundlich zu mir gewesen war? Oder hat er sich tatsächlich über mich gebeugt? Ich weiß es nicht, aber ich habe eine vage Erinnerung an das Gesicht eines alten Mannes, der unter den Lippen eher ein feines Büschel Haare anstatt eines Bartes trug. In einem Moment lächelte er, im nächsten wurden seine Lippen schmal. Auch seine dunklen Augen wirkten einmal düster und besorgt, nur um dann mit einer eindringlichen, furchteinflößenden Klugheit auf mich herniederzustarren, als könnten sie sich geradewegs in mein Herz und meine Seele bohren, wie das Messer eines Baders.

Als wir uns für den Heimweg bereit machten, fragte ich Matthew nach ihm und sagte, er habe besorgt und freundlich ausgesehen. Matthew lachte bitter auf.

»Freundlich? Aye, und wie freundlich er ist. Einer dieser adligen Kerle, der so freundlich ist, dich nach Paddington Fair zu schicken.«

Er blickte mich nicht an, sondern starrte auf den Fluss, wo die Gezeiten gerade wechselten und ein Boot abgetrieben wurde. In seinen Geschichten erzählte er mir oft, dass wir eines Tages mit der Flut zu einem weit entfernten Land aufbrechen würden, und ich dachte stets, das seien nichts als Geschichten. Doch jetzt lag etwas in seiner Stimme, das mir verriet, dass er am liebsten auf diesem Boot wäre. Ich umklammerte seine Hand.

»Paddington Fair? Er will mich nach Tyburn schicken? Das würde er nicht tun! Warum? Was habe ich getan?«

Er lachte. »Nix! Weißt du denn nicht, wann ich einen Scherz mache?«

Er tat immer noch so, als hätte er einen Witz gemacht, als er mit mir zu einem Feuer am Rande des Hofes ging, an dem nur wenige Menschen saßen.

Manche Leute am Hafen sagten, Matthew sei ein Hellseher, weil er ihre Daumennägel polierte, bis sie im Feuerschein glänzten, und dann ihre Zukunft darin sah. Ich hatte ihn oft angebettelt, mir meine zu verraten, aber er hatte sich stets geweigert. Jetzt warf er ein paar Scheite ins Feuer, hockte sich daneben und starrte in die Flammen.

Ich hatte gesehen, wie er das bei anderen machte. »Erzählst du mir jetzt meine Zukunft?«, fragte ich und polierte aufgeregt meinen Daumennagel.

Er grinste. »Nein, Tom. Für deine Zukunft brauche ich mehr als einen Nagel.«

Sein vom Feuer erhelltes Gesicht schien nur noch aus Augen zu bestehen. Der Hafen war still. Das hektische Rufen, das Hämmern, Sägen und Schwenken der Balken war vorbei. Der Edelmann war mit dem Schiff zufrieden, und sie brachten die Leinwand an Bord, bereit, die Segel zu hissen. Zwei Männer näherten sich streitend. Matthew wartete, bis sie vorbeigegangen waren, dann öffnete er sein Wams und anschließend sein Hemd, das er im Winter niemals auszog. Darunter trug er einen Gürtel, an dem ein Beutel befestigt war. Er begann, etwas aus dem Beutel zu holen, stopfte es jedoch noch einmal zurück.

»Erzähl niemandem davon, oder ich bin ein toter Mann!«

Ich begriff, dass viele seiner Scherze die Angst bannen sollten, die ihn bis zu einem bestimmten Grad stets begleitete. In diesem Moment erfasste ich nur die pure nackte Macht dieser Angst, was umso entsetzlicher war, als ich sie so unerwartet bei jemandem wahrnahm, der auf mich stets den Eindruck eines einfachen, heiteren Mannes gemacht hatte.

Er blickte sich ständig um und holte etwas aus seinem Beutel, von dem ein Glanz wie von einem Feuer auszugehen schien. Es war ein Anhänger mit einem Falken, der so zornig aus seinem emailliertem Nest blickte, dass ich instinktiv zurückschreckte, aus Furcht, er könnte sich auf mich stürzen. Matthew sagte, seine Augen seien Rubine und eine der Klauen umklammere eine Perle, unregelmäßig geformt, als sei sie gerade erst der Erde entrissen worden.

Ich streckte meine Hand danach aus, doch er schlug sie fort. »Nix da!«

Seine Angst schien zu schwinden, während er den Anhänger betrachtete. Er lächelte, liebkoste ihn beinahe und murmelte etwas vor sich hin. Ein Holzscheit verrutschte, und in die aufhellenden Flammen funkelte die goldene Kette. Er schien eher zu dem Anhänger zu sprechen als zu mir, als fiele er angesichts des rotäugigen Falken in eine Art Trance. Er habe eine Dame gesehen, sagte er, eine richtige Dame, und ihr Haar sei genau so hellrot gewesen wie meines.

»Werde ich sie heiraten?«

»Nein. Sie nicht. Du wirst ein großes Vermögen machen. Und es wieder verlieren.«

»Eine Krone?«

Er schüttelte sich vor Lachen. Er schien zu seiner normalen Verfassung zurückgefunden zu haben. Ich liebte sein Lachen, bei dem sein Bauch und seine Wangen bebten, denn es lag immer so viel Freundlichkeit darin, selbst, wenn er sich über mich lustig machte.

»Viel mehr als eine Krone, Junge.«

Er steckte den Anhänger in den Beutel zurück und zog sein Hemd und das Wams darüber. Der Falke schien zu flattern, als er verschwand, und er erinnerte mich an den Vogel auf der Flagge, die auf dem Schiff des alten Edelmanns wehte.

»Hat der Anhänger etwas mit dem edlen Herrn zu tun?«, fragte ich.

Er packte mich an der Kehle. Einen Augenblick lang glaubte ich, er würde mich würgen, bis alles Leben aus mir gewichen sei, als Ausgleich dafür, dass er mich nie geschlagen hatte. »Wer sagt das? Wer hat dir das erzählt? Antworte mir!«

»Nie… mand«, würgte ich hervor. »Der Vogel sieht genauso aus wie der auf der Flagge.«

Er lachte und ließ mich los. »Überhaupt nicht! Kein bisschen!«

Ich glaubte, dass er log. Ständig blickte er hinter sich, wirbelte herum, sobald er eine Bewegung im Schatten wahrnahm, obwohl es nur ein Hund war, der nach Speiseresten suchte.

»Sag mir«, verlangte er, »ob du in der letzten Zeit jemals einen Mann gesehen hast mit einer Narbe im Gesicht. Inzwischen lässt er sich Herr nennen.« Er verzog das Gesicht zu einem Lächeln, das keines war, und zeichnete mit den Fingern eine Linie vom Mundwinkel über die rechte Wange bis zum Hals. »Er arbeitet für den alten Edelmann. Wenn du ihm begegnest, glaubst du nicht mehr, dass er so freundlich ist.« Als ich nichts sagte, stieß er sein Gesicht voller Wucht gegen meines, dass ich vor Schreck einen Satz machte.

»Verstehst du?«

Ich nickte stumm. Ich verstand, dass der alte Edelmann, der Mann mit der Narbe und der Anhänger irgendwie zusammenhingen. Und ich begriff, dass Matthew ein Dieb war, denn wie sonst hätte er in den Besitz des Anhängers gelangt sein können? Mir machte es nichts aus, denn Poplar war voll von Leuten, die vor irgendetwas davonrannten; Beutelschneider,

Flüchtlinge, Lehrlinge, Schuldner, Huren. Aber ich glaubte, dass er vor mehr davonlief als vor der Tatsache, ein Dieb zu sein. Und es beunruhigte mich, nicht zu wissen, was es war.

»Ich weiß nicht, was eine Geschichte und was die Wahrheit ist«, sagte ich.

Er lachte brüllend. »Wenn die Menschen je den Unterschied zwischen den beiden Dingen erführen«, sagte er, »würde die Welt ganz anders aussehen.«

Mehr sagte er nicht, außer: »Du bist ein seltsamer Junge, und ein ganz besonderer dazu.« Das sagte er auf dem Heimweg, als er wieder die Freundlichkeit in Person war.

In jener Nacht erwachte ich und hörte, wie er mit Susannah stritt, unten, wo sie schliefen. Ich schlief oben, zusammen mit den Seeleuten, die wir als Logiergäste aufnahmen.

»Ein Boot?«, rief sie. »In meinem ganzen Leben war ich noch nie auf einem Boot. Wo werden wir hinfahren?«

Mehr hörte ich nicht, weil er sie schlug. Am nächsten Tag erklärte er mir, dass wir mit dem Boot nach Hull fahren würden. Ich hatte so viele Schiffe entstehen sehen, dass ich ganz versessen darauf war, endlich auch einmal mit einem hinaus aufs Meer zu fahren. Und so bombardierte ich ihn mit Fragen, in welchem Teil Indiens Hull läge und ob es dort Papageien und Elefanten gäbe.

Doch ehe das Schiff ablegte, kamen sie. Ein Fährmann brachte sie, und ein Schiffszimmerer brachte mich zu ihnen. Matthew war nirgends zu sehen. Ängstlich blickte ich zu den Gesichtern der beiden empor, aber ich konnte keine Narbe entdecken.

Master Black war seinem Namen entsprechend in schlichtes Schwarz gekleidet, aufgehellt nur durch die Ärmelkrausen aus feinem Leinen. Er hatte einen Stock und hinkte leicht. Der Mann, den ich später Gloomy George, den finsteren George, nannte, war ein magerer Mann mit eng zusammenstehenden Augen und misstrauischem Blick. Ständig sah er sich um, als fürchte er, jemand könnte ihm seine Tasche stehlen.

Susannah bekam einen ihrer Zitteranfälle, als ich nach Hause gebracht wurde, und schien kaum zum Sprechen in der Lage zu sein. Die beiden Männer füllten unsere winzige Kammer fast gänzlich aus. Susannah rannte zu unserer Nachbarin, Mutter Banks, um Dünnbier zu holen, doch Mr Black warf nur einen Blick auf den Krug und wies ihn barsch zurück.

Gloomy George holte eine Bibel aus dem Kasten hervor, den er bei sich trug. Ich dachte, sie seien von der Kirche und gekommen, um zu überprüfen, ob ich tatsächlich ein Wunder sei, weil mir die Gabe des Lesens verliehen worden war. Er schlug das Buch Jesus Sirach auf. Mein Herz wäre mir in die Stiefel gerutscht, wenn ich welche besessen hätte. So sehr ich das Neue Testament liebte, weil es von der Liebe handelte, so sehr verabscheute ich das Alte, da es ebenso voll von Rache und Hass war wie von langen Wörtern. Mit wachsender Panik starrte ich auf die Textstelle, die von Weisheit handelte.

»Mein Sohn, lerne die Lektion der Jugend«, brachte ich gerade eben noch hervor, stolperte dann über »Weisheit sammelnd«, und bei »Nur für den undisziplinierten Verstand scheint sie eine im Übermaß fordernde Herrin zu sein« stürzten die Wörter über mir zusammen wie Holzbalken eines Schiffes, wenn der Flaschenzug riss.

»Die Weisheit ist also eine im Übermaß fordernde Herrin für dich, Tom?«, sagte Mr Black.

»Nein, Sir«, murmelte ich, wie ich glaubte, aufrichtig, denn ich mochte die Weisheit, so wenig ich auch über sie wusste. Doch vielleicht sagte ich es auch, weil ich das für die Antwort hielt, die er von mir erwartete.

»Was bedeuteten also diese Worte?«

Ich starrte in seine Augen, die so schwarz waren wie seine Kleidung und so kalt wie Frost. Elend und beschämt schüttelte ich den Kopf. Ich war ertappt. Ich war nicht nur kein Wunder, ich war überdies ein Schwindler und Betrüger. Noch heute sehe ich, wie Susannah die Hände rang und die Augen niederschlug. Sie begann zu erklären, dass es ihre Schuld sei, sie habe vor den Nachbarn zu sehr geprahlt und jetzt habe Gott sie gestraft, indem er die Wörter fortnahm. Doch als Mr Black das Buch mit einen Knall zuklappte, verstummte sie.

Aus seinem Kasten zog Gloomy George ein Schreibpult hervor, dazu eine Feder, Tinte und Papier. Er tunkte die Feder in die Tinte und reichte sie mir.

»Vielleicht kannst du besser schreiben als lesen.«

Ich starrte das leere Blatt Papier an, so wie ich jetzt auf das Blatt vor mir starre, kaum imstande zu glauben, dass ich mich so verhielt, wie ich es tat.

»Los jetzt. Schreib deinen Namen, Kind.«

Ich konnte es, ein mühseliges Gekritzel, auf das ich gleichwohl stolz war. Doch ich sah ihr Hohnlächeln und hörte die Geringschätzung in ihren Stimmen. Diese Genugtuung würde ich ihnen nicht gönnen. Das Blut brannte in meine Wangen, und ich schleuderte die Feder von mir. Ein Tintenspritzer landete auf dem feinen Linnen von Mr Blacks Ärmelaufschlag. Ich sah das Entsetzen in Gloomy Georges Gesicht, kurz bevor ich den Hieb von Mr Blacks Stock auf meinen Schultern spürte.

Ich taumelte nach vorn, stürzte über den Schreibtisch, Tinte spritzte aus dem Horngefäß. Ein weiterer Schlag traf mich am Kopf, und ich fiel zu Boden. Susannah schrie. Über mir sah ich nur verschwommen Mr Blacks Stiefel und die Metallspitze des Stockes, die sich hob und senkte. Ich schützte meinen Kopf mit den Armen und rollte mich durch das Durcheinander aus Papier und Tinte zur Seite. Als der Stock den Boden neben mir traf, packte ich ihn und hielt ihn fest. Um nicht vornüber zu stürzen, war Mr Black gezwungen, ihn loszulassen.

Ich rappelte mich auf und packte den Stock fester. Wenn er wütend gewesen war, als ich die Feder fortgeschleudert hatte, so war er jetzt überrascht. Er wich zurück und stürzte in seiner Hast beinahe über Gloomy George. Gaffend und mit aufgerissenem Mund stand Susannah daneben. Beschmiert mit Tinte und Blut, das mir übers Gesicht lief, musste ich auf die beiden Männer wie ein wildes Tier gewirkt haben. Kinder nahmen keinen Stock in die Hand. Sie schlugen nicht, sie wurden geschlagen.

Ich war wild, aber ich war kein Tier. Der große Unterschied zwischen mir und meinen Kameraden war, dass ich geliebt wurde.

In Familien mit zehn oder elf Kindern war Liebe ein rares Gut. Kinder starben viel zu häufig, um das Risiko einzugehen, sie zu lieben. Sie wurden gestillt, als eines unter vielen. Susannah hatte andere Kinder geboren, aber sie waren bereits tot gewesen, als sie auf die Welt kamen, oder nachdem sie ein- oder zweimal nach der Brust geschrien hatten. Ich habe mich nie gefragt, warum ich allein so stark und kräftig war, so zum Leben entschlossen.

Und so hatten sie sich zu sehr um mich gesorgt, denn ich war alles, was sie hatten, und das machte mich selbstsüchtig und kühn, als ich Mr Blacks Stock packte. Ich empfand ein sonderbares Gefühl der Macht, als ich den Ausdruck auf ihren Gesichtern sah. Ich weiß nicht, was ich getan hätte, wenn in diesem Moment nicht ein hämmerndes Klopfen an der Tür zu hören gewesen wäre.

Mein Mut verließ mich. Ich dachte, es sei der Constable, der gekommen war, um mich nach Paddington Fair zu bringen. Mein Mund wurde trocken, und der Stock fiel mir aus der Hand. Mr Black ergriff ihn, während George die Tür öffnete. Es war nicht der Constable, sondern der Junge des Fährmanns.

Das Boot würde in einer halben Stunde ablegen, um mit der Flut auslaufen zu können. Kurz angebunden erklärte Mr Black, dass er dort sein würde. Sein Zorn schien verflogen zu sein, und er sah mich nicht an, als George den Kasten packte und Susannah mir das Gesicht abwischte und unter Tränen flüsternd auf mich einredete, mich bei dem Herrn zu entschuldigen. Doch das würde ich nicht tun. Ich sollte mich bei ihm entschuldigen, weil er mich geschlagen hatte?

»Ich sagte Euch, dass es Zeitverschwendung ist, hierher zu kommen, Master«, grummelte George. »Der Junge hat den Teufel im Leib!«

Während Mr Black brütend dasaß und nichts sagte, wandte George sich mit einer bitteren Rüge an Susannah. »Freundlichkeit zum Leib, Madam, ist Grausamkeit für die Seele.«

»Es tut mir leid, Sir«, erwiderte sie stockend. »Ich weiß nicht, was mit ihm los ist … normalerweise ist er so ein gutes Kind.«

Sorgenvoll schüttelte er den Kopf. »Nein, Madam. Ihr seid zu gut zu ihm. Jedes Mal, wenn Ihr ihn verhätschelt, bringt Ihr ihn einen Schritt näher zur Hölle.«

Susannah stieß mich fort, als würde ich bereits brennen. George bedachte mich mit einem letzten abschätzigen Kopfschütteln, hob den Kasten auf und öffnete die Tür, doch Mr Black rührte sich nicht.

»Master. Das Boot.«

Immer noch sagte er nichts, sondern sah mich an. Sein Blick schien sich bis tief in meine Seele zu bohren. Dann schaute er auf seine mit Tinte bespritzte Manschette und sprang auf, als wollte er mich erneut schlagen. Trotz der Gefahr für meine Seele zog Susannah mich an sich.

»Sir, es gibt hier ein Waschweib, das eine sehr seltene Seife …«

»Sei still!«, schrie er, so laut, dass etwas Ruß vom Kamin rieselte. »Der Junge ist voller Tatkraft«, sagte er.

»Aye«, sagte George. »Der Kraft des Bösen.«

Mit kaltem Blick brachte Mr Black ihn zum Schweigen. »Ich nehme ihn«, sagte er.

Es dauerte eine Weile, bis George sich von seiner Überraschung erholt und seine Stimme wiedergefunden hatte. »Master! Sein Benehmen ist ebenso schlecht wie sein Lesen.«

»Beides kann man ihm beibringen«, sagte er, stupste mich mit dem Stock an, als sei ich eines der Kälber in Smithfield. »Komm! Die Flut wartet nicht.«

Erst später lernte ich, dass Mr Black ewig brauchte, um zu einer Entscheidung zu kommen, dann jedoch verlangte, dass sie auf der Stelle umgesetzt wurde.

»Besitzt er noch andere Kleidung, die er tragen kann, bis man Maß bei ihm genommen hat?«, blaffte er Susannah an.

»Nur das, was er am Leibe hat, Sir.«

»Keine Stiefel?«

»Stiefel? Sir, ich wollte«, stammelte sie, »ich meine, ich wollte schon immer …«

»Keine Stiefel also. Eilt Euch, Weib, um Gottes Willen!« Wir waren bereits in der Poplar High Street, und Susannah war für etwas zurückgerannt, das sie in ein Tuch gewickelt nun bei sich trug. »Bestell Stiefel, zwei Paar, und eine Uniform bei Mr Pepys«, befahl Mr Black George barsch.

Erst als wir am Hafen ankamen, begriff ich, was geschah. Susannah war vor Freude wie von Sinnen, was mich vollkommen verwirrte, denn ich glaubte, nein, ich wusste, dass sie mich liebte, und ich konnte nicht fassen, dass sie mich wie ein schlecht verpacktes Paket diesem Rohling übergab, gleichgültig, wie fein seine Kleidung war.

»Du bekommst eine Stellung«, sagte sie stolz. »Wirst ein Lehrling. Mit Stiefeln.«

Der Junge des Fährmanns bereitete das Ablegen vor. Das Licht schwand, das weiche, magische Abendlicht über dem

Wasser, das ich so liebte. Man hatte Fackeln entzündet, deren flackerndes Licht die Männer beleuchtete, die sich wie Schatten bewegten und die Segel nähten, die morgen an Bord der *Resolution* gehisst werden würden.

Als wüsste sie, dass meiner Seele in Zukunft wenig Gefahr durch zu viel Verzärtelung drohte, umarmte Susannah mich ein letztes Mal. Und erst jetzt ging mir auf, dass ich im Begriff war, sie zu verlassen. Ich klammerte mich an sie, an ihren Geruch nach Bier und Kräuterbrei, in dem ich stets, egal, wie schlecht die Zeiten gewesen sein mochten, ein Stückchen Fleisch gefunden hatte. Ich war dabei, die Werft zu verlassen. Die großen Schiffe mit ihrer Verheißung von Freiheit.

Jetzt würde ich nie das Knarren und Stöhnen hören und das Beben spüren, wenn die *Resolution* das Dock verließ, würde sie nie schwanken sehen, bis sie ihre Seebeine gefunden hatte, sobald die Segel sich knallend strafften und sie aus dem Hafen hinaus auf die offene See fuhr. Jetzt würde ich nie nach Indien gelangen, nie voller Staunen die Papageien betrachten, nie auf einem Elefanten reiten und Matthews Geschichten lauschen können.

Matthew!

Ich schrie laut nach ihm.

»Vater! … Vater!«

Ich glaube, Mr Black konnte doch nicht gänzlich gefühllos sein, denn er bat einen Schiffszimmerer, Matthew zu suchen. Den ganzen Tag über hatte ihn noch niemand gesehen, was mein Elend noch verstärkte. Er musste ohne mich nach Indien aufgebrochen sein. Doch der Fährmann brummte und fluchte, und Mr Black gab ihm ein knappes Zeichen zum Aufbruch. Mit einem Ruder stieß er gegen das Ufer, und das Boot driftete hinaus auf den Strom.

»Wartet! Wartet! Allmächtiger Gott, ich hätte es beinahe vergessen!«

Susannah warf mir das Tuch zu, das sie geholt hatte. Das Tuch flatterte ins Wasser, aber das, was darin eingewickelt war, landete mit einem dumpfen Aufprall vor meinen Füßen. Ihre Bibel. Es war alles, was sie besaß. Alles? Es war ihr größter Schatz. Unablässig winkend stand sie da, wurde immer kleiner und verschwamm zusehends, während der Fährmann die Ruder ins Wasser tauchte.

Tränen brannten mir in den Augen, doch dann sah ich das mürrische Lächeln in Georges Gesicht und blinzelte sie fort. Zweifelsohne glaubte er, es sei gut für meine Seele, doch was er für gut hielt, hielt ich für eine große Sünde.

Trotzig erwiderte ich seinen Blick. In diesem Moment schwor ich mir im Stillen bei der Bibel, die ich fest umklammerte, dass ich so bösartig sein würde wie nur möglich. Ich dachte an den Anhänger, den Matthew gestohlen hatte, an die Zukunft, die er im flackernden Licht des Feuers auf dem Hof darin gesehen hatte, und war entschlossen, dass wo immer dieses Boot mich hinbringen würde, die Reise entweder mit gewaltigen Schätzen auf den Indischen Inseln oder in Paddington Fair enden würde.

2. Kapitel

Sie prügelten es aus mir heraus. Das Böse. Oder, wenn Ihnen das lieber ist, die kindlichen Fantasien. Mr Black verprügelte mich mit seinem Stock, bis der zerbrach, ein Vergehen, für das ich umso härter mit dem neuen Stock bestraft wurde. Gloomy George drosch mit seinem Winkelhaken das Böse aus meinem Kopf. Doch am schlimmsten war Dr. Gill, der Lehrer von St. Paul's, den sie eingestellt hatten, damit ich lernte, Lehrbücher zu drucken, die in Latein abgefasst waren.

Während George das Böse aus mir herausprügelte, prügelte Dr. Gill mit einer Ferula so viel Latein in mich hinein wie möglich. Dabei handelte es sich um ein flaches Stück Holz, das sich zum Ende hin birnenförmig erweiterte. In der Mitte wies es ein Loch auf, durch das schon ein Hieb den heftigsten Schmerz hervorrief.

Schlimmer als die Schläge indes war der Keller, den ich für das kälteste und feuchteste Loch auf Gottes Erde hielt. Selbst jetzt kann ich nicht daran zurückdenken, ohne zu erschaudern, obwohl ich nur einmal zuvor dort eingesperrt worden war … aber dazu später. Ich glaube, beim ersten Mal hatte ich darin eine Art Anfall; jedenfalls sagte Mr Black, dass ich nicht wieder dort eingesperrt werden würde, und George musste sich damit begnügen, mich zu verprügeln. Mein einziger Trost war Sarah, das Mädchen für alles, mit der ich die Bodenkammer teilte, obgleich sie zu Beginn nur eine weitere Feindin zu sein schien, und die mit einem so breiten Akzent sprach, dass ich dachte, sie käme aus einem fremden Land wie Schottland.

»Da … das ist dein Platz … die Seite vom Balken … und hier ist meiner. Verstanden?« Dieser Balken! Er war krumm und saß genau so, dass ich mir jedes Mal den Kopf stieß, egal in welchen Winkel ich aus dem Bett stieg. »Trottel! Manche Leute lernens nie!«, sagte sie ständig, bis ich sie anschrie und sie eine schottische Hure nannte. Über den ersten Schimpfnamen wirkte sie erboster als über den zweiten und sagte, sie wäre lieber tot als Schottin. Sie kam aus Hull. »Aus Indien!«, rief ich und fragte sie, ob es dort tatsächlich Papageien und Elefanten gäbe.

»Ja klar«, sagte sie. »Und Vögel, die rückwärts fliegen. Komm her, Dummkopf. Und pass auf den Balken auf.«

Sie rieb etwas von dem Schweinefett auf die Beule, das sie für ihre eigenen Wunden benutzte, und von diesem Moment an gab es immer Schweinefett, um den Schlägen den brennenden Schmerz zu nehmen, egal, wie heftig sie gewesen waren. Während sie mich einrieb, las ich ihr aus Susannahs Bibel vor. Über den Pfarrer, Mr Ingram, schrieb ich an Susannah, und von den Viehhändlern, die die Rinder nach Smithfield trieben, erhielt ich Nachrichten von ihr.

Eine von ihnen lautete, dass Matthew verschwunden sei, kurz nachdem ich die Werft verlassen hatte. Ich habe nie wieder etwas von ihm gehört. Falls Susannah Nachrichten von ihm erhielt, so sagte sie mir nichts davon. Das verletzte mich am meisten. Ich habe sie beide nie vergessen, aber meine Erinnerung an sie verblasste allmählich, während ich mich von einem barfüßigen Grubenjungen in einen Londoner Lehrling verwandelte.

Fünf Jahre lang wurde ich im Lateinunterricht regelmäßig geschlagen, wenn ich richtig übersetzte, und ich wurde verprügelt, wenn ich es falsch machte. Es schien keinen Unterschied zu machen, ob ich Fehler machte oder nicht. Ich wurde geschlagen, weil ich meine Schiebermütze nicht trug, weil ich sie verlor, weil ich würfelte, fluchte, Gott lästerte, ins Pot Upside Down, die Bierschänke, ging, herumhurte (einmal sprach ich vor dem Pot mit einer Kupplerin), weil ich meine Stiefel verlor (ich muss gestehen, dass ich sie beim Würfeln verloren hatte) und für einen Bestechungsversuch (ein Liebesgedicht an Mr Blacks Tochter Anne, von der ich sogleich berichten werde), bis im Jahr 1640 das Parlament einberufen wurde und sie plötzlich zu beschäftigt waren, um mich zu verdreschen.

Parlament? Ich hatte kaum je davon gehört. Der König hatte es verboten und herrschte mit seinen eigenen persönlichen Ratgebern. Ebenso hatte er jene Nachrichten verboten, die seine Berater Lügen und Gerüchte nannten, und damit einem Großteil von Mr Blacks Geschäft das Wasser abgegraben, wie dieser lamentierte. Robert Black, dessen Zeichen der Halbmond war, hatte Nachrichtenblätter mit Neuigkeiten von den Kriegen in Europa, Schiffsbrüchen und dergleichen publiziert, doch der König hatte dies unter Androhung eines Prozesses vor der Star Chamber, dem königlichen Gericht, verboten. Doch jetzt war das Parlament wieder zusammengetreten, und London war so hungrig nach Neuigkeiten, dass die Drucker bereit waren, das Risiko einzugehen, um die Menschen mit dem Gewünschten zu versorgen.

Der einzige Ort, den ich bislang kannte, an dem diskutiert wurde, war das Pot Upside Down. Die Auffassung meines Freundes Will, der den Debatten vorsaß, war simpel. Good Queen Bess, wie wir sie immer noch nannten, hatte alle ihre Kriege gegen die Spanier, Franzosen und Niederländer gewonnen. Charles hatte alle Kriege verloren. Er war verschuldet und musste das Parlament zusammenrufen, um mehr Geld zu bekommen. Aber das Parlament würde keine Gelder bereitstellen, ehe der König nicht die Forderungen der Abgeordneten in Bezug auf Religion und Steuern erfüllt hatte.

Ich war für das Parlament, so wie die meisten Londoner Lehrjungen. Unser Held war Mr John Pym, der Anführer der Opposition gegen den König. Mr Black druckte seine Reden ab, in denen er feuerspeiend über die Ratgeber des Königs herfiel, die ihn zum Papismus bekehrt und ihn gar überredet hätten, seine Wälder an die Papisten zu verkaufen: eben jenen hölzernen Schutzwall, aus dem die Schiffe gebaut wurden, die uns vor den Spaniern schützten.

Wie wir in den Besitz dieser Reden gelangten, war eine Geschichte für sich, und in ihrer Verworrenheit von richtig und falsch ähnelte sie sehr der Geschichte des alten Matthew über das Pestkind. Es war strengstens verboten, aus dem Parlament zu berichten. Als Botenjunge war mir der Zutritt gestattet, und ich hörte Mr Pym persönlich, wie er bitter über die skrupellosen Drucker schimpfte, die um des Geldes willen seine Reden stahlen. Für diesen Missbrauch der Privilegien, so donnerte er, sollten sie in den Tower gesperrt werden.

Eine Stunde später drückte mir Mr Ink eben jene Rede in die Hand. Mr Ink war ein Schreiber, und ich wusste, dass Mr Pym ihm vertraute und eng mit ihm zusammenarbeitete.

Gleichwohl war Mr Pym, wie auch mein Master, ein sehr gottesfürchtiger Mann. Sie sahen sich sogar ähnlich, mit ihren steifen Spitzbärten, den schlichten schwarzen Gewändern und den weißen, gestärkten Kragen, nur dass der meines Masters glatt war, während Mr Pyms aus fein gewebter Spitze bestand. Eines Tages rief er mich zu sich und starrte auf mich herab. Sein Bart war ebenso makellos wie seine Aufmachung, jedes Haar war an seinem Platz, als sei es dort eingemeißelt.

»Du kannst dich glücklich schätzen, für so einen gottgefälligen Mann wie Mr Black zu arbeiten«, sagte er.

»Ja, Sir«, stammelte ich, obwohl meine Prellungen und Wunden kaum verheilt waren und glücklich nicht unbedingt das Wort war, das mir in den Sinn gekommen wäre.

Er nahm einen Schilling aus der Tasche und hielt mir einen Umschlag entgegen. »Kennst du diese Adresse?«

»Ja, Sir«, log ich.

Für so viel Geld hätte ich jede Adresse gekannt, selbst im unbekannten West End, jenseits der Stadtmauern.

»Bist du diskret?«

Ich kannte die Bedeutung des Wortes nicht, doch erneut war ich bereit, alles zu sein, um den Schilling zu bekommen, und nickte energisch. Er wollte nicht riskieren, sich allein auf mein Nicken zu verlassen und blaffte: »Kannst du den Mund halten?«

»Ja, Sir.«

»Kein Wort zu niemandem, nicht einmal zu deinem Master. Verstanden?«

Ich war nur zu bereit, dieser Bitte nachzukommen. Mein Lohn bestand aus Brot und Käse, meiner Uniform und dem Bett, und das einzige Geld, das ich jemals erhielt, stammte von Aufträgen wie diesem.

Der Brief war an die Countess of Carlisle am Bedford Square adressiert, in der Nähe des neuen Covent Garden. Damals war es der erste öffentliche Platz in London. Nach dem Gedränge in der Stadtmitte staunte ich über die großzügigen neuen, aus Stein errichteten Häuser mit ihren Vordächern und Säulen. Ich überreichte den Brief einem herablassenden Diener namens Jenkins, der mich an der Hintertür, in der Nähe des Scheißhaufens, auf die Antwort warten ließ. Damals glaubte ich, der Haufen röche besser als unserer, da es die Scheiße einer echten Countess war. Inzwischen denke ich, dass er, im Gegensatz zu unserem, einfach nur regelmäßig von den Straßenkehrern gesäubert wurde.

Von Will aus dem Pot erfuhr ich, dass die Countess of Carlisle die Geliebte des Earl of Strafford gewesen war, eines ehemaligen Günstlings des Königs, den man hingerichtet hatte.

Sie war eine enge Freundin der Königin. Was also hatte sie sich mit Mr Pym zu schreiben? Ich stellte mir vor, es seien Liebesbriefe, die ich überbrachte, da ich selbst verliebt war. Tief und hoffnungslos, in Mr Blacks Tochter Anne.

Anne hatte über meine nackten Füße gelacht, als ich zum ersten Mal zum Half Moon Court gekommen war. Sie waren groß und schwarz wie das Pech, das in die Haut eingewachsen war. Die riesigen knochigen Zehen konnte ich wie Finger beugen. Sie heulte lachend auf, als sie sah, wie ich eine Feder mit meinen Zehen aufhob, und sagte, ich sei wie ein Affe, den sie einmal auf der Schulter eines Edelmanns gesehen hatte. Seitdem nannte sie mich Affe.

Ich versuchte, sie zu hassen. Zu meiner Schande strafte ich sie mit einem Fluch. Nicht mit einem, von dem sie so etwas wie die Pocken bekäme, denn ich konnte nicht zulassen, dass ihrer Haut, die wie Milch und Honig war, irgendetwas zustieß. Der Fluch, so hatte Matthew mir beigebracht, musste sich auf das angetane Unrecht beziehen, also verfluchte ich ihre Füße, die winzigen Mäusen gleich unter ihrem Rock hervorlugten und wieder verschwanden. Ich gebot ihnen zu wachsen, bis sie größer waren als meine. Ich kratzte etwas abgestorbene Haut von meinen Fußsohlen und schmuggelte sie in ihre Lieblingsschuhe.

Als sie sich beschwerte, die Schuhe würden drücken, und ihre Mutter erklärte, sie müsse herausgewachsen sein, bereute ich auf der Stelle, was ich getan hatte, und verbrachte eine qualvolle schlaflose Nacht mit Gebeten, um den Fluch aufzuheben. Zu meiner Erleichterung schien es zu funktionieren, denn die Tage vergingen, und sie beschwerte sich nie über die neuen Schuhe.

Wenn sie über mich lachte oder, noch schlimmer, mich ignorierte, schmerzte mich das mehr als jeder Schlag, den ich je in diesem Haus erhielt. Laut Will aus dem Pot, der ein Experte in solchen Dingen war, litt ich an der schlimmsten Art der Liebe: der unerwiderten Liebe.

Doch so war es nicht immer gewesen. Es hatte eine Zeit gegeben, in der wir einander so nahe kamen, wie zwei Kinder sich nur sein können. Es war mein erster Herbst in Half Moon Court gewesen. Im September, gegen Ende der dritten Woche, stand mein Osterkuchen auf der Türschwelle. Für jeden schien es eine höchst mysteriöse Angelegenheit zu sein, doch für mich war es natürlich keine Überraschung. Die Irrlichter konnten so einen Kuchen im Nu überall hinbringen. Für George war es der Beweis, dass ich einen Pakt mit dem Teufel geschlossen hatte, und er rührte keinen Krümel davon an. Sarah sagte, es gäbe gute und böse Irrlichter. Ich glaube, sie begann von dem Moment an Schweinefett auf meine Beulen zu schmieren, als sie sich den letzten Krümel von den Fingern leckte. Mrs Black befragte ihren Sternendeuter, der ihr sagte, der Kuchen sei gestohlen, und betrachtete mich mit tiefem Misstrauen. Mr Black, dessen gesunder Menschenverstand im scharfen Widerspruch zum Aberglauben seiner Frau stand, brummte gereizt: »Wie kann er gestohlen sein, Elizabeth, wenn der Name des Jungen darauf steht?«

Anne war zunächst neidisch, denn sie hatte noch nie so einen Kuchen bekommen, und dann fasziniert. Wir begannen zusammen zu spielen. Es fing damit an, dass sie mich verspottete, doch als sie herausfand, dass ich die Geschichten erzählen konnte, die Matthew mir erzählt hatte, von fernen Ländern, prächtigen Schiffen und Elefanten und Papageien, gewöhnten wir uns an, uns unterm Apfelbaum in der Mitte des Hofes oder im Papierlager zu verstecken. So ging es zwei idyllische Monate lang, bis wir eines nebligen Herbsttages das Rattern und die kreischenden Bremsen einer Mietkutsche hörten, die auf dem Hof zum Stehen kam. Wir rannten aus der Werkstatt, um sie uns anzusehen. Mit einem ahnungsvollen Schaudern ergriff ich Annes Hand.

Ein Edelmann stieg aus der Kutsche. Durch die Nebelschwaden erkannte ich die dunkelviolette Narbe, die vom oberen Rand der Wange bis zum Hals reichte, wo sie unter dem Kragen verschwand. Er blieb stehen und starrte uns an. Mr Black kam heraus und befahl uns, auf der Stelle hereinzukommen. Anne rannte zu ihm, doch ich dachte an Matthews Warnung und fürchtete, der Mann mit der Narbe sei wegen des Anhängers gekommen, den mein Vater gestohlen hatte. Ich floh vom Hof und versteckte mich für den Rest des Tages in Smithfield unter den Armen, die in den Abfällen der Schlachter nach Essbarem suchten.

Dafür wurde ich ausgepeitscht, und man verbot mir, mit Anne zu spielen. Das steigerte nur noch meine Sehnsucht nach ihr, doch jetzt ging es erst richtig los mit ihrem Hochmut und ihren grausamen Scherzen. Jenen Herbst bewahrte ich in meiner Erinnerung, doch die Jahre vergingen, und Anne wurde immer kühler und zunehmend schöner, wie eine sich allmählich öffnende Blüte. Die Erinnerung verblasste, bis ich mich zu fragen begann, ob es diese beiden Herbstmonate tatsächlich jemals gegeben hatte, oder ob es nur eine Geschichte war, die ich mir ausgedacht hatte, um mich zu trösten.

So stand es also um mich, als ich sechzehn Jahre zählte. Ich war hoffnungslos verliebt, wusste nichts von den Reden, die ich überbrachte, und interessierte mich noch weniger dafür, außer dass ich die anderen Boten bei diesem Spiel aus dem Feld schlagen musste. Ich wedelte mit der Rede, um sie zu trocknen, und rannte von Westminster durch die engen Straßen, vorbei an der trostlosen Fassade des Gefängnisses von Newgate, kämpfte mich, nach Luft ringend, durch den Gestank von Smithfield und erreichte schließlich den Half Moon Court. Hier lebten und arbeiteten wir in dem schmalen, nach flämischer Art gemauerten Haus mit seinem hervorspringenden Giebel und dem quietschenden Schild, RB neben einem gelben Halbmond. Mein Master ergriff den Brief und George seinen Winkelhaken, und ich bereitete die Presse vor. So war es, und es schien, als würde es immer so weitergehen, bis zu jenem folgenschweren Tag.

Es war November und stockfinster. Ein feiner Nieselregen trug den Geruch der Kohlewolken weiter, die über London hingen, sobald die Leute begannen, die Winterfeuer zu entzünden. Die Werkstätten und Ställe in Westminster Hall in der Nähe des Gerichts, wo man sich um die besten Geschäfte rangelte, waren längst geschlossen. Ich drückte mich mit den anderen Boten herum und wartete darauf, dass das House seine Sitzung für heute beendete. Ungewöhnlicherweise war noch kein Abgeordneter nach Hause gegangen. Manche der Boten waren dagegen bereits im Pot eingekehrt. Ich verkroch mich in eine Ecke, zog einen abgelegten Sack über mich und döste. Weit entfernte Schreie weckten mich. Ein Nachtwächter rief die mitternächtliche Stunde aus. Die Schreie kamen aus dem House. Kein Amtsträger stand an der Tür, und ich schlich in den Vorraum.

Selbst ich, für den die Worte, die in der Kammer des Parlaments widerhallten, so viel bedeuteten wie das Lateinische, das mein Lehrer mir einzuprügeln versuchte, wusste, dass etwas Außergewöhnliches vorging. Mr Lenthall, der Speaker, musste immer wieder zur Ordnung rufen. Es folgte eine Stille, in der meine Schritte klangen, als sei das Jüngste Gericht angebrochen. Mein alter Feind, der Serjeant, drehte sich an der Tür zum Saal um, doch ich schlüpfte hinter einen Pfeiler.

»Der Antrag ist angenommen!«, verkündete Mr Lenthall.

Wie der Antrag lautete, wusste ich nicht, und es interessierte mich auch nicht, außer dass ich bald Mr Pyms Rede in den Händen halten würde und gehen könnte. Es gab einen gewaltigen Tumult, noch mehr Geschrei und Füßestampfen und Rufe nach Ordnung, bevor die Abgeordneten herauskamen, immer noch erbittert streitend.

Mr Pym trat mit einem Abgeordneten von etwa vierzig Jahren heraus. Sein Begleiter hatte ein grüblerisches Gesicht, eine lange Nase und einen strubbeligen Bart. Ich kannte ihn nur von den Gelegenheiten, wo er mich mit finsterem Gesicht verjagte, wenn ich zu dicht vor seinen Füßen herumkrauchte. Normalerweise hielt er langatmige Reden über die Trockenlegung der Sümpfe und sah aus, als hätte er diese Arbeit gerade hinter sich gebracht. Jetzt lag ein Ausdruck beinahe religiöser Entzückung auf seinem Gesicht, als er zusammen mit Mr Pym aus dem Saal trat.

»Wenn dieser Antrag nicht angenommen worden wäre, John, hätte ich alles verkauft und wäre nach Massachusetts gegangen.«

Pym lächelte den jüngeren Mann an, aber wie gewöhnlich lag ein Ausdruck der Wachsamkeit und Erschöpfung in seinen Zügen. »Wir haben die Neue Welt noch nicht hier, Oliver. Sie versuchen bereits, sie zu vernichten.«

Er blickte zu einer anderen Gruppe hinüber, in deren Mitte George Goring stand, ein gutaussehender Mann, der wild um sich blickte und energisch gestikulierte.

Sie, die neue Welt?

Goring schrie: »Ihr könnt dem König nicht solche Forderungen unterbreiten!«

Seine Hände wanderten zu seiner Taille, und wenn Degen im Parlament erlaubt gewesen wären, hätte er den seinen gezogen. Er ging auf John Pym zu, doch dieser war bereits mit anderen in einem Besprechungszimmer verschwunden. Ich hörte Goring murmeln, dass es genug der Worte und zu spät für ein Treffen sei.

Die Mitglieder einer weiteren Gruppe um Sir Simon D'Elwes, der in jeder Debatte eine Seite vollkommen überzeugend fand, bis er die Argumente der anderen hörte, stellten fest, dass sie dringende Geschäfte in den Grafschaften zu erledigen hatten und schickten ihre Diener aus, um die Pferde bereitzuhalten.

Verschiedene Abgeordnete schritten durch die Halle und diktierten den Schreibern etwas. Manche von ihnen, wie Mr Ink, hatten tragbare Schreibtische an ihren Hüften befestigt.

»Was ist passiert?«, fragte ich.

Zuerst gab er mir keine Antwort. Er fertigte eine saubere Abschrift der Notizen an, die, wie ich wusste, von Mr Pym selbst stammten und die er mit seinem spinnenhaften Gekritzel hingeschmiert hatte. Er nahm Tinte auf. Die Feder flog über das Papier.

Dann sagte er, wobei er seine Abschrift kaum unterbrach: »Die Große … Remonstranz!«

Selbst in seiner Hast schien er die Worte wie eine Fanfare auszustoßen, als würde er einen Fehdehandschuh werfen.

»Die Große … was? Was ist das?«

Verdrossen schlug er die Hand vor die Stirn und versuchte weiterzuschreiben, aber er hatte den Faden verloren. Er wandte sich mir zu. Einen Moment lang glaubte ich, er würde die tropfende Feder nach mir werfen. Dann wurde sein langes, düsteres Gesicht etwas weicher, obwohl er schon vor langer Zeit deutlich gemacht hatte, dass er mich für einen elenden dummen kleinen Halunken hielt.

»Es ist eine Beschwerdeschrift gegen den König«, sagte er, »von seinen demütigen Dienern, auf dass er unsere reformierte Religion unbehelligt lasse und nicht auf seine heimtückischen Ratgeber höre …«

»So wie seine katholische Königin Henrietta?«, unterbrach ich ihn.

Er schlug mir eine tintenverschmierte Hand auf den Mund

und blickte sich nervös um. Aber ich hatte das Gefühl, dass er mich zum ersten Mal beifällig ansah.

»Und die Bitte, sich unsere bescheidenen Ansichten anzuhören, das Parlament nicht zu entlassen, wenn er sich entscheidet, seinen einfachen Knechten Geld abzunehmen, indem er alles mit Steuern belegt, was er sieht: Steine, Salz, selbst das einfache Stück Seife, mit dem wir uns waschen.«

Da er aussah, als würde er sich mit Tinte waschen, und ich mich im Winter kaum jemals wusch, um nicht den zugefrorenen Eimer im Hof benutzen zu müssen, hielt ich Seife für unwichtig, und dieses ganze Remonstranz-Ding klang eine ganze Ecke zu bescheiden, als dass der König sich auch nur einen Deut darum scheren würde.

Vielleicht waren meine Gedanken mir anzumerken. Mr Inks Gesicht lief rot an. Zum ersten Mal sah er aus, als hätte er Blut statt Tinte in den Adern.

»Aber vor allem ist das Gesuch für dich da«, sagte er.

»Für mich?«, fragte ich erstaunt.

»Für das Volk. Es wird die Welt verändern.«

Die Welt verändern? Was meinte er damit? Keine Steuern mehr auf Seife? Ich hielt ihn für einen Zauberer, wenn sein Schreibpult hüpfte und er die Worte in seinem Kopf, die sich wieder entwirrt hatten, mit fliegender Feder zu Papier brachte. Er sprach, während er schrieb, Mr Pyms klangvoller Tonfall schlich sich in seine Stimme, und einige seiner Redewendungen wie »Das Parlament ist die Seele des Gemeinwesens …« hallten in meinem Kopf wider.

Es war, als hätte er mich verhext. Von den Worten, die in meiner Hand trockneten, ging ein Zauber aus. Sie würden die Welt verändern. Davon war ich restlos überzeugt. Ich selbst würde mich ändern. Als ich durch die dunkle Nacht rannte, beschloss ich, eine reformierte Persönlichkeit zu sein und nicht für ein Bier und ein Würfelspiel mit den anderen Lehrjungen ins Pot Upside Down einzukehren. Bierschänken und Würfel standen ziemlich weit oben auf der Liste der Dinge, die für Lehrjungen verboten waren.

Aber ich muss gestehen, dass meine Schritte sich verlangsamten, als ich die Schänke erreichte. Trotz der späten Stunde drangen aufgeregte Stimmen und Gerüchte über die Debatte durch die Tür. Nur einen Krug, überredete ich mich, damit ich anschließend noch schneller würde rennen können.

In der Nähe der Bar stand ein Fremder, ein Edelmann mit einem Biberhut und einem modisch kurzem Umhang, und befragte die Stammgäste. Ich hörte ihn »rot« sagen. Ich spitzte die Ohren, besonders, als ich dieses Wort hörte. Meine Haare, rot wie Feuer und genauso unbändig, waren ein Fluch für mich. Mein Master konnte mich in jeder Schänke ausmachen, egal wie dämmrig das Licht und rauchgeschwängert die Luft war. Die Leute glaubten, ich hätte schottisches Blut in den Adern, oder, noch schlimmer, irisches, und seit die Papisten da drüben rebellierten, zogen sie mich damit auf, ein Spion zu sein. Ich hatte das aufbrausende Temperament, das mit roten Haaren einherging, und war deswegen schon in mehrere Schlägereien verwickelt worden.

Ich bemerkte, dass der Herr mit dem Biberhut mich anstarrte. Rasch wandte er sich ab, um etwas zu einem Mann zu sagen, den ich für seinen Diener hielt. Der Mann hatte einen breiten Nacken, die Schultern einer Bulldogge und ein pockennarbiges Gesicht.

Manchmal spannten die Zünfte die Nachtwächter ein, um die Lehrjungen in den Schänken zu fangen. Plötzlich fiel mir wieder ein, dass ich eine reformierte Persönlichkeit war und geschworen hatte, nie wieder eine Schänke aufzusuchen. Ich schlängelte mich durch die Menge nach draußen. Die kostbaren Zeilen, die Mr Ink mir gegeben hatte, packte ich fester. Ich glaubte tatsächlich, dass diese Worte mich zum Besseren verändert hatten, obwohl ich sie nicht verstand – oder vielleicht gerade deswegen.

Während ich rannte, stellte ich mir vor, wie die Tatsache, dass ich ein reformierter Charakter war, mich in einen guten Lehrjungen verwandeln würde. Ich würde ein freier Bürger der Stadt werden und trotz meiner Füße Anne heiraten. Ich würde eine eigene Druckerei mit Buchladen am St. Paul's Kirchhof eröffnen, und in ein paar Jahren würde ich der Lord Mayor von London werden.

So flog ich durch die süßen Traumstraßen dahin und war so darin vertieft, dass ich den üblen Geruch am Smithfield Market kaum wahrnahm, obgleich er zehnmal stärker war als in den anderen Straßen. Der Gestank traf meine Nase im selben Moment, in dem ich merkte, dass etwas oder jemand hinter mir war.

Ich tauchte in eine dunkle Gasse ab, meine Schritte hallten laut. Abrupt blieb ich stehen. War es wirklich das Echo oder waren es die Schritte eines Mannes, der mir dichtauf folgte? Ich stopfte die wertvollen Papiere in meinen Beutel.

»Wer da?«

Ich vernahm ein verstohlenes Scharren und trat nach der Ratte, die vor meinen Füßen vorbeihuschte. Ich war ein Narr, dass ich diesen Weg gewählt hatte. Ich hätte den langen Weg am Old Bailey entlang nehmen sollen. Hier gab es Vagabunden, die sich mit den Roten Milanen und Raben um die Schlachtabfälle stritten. London, so wusste ich, weil es in einem der Flugblätter gestanden hatte, die ich verkaufte, war inzwischen größer als Paris und damit die größte Stadt der Welt. Zu Tausenden zog sie Arme und Verzweifelte an, die mich um der Schirmmütze auf meinem Kopf willen meucheln würden.

Atemlos eilte ich auf den eigentlichen Markt und hielt dabei eine Hand vor die Nase. Es roch nach altem Blut und Urin. Ich sprang zur Seite, als eine Schar Raben sich über eine gelbe

Masse von Innereien hermachte. Der Mond war aufgegangen und warf lange dunkle Schatten in die Ställe, in die man in der Morgendämmerung die Rinder brachte, die anschließend geschlachtet und verkauft wurden.

Der ganze Platz war verwaist und still, bis auf die kreisenden, krächzenden Raben. Ein Milan schoss herab. Er setzte den Ratten nach, die in der Nacht aus ihren Löchern krochen, um sich am Markt fett zu fressen. Hinter der Scheune, in der Heu gelagert wurde, ertönte ein Klappern, als sei ein Eimer umgekippt. Ich sah den Schatten des Mannes, ehe ich ihn selbst sah. Ich kletterte über einen Marktstand und sprang vor Entsetzen über einen zweiten, etwas, das ich nie zuvor geschafft hatte. Ich hörte den Mann fluchen, als er auf einem Kuhfladen ausrutschte.

Er war zwei Marktstände hinter mir. Noch eine Bude, und ich hätte Cloth Fair erreicht, und in den verwinkelten Gassen und Höfen, die mir vertraut waren, würde er mich nie erwischen. Ich verhöhnte ihn, als ich mich daran machte, vom letzten Marktstand zu springen. Dann blieben mir die Worte im Halse stecken, als ich direkt vor mir Metall aufblitzen sah. Ein zweiter Mann trat aus dem Schatten der Mauer und schnitt mir den Weg nach Cloth Fair ab. Es war der Mann mit dem Biberhut aus der Schänke.

Ich zog meinen Dolch aus dem Gürtel, die einzige Waffe, die ein Lehrjunge mit sich führen durfte. Er war so gut wie nutzlos gegen das Schwert, das der Mann gezogen hatte, doch er zögerte – nicht wegen des kümmerlichen Dolchs, sondern wegen der Rinne in der Mitte der Straße, in der ein toter Hund schwamm und in die ich zurückwich.

In jenen Straßen musste man einen Mann innerhalb eines Augenblicks einschätzen können. Sein indigoblauer Leibrock war mit den Resten seiner letzten Mahlzeiten beschmutzt, der Umhang geflickt. Auch sein Gesicht, bärtig wie eine Imitation seines Königs, eingesackt und geädert, hatte schon bessere Tage gesehen. Doch es war der Ausdruck in seinem Blick, der mir verriet, wie ich ihm möglicherweise entkommen könnte. Seine Miene spiegelte eine Mischung aus Arroganz und Abscheu und zeigte mir, dass er das war, was wir Lehrjungen einen Mauermann nannten. In den engen Gassen würde er, komme was wolle, sich dicht an die Häuserwände halten, Vorübergehende rüde beiseite stoßen und sie in den Graben zwingen.

Ich tat, als würde ich mich auf ihn stürzen, doch als er sein Schwert hob, duckte ich mich darunter und rannte durch den Graben zur gegenüberliegenden Häuserwand. Ich hatte recht. Er überquerte den Graben nicht, sondern stieß aus der Entfernung nach mir. Er erwischte mich und schlug mir fast die Mütze vom Kopf. Ich schwankte, rannte jedoch weiter. Ich wäre auch fast entkommen, doch der andere Mann, der nicht solche Abneigung gegen den Graben hatte, packte mich von hinten.

Er hatte einen Griff wie der Kiefer einer Bulldogge. Der Dolch fiel mir aus der Hand.

»Hast du das gesehen, Crow«, sagte der andere.

»Wollte mit einem Messer auf Euch losgehen, Sir.«

»Der kleine Schuft hat mich beleidigt!«

Er verhöhnte mich, verlangte Satisfaktion, setzte die Schwertspitze dicht neben meine Augen und schnitt schließlich mit einer wirbelnden Bewegung meinen Gürtel samt Beutel von meiner Taille.

Ich trat um mich und kämpfte, doch dann brach ich, wie ich zu meiner Schande gestehen muss, zusammen. Es war der Anblick der Papiere, die in meinen Beutel am Rand des Grabens lagen. Ein Blatt schaukelte zitternd in der dreckigen Pfütze, jene kostbaren Worte, welche die Welt verändern sollten, und schwamm davon.

»Bitte, bitte lasst mich gehen! Nehmt meinen Gürtel, meinen Beutel, was immer Ihr mögt, aber lasst mir die Papiere!«

Der Mann verzog das Gesicht und hob den Beutel mit der Schwertspitze aus dem Abwassergraben. »Was haben wir hier … einen Beutel. Aus dem Leder eines Schweinearschs. Wert?«

Crow grinste. »Zwei Penny.«

Ich spürte den Windzug des Schwerts, die Stelle, an der er meinen Schädel streifte, als er mir die Mütze vom Kopf schlug. Sie drehte sich ein paarmal in der Luft, ehe er sie angewidert auffing.

»Außerdem … eine Mütze der Londoner Lehrjungen. Leicht beschädigt.«

»Ein Farthing.«

»Zwei Penny und ein Farthing!«, rief er in gespieltem Erstaunen. Dann zog er seine Hand über seine Kehle, was ich für einen Teil desselben Scherzes hielt, bis er sich unvermittelt abwandte. Crow packte mich bei den Haaren und riss meinen Kopf zurück.

Ich hing da wie ein Huhn mit verrenktem Hals, zu gelähmt vor Angst, als dass ich hätte um mich treten können. Ich vernahm das klirrende, gleitende Geräusch, mit dem ein Messer aus der Scheide gezogen wurde. Dieser Ton endlich brachte mich dazu, zu kämpfen. Als ich das Messer aufblitzen sah, versuchte ich, den Kopf wegzudrehen, doch der Mann war viel zu stark für mich und riss meinen Kopf noch weiter nach hinten. Flüchtig vernahm ich ein Geräusch, und Crow zuckte zusammen, als ein Milan nach seinem Sturzflug neben uns wieder aufstieg. Die Ratte zwischen seinen Klauen quietschte kurz auf, als das Leben aus ihr gepresst wurde. Während die Ratte die Besinnung verlor, fand ich meine wieder.

Für einen Moment abgelenkt, hatte Crow seinen Griff gelockert und das Messer instinktiv gegen den Milan gerichtet.

Mit einem Ruck befreite ich meinen Kopf aus seiner Umklammerung und biss ihn so heftig in die Hand, dass ich spürte, wie ein Zahn wackelte und herausfiel. Er schrie auf und ließ das Messer fallen. Der andere Mann bückte sich, um den Beutel aufzuheben. Er packte mich, aber wie rasend verpasste ich ihm einen Kopfstoß nach dem anderen. Er rutschte auf einem Kuhfladen aus und fiel in den Graben. Seine Schreie wurden erstickt, als er einen Mundvoll von dem Grabeninhalt schluckte.

Ich packte den Beutel mit den kostbaren Zeilen und rannte, wie ich nie zuvor in meinen Leben gerannt war, wobei ich beinahe den Nachtwächter und den Mann umstieß, der auf die Scheune hätte aufpassen sollen.

Hinter mir hörte ich jemanden schreien »Haltet den Dieb!«. Der Nachtwächter versuchte, mich zu packen, aber ich riss mich los, denn es war immer der Lehrjunge, der Schuld hatte, und stürmte in das Labyrinth aus Höfen, Gassen und verwinkelten Durchgängen von Cloth Fair.

3. Kapitel

Die Sorge meines Masters galt zur Gänze der durcheinander geratenen Wörtersuppe, die ich aus meinem Beutel fischte, so dass er meinen Zustand kaum wahrzunehmen schien.

Der kalte, gottähnliche Zorn, von dem ich erwartet hatte, dass er über mich niedergehen würde, richtete sich stattdessen auf die Aufgabe, den Wortbrei aus verschmierten Sätzen in ein ordentliches Octav-Nachrichtenblatt zu verwandeln. Mr Black würde seinen Gott und Mr Pym enttäuschen – und seinem Geldbeutel schaden –, wenn die Rede nicht in den Gasthäusern und Tavernen zirkulierte, in denen sich die ehrbaren Männer diese Woche versammelten.

Wer waren Crow und der Mann mit dem Biberhut? Sie waren keine gewöhnlichen Taschendiebe. Ebenso wenig standen sie im Dienst der Zunft. Man hatte ihnen gesagt, ich sei häufig im Pot zu finden, und dass ich rotes Haar hatte. Aus all dem folgerte ich, dass die Worte, die ich überbracht hatte, wirklich wichtig waren, vielleicht würden sie tatsächlich die Welt verändern, und dass sie mich gejagt und versucht hatten zu töten, um an diese Papiere zu kommen.

Meine Schuldgefühle und mein Elend wuchsen, als Mr Black sich bemühte, in einem tintenverschmierten Blatt nach dem anderen einen Sinn zu erkennen. Damals glaubten wir alle, das Ende der Zeit sei nahe. George war überzeugt, das Jüngste Gericht würde 1666 tagen, denn in der Offenbarung war 666 die Zahl des Tieres, das als Erstes überwunden werden musste. Ich persönlich glaubte, das Ende der Welt käme in jener Nacht. Ich hatte die Worte in den Händen gehalten, um die Welt zu retten, und ich hatte sie verloren.

Meine Gedanken wurden so irr, dass ich sogar wünschte, man würde mich schlagen anstatt mich zu ignorieren, bis Mr Black auf eine Seite stieß, an der er gänzlich scheiterte.

»Das Parlament ist …«, begann er. Seine Augen schienen vorzuspringen, als er sich bemühte, die Wörter zu entziffern. Er schleuderte das Papier von sich. »Verdammt sei die Rede! Verdammt sei der Junge!«, brüllte er.

Ich hob das Blatt auf, klammerte mich an ein Wort, das ich im grauen Schmutz erkannte, wie ein Ertrinkender an einen Sparren. Das Wort, mitten in einer verschwommenen Masse, lautete »Seele«. Wie durch ein Wunder schienen sich andere Wörter vor meinen Augen aus der verwischten Tinte zu formen, als ich mich daran erinnerte, was Mr Ink feierlich rezitiert hatte.

»Das Parlament ist die Seele des Gemeinwesens«, sagte ich.

Überrascht starrten sie mich an und warteten darauf, dass ich fortfuhr, doch ich konnte nicht. Der Sparren glitt mir aus den Händen, und ich war kurz davor, zu ertrinken. Doch Mr Black schnappte sich das Blatt erneut und war imstande, die nächsten paar Wörter zu entziffern.

»… das Gemeinwesen, welches allein in der Lage ist, die … die …«

Wir steckten erneut fest. Verzweifelt nahm ich Mr Black das Blatt ab und starrte auf das verdreckte Wort. Vielleicht habe ich es entziffert, doch ich glaube eher, dass ich es irgendwie aus den Tiefen meines Gedächtnisses ausgrub.

»Krankheiten!«, rief ich triumphierend. »Die Krankheiten zu erkennen …«

Erneut ergriff Mr Black das Papier, als ich nicht weiter wusste. Die folgenden Worte waren unentzifferbar, sowohl für seine Augen als auch für meine Erinnerung, aber die Phrasen und Argumente des Politikers waren ebenso bekannt wie sein Gesicht, und Mr Black kannte Mr Pym in- und auswendig.

»… die Krankheiten zu erkennen, die das Herz im Leib der Politik befallen haben«, rief er.

Kein Gedicht hat mich je so berührt wie diese beschmutzte Zeile politischer Rhetorik, denn sie wurde mit solch religiöser Inbrunst vorgetragen. Ich erntete einen Blick, der dem nicht unähnlich war, den Susannah mir zugeworfen hatte, als sie dachte, ich läse aus der Bibel vor, während ich in Wahrheit nur das aus meiner Erinnerung hervorgekramt hatte, was sie gelesen und vorgesagt hatte.

»Gott ist bei uns!«, verkündete Mr Black jubelnd.

Gloomy George, der von dieser völlig unerwarteten Einmütigkeit zwischen uns ausgeschlossen war, sah mich finster an.

»Mach dich an die Arbeit!«, schrie Mr Black ihn an. »Steh nicht so blöde rum, Mann, an den Setzerkasten!«

Der finstere Blick wurde zu purer Böswilligkeit, als George seinen Winkelhaken ergriff. Bisher war ich lediglich jemand gewesen, den man zu züchtigen und, so hoffnungslos das Unterfangen auch sein mochte, davor zu bewahren hatte, sich zu versündigen. Doch jetzt war ich nicht mehr zu retten, sein Todfeind. Der Teufel war eine äußerst raffinierte Kreatur, der es irgendwie gelungen war, mir schmeichelnd und schleimend Mr Blacks Gunst zuteil werden zu lassen, und musste um jeden Preis mit den Wurzeln ausgerottet werden. So funktionierte Georges Verstand.

Doch selbst George wurde von dem Verlangen getrieben, Mr Pyms Worte zu erhaschen und sie so bald wie möglich in der ganzen Stadt zu verteilen. In ganz London gab es keinen schnelleren Setzer. Wenn Mr Inks Finger über die Seiten geflogen waren, so waren Georges Finger derart flink, dass ihre schnellen Bewegungen vor dem Auge verschwammen, wenn sie vom Setzerkasten zur Schiene und wieder zurück zum Kasten huschten und mit einer ganz eigenen Magie die Worte rückwärts zusammensetzten, während Mr Black und ich Mr Pyms feine Redewendungen zutage förderten.

Je weiter die Nacht voranschritt, desto geringer wurden unsere Bedenken über die wachsende Kluft zwischen dem, was er tatsächlich gesagt hatte, und dem, was wir erfanden. Zum ersten Mal bekam ich eine Ahnung von der Macht der Worte, mit denen wir es zu tun hatten. Sie waren ebenso explosiv wie Schießpulver. Alles, was noch fehlte, war eine Lunte. Das Parlament hatte das Recht, die königlichen Minister zu bestätigen. Das Recht? Der König von Gottes Gnaden wählte seine eigenen Minister. Allein das Parlament hatte das Recht, Gesetze zu erlassen. Allein? Ohne den König?

Und da, wie durch ein Wunder unbeschmutzt und unmissverständlich, stand das größte Fass Schießpulver von allen, aufgeschrieben in Mr Inks schräger Schrift: Das Parlament hatte das Recht, die Streitmacht zu kontrollieren.

Zaudernd kam Mrs Black die Treppe herunter, um zu sehen, was hier vor sich ging, und weckte dabei ihre Tochter auf. Ich erhaschte einen Blick auf Anne in ihrem Nachtgewand am Fuß der Treppe und hoffte, sie würde anhand des angeregten Geschnatters zwischen mir und ihrem Vater feststellen, dass er mich in ganz neuem Licht sah. Aber sie wünschte ihrem Vater lediglich eine gute Nacht und wandte sich mit einem angeekelten Naserümpfen von mir ab. Diese Nase mit ihrer winzigen Wölbung nach oben, von der ich glaubte, keine Skulptur könne sie nachahmen, zuckte, und schon fühlte ich mich elend. Unweigerlich wurde ich mir des Gestanks und des Drecks von Smithfield bewusst, der mir anhaftete, wozu sich noch die Tinte gesellte, die ich auf die Form auftrug, zu der mehrere Schließplatten zum Drucken zusammengefügt waren.

Ich hörte ihr Lachen auf der Treppe sowie das verhasste Wort Affe. Ich hatte viel zu viel Angst, sie noch einmal zu verfluchen, also hasste ich sie. Ich hasste die gesamte Familie Black. Ich hasste es, ein Lehrjunge zu sein. Mehr als alles andere auf der Welt wollte ich meine Stiefel von mir schleudern und wieder bei Matthew auf der Werft sein.

Nachdem wir einen Andruck gemacht und schließlich das Nachrichtenblatt gedruckt hatten, brach ich das Eis im Eimer auf dem Hof auf, wusch ab, was ich an Schmutz von meinem Gesicht und meinen Händen bekam, und begann den kalten Brei zu essen und das Bier zu trinken, das Sarah für mich aufgehoben hatte. Mr Black nahm sich etwas Wein und blickte voller Stolz auf das neue Nachrichtenblatt, das noch feucht im Kerzenlicht glänzte. Auf der ersten Seite zeigte es ein schönes Porträt des Königs, dessen Haar sich unter dem Dreispitz in üppigen Locken auf den Schultern kringelte, sowie ein bescheideneres Bild von Mr Pym, dessen spitzer Bart bereits abplatzte, weil wir den Block schon so häufig benutzt hatten.

Es war Mr Blacks Idee gewesen, die brisanten Forderungen des Parlaments in Achtung gebietenden, gut sichtbaren Lettern zu setzen:

Eine GROSSE REMONSTRANZ des PARLAMENTS
an seine MAJESTÄT den KÖNIG
Der einzige & wahre Bericht von der Verhandlung des
Parlaments, in welcher Seine Majestät gebeten wird,
das allerdemütigste Flehen seiner Untertanen zu vernehmen

Ich hatte mein Bier gerade in zwei großen Zügen geleert, als Mr Black zu George sagte: »Nimm dir von dem Wein und schenk auch Tom etwas ein.«

George hob die Augenbrauen, und es sah aus, als wollten sie sich nie wieder senken. Ihm wurde sonst nur an seinem Namenstag Wein angeboten, und mir hatte Mr Black noch nie welchen gegeben. Kaum, dass er mich einmal »Tom« genannt hatte. Ich war immer »dieser Junge«, »der sündige Halunke« oder »der kleine Teufel«. Erst in letzter Zeit, seit ich fast so groß war wie er, meine Stiefel regelmäßig anbehielt und plötzlich nützlich für ihn war, hatte er angefangen mich »Mr Neave« zu nennen, wenn auch mit einer ordentlichen Portion Sarkasmus.

Mr Black nahm einen Schluck Wein, räusperte sich und sah mich lange an. Mein Magen verkrampfte sich. Jetzt würde er mich fragen, wie die Papiere und ich selbst in so einen erbärmlichen Zustand geraten konnten. Doch sein Blick wanderte zurück zu den trocknenden Nachrichtenblättern, die immer noch im Kerzenschein glänzten, und sein Gesicht war von dem Triumph erfüllt, dass die Rede am nächsten Tag auf der Straße zu lesen sein würde.

»Gut gemacht, Tom«, sagte er.

Die Worte klangen steif und ungelenk aus seinem Mund, da er ebenso wenig daran gewöhnt war, sie auszusprechen, wie ich daran, sie zu hören. Tatsächlich dauerte es einen Moment, mehrere Momente, bis ich sicher war, dass kein versteckter Spott auf den nachfolgenden Tadel hinwies. Erst als er noch mehr Wein in meinen Krug schenkte, sein Glas hob und sich sein Gesicht mit einem Lächeln darauf aus dem Schatten löste, begriff ich, dass er es ernst meinte.

Das Lächeln wirkte noch seltsamer auf mich als die Worte. Ohne jede Vorwarnung traten mir Tränen in die Augen. Oft genug hatte ich mich in diesem Haus in den Schlaf geweint, aber niemals hatte ich in ihrer Gegenwart Tränen vergossen. Je mehr ich geschlagen wurde, desto entschlossener wurde ich, niemals vor ihnen zu weinen.

»Was ist los, Tom«, sagte er, »sehe ich da Tränen?«

»Nein, Sir«, stammelte ich, »nein, Sir«, zog mich in den Schatten zurück und wischte mir mit dem Ärmel übers Gesicht.

»Du bist ein sonderbares Kind, oder etwa nicht, George?«

»Aye, Sir«, sagte George mit einem ungestümen Blick auf mich.

»Hart wie Stein, wenn er gezüchtigt wird, und heult, wenn er gelobt wird.«

»Ich bin nicht daran gewöhnt, Sir«, sagte ich.

»Nun, Tom, das mag schon sein. Du warst ziemlich störrisch, als wir dich aufgenommen haben, oder etwa nicht, George?«

George sah aus, als stünde das Ende der Welt nicht nur kurz bevor, sondern sei bereits eingetreten. »Das war er, Sir. Der störrischste Lehrjunge in der ganzen Stadt. Und wenn ich meine Meinung sagen darf, ist er das immer noch.«

»Aber er bessert sich, George, er bessert sich.«

George sagte nichts, aber Mr Black erwartete auch keine Antwort. »Es gab so viel zu tun und so wenig Zeit.«

Er stocherte in der schwachen roten Glut des Kohlenfeuers, bis ein paar Flammen aufloderten, die sein Gesicht beschienen. Er zählte noch keine vierzig Jahre, doch im flackernden Licht wirkten die Falten in seinem Gesicht wie die eines wesentlich älteren Mannes. Sie hatten sich tief in seine Stirn und Wangen eingegraben wie die Linien in einem fein geschnittenen Holzblock. Er starrte in die Flammen, als hätte er vergessen, dass wir da waren. Ich schob mich näher heran. Als er gesagt hatte, ich sei ein sonderbares Kind, musste ich an Matthew denken, und ich fühlte mich in den Moment zurückversetzt, in dem Matthew ins Feuer geblickt und den Anhänger herausgezogen hatte. Wie konnten so ein undurchsichtiger Hellseher und ein geradliniger religiöser Mann auf genau die gleiche Weise ins Feuer starren, obgleich der eine in die Zukunft und der andere in die Vergangenheit blickte?

»Du machst dir keine Vorstellung davon, wie viel Böses in deiner Seele war, Tom«, sagte er.

Ich erschauderte. In diesem Augenblick glaubte ich vollkommen, dass er das Böse in mir entdeckt hatte. Susannah hatte mich nur wegen meines Tricks mit der Bibel für gut gehalten.

»Wir haben zu Gott gebetet, dass wir es ausrotten können, nicht wahr?«, sagte er zu George.

»Aye«, erwiderte George, faltete die Hände und sagte mit einem ironischen Unterton, der an Mr Black völlig verschwendet war: »Und wir beten immer noch.«

»Mehr Böses als du ahnst. Mehr als du dir überhaupt vorstellen kannst!«

Mit diesen Worten wandte er sich um, sein Gesicht tauchte in den Schatten, und seine Stimme klang plötzlich streng. Der Wechsel von einem fast träumerischen Umgangston kam so unerwartet, dass es nicht nur mich, sondern auch George überraschte. George nahm die Hände auseinander, wandte seine grüblerische Aufmerksamkeit von mir ab und starrte seinen Master mit jenem begierigen Gesichtsausdruck an, den ich einmal bei ihm gesehen hatte, als er an der Tür einem Streit zwischen Mr Black und seiner Frau lauschte.

»Ich hätte dich nie genommen, niemals, wenn es nicht so schlecht ums Geschäft gestanden hätte. Schlecht? Wir waren dem Untergang nahe.«

Er nahm den letzten Schluck von seinem Wein, goss nach, trank die Hälfte und wanderte im Raum umher.

»Selbst dann hätte ich es nicht getan, ich wäre mit eingezogenem Schwanz nach Oxford zurückgekehrt, wenn Merrick mir nicht angeboten hätte, mich auszuzahlen. Merrick!«

Er spie das Wort aus. Merrick war der Drucker beim The Star in Little Britain. Hastig schluckte er den Wein herunter, als wollte er den Namen seines Rivalen fortspülen. George nickte bedächtig und sah mich an, als würde er zum ersten Mal etwas begreifen, obwohl ich keine Ahnung hatte, was das sein könnte.

»Das war doch damals, Master, als Ihr … äh, das Geld gefunden habt, um eine neue Druckerpresse zu kaufen, und die neuen Lettern aus Amsterdam.«

»Geliehen!«, sagte Mr Black scharf, als bereue er seine Enthüllungen bereits. »So und nicht anders. Ich habe das Geld geliehen!«

Er hatte das Glas schon zur Hälfte an die Lippen gehoben, als er merkte, dass es leer war, und es kam zu einer kleinen Auseinandersetzung zwischen ihm und der Flasche. Energisch stellte er das Glas ab. Sein Blick fiel auf die trocknenden Blätter, die Augen strahlten vor Freude, er wandte sich erneut der Flasche zu, zögerte und drehte sich bedauernd um. Dann sah er mich, wie ich über dieses Hin und Her lächelte, und ehe ich wieder einen ernsten Ausdruck annehmen konnte, erwiderte er zu meiner allergrößten Überraschung das Lächeln. Er schenkte sich Wein nach und deutete auf mich.

»Ich dachte, ich hätte den Teufel höchstselbst ins Haus geholt, den Druckerteufel, war es nicht so, George?«

»Ein höchst geschickter Teufel«, sagte George und ließ mich nicht aus den Augen.

»Ach komm schon, George!« Seine Geste schloss nicht nur die gut ausgestattete Werkstatt mit ein, sondern auch die neue Truhe aus Zedernholz in den Raum, in dem wir aßen, mit ihren Flaschen und Kerzenhaltern. Nicht aus Silber, aber aus dem teuersten Zinn, das poliert beinahe so aussah wie Silber. »Ist das alles kein Zeichen für die Gnade Gottes?«

George richtete seinen ruhigen Blick unverwandt auf den Master. »›Im Glück erkennt man den Freund nicht. Oder gute Diener.‹ Jesus Sirach, 12,8.«

Der Wein brachte eine vollkommen andere Seite an Mr Black zum Vorschein. Er sah genauso streng aus wie immer, aber ich schwöre, dass er ein Zwinkern in den Augen hatte.

»Also gut, George. ›Wer sich selbst nichts gönnt, wem kann der Gutes tun? Er wird seinem eigenen Glück nicht begegnen.‹ Jesus Sirach, 14,5.«

Ich hatte noch nie zuvor gehört, dass Mr Black eines von Georges Bibelzitaten übertrumpfte. George wirkte höchst verärgert. Mr Black klopfte ihm auf die Schulter.

»Kommt, Ihr Herren! Trinkt!«

George weigerte sich, und als Mr Black sich meinen Krug näherte, sagte er: »Der Junge hat genug, Sir.«

Mr Black winkte ab. »Er hatte so gut wie nichts.«

»Aye, plus das, was er in der Schänke getrunken hat«, sagte George.

Ich sprang auf. »Ich gehe nicht in die Schänke!«

»Du hast danach gestunken, als du hereinkamst.«

»Ich wurde in einen Kampf verwickelt.«

»Eine Tavernenschlägerei!«

»Hört auf! Ihr weckt noch das ganze Haus auf!«

Zum ersten Mal galt Mr Blacks Zurechtweisung uns beiden, nicht nur mir. Und zum ersten Mal befragte er mich, ohne automatisch davon auszugehen, dass ich der Schuldige war.

»Bist du in eine Schänke gegangen?«

Ich zögerte. Die Besuche der Schänke hatten einige der schlimmsten Prügelstrafen nach sich gezogen, und sie waren der häufigste Grund, warum Lehrjungen aus den Zünften ausgeschlossen wurden. Aber das lag daran, dass sie tranken, würfelten und herumhurten. Ich hatte nicht einmal etwas getrunken oder auch nur einen Würfel geworfen.

»Nein, Sir«, sagte ich.

»Habt Ihr sein Zögern bemerkt, Herr?«, fragte George.

»Sagst du die Wahrheit?« Die Strenge war wieder in Mr Blacks Tonfall zurückgekehrt und lag im Widerstreit mit seiner Fröhlichkeit.

»Ja, Sir!«

George bewegte leise die Lippen, aber ich hörte sein Gebet. »O Herr, leite ihn, lass ihn seinen Fehler erkennen …«

»Hör auf, George!«

George schwieg abrupt. Sein blasses Gesicht schien sich zu verzerren und zu schrumpfen, seine Lippen bewegten sich noch immer, aber es kam kein Ton heraus. Mr Black drehte sich mit einer heftigen Bewegung um und warf dabei fast den Stuhl um. Schwerfällig ließ er sich am Kopf der Tafel nieder, auf dem mit Leder bezogenen Sessel mit hoher Lehne, den er erst vor Kurzem gekauft hatte, und wirkte wie ein Richter.

George fand seine Stimme wieder. »Fragt ihn, wie er in den Kampf geraten ist.«

»Ich wurde angegriffen. Diebe, die versuchten, die Rede zu stehlen.«

»Warum hast du uns das nicht vorher erzählt?« Georges Stimme war ätzend vor Zweifel.

»Dafür war keine Zeit.«

»Merricks Lehrjungen?«, fragte Mr Black.

»Nein, Sir. Ich habe sie nie zuvor gesehen. Einer hatte ein Schwert.«

Ungläubig schaute George zur Decke, doch Mr Black lehnte sich weit vor.

»Ein Edelmann?«

»Ja. Nein. Ich weiß nicht.«

»War er vielleicht früher einer gewesen?«

»Ja.«

»Beschreibe ihn.«

»Ein mageres Gesicht. Ein Bart wie der König. Er trug einen Biberhut.«

»Wie halb London«, sagte George.

»Und der andere?«

»Ein Handlanger. Schultern wie ein Bulle.«

George lachte. »Das ist ein Märchen aus einem dieser Blätter, die es für einen halben Penny zu kaufen gibt! Er lügt!«

Mr Black sprang auf. Seine gute Laune war ebenso rasch verschwunden, wie sie gekommen war. Er ergriff seinen Stock, den ich in den letzten Monaten immer seltener zu spüren bekommen hatte. »Stimmt das? Oder lügst du?«

»Nein, Sir!«

Ich duckte mich, als ich sah, wie der Stock auf mich zu sauste, hielt die Hände schützend vor den Kopf und zuckte in Erwartung des Schlages zusammen. Der Stock zerbrach, als er ihn auf die Steinfliesen schleuderte. Er machte ein gequältes Gesicht, und ich fürchtete, er sei von jenem seltsamen Leiden befallen, das ihn von Zeit zu Zeit heimsuchte. Dann stand er ganz still, als habe er eine Vision, die andere nicht sehen konnten.

Murmelnd wich George zurück. »Der Junge hat Euch verflucht. Ich habe gesehen, wie er die Lippen bewegt hat.«

Mr Black schüttelte den Kopf, als wollte er die Vision abschütteln, so wie ein Hund sich das Wasser abschüttelt. Er packte mich bei den Schultern und schüttelte mich. »Lügst du?«

»Nein, Sir!« Ich schluchzte, sein seltsam verzerrtes Gesicht jagte mir mehr Angst ein als Stockschläge.

Er schüttelte mich erneut und kam mit dem Gesicht ganz nah an meins. »Es ist für mich ebenso wichtig wie für dich, dass du die Wahrheit sagst! Verstehst du das, du kleiner Narr?«

Ich entzog mich ihm mit einem Anflug von Ärger, der meine Tränen versiegen ließ. Ich hielt mich nicht für einen Narren, und ich war auch nicht mehr klein.

»Es ist wahr! Ich habe gehört, wie die Männer einen anderen Lehrjungen über einen Jungen mit rotem Haar ausgefragt haben, und dann hat sich der Mann umgedreht und mich gesehen, und ich bin fortgelaufen, und dann …«

»Wo war das?«

Die Worte erstarben in meinem Mund. Normalerweise hätte ich gelogen. Ihm erzählt, es sei auf der Straße gewesen, irgendwo, aber sein Gesichtsausdruck war so beunruhigt, so drängend, dass ich mich genötigt sah, die Wahrheit zu sagen.

»Im Pot.«

Ein trauriges Lächeln umspielte Georges Lippen. »Da haben wir es, Sir, da haben wir es.«

Daraufhin erwartete ich eine Tracht Prügel. Ich wünschte, sie hätten es getan. George fand den Gedanken offensichtlich reizvoll. Er nahm seinen alten Winkelhaken aus rostigem Metall zur Hand, von dem ich immer noch eine Narbe an der linken Schläfe hatte. Doch Mr Black wies ihn zurück. Er sah mich an, mit einem Blick von solcher Traurigkeit, der mich stärker traf als jede Peitsche und jeder Stock.

»Ach Tom, ich hatte gerade begonnen, dir zu vertrauen.«

Jetzt konnte ich die Tränen nicht mehr aufhalten, die aus mir hervorbrachen, und mit ihnen ein Sturzbach an Worten. Er musste mehr von seinem Sündenfimmel in mich hineingeprügelt haben, als ich gemerkt hatte, doch es war mir verborgen geblieben, bis ein wenig Freundlichkeit alles ans Licht brachte. Das, und meine Erkenntnis, dass die Worte, welche die Welt verändern würden, durch mein Verlangen nach einem Trunk hätten verloren gehen können.

Ich gestand die Trinkerei. Ich gestand die Würfelspiele. Ich gestand, obwohl ich fürchtete, in Mr Blacks Augen damit die größte Sünde begangen zu haben, zusammen mit Henry, Mericks Lehrjungen, getrunken und Schulden bei ihm gemacht zu haben.

Drohend stand George neben mir und wog den Winkelhaken in der Hand. Ich wollte, dass er mich schlug. Ich brauchte seine Grausamkeit. Doch als ich mich wie ein Opferlamm auf ihn zu bewegte, hielt Mr Black ihn auf. Im Flüsterton schalt er sich selbst, weil er nicht an jemanden geschrieben hatte. Er nahm Feder und Tinte, als wollte er auf der Stelle einen Brief schreiben, dann legte er beides wieder hin und schritt erneut auf und ab.

Auf meine Bestrafung zu warten, machte es zehnmal schlimmer. Ich fühlte mich so sterbenselend, dass ich ihn anflehte, meinen Lehrvertrag aufzuheben und mich nach Hause zu schicken. Ich würde meine Uniform und die Stiefel zurückgeben, mir ein paar alte Sachen von der Lumpenfrau am Tower Hill besorgen und zu meinem Vater zurückkehren.

Wie angewurzelt blieb er stehen und starrte mich an, als hätte ich etwas gesagt, das ihm zunächst einen Schock versetzte und anschließend amüsierte. »Zu deinem Vater? Nein, nein, das geht nicht, das geht gar nicht. Dafür ist es viel zu spät. Und was die Stiefel angeht …« Er schenkte mir eines seiner seltenen freudlosen Lächeln. »Ich bezweifle, dass sie irgendjemand anders passen würden.«

Der Hauch von Ungezwungenheit fiel von ihm ab. »Du wirst dieses Haus nicht eher verlassen, als ich es dir gestatte. Ist das klar?«

Nein. Nichts war klar. Weder das Böse, von dem er sagte, es sei in meiner Seele, noch der geheimnisvolle Edelmann, der plötzlich in mein Leben getreten war und derartige Bestürzung bei ihm ausgelöst hatte. Gleichwohl versprach ich, ihm zu gehorchen.

Er zögerte. »Nein, ich kann dir nicht vertrauen. Ich kann es mir nicht *leisten*, dir zu vertrauen.« Er wandte sich zu George. »Sperr ihn in den Keller.«

George packte mich am Arm und nickte anerkennend über die Schwere und Gerechtigkeit der Bestrafung. Meine Zunge und die Glieder waren so gelähmt vor Angst, dort in der Nacht eingesperrt zu werden, dass George mich bereits halb bis zur Tür gezerrt hatte, ehe ich den Tisch wie einen Anker umklammerte.

»Nicht in die Dunkelheit, Sir«, flehte ich. »Bitte schließt mich nicht in der Dunkelheit ein!«

»Nun, Tom«, sagte Mr Black mit amüsierter Miene. »Ich dachte, du seiest erwachsen und würdest dich vor nichts fürchten. Hast du immer noch Angst im Dunkeln?«

Ich hatte meine Sünden mit der Einsicht eines Mannes gebeichtet, aber jetzt verließ mich jegliche Vernunft, und wimmernd wie ein Kind flehte ich ihn erneut an.

»Gib ihm eine Kerze«, sagte Mr Black barsch.

Ich leistete keinen weiteren Widerstand. Schon früh hatte ich auf schmerzhafte Weise gelernt, dass es sinnlos war und George nur noch mehr Befriedigung verschaffte. George entzündete eine Kerze, und mit dem Winkelhaken in der anderen Hand führte er mich hinunter in den Keller. Sein Schatten breitete sich über die niedrige Decke aus. Als er die Kellertür öffnete, rief der feuchtkalte, faulige Geruch die Erinnerung an mein Entsetzen beim ersten Mal wach, als sie mich hierher gebracht hatten, doch ich unterdrückte es, entschlossen, vor George keine Angst mehr zu zeigen. Es war sehr spät, und die Kerze würde ausreichen, bis das erste Licht des Tages durch den bröckeligen Putz fiel.

Erst, wenn man regelmäßig bestraft wird, lernt man instinktiv, die Verfeinerungen solcher Strafen zu erkennen. Als George sich daran machte, die Tür hinter mir zu schließen, merkte ich, dass er mir die Kerze nicht geben wollte.

Ich stellte meinen Stiefel in die Tür und bemühte mich, sie weiter aufzuziehen. Mit unerträglicher Wucht traf der Winkelhaken meine Finger. Einen Augenblick lang konnte ich mich vor Schmerzen nicht rühren, doch das Klappern des Schlüssels ließ mich erneut an der Tür zerren. Es gelang mir, sie zur Hälfte zu öffnen und nach der Kerze zu schnappen. George zuckte zurück, und heißes Wachs spritzte auf seine Hand. Er schrie auf und ließ die Kerze fallen, die daraufhin erlosch.

Jetzt fiel nur noch ein schummriges, flackerndes, Licht aus dem Raum über uns in den Keller. Flüchtig sah ich, dass George mit dem Winkelhaken auf mich zukam. Ich duckte mich, und als er gegen die Wand krachte, packte ich ihn von hinten und stieß ihn mit solcher Macht gegen den Putz, dass ich glaubte, die Wand müsste einstürzen. Kraftlos tastete er nach dem Winkelhaken, den er fallen gelassen hatte. Ich entdeckte ihn auf der Treppe und schnappte ihn mir.

Der Winkelhaken war mir an jeder Stelle meines Körpers vertraut, bis auf meine Handflächen. Das Gefühl, als sich meine Finger um das Metall schlossen, um dieses verhasste Eisen, und die Angst vor der Dunkelheit in dieser stinkenden Zelle trieben mich dergestalt zur Raserei, dass ich auf George einschlug. Er duckte sich, doch ich erwischte ihn mit voller Wucht an der Schläfe, und der Gedanke, dass ich ihn gezeichnet hatte wie er mich gezeichnet hatte, löste eine solche Woge der Grausamkeit aus, dass es sich anfühlte, als sei der Teufel, von dem George immer behauptet hatte, er stecke in mir, entfesselt und dränge mich, ihn wieder und wieder zu schlagen, so wie er mich geschlagen hatte.

George glitt aus und stürzte, und Gott allein weiß, was ich getan hätte, wenn ich Mr Black eher auf der Treppe gehört hätte. Doch als ich mich endlich umdrehte und ihn erblickte, ließ er bereits seinen Stock auf mich niedersausen.

4. Kapitel

Ich dachte, es sei eine Laus. *Pediculus Humanus Corporis*, wie mein Lateinlehrer Dr. Giles mir eingetrichtert hatte, als er triumphierend ein besonders fettes Exemplar aus meinen Kleidern gefischt hatte. Sie kamen in der Nacht, um zu fressen. Wir waren aneinander gewöhnt, und solange sie sich nicht über besonders empfindliche Stellen wie meine Lenden hermachten, weckten sie mich selten auf. Und selbst dann weckte das Viech, solange es unentschlossen herumkroch, eher meinen Finger und Daumen, die über ihm schwebend darauf warteten, dass es sich endlich zum Fressen niederließ, ehe sie sich befriedigt den kleinen Leib schnappten, um sogleich wieder in den Schlaf zu fallen.

Doch dieses Biest hockte auf meinem Gesicht, das normalerweise zu ledrig für eine anständige Wanzenmahlzeit war. Meine Finger und Daumen pochten und stachen vor Schmerz, als ich instinktiv versuchte, sie zu krümmen, um die Laus zu fangen. Mein Kopf dröhnte wie die große Trommel bei der Lord Mayor Show, der Parade des Bürgermeisters. Etwas Furchtbares war geschehen, aber ich wollte mich nicht daran erinnern, ich wollte nur diese Laus fangen und wieder in den Schlaf sinken. Mein Finger und mein Daumen krochen verstohlen hoch zu meinem Gesicht. Sie berührten eine klebrige, zähflüssige Masse und hielten verunsichert inne, ehe sie sich um das Ding schlossen, das die Verwirrung ausgelöst hatte.

Im selben Moment spürte ich einen scharfen, nadelspitzen Schmerz und sprang schreiend auf. Ich sah wieder Mr Blacks zorniges Gesicht und seinen niedersausenden Stock vor mir, als ich begriff, dass ich keine tote Laus, sondern eine lebendige Ratte festhielt, die, angelockt von dem getrockneten Blut auf meinem Gesicht, quiekte und mich in die Hand biss.

Schreiend schleuderte ich sie fort. Ich konnte nichts sehen. Ich stolperte gegen eine Wand, kalt und schmierig vor Nässe, dann an eine andere, ehe ich die Tür fand. Laut rufend hämmerte ich dagegen, bis ich erschöpft zu Boden sank.

Das letzte Mal hatten sie mich hier eingeschlossen, als ich neu hierher gekommen war. Damals hatte ich mich dumm gestellt und so getan, als hätte ich meine Fähigkeit zu lesen verloren. Auf verquere Art hatte ich gehofft, sie würden glauben, dass mir die Gabe des Lesens genommen worden sei, genauso, wie sie mir verliehen worden war. Sobald ich für sie nicht mehr von Nutzen war, würden sie mich nach Hause schicken. George jedoch war wesentlich raffinierter als ich, wenn es darum ging, solcherlei Gedanken zu verdrehen und verwirren.

Wenn es eine Gabe sei, sagte er, und ich sie nicht benutzte, würde Gott mich dafür strafen, indem er mir das Augenlicht nähme. Doch ich blieb verstockt, und als sie mir die Bibel gaben, kam nichts als Unsinn aus meinem Mund. Also sperrten sie mich ein, und mit dem schwindenden Licht verschwand auch meine Starrköpfigkeit. In Poplar hatte ich immer das Licht der Sterne und des Mondes gesehen, egal wie bewölkt und düster es gewesen war.

Als das Dämmerlicht im Keller zur völligen Schwärze geworden war, glaubte ich, erblindet zu sein. Ich schrie und brüllte und wälzte mich im Keller herum, bis sie mich freiließen. Mr Black verbot George, mich noch einmal einzusperren. Bis jetzt.

Erschöpft wie ich war, versuchte ich das, was damals geschehen war, aus meinen Gedanken zu verbannen. Ich war jetzt ein Mann, sagte ich mir. Hatte Mr Black das nicht gesagt?

Ich schöpfte etwas Mut aus seiner unerwarteten Belobigung und spielte die Szene immer wieder durch. Irgendwann würde es wieder hell werden, würde das Licht durch die Spalten in der Decke fallen.

Ich vergrub mein Gesicht in den Händen, bis ich meinte, eine Ewigkeit müsste vergangen sein. Ratten scharrten und huschten an mir vorbei. Ich schlug die Augen auf, aber es war immer noch stockdunkel. Wir hatten bis spät in die Nacht gearbeitet. Die Sonne würde doch gewiss bald aufgehen! Aber vielleicht war sie bereits aufgegangen? Unsinn, sagte ich mir. Gott konnte mich jetzt kaum dafür bestrafen, dass ich nicht lesen konnte, ich las die ganze Zeit! Doch dann ergriff mich Panik. George hatte mir erneut dieselbe Strafe auf den Hals gewünscht, weil ich ihn geschlagen hatte. Die Panik wuchs. Vielleicht war George tot. Was immer an Männlichkeit in mir steckte, ergriff die Flucht, und ich wurde wieder zu dem heulenden Kind, sprang hoch bis zur Decke und kratzte mit bloßen Nägeln den Putz herunter.

Der Keller befand sich unter der Druckerei und somit weit ab von den Schlafräumen. Trotzdem glaubte ich, dass Mr Black mich hören musste, und sei es nur gedämpft. Ich ballte die Fäuste, um gegen die Tür zu hämmern, als ich ein leises Kratzen vernahm. Es kam von unter der Tür. Noch mehr Ratten. Sie versuchten, in den Raum zu kommen. Ich stampfte mit dem Fuß auf. Ein Schrei. Entsetzt sprang ich zurück. Keine Ratte – eine Art Geist, Georges Geist murmelte hinter der Tür. Schließlich formten sich Worte aus dem Gemurmel.

»Blöder Affe!«

Noch nie hatte das verhasste Wort so wunderschön geklungen.

»Anne?«

»Um Himmels willen, sei leise!«

»Ist George am Leben?«

»Natürlich ist er das. Aber das hat er nicht dir zu verdanken.«

»Ist es schon hell?«

»Siehst du nicht, dass es noch dunkel ist, du Narr? Was meinst du, warum ich dir eine Kerze bringe?«

Ich dankte Gott, als ich den ätzenden Geruch von Talg wahrnahm. Als ich mich tief bückte, konnte ich nur den schwächsten gelben Schimmer der Kerze erhaschen, den Anne auf die Treppe gestellt haben musste. Sie erzählte mir, dass George einen Verband und ein Stärkungsmittel bekommen hatte, damit er schlafen konnte, während sie eine zweite, unangezündete Kerze unter der Tür hindurch schob. Anschließend reichte sie einen Feuerstein nach.

»Danke, Anne.«

»Miss Black. Und bedank dich nicht bei mir!« Ihre Stimme klang kalt und schroff. »Ich tue es nur, damit du aufhörst, solchen Radau zu machen. Wie ein Baby im Dunkeln zu heulen!«

»Du würdest hier drin auch heulen.«

»Das würde ich nicht!«, sagte sie mit so viel Geringschätzung im Flüsterton, dass meine Wangen brannten.

Das dünne Lichtband unter der Tür begann zu flackern und verschwand, wie Irrlichter, die im Moor davontanzten. Meine Panik kehrte mit aller Macht zurück.

»Warte! Der Feuerstein ist feucht!«

»Du hast es noch gar nicht versucht.«

Ich kratzte mit dem Stiefel an der Wand. »Kein Funken! Bitte An… Miss Black. Gebt mir Licht von Eurer Kerze. Durch den Türspalt.«

Das Licht, das gesegnete Licht unter der Tür, wurde heller. Bäuchlings auf dem Boden liegend, konnte ich die Flamme sehen. Talg tropfte herab, und ich erhaschte einen Blick auf Annes schmale, zarte Finger. Die Flamme flackerte und erlosch beinahe. Sie schrie leise auf, und ich hörte, wie sie sich aufrappelte und wartete, bis die Flamme wieder größer wurde.

»Ich kann nicht! Es zieht zu sehr! Sie wird ausgehen!«

»Hast du Angst?«, neckte ich sie. Doch als ich sie zurücktreten hörte, fügte ich rasch hinzu: »Es tut mir leid, Miss Black. Miss Black … steckt der Schlüssel im Schloss?«

Stille. Ich meinte fast, sie in ihrem langen weidengrünen Nachtgewand sehen zu können, in dem ich sie zuvor gesehen hatte, ein Tuch um die Schultern geschlungen, während ihre schmalen Hände sich schützend um das flackernde Licht schlossen.

Ich versuchte, meine Stimme so schwach und bescheiden wie möglich klingen zu lassen. »Miss Black … ich überlege, ob es nicht einfacher wäre, wenn Ihr die Tür ein wenig öffnen würdet.«

Sie lachte, und erneut schwang Geringschätzung in ihrer Stimme mit. »Hältst du mich für so eine Närrin, du Affe?«

Jetzt hatte das Wort wieder seinen alten verhassten Beiklang. Ich konnte mich gerade eben noch zurückhalten, um mich nicht aus Wut und Enttäuschung gegen die Tür zu werfen. Ich schlug die Hände vor den Mund, um nicht laut zu brüllen.

Ich begriff nicht, wie ich sie in dem einem Moment lieben und im nächsten so sehr hassen konnte. Meine Hoffnungen auf sie waren ebenso gewagt als wenn ich in den Spiegel blicken und behaupten würde, ich sähe gut aus. Stellen Sie sich zu den Füßen und dem roten Haar eine Nase vor, die ebenso spitz und neugierig war wie ein Vogelschnabel, und Sie haben ein ziemlich gutes Bild von mir. Nur meine Augen, groß und dunkel wie Tinte, bescherten mir überhaupt irgendeine Aufmerksamkeit. Das und mein Gebrauch von Worten, die ich anfangs gehasst hatte, als sie versuchten, Rhetorik und Schreiben in mich hineinzuprügeln, und die ich inzwischen lieben gelernt hatte.

»Die Tür öffnen?«, höhnte sie. »Du bist schon einmal fortgelaufen.«

»Das werde ich nicht tun«, stieß ich mit einer plötzlichen Inbrunst hervor, die sie ebenso überrascht haben musste wie mich. »Ich möchte weglaufen, aber ich kann nicht von Euch weggehen!«

»Was für ein Unfug! Wie kann ich dir vertrauen? Niemand kann dir vertrauen. Mein Vater sagt, du hättest den Teufel im Leib. Ich bete jeden Tag für dich.«

»Wirklich?«

»Pssst.«

»Was war das?«

»Sei leise!«

Ich wurde so still wie die Steinfliesen unter meinen Füßen. Ich hörte nichts außer dem Scharren der Ratten und in der Ferne den Wind, der an den Läden rüttelte, sowie das Knarren und Knacken von Holz. Des Nachts schien das Haus, genau wie die Schiffe im Hafen, Selbstgespräche zu führen.

»Macht Ihr das wirklich?«, flüsterte ich.

»Was?«

»Für mich beten.«

»Das ist nichts als reine Christenpflicht«, sagte sie leise und ernsthaft. »Für eine verlorene Seele zu beten. Um dich davon abzuhalten, solche Dinge zu tun. Und solche Sachen zu schreiben.«

Schreiben? Sie musste das Gedicht meinen, von dem ich einst den Mut besessen hatte, es für sie zu verfassen. Hatte sie es gelesen? Ebenso wie Mr Blacks unerwartetes Lob trieb mir dieser Gedanke die Tränen in die Augen. Die Vorstellung, dass sie überhaupt Notiz von mir genommen hatte und mehr in mir sah als jemand, über den man sich lustig machen und den man verspotten konnte, war eine Offenbarung.

»Weinst du?«

»Nein. Ja.«

»Vielleicht bist du doch noch nicht ganz verloren, Affe.«

In dem Spott lag etwas Weiches, oder war es nur meine Hoffnung? Doch über das folgende liebliche Geräusch konnte es keine Zweifel geben: Der Schlüssel drehte sich im Schloss. Ich sprang auf, um die Tür zu öffnen, doch ehe ich das bewerkstelligen konnte, drehte sich der Schlüssel wieder zurück.

»Wie kann ich die Tür öffnen, wenn du so ein Gedicht für mich geschrieben hast?«

»Hast du es wirklich gelesen?«

»Natürlich nicht! Mein Vater sagte, es sei so voller Widerwärtigkeiten …«

»Widerwärtigkeiten!«, rief ich hitzig. »Du glaubst also, es sei widerwärtig, zu schreiben: Die Fenster Eurer Seele …«

»Hör auf!«

»Die in ihrem Schauen nicht mich erblicken …«

»Ich werde nicht zuhören!«

Ich hörte, wie sie ging. Der gelbe Schimmer ihrer Kerze unter der Tür flackerte auf und verschwand. In diesem Moment scherte mich das nicht. Es war das Erste, das ich je geschrieben hatte und das wahrhaftig sagte, was ich empfand, und die Worte kamen über meine Lippen, als führten sie ein Eigenleben.

»Ich weiß, die Fenster Eurer Seele
erblicken in ihrem Schauen nicht mich
sondern einen fremden Satyr. Und doch,
eines müßigen Tages, werden sie vielleicht
dieser tumben Zeilen gewahr.
Und lesen aus diesen ungelenken Worten
meine vergebliche Hoffnung auf Eure Liebe.
Allein, mir bleibt der Traum,
durch meine Liebe zu Euch
Euren Blick auf mir zu spüren.«

Die Worte hatten mich beruhigt. Nun kehrten die Geräusche, das Rascheln der Ratten und das Tropfen von Wasser zurück. Und mittendrin ein anderes Geräusch, draußen vor der Kammer. Der schwächste Schein gelben Lichts tauchte wieder unter der Tür auf.

»Anne? Miss Black?«

»Das waren nicht die Worte, die mein Vater benutzt hat.«

»Ich werde sie dir zeigen! Du hättest sie lesen sollen!«

»Ich kann nicht lesen! Das weißt du doch!« Zorn und Demütigung lag in ihrer Stimme.

Das hatte ich nicht gewusst. Ich hatte sie oft mit der Bibel in die Kirche gehen sehen oder beobachtet, wie sie einen der Gedichtbände von Richard Lovelace aufschlug, die wir druckten.

»Ich bringe es dir bei.«

»Du!« Die Verachtung in ihrer Stimme war nicht zu überhören. »Du hast das Gedicht abgeschrieben. Diesen albernen Spruch hast du doch nie selbst geschrieben!«

»Hab ich doch!«

»Lügner!«, höhnte sie.

Mein Zorn brach unkontrolliert aus mir hervor, und ich hämmerte wie rasend gegen die Tür. »Ich habe es selbst geschrieben, und es ist nicht albern, und ich liebe dich und werde dich immer lieben, Gott allein weiß warum!«

Sie versuchte mich zum Schweigen zu bringen, doch ich gab erst Ruhe, als ich aus der Ferne Mr Blacks Grummeln hörte, gefolgt von Mrs Blacks schriller Stimme.

»Da ist jemand!«

Ich hörte ihn sagen: »Das ist Tom. Lass ihn so viel hämmern, wie er will.« Dann murmelte er etwas. Mrs Blacks Stimme wurde lauter, schärfer und drängender. »Ich höre jemanden reden!«

Was immer Mr Black erwiderte, wurde von wütenden Gepolter und knarrenden Dielen übertönt.

Bis jetzt hatte ich in Annes Tonfall nichts vernommen außer

Heiterkeit und Spott, doch jetzt war Panik in ihrer Stimme. »O Gott! Er darf mich hier nicht finden!«

»Geh! Geh jetzt!«, drängte ich.

Ihre Schlafkammer befand sich ein Stockwerk über der von Mr und Mrs Black. Sie konnte es gerade noch schaffen. Als das Licht ihrer Kerze verschwand, hörte ich oben die Tür gehen, und einen Moment später war sie wieder da.

»Es ist zu spät. Er kommt die Treppe herunter.«

»Öffne die Tür!«

Sie stöhnte leise vor Furcht. »Nein!«

»Öffne sie!«

Ich hörte, wie der Schlüssel umgedreht wurde, und machte die Tür auf. Anne trug ihr grünes Nachtgewand, genau wie ich es mir ausgemalt hatte. Den Rest hatte ich mir nie vorgestellt. Ihr wundervolles Haar war unter einer abgrundhässlichen Nachtmütze verborgen. Das hochmütige, spöttische junge Mädchen war verschwunden und zu diesem zitternden Etwas geworden, das Gesicht genauso blass wie die Kerze, die sie in der Hand hielt. Als ich das Gedicht schrieb, glaubte ich, wie alle Jungen es tun, ich wüsste alles über die Liebe. Ich schaute in ihre Augen, sah ihren wilden Blick umherhuschen wie bei einem gefangenen Tier und begriff, dass ich nichts wusste, außer, dass ich sie jetzt noch mehr liebte.

Bei meinem Anblick sah sie furchtsamer aus als je zuvor und wich auf die Treppe zurück. Ich nahm den Schlüssel aus dem Schloss.

»Wer ist da?«, rief Mr Black laut.

Anne wich erneut zurück. Ich zog sie an mich und hielt ihr den Mund zu, aus Angst, sie könnte schreien. Ich flüsterte ihr ins Ohr: »Bleib hier! Wenn du in der Werkstatt Lärm hörst, lauf zurück auf dein Zimmer!«

Ich blies die Kerze aus, erstickte ihren leisen Angstschrei und schlich die Treppe hinauf.

»Wer ist da?«, wiederholte Mr Black.

Ich hörte eine morsche Stufe knarren, gefolgt von Mr Blacks gemurmeltem Fluch, und wusste, dass er beinahe unten war. Ich schlüpfte in die Küche, als er mit erhobener Kerze den Raum betrat. Der flackernde Lichtstrahl wanderte auf mich zu. Ich duckte mich hinter einen Stuhl. Von hier aus konnte ich in die Druckerwerkstatt sehen.

Als Mr Black sich, die Kerze in der einen Hand, den Stock in der anderen, der Treppe näherte, die in den Keller führte, schleuderte ich den Schlüssel in die Werkstatt. Er traf die Druckerpresse und, zu meinem großen Glück, verschob einige der trocknenden Blätter. Die Klemmen, die sie beschwerten, fielen polternd zu Boden.

»Diebe!«, schrie Mr Black, setzte die Kerze ab und rannte in die Werkstatt. Ich folgte ihm, lief geduckt um die Presse herum und versuchte zur Tür zu gelangen, doch er sah mich und schnitt mir den Weg ab. Er hob seinen Stock. Was immer auch mein vager Plan gewesen war, stürzte in sich zusammen.

»Du bist es!«, rief er. »Wie bist du da rausgekommen?«

»Lauf!«, schrie ich. »Lauf!«

»Ihr seid also zu zweit!«

Ich wich dem ersten Hieb aus. Er stand mit dem Rücken zur Küche, und ich erspähte Annes versteinertes Gesicht, als sie die Kellertreppe heraufkam.

»Ich werde mit zweien von deiner Sorte fertig!«

Durch Annes Anblick abgelenkt, erwischte mich der nächste Schlag, und ein dritter warf mich zu Boden.

»Wo ist der andere? Wer hat dich herausgelassen?«

Ich schützte meinen Kopf mit den Armen und rollte mich zu einem gefügigen Ball zusammen, wie ich es so viele Male zuvor getan hatte, um seine Schläge zu empfangen. Doch bei der Vorstellung, er könnte Anne entdecken, begann ich zu kämpfen, wie ich nicht mehr gekämpft hatte, seit sie mich aus Poplar fortgeholt hatten. Unter Schmerzen und wie durch einen verschwommenen Nebel sah ich seine Beine, nur wenige Zoll von mir entfernt, packte sie und zog. Als er erneut zuschlagen wollte, verlor er die Balance und stürzte. Sein Gesicht zeigte großes Erstaunen, als er mit solch einer Wucht auf dem Boden aufschlug, dass ich glaubte, das Haus müsste zusammenbrechen.

Ich war schon an der Tür und nestelte am Schlüssel herum, ehe ich begriff, dass er sich nicht rührte und keinen Ton von sich gab. Ich ging zu ihm zurück. Mr Black lag ganz still, die Augen geschlossen. Ein wilder Gedanke nach dem anderen jagte durch meinen Kopf. Ich war verliebt. Und ich hatte ihr gesagt, dass ich sie liebte. Und einen Moment später brachte ich ihren Vater um!

Als ich mich über ihn beugte, schlug er die Augen auf und packte mein Handgelenk. Er war ein kräftiger Mann, und ich konnte mich nicht loswinden. Ich hielt mich am Tisch fest, um zu verhindern, dass er mich zu Boden zog. Ein Stuhl fiel krachend um.

»Verdammt seist du!«, keuchte er und schnappte nach Luft. »Wirst du wohl hierbleiben!«

Ich dachte, er würde mir das Handgelenk brechen. Mit der anderen Hand drückte er sich vom Boden ab und stand auf. Einen Moment später, und ich wäre gefallen. Ich stellte gerade meinen Stiefel auf die Hand, die er als Hebel benutzte, als ich Anne von oben in die Küche kommen sah, als sei sie gerade erst aufgewacht. Ein Ausdruck des Entsetzens lag auf ihrem Gesicht, als ihr Vater vor Schmerz aufschrie und mich losließ. Ich wollte etwas zu ihr zu sagen, aber ihr Vater versuchte erneut voller Zorn, mich zu packen, und ich machte, dass ich zur Tür kam, zerrte am Riegel und war schon auf dem Half Moon Court, ehe er die Tür erreichte und hinter mir herbrüllte.

»Halt! Du kleiner Narr! Du bist in großer Gefahr! Komm zurück! Ich muss mit dir reden!«

Ich wollte schon zur Cloth Fair rennen, doch ich blieb stehen und drehte mich um. Beinahe wäre ich umgekehrt. Ich wünschte, ich hätte es getan. Ich zögerte nicht aufgrund dessen, was er mir zurief, denn ich fasste seine Warnung vor der Gefahr, in der ich schwebte, nur als weiteres Geschwätz über die Gefahren für meine Seele auf. Doch da die Hölle nicht ärger sein konnte als dieser finstere, rattenverseuchte Keller, beschloss ich auf der Stelle, dass ich in Zukunft selbst für mein Seelenheil sorgen würde.

Nein, es war der Ausdruck des Entsetzens auf Annes Gesicht, als ich auf die Hand ihres Vaters getreten war, der mir ins Herz schnitt und mich zögern ließ. Mr Black kam auf mich zu. Der Zorn war aus seinen Zügen gewichen. Stattdessen spiegelte sein Gesicht dieselbe Besorgnis, die ich erst wenige Stunden zuvor gesehen hatte, als er mich gelobt hatte.

Ich zögerte immer noch, während er näherkam. Wenn ich zurückkehrte, was sollte ich Anne sagen? Erklären? Was erklären? Mich entschuldigen? Warum sollte ich mich entschuldigen? Ich hatte so viele Schläge eingesteckt, und ich würde es nicht länger dulden. Trotzdem blieb ich stehen, bis er mich fast erreicht hatte, denn er war mein Master, und ich respektierte ihn und hielt ihn für einen guten Mann. Anders als George schlug er niemals aus Bösartigkeit, sondern nur, damit ich mich dem beugte, was er für das Richtige hielt.

Und so stand ich da, hypnotisiert von den dunklen Augen inmitten der tiefen Falten seines Gesichts. Er war beinahe nah genug, um mich zu berühren, als ich über dem krummen Vorsprung des Hauses die ersten Lichtstrahlen am Nachthimmel entdeckte.

Unvermittelt brachten sie die Erinnerung an den dunklen Keller mit aller Macht zurück, an dieses entsetzliche Sehnen, die ersten winzigen Lichtblitze durch den Putz zu erspähen, dass ich meinen Blick von ihm losriss, mich umdrehte und rannte.

Er rief noch etwas, aber ich konnte ihn nicht länger verstehen. Ich rannte durch Cloth Fair nach Smithfield, wo bereits die ersten Rinder auf den Markt geführt wurden. Ich warf meine blaue Mütze fort, die mich als Lehrjungen auswies, und war auf der Stelle inmitten der trampelnden Hufe verborgen. Es gab zwei Hirten. Ich hob einen Stecken auf und wurde zum dritten, so wie ich es manchmal als kleiner Junge in Poplar getan hatte.

Und dieser Stecken, mit dem ich die schwankenden Rinderleiber anstupste, sowie das Licht, das sich langsam in den Nachthimmel über dem großen Marktplatz fraß, wie ich es so oft mit halbgeschlossenen Augen drüben am Hafen gesehen hatte, wenn Matthew und ich zur Werft stolperten, erfüllten mich mit einer überwältigenden, quälenden Sehnsucht nach zu Hause.

5. Kapitel

Ich wünschte von ganzem Herzen, ich wäre eher nach Poplar zurückgekehrt, aber ich wagte es nicht, den direkten Weg durch Aldgate zu nehmen, aus Angst, beobachtet zu werden.

Ich brach nicht nur mein Wort: Die Kleider, die ich am Leib trug, und die Stiefel an meinen Füßen gehörten Mr Black. Nachdem ich zum ersten Mal davongelaufen war, einen Monat nach meiner Ankunft, war ich prompt gefasst worden. Damals hatte man mir eingeprügelt, dass ich die Kleidung, die ich trug, gestohlen hätte, und dass man mich dafür in Newgate einsperren könnte.

Statt nach Osten zu gehen, wie man es gewiss von mir erwartete, machte ich mich auf den Weg zum Fluss mit der vagen Hoffnung, einen Fährmann zu überreden, mich überzusetzen. An der Blackfriars Treppe lachten sie oder schüttelten den Kopf. Aber weiter flussabwärts reparierte ein Fährmann sein Boot, das arg durchlöchert war. Ich half ihm, kochte das Pech, wie ich es früher getan hatte, und kalfaterte das Boot. Ich schlief in seiner Hütte, in die der Nebel kroch wie ein alter Freund, so wie ich es von zu Hause gewohnt war, wenn er aus dem Moor aufstieg und das gegenüberliegende Ufer des Flusses verschwinden ließ.

Der Fährmann bezahlte mich mit Brot, getrocknetem Leng und Aal sowie einer Seemannsmütze und einer zerrissenen Jacke, mit der er eines der Löcher in seinem Boot ausgestopft hatte. Die Mütze und die zerlumpte Jacke halfen, meine Uniform zu verbergen, bis ich endlich die Poplar High Street erreichte. Der Nebel hüllte die Häuser in weiche, unbestimmte Schatten und dämpfte die Schritte, so dass ich, als ich mich mit wachsender Erregung unserem alten Haus näherte, beinahe in eine Frau hineingerannt wäre. Eine Entschuldigung murmelnd, wich ich ihr aus.

»Tom!«

Sie war so in Kleider gehüllt und hatte ein Tuch vor ihr Gesicht geschlungen, dass ich sie nur an der Stimme als unsere alte Nachbarin erkannte. »Mutter Banks!«

Ich trat auf sie zu, um sie zu umarmen, doch ein Unterton in ihrer Stimme ließ mich innehalten. »Ich hatte gebetet, dass du kommst.«

»Warum? Ist meine Mutter krank?«

»Du weißt es nicht? Gott behüte uns!«

Sie schaute die Straße hinab. Ich folgte ihrem Blick und sah inmitten der verschwommenen Häuserzeile eines, das herausstach wie ein ausgebrochener Zahn. Ich rannte los. Die Tür hing in den Angeln. Die Nachbarhäuser schienen nur wenig Schaden genommen zu haben.

Das Dach unseres Hauses war noch intakt, doch die Fenster waren klaffende Löcher, das Holz der Rahmen rußgeschwärzt. Die Tür stand einen Spalt offen. Ich stieß sie auf, und ein stechender feuchter Geruch stieg mir in die Nase. Holz von halbverbrannten Balken zerbröselte unter meinen Füßen, als ich die Kammer betrat, in der Susannah gelebt und geschlafen hatte. Hinter mir hörte ich Mutter Banks.

»Es tut mir so leid, Tom. Sie starb in den Flammen.«

Ich drehte mich um, und sie zog mich eng an sich.

»Was ist passiert?«

Sie erzählte mir, dass sie mitten in der Nacht durch Schreie und Rauchgeruch geweckt worden war. Als Mutter Banks zu unserem Haus kam, hatten die Nachbarn bereits Wasser herangeschafft, denn die Häuser in der Straße waren so baufällig, dass es schon mehrmals gebrannt hatte und überall in der Gasse Wasserfässer aufgestellt worden waren. Die Leute glaubten, das Feuer sei durch eine Kerze entfacht worden, die Susannah brennen gelassen hatte, als sie schlafen gegangen war. Das Feuer musste schon eine ganze Weile gebrannt haben, ehe die Nachbarn davon geweckt wurden, denn Susannah war vom Rauch dahingerafft worden.

Ich fand den eisernen Kessel, den sie immer auf dem Feuer stehen hatte, und einen verbogenen zinnernen Kerzenhalter, auf den sie sehr stolz gewesen war, obwohl ich mir keinen Grund dafür vorstellen konnte.

»Wenn die Männer nicht gewesen wären, wäre es noch viel übler ausgegangen.«

Ich ließ den Kerzenhalter fallen. »Männer? Was für Männer?«

»Logiergäste.«

»Seeleute?«

»Susannah sagte, sie kämen vom Hafen. Sie selbst sagten, der Schiffsbauer habe sie geschickt.«

»Wie sahen sie aus?«

»Ich habe sie nie gesehen, bei dem Rauch und allem. Sie waren nur für eine Nacht hier. Sie haben Susannah herausgeschleppt. Sobald das Feuer gelöscht war, sind sie gegangen.«

»Wann war das?«

»Mittwoch.«

Einen Tag, nachdem ich vom Half Moon Court fortgelaufen war. Ich kletterte an dem nach oben, was von der Stiege übrig geblieben war. Der Treppenabsatz, auf dem ich früher geschlafen hatte, war sicher, und die Kammer, die Susannah vermietet hatte, war versengt, aber halbwegs unbeschädigt. Und das Dach, das normalerweise rasch Feuer fing und es weiter trug, war nahezu unberührt.

Ich ging wieder nach unten.

»Es sieht aus, als sei es hier unten ausgebrochen. Ihr habt Glück gehabt.«

»Ja. Ich habe dem Herrn gedankt.« Mutter Banks faltete die Hände. »Erst vor Kurzem sind neben der Kirche zwei ganze Straßen niedergebrannt. Wir hatten Glück, dass die Männer so rasch reagiert haben.«

Ich ging im Zimmer herum, in dem Susannah geschlafen hatte und in dem der größte Schaden entstanden war. König James hatte gesagt, London sei »aus Stecken errichtet«, und er wolle es »aus Steinen erbauen«, aber in den östlichen Vororten hatte er damit aufgehört, da der Sumpf diese Häuser nicht tragen würde. Als die Bauarbeiter in aller Eile die Häuser für neue Werftarbeiter hochgezogen hatten, hatten sie die Zwischenräume zwischen den Holzbalken mit einer Mischung aus Mörtel und Lumpen verstopft, die sich bei einem Brand rasch auflöste. Die Trümmer knirschten unter unseren Füßen, während der feuchtkalte Nebel von der Straße uns umhüllte.

Erneut hob ich den Kerzenhalter auf und drehte den verbogenen Ständer in meinen Fingern. Ich erinnerte mich, dass ich einmal versucht hatte, mich damit nach oben zu schleichen, damit ich noch lesen konnte, nachdem alle anderen sich schlafen gelegt hatten. Es war das einzige Mal gewesen, dass ich Susannah jemals wütend erlebt hatte.

Ich schüttelte den Kopf. »Susannah hätte die Kerze niemals brennen lassen.«

Mutter Banks drückte sachte meine Hand. »Sie muss es getan haben, Tom.«

Ich entzog mich ihrer Berührung und schleuderte den Kerzenständer fort. »Ich glaube es nicht!«

Meine plötzliche Heftigkeit ängstigte sie, diese Mischung aus Wut, Bestürzung und Trauer, die unvermittelt aus mir hervorbrach. Mir erging es nicht anders. Ich konnte nicht aufhören zu zittern. Zwei Männer. Am Tag, nachdem ich davongelaufen war. Die das Offensichtliche vermuteten und annahmen, ich sei geradewegs nach Poplar gegangen. Die nicht mich, sondern meine Mutter fanden.

»Wo ist sie?«

»Begraben. Gestern. Es tut mir leid, Tom, es tut mir so leid. Komm mit mir.«

Ich war wieder wie ein Kind und wechselte von Ungestüm zu unkontrolliertem Schluchzen. Mutter Banks führte mich zu ihrem Haus und murmelte, dass die Tränen mir gut täten, aber ich glaubte ihr nicht und konnte mir nicht vorstellen, dass ich mich je wieder besser fühlen würde. Zuerst hatte ich Matthew verloren – denn ich war überzeugt, ihn nie wiederzusehen –, und jetzt Susannah!

Mutter Banks hatte nur wenig Kohlen, also kehrte ich zurück in die Ruine unseres Hauses und klaubte Stücke halbverbrannten Holzes auf. Der klamme gelbe Nebel draußen war inzwischen so dick, dass beharrlich eine dumpfe Schiffsglocke ertönte, denn jedes Schiff, das noch keinen sicheren Platz gefunden hatte, musste ganz langsam fahren. Mutter Banks entzündete ein Feuer und wärmte etwas dicke Suppe auf, die ich mich zunächst weigerte zu essen, dann aber gierig verschlang.

Der leere Teller entglitt meinen Fingern. Ich spürte, wie sie ihn mir sanft aus der Hand nahm.

»Sie hätte ... niemals ... eine Kerze brennen lassen«, wiederholte ich dickköpfig.

»Susannah hat sich verändert. Sie war nicht mehr so, wie du sie gekannt hast.«

»Verändert?«

»Schhh. Versuch zu schlafen.«

»Wie hat sie sich verändert?«, murmelte ich.

»Sie ist Laienpredigerin geworden.«

»Eine Frau als Predigerin?«

Ich lächelte. Das war die Art Geschichte, die ich bei den

Flugschriften liebte, die Sorte, von der man nie wissen konnte, ob sie wahr war, aber von der man hoffte, sie sei es. Es waren diese Geschichten, welche die Leute für einen oder zwei Pennys kauften und am Feuer nacherzählten, bis viele Menschen sie glaubten. Die Art von Geschichte, über der man einschlief. Doch diese hier machte mich putzmunter, und erstaunt starrte ich Mutter Banks an.

Susannah hatte aufgehört, zu Mr Ingram nach St. Dunstan's zu gehen, und hatte sich stattdessen einem unabhängigen Pfarrer angeschlossen, bei dem man seine Gebetete im Stillen verrichtete, bis eine Person sich berufen fühlte zu sprechen. Den meisten Frauen fehlten die Worte, und sie wandten sich an den Pfarrer, einen Mann, damit er sie führte; doch es schien, als habe Susannah das besessen, was er die Gabe der Zungenrede nannte. Sie erhob sich und schlug den Raum in ihrem Bann, während ihre Worte überall ertönten.

Sie sagte, der große Tumult in London, der vom Parlament angestachelt wurde, kündige von der Wiederkunft des Herrn. Christus sei wiedergeboren, dieses Mal nicht in einem Stall, sondern in einer Pestgrube. Sie behauptete, einen Zeugen dafür zu haben, und gab eine ungereimte Geschichte aus Bibelzitaten und Erlebnissen von sich, die ihr angeblich selbst zugestoßen waren. Oxford wurde zu Bethlehem, und König Charles zu Herodes.

Aus den umliegenden Gemeinden begannen die Menschen zu ihr zu kommen, selbst diejenigen, die sie für verrückt hielten, denn eine fremde Stimme sprach aus ihr. Manche glaubten tatsächlich an ihre Prophezeiungen, dass sich erneut Menschen gegen Christus verschworen hätten.

»Was haltet Ihr von dem, was meine Mutter gesagt hat?«, fragte ich.

Sie zögerte. »Zuerst glaubte ich, es sei der Hunger.«

»Hunger?«

»Sie hat gefastet. Tagelang nahm sie nichts zu sich außer Dünnbier. Dann …« Sie zögerte erneut. Ein Holzscheit sackte ein und warf einen flackernden Lichtschein auf ihr Gesicht. »Sie sprach in Rätseln, wie in der Bibel. Sie sagte, du seist ihr Kind und doch nicht ihr Kind.«

Ich lachte. »Was soll das heißen?«

Die flackernde Flamme erstarb, und ihr Gesicht lag im Dunkeln. »Es gab ein Kind, das seiner Mutter gehörte und nicht seiner Mutter«, sagte sie.

Ich hörte auf zu lachen und starrte sie an. Sie hatte die Hände gefaltet, und ihr Gesicht kam erneut ins Licht des Feuers. »Ich habe so sehr darum gebetet, dass du kommst! Und als du so aus dem Nebel getreten bist … da dachte ich … einen Moment …«

Ich ergriff ihre Hände und schüttelte den Kopf, unfähig zu sprechen, so überwältigt war ich von dem Ausdruck des Vertrauens und der Hoffnung in ihrem Gesicht.

»Ihr seid nicht … Er, der gekommen ist?«

Sie streckte eine Hand aus, um mein Gesicht zu berühren, und ich nahm sie und küsste sie. Jetzt konnte ich nicht anders und lächelte und lachte.

»Nein, nein, Mutter Banks, es tut mir leid, aber danke … ich wurde schon so oft für den Teufel gehalten! Aber ich hoffe, ich bin weder das eine noch das andere. Ich bin derselbe alte Tom, Tom Neave, die Hände so schwarz wie eh und je. Seht Ihr? Doch jetzt ist es Tinte, kein Pech.«

Ich umarmte sie, und sie lachte mit mir, denn wir beide brauchten etwas Fröhlichkeit an diesem düsteren Tag. Sie lachte vor Erleichterung und noch aus einem anderen Grund, denn wie ich hatte sie eine Neigung zum Praktischen. Gleichwohl spürte ich einen Hauch des Bedauerns bei ihr und sah erneut den schmalen Grat zwischen den Geschichten, die wir einander erzählten, und jenen, die wir für wahr hielten.

Als ich in jener Nacht schließlich vor dem niedergebrannten Feuer auf den Schlaf wartete, ging und ging mir Susannahs Rätsel nicht aus dem Kopf. Ihr Kind und doch nicht ihr Kind. Zum ersten Mal begann ich Fragen zu stellen, die ich mir schon längst hätte stellen sollen.

Hatte ich nicht zu leicht die Geschichten geglaubt, die ich mir selbst erzählt hatte? Zum Beispiel, dass Mr Black mich aus keinen anderem Grund zu seinem Lehrjungen gemacht hatte, als dass er von meiner wundersamen Gabe des Lesens gehört hatte?

Während der Nacht kam ein bitterer Ostwind auf und vertrieb den Nebel. Mutter Banks brachte mich nach St. Dunstan's und zeigte mir die unmarkierte Stelle, an der Susannah begraben lag. Ihr Grab befand sich in einer vernachlässigten Ecke, dort, wo der Wind über das Marschland fegte. Er beugte die Bäume in eine Richtung, während die Kirche sich, nachdem der Boden abgesackt war, zur anderen neigte. Es gab keine Grabsteine, und das ungeschnittene Gras wucherte, bis auf die Stelle mit dem frischen Grab.

Zumindest bot die Stelle einen weiten Blick über die Marsch, die ich so liebte, und wo das Land, in dem die Flut glänzende Wasserpfützen hinterlassen hatte, mit dem tiefen grauen Himmel verschmolz. Erneut spürte ich Tränen aufsteigen, ich sank auf die Knie und versuchte zu beten, konnte aber nicht aufhören, an die beiden Männer und das Feuer zu denken.

Wir markierten ihr Grab mit einem kleinen Steinhaufen, und ich schwor, eines Tages zurückzukehren und einen ordentlichen Stein aufzustellen.

»Ist an dem Abend vor dem Feuer irgendetwas Besonders geschehen?«, fragte ich auf dem Rückweg.

»Nein. Nun ja …« Mutter Banks zögerte.

»Was?«

»Als ich hinausging zum Abtritt, hörte ich Susannah schreien und rufen.«

»Habt Ihr an die Tür geklopft?«

»Nein.« Sie schluckte nervös. »Ich hatte Angst! Du weißt nicht, wie sie war, Tom! Sie konnte mitten in einer Versammlung aufstehen und schreien, dass der Herr über sie gekommen sei.«

»Hat sie das an dem Abend auch gerufen?«

»Nein, nein, ich kann mich nicht erinnern. Nun ja … ich hörte sie rufen ›Gott weiß, dass ich nicht weiß, wo er steckt!‹ Dann wurde es still. Ich dachte, sie hätte im Schlaf geschrien.«

Im Trockendock stand das Skelett eines neuen Schiffes, aber keine Männer arbeiteten daran, als ich nach dem Besuch des Friedhofs dorthin ging. Auf meinem Weg ins Kontor des Schiffsbauers kam ich an einem Eimer mit erstarrtem Pech vorbei.

Der Schiffsbauer machte eine Bemerkung, wie groß ich geworden sei, und sagte, früher habe er stets zu mir hinunterblicken müssen, und jetzt müsse er aufblicken. Ohne meine feuerroten Haare und die wie ein Bug hervorstehende Nase hätte er mich gar nicht erkannt. Er nahm an, dass ich wegen Susannahs Tod zurückgekehrt sei, und ich erzählte nichts davon, dass ich meinen Vertrag gebrochen hatte, doch in seinem Gebaren lag eine Nervosität, als hege er einen Verdacht. Er hatte ein verletztes Bein, und als er die Schritte eines der wenigen Arbeiter draußen auf dem Hof hörte, humpelte er rasch zur Tür, um zu sehen, wer es war, als fürchte er einen unwillkommenen Besucher.

Die meisten Männer seien weitergezogen, um sich eine andere Arbeit zu suchen, erklärte er mir. Nachdem der Kiel des Schiffes draußen auf Stapel gelegt worden war, war das Geld ausgegangen. Drei Edelleute waren an dem Boot beteiligt. Als einer von ihnen wegen Schulden eingesperrt worden war, hatten sich die anderen geweigert zu zahlen, bis sie den Anteilseigner ersetzt hatten. Er sagte, solange der Streit zwischen dem König und dem Parlament anhielt, kümmere sich niemand mehr um seine Geschäfte, genauso wenig wie um das Skelett des Schiffes, das langsam zu verrotten begann.

Ich fragte ihn, wer die Seeleute gewesen seien, die in jener Nacht bei Susannah waren.

»Seeleute?« Er schüttelte den Kopf. »Das waren keine Seeleute. Der Fährmann hat sie aus der Stadt rübergebracht. Sie sagten, sie seien Freunde von dir. Hatten gehofft, dich hier zu finden.«

»Habt Ihr ihnen geglaubt?«

Er spie aus und ging zum Fenster. »Ich würde sie nicht mit an Bord haben wollen«, sagte er. »Einer sah aus wie ein Soldat.« Er spie erneut aus. »Oder als sei er mal einer gewesen. Er hatte ein langes Gesicht. Trug einen Biberhut. Mit dem anderen möchte ich lieber nicht in Streit geraten. Sagte, dass sie dir helfen, deinen Vater zu finden.«

»Matthew! Was habt Ihr ihnen erzählt?«

»Dasselbe, was ich dem anderen Mann gesagt habe, der ihn gesucht hat, kurz nachdem er verschwand.«

»Welcher andere Mann?«

Zum ersten Mal sah er mich direkt an. »Steckst in Schwierigkeiten, was?«

Ich sagte nichts.

Er zögerte, dann fuhr er fort: »Ich sagte ihnen und dem anderen Mann, dass Matthew einen Platz auf dem Schiff nach Hull gesucht hat oder auf einem Kohlenschiff auf dem Weg zurück nach Newcastle.«

»Ist er dorthin gegangen?«

Er musterte mich prüfend und spie ein weiteres Mal aus.

Dann nahm er ein paar Zeichnungen von einem Schemel und wies mich an, Platz zu nehmen. Er nahm eine Flasche aus dem Regal, auf dem auch die Flasche mit dem London Treacle gestanden hatte, den ich bekommen hatte, als ich mich mit dem Pech verbrannt hatte. Ich erinnerte mich an den seltsamen Traum von dem alten Edelmann, der sich an jenem Tag über mich gebeugt hatte, in genau diesem Raum.

»Wie geht es deiner Narbe?«, fragte er.

Ich zeigte ihm das verfärbte, leicht runzlige Stück Haut. Er betrachtete es fast bewundernd, während er Zeichnungen von Schiffen auf eine Seite des Tisches schob, die eines Tages vielleicht entstehen würden – oder nie. Er goss die braune Flüssigkeit aus der Flasche ein.

»Ehe du fertig bist, wirst du einen ordentlichen Schluck hiervon brauchen.«

Ich hustete, als ich die brennende braune Flüssigkeit herunterschluckte, und Tränen traten mir in die Augen. Das schien seine Laune zu heben.

»Und noch einen.«

Er kippte das, was seinen Worten nach der beste holländische Weinbrand war, natürlich verzollt, wie er mit einem Augenzwinkern beteuerte, hinunter, schenkte sich nach und starrte hinaus auf das halbfertige Boot im stillen Dock.

»Matthew stand hier, an dem Tag, an dem du gegangen bist. Er wollte zum Kai laufen und sich verabschieden. Er hörte, wie du nach deinem Vater gerufen hast und wäre beinahe zusammengebrochen. Aber er hatte zu große Angst.«

»Wo ist er hingegangen?«

Er deutete auf den Fluss. »Flussaufwärts, nicht abwärts. Am Tag, nachdem du gegangen bist – mit der nächsten Flut. Ich verschaffte ihm einen Platz auf einer Schute. Ich hörte ihn sagen, er wolle irgendwo zwischen Maidenhead und Reading abgesetzt werden. Ich habe keine Ahnung, wohin er von dort aus gegangen ist, aber er rechnete damit, dass es sich um eine Tagesreise handelt, auf der grünen Straße, was immer das sein soll.«

Ich umarmte ihn. »Danke, danke! Ihr sagtet, ein anderer Mann habe nach Matthew gefragt. Kurz nachdem er verschwunden ist. Wer war es?«

Der Schiffsbauer schien gleichzeitig mit den Schultern zu zucken und zu erschaudern. »Ich hatte ihn nie zuvor gesehen, und ich bin nicht besonders erpicht darauf, ihm noch einmal zu begegnen. Er sagte mir, wo ich ihn erreichen könnte, falls ich von Matthew hörte, aber ich hörte nie von ihm, also gab ich ihm auch nie Bescheid.«

Während er sprach, wühlte er in einer Schublade zwischen alten Zeichnungen und Gezeitenkalendern, bis er ein Stück Papier ausgegraben hatte. Die Handschrift war unregelmäßig und kaum lesbar, in kurzen wütenden Strichen hatte die Feder sich ins Papier gebohrt. Es war die Handschrift eines Mannes, der spät im Leben und unter großen Schwierigkeiten Schreiben gelernt hatte, und sie war mit vielen Kringeln und Schnörkeln verziert, um seine gesellschaftliche Stellung zu unterstreichen. Er hatte geschrieben: R. E. Esq., bei Mr Black, Half Moon Court, Farringdon, London.

Der Schiffsbauer wusste nicht, wer R. E. Esq. war, aber er sagte, er hätte eine Narbe im Gesicht gehabt, die von der Wange bis zum Hals reichte, genau wie Matthew es mir gezeigt hatte, als er mich so eindringlich vor einem narbigen Mann gewarnt hatte, damals vor acht Jahren am Lagerfeuer.

Ehe ich zur Tür hinaus war, hatte er sich einen weiteren Brandy eingegossen. Ich war schon halb die Treppe runter, als er rief: »Warte! Bei dem ganzen Gerede hätte ich es beinahe vergessen!«

Erneut wühlte er in der Schublade herum, dann in einer anderen, wobei er vor sich hin nuschelte und schließlich eine

Münze zum Vorschein brachte. »Matthew sagte, sie würde dir gehören, nicht ihm.«

Es berührte mich zutiefst, als ich daran dachte, dass mein Vater, selbst in einem Moment der Panik und obwohl er selbst alles Geld gebrauchen konnte, das er hatte, mir so viel hinterlassen hatte, wie er konnte. »Mir?«

»Es gehört dir. Das hat er gesagt.«

Verwirrt nahm ich die Münze entgegen, drehte sie immer wieder um, als könnte ich in den Inschriften irgendeine Botschaft erkennen. Aber es war nur ein silbernes Halbkronenstück wie jedes andere, das den König auf einem Streitross zeigte.

6. Kapitel

Wenn ich in Poplar bliebe, würden sie mich finden, wer immer sie sein mochten. Also tat ich das, wovon ich annahm, dass sie es nicht erwarten würden. Wie Dick Whittington machte ich kehrt und ging zurück in die Stadt.

Ich würde herausfinden, wer die Männer waren, die meiner Überzeugung nach meine Mutter getötet hatten. Ich würde versuchen, Antworten auf die Fragen zu finden, die ohne Unterlass in meinem Kopf herumwirbelten wie ein Schwarm wütender Bienen. Warum hatte Mr Black mich als Lehrjungen genommen? Was hatte er mit dem Mann mit der Narbe zu tun?

Der Einzige, der diese Fragen beantworten konnte, oder zumindest die meisten davon, war Mr Black.

Der Wind trieb dunkle dahineilende Wolken über die Marsch, als ich am nächsten Morgen nach einer zweiten Nacht bei Mutter Banks aufbrach. Gegen Mittag erreichte ich die Außenbezirke der Stadt. Dort machte ich Halt. Mit meiner Lehrlingskluft würde ich nicht weit kommen, und die Überreste der flotten Matrosenmütze verdeckten mein rotes Haar kaum.

Kurz hinter der Stadtmauer fand ich genau die Art Markt, die ich brauchte. Von Irish Mary in einer Stoffbude im zweiten Gang kaufte ich dünne Kniehosen, weil sie Schleifen hatten, die man am Knie binden musste und von denen ich so töricht war zu glauben, das sei der letzte Schrei. Meine Lehrlingsstiefel tauschte ich gegen ein Paar Schuhe mit schicken Schnallen, wie sie auch »bei Hofe« getragen wurden, wie die Frau sagte. Ich liebäugelte mit einem ledernen Wams und zog die Münze hervor, die Matthew mir hinterlassen hatte. Sie biss hinein und sagte, es sei nicht nur eine gute, sondern eine der ersten Münzen, die geprägt worden waren.

»Woher wollt Ihr das wissen?«

»Seht hier. Auf dem Rand … die Lilie.«

Mit dem langen Fingernagel deutete sie auf die winzige bourbonische Lilie über dem Kopf des Königs. Sie sagte, dieses Zeichen verrate, dass die Münze 1625 geprägt worden sei, im Jahr der Krönung des Königs.

»Genau so alt wie Ihr«, kicherte sie.

Ein unerklärlicher Schauder erfasste mich; die Art Zittern, die Susannah stets hatte frage lassen: »Ist jemand über dein Grab gelaufen, Tom?«

Matthew hatte dem Schiffsbauer erzählt, dass die Münze mir gehöre. Jetzt nahm ich sie zurück und drehte sie zwischen den Fingern. Vielleicht war es eine magische Münze, und wenn ich sie ausgab, würde ich einen Teil meiner Vergangenheit weggeben. Widerstrebend zog ich das teure Wams aus und steckte die Münze zurück in meine Tasche. Stattdessen erwarb ich das, was die Frau einen Josephmantel nannte, vielleicht nach dem Mantel der tausend Farben, obwohl diese Farben eher von den zahlreichen Lederflicken stammten, die ihn zusammenhielten, bedeckt mit Fett und anderen Flecken, deren Herkunft ich gar nicht so genau wissen wollte. An einem anderen Stand tauschte ich mein Lehrlingsmesser gegen einen Dolch mit Sägezähnen. Er besaß Zähne auf der Oberseite der Klinge, mit denen man die wütende Klinge eines jeden Schwerts fangen und abbrechen konnte.

Die Stadt wirkte anders. Cornhill war sauber gefegt. Trotz Nieselregen waren Gruppen von Straßenkehrern in Poultry unterwegs, die den Abfall aus den Häusern, tote Vögel und Hunde in ihre Karren warfen. Sie stritten nicht herum, wie sie es üblicherweise taten, dass ein Abfallhaufen »hinter der Linie« im Bereich eines anderen läge, und schoben ihn auch nicht über die Grenze, sobald der andere Karren außer Sicht war. Man hatte Holzplanken ausgelegt, damit die Wagen nicht im Straßenmatsch steckenblieben. Eine Gruppe Männer debattierte erbittert vor St. Stephen's Walbrook. Die Glocken der Kirche läuteten. Ich fragte einen Mann nach der Uhrzeit und ob es Zeit für den Gottesdienst sei. Er erklärte mir, es sei vier Uhr, und es gäbe keinen Gottesdienst. Die Glocken läuteten für den König.

»Den König?«

Wie blöde starrte ich ihn an.

»Wisst Ihr es nicht? Der König hat Frieden mit den Schotten geschlossen. Er trifft morgen aus Edinburgh ein, um mit dem Parlament zu sprechen.«

Der König würde zum Parlament sprechen! Wie gelähmt stand ich da. Der König würde sich die Forderungen des Parlaments anhören! Wie in einem Traum ging ich weiter. Ich hatte das Gefühl, dass das, was Mr Ink gesagt hatte, wahr werden würde, und dass wir am Tor zu einer neuen Welt standen.

Es begann zu dämmern, aber es war noch zu früh, um Will, meinen Zechkumpanen, im Pot aufzusuchen. Ich hoffte, einen Schlafplatz bei ihm erbetteln zu können. Schon einmal war es abends zu spät geworden, um zum Half Moon Court zurückzukehren, und ich hatte im Tabakspeicher seines Vaters übernachtet. Ich bahnte mir meinen Weg durch die Milane, die wie jeden Abend über Smithfield aufstiegen und herabstürzten, wie die Armen auf der Suche nach den Abfällen, die von den Schlachtern fortgeworfen worden waren. In der Long Lane blieb ich stehen. Als ich vom Half Moon Court fortgelaufen war, hatte Mr Black mir nachgerufen, ich befände mich in großer Gefahr. War das nur so dahingesagt, um mich zurückzulocken? Oder war es eine aufrichtige Warnung gewesen? Mir schien es, als habe ein Hauch echter Verzweiflung in seiner Stimme gelegen. Ich hatte immer noch meine Lehrlingskluft bei mir, zu einem Bündel zusammengerollt. Wieder und wieder drehte ich sie in den Händen, unfähig mir einzugestehen, dass das Band zwischen uns tatsächlich gerissen war.

Vom Half Moon Court her waren die Geräusche von Pferdehufen zu hören. Eine Stimme, die ich nicht kannte, brüllte barsche Kommandos.

Eine Frau mit einem Jungen und einem Mädchen an ihren Rockzipfeln kam aus dem Markt und umklammerte ein blutiges Bündel in einem Tuch, in Hochstimmung über das Abendessen. Das Mädchen trug ein abgenutztes Holzspielzeug, und der Junge versuchte, es sich zu schnappen. Das Mädchen rannte vor ihm davon in die Straße, gerade als eine Mietkutsche aus Cloth Fair in die Long Lane bog.

Der Junge hielt nur kurz inne, doch das Mädchen blieb wie angewurzelt vor der herannahenden Kutsche stehen. Der Kutscher, der auf einem der beiden Pferde ritt, riss verzweifelt an den Zügeln. Das Pferd, auf dem er saß, reagierte, doch das andere bäumte sich auf und schleifte den Wagen in einem Bogen auf das Kind zu. Das Mädchen starrte zu dem steigenden Pferd empor, mehr Erstaunen als Angst im Blick. Die Frau schrie. Ein Mann in der Kutsche brüllte, doch seine Stimme erstarb, als er zur Seite geschleudert wurde. Die wild um sich schlagenden Hufe senkten sich über das Kind. Endlich drehte sich die Kleine um und begann zu rennen.

Ich schleuderte das Bündel mit meiner Uniform gegen den Kopf des Pferdes. Das Pferd scheute, wieherte zornig und stürzte gegen das andere Tier. Die Hufe gingen nur wenige Zoll neben dem Mädchen hernieder, als ich die Kleine packte.

Ich stand da und hielt sie fest, während der Kutscher sich

bemühte, die panischen Pferde zu beruhigen. Ich zitterte, aber das Mädchen wirkte unbeeindruckt.

»Pferd«, sagte sie und streckte die Hand nach dem Tier aus, das der Kutscher gerade wieder einspannte.

»Pferd«, bestätigte ich und strich ihr übers Haar. »Pferd.«

Ihre Mutter schluchzte erleichtert und kam auf uns zu, als der Vorhang der Kutsche zurückglitt. Alles, was ich sehen konnte, war eine Narbe. Eine dunkelviolette Narbe, die von der Wange bis zum Hals reichte. Der Mann hatte sich auf seinem Sitz umgedreht, und die Narbe schien mich zu verfluchen und zu verdammen.

Wie versteinert presste ich das Mädchen an mich. Mein Hut war heruntergefallen, und es war immer noch hell genug, dass man mein leuchtend rotes Haar ausmachen konnte. Doch der Mann in der Kutsche achtete nicht auf mich, sondern richtete sich auf und rieb sich fluchend den Kopf, den er sich gestoßen hatte.

Dann wandte er sich mir zu. Ich erhaschte einen Blick auf das feine Leinenzeug, das er trug, und Augen, die so kalt wie Münzen waren. Ehe er mein Gesicht sehen konnte, hob ich das kleine Mädchen hoch in die Luft und wiegte sie vor mir hin und her, um mein Haar zu verbergen. Sie quietschte vor Entzücken.

»Versuchst du, dein Kind umzubringen? Ein Maul weniger zu stopfen?«

Ich empfand all die Angst und all den Hass, den ich in der Stimme meines Vaters gehört hatte, als er von diesem Mann gesprochen hatte. Und Wut, weil darin keine Spur von Sorge um das Kind oder seine Mutter lag. Ein fast unkontrollierbarer Drang erfüllte mich, den Mann aus seiner Kutsche zu zerren. In diesem Moment ergriff die Frau das Wort.

»Es tut mir leid, Sir. Ich bitte aufrichtig um Verzeihung. Es ist meine Schuld.«

Als ich den flehentlichen, bittenden Ton in ihrer Stimme hörte, mit der sie die Schuld dafür auf sich nahm, dass die Kutsche so rücksichtslos gefahren war, hielt ich es nicht länger aus. Ich reichte ihr das Kind und ging auf die Kutsche zu.

Doch der Insasse hatte sich bereits abgewandt, gab sich widerwillig mit ihrer Entschuldigung zufrieden und rief dem Kutscher, der die Pferde mit einiger Mühe wieder beruhigt hatte, zu: »Auf, Mann, auf und weiter! Ich muss nach Westminster, ehe es dunkel wird.«

Er schloss den Vorhang. Der Kutscher suchte nach seiner Peitsche, ließ sie knallen, und der Wagen fuhr mit einem Ruck an. Ich starrte ihm nach. Trotz der kühlen Abendluft brach ich in Schweiß aus ob des Gedankens, wie nah ich daran gewesen war, mich selbst zu verraten. Etwas berührte sanft meinen Ellenbogen. Die Frau streckte mir das Tuch entgegen, in das die blutigen Überreste gewickelt waren, die sie ergattert hatte. Ich verspürte einen doppelten Stich: weil sie mir ihr Abendessen anbot, und weil ich womöglich aussah, als könnte ich es brauchen. Sie flüsterte dem kleinen Mädchen etwas zu.

»Danke«, sagte das Mädchen.

Ich lächelte und wollte in einer galanten Geste meinen Hut lüpfen und mich verbeugen. Doch ich stellte fest, dass der Hut verschwunden war, und tat, als sei ich zutiefst überrascht, was bei dem Mädchen ein Kichern und ein Lächeln bei der Frau hervorrief. Ich gab vor, ihn nicht finden zu können, obwohl er direkt vor meinen Augen lag, woraufhin das Mädchen ein perlendes Lachen hören ließ.

»Da ist er!«

»Wo?«

»Da!«

Das willkommene kleine Spiel wurde von einer vertrauten Stimme unterbrochen.

»Was ist hier los?« George war aus dem Half Moon Court

getreten. Er trug immer noch einen Verband, dort, wo ich ihn mit dem Schürhaken getroffen hatte, aber sein umherhuschender Blick war so scharf wie eh und je. Ich wandte mich ab und hob meinen Hut auf. Die Frau erzählte ihm, was geschehen war. Alles, was ihn zu interessieren schien, war, dass die Kutsche und sein Passagier verschwunden waren. Rasch hob ich die Uniform auf, die von den Rädern der Kutsche zerrissen und beschmutzt worden war. Ich spürte seinen Blick auf mir, doch dann hörte ich Annes Stimme.

»George, gehst du?«

Mir wurde leicht ums Herz! Wenn ich nur mit ihr sprechen könnte, ehe ich vor ihren Vater trat!

»Ich muss meinen Umhang holen«, sagte George. »Es ist ein kalter Abend.«

»Bitte beeil dich!«

»Schon gut, schon gut«, murrte er.

Er warf mir einen weiteren neugierigen Blick zu. Ich bückte mich und sammelte einen verfaulten Apfel aus dem Abwasserkanal auf, was ihn zufrieden zu stellen schien. Vermutlich war ich ein Bettler, und er wollte zurück in den Hof. Unter den überhängenden Giebeln war es dunkler, und es war leicht, ihm zu folgen, indem ich mich auf der anderen Straßenseite im Schatten der Häuser hielt. Obwohl meine neuen Schuhe undicht waren, machten sie weniger Lärm als die plumpen Stiefel. Im Haus wurden Kerzen angezündet. Am längsten hatte stets das Licht in meiner Kammer gebrannt, und ich konnte immer noch die Bibel meiner Mutter auf der Fensterbank liegen sehen.

Ich war entschlossen, zumindest diese mitzunehmen.

Anne kam zur Tür. Sie trug ein hellblaues Kleid mit hoher Taille, von dem ich wusste, dass es ihr bestes war. Vermutlich hatte sie es zu Ehren des Besuchers angezogen. Darüber trug sie eine Schürze. Sie hielt Georges Umhang in der Hand. Er schien sich endlos Zeit zu lassen, ihn umzulegen, und die ganze Zeit über schüttelte er ernst den Kopf, bis er sich endlich dazu durchrang, etwas zu sagen.

»Was Mr Black zugestoßen ist, ist Gottes Heimsuchung für Euer Verhalten, Miss Black«, sagte er.

Entsetzt sah sie ihn an. »Was meinst du damit?«

»Ich denke, das wisst Ihr«, sagte er fest.

»Ich weiß es wahrhaftig nicht. Und jetzt hol den Doktor!«

Ich starrte hinauf zum Fenster von Mr Blacks Schlafzimmer. Im flackernden Kerzenlicht konnte ich lediglich Mrs Black erkennen, die ruhelos am Bett vorbeischritt und aus dem Fenster spähte.

George schloss die Knöpfe seines Umhangs, blickte zum Fenster empor und sprach erst wieder, als Mrs Black außer Sicht war. »Ihr habt den Teufel aus dem Keller gelassen«, sagte er leise.

»Durchaus nicht!« Ihre Stimme war ähnlich leise, aber scharf und verachtungsvoll, als sei dies das Letzte auf der Welt, das ihr auch nur im Traum in den Sinn käme.

»Ich habe Euch gesehen.«

»Ich ging nach unten, als ich den Tumult hörte.«

»Ich sah Euch hinaufgehen.«

In seiner Stimme lag eine Spur Unsicherheit, auf die sie sich prompt stürzte. »Das kann gar nicht sein! Du nimmst dich selbst viel zu wichtig. Hol den Doktor!«

Möglicherweise log er und hatte nur einen Verdacht. Oder er hatte etwas gesehen, konnte sich indes, noch benommen von meinem Schlag, nicht sicher sein. Jedenfalls begann er sich widerstrebend zu entfernen, und mein Herz flog Anne zu, weil sie ihm die Stirn bot.

Alles wäre gut gegangen, wenn sie nicht verbittert hinzugefügt hätte: »Du hättest ihm eine Kerze dalassen sollen.«

Sie wusste, was sie angerichtet hatte, kaum dass die Worte

ihren Mund verlassen hatten. George blieb stehen und drehte sich ganz langsam um. Dabei sah ich das zufriedene Lächeln auf seinem Gesicht. Es verschwand, als er sie mit ernster Miene anblickte.

»Woher wisst Ihr von der Kerze?«

Sie ließ ein leises Stöhnen hören. »Bitte geh!«

»Mr Black braucht mehr als einen Doktor, um gesund zu werden. Wir müssen die Ursache seiner Krankheit mit der Wurzel herausreißen. Eure Sünde.«

Er sprach so feierlich, so ernst, dass ich gegen das Gefühl ankämpfen musste, er habe recht, habe die ganze Zeit recht gehabt, und dass mir der Teufel im Leib saß. Als George und Mr Black mich damals von Poplar hierher gebracht hatten, hatte ich da nicht, noch ehe das Boot gegen die Blackfriar Stairs stieß, geschworen, mich ihm gegenüber so schlecht zu benehmen wie nur möglich?

»Ihr müsst beichten«, forderte George.

Sie schwankte. Ich glaubte, sie würde in Ohnmacht fallen.

»Ich kann es meinem Vater nicht sagen! Es würde ihn umbringen!«

»Dann müsst Ihr es Gott beichten.«

»Ja, ja. Du wirst es also meinem Vater nicht erzählen?«

»Wenn Ihr brav seid, Kind, und Euch meiner Lenkung anvertraut.«

Sie nickte flüchtig und wandte sich ab. Ich konnte sehen, dass sie nahe daran war, in Tränen auszubrechen. »Bitte geh jetzt.«

Er war hartnäckig. »Werdet Ihr es tun? Meine Führung annehmen?«

»Ja.«

Er lächelte. »Gott sei gepriesen! Eine reuige Sünderin!«

Er ergriff ihre Hände und begann ein Gebet zu murmeln. Zuerst fügte sie sich und hielt den Kopf gesenkt, doch als sie versuchte, ihre Hände fortzuziehen, wurde sein Griff stärker, und er betete murmelnd weiter. Ein halbes Dutzend Mal wäre ich beinahe aus dem Torbogen getreten. Ein halbes Dutzend Mal hielt ich mich mit aller Macht zurück, bis es mir plötzlich egal war, ob er ganz und gar gut und ich ganz und gar böse war. Ich sprang hervor.

»Lass sie los! Lass sie in Ruhe!«

Nichts, was George hätte sagen können, hätte seine Ansicht besser darstellen können. Einen Moment lang musste ich ausgesehen haben wie ein böser Geist, der aus dem Untergrund aufgestiegen war. Anne schrie auf und wich zur Tür zurück. George rannte los. »Anne!«, rief Mrs Black von oben. »Was ist los? Holt George den Doktor?«

Er war spurlos verschwunden. »Ich hole ihn«, sagte ich.

Mein schlechtes Gewissen trieb mich an, ich hatte das Gefühl, der Grund für Mr Blacks Krankheit zu sein. Zu einem Wortbruch gehörte mehr, als die Uniform fortzuwerfen und die Stiefel zu verkaufen. Ich ging, weil es mir nicht aus dem Kopf ging, dass es nicht länger meine Pflicht war. Mehrmals im Jahr hatte Mr Black diese seltsamen Anfälle. Er hörte auf, mit was immer er gerade tat, und starrte mich an wie ein blinder Mann. Einmal wollte er sich auf seinen Stuhl sinken lassen, verfehlte ihn und stürzte zu Boden. Als es zum ersten Mal geschah, fürchtete ich mich sehr, und Mrs Black bläute mir ein, dass ich, wenn so etwas geschähe, sofort zu Dr. Chapmann laufen müsse, da das Leben meines Masters davon abhinge.

Der Doktor lebte in der Nähe von St. Bartholomew's in Little Britain, doch glücklicherweise kehrte er gerade von einem Patienten nur zwei Straßen weiter zurück. Er war ein emsiger kleiner Mann, der stets ausgezeichneter Laune war.

Als ich ihm zum ersten Mal begegnete und sagte, ich würde mein Haar hassen, hatte er mir angeboten, mich umsonst zur Ader zu lassen, angesichts der Entdeckungen von Mr Harvey, der verkündete, dass das Blut zirkulierte und alles nährte; wenn er mir genug davon abnähme, sagte er, würde vielleicht auch die Farbe aus meinem Haar verschwinden. Ich glaubte, er meinte es ernst, und wich hastig zurück, woraufhin er in schallendes Gelächter ausbrach.

Jetzt sagte er schlitzohrig, während wir zum Half Moon Court zurückeilten: »Deine höfische Aufmachung gefällt mir, Tom. Sollst du morgen dem König vorgestellt werden?«

Lachend stieg er die Treppe empor, doch sein Lachen erstarb rasch. Ich erkannte stets am Klang seiner Stimme, wie ernst der Anfall war. Jetzt gingen sein Gruß und sein Geplänkel fast sofort in Schweigen über. Von Anne oder George gab es keine Spur. Bis auf das Murmeln des Doktors war es sehr still im Haus. Ab und an knarrten die Dielen, wenn er über mir über den Boden schritt. Es war völlig unmöglich, Mr Black zur Rede zu stellen, aber zumindest konnte ich meine Bibel holen.

Ich öffnete die Tür zur Küche, wo in einem Kessel neben dem Feuer Wasser erhitzt wurde. Ich schlich zum Fuß der Treppe, von wo aus ich sehen konnte, dass die Tür zu Mr Blacks Schlafkammer geschlossen war. Ich hörte das leise Klappern von Metall in einer Schale. Einmal hatte ich zugesehen, wie Dr. Chapmann ihn zur Ader gelassen hatte. Nachdem er eine Binde um Mr Blacks Arm gelegt hatte, hatte er die Lanzette in der Kerzenflamme erhitzt und sie in die hervorstehende Ader gestochen. Das Blut spritzte heraus, wurde jedoch rasch zu einem stetigen Rinnsal. Es dauerte etwa zehn Minuten.

Ich stieg ein, zwei Stufen der Treppe empor. Ein Schatten fiel auf den kleinen Absatz über mir. Ich erhaschte einen Blick auf den Saum von Mrs Blacks schwarzem Kleid und wich an die Wand zurück. Sie konnte es nicht ertragen, wenn jemand zur Ader gelassen wurde, und zog sich in ihre eigene Kammer zurück. Anne war vermutlich bei ihr.

Unentschlossen stand ich da. Ich konnte geradewegs durch

die Druckerwerkstatt und bis in Mr Blacks dahinterliegendes kleines Kontor blicken. Die Tür war normalerweise verschlossen, doch jetzt stand sie offen. Papiere bedeckten das Schreibpult und den Boden darum herum. Ein Stuhl war umgestürzt. Ich nahm eine Kerze aus der Küche und ging an der Druckerpresse vorbei ins Kontor. Mr Black musste hier gearbeitet haben, als der Anfall ihn ereilte.

Als ich den Stuhl aufhob, sah ich es. Ein gebundenes schwarzes Rechnungsbuch, eines von der Sorte, in denen Mr Black die Ausgaben für Tinte und Papier sowie die Anzahl der verkauften Nachrichtenblätter zu notieren pflegte. Doch auf dem Titel dieses Buchs stand mit Tinte ein einziger Buchstabe T.

Was immer ich gehofft hatte zu sehen, als ich es aufschlug, es war kein langweiliges Geschäftsbuch. Stattdessen erkannte ich Mr Blacks säuberliche Handschrift, mit der er eine Liste mit Anschaffungen und Zahlenreihen aufgeschrieben hatte.

7. Oktober 1640. Gezahlt an notwendigen Ausgaben für nämlichen Lehrjungen:

	Pfund	*S*	*D*
Stiefel, 2 Paar	1	12	4
Uniform, gefüttert	4	10	0
Strümpfe, aus Kammwolle		6	2
Hemden, 2 Stück	1	9	10
Mütze		8	3

Hastig blätterte ich durch die Seiten. Das war mein Leben im Half Moon Court, von den Kosten für den Fährmann, der mich hierher gebracht hatte, und den Unterricht bei Dr. Gill, bis zu dem Brot und Käse, den ich gegessen hatte, sorgfältig aufgelistet bis auf den letzten Halfpenny. Bei einem Wort stutzte ich, da es nicht zu den anderen aufgeführten Begriffen zu passen schien. Porträt. Porträt?

Ich blätterte zurück und stieß auf einen Eintrag, dessen Betrag alle anderen in den Schatten stellte.

8. August 1637. Gezahlt an P. Lely, für ein Porträt in Öl & Rahmen, 20 Pfund.

Ich war niemals porträtiert worden! Allein die Vorstellung war ein Witz. Nur von den Menschen bei Hofe wurden Bilder gemalt. Nein. Das war nicht richtig. Jeder Lord Mayor wurde gemalt und sein Porträt im Rathaus aufgehängt. Ich wurde sehr still.

Im Sommer 1637 hatte ich eine Nachricht an den Schreiber des Rathauses überbracht und wurde angewiesen, auf eine Antwort zu warten. Während ich im Wartesaal saß, kam ein junger Mann hereingeschlendert. Sein Kittel und seine Hände waren mit Farbe verschmiert. Er sprach mit einem starken holländischen Akzent und sagte, der Lord Mayor sei ausgegangen, und er warte ebenfalls auf ihn.

Er schob mein Gesicht zur Seite, so dass er mein Profil sehen konnte, und murmelte etwas auf Holländisch. Er sagte, er sei es leid, immer nur alte Männer zu malen, die jung und schneidig aussehen wollten, und zur Übung würde er zu gerne eine Skizze von jemand Jungem und Schneidigem anfertigen.

Ich fühlte mich geschmeichelt und staunte über die unglaubliche Geschwindigkeit, mit der er mich skizzierte. Als der Schreiber mit der Antwort für mich sowie der Nachricht kam, dass der Lord Mayor jetzt zu sprechen sei, hatte der Maler mich eingefangen wie einen Vogel im Flug. Ein Grinsen. Einen Schmollmund, wenn ich mich langweilte. Im Profil. Mit großen Augen direkt aus dem Blatt Papier herausstarrend.

Während die Kohle über das Papier flog, knurrte er: »Eure Augen. Die Nase. Alles, bis auf das Haar.«

»Was meint Ihr damit?«

Er schien zu sehr in Anspruch genommen von der nächsten Skizze, um antworten zu können. »Dreh dich um. Nein, nein! Anders herum.«

Ich bettelte ihn an, mir eine Skizze zu schenken, aber er sagte, er bräuchte sie alle.

»Vielleicht wirst du ja eines Tages das Gemälde sehen, hm?«

Er lächelte, tätschelte meine Wange und hinterließ Spuren von Kohle und Farbe, die ich nicht fortwischte, sondern wartete, bis sie von allein verschwanden.

Peter. So lautete sein Name! Ich starrte auf das Rechungsbuch. P. Lely. Peter Lely. Vielleicht hatte Mr Black ihn beauftragt, ein Porträt von sich selbst anzufertigen? Nein. Kein Drucker konnte sich das leisten, und wenn er könnte, würde es gewiss gut sichtbar irgendwo hängen. Jemand hatte für ein Porträt von mir bezahlt. Aber wer? Warum? Und wo war es jetzt?

Über mir hörte ich Schritte, die tiefe Stimme des Doktors und Mrs Blacks leise geflüsterte Antwort. Rasch blätterte ich durch die restlichen Seiten. Ein zusammengefaltetes Blatt Papier, das ich für ein Lesezeichen hielt, rutschte aus dem Buch. Ich hob es auf und legte es auf den Tisch. Im Rest des Buches fand sich nichts mehr von Interesse, aber am Ende entdeckte ich einen völlig neuen Abschnitt. Mr Black hatte das Buch umgedreht, um auf der letzten Seite damit zu beginnen. Es handelte sich um eine Mischung aus einem Tagebuch und dem Bericht eines Vormunds über meine Fortschritte oder den Mangel derselben.

Ich sei »störrisch wie ein Esel«. »Aufgeweckt, aber unbändig.« An einem Tag gab es einen »Hoffnungsschimmer«, am nächsten vollkommene Verzweiflung. »Wenn ich könnte, würde ich ihn ins Boot zurück nach Poplar setzen.«

Wie sich bald herausstellte, waren dies Notizen für einen Bericht mit sorgfältiger gewählten Worten, denn ich stieß auf den Entwurf eines solchen Reports, in dem mehrere abgeänderte Einträge zusammengefasst waren. Er war vor zwei Monaten verfasst worden, und darin hieß es: »Mr Tom spricht Latein wie ein Gelehrter, und ich habe ihm eine gute italienische Handschrift beigebracht, er kann bei Tisch eine Gabel benutzen, aber seine Tugendhaftigkeit muss immer noch ernstlich in Frage gestellt werden.«

Mr Black hatte Berichte von Dr. Gill bekommen. Warum hat er die geschrieben? Sie mussten für dieselbe Person bestimmt sein, die das Porträt in Auftrag gegeben hatte. Das Rechnungsbuch beantwortete zumindest einige der Fragen, die begonnen hatten, mich zu plagen. Mr Black war dafür bezahlt worden, dass er mich erzog und ausbildete, entweder von dem Mann mit der Narbe oder, was wahrscheinlicher war, von dem freundlichen alten Edelmann, den er vertrat, wie Matthew mir erzählt hatte.

Mir fiel das Stück Papier ein, das ich aufgehoben hatte, und ich faltete es auseinander. Es war Teil eines Briefes, geschrieben auf anderem, dicken Papier von bester Qualität, dessen Handschrift sich sehr von Mr Blacks unterschied. Mein Lehrmeister war stolz auf seine Handschrift, die einfache, sich neigende Schrift eines Geschäftsmanns ohne Schnörkel, wie es erforderlich war für Mitteilungen, die vielleicht rasch im dämmrigen Licht oder auf einem schwankenden Karren gelesen werden mussten.

Dieser Brief war in einer unregelmäßigen linkischen Schrift verfasst, großzügig mit Kapitalen gesprenkelt, mit kräftigen Federstrichen versehen, die sich durch die umgebenden Zeilen schnitten und es schwer machten, die Worte zu entziffern, so dass ich das Papier näher an die Kerze halten musste. Solch ein Papier benutzten nur Edelleute, möglicherweise jemand, der einen Schreiber hatte, um seine Briefe für ihn anzufertigen. Ich konnte sehen, warum er diesen hier nicht diktiert hatte.

Es war eine Seite aus einem längeren Brief:

… bedeutet, dass er den Jungen nun mit anderen Augen betrachtet. Er sieht in ihm eine große Tollheit, die man aus der Welt schaffen muss. Vielleicht bei einer Tavernenschlägerei oder einem ähnlichen UNFALL.

Er hat Männer für solche Zwecke, die ein Bild von ihm bekommen haben, und natürlich sticht das Haar des Jungen hervor wie ein Leuchtfeuer.

Diese Angelegenheit wird mich rascher nach London führen, als es meine Absicht gewesen war, doch derweil bezüglich der Rechnungen, die Ihr mir geschickt habt …

Die Seite endete mit einer sorgfältigen Aufzählung der Kosten für Tinte und Papier. Wie rasend suchte ich zwischen den Papieren nach der nächsten Seite, konnte indes nichts finden. Trotz allem, was mir zugestoßen war, konnte ich nicht glauben, dass ich die Worte richtig gelesen hatte. Meine Hände zitterten so stark, dass ich beinahe das Papier an der Kerze versengte. Ich begann, die Passage Wort für Wort noch einmal zu entziffern.

»Was tust du da?«

Es war Anne, und sie hielt den Kessel in der Hand. Ich war so still gewesen, so vertieft in den Brief, dass sie den Kessel vom Feuer genommen haben und schon auf dem Weg nach oben gewesen sein musste, ehe sie mich entdeckte.

»Jemand versucht, mich zu töten.«

Stockend und wenig überzeugend kamen die Worte aus meinem Mund, durchzogen mit Unglauben, obwohl ich den Beweis dafür vor Augen hatte. Aber ich musste vor Schock wie erstarrt gewesen sein, denn sie kam zu mir. Sorge spiegelte sich in ihrem Gesicht.

»Was redest du da?«, flüsterte sie.

»Sieh nur!«

Ich zeigte ihr den Brief. Ich hatte vergessen, dass sie nicht lesen konnte. In meiner Panik plapperte ich drauf los, dass jemand dafür gezahlt hatte, etwas aus mir zu machen, und jetzt, wo ich gescheitert war, hatte derjenige beschlossen, sich meiner zu entledigen. Es musste sich wie der allergrößte Unfug anhören, denn sie wich beunruhigt zurück.

»Du bist verrückt!«

»Sieh es dir an!«

Obwohl sie nicht lesen konnte, versuchte ich ihr die Muster zu zeigen, die die Wörter bildeten, in der vergeblichen Hoffnung, dass sie den Irrsinn, die Boshaftigkeit in den Flecken und schwertähnlichen Federstrichen erkennen würde.

»Anne«, rief Mrs Black. »Das Wasser muss doch schon kochen!«

Oben wurde eine Tür geöffnet und knarrte leise. »Verschwinde«, zischte Anne.

»Ich bin nicht verrückt! Du musst mir glauben!«

Wir hörten sie auf der Treppe. »Was ist da los? Ist George da?«

»Nein, Mutter«, rief Anne zurück. »Das Wasser hat gerade angefangen zu kochen. Ich komme gleich.« Mir flüsterte sie zu: »George holt die Constables. Bleib hier, wenn du unbedingt verhaftet werden willst.«

Erst als sie ging, dachte ich an meine Bibel. Ich wollte sie zurückrufen, doch sie hatte bereits die Hälfte der Treppe erklommen. Ich faltete den Brief zusammen und schob ihn in meine Tasche. Dann ging ich zur Tür und lauschte. Im Hof war es still, doch vom Fluss her, aus Richtung Westminster, vernahm ich tumultartigen Lärm. Ich hoffte, das würde es George erschweren, einen Constable aufzutreiben.

Kurz darauf kehrte Anne zurück, um den Kessel erneut zu füllen. Der Wassereimer in der Küche war leer. Sie ignorierte mich und ging zum Eimer im Hof, in dem wir uns normalerweise wuschen. Ich folgte ihr, nahm ihr den Eimer ab und tat, was ich so viele Male getan hatte. Ich zog meine Finger durch das Wasser und zerbrach den dünnen Film aus Eis, der sich bereits gebildet hatte. Ich sehnte mich nach Normalität, und diese alltägliche Tätigkeit beruhigte uns beide. Ich tauchte einen Krug ins Wasser und goss es in den Kessel.

»Wie geht es Mr Black?«

»Er kann nicht sprechen.«

Ich war erschüttert. Wasser floss über den Rand des Kessels, als sie ihn fortzog. Ich starrte zum Fenster empor, wo ich den verlängerten Schatten des Doktors über die Wand wandern sah.

»Es tut mir leid.«

»Du hast ihn geschlagen!«, sagte sie vorwurfsvoll.

»Er hat mich auch geschlagen.«

»Das ist sein Recht.«

»Wenn es gerecht ist. Dass George die Kerze mitgenommen hat, war nicht gerecht.«

Instinktiv hatten wir uns vom Haus entfernt und in den Schatten des Baumes zurückgezogen, unter dem wir, für kurze Zeit, als Kinder gespielt hatten. »Ich hätte dich niemals rauslassen sollen! George weiß Bescheid!«

»Vertrau ihm nicht!«

»Ich muss.«

Sie wandte sich zum Haus.

»Wenn er es wirklich gut mit dir meinte, würde er es deinem Vater erzählen.«

Sie blieb stehen. Sie stand jetzt im Licht, und ich konnte erkennen, dass ihre Hände, die sie ständig aneinander rieb, vor Kälte ganz weiß waren. Ich sehnte mich danach, ihre Hände zu berühren, sie in meine zu nehmen, aber ich wagte es nicht. In ihre Stimme lag eine Spur des alten Spotts.

»Aber dir kann ich vertrauen?«

»Ja.«

Ich sprach mit solchem Ungestüm, dass sie furchtsam zusammenschrak, nur um mich anschließend so eindringlich zu mustern, dass ich den Blick niederschlagen wollte, es jedoch nicht konnte oder wagte. Ihr Blick schien direkt zu meiner Seele vorzudringen, wie es weder ein Prediger, noch mein Vater oder meine Mutter je geschafft hatten.

»Hast du dieses Gedicht geschrieben?«

»Ja! Und es ist ernst gemeint, jedes Wort davon. Alles, was ich zu dir gesagt habe.«

Und so war es. In diesem Moment erkannte ich es so scharf und deutlich wie das Mondlicht auf den Eissplittern, die ich aus dem Eimer gebrochen hatte. Zitternd starrte sie mich an, doch ehe sie etwas sagen konnte, hörten wir, wie jemand von Cloth Fair auf den Hof einbog. Gleichzeitig sah ich ihre Mutter ans Fenster treten. Ich sprang in den Schatten.

Es war der Kannengießer, der auf der anderen Seite des Hofs lebte. Seine Kleidung war gewöhnlich staubig von dem Kalk, mit der er die Platten und Becher aus den Gussformen holte, doch jetzt war sie sauber. Für ihn liefen die Geschäfte ebenso schlecht wie für den Schiffsbauer.

Sein Gang war schwankend. Er schenkte Anne kaum einen Blick.

»Guten Abend, Mr Reynolds.«

»Guten Abend, Anne.«

Mrs Black hatte sich vom Fenster zurückgezogen. Die Intensität des Augenblicks war verflogen. Keiner von uns sagte ein Wort. Anne hob ihre Schürze an. Plötzlich schlug sie eine Hand vor den Mund, um ein Lachen zu unterdrücken.

»Wie siehst du denn aus!«

»Gut, würde ich meinen«, sagte ich steif, mit einem Hauch von Entrüstung, doch auch mit dem Gefühl der Erleichterung, weil wir uns wieder auf dem vertrauten Terrain spöttischen Geplänkels befanden.

Ich zeigte ihr meine Schuhe. Im Dämmerlicht konnte man

den Spalt, wo sich das Oberleder von der Sohle löste, kaum erkennen, und ich fand, sie hatten besonders feine Schnallen.

»Diese Schuhe werden sogar bei Hofe getragen.«

»Welcher Hof?« Sie bemühte sich, nicht zu kichern. »James' oder Elizabeths?«

Sie konnte ihr Lachen nicht länger zurückhalten, und ich hatte Angst, man könnte sie hören. »Ich musste meine Kleidung wechseln.«

»Wie die Leute in deinen Flugschriften?«, neckte sie. »Weil jemand versucht, dich umzubringen?«

Eine Bewegung am Fenster zog unseren Blick an. Die Kerzen in der Kammer warfen eine schwankende Silhouette an die Wand, als Dr. Chambers seine Tasche packte. Hin und wieder, so stellte ich fest, wurden aus der Verzweiflung heraus gute Ideen geboren.

»Kannst du Zahlen lesen?«, flüsterte ich drängend.

»Natürlich!«, erwiderte sie empört.

Ohne ein weiteres Wort packte ich sie an der Hand und rannte mit ihr ins Haus. Wasser spritzte aus dem Kessel, und sie ließ ihn beinahe fallen. Ich nahm ihn ihr ab und stellte ihn in die Küche zurück. Jetzt schien sie überzeugt zu sein, dass ich irre war, und sie war nahe daran, zu schreien. Ich ging ins Kontor, nahm das Rechnungsbuch und deutete auf den Buchstaben T, den sie, wie ich glaubte, kannte.

Und während ich flüsternd die Bezeichnung der Anschaffungen vorlas, überflog sie mit wachsender Verwirrung die Zahlen dahinter. Sie kannte ein paar Buchstaben von ihren Stickarbeiten und die Zahlen vom Einkaufen. Wir hörten, wie die Tür zur Schlafkammer oben geöffnet wurde. Ich ließ das Buch beinahe fallen und konnte nicht finden, wonach ich gesucht hatte. Anne bat mich stumm, zu gehen, die Hände flehend ineinander verschlungen.

Ich fand den Eintrag.

8. August 1637. Gezahlt an P. Lely, für ein Porträt in Öl & Rahmen, 20 Pfund.

Sie verstand die Worte nicht, starrte jedoch in so großer Verwunderung auf die Ziffern, dass sie nicht auf Dr. Chambers Stimme reagierte.

»Ich werde morgen wieder vorbeischauen.«

Von Mr Black kam keine Antwort, aber seine Frau sagte: »Seht! Er schreibt etwas!« Ich hörte, wie der Doktor in die Kammer zurückkehrte.

»Zwanzig *Pfund*!«, rief Anne aus.

So viel verdiente ein geschickter Schreiber in einem Jahr. Ich erklärte ihr, wofür es gezahlt worden war.

»Ein Bild? Von dir? Es muss etwas mit dem Mann mit der Narbe zu tun haben.«

»Das denke ich auch.«

»Ich hasse ihn!«, sagte sie heftig. »Schreit meinen kranken Vater an. Kommandiert ihn herum. Wer ist er?«

Ich schüttelte den Kopf. Sie schaute immer noch auf die Eintragung im Buch und dann zu mir. Ich weiß nicht, was sie sah, aber es war nicht länger ein Clown, eine Witzfigur oder auch nur ein Lehrjunge. Sie biss sich auf die Unterlippe, wie sie es häufig tat, wenn sie gereizt oder ratlos war.

»Zwanzig Pfund«, wiederholte sie noch einmal voller Ehrfurcht. »Für ein Bild. Von dir.«

»Von einem Affen.«

»Mach keine Witze. Wo ist es?«

»Woher soll ich das wissen?«

»Ich weiß es.« Die Worte platzten explosionsartig aus ihr heraus. »Eines Tages hat mein Vater …« Sie verstummte.

»Was hat dein Vater?«

Sie schüttelte den Kopf und weigerte sich, noch mehr zu sagen. Wir hörten, wie Dr. Chapman sich verabschiedete, und ich eilte durch die dunkle Druckerwerkstatt zur Tür. Verzweifelt versuchte ich mir etwas auszudenken, wie ich Anne wiedersehen könnte.

»Kannst du mir meine Bibel bringen?«

»Wohin?«

»Ich werde dir schreiben. Durch Sarah.« Erneut stöhnte ich innerlich, aus Verzweiflung darüber, dass sie nicht lesen konnte.

»Ich werde es lernen«, sagte sie sachlich, als sei es etwas, dass sich in ein, zwei Tagen erledigen ließe. »Wenn mein Vater nicht sprechen kann, muss ich lesen können. Meine Mutter kennt sich im Geschäft nicht aus.«

»Bring die Bibel in die Kirche. Sonntag.«

Sie stand da, zart und entschlossen, und ließ mich durch die Hintertür hinaus, während ihre Mutter den Doktor zur Vordertür geleitete. Sie hatte etwas an sich, dass ich nie zuvor bei ihr vermutet hätte, hinter all dem Spott und den oberflächlichen Spielchen, etwas, dass ich selbst in diesem Alter nur Berechnung nennen konnte.

Was immer es war, ehe sie die Tür schließen konnte, beugte ich mich vor und küsste sie.

7. Kapitel

Nach diesem Kuss war ich wie benommen und fühlte mich wie im Traum. Vermutlich kann man es kaum einen Kuss nennen, eher ein Zusammenstupsen der Nasen, eine Kollision meiner Lippen mit ihrer Wange, die so kalt war wie das gesplitterte Eis im Eimer. Ein kurzes Festhalten ihrer zitternden Zartheit. Sie war zerbrechlich wie ein aus dem Nest gefallener Vogel, den ich einmal in Poplar gefunden und vergebens versucht hatte, zu wärmen und am Leben zu erhalten. Und doch eröffnete dieser Kuss mir die ganze Welt.

Ich sorgte mich nicht um meine Sicherheit, war blind für das, was um mich herum geschah. Alles, was ich wollte, war, über dieses Zittern nachzudenken, diese kalte Wange, ihre Arme, die mich festgehalten hatten.

Ich hätte leicht George in die Arme laufen können, doch er musste vergeblich nach einem Constable Ausschau gehalten haben, denn ich hörte von anderen Leuten, die die Straße entlangströmten, dass es vor Westminster zu heftigen Tumulten gekommen war. Ich tauchte in der Menge unter und war so wesentlich schwerer zu finden.

Ein Mann hatte durch einen Spieß eine Wunde davongetragen, aus der Blut sickerte. Er taumelte fast gegen mich. Ich duckte mich, als er seinen Knüppel erhob, doch er demonstrierte nur jubelnd, wie er den Schädel des Wachmanns zertrümmert hatte, der ihm die Wunde zugefügt hatte. Er sagte, sein puritanischer Master habe ihm den Knüppel gegeben und ihn gedrängt, für den Gesetzentwurf zu kämpfen.

»Den Gesetzentwurf?«

»Die Große Remonstranz! Die Freedom Bill! Die Anhänger des Königs versuchen, Mr Pym davon abzuhalten, sie offiziell zu verkünden, weil sie ihm die Kontrolle über Leute wie mich gibt. Die Armee!«

»Ihr seid Soldat?«

»Nein! Weber.« Stolz hielt er seinen Knüppel in die Höhe. »Und Mitglied der Allerheiligen Bürgergarde!«

»Dann müsst Ihr Will kennen«, sagte ich, denn Will war ein begeisterter Anwerber für die Allerheiligen.

»Und seinen Vater!« Der Weber hielt erneut seinen Knüppel hoch und schrie: »Ormonde! Ormonde!«

»Ormonde! Ormonde!«, skandierte die Menge.

Wills Vater war ein glühender Unterstützer von Mr Pym und trat bei den Wahlen zur Ratsversammlung gegen den Kaufmann Benyon an, der mit Waren aus Ostindien handelte. Wer immer die Stadt kontrollierte, kontrollierte auch die städtischen Bürgergarden wie die Allerheiligen, die insgesamt rund zehntausend Mann umfassten.

Nachdem ich bereits von Anne ganz berauscht war, machte mich der Gedanke an all das nur noch trunkener, bis ich schließlich das Pot erreichte, wohin sich viele der Demonstranten begaben. Was Mr Ink vorhergesagt hatte, war eingetreten. Der Aufruf war an das Volk gerichtet gewesen – und das Volk hatte geantwortet!

Die Worte, die er kopiert und die ich aus dem Schmutz gerettet hatte, hatten dies bewirkt. Zumindest glaubte ich das. Nun ging der Kampf darum, dass sie auch offiziell veröffentlicht wurden. Unsere Schwarzkopien wurden in den Schänken gelesen, wo sie bierdurchtränkt von Hand zu Hand gereicht und den Menschen vorgelesen wurden, die nicht lesen konnten, Menschen, die schweigend nickten.

Sie sprachen nicht von Rebellion. Das Volk sprach von der

Magna Charta. Von alten Rechten auf schwindendes Gemeindeland, das die Menschen von ihren Familien fort nach London getrieben hatte. Von dem Recht auf Religion. Und von dem größten Recht von allen – dem Recht, sich einen Laib Brot leisten zu können.

Will konnte ich nirgends entdecken. Ich klammerte mich an ein Bier, das mir ein vollkommen Fremder in die Hand gedrückt hatte, während ich in dem Gedränge etwas erspähte, das alles andere aus meinen Gedanken vertrieb. An der Bar stand der Mann mit dem Biberhut. Meine Wut rang mit dem Verlangen, die Flucht zu ergreifen. Ich glaubte, dass er meine Mutter getötet hatte. Ich hatte wenig gegessen, und das Bier stieg mir zu Kopfe. Die Wut gewann, und ich kämpfte mich durch die lachende, schreiende Menge. Jetzt sah ich die massige Gestalt von Crow und meinte erneut zu spüren, wie er meinen Kopf zurückriss, um mir die Kehle durchzuschneiden. Crow drehte sich um und musterte die Menge mit starrem Blick. Ich legte meine Hand an meinen Dolch, überzeugt, dass er mich gesehen hatte, aber er gehörte zu jenen Männern, die sich gewohnheitsmäßig ständig umsahen, um zu wissen, was hinter ihrem Rücken vorging.

»… letzte Ort, an den er kommen würde«, hörte ich ihn sagen.

»Ein Hund kehrt immer zum Gestank seiner eigenen Scheiße zurück«, sagte der Mann mit dem Biberhut.

Ein paar Kerzen standen auf einem Tisch, an dem ich auf dem Weg zur Bar vorbeikam. Ich löschte sie mit meinem Ärmel aus. Jemand rief etwas. Im Schatten verborgen näherte ich mich der Bar.

Der Dolch fühlte sich ganz anders an als mein Lehrlingsmesser, das im Vergleich dazu nichts als ein Spielzeug war. Der Dolch war schwerer und besser ausbalanciert. Ich löste ihn von meinem Gürtel und blieb stehen, wenige Zoll von ihren

Rücken entfernt. Sie hatten die Aufmerksamkeit des Wirts gewonnen.

»... rotes Haar. Tom Neave«, sagte der Mann mit dem Biberhut gerade. Er zog ein zerknittertes Blatt Papier aus der Tasche. Als er es auseinanderfaltete, erhaschte ich den Blick auf eine der Skizzen, die der Maler in jenem Sommer von mir angefertigt hatte. Mit wenigen Strichen hatte er mein Grinsen eingefangen, ebenso wie meine spitze Nase zwischen den dunkel glänzenden Augen.

Ich schob mich näher heran. Ich versuchte zu schlucken, aber mein Mund war wie ausgedörrt. Crows derber Lederwams hatte einen Riss am Rücken, der wie ein offener Mund aussah und größer wurde, sobald er sich bewegte. Ich fühlte mich davon angezogen und betrachtete ihn fasziniert.

Der Wirt sagte: »Hab ihn seit einer Woche nicht mehr gesehen.«

»Wir arbeiten für die Verlegerzunft und für Mr Black«, sagte der Mann. Seine Stimme klang ernst und besorgt. »Er wird gesucht, weil er seinen Vertrag gebrochen hat, gestohlen hat ... Ihr könnt mich im The Cock and the Hen in Holborn erreichen ... Es ist eine Belohnung von fünf Kronen auf ihn ausgesetzt.«

Der Wirt hob die Augenbrauen. In seinem Gesicht stand geschrieben, dass ihm das einen beträchtlich größeren Gewinn bescheren würde, als es durch den Verkauf von Bier jemals möglich war. Aber das war es nicht, was mich die Beherrschung verlieren ließ. Dazu kam es erst, als ich hörte, dass Mr Black, den ich für einen gottesfürchtigen Mann gehalten hatte und der heuchlerisch so getan hatte, als wollte er mich vor der Gefahr warnen, zu den Verschwörern gehörte, die beabsichtigten, mich zu töten.

Der Dolch schien ein Eigenleben zu entwickeln, als ich ihn aus der Scheide zog. Ich sah nichts als den Riss in Crows

Wams, der sich öffnete und schloss und ein perfektes Ziel abgab.

»Tom!«

Gott sei mein Zeuge, aber ich glaubte, es sei die Stimme des Herrn, die mich innehalten ließ. Crow und der Mann mit dem Biberhut wirbelten herum, stießen gegen einen Mann, der versuchte, zur Bar zu gelangen, der wiederum gegen mich stolperte. Mein Dolch fiel zu Boden.

»Tom!«

Will winkte neben einer der Türen. Der Mann mit dem Biberhut schob sich durch eine Gruppe Zecher auf ihn zu. Crow machte sich auf der Stelle daran, die andere Tür zu sichern. Ich sah, wie sein Blick peinlich genau von Kopf zu Kopf wanderte. Trotz des Dämmerlichts und obwohl ich spürte, dass mein Hut fest auf dem Schädel saß, hatte ich das Gefühl, meine roten Haare kröchen über meinen Hals, als würden sie gleich einem Signalfeuer brennen.

Will sah mich an. Ich schaffte es gerade noch, stumm den Kopf zu schütteln. Als der Mann mit dem Biberhut ihn ansprach, schüttelte Will ebenfalls den Kopf und deutete auf die Tür, an der Crow stand.

»Er ist abgehauen«, rief der Mann mit dem Biberhut Crow zu, der hinaus auf die Straße stürmte, den anderen dicht auf den Fersen.

Ich hob den Dolch auf und starrte seine Klinge an, während Will sich einen Weg durchs Gedränge bahnte, zusammen mit einem älteren Mann in einer Uniformjacke im holländischen Stil mit ordentlichem Leinenkragen.

»Ich wollte ihn umbringen«, sagte ich törichterweise.

Der Mann schüttelte den Kopf. »Du standst falsch«, sagte er in gebildeter Sprechweise. »Du hättest ihn lediglich verwundet. Er hätte sich umgedreht und dich getötet.« Er zog seinen Finger über die Kehle.

Will unterbrach ihn barsch, als er sah, dass der Wirt etwas zur Schankmagd sagte. »Bring ihn hier raus, Luke!«

Er packte mich an einem Ellenbogen und der Mann namens Luke am anderen, und gemeinsam hetzten sie mit mir hinaus in die Nacht.

8. Kapitel

In jener Nacht schlief ich, zusammengerollt in meinem Josephmantel, auf Ballen besten Virginia-Tabaks im Speicher von Wills Vater. Seitdem verbinde ich den Rauch von Virginia-Tabak, der kräuselnd aus einer Tonpfeife emporsteigt, mit dem Geruch der Rebellion. Er stieg aus den Pfeifen von Will und Luke auf, als sie mich am nächsten Morgen weckten. Sie brachten mich ins Kontor, wo ich einen dritten Mann kennenlernte, Ben. Es folgte eine genaue Inventur, jedoch nicht der Waren, sondern meiner selbst – eine Vernehmung.

Alle drei waren Mitglieder der Allerheiligen Bürgergarde. Will und Ben waren typische Vertreter vieler Teilzeit-Soldaten der Stadt: durchschnittliche Männer, die gegen die reichsten Kaufleute der Stadt kämpften, welche in der Regel den König unterstützten. Wie viele Tabakhändler bemühte sich Wills Vater darum, das Monopol der sagenhaft reichen Gewürzhändler zu brechen. Benyon, sein Gegner bei den Wahlen zur Ratsversammlung im nächsten Monat, war einer von ihnen.

Ben war Apotheker. Von einem anderen Monopol, den Ärzten, daran gehindert, in der Stadt zu arbeiten, praktizierte er in Spitalfields außerhalb der Stadtmauern und verteilte Heilkräuter an die Londoner Armen. Ben war still und zurückhaltend wie seine graue Jacke und Hose, doch in seinem Schweigen lag eine Starrköpfigkeit, die Weigerung, alles als gegeben hinzunehmen, die mir gefiel.

Luke dagegen war ganz anders. Er schien nur ein Ziel gehabt zu haben, als er sich der Bürgergarde anschloss: zu kämpfen.

Er kam gerade vom Fechttraining und lehnte sein Schwert gegen einen klapprigen Tisch im Kontor. Er war Lehrzögling eines Rechtsanwalts in Gray's Inn und der zweite Sohn eines Adligen, und so sah er auch aus. Das ausgesprochen weiche Leder seiner Stulpenstiefel verspottete meine Schuhe »wie sie bei Hofe getragen wurden«. Ich versteckte sie unter dem Tisch, und meine Wangen brannten vor Verlegenheit, doch die Schäbigkeit meiner Kniehosen konnte ich nicht verbergen, ebenso wenig den üblen Geruch und die Flecken auf meinem Josephmantel, bei dem er die Nase rümpfte. Zweifelnd musterte er mich, als sei ich eine dieser Kuriositäten, die vom fahrenden Volk ausgestellt wurden.

»Du bist auf der Flucht«, sagte er gedehnt.

»Ja«, erwiderte ich herausfordernd. »Werdet Ihr mich nach Newgate bringen?«

»Bridewell«, korrigierte er, »für unbedeutende Missetäter wie dich. Es sei denn, du hättest tatsächlich jemanden getötet.«

Vielsagend blickte er auf den Dolch an meinem Gürtel. Ich sprang auf und warf beinahe den Tisch um. Eine Woche auf der Flucht hatte mich bereits verändert, und ich hatte mir angewöhnt, zuerst zu handeln. Noch einen Moment länger, und ich wäre zur Tür raus gewesen, bereit, Luke von seinem Stuhl zu stoßen, falls er mich aufhalten wollte.

»Was ist passiert, Tom?«

Ben sprach mit leiser Stimme, und seine Besorgnis wirkte beruhigend auf mich. Ich schämte mich meiner heftigen und unangemessenen Reaktion und ließ mich auf meinen Schemel zurückfallen. Ich erzählte ihnen alles, von dem Moment an, als Mr Black mich aus Poplar geholt hatte, bis zum Anschlag auf mein Leben und die Abrechnungen und Notizen über mich, die ich in Mr Blacks Kontor entdeckt hatte.

Als ich fertig war, herrschte Stille, bis auf das Glockengeläut der Schuten auf dem Fluss. Will paffte an einer Pfeife mit dem bestem Virginia seines Vaters, der sich von einer »fauligen, stinkenden Neuheit«, wie König James ihn verspottet hatte, zu einem Heilmittel gegen alle möglichen Leiden verwandelt hatte, von Koliken bis Blasensteinen.

»Ist das eine Geschichte aus deinen Flugschriften?«, fragte Luke skeptisch.

»Es ist die Wahrheit!« Ich schlug mit der Faust auf den Tisch, doch dann ertönte zu den Schiffsglocken der viel tiefere Klang einer Kirchenglocke.

»St. Mary-le-bow«, sagte Will. »Das bedeutet …«

Der Ende seines Satzes wurde von dem gewaltigen Getöse der Glocken verschluckt, das sich von Osten her über die ganze Stadt ausbreitete. Gleich einem Feuer, das von Dach zu Dach sprang, schwoll der Lärm an, das kehlige Wummern von St. Katherine's beim Tower, das Hallen von St. Dunstan-in-the-East, welches die Glockenspiele von St. Lawrence Jewry und St. Giles Cripplegate, St. Paul's, St. Martin's, St. Dunstan-in-the-West und St. Clement Danes zum Leben erweckte, bis der ganze Speicher einem riesigen Kessel aus Tönen glich.

Luke war nicht zu verstehen, aber niemand brauchte seine Worte zu hören.

»Der König«, formte er mit den Lippen.

Der König war angekommen, um zum Parlament zu sprechen! Alle unsere Streitigkeiten waren vergessen, als wir uns der gewaltigen Menge anschlossen, die sich die Thames Street entlangschob, vorbei an den Hallen der Fischhändler und die Fish Street hinauf. Indem wir unsere Fragen in die Menge brüllten und die Ohren dicht an den Mund derer hielten, die uns Antwort gaben, fanden wir allmählich heraus, dass der König den Lord Mayor und die Ratsherren in Hoxton getroffen hatte, auf dem freien Feld direkt hinter den sich ausbreitenden neuen

Häusern. Die Bauarbeiten waren, ähnlich wie in Poplar, in der aktuellen Krise abrupt zum Stillstand gekommen, es gab nur halbfertige Häuser und Holzabfälle in Matschpfützen zu sehen.

»Der König hat den Lord Mayor auf der Stelle zum Ritter geschlagen«, schallte es aus der Menge.

Will stöhnte. »Ritterschaft gegen Gold! Der König möchte, dass die Stadt ihm ein Heer finanziert!«

Aufbrandende Jubelschreie brachten ihn zum Schweigen. Ich fragte mich, wie die Menge nach den Aufständen der letzten Nacht so glücklich darüber sein konnte, bis wir die Gracious Street erreichten. Wir kamen nicht mehr weiter, da die Menschen um den Springbrunnen herum sich uns entgegenschoben. Männer und Frauen taumelten auf uns zu, Hände und Kleider mit etwas bedeckt, das wie Blut aussah.

Selbst Luke verlor seine Kaltschnäuzigkeit und bahnte sich seinen Weg durch die Menge. Er brüllte mir etwas zu, aber ich konnte kein Wort verstehen. Die Glocken in unserer Nähe verstummten, die anderen wurden ebenfalls leiser, und Lukes Stimme dröhnte in meinen Ohren.

»Trinkt auf den König! Und verdammt seien seine schlechten Ratgeber!«

Er verschwand in der wogenden Menge, nur um bald wieder aufzutauchen. Der feine Spitzenkragen war mit purpurnen Flecken bedeckt, von seinen Händen tropfte es rot.

»Der beste Bordeaux!«, schrie er. »Wenn der König Euch begünstigt, bedeutet Ihr ihm alles.«

Ich konnte es nicht fassen. Aus dem Brunnen sprudelte Wein. Eine Frau trug einen Krug davon fort. Die meisten streckten ihre Hände aus und schlürften ihn schmatzend, kämpften sich immer wieder nach vorn, um noch mehr zu bekommen, ehe die Fässer, die den Nachschub lieferten, geleert waren. Auf Händen und Füßen schlängelte ich mich unter der Schürze eines Bierkutschers hindurch und fing den Wein auf, der ihm durch die Finger rann. Ich trank, indem ich den Kopf zum Himmel hob und den roten Regen einfing, bis ich das Gleichgewicht verlor und Gefahr lief, in dem blutroten Schlamm zertrampelt zu werden. Ob es der beste Bordeaux war oder Essig, wusste ich nicht, und ich schaffte es auch nicht, besonders viel davon zu schlucken, doch trunken war ich ganz gewiss. Trunken von dem Gedränge um mich herum, und dann, als wir uns wie ein Mann Richtung Cornhill wandten, vom donnernden Gebrüll der Menge, das von dort ertönte. Er war angekommen! Wir würden ihn verpassen! Dieser Gedanke stand jedem ins Gesicht geschrieben, als wir uns schiebend und unter Gebrauch der Ellenbogen am Leadenhall Market vorbeidrängten.

Die Menschen mussten seit Stunden an ihren Plätzen ausgeharrt haben. Die Route für den Einzug des Königs in die Stadt war seit hundert Jahren dieselbe. Der König überschritt die Stadtgrenze bei Moorgate, anschließend machte die Parade einen Schwenker und nahm die Route entlang der alten Römermauer, machte in Bishopsgate erneut kehrt und näherte sich dann, wie sie es nun tat, der Merchant Tailor's Hall, die sich vor uns erhob. Die Zuschauer wurden so eng zusammengedrückt wie eine Steinmauer, und egal, wie sehr ich auch hüpfte und sprang, ich konnte wenig erkennen, bis auf flatternde Banner und Menschen, die sich gefährlich weit aus den Fenstern lehnten und einstimmig riefen: »Lang lebe der König! Lang lebe der König!«

So groß er auch war, selbst Will musste sich auf die Zehenspitzen stellen, um etwas zu sehen. Er warf seine Hände in die Luft und schrie zusammen mit dem Rest der Menge. Ich wurde gegen ein Fachwerkhaus gedrückt. Über mir war ein Querbalken, unterhalb des Fensters im oberen Geschoss, aus dem sich Menschen lehnten. Später hörte ich, dass sie ein Vermögen für dieses Privileg gezahlt hatten.

»Will, mach mir eine Räuberleiter.«

Er verschränkte die Hände. Ich setzte meinen Fuß hinein, schwang den anderen auf einen Wandpfosten und tastete in dem losen Fischgrätenmauerwerk nach Halt. Putz rieselte auf mich herab, als eine Hand mich von oben packte und hochzog. Unter dem Jubel der Leute um mich herum klammerte ich mich an den Querbalken. Bei dem Anblick unter mir fiel ich beinahe wieder herunter. Die Straßen waren mit den freien Zunftmitgliedern der Stadt gesäumt. Ein großartiges Farbenspiel aus allen Farben des Regenbogens ließ die Straßen so hell erstrahlen wie mitten im Sommer. Nun ritt eine weitere Entourage an Cornhill vorbei, gefolgt von der Städtischen Artillerie. Banner flatterten an den Spießen der Männer, an ihren Sätteln hingen Pistolen. Ich hatte sie für Aufständische gehalten, doch es schien, als seien sie dem König ebenfalls erlegen.

Auf prachtvollen Pferden, die so exakt zu den Trommeln schritten, dass es aussah, als seien sie ebenfalls dem Anlass gemäß von Ehrfurcht ergriffen, ritten, jeweils zwei nebeneinander, die großen Peers. Ständig in Gefahr, abzustürzen, rief ich wie ein kleines Kind: »Wer ist das da, wer ist der mit dem Schwert?«, und jemand am Fenster oder noch häufiger Luke, der es geschafft hatte, sich bis nach vorn durchzuschlängeln, brüllte die Antwort.

»Das ist der Marquess von Hertford mit dem Reichsschwert …«

Er schien jeden zu kennen, und darüber hinaus wusste er, was die verschiedenen Positionen zu bedeuten hatten, die die Reiter in Relation zum König einnahmen.

»Das ist Manchester … Lord Privy Seal … und dies der Marquess von Hamilton … raffiniert, ihn zum Herrn über die Pferde zu machen … sie sind alle gemäßigte Reformer … Siehst du!«, schrie er Will zu. »Das ist eine Botschaft des Königs! Er hat sich seiner bösartigen Ratgeber entledigt.«

Ich hielt das für eine wunderbare Nachricht. Ich musste mich an den Balken klammern, als die Menge unter mir ihre Hüte schwenkte und die Menschen im Zimmer über mir mit den Füßen auf den Boden stampften, so dass das ganze Haus erbebte.

Und da war er!

»Der König! Der König!«, brüllte die Menge.

Nie wieder in meinem ganzen Leben benutzte ich einen Holzschnitt dieses ovalen Gesichts, mit den langen Locken und dem spitzen Bart, ohne daran zu denken, wie vollkommen unangemessen er war, und ohne mich an diesen Moment zu erinnern. Er schien zu schweben, anstatt auf seinem prachtvollen schwarzen Pferd zu reiten. Der Sattel war mit silbernen und goldenen Stickereien verziert, sein hauchzarter Reitumhang flatterte wie Flügel hinter ihm, geschmückt mit dem Zeichen des Hosenbandordens: einem Stern, der silberne Strahlen aussandte.

Jedes Mal, wenn er die Hand hob oder lächelte, brach die Menge in einen Freudentaumel aus. Schon machte die Nachricht die Runde, dass er in Hoxton geschworen habe, sich nicht vom Papismus beeinflussen zu lassen, sondern die protestantische Religion von Elizabeth und James zu wahren. Sein Lächeln wurde strahlender, als er vorbeiritt. Er hob die Hand und schien mich direkt anzulächeln. Ich war nahe daran, in Ohnmacht zu fallen, meine Fingernägel scharrten im Mauerwerk, während ich mich festklammerte, und die Menge grölte unablässig in meine Ohren. Ich liebte ihn. Es gab kein anderes Wort dafür. Gottesgnadentum? Natürlich war er göttlich! Kämpften nicht überall an der Route die Menschen darum, ihm nahe zu sein und mussten von den Zunftmitgliedern zurückgehalten werden? Erhofften sich nicht die Lahmen, Schwachen und Bettler Erleichterung von ihrem Los? Eine Frau drängte sich nach vorn und hielt ihr blindes Kind in die

Höhe, in der Hoffnung, dass es für einen Augenblick dieselbe Luft atmen möge wie er.

Ich verrenkte mich, um dem König so lange wie möglich nachblicken zu können, während er in Richtung Cheapside verschwand. Als ich mich widerstrebend wieder umwandte, war ich auf der Stelle wie gelähmt, als ich die Frau in der Kutsche unter mir sah. Anne war wunderschön, aber auf eine frische und schlichte Art. Diese Frau aber war schön wie ein Kunstwerk. Perlen glitzerten in ihrem Haar, ihre Haut war wie dünnes Porzellan, nur auf der Wange prangte frech ein Schönheitsfleck. Ihr Kleid war tief ausgeschnitten, und von meiner erhöhten Position erspähte ich mehr von einer Frau, als ich je zuvor gesehen hatte. Ich hegte keine Zweifel, wer sie war.

»Die Königin!«, rief ich. »Lang lebe die Königin!«

Die Frau blickte auf und lächelte. Ihre Augen waren nicht künstlich. Man könnte sie unmöglich malen. Sie waren von einem so dunklen Blau, dass sie fast schwarz wirkten, und blitzten amüsiert auf. Im Porzellan um sie herum bildeten sich winzige Lachfalten, ehe die Kutsche weiterrollte. In diesem Moment merkte ich, dass die Menschen um mich herum jaulend auflachen.

»Die Königin ist auf und davon, du Idiot!«

»Das ist Lucy Hay.«

»Countess of Carlisle.«

»Straffords Hure.«

Der Earl of Strafford war einer der königlichen Ratgeber gewesen, der nicht nur vom Parlament, sondern auch von vielen Anhängern des Königs für sein skrupelloses, nahezu gesetzloses Streben nach Macht gehasst worden war. Ihm war so viel Unmut entgegengeschlagen, dass selbst der König nicht imstande gewesen war, ihn vor den Anfechtungen zu schützen. Mit größtem Widerwillen hatte er das Todesurteil für seine Hinrichtung im Mai dieses Jahres unterzeichnet.

»Jetzt, wo Strafford tot ist, ist sie John Pyms Hure!«

»Die wechselt die Betten wie die Seiten.«

Es gab noch mehr Gelächter, und unter mir brach ein Kampf aus. Ich achtete nicht auf diese niederträchtigen Anschuldigungen gegen eine so schöne Frau, auf die als Angehörige des Hofes ein Teil der königlichen Göttlichkeit abgefärbt haben musste. Ich war überwältigt von dem Gedanken, dass ich bei ihrem Haus gewesen war, wenn auch nicht näher als bis zu ihrem Scheißhaufen, und dass ich, wenn ich jemals wieder Briefe für Mr Pym überbringen würde, vielleicht einen Blick auf Lucy Hay erhaschen könnte.

»Seht ihn euch an!«

»Er ist verliebt.«

»Komm her zu uns!«

Betrunkene Hände streckten sich nach mir aus. Ich merkte, wie sehr meine Arme schmerzten, und ließ erleichtert den Querbalken los, streckte die Hand nach oben, wo mich jemand zu fassen bekam. Eine andere Hand packte mich am Kragen. Ich stieß mich von dem Wandpfosten, auf dem ich gestanden hatte, ab und griff nach der Fensterbank über mir. Genau in diesem Moment sah ich das Banner. Es wurde vom Fahnenträger eines der Peers in die Höhe gehalten, der nicht in der Gnade des Königs stand, wenn man bedachte, wie weit hinter dem König er ritt. Das Banner zeigte eine Art Vogel, ich wusste nicht, was für einen, aber ich hatte das Gefühl, diese Art zuvor schon einmal gesehen zu haben. Der Vogel tauchte auf und verschwand wieder, sobald der Wind ihn erfasste, als würde er tatsächlich fliegen. Ein Falke. Ich *hatte* ihn schon einmal gesehen! Als sei es gestern gewesen, war ich wieder mit Matthew auf der Werft und schleppte Pech zur *Resolution*, an der dieselbe Flagge gehisst war, derselbe Falke, zu Ehren des bedeutenden Edelmanns, der das Schiff in Auftrag gegeben hatte.

Und da war er! Steif saß er auf dem Pferd, als würde er nur noch selten reiten. Er zuckte zusammen, als er sich in der Menge umschaute, und ich sah sein Gesicht. Dieser Bart. Dieser freundliche Blick. Aber nein, gar nicht so freundlich. Das Gesicht glich einem zerknitterten Stück Papier, die ergrauten Brauen waren stirnrunzelnd zusammengezogen. Doch für mich gab es keinen Zweifel, dass er der Edelmann war, der sich über mich gebeugt hatte, damals, als ich schlief, nachdem ich mich selbst mit dem heißen Pech verbrannt hatte. Der Edelmann, vor dem Matthew sich gefürchtet hatte und nach dessen Besuch Mr Black mich als Lehrjungen aufgenommen hatte.

»Das ist er! Das ist der Mann!«

Ich musste von allen guten Geistern verlassen sein. Ich deutete auf ihn. Sah, wie er den Hals verrenkte, um nach oben zu blicken und mich anzustarren, während ich einen Moment lang an nur einer Hand hing. Die Leute über mir versuchten, mich zu packen, aber der Mann, der mich hielt, lockerte den Griff, und ich stürzte auf die Menschen unter mir. Ein Mann ging fluchend zu Boden. Andere jubelten. Luke schrie etwas. Will und Ben kamen auf mich zu, doch ich bahnte mir stoßend, schubsend und kämpfend einen Weg durch die Menge und schlängelte mich nach vorn, um den Mann zu erwischen, ehe er vorbei war. Ich erreichte die Zunftmitglieder, die den Weg mit derben Knüppeln blockierten, schnappte mir den Knüppel von einem von ihnen und brachte den Mann so aus dem Gleichgewicht. Was mich vorwärts trieb, waren die Worte in dem Briefschnipsel, den ich in Mr Blacks Kontor gefunden hatte: »Er betrachtet den Jungen mit anderen Augen.«

Der Mann mit der Narbe musste den Brief geschrieben haben, auf Anweisung des Edelmanns. Ich hatte nur ein Ziel, und zwar, zu dem Mann zu gelangen, der aus irgendeinem Grund erst beschlossen hatte, etwas aus mir zu machen, nur um dann, wie ein Töpfer, der ein fehlerhaftes Gefäß aussonderte, zu entscheiden, dass ich »eine große Tollheit« sei, derer man sich entledigen musste.

Warum? Das war die Frage, die ich ihm ins Gesicht schleudern wollte. Warum?

Vielleicht schrie ich das Wort sogar. In meiner Erinnerung verschwimmen die Ereignisse, und ich kann mich nicht entsinnen. Der Zug war zum Halten gekommen. Ich duckte mich unter einem Pferd hindurch und stand nur wenige Schritte von dem Edelmann entfernt, der jetzt auf mich herunterstarrte. Ich war so plötzlich aufgetaucht, dass sein Pferd sich aufbäumte. Als der Edelmann aus dem Sattel zu rutschten drohte, versuchte ich, die Zügel zu ergreifen. Überall um mich herum schrien Leute. Reiter hatten Mühe, ihre scheuenden Pferde in Zaum zu halten. Ich spürte den brennenden Hieb einer Peitsche.

»Aus dem Weg! Ich muss zu meinen Vater!«

Die Stimme gehörte einem Reiter, der sein Reittier perfekt unter Kontrolle hatte. Als er sein Pferd in meine Richtung drängte, erhaschte ich einen Blick auf den Falken, der seinen Umhang zierte. Sein Gesicht ähnelte dem des alten Mannes, nur glatter, und er trug einen ordentlichen Bart, der wie gemeißelt wirkte. Seine scharfen grauen Augen wiesen ihn als einen Mann der Tat aus, der erst richtig lebendig wurde, wenn andere Menschen in Panik und Unordnung gerieten. Er brach durch die Menschenmenge und beugte sich über mich, den Kopf tief über den Pferdehals gesenkt. Seine Augen wurden schmal, während sein Schwert nach unten deutete. Für ihn musste ich wie ein Stück Wild sein, das er auf seinem Anwesen jagte. Oder eher wie Ungeziefer. Jemand schrie etwas in mein Ohr, aber ich war wie eine dieser Ratten am Hafen, hypnotisiert von einem streunenden Hund, der sie in die Ecke getrieben hatte. Die Schwertspitze war nur wenige Zoll von mir entfernt, als ein Knüppel sie zur Seite schlug. Das Schwert drang durch den Umhang in meine Schulter und wirbelte mich herum. Das Pferd des Reiters bockte, aber er bezwang es und lenkte es erneut auf mich zu.

»Lauf!«, schrie die Stimme.

Es war Luke. Er zerrte mich durch das Gewühl und schob mich auf Will zu. »Lauf, du kleiner Narr! Lauf!«

9. Kapitel

Sie brachten mich zurück zum Speicherhaus, wo Mrs Ormonde darauf bestand, mir ein Bett in Wills Kammer zu geben. Ben rieb eine kühlende Salbe auf meine Schulter. Er erinnerte mich an Matthew, außer dass in dem abgewetzten Tornister, in dem er seine Kräuter bei sich trug, strenge Ordnung herrschte. Luke saß am Ende des Bettes und sah zu. »Was um Himmels willen hattest du vor?«

Ich gab keine Antwort, entschlossen, nichts mehr zu sagen, da er meine Geschichte ins Lächerliche gezogen hatte. Ich hatte ihm gedankt, weil er mir das Leben gerettet hatte, aber so in seiner Schuld zu stehen, machte es nur noch schwerer, seine bevormundende Art zu ertragen.

Der pochende Schmerz in meiner Schulter war bereits verschwunden, als Ben die Salbe wieder in seinem Tornister verstaute. »Du hast gerufen ›Das ist er‹. Wer, glaubst du, war dieser alte Edelmann?«

»Hast du versucht, deine Geschichte zu beweisen?«, bohrte Luke weiter. »Der Pechjunge und der Peer?« Ich versuchte, ihm nicht zuzuhören, wandte mich ab und schmiegte mein Gesicht ins Kissen. Doch dann veränderte sich sein Tonfall. »Ein riskanter Weg, es zu beweisen, aber wirkungsvoll. Ich habe gesehen, wie er dich angeschaut hat, und ich bin sicher, dass er wusste, wer du bist.«

Ich setzte mich auf, starrte ihn an, aber auf seine typische Art, die mich so sehr reizte, wechselte er das Thema. »Es sah aus, als hätte der Jüngere dich einfach für einen Verrückten gehalten. Aber seine Aufmachung war nicht korrekt. Er hätte ein Zeremonienschwert tragen müssen, keinen Stoßdegen.«

Er rümpfte die Nase, auf diese verwöhnte Weise, als hätte er etwas Schlechtes gerochen. Er hatte seine mit Wein befleckten Spitzenkragen abgenommen und wischte sich einen Fleck von der Kniehose. Als Einziger von uns sah er fast noch genauso tadellos aus wie vorhin, als wir zur Parade aufbrachen, und wirkte, anders als Ben, in so einem puritanischen Haushalt vollkommen fehl am Platze.

Er senkte einen imaginären Stoßdegen und imitierte sitzend einen Ausfallschritt auf mich zu. Er lachte, aber mir lief ein Schauder über den Rücken. Seltsamerweise wollte ich gar nicht so genau hören, was er zu sagen hatte. Die Salbe tat ihre Wirkung, und das Bett, das die erste Federmatratze besaß, auf der ich je gelegen hatte, zeigte mir deutlich, wie quälend müde ich war. Ich wollte das alles nur noch vergessen und in den Schlaf sinken. Doch Luke machte mich wieder vollkommen wach. Sein sachlicher Ton wurde noch kühler.

»Es war ein italienisches Rapier, Bologna, schätzungsweise. Er hätte ein gutes altes englisches Breitschwert tragen müssen, mit dem man einen Mann umhauen kann. Doch die Teile sind plump und wesentlich weniger effektiv. Es kommt auf den Stoß, die *stoccata lunga*, nicht auf den Hieb an … die Spitze, nicht die Klinge zählt, wenn du einen Mann wirklich töten willst.«

In Lukes Stimme lag eine genüsslich-makabre Eindringlichkeit, die mit unerträglicher Klarheit den Geruch des Pferdes zurückbrachte, ebenso wie die Augen des jungen Mannes, eines fast geschlossen, das andere zielend, als sei es Teil der Klinge.

»Du meinst, er war vorbereitet?«, warf Will ein.

»Ja. Abgesehen vom Rapier war er perfekt ausgestattet. Ich müsste wissen, wem das Wappen gehört … Der Falke … es liegt mir auf der Zunge …«

»War er einer der Männer aus dem Pot?«, fragte Ben.

»Nein. Das waren nur Handlanger«, sagte Will.

»Der Mann mit dem Biberhut sah aus wie ein vom Glück verlassener Soldat«, erklärte Luke. »Hast du gehört, was sie an der Bar gesagt haben?«

»Sie sagten, sie kämen von der Verlegerzunft. Der Soldat bat den Wirt, ihm Bescheid zu geben …«

»Wo?«

»The Hen … Nein, The Cock and Hen in Holborn …«

»Eine Soldatenschänke«, sagte Will. »Dort rekrutierten sie Männer für den Krieg.«

»Es wird keinen Krieg geben«, sagte Ben.

Im Gegensatz zu den anderen glaubte er nicht, dass die Menschen ihr eigenes Land zerstören würden, wie sie es in Europa getan hatten. So dumm waren die Engländer nicht. König und Parlament legten ihren Zank seit fünfzehn Jahren immer wieder bei, meinte Ben, und so würden sie es auch weiterhin halten. Er hatte sich der Bürgergarde angeschlossen, weil er daran interessiert war, Wunden zu behandeln, die seiner Überzeugung nach eher von Übungen im Artilleriekampf herrühren würden als von einem mythischen Krieg.

Wills Schwester Charity, die etwa in Annes Alter war, brachte mir einen Becher Milchpunsch. Ihr schwarzes Kleid hatte einen gestärkten Baumwollkragen, und sie strahlte jene Schlichtheit der holländischen Porträts aus, die den Künstlern zu eigen war, ehe sie nach London kamen und in Farben schwelgten, sobald sie für den Hof malten.

Erstaunlicherweise übernahm auch Luke etwas von dieser Schlichtheit, sobald sie den Raum betrat. Sein Esprit verließ ihn, als sie ihn mit einer Direktheit ansprach, die seine Ablenkungen und Frivolitäten durchdrang. Er war bescheiden, wo er zuvor arrogant gewesen war, hörte zu, wo er unterbrochen hatte, und beugte sich mit ernstem Gesicht vor, als Charity ihre Besorgnis zum Ausdruck brachte.

»Ich habe Euren Spitzenkragen ins Wasser gelegt, Mr Ansell. Es war Blut darauf.«

»Blut …?«, fragte er überrascht.

Ich dachte an den Weinbrunnen und konnte mir ein Lächeln kaum verkneifen. In diesem puritanischen Haus gab es keinen Alkohol, bis auf eine Flasche holländischen Schnaps, der als Arznei Verwendung fand.

»Ach ja! … Blut«, sagte Luke und versuchte, eine wegwerfende Handbewegung zu machen.

Sie kam dicht an ihn heran, starrte ängstlich auf den Fleck auf seinem Leibrock. »Seid Ihr verletzt?«

»Verletzt? Nein, nein …«, stammelte er. »Es ist n… nichts.«

Er bemerkte mein Lächeln, bedachte mich mit einem wilden Blick, halb Warnung, halb Flehen, und versuchte, seine Fassung wiederzuerlangen. Als er sich beeilte, Charity die Tür aufzuhalten, stieß er gegen das Fußende des Bettes.

Doch dann rötete sich sein Gesicht vor Aufregung, und er schnippte triumphierend mit den Fingern.

»Falke! Der alte Edelmann, den du aufhalten wolltest, war Lord Stonehouse, dritter Earl. Sein Landsitz ist Highpoint House, mit ausgedehnten Ländereien, in der Nähe von Oxford. Bis vor fünf Jahren hat er König Charles' Kronlehen verwaltet, dann fiel er in Ungnade, weil er sich mit der Zahlung des Schiffsgeldes zu viel Zeit ließ.«

10. Kapitel

Am nächsten Tag schlief ich lange, und ich hätte noch länger geschlafen, wenn Luke und Will nicht einen Sack vor meiner Nase umhergeschwenkt hätten, von dem der stechende Geruch eines vernachlässigten Pferdestalls ausging.

»Was zum Teufel ist das?«

»Rabenflügel«, erklärte Luke würdevoll.

»Erprobt von der Königin, um den Fluch des roten Haares abzuwenden und es in ein modisches Schwarz zu verwandeln.« Will hörte sich an wie der Hausierer in Cheapside, von dem sie es offensichtlich gekauft hatten.

»Und somit hoftauglich.« Luke deutete eine kleine Verbeugung an.

Plötzlich mochte ich mein rotes Haar, das ich Zeit meines Lebens gehasst hatte, sehr gerne. »Das werdet ihr mir nirgendwo hinschmieren!« Ich schnappte mir den Leinensack von Luke und warf einen Blick hinein. Widerwärtig stinkender schwarzer Schleim, der die Konsistenz von lockeren Hundehaufen hatte, und mich zusammenzucken ließ. Luke versuchte, den Sack zu packen. Ich wich zurück und holte aus, um ihm den Sack entgegenzuschleudern.

»Willst du, dass man dich tötet?«, schnauzte Will.

Er besaß eine Autorität, die Luke mit seiner ständigen Flachserei fehlte. Langsam ließ ich den Sack sinken. Sie erzählten mir, dass sie auf der Suche nach dem Mann mit dem Biberhut im Cock and Hen gewesen waren. Es war, wie Will gesagt hatte, ein Rekrutierungsbüro für Soldaten. Die Religionskriege, die Europa seit dreißig Jahren verwüsteten, verliefen allmählich im Sande, und jedes zweite Schiff, das nach London kam, brachte Glücksritter mit, die sich dem Meistbietenden andienten. Einer von ihnen war der Mann mit dem Biberhut.

»Sein Name lautet Captain Gardiner«, sagte Luke. »Er ist ein entfernter Verwandter von Lord Stonehouse, ein armer Cousin.«

Ich betastete ein letztes Mal mein rotes Haar und reichte Will stumm den Sack mit der widerwärtigen Masse. Im Hof tauchte ich meinen Kopf in einen Eimer mit eiskaltem Wasser, schüttelte mich wie ein Hund und schloss die Augen.

»Ist auch gut gegen Läuse«, sagte Will.

»Sie werden schwarz anstelle rot«, prustete Luke.

Ich erschauderte und würgte, als sie die übelriechende Paste in mein Haar rieben. »Das ist widerlich! Wie lange muss ich so bleiben?«

»Die ganze Nacht.«

»Was?!«

Der schlimmste Moment war, als Ben am nächsten Morgen kam. Als er mich auf einen Arm gestützt im Bett vorfand und die Masse wie harter Lehm an meinem Kopf klebte, verlangte er zu wissen, was darin sei, denn wenn es Bleiweiß sei, könnte es sein, dass ich nicht nur die Farbe, sondern gleich all meine Haare verlöre.

Ängstlich betrachtete ich mich in einem zinnernen Spiegel, als Luke wie ein Bildhauer den Lehm wegmeißelte. Meine Haare waren noch da, nicht ganz schwarz, aber von einem staubigen dunklen Braun. Die Wirkung war verblüffend. Selbst Luke hielt den Mund. Doch dann begann er zu lachen, als ich mein Gesicht berührte, um mich zu vergewissern, dass ich der Fremde war, der mir aus dem Spiegel entgegenblickte.

Die Glocken läuteten, als ich mich am nächsten Sonntag St. Mark's näherte, der Kirche von Mr Blacks Gemeinde. Ihr Klang war im ganzen Bezirk und darüber hinaus wiederzuerkennen, da eine der Glocken leicht gesprungen war und den anderen hinterherzuhinken schien. Ich sah aus wie ein frommer Puritaner, mit strahlend weißem Kragen, einer schwarzen Jacke und einem Paar Kniehosen von Will, die Charity gekürzt hatte. Mein dunkles Haar umrahmte mein Gesicht unter dem breitrandigen Filzhut. Ich blickte zu Mr Blacks Kirchenbank. Er war nicht dort, George hatte seinen Platz neben Mrs Black eingenommen. Mein Herz machte einen Satz, als ich Anne erblickte – und noch einen, als ich sah, dass sie die Bibel meiner Mutter dabei hatte, die sie versprochen hatte, mir zu bringen.

Nach dem Gottesdienst blieb ich sitzen, scheinbar in ein stilles Gebet vertieft. Anne ging so dicht an mir vorbei, dass ihre Röcke mich beinahe streiften. Ein Hauch von Rosenduft aus ihrem Duftkissen wurde zu mir getragen. Hinter meinen zum Gebet erhobenen Händen zwinkerte ich ihr zu. Verdutzt sah sie mich an, ließ beinahe die Bibel fallen und schob sie unter die Bank neben mir.

Draußen trödelte Anne und trat nicht zu ihrer Mutter und George, die in ein Gespräch mit Benyon vertieft waren, dem Kaufmann, der mit ostindischen Waren handelte und der bei den Wahlen zur Ratsversammlung als Mann des Königs gegen Wills Vater antreten würde. Ich war überrascht, ihn hier zu sehen, denn Mr Black verachtete seine Politik und seine Religion. St. Mark's war eine »halbreformierte« Kirche, und Benyon drängte stets auf eine Rückkehr zu den alten Sakramenten und Zeremonien. Doch Anne und mir verschaffte seine Anwesenheit die Zeit, die wir brauchten.

Wir hatten beide den gleichen Gedanken und traten nacheinander hinter ein Mausoleum, das dem Andenken an Samuel Potter und seiner Witwe gewidmet war. Unablässig blickte sie sich schuldbewusst nach ihrer Mutter und George um wie ein in die Enge getriebenes Tier. Ich wagte nicht, sie zu berühren, aus Furcht, sie könnte die Flucht ergreifen.

»Danke für die Bibel, Miss Black«, sagte ich.

Sie schluckte und lächelte über die formelle Anrede. »Tom, ich kann dich nicht wiedersehen.«

»Dann solltet Ihr mich gewiss auch nicht Tom nennen.«

»Mr Neave.« Jetzt konnte sie sich ein Lächeln nicht verkneifen, obwohl sie den Tränen nahe war. »Du Narr – wie siehst du nur aus?«

»Ich bin ein Puritaner geworden.«

Ich ahmte Georges steife Würde nach. Sobald ich um die Ecke des Mausoleums spähte, konnte ich ihn sehen. Er hatte die Hände hinter dem Rücken verschränkt und nickte Benyon ernst zu, ebenso wie dem Pfarrer, Mr Tooley, der sich zu ihnen gesellt hatte. Anne versteckte ihr Gesicht hinter den Händen, um ihr Lachen zu verbergen. Sobald sie aufhörte, nahm ich meinen Hut ab. Erneut musterte sie mich verblüfft, als sie mein Haar sah.

»Hör auf, du Narr, hör auf! Was um Gottes willen hast du mit deinem Haar gemacht?«

»Es nennt sich Rabenflügel.«

»Raben ...«

Sie schlug die Hand vor den Mund, um das Lachen zu ersticken. Als sie in ihren schweren Holzschuhen ausrutschte, klammerte sie sich an mich. Ich fing sie auf und ließ sie beinahe sofort wieder los, da ich immer noch befürchtete, sie würde entweichen wie ein Vogel. Doch in einer plötzlichen Bewegung hielt sie mich so fest, dass ich erschauderte. Sie schmiegte ihr Gesicht an meine Brust. Immer noch beklommen legte ich probeweise meine Hand auf die glatten Haarsträhnen, die der Wind unter ihrem Hut auf ihre Stirn geweht hatte. Sie hatte die Augen geschlossen, als würde sie schlafen.

Für einen kurzen Moment brach die Sonne durch und wärmte uns, und sie murmelte etwas, als würde sie träumen. Ich streichelte sie zärtlich, doch darüber hinaus rührte sich keiner von uns und wollte es auch nicht.

»Anne«, rief ihre Mutter. Reglos standen wir da, nur meine Hand streichelte sie.

»Anne?« Lauter und fragend.

Anne riss die Augen auf. Mit einem leidenschaftlichen, wilden, verzweifelten Blick starrte sie zu mir empor, und für einen kurzen Moment nahm er jene tiefe eindringliche Zartheit an, von der ich nie geglaubt hatte, sie in ihren graumelierten Augen zu sehen.

»Anne?« Mrs Blacks Holzschuhe klapperten auf dem Weg.

»Gott vergebe mir«, flüsterte Anne. »Ich kann dich nicht wiedersehen. Versuch nicht, mich zu treffen, Tom. Bitte, bitte geh!«

Sie löste sich von mir, winkte ihrer Mutter zu und ging langsam auf sie zu. Ich folgte ihr in meiner frommen Pose und umklammerte meine Bibel. Mrs Black starrte mich an, wandte sich dann jedoch wieder der Unterhaltung zu. Ich schnappte einen Brocken auf, als George sagte: »Der König hat recht. Pym ist zu weit gegangen«, ehe Anne, aus Angst, ich würde direkt zu ihnen gehen, hinter ein Urnengrab sprang und mich verzweifelt heranwinkte.

»Geh zurück«, zischte sie.

»Nicht ehe du mir gesagt hast, was du für mich empfindest!«

Sie hob einen Zweig auf und schlug damit gegen ein paar Kräuter. »Ich empfinde nichts! Gar nichts!«

»Das ist nicht wahr! Ich habe den Ausdruck in deinen Augen gesehen!«

»Der Ausdruck in meinen Augen!«, spottete sie, und jetzt lag in ihrem Blick dieselbe Grausamkeit, mit der sie sich als

Kind über meine Affenfüße lustig gemacht hatte. Doch ich hielt ihrem Blick stand, bis sie sich schließlich mit einem Achselzucken abwandte und den Kräutern einen weiteren wilden Hieb versetzte.

»Sag mir, dass du mich nicht liebst«, sagte ich. »Dann werde ich gehen und niemals versuchen, dich wiederzusehen.«

Sie schien mich nicht zu hören. Sie begann die Kräuter aufzusammeln, die sie zuvor abgeschlagen hatten. Erneut bat ich sie, mir zu sagen, dass sie mich nicht liebe, und ich würde verschwinden.

»Ich kann nicht«, flüsterte sie. Zwischen den Kräutern waren Nesseln, die sie verbrennen mussten, aber sie schien es nicht zu bemerken.

»Du kannst nicht? Was meinst du damit?«

Sie ließ ein leises Stöhnen hören, und einen Moment glaubte ich, sie würde ihr Gesicht in die Brennnesseln drücken. »Es ist eine Sünde, dich zu lieben.«

Als Allererstes verstand ich, dass sie mich liebte. Ich machte eine Bewegung, um sie in den Arm zu nehmen, aber ihr flehentlicher gequälter Blick ließ mich innehalten. Ich zog mich umgehend zurück, denn jetzt würde ich alles für sie tun, jetzt, wo ich wusste, dass sie mich liebte. Alles. Doch etwas musste ich sie fragen.

»Als ich dieses Buch im Kontor deines Vaters fand, mit den Aufzeichnungen über das Geld, das er für mich ausgegeben hat, und das Porträt, da sagtest du, ›Ich weiß es‹. Was hast du damit gemeint?«

»Ich habe das Buch zuvor schon einmal gesehen.«

Sie schwieg einen Moment und blickte zur Gruppe um ihre Mutter. Es war ein ungewöhnlich milder Wintertag, die Sonne brach stärker durch die Wolken. George war immer noch richtig in Fahrt, Mrs Benyon zeigte Mrs Black die vergoldete Verkleidung und die dicke Lederpolsterung ihrer Kutsche, während der Kutscher sich eine Pfeife anzündete und das Gesicht in die Sonne hielt.

Es sei an jenem Herbsttag gewesen, erzählte sie mir, als wir als Kinder zusammen gespielt hatten und der Mann mit der Narbe gekommen war. Wir wurden hereingerufen. Während ich davonlief, nahm ihr Vater sie mit ins Kontor, wo er zusammen mit dem Mann die Rechnungsbücher durchging. Nie zuvor habe sie ihren Vater so streng und zugleich so eingeschüchtert erlebt.

»Eingeschüchtert? Mr Black?«, sagte ich.

»Genau wie ich.« Sie zitterte bei der Erinnerung an den Edelmann, der auf den Tisch geschlagen und geschrieen hatte: »Das genügt nicht, Black, das reicht nicht! Behaltet den Jungen scharf im Auge!«

Der Mann hatte sich zu ihr heruntergebeugt, so dass die Narbe beinahe ihr Gesicht berührt hatte und sie den Wein in seinem Atem riechen konnte. »Du weißt doch, was Tom Neave ist, oder? Ein Pestkind!«

Erst jetzt ließ Anne die Kräuter fallen, die sie gesammelt hatte, und stellte fest, dass ihre Hände von den Nesseln rote Flecken bekommen hatten.

»Was hat er damit gemeint?«

Ungestüm kratzte sie sich die Hände. »Ich weiß es nicht! Wirklich nicht!« Sie blickte erneut zu ihrer Mutter. »Sie befahlen mir, nicht in deine Nähe zu kommen. Sie glaubten, du seist schlecht.«

»Das war George!«, sagte ich verächtlich. »Er ist ein Lügner und Heuchler.«

»Das ist er nicht«, widersprach sie energisch. »Er hält das Geschäft am Laufen. Ich weiß nicht, was wir ohne ihn täten. Er arbeitet viel für Mr Benyon.«

»Für Benyon?« Ich traute meinen Ohren kaum. »Er ist ein Royalist! Weiß dein Vater das?«

»George zeigt ihm, was er druckt.«

»Bist du sicher?«

»Er hat ihm die Korrekturabzüge gegeben, aber ich kann sie nicht lesen. George weiß, dass jemand meinen Vater dafür bezahlt hat, dich aufzunehmen. Er sagt, er habe ihn gewarnt, dass du böse bist und dass seine Krankheit Gottes Strafe ist.«

»Was für ein Unsinn!«

»Er hat Vater erzählt, dass ich dich aus dem Keller gelassen habe. Ich dachte, Vater würde wahnsinnig! Dass er nicht sprechen kann, macht es nur noch schlimmer. Er schreibt … versucht zu schreiben.«

Sie vergrub ihr Gesicht in den Händen und stolperte blind umher. Blut lief über ihre Handrücken, wo sie sich die Haut aufgekratzt hatte.

»Anne, wo steckst du?«, rief Mrs Black.

»Ich komme!«, erwiderte sie. »Mich hat etwas in die Hand gestochen. Ich hole nur etwas Ampfer.«

Sie riss ein paar Ampferblätter aus. Ich ergriff ihre Hand.

»Anne – als er sagte, ich sei ein Pestkind, hast du da gedacht, ich würde schwarze Beulen bekommen?«

Überraschend begann sie zu lachen. »Ja. Ich habe jeden Tag danach gesucht.«

»Hast du welche gefunden?«

»Nein.«

»Glaubst du, ich sei böse?«

»Der Teufel ist schlau«, sagte sie mit eindringlicher Direktheit.

»Das sagt George.«

»Er sagt, dass niemand weiß, wer du wirklich bist. Woher du kommst.«

Das war wahr. Für mich deutete mittlerweile alles darauf hin, dass ich nicht Matthews und Susannahs Kind war. Matthew war nicht wegen des gestohlenen Anhängers nach Poplar geflohen, sondern meinetwegen. Ein Pestkind. Was meinte der Mann damit? Soweit ich wusste, war ich nie an der Pest erkrankt. Ein kalter Schauder ergriff mich. Es gab ein Gesetz, dass mit dem Tode durch Erhängen bestraft würde, wer »mit einer sündhaften oder bösen Seele sprach, ihr zu essen gab, sie bewirtete oder beschäftigte«. Das, so glaubte die Kirche, sei die größte Sünde gegen Gott – *Maleficium*, einen Pakt mit dem Teufel zu schließen.

»Anne, du darfst nicht glauben, dass ich eine böse Seele bin!«

Ich musste so verzweifelt ausgesehen haben, so jammervoll, dass sie lachte und mich umarmte. »Nein, Tom, nicht wenn ich mit dir zusammen bin. Nicht, wenn du mich auf diese Weise anschaust.«

Kurz entschlossen küsste sie mich. Nie zuvor hatte ich sie schöner gesehen, obwohl ihr Gesicht gerötet war und ihre Haube schief saß, so dass ihr widerspenstige Strähnen blonden Haares in die Augen wehten.

Der Peitschenknall des Kutschers ließ sie zusammenzucken, als hätte sie die Knute gespürt. »Doch wenn ich meinen Vater so liegen sehe … Du sagst, wenn ich dir sage, dass ich dich nicht liebe, würdest du gehen.«

»Aber du *tust* es.«

»Ich *darf* dich nicht lieben.« Jetzt weinte sie, und Tränen verzerrten ihre Worte. »Ich habe meinem Vater versprochen … ich habe bei der Bibel geschworen, dass ich dich nie wiedersehen werde. Und hier stehe ich jetzt, Gott verzeihe mir. Versprich mir bei der Bibel deiner Mutter, dass du mich nie wieder aufsuchen wirst, Tom!«

Ihre Augen waren blind vor Tränen, ihre Stimme klang so verzweifelt, und ich liebte sie so sehr, dass ich in diesem Moment alles für sie getan hätte. Die Worte waren über meine Lippen, ehe ich sie zurückhalten konnte. »Ich verspreche es.«

11. Kapitel

Dieser Dezember, dieses Weihnachtsfest, war eine einzige Leere für mich. Ich kümmerte mich um nichts: Leben, Politik, Worte … alles hatte den Geschmack von trockenem Brot. Ich trat der Allerheiligen Bürgergarde bei und ging mit Will, Luke und Ben nach Moorfields, für etwas, das ich für sinnloses Exerzieren hielt. Doch ich brauchte etwas Sinnloses. »Spieß nach rechts … Hand … Zum Angriff!« Oder, mit einer Muskete: »Kugel einlegen und stopfen … Putzstock ziehen!«

Der Spießmeister, Big Jed, war Kohlenträger, ein riesiger Kerl, dessen freundliches Auftreten seine Worte Lügen strafte. Seine Stimmung passte zu meiner. Er war ein Veteran der Londoner Aufstände und erklärte, die Dienstvorschrift zum Gebrauch des Spießes sei von hohen Herren geschrieben worden, die Gefallen an hübschen Bildern fanden. Mit zwei kurzen Sätzen, bei denen es uns eiskalt über den Rücken lief, verscheuchte er das Lächeln von unseren Lippen und verdarb uns die Lust am Possenreißen. »Das ist ein Spieß«, sagte er. »Damit bringt man Menschen um.«

Ich dachte, meine Liebe zu Anne würde schließlich vergehen. Ich betete dafür, dass das endlich geschehen möge, doch sie schien nur noch stärker zu werden. Die Abende waren am schlimmsten, wenn ich die Milane über Smithfield kreisen sah und mich danach sehnte, durch Cloth Fair zu streifen, nur um einen Blick auf sie zu werfen.

Kurz vor Weihnachten wurden die Wahlen für die Ratsversammlung der City of London abgehalten. Die Anhänger des

Königs verloren ihre Mehrheit, Georges Freund Benyon musste seinen Sitz an Wills Vater, John Ormonde, abgeben, doch selbst das trug wenig dazu bei, mich aufzumuntern.

Das Geld für meine Unterkunft bei den Ormondes verdiente ich als Bote für Mr Pym. Die Aufstände wurden heftiger, und zum ersten Mal wurden Lehrjungen Roundheads genannt, Rundköpfe, wegen ihrer kurz geschorenen Haare. Im Gegenzug verhöhnten sie die Royalisten als »Caballeros«, nach den bei Protestanten verhassten spanischen Truppen. Die Londoner machten daraus rasch das Wort »Cavalier«. Indem ich mich in die Politik stürzte, versuchte ich Anne zu vergessen. Ich half, Demonstrationen zu organisieren, um den Einzug der Bischöfe ins House of Lords zu verhindern, um die Mehrheit des Königs aufzubrechen, welche die reformerische Gesetzgebung des House of Commons behindert hatte. Jetzt erkannten die Lords die Gesetze an, sagte ein vergnügter Mr Ink, und das in einem beispiellosen, höchst unparlamentarischen Tempo!

Selbst der Schritt des Königs, Mr Pym wegen Hochverrats anzuklagen, was vom Parlament vertagt wurde, schien ihm keine Sorgen zu bereiten. Denn das würde einige Zeit in Anspruch nehmen, und die Zeit war jetzt auf Mr Pyms Seite. Mr Ink schüttelte seine verkrampften, überall mit Tinte bespritzten Finger aus und erzählte mir, dass es einen Gesetzentwurf gäbe, den Bischöfen ihre Sitze für immer abzuerkennen. Zweite Lesung. Ein Gesetzentwurf, um die Macht des Königs zu beschneiden, ohne Zustimmung des Parlaments ein Heer aufzustellen. Dritte Lesung. Ein Gesetzentwurf …

Er drückte mir einen Brief in die Hand, der umgehend der Countess of Carlisle überbracht werden musste, und eilte davon, um weitere Gesetzentwürfe abzuschreiben. Als ich den Bedford Square überquerte, näherte sich eine Kutsche mit solcher Geschwindigkeit, dass ich gezwungen war, auf den Gehsteig zu springen. Dabei stürzte ich, und der Brief fiel in einen

Haufen zusammengefegten Schnees. Als ich mich endlich wieder gesammelt und den Brief aufgehoben hatte, war die Kutsche vor dem Haus der Countess mit einem Ruck zum Stehen gekommen, und sie selbst kam aus dem Haus und die Vordertreppe herunter. Wie gelähmt stand ich da, genau wie am Tag der königlichen Parade, als ich sie für die Königin gehalten hatte. Sie hatte die Juwelen einer Königin nicht nötig. Ihre Augen glänzten, und die Wangen glühten in der schneidenden Luft. Über einem kunstvoll bestickten Kleid aus grüner Seide trug sie einen Pelzumhang. Die kleinen Ringellöckchen erbebten, als sie einen Lakaien schalt, weil er einem Jungen befahl, die Stufen von den Schneeresten zu befreien.

»Um Himmels willen, Jenkins, lass mich durch! Wenn ich mich nicht spute, wird ein größerer Schaden zu beklagen sein als ein gebrochenes Bein!« Sie glitt am Fuß der Treppe aus, fing sich wieder und drehte sich zu ihm um. »Schaffst du es?«

»Ich werde es versuchen, Ma'am.«

»Versuche interessieren mich nicht. Du musst es schaffen!«

Er machte eine leichte Verbeugung. Als er seinen Kopf senkte, sah ich, wie er kurz die Augen schloss und die Zähne zusammenbiss, um seine Gefühle im Zaum zu halten. Die Countess nahm einen Brief aus ihrem Umhang und reichte ihn dem Lakaien, und im selben Moment sah sie mich, den Brief in der Hand, wie ich sie angaffte. Jenkins erblickte mich ebenfalls. Er ließ seine aufgestauten Gefühle an mir aus, schnappte sich meinen Brief und stieß mich beiseite.

»Fort!«

Ich glitt aus, fand mein Gleichgewicht wieder, und als er zu ihr zurückkehrte, zeigte ich ihm den Stinkefinger und schlurfte davon.

»Warte!«

In dem Glauben, dass sie unmöglich mich meinen konnte, schlenderte ich weiter, bis Jenkins mich am Arm packte.

»Du! Junge! Komm her.« Ungeduldig winkte sie mich heran. »Ja! Du!«

Widerstrebend kehrte ich zurück, so widerwillig, dass Jenkins mir ein paar Stöße versetzte, um mich voranzutreiben. Ich ging auf sie zu, blieb kurz vor ihr stehen und blickte zu Boden, überzeugt, dass sie in mir den Jungen wiedererkennen würde, der beim Einzug des Königs am Fenstersturz gehangen und auf ihr tief ausgeschnittenes Kleid heruntergeschaut hatte.

»Sieh mich an!«

Es war, als würde man von mir verlangen, in die Sonne zu schauen. Sie strahlte jene Art von Glanz, von Perfektion aus, die in das Reich der Phantasie gehörte, nur unzureichend angedeutet in abgenutzten Holzschnitten von Göttinnen, und doch stand sie jetzt in vollem Glanz vor mir. Es hieß, sie habe die Pocken gehabt, aber ich konnte es nicht glauben. Da war keine Narbe, kein einziger Makel auf der perfekten weißen Haut ihres Halses oder den von der Kälte rosigen Wangen zu sehen. Es hieß, sie sei alt, über dreißig, aber ich konnte nicht glauben, dass sie sehr viel mehr als zwanzig Jahre zählte. Es hieß, sie sei die Geliebte von Mr Pym, doch so sehr ich seine Worte und seinen Mut auch verehrte, ich weigerte mich zu glauben, dass so eine göttliche Frau diese alten Knochen lieben könnte.

Forschend starrte sie mich an. Voller Panik merkte ich, dass sie etwas zu mir gesagt hatte, und ich hatte kein Wort verstanden.

»Hat er keine Stimme?«, sagte sie zu Jenkins, der mir einen heftigen Stoß versetzte.

»Doch«, sagte ich und fand die Sprache mit Mühe wieder.

»Kannst du diesen Brief zu Mr Pym bringen?« Als ich meinen Mund öffnete, ahnte sie schon meine Erwiderung und wischte sie mit einer ungeduldigen Handbewegung beiseite. »Ich meine jetzt, während der Debatte, und ihn stören?«

Es war Fremden unmöglich, das House während der Sitzung zu betreten, aber genauso unmöglich schien es, ihr das zu sagen.

»Ja.«

Ein weiterer heftiger Stoß von Jenkins. »Ja, Ma'am«, sagte er. »Weißt du nicht, wie du Höherstehende anzusprechen hast?« Salbungsvoll und entschuldigend wandte er sich an die Countess. »Verzeiht, Ma'am, es sind die Zeiten, der Pöbel ...«

»Ach, sei doch still, Jenkins!« Sie reichte dem Lakaien den Brief. »Geben Sie ihn ihm«, sagte sie, als sei es gefährlich, mir nahe genug zu kommen, um ihn mir persönlich auszuhändigen.

Mit einem Blick voll puren Hasses reichte Jenkins mir den Brief, und ich fügte ihn meiner immer längeren Liste von Feinden auf dieser Welt hinzu. Ich nahm den Brief, blieb jedoch stehen, unfähig, den Blick von ihr abzuwenden.

»Mach schon«, rief sie. »Mr Pyms Leben hängt davon ab! Lauf!«

Ich rannte. Für sie würde ich alles tun. Wie Merkur dahinfliegen, der als Bote für solch eine Göttin angemessen gewesen wäre.

»Halt! Warte!«

Mit einem Ruck kam ich zum Stehen und stürzte beinahe noch einmal in den Schnee. Die Countess eilte zur Kutsche. Sie war eine Frau, die erwartete, dass jeder mit ihren rasch wechselnden Gedanken Schritt hielt.

»Komm her! Steh nicht so rum!«

Ich hatte keine Ahnung, dass sie den Ruf hatte, das Unglaubliche, das Undenkbare zu tun. Ich rannte zurück, sah ihr zu, wie sie in die Kutsche stieg, das Kleid angehoben, so dass ihre Unterröcke für einen Moment ihre Galoschen umspielten.

»Steig ein!«

Stumm stand ich da, als sei ich wie der Schnee festgefroren. Sie wandte ihren Blick gen Himmel, als wollte sie Gott fragen, warum sie es nur mit Schwachköpfen zu tun hatte. »Du wirst es niemals rechtzeitig schaffen. Jenkins!«

Ein entsetzter Jenkins sprang vor, rutschte aus, rettete sich, indem er die offene Kutschentür umklammerte, und warf mir einen weiteren hasserfüllten Blick zu – dieses Mal war er zusätzlich noch erfüllt von Ungläubigkeit. Jenkins stieß mich hinein und knallte die Tür zu. Die Countess klopfte gegen die Verkleidung, die Kutsche fuhr ruckend an, und ich wurde gegen die Countess geworfen. In ihrer Miene flackerte Abscheu auf, als ich sie berührte. Einem Ertrinkenden gleich packte ich einen schwankenden Halteriemen und zog mich in die gegenüberliegende Ecke. Während die Kutsche rumpelnd vom Platz in die Bow Street einbog, klammerte ich mich an den Riemen, ganz benommen von *ihrem* Duft, der sich schwer um mich zu legen schien. Wegen des gewaltigen Gestanks in London war ich so daran gewöhnt, kurze, forschende Atemzüge zu nehmen, dass es eine ganz neue Erfahrung für mich war, so tief einzuatmen und mich gänzlich dem Luftholen hinzugeben. Erstaunt stellte ich fest, dass es nicht ein Duft war, sondern viele; Jasmin und Lavendel betäubten die Sinne, nur um von einem scharfen Anflug Zimt erneut angeregt zu werden.

Die Bremsen quietschten, und ich ließ den Halteriemen los, woraufhin ich mit dem Kopf gegen die Vorderwand der Kutsche knallte und meinen Hut verlor. Karren und Kutschen bogen in The Strand ein und verstopften die Straße vor uns so dicht wie Hammelpasteten den Ofen des Kochs. Der Kutscher eines Karrens und der einer Mietkutsche schrieen sich an.

»London wird immer unmöglicher! Du solltest besser laufen!«, befahl die Countess.

Ich tastete nach dem Türriegel, als sie sah, dass zwischen zwei Karren eine Lücke entstand. Sie riss einen Stock mit silbernem Knauf hoch, hämmerte damit gegen die Trennwand und rief: »Fahr über die Piazza, Alfred!«

Als die Pferde scharf nach rechts ausscherten, schwang die Tür auf, und ich wurde hinausgeschleudert, bis ich halb aus der Kutsche hing. Verzweifelt klammerte ich mich an die Tür, das Kopfsteinpflaster unter mir verschwamm zusehends, ehe die Pferde mit einem scharfen Ruck nach rechts auf die Piazza bogen und ich wieder ins Innere der Kutsche geworfen wurde. Benommen vom Duft der Countess und dem Schlag auf meinen Kopf, gelang es mir gleichwohl, die Tür wieder zu schließen und mich zurück in den Sitz fallen zu lassen. Sie konzentrierte sich so sehr darauf, ob der Kutscher durchkam, dass sie entweder gar nicht bemerkt hatte, wie ich beinahe aus der Kutsche gefallen war, oder sich nicht darum scherte. Doch als wir über die Piazza rasch vorankamen, spürte ich ihren Blick auf mir.

»Du hast rotes Haar.«

Überzeugt, dass sie in mir den Burschen wiedererkannte, der am Fenstersturz gehangen und auf ihre Brüste gestarrt hatte, spürte ich, wie mir das Blut in den Kopf schoss, in meinen Wangen brannte und mein verfluchtes Haar prickeln ließ.

»Schwarz ... schwarz, Ma'am«, stammelte ich.

»Widersprich mir nicht«, sagte sie scharf. »An den Wurzeln ist es rot. Du hast es gefärbt. Extrem schlecht. Warum?«

»Das ist jetzt Mode, Ma'am«, sagte ich versuchsweise, während die Kutsche die St. Martin's Lane herunterraste. Fußgänger retteten sich mit einem Hechtsprung hinter die Pfosten, die den schmalen Gehsteig säumten.

»Mode? Unsinn. Sieh mich an!«

Eine neue Note hatte sich in ihren scharfen Befehl geschlichen, ein Hauch von Neugier, vielleicht sogar Interesse. Widerwillig wandte ich den Kopf um. Ich hatte keine Ahnung, was sie sagen wollte, denn ich war von dem, was ich sah, so vom Donner gerührt, dass ich mich spontan zu ihr vorbeugte. Die Bewegung brachte sie zum Schweigen. Zuletzt hatte ich es am Hafen von Poplar gesehen, glänzend im abendlichen Feuerschein, als mein Vater mir mein Schicksal vorausgesagt hatte. In der holpernden Kutsche war ihr Umhang aufgegangen und gab den Blick auf den Anhänger zwischen ihren Brüsten frei. Im Dunkeln der Kutsche schien etwas von dem Glanz dieses Feuers von den Juwelen abzustrahlen, aus denen die Augen des Vogels gebildet waren und mich anstarrten, während er eine Perle zwischen den Krallen festhielt.

Ich konnte mich nicht beherrschen und teilte ihren Umhang, um die Juwelen besser sehen zu können. Mit der flachen Hand gab sie mir eine Ohrfeige, die es in sich hatte.

Ich fiel zurück ins Polster, ganz benommen von dem Schlag. Obwohl ich ihn nur kurz aus der Nähe gesehen hatte, hatte ich erkannt, dass es ganz und gar nicht derselbe Anhänger war, obwohl er dem, den ich kannte, stark ähnelte. Der Vogel in dem Anhänger meines Vaters war ein Falke gewesen, mit Rubinen als Augen. Dieser Vogel war eine Elster, und die Augen bestanden aus Diamanten.

»Verzeiht«, murmelte ich, »Ma'am. Ich … ich vergaß mich. Mein Vater …«

Ich kauerte mich in die Ecke. Mir war schlecht, weil ich ihn beinahe verraten hätte, und von der schwankenden Kutsche, die sich gerade an Charing Cross vorbeikämpfte.

»Du hast den Anhänger angeschaut. Es gibt nur noch einen anderen wie ihn. Hast du ihn gesehen?«

»Nein. Nie.«

»Du bist *sein* Junge, stimmt's?« Sie beugte sich näher zu mir, ihre Augen blitzten neugierig auf, wie bei der Elster auf ihrem Anhänger.

Ich starrte zu ihr empor. Plötzlich hatte ich mich verwandelt, von einer geringen Person, von nicht mehr als einem Paar Beine, das Nachrichten überbrachte, zu einem echten Menschen. Sein Junge? Wusste sie, wer mein Vater war? Wenn ich älter und weiser gewesen wäre, hätte ich vielleicht vorgegeben, Bescheid zu wissen, in der Hoffnung, ihr Auskünfte zu entlocken. Doch ich war ein ungehobelter Bursche, unbeherrscht und unbedacht, und reagierte mit einer Wildheit, die sie zurückschrecken ließ.

»Wessen Junge? Sagt es mir!«

»Wessen? Warum … Mr Pyms natürlich!« Sie lächelte, aber erst nachdem ich sie dabei ertappt hatte, wie ihre Zähne sich verärgert in die vollen Lippen drückten. In ihrem Blick lag etwas, das ich nicht erwartet hatte, bei ihr zu sehen: Furcht. Es war nicht die nackte Angst, die Matthew gezeigt hatte, als er mir den näheren Zusammenhang dieses Anhängers erklärte, sondern eher eine vorsichtige, zivilisierte Version von Angst, die mich gleichwohl ermutigte.

»Ihr meint nicht Mr Pyms Junge. Was wolltet Ihr damit sagen?«

»Werd nicht unverschämt!«

Sie hob den Stock mit dem silbernen Knauf auf. Ob sie mich geschlagen oder mich aus der Kutsche geworfen hätte, Brief hin oder her, fand ich nicht heraus, denn vor Whitehall trat ein Wachmann in Livree auf die Straße, den Spieß erhoben, und grölte dem Kutscher zu, anzuhalten. Alfred riss die Zügel zurück. Durch die Palasttore erspähte ich eine große Gruppe Bewaffneter. Manche von ihnen waren höfisch gekleidet, mit hellen, geschlitzten Leibröcken und breitrandigen Federhüten, andere trugen die schlichten holländischen Wämser, wie bei Söldnern üblich. Alle hatten Schwerter dabei, manche gar Pistolen. Ehe ich mehr erkennen konnte, hämmerte die Countess gegen die Trennwand.

»Fahr! Fahr weiter!«

Die Kutsche machte einen Satz nach vorn, der Wachmann sprang mit einem wütenden Aufschrei zur Seite. »Stopp! Im Namens des Königs!«

»Fahr! Fahr!«, schrie die Countess und hämmerte auf das Holz ein. »Fahr schon, du Narr!«

Die verwirrten und erschreckten Pferde bäumten sich auf und preschten vorwärts. Flüchtig sah ich, wie die Wache hinter uns mit mehr Erfolg eine andere Kutsche requirierte. Alfred klammerte sich eher an die Zügel als mit ihnen zu lenken. Ich glaubte, dass er jeden Moment von seinem Sitz fallen müsste. Es war unmöglich, sich im Inneren der Kutsche irgendwo festzuhalten. Mein Halteriemen riss. Die Countess und ich krachten aufeinander und wurden im nächsten Moment auf die andere Seite der Kutsche geworfen. Schreie von Fußgängern und einem Karrenlenker, die gerade noch ausweichen konnten, gingen im Dröhnen der Räder unter, in dem Knirschen und Stöhnen der Kutsche, die kurz davor schien, sich vom Pferdgespann zu lösen.

Eine andere Kutsche kam uns entgegen und machte keine Anstalten, auszuweichen. Alfred riss an den Zügeln. Verlor sie beinahe. Es sah aus, als müssten wir zusammenstoßen. Alfred ließ die Peitsche über die entgegenkommenden Pferde knallen. Als sie stiegen, riss er seine Pferde zur Seite. Die Countess schloss die Augen. Bei der Kollision warf sie sich gegen mich. Sie umklammerte meinen Arm. Ein entsetzliches Knirschen ertönte, das gar kein Ende zu nehmen schien. Ich zuckte zusammen und schloss ebenfalls die Augen. Die Kutscher brüllten sich an, aber unsere Kutsche war immer noch in Bewegung. Alfred hatte sie durch die schmale Lücke zwischen der anderen Kutsche und den Pfosten gelenkt, die den Gehsteig begrenzten. Die Pfosten rissen die Seite unseres Wagens auf, aber verlangsamten die Fahrt auch hinreichend, damit Alfred die Pferde wieder unter Kontrolle bekam.

Die Countess öffnete die Augen. Ihr Blick verriet keine Furcht oder auch nur Ärger über die beschädigte Kutsche, sondern Hochgefühl. Wir sanken in unsere Polster zurück und sagten nichts, während die Kutsche mit einem gebrochenen Rad, das in Abständen klapperte, gleichsam nach Westminster humpelte. Ich hatte bereits den Brief vom Boden aufgehoben und mühte mich mit der Tür ab, als sie impulsiv meine Hand drückte. »Lauf, Tom! Bring ihm diesen Brief, ehe diese Männer ihn erreichen!«

Tom! Sie kannte meinen Namen! Dieser Gedanke dröhnte in meinem Kopf, als Alfred die Tür aufriss. Sie hatte mich Tom genannt! Vielleicht wusste sie tatsächlich, wer ich war! Diese Vorstellung durchdrang mich, als ich herausstürzte und in der Lobby in Mr Ink hineinrannte. Ich redete auf ihn ein, dass ich diesen Brief zu Mr Pym bringen müsse, und ohne ein Wort trieb er mich voran zum Sitzungssaal. Im schattigen Zugang standen zwei Wachen, und hinter ihnen der Serjeant-at-Arms in Kniehose und voller zeremonieller Uniform. Mr Inks Augen leuchteten vor Aufregung. Es war, als habe er sein ganzes Leben lang auf diesen Augenblick gewartet.

»Ich kümmere mich um die Wachen«, sagte er. »Du schlüpfst an dem aufgeblasenen Lackaffen vorbei.«

Ich verbarg mich in der Dunkelheit hinter einer Säule. Ich konnte Mr Pyms klangvolle Stimme hören. »Die Streitmacht für Irland versammelt sich, und der hochverehrte Lord Warwick hat ein Schiff von vierhundert Tonnen verproviantiert und bewaffnet …«

Argumentierend und gestikulierend bestand Mr Ink darauf, dass er unbedingt zu Mr Pym müsse. Ich schlich an der Mauer entlang. Der Serjeant hatte mir den breiten Rücken zugekehrt.

»Das Schiff kann sechshundert Mann aufnehmen und liegt bereit, um vom Hafen in London loszusegeln …«

Ich sah, wie die Royalisten protestierend aufheulten. Der Speaker übergab das Wort an Sir Edward Hyde.

»Sind Chester und Bristol nicht die üblichen Häfen, um sich nach Irland einzuschiffen? Ist das nicht ein Versuch des hochverehrten Abgeordneten, unter dem Vorwand, gegen die Papisten zu kämpfen, eine Streitmacht nach London zu bringen, um gegen den König zu kämpfen?«

Ich war zehn, fünfzehn Schritte von Mr Pym entfernt. Ich hatte vor, am Serjeant-at-Arms vorbeizuflitzen und zu Mr Pym zu rennen, aber als ich mich bereit machte, loszustürmen, drehte der Mann sich um und blockierte durch seine ungeheure Größe meinen Weg. Ich hielt den Brief hoch.

»Für Mr Pym.«

Es bedachte mich mit einem empörten Blick. »Was in Satans Namen tust du hier?«

»Er muss ihn auf der Stelle haben!«

Im fleischigen Gesicht des Serjeants spiegelte sich seine ganze Empörung über die Missachtung des vorgeschriebenen Ablaufs. Mr Ink wurde von einer der Wachen abgeführt, und der Serjeant rief den anderen Mann herbei, damit er sich meiner annähme. Er würde den Brief nicht einmal berühren. Er sagte, es sei schon einmal ein ähnlicher Brief an Mr Pym geschickt worden, und der hatte den Verband eines Pestkranken enthalten. Ich wusste, dass das stimmte. Es hieß, der Brief sei von einem Papisten geschickt worden, in der Absicht, Mr Pym zu töten. Überzeugt, dass er ein ähnliches Komplott vereitelt hatte, packte er mich mit dem Griff eines Bären. Ich trat um mich und schrie, Tränen der Enttäuschung brannten mir in den Augen.

»Der Brief wird sein Leben retten, nicht ihn töten! Der König hat Soldaten auf den Weg hierher geschickt!«

»Serjeant!«

Es war der Speaker, William Lenthall, ein freundlich gestimmter Rechtsanwalt von etwas fünfzig Jahren mit sorgfältig gestutztem Bart und Schnurrbart sowie einem verschleierten Blick, der ihn stets aussehen ließ, als befände er sich im Halbschlaf. Er hatte eine leise, fast furchtsame Stimme, die bei einem Tumult äußerst wirksam war, allein weil die Abgeordneten des Parlaments gezwungen waren, Ruhe zu geben, wenn sie ihn verstehen wollten.

»Du hast einen Brief für Mr Pym, Serjeant?«

»Ich glaube, er enthält einen weiteren pestverseuchten Verband, Sir.«

In diesen Tagen um Weihnachten herum brachte jeder Tag neue Gerüchte über Verschwörungen und Gegenverschwörungen hervor, es wurde sogar überlegt, das House zu seinem besseren Schutz ins Rathaus umziehen zu lassen. Dass der Speaker Lenthall jetzt seinen Platz verließ, zeigte das Ausmaß der Nervosität des Parlaments. Ich konnte sehen, wie Mr Pym sich erhob. Zu beiden Seiten verrenkten sich die Abgeordneten die Hälse, um besser sehen zu können.

»Frag den Boten, ob er so gut wäre, den Brief zu öffnen«, sagte Mr Lenthall höflich.

Ich erbrach das Siegel, zeigte, dass nichts darin war, und ohne einen Kommentar, eine Frage oder Getue, bedeutete Mr Lenthall dem Serjeant, den Brief zu Mr Pym zu bringen. Niemand schien es besonders eilig zu haben. Ich dachte an die aufschneiderischen Höflinge, die in Whitehall ihre Schwerter gegürtet hatten, an die verwitterten, scharf geschnittenen Gesichter der Söldner, und beobachtete in quälender Ungeduld, wie der Serjeant sich feierlich vor dem Sessel des Speakers verbeugte, ehe er quer durch den Saal zu Mr Pym schritt. Dieser schien eine Ewigkeit zu brauchen, um den Brief zu entfalten, ihn zu lesen und wieder zusammenzufalten, ehe er sich räusperte und das Wort ergriff.

»Mr Speaker, es hat den Anschein, als würde Seine Majestät in Kürze an diesem Ort eintreffen, um mich festzusetzen …«, bestürzte Schreie kamen auf. »… sowie vier weitere hochgeehrte Mitglieder unter Arrest zu stellen. Mr Hampden, Mr Haselrig, Mr Holles und Mr Strode. Ich erbitte Eure Erlaubnis, uns zurückziehen zu dürfen.«

Speaker Lenthall zeigte erste Anzeichen von Anspannung und trommelte mit den Fingern auf die Armlehnen seines thronähnlichen Sessels.

»Ihr habt meine Erlaubnis, Mr Pym«, sagte der Speaker. »Von der Ihr, wie ich vorschlage, schnellstmöglich Gebrauch macht.«

Während alle Blicke auf Mr Pym gerichtet waren, schlich ich in eine Nische im Hintergrund des Saals und kauerte mich dicht am Boden zusammen.

Der Serjeant, der Gelegenheit beraubt, einen Giftmörder festzunehmen, blickte zur Stelle, an der ich gestanden hatte. Ich drückte mich noch weiter in mein Versteck und hielt den Atem an. Mr Pym und drei weitere Abgeordnete eilten zur Lobby, doch der fünfte, William Strode, erhob sich, um eine Rede zu halten. Er sei niemals ein Mann der Zugeständnisse gewesen, erklärte er, und jetzt sei die Zeit gekommen, dem König zu trotzen.

»Kommt schon, Bill«, sagte ein Abgeordneter. »Ihr werdet doch nicht noch einmal zehn Jahre im Tower verbringen wollen.«

Doch es schien, als habe er genau das vor. Erst als draußen das Rattern einer herannahenden Kutsche zu hören war, verlor Mr Pym einen Teil seiner Würde und Beherrschung und rief: »Es werden keine zehn Jahre, sondern der Richtblock! Schafft ihn hier raus!«

Zwei der kräftigsten Abgeordneten packten Strode und bugsierten ihn unsanft am Sessel des Speakers vorbei. Speichel spritzte ihm aus dem Mund, als er energisch protestierte und sich auf die Rechte und Privilegien des Parlaments berief. Die fünf Mitglieder des Unterhauses verschwanden, während auf der Treppe von Westminster Hall Stimmengewirr und Gelächter sowie Stiefelgepolter zu hören war. Der Rest des Unterhauses sprach aufgeregt und ängstlich in kleinen Gruppen.

Der Speaker nahm wieder auf seinem Sessel Platz und sagte: »Ruhe bitte! Ruhe! Sir Edward Hyde trug ein Argument vor, die Einschiffung der Truppen für Irland vom Hafen in London betreffend. Wünscht jemand etwas darauf zu erwidern?«

Die Mitglieder des Parlaments folgten seinem Beispiel und kehrten zu ihren Plätzen zurück. Mr Hyde erhob sich und sagte, vielleicht könne er seine Anmerkung noch weiter ausführen, und die Mitglieder lauschten aufmerksam, als hätte es nie eine Unterbrechung gegeben. Das Trommeln der Stiefel und das Klirren der Schwerter draußen in der Lobby wurden lauter. Die Tür öffnete sich.

Edward Hyde nahm seinen Hut ab. Alle Mitglieder des Parlaments erhoben sich gleichzeitig und nahmen ihre Hüte ab. Ich sah allein die Wirkung, nicht die Ursache, doch als alle Augen auf die geöffnete Tür gerichtet waren, hob ich vorsichtig den Kopf und erblickte den König, der seinen Hut ebenfalls abnahm und allein den Sitzungssaal betrat. Lächelnd nickte er Mr Hyde und einigen anderen Parlamentsmitgliedern zu, die er auf seiner Seite wähnte. Er wirkte so ungezwungen, so zuvorkommend, dass es wie ein Höflichkeitsbesuch hätte aussehen können, wäre da nicht das raue Gesicht des Earl of Roxburgh gewesen, der finster dreinblickend in der Tür stand, hinter ihm ein Trupp Söldner, die ihre Schwerter aus den Scheiden zogen. Einige der jüngeren Höflinge grinsten und spannten ihre Pistolen, doch es waren die Söldner, die mich erschaudern ließen. Reglos und stumm standen sie da, den kalten Blick in den Saal gerichtet, die Hände locker in der Nähe der schräg hängenden Schwerter.

»Dürfte ich Euch um Euren Platz bitten, Mr Speaker?«, bat der König.

Mr Lenthall stand auf und setzte sich auf eine der Bänke. Rasch schaute der König in die Nähe des Geländers am Ende der Kammer, wo Mr Pym üblicherweise saß, verwies anschließend auf die Vorlage zur Anklage gegen die fünf Mitglieder wegen Hochverrats, die vertagt worden war, und die, wie er sagte, von den Abgeordneten des Parlaments dringend geprüft werden müsse. Hochverrat sei eine so schwerwiegende Beschuldigung, fuhr er fort, dass die Angeklagten in Gewahrsam genommen werden mussten, während das Parlament sich beriet. Er blickte sich im stillen Sitzungssaal um.

»Ist Mr Pym hier?«

Das Scharren und Klirren der Schwerter der Söldner in der Lobby erstarb zu einer vollkommenen, ausgedehnten Stille.

Ich sah, wie der König mit einer weiß behandschuhten Hand die Armlehne des Sessels umklammerte, den er zu seinem Thron gemacht hatte. Ehrfürchtig bestaunte ich sein gebieterisches Profil. Es war dasselbe Gesicht, das vor kaum sechs Wochen beim lärmenden Empfang des Volkes bei seiner Rückkehr nach London geleuchtet hatte. Ich erwartete, dass das Gesicht mit dem makellosen Dreiecksbart, eingerahmt von dem strahlend weißen, steifen Kragen, erneut leuchten würde, dass er irgendwelche Zauberworte ausspräche, die jedermann jubelnd und rufend auf die Beine bringen würden. Als die Stille anhielt, rechnete ich damit, dass er vor Wut und Rache toben würde. Vielen Parlamentsmitgliedern erging es ähnlich, und instinktiv tasteten sie nach den leeren Schwertscheiden. Waffen waren im Sitzungssaal nicht gestattet. Was ich zuletzt erwartet hatte, war der leicht gereizte Unterton aus dem Mund des Königs.

»Mr Speaker, sind diese fünf Mitglieder des Parlaments anwesend?«

Lenthall sank auf die Knie. »Eure Majestät, ich kann nur sehen und aussprechen, was dieses Haus mir vorschreibt.«

Der demütige Mann auf dem Boden schien plötzlich an Größe zu gewinnen, während der König, der sich von dem Sessel erhob, zu schrumpfen schien.

»Also gut. Ich nehme an, meine Augen sind ebenso trefflich

wie Eure.« Der König suchte erst die Bänke auf der einen, dann auf der anderen Seite ab. Ich sah, wie er mit einer Hand den Hut umklammerte, die andere zusammenballte und wieder lockerte, doch seine Stimme klang beherrscht, und er schaffte es sogar, eine gewisse Unbekümmertheit in seine Worte zu legen. »Wie ich sehe, sind die Vögel ausgeflogen.« Er setzte den Hut auf und ging.

Roxburgh wurde lebendig. »Platz da! Platz da!« Die Söldner in der Lobby verwandelten sich in einen Pöbelhaufen, diejenigen, die vorne standen, schoben und stießen gegen die, die sich hinter ihnen drängten und nicht wussten, was vor sich ging. Als das letzte Paar Stiefel den Vorraum verlassen hatte und die Treppe hinuntergepoltert war, brach im Sitzungssaal die Hölle aus.

»Privileg! Privileg! Privileg!«

Sir Edward Hyde und die Partei des Königs machten zutiefst unglückliche Gesichter, verzweifelt schüttelten sie den Kopf über diesen, wie einer murmelte, unverhüllten Angriff auf ihre Rechte. Andere schrien laut, einander heftig ins Wort fallend, überzeugt, dass die fünf Parlamentsmitglieder, wenn sie hier gewesen wären, nicht nur unter Arrest genommen, sondern an Ort und Stelle abgeschlachtet worden wären. Um Lenthall hatte sich eine Traube gebildet, man schlug ihm auf den Rücken, erstaunt, dass dieser freundliche, zurückhaltende Mann so viel Mut bewiesen hatte. Einige erklärten, dass nur Gott allein ihm diese Worte in den Mund gelegt haben konnte. Niemand nahm irgendeine Notiz von mir, als ich aufstand und den Sitzungssaal verließ. Ich verstand nicht, warum ich nicht triumphierte, dass das Parlament solch einen erstaunlichen Sieg davongetragen hatte. Stattdessen fühlte ich mich leer, als hätte ich etwas verloren, das ich niemals wiederfinden würde. Ich konnte nur an die einsame Gestalt des Königs denken, wie er seinen Hut aufsetzte und den Saal verließ.

In der Lobby traf ich Mr Ink, der außer sich vor Freude war. »Wir haben gewonnen, Tom! Wir haben gewonnen! Gott sei gepriesen, wir haben gewonnen! Jetzt wird er London verlieren!« Er stieß mich mit seinem heiligen Schreibbrett an, zerkratzt und befleckt und bespritzt von den tausenden Wortwechseln in diesem Saal, aber keiner, schwärmte er, habe jemals an diesen herangereicht! Er nahm seine beste Feder, aus der Mitte eines Vogelflügels gefertigt und frisch geschärft, und tauchte sie in die Tinte.

»Lass es uns jetzt aufschreiben«, drängte er. »Wo die Erinnerung noch frisch ist! Und du die Worte noch im Kopf hast!«

Der Tintentropfen, der zitternd an der Spitze der Feder saß, sah aus wie eine Träne. Ich spürte, dass sie auch bei mir bedrohlich locker saßen, ließ den guten Mr Ink mit offenem Mund und erstauntem Blick stehen und eilte davon. Bei all meiner Liebe zum Parlament fühlte ich auch zutiefst mit jener einsamen Gestalt, die der König eben abgegeben hatte, und war in diesem Moment zu verwirrt, um zu wissen, auf welcher Seite ich wirklich stand.

12. Kapitel

Am nächsten Tag brach in London die Hölle los. »Privileg! Privileg! Privileg!«, grölte der Mob, und ich grölte mit. Die Geschichte vom König, der ins Parlament eingedrungen war, war in aller Munde, die Anzahl der Cavaliere und Söldner, die ihn begleitet hatten, wuchs mit den Gerüchten zu einer kleinen Armee an.

Als Will mich am Morgen wachrüttelte, brachte er vor Aufregung fast kein Wort hervor. »Steh auf! Die Bürgergarden sind einberufen worden!«

Er erzählte mir, dass die Stadt ein Komitee zur Öffentlichen Sicherheit gegründet habe. Der König hatte nicht länger die Kontrolle über die städtischen Bürgerwehren. Das Volk glaubte, die katholische Königin habe den König dazu überredet, sich den Papisten anzuschließen. In einer Flugschrift nach der anderen las ich Geschichten über entsetzliche Gräueltaten, die von Katholiken im sich erhebenden Irland an Protestanten verübt worden waren. Frauen in London fürchteten, dass sie, wie die Protestantinnen in Irland, geschändet und ihre Kinder niedergemetzelt werden würden. Am Abend sah ich in der Milk Street zwei Frauen mit einem Kessel kochenden Wassers, der auf der Fensterbank im ersten Stock balancierte, von wo aus sie gestern noch den Inhalt des Nachttopfes ausgeschüttet haben mochten.

Vergeblich bat der König den Lord Mayor Gurney, Pym und die anderen Parlamentsmitglieder auszuliefern, die sich in der Stadt versteckt hielten. Alles, was der Lord Mayor ihm anbieten konnte, war ein üppiges Mahl im Rathaus, während die Randalierer sich draußen zusammenscharten.

Normalerweise hielt ich mich von größeren Tumulten fern. Ich fürchtete, Crow und Captain Gardiner zu begegnen, dem Mann mit dem Biberhut, denn sie kannten meine radikalen Neigungen. Doch unsere Bürgergarde war aufgefordert worden, sich in der Coleman Street nahe des Rathauses zu versammeln. Einmal war ich sicher, Crows stämmige Gestalt in der Menge gesehen zu haben und behielt meine Hand am Messer. Fackeln erhellten die Gesichter der königlichen Dragoner, die das Rathaus bewachten, während sie gleichzeitig versuchten, ihre Pferde zu beruhigen, die vor der anwachsenden wütenden Menge scheuten. Nur ein kleines Stück entfernt, in der Coleman Street, speisten Mr Pym und die anderen Parlamentsmitglieder zu Abend. Die Trommeln, mit denen die Bürgergarden herbeigerufen wurden, bildeten die Soße zu ihrem Mahl. Ich kämpfte mich durch die Menge zu unserer Standarte »Für Gott und Parlament«, die von Big Jed in die Höhe gehalten wurde, und gesellte mich zu Will und Luke vor der katholischen Kirche St Stephen's, wo wir halfen, eine provisorische Barrikade in der Coleman Street zu errichten.

Zu meiner Überraschung erzählte Luke mir, er habe am Nachmittag Charity geheiratet. Es war eine der vielen Ehen bei den Bürgerwehren, die jetzt, da wir uns schon bald in Marsch setzen würden, geschlossen wurden. Ich half ihm, eine Bank aus der Kirche zu tragen und sie auf die Barrikade zu werfen.

»Du wirst Anne nicht heiraten?«

»Nein. Das ist vorbei.«

Lauernd sah er mich an. »Gibst du der Countess den Vorzug?«

»Und ihrer Kutsche«, brachte ich hervor, doch der Scherz war nicht aufrichtig. Manchmal gelang es mir, mehrere Stunden am Stück nicht an Anne zu denken, aber dann sah ich eine Frau auf der Straße, die ich für sie hielt, oder roch die Damaszenerrose, die sie in ihrer Pomade benutzte. In solchen Momenten stürzte ich mich in Aktivität, wie jetzt auch, und bemühte mich, sie zu vergessen. Wir hoben eine weitere Bank hoch und manövrierten sie durch die Kirchentür.

»Ich hörte, dass Anne jemand anderem versprochen sei.«

Ich ließ mein Ende der Bank so plötzlich fallen, dass Luke auch das andere Bankende aus der Hand rutschte und er vor Schmerz aufheulte, als es ihm auf den Zeh fiel.

»Wem?«

»Ich weiß es nicht! Es war nur ein Gerücht in der Schänke!«

In der Barrikade klaffte noch immer eine Lücke, und ich schlängelte mich hindurch. Ich vergaß meinen Schwur, sie nicht aufzusuchen. Stoßend und rempelnd bahnte ich mir meinen Weg, doch vor dem Rathaus blieb ich in der dichten Menschenmenge stecken. Als die Tore geöffnet wurden, erhob sich ein lautes Gebrüll. Hell aufflammende Fackeln beleuchteten den gold und rot glänzenden Anstrich, als die königliche Kutsche herausrollte. Als der König das Rathaus verließ, verstummte die Menge. Er wischte sich etwas von seinem Umhang, ehe er ruhig in die Kutsche stieg. Das Gemurre begann, als eine Gruppe königlicher Dragoner begann, langsam den Weg durch die Menge frei zu machen, die vor ihren Schwertern zurückwich. Schließlich fand die Menge ihre Stimme wieder und brüllte »Privileg! Privileg!«. Flugblätter wurden auf die Kutsche geschleudert, und ich erhaschte einen Blick auf das bleiche, ängstliche Gesicht des Königs. Ich konnte es kaum glauben, dass dieselbe Menge ihm kaum zwei Monate zuvor solch einen begeisterten Empfang bereitet hatte und ich selbst ihn für göttlich gehalten hatte.

Ich warf mich in den Korridor, den die Dragoner geschlagen hatten, ehe er sich erneut schloss. Ich begann zu rennen, doch jetzt war ich bestens zu sehen. Fast direkt neben meinem Ohr bellte eine Stimme.

»Da ist er!«

Sie stach aus der Masse hervor, diese Narbe, wie ein lebendiges Wesen. Die kalten metallischen Augen hypnotisierten mich. Ich mochte vielleicht nicht Matthews Sohn sein, trotzdem hatte ich von ihm die Angst vor der Narbe geerbt. Der Mann bahnte sich seinen Weg zu mir. Vor ihm war ein Bursche, den ich nie zuvor gesehen hatte. Mager und drahtig wie ein Windhund, war er gut einen Fuß größer als der Rest der Menge und glitt durch sie hindurch, als habe er Öl auf der Haut. Er war kurz davor, mich zu packen, als ein Knüppel, der irgendwo aus der Menge geworfen wurde, das Pferd eines Dragoners steigen ließ. Ein anderer Dragoner hieb auf den Aufrührer ein. Der Mann mit der Narbe rief mir etwas zu, aber ich erzwang meinen Weg durch die Menge, bis ich zu einer Gasse gelangte. Blindlings rannte ich drauflos. Dieser Teil der Stadt war mir unbekannt. Ich flitzte durch eine Gasse nach der anderen, bis die Schreie des Aufruhrs schwächer wurden und ich nur noch meine hastenden Füße und meinen keuchenden Atem hörte.

Ich hatte keine Ahnung, wo ich war. Der Mond war nur ein schmaler Streifen, doch das Eis warf sein Abbild in einem unheimlichen Schimmer zurück. Ich lehnte mich gegen eine schmierige Wand und kam langsam wieder zu Atem. Ich konnte sie nicht einmal hören, so vorsichtig mussten sie sich mir genähert haben. Als ich aufblickte, sah ich am einen Ende der Straße Crows kräftige Silhouette. Am anderen stand der Mann mit dem Biberhut, die Hand am Schwert. Sie waren sich meiner so sicher, dass sie sich nicht einmal rührten. Ich bewegte mich ebenso wenig. Es schien sonderbar, doch einen Moment lang waren sie mir fast willkommen. Es lag nicht daran, dass ich es müde war, davonzulaufen; es war das, was Luke gesagt hatte.

»Ich hörte, dass Anne jemand anderem versprochen sei.«

Selbst wenn es nur ein Wirtshausgerücht war, welche Hoffnung gab es noch für mich? Schließlich hatte ich bei der Bibel geschworen, sie nie wieder aufzusuchen. In diesem Augenblick, als wir drei dort standen wie zu Eis erstarrt, fand ich einen Moment lang, dass es besser sei zu sterben, als sie nie wieder zu sehen. Doch meine Instinkte und meine Beine trieben mich in eine enge Straße. Crow und Gardiner hatten es nicht eilig, mir zu folgen, und schon bald fand ich heraus, warum. Die Straße führte zu einer Kirche, die zwischen zwei engen Gassen eingezwängt war. Das Tor zum anderen Gang war versperrt.

»Wie bequem«, sagte Gardiner zu Crow, zog sein Schwert und schwang es in Richtung des Friedhofs, der über eine schmale Treppenflucht zu erreichen war. Viele Kirchen waren mitten in die Stadt hineingezwängt worden, wo die Menschen im Leben wie im Tod um ein wenig Raum kämpften. Sie alle wollten auf ihrem eigenen Stück geweihten Bodens begraben werden, und so war dieser Friedhof, wie viele andere auch, überfüllt. Auf einer Seite der Treppe stand ein Haufen Särge, die noch nicht begraben waren. Crow deutete mit einem Grinsen darauf.

»Vielleicht können wir uns einen von denen da ausleihen.«

Ich rannte die Treppe hoch, umklammerte mein Messer und duckte mich hinter die unebenen, wackeligen Särge. Oben auf lag eine Leiche in einem Leichentuch.

»Willst du uns die Arbeit erleichtern, Tom?«, spottete Gardiner. Er hob sein Schwert.

Totengräber wurden, genau wie die Straßenkehrer, in der Krise nicht entlohnt, oder sie beteiligten sich an den Aufständen oder hatten sich den Bürgergarden angeschlossen. Der Abfall sammelte sich, Leichen wurden nicht beerdigt. Beim Gestank des verrottenden Fleisches stieg mir die Galle in den

Mund. Als Gardiner begann die Stufen zu erklimmen, riss ich das Leichentuch von dem toten Körper. »Dieser hier ist an der Pest gestorben.«

Gardiner lachte und holte mit dem Schwert aus, bereit, voranzustürmen. »Du lügst! Du würdest dich niemals in seine Nähe wagen.«

»Ich bin ein Pestkind!«, schrie ich und stieß den Leichnam auf die oberste Stufe. Langsam wich Gardiner zurück und steckte sein Schwert in die Scheide. Er fuhr sich mit der Zunge über die Lippen. »Erschieß ihn«, sagte er sachlich.

Jetzt sah ich, dass Crow eine Pistole hatte. Ich starrte hinunter auf den langen Lauf, erkannte jede gezogene Rille, sah Crows Auge hinter der Kimme und betete für mein Leben. Ich bat Gott um Vergebung, dass ich mir je den Tod gewünscht hatte, doch dann sah ich einen blendend hellen Blitz und empfand einen reißenden Schmerz, ehe alles von mir abglitt, als fiele ich in eine dunkle, bodenlose Grube.

13. Kapitel

Die Hölle ist es, nichts zu wissen. Nicht zu wissen, woher die Stimmen kommen oder was sie sagen. Die Hölle besteht aus sengendem Feuer und tropfendem Schweiß, aus Schmerz, von dem man nicht will, dass er wirklich aufhört, denn wenn er es täte, dann würde alles nur von Neuem beginnen, und Warten war das Schlimmste. Nein, das ist nicht wahr. Die Narbe war das Schlimmste, genau, wie Matthew es mir gesagt hatte. Darum schloss ich die Augen, tat, als würde ich schlafen, sobald jemand den Raum betrat.

Da war der Mann mit der Narbe, und ein weiterer Mann. Da war ein Arzt, der meinen Arm schiente und verband. Er hätte mich zur Ader gelassen, aber die Narbe sagte, ich hätte um Himmels willen schon genug Blut verloren. Da war ein Mädchen in Schwarz, das sie Jane nannten. Sie hatte ruhige Hände, zog die Vorhänge zurück, entzündete das Feuer und ließ mir etwas zu essen da. Als das Fieber ein wenig nachließ, begann ich davon zu kosten, aber nur, wenn ich allein war.

Eines Tages schlürfte ich gerade meine Suppe, als ein kleiner, fetter Mann die Kammer betrat, oder besser gesagt, hereinrollte. Von den wohlgenährten Waden bis zu den dicklichen Wangen war alles an ihm warm und leutselig, bis auf seine Augen, von denen ein gerissener, wachsamer Blick ausging.

»Ertappt!«, sagte er und rieb sich voll Schadenfreude die Hände. »Ich sagte meinen gelehrten Freunden, dass du eine kleine Maus bist, die nur zum Essen herauskommt, wenn die Falle ausgelegt ist.«

Etwas an der Art, wie er das Wort »Falle« aussprach, gefiel mir nicht und raubte mir den Appetit. Ich ließ den Löffel auf den Teller fallen. »Bin ich in Newgate?«

»Newgate?« Er lachte sich kaputt. »Viel schlimmer als das. Du befindest dich in meinem Haus in der Nähe des Lincoln's Inn. Ich bin Advokat. Die Menschen können dem Gefängnis entkommen, aber niemals dem Gesetz. Stimmt's, Mr Eaton?«

Als der Mann mit der Narbe eintrat, drehte ich mich zur Wand. »Ist er wach, Mr Turville? Ich hatte gehofft, er würde nie wieder zu sich kommen, damit wäre unser Problem erledigt gewesen.«

Ein nadelspitzer Schmerz schoss durch meine Schulter, als er mich packte und hochzog. Ich schrie auf und brach am ganzen Körper in Schweiß aus. Die Narbe war eine violett flackernde Wunde, die nahe davor zu sein schien, mein Gesicht zu verschlingen. Angewidert drehte ich mich weg.

»Das reicht!«

In der Stimme des anderen Mannes lag ein neuer Tonfall. Er setzte sich auf das Bett, das unter seinem Gewicht nachgab, und roch stark nach Moschus. »Nun denn. Du bist nicht im Gefängnis und wirst auch nicht dorthin kommen.«

»Leider«, sagt der Mann, den er Eaton genannt hatte.

Turville ignorierte ihn und sagte freundlich und tröstend: »Komm, Mr Tom, setz dich auf. Wir müssen uns einmal ausführlich unterhalten. Setz dich hin. Sei ein braver Junge.«

Er berührte meine Schulter. Es war nichts gegen den Schmerz, den Eaton mir bereitet hatte, doch ich fürchtete mich mehr vor seinem freundlichen Gebaren als vor Eatons Gewalttätigkeit. Ich war erschöpft, ausgelaugt davon, nicht Bescheid zu wissen, während die um mich herum so vielsagende Bemerkungen machten wie »mein lieber Tom« oder »Mr Tom«. Ich sprang auf, stieß ihn beinahe vom Bett und schrie ihn an, wobei ich auf Eaton deutete.

»Er hat versucht, mich zu töten! Er will es jetzt auch! Seht ihn Euch an! Ich kann ihn nicht in meiner Nähe ertragen! Ich halte es nicht aus, ihn zu sehen!«

Der Ausbruch raubte mir das bisschen Kraft, das ich hatte, und ich fiel zurück ins Bett. Der Moschusgeruch überwältigte mich beinahe, als Turville das Laken wieder über mich legte.

»Das ist Unsinn, Tom! Mr Eaton hat dich hierher gebracht. Er hat dir das Leben gerettet! Sein Mann hat Crow erschossen, als dieser dich erschießen wollte.«

Wenn mein Körper bereits erschöpft war, so raubte mir das den Verstand. Ich beschimpfte sie. Mein Leben gerettet? Der Mann mit der Narbe? Wer hatte Matthew fortgetrieben, und wessen Männer hatten, wie ich glaubte, Susannah getötet? Der fette Mann stand auf und führte eine geflüsterte Unterhaltung mit Eaton.

»Tragt ein Halstuch, Mann! Er hat Albträume wegen Eurer Narbe! So werden wir niemals weiterkommen.«

Mein Fieber wurde schlimmer. Das nächste Mal, als ich Eaton sah, hatte er ein Tuch um den Hals geknotet, das den schlimmsten Teil seiner Narbe verbarg, doch ich sah sie trotzdem: in den Kohlen, die den Raum heizten, in den Zweigen eines Baumes draußen vor dem Fenster. Ich bildete mir sogar ein, ein Mann mit einer Narbe nähme für den Galgen Maß an mir.

Als Eaton nicht mehr kam, erholte ich mich allmählich. Turville erklärte mir nicht, warum er mich in seinem Haus behielt. Er bestand darauf, dass ich kein Gefangener sei, obwohl ich eingesperrt war. Das geschähe zu meiner eigenen Sicherheit, protestierte er, weil ich so verwirrt sei! Als ich um meine Kleider bat, sagte er, sie seien ruiniert. Er habe neue in Auftrag gegeben; aber diese tauchten niemals auf. Von Jane erfuhr ich, dass Turville Lord Stonehouse' Anwalt war und Eaton dessen Verwalter.

Nun war ich vollkommen verwirrt. Stand ich plötzlich erneut in Lord Stonehouse' Gunst? Oder steckten eher finstere Absichten dahinter? Höflich und geschickt wich Turville all meinen Fragen aus.

Jane pflegte mich langsam wieder gesund, obwohl ich so schwach und teilnahmslos war, dass ich kaum aus dem Bett kam. Aus der vertraulichen Art, mit der Turville sie berührte, schloss ich, dass sie miteinander schliefen. Ich sah, wie sie vor ihm zurückzuckte, und als ich eine Bemerkung darüber machte, brach sie zusammen und erzählte mir ihre Geschichte.

Sie war Dienstmädchen in Highpoint gewesen, Lord Stonehouse' Landsitz, bis ein Edelmann – sie weigerte sich, seinen Namen zu nennen – sie verdarb. Ihre Mutter, Mrs Morland, die Haushälterin von Highpoint, wollte nichts mehr mit ihr zu tun haben. Jane verlor ihre Stellung und Eaton, dessen Aufgabe es war, sich um solche Dinge zu kümmern, brachte sie in Turvilles Haushalt unter.

Ein seltsames Band wuchs zwischen uns. Sie hatte ein Kind geboren, das gestorben war. Von dem, was sie belauscht hatte, wusste sie, dass ich einer ähnlichen früheren Verbindung entstammte, aber sie konnte mir keine Einzelheiten nennen. Ich glaube, sonderbarerweise hielt sie mich für das Kind, das sie verloren hatte. Sie erzählte mir, dass der süße Milchpunsch, der mir so schmeckte, Opium und andere Kräuter enthielt, damit ich benommen blieb, bis sie ihre Pläne mit mir geschmiedet hatten. Ich hörte auf, von dem Punsch zu trinken, und goss die heiße Milch mit Bier in den Nachttopf. Jane hörte, wie Turville Eaton erzählte, ich sei liebeskrank, doch dass ich am Ende der Woche davon kuriert sei.

»Kuriert? Was meinte er damit?«

»Ich weiß es nicht. Aber Mr Turville sagte es, als Mr Eaton zusätzliches Geld für Mr Black verlangte.«

»Zusätzliches Geld? Wofür?«

Sie schüttelte den Kopf. Ihre Hand zitterte, als sie in ihrer Schürzentasche herumwühlte, den Schlüssel zu meiner Kammer hervorzog und ihn mir in die Hand drückte.

»Seine Schlafkammer ist das erste Zimmer, an dem Ihr im nächsten Stock vorbeikommt. Eure Kleider liegen in einer Kommode neben dem Ankleidetisch. Lasst den Schlüssel im Schloss stecken. Sie werden denken, ich sei unachtsam gewesen.«

»Das werden sie niemals glauben!«

Sie zuckte mit den Schultern. »Turville trifft sich morgen um neun Uhr mit Mr Eaton. Sein Studierzimmer liegt im ersten Stock. Sobald Ihr hört, wie sie hineingehen, schleicht Euch hinaus. Von der Halle aus führt ein Korridor zur Hintertreppe. Die Tür wird offen sein.«

Ich flehte sie an, mit mir zu kommen, doch sie weigerte sich und sagte, sie würde nie eine andere Stellung finden. Aber ich könne einen Brief für sie an ihre Mutter schicken, die sehr krank sei. Sie wollte, dass ihre Mutter ihr das, was sie getan hatte, vergab.

Das, was sie getan hatte! Aber ich schrieb den Brief und versprach, ihn an Mrs Morland zu schicken. Oder vielleicht, dachte ich, als ich in jener Nacht in den Schlaf sank, könnte ich ihn selbst überbringen. Mrs Morland war einmal in die Liaison eines Edelmanns verstrickt gewesen. Ich fragte mich, ob es vielleicht noch ein zweites Mal vorgekommen war.

Am nächsten Morgen wartete ich an der Tür, bis ich Eatons barsche Stimme hörte, Turvilles Begrüßung und das Schließen einer Tür, bei der es sich vermutlich um die zum Studierzimmer handelte. Erst dann öffnete ich meine Tür. Durch das Treppenhaus erblickte ich einen kleinen Teil der schwarz-weißen Bodenfliesen der Halle. Ich nahm ein paar Stufen und hielt den Atem an. Im Treppenaufgang hing ein riesiges Bild.

Es zeigte ein prachtvolles Haus, mit einer Reihe von Türmchen und holländischen Giebeln sowie einer dreistöckigen Turmuhr samt Glockenturm über den Säulen eines steinernen Vordachs. Winzige Gestalten waren auf den Rasenflächen und auf den Feldern zu sehen, die sich bis zum Fluss erstreckten, Knechte bei der Arbeit, eine Dame, die an der frischen Luft spazierenging. In einer Ecke des Bildes entdeckte ich die Signatur *P. Lely*, in der anderen *Hightpoint, Oxon, 1635*.

Ich schlich den nächsten Absatz hinunter. Aus dem Stockwerk unter mir hörte ich Stimmengemurmel, das aus dem Raum kommen musste, der Turville als Studierzimmer diente. Ein starker Moschusgeruch führte mich zu Turvilles Schlafkammer. Die Tür stand offen. Sein Himmelbett nahm den größten Teil des Raumes ein. Er fand offensichtlich großen Gefallen an Rot; purpurrote Seidenvorhänge hingen am Baldachin, und scharlachrote Kissen lagen aufgehäuft auf weißen Teppichen. Ich umrundete das Bett, um zu einer Kommode zu gelangen, und zog die erste Schublade auf. Wäsche. In der nächsten fand ich meine Jacke und musterte sie bestürzt. Sie war mit dunklem eingetrocknetem Blut verkrustet, und jemand hatte die Ärmel abgerissen, vermutlich der Doktor, um die Kugel aus meinem Arm zu schneiden. Ich suchte hektisch nach den anderen Sachen, fand jedoch weder Kniehosen noch Hemd. In Turvilles Hosen würde ich zwei- oder dreimal passen.

In der untersten Schublade wurde ich schließlich fündig. Die Hosen und der Leibrock waren in einem nüchternen Dunkelblau gehalten, jedoch aus einem weichen Samtstoff gefertigt, den sich nicht einmal Luke hätte leisten können. Und von solch einem Leinenhemd mit feiner Spitze an den Ärmeln hatte ich bislang nur geträumt. Ich probierte das Hemd an. Es passte perfekt. Ebenso wie der Leibrock und die Kniehosen. Neben dem Ankleidetisch stand ein neues Paar Stiefel. Als ich in das weiche Leder schlüpfte, lief mir ein wohliger Schauder über den Rücken. Nie zuvor hatten meine großen, plumpen Füße solch ein elegantes, bequemes Zuhause gehabt.

Ich starrte in das dunkle, unebene Venezianische Glas und schreckte zurück. Der verdrießliche Puritaner war verschwunden. Mein feuerrotes Haar war wieder da. War ich so lange krank gewesen, oder war die Farbe herausgewaschen worden? Ich wusste es nicht. Mein Bart war gewachsen. Die Kleidung mochte für mich geschneidert worden sein, doch ich erinnerte mich an keinen Schneider. Unvermittelt ließ ich mich aufs Bett sinken. Ein weiterer, dieses Mal unangenehmer Schauder erfasste mich, als ich mich entsann, wie ich mich im Delirium hin und her geworfen hatte, in der Meinung, dass man bei mir für den Galgen Maß nähme. Man hatte tatsächlich bei mir Maß genommen. Dies war nicht die Kleidung eines Lehrjungen oder eines ehrbaren Handwerkers wie Mr Black. Es war die Kleidung eines Edelmanns.

Selbst meine Hände hatten sich verändert. Die Tinte war von der Handfläche und den Fingerspitzen verschwunden. Vielleicht war sie fortgeschrubbt worden. Nur an der Nagelhaut und dem fleischigen Teil des Handtellers waren ein paar Reste übrig geblieben. Das waren nicht meine Hände, genauso wenig, wie das Spiegelbild Tom Neave zeigte. Ich empfand ein schmerzliches Gefühl des Verlusts, als ich meine Hände anstarrte. Da ich bislang nur von der Pechgrube in Poplar zum Tintenfass in Farringdon befördert worden war, hatte ich diese seltsam rosigen Hände nie zuvor gesehen.

Als die Uhr in der Halle die halbe Stunde schlug, fuhr ich zusammen. Ich schlich die Treppe hinunter und hielt mich dabei am Rand, wo die Wahrscheinlichkeit, dass die Stufen knarren würden, geringer war. Im Studierzimmer hörte ich jemanden ruhelos auf und ab schreiten. Starker Tabakduft lag in der Luft. Noch ein Treppenabsatz, und ich wäre in der Halle. Eine Diele knarrte. Ich erstarrte. In der Stille klang es wie ein

Pistolenschuss. Ich meinte, jemanden in der Halle gehört zu haben, und duckte mich hinter das Geländer. Schließlich schlich ich noch ein paar Stufen weiter und spähte in den Korridor. Ich konnte niemanden sehen.

»Ich hätte zulassen soll, dass sie ihn erschießen!«

Eatons Stimme ertönte so plötzlich, dass ich eine Stufe herunterfiel und mich an das Treppengeländer klammerte.

»Und alles verlieren?«, erwiderte Turville scharf. »Geduld, Mr Eaton, Geduld. Wartet, bis der Tag vorüber ist …«

Warten, bis der Tag vorüber war? Seine Stimme wurde zu einem besänftigenden Murmeln, und ich verstand nichts mehr, als ich weiter nach unten schlich. Es war nichts zu hören außer dem Ticken der Uhr in der Halle und dem entfernten Töpfeklappern in der Küche. Ich ging an der Uhr vorbei und wandte mich zum Gang. An der Wand, eine Pfeife in der Hand, stand der große Mann, langgliedrig wie ein Windhund, der mir an jenem Abend, als ich angeschossen worden war, durch die Menge gefolgt war. In seinem Gürtel hing eine Pistole. Er paffte an seiner Pfeife und lächelte mich an. Ich rannte zur Vordertür. Sie war abgeschlossen. Der Mann kam hinter mir her und packte mich. Ich trat um mich und kämpfte, aber geschwächt vom langen Liegen konnte ich nicht mehr ausrichten als seine Pfeife zu zerbrechen. Noch immer ein Lächeln im Gesicht hob er mich hoch, als sei ich nicht mehr als ein Baby, trug mich die Treppe hoch und setzte mich vor Turvilles Studierzimmer ab, ehe er an die Tür klopfte.

14. Kapitel

Eaton brauste auf. Er hatte nichts von den Kleidern gewusst und glaubte, Turville und ich hätten meine Flucht gemeinsam geplant. Erst als ich ihm versicherte, dass ich Jane den Schlüssel gestohlen und die Kleidung allein aufgestöbert hätte, und Turville in seiner schmierigen Art sagte, die Kleider seien nur für den »Eventualfall« gedacht und ich sollte eigentlich nichts von ihnen erfahren, gab Eaton schließlich Ruhe und verfiel in finsteres Schweigen.

An der Wand hinter Turvilles Schreibtisch hing eine Zeichnung, und nach dem Bild, das ich draußen gesehen hatte, erkannte ich, dass es sich um eine Karte der Ländereien von Highpoint handelte, auf der das Haus Wälder, Rieselwiesen, Dörfer und Kirchen beherrschte. Turville strich um mich herum, als sei ich ein reinrassiges Pferd, das auf dem Viehmarkt zum Verkauf stand. Alles andere als wütend über meine Hinterlist, wirkte er so erfreut, dass ich mich zunehmend unbehaglich fühlte. Was mir bei Mr Black eine Tracht Prügel eingebracht hätte, schien hier auf größte Zustimmung zu stoßen. Selbst Eaton konnte nicht aufhören, mich anzustarren. Am bemerkenswertesten von allem aber war, dass er – der Mann mit der Narbe, die Quelle all meiner Albträume – Angst hatte. Möglicherweise war das ein zu scharfes Wort. Aber er war auf jeden Fall aufgewühlt, knackte mit seinen rauen Knöcheln, blickte hinaus in einen riesigen Garten, ehe er den Blick erneut auf mich richtete.

»Diese Kleider sind einfach unglaublich!« Turville rieb sich die plumpen Hände. »Sie zeigen es deutlich, Mr Eaton.«

»Er sieht ihm ziemlich ähnlich!«, murmelte Eaton.

»Ähnlich? Er sieht haargenau so aus!«

Sie blickten auf ein Bild in der Mitte der Wand, von dem ich wusste, dass es ein Van Dyck war. Zuerst erkannte ich Lord Stonehouse nicht. Es lag nur zum Teil daran, dass er wesentlich jünger war. Vor allem lag es daran, dass er so glücklich aussah. Dieses Bild war entstanden, lange bevor sein Haar ergraut und die Falten auf seiner Stirn sich in die tiefen Runzeln verwandelt hatten, die ich bei der Parade gesehen hatte. Es war ein Familienbild mit Highpoint House im Hintergrund. Neben Lord Stonehouse stand eine sittsam wirkende Frau, deren Züge beinahe reizlos wirkten, im Glück jedoch fast schön zu nennen waren. Was leicht zu idealistisch hätte wirken können, wurde durch die Rastlosigkeit des ältesten Jungen authentisch, der versuchte, einem Cockerspaniel einen Stock aus dem Maul zu reißen.

»Er hat die Stonehouse-Nase«, sagte Turville. »Eine Adlernase.«

Adlernase? Plötzlich sollte mir meine Nase, die ich stets gehasst hatte, die düstere Arroganz eines Adlers verleihen? Oder eines Falken. Hatte sie für das Familiensymbol Pate gestanden? Ich sah es in den Gesichtern auf dem Gemälde, oder zumindest meinte ich, es zu erkennen.

Turville legte mir eine Hand auf die Schulter. »Wenn er weiterhin im Dunkeln tappt, wie soll er dann die Gefahren erkennen?«

»Wollt Ihr damit andeuten, ich sollte es ihm sagen?«, fragte Eaton.

»Eine redigierte Version, Mr Eaton. Ich kann Euch nichts befehlen, sondern nur Ratschläge erteilen. Ihr seid für ihn verantwortlich.«

Er war verantwortlich? Eaton trug kein Halstuch, und als er auf mich zutrat, um das Wort an mich zu richten, bebte die

Narbe wie ein zweiter Mund. Unwillkürlich zuckte ich zusammen. Turville verlor die Geduld.

»Du«, sagte er zu mir, mit einer Strenge, die er durch einen wackelnden Zeigefinger ins Spielerische zu verwandeln versuchte, »schuldest Mr Eaton einen sehr großen Gefallen.«

»Wie ein Gefangener in Tyburn in der Schuld seines Henkers steht«, sagte ich verbittert.

Eaton sprang auf. »Das lasse ich mir nicht länger bieten, Turville!«

»Bitte, Eaton! Lasst den Jungen sprechen! Es ist weiß Gott schon schwer genug für uns – bedenkt nur, wie schwer es für ihn sein muss! Fangt am Anfang an. Warum bist du von Mr Black davongerannt, obwohl er nur versuchte, dich zu beschützen?«

Mich zu beschützen! Ich fand die Antwort auf diese Frage offensichtlich, aber als ich sie gab, schüttelte Turville den Kopf, zog ein Taschentuch aus seinem Ärmel und wischte sich Stirn und Hände ab. Als ich auf den Brief von Lord Stonehouse zu sprechen kam, in dem es hieß, ich sei eine große Tollheit, derer man sich entledigen müsse, stöhnte Turville laut auf.

»Seht Ihr, Eaton, seht Ihr!« Er wandte sich wieder an mich. »Lord Stonehouse versucht nicht, dich umzubringen! Dieser Brief stammt nicht von ihm! Er kam von Mr Eaton, der Mr Black warnte, dass dir von Richard Gefahr droht. Es ist Richard, nicht Lord Stonehouse, der dich als große Tollheit ansieht, derer man sich …«

»Obacht, Turville!«

Jetzt fürchtete Eaton sich definitiv. Er sprang mit solcher Hast auf, dass sein Stuhl nach hinten umkippte. Mein Blick wurde nicht länger von der Narbe angezogen, sondern von den Händen, mit denen er die Rückenlehne eines weiteren Stuhls packte. Im Großen und Ganzen mochte er vielleicht als Herr durchgehen, aber nicht mit diesen Händen. Sie waren so wettergegerbt wie die eines Mannes, der sein Land bearbeitete und nicht nur darüber hinwegritt. Seine Knöchel wirkten wie hölzerne Knoten, und die Nägel waren abgebissen. Ich sah plötzlich meine eigenen Hände, wie sie in einigen Jahren aussehen würden, wenn ich ein Drucker bliebe. Mit einem Finger mit gelbem missgestaltetem Nagel deutete er auf mich.

»Es ist ein Akt der Barmherzigkeit, Turville! Nichts weiter. Das hat Mylord mir erklärt. Und dabei bleibt es auch, bis er mir etwas anderes sagt. Ich weiß, wann ich meinen Mund zu halten habe. So halte ich es seit dreißig Jahren, und ich werde wegen dieses kleinen Balgs nicht alles wegwerfen.«

»Der Krieg ändert alles, Eaton!«

»Krieg? Welcher Krieg?«

»Der König ist in Oxford, um ein Heer aufzustellen.«

»Ein Heer! Beide Seiten haben Briefe an die Lordleutnants jeder Grafschaft geschickt. Das Parlament befiehlt, ihm die Soldaten zu schicken. Der König befiehlt, die Truppen zu seinem Heer zu schicken.« Eaton schnippte verächtlich mit den Fingern. »Manche sind dumm genug gewesen und haben sich auf eine Seite gestellt. Die meisten machen sich in die Hose. Niemand hat einen Krieg erklärt. Und niemand wird es tun.«

Turville versuchte mehrmals, ihn zu unterbrechen, zerrte sein Taschentuch aus dem Ärmel, erfüllte die Luft mit dem Geruch von Moschus und wischte sich die Stirn ab. »Angenommen, es käme doch dazu? Und die falsche Seite gewönne? Dann würdet Ihr alles verlieren. Genau wie ich.«

»Welches ist die falsche Seite?«, fragte ich.

Sie starrten mich an, als hätten sie mich vollkommen vergessen. Nachdem sie sich beinahe an die Kehle gegangen wären, waren sie jetzt aus dem Konzept gebracht. Turville erholte sich als Erster. »Nun, Tom. Das ist eine gute Frage. Welches ist die richtige Seite und welches die falsche? Hmm? Der Junge ist nicht auf den Kopf gefallen. Kommt schon, Eaton, es wird Zeit, dass wir aus dem Scheißhaus rauskommen. Andernfalls könnte man uns mit heruntergelassenen Hosen erwischen.«

Die Uhr in der Halle schlug elf. Beide Männer blickten in die Richtung, aus der das Geräusch kam, dann zu einander. Ich dachte daran, dass ich belauscht hatte, wie Turville zu Eaton sagte, noch bis zum Ende der Woche zu warten. Und auch Janes verwirrende Worte fielen mir wieder ein, dass ich liebeskrank sei und davon geheilt sein würde, ehe die Woche vorüber sei.

»Was geschieht heute?«, fragte ich.

Erneut warfen sie einander Blicke zu, ehe Turville sagte: »Nun, Tom, das hier passiert! Dieses vielversprechende Treffen! Ein wenig früher, als wir, äh, geplant hatten, aber das hat keinerlei Bedeutung, ist es nicht so, Eaton?«

Eaton schaute von Turville zu mir und wieder zurück. Als der letzte Glockenschlag der Uhr in der Stille verklungen war, schien er zu einer Entscheidung gekommen zu sein. Er kam zu mir herüber, beugte sein Gesicht zu mir herunter und sagte mit furchterregender Eindringlichkeit: »Ich habe den Brief geschrieben, von dem du einen Teil gelesen hast. Es war eine Warnung an Mr Black, dass du in großer Gefahr schwebst. Es ist Lord Stonehouse' Sohn, Richard Stonehouse, der dich als große Tollheit ansieht, nicht sein Vater.« Er deutete auf den Jungen auf dem Bild, der versuchte, dem Hund einen Stock zu entreißen, und schenkte mir ein bitteres Lächeln. »Es ist dieser entzückende Junge, den ich vor Huren und Spielschulden bewahrt habe, der versucht hat, dich zu töten, während ich von seinem Vater mit der Aufgabe betraut wurde, dafür Sorge zu tragen, dass dir kein Haar auf deinem kostbaren Schädel gekrümmt wird.«

Die Narbe bebte. Er hatte einen widerlichen animalischen Geruch an sich, der mir die Galle in den Mund trieb. Ich kämpfte gegen das Verlangen, mich zu übergeben. »Damit mir kein Haar gekrümmt wird? Ist das der Grund, warum Ihr den Schnösel unten stehen habt, bereit, mich zu erschießen, falls ich gehe?«

Das amüsierte Turville, der entzückt die Hände hob. »Ihr seht, Eaton, er ist eben so misstrauisch wie Ihr. Verständlich, nur verständlich. Der arme Junge hat Angst.«

»Gibson hat dir eine Warnung zugerufen«, sagte Eaton. »Wir wussten, dass du beim Rathaus sein würdest. Genau wie Gardiner. Gibson hat dich aus den Augen verloren, aber er sah Gardiner und folgte ihm. Er hat Crow erschossen. Gardiner ist leider entwischt.«

»Anschließend hat Eaton dich hierher getragen, unter größter Gefahr für sich selbst …«, warf Turville ein

»Mehr für meinen Umhang«, sagte Eaton gereizt. »Er ist vollkommen ruiniert. Du hast geblutet wie ein Schwein.«

»Geht auf Kosten des Hauses. Ich wette, dass Ihr nicht versäumt habt, Euren Mantel in Rechnung zu stellen«, sagte Turville mit einem Augenzwinkern in meine Richtung.

Starrsinnig blickte ich von einem zum anderen. »Als ich in die königliche Parade rannte, sah ich, wie Lord Stonehouse Richard befahl, mich zu töten.«

»Seht Ihr!« Voller Wut streckte Eaton mir die geballten Fäuste entgegen.

Wesentlich gelassener setzte Turville sich an seinen Schreibtisch und verschränkte die Hände. »Hast du Lord Stonehouse das sagen hören?«

Ich antwortete nicht.

»Er befahl Richard, dir nichts anzutun. Ich habe es von seiner Lordschaft persönlich.«

»Er ging mit seinem Stoßdegen auf mich los!«

»Natürlich!« Eaton wandte sich von mir ab, als könnte er meinen Anblick nicht länger ertragen. Er schaute auf den Jungen auf dem Bild, der mit dem Hund rang, und imitierte überraschend gut den Tonfall eines Edelmanns. »Es tut mir leid, Vater! Ich habe Euch nicht gehört! Mein einziger Gedanke war es, Euch zu beschützen!« Er wandte sich wieder zu mir um. »Ich musste mich deswegen bei Lord Stonehouse entschuldigen. Natürlich rügte er mich deswegen. Deinetwegen hätte ich fast meine Stellung verloren!«

Ich traute keinem von beiden, denn ich spürte dass sie für jede Wahrheit, die sie mir erzählten, eine andere verschwiegen. Wenn überhaupt, so zog ich Eatons Schilderung vor, denn sie wurde ihm gegen solch erbitterten Widerstand entlockt, dass ich das Gefühl hatte, sie müsste wahr sein. Und als er fortfuhr, war es unbestreitbar, dass Eaton mich tatsächlich vor Gardiner und Crow gerettet hatte.

»Ich bin Euch sehr dankbar, Sir«, sagte ich, als würde mir ein Zahn gezogen.

»Sehr gut, Tom!«, rief Turville. »Und jetzt schüttle deinem Beschützer die Hand.«

Mein Beschützer! Die verdrehte Welt, in die ich unvermittelt geraten war, wurde immer toller! Diese rohe, brutale Kreatur, die den Mann, den ich für meinen Vater gehalten hatte, so in Schrecken versetzt hatte, dass er verschwunden war, und der meine Albträume bevölkerte, sollte mein Beschützer sein? Die Vorstellung, ihm die Hand zu schütteln, verursachte mir Übelkeit, aber ich fühlte, dass ich ihm mein Leben schuldete und zwang mich, ihm meine Hand entgegenzustrecken. Er ergriff sie mit einer Hand, die so rau und hart war wie rostiges Eisen, und mit einem Lächeln – zumindest fasste ich es als Lächeln auf –, das eher von Misstrauen und Argwohn zeugte als von Freundschaft.

Turville klingelte nach Jane, die zitternd hereinkam und die Szene erstaunt betrachtete. Er befahl ihr, etwas zu trinken zu bringen, um die, wie er es nannte, glückliche Versöhnung zu feiern. Als er die Gläser vor uns aufstellte, lächelte er Jane zu. »Sieht Mr Tom nicht aus wie ein perfekter Edelmann?«

»Er ist ein edler Herr«, sagte sie. Blut stieg ihr in die Wangen.

»Oh, seht Ihr, wie ihre Wangen sich verfärben, Eaton? Wenn ich doch nur wieder jung wäre und solche Blumen dort zum Blühen brächte, wie Euer junger Poet Mr Tom.«

Sie wandte den Blick von mir ab und versteifte sich, als er ihre flammenden Wangen tätschelte. Ich sprang auf, unfähig, mich zu beherrschen. »Lasst sie in Ruhe! Es gefällt ihr nicht!«

Stille setzte ein. Turville verlor all seine Jovialität, und der Blick, mit dem er mich bedachte, loderte vor Wut. Eaton grinste. Jane verlor ihre übliche Gelassenheit und rang gequält die Hände. »Ich … es tut mir leid, Mr Turville.«

Turville fand seine Heiterkeit ebenso rasch wieder, wie er sie verloren hatte. Er sagte zu ihr, dass er sie vollkommen verstünde, und zwinkerte dabei Eaton auf eine Weise zu, dass ich ihn am liebsten geschlagen hätte, aber ich wusste auch, dass ich es damit für Jane nur noch schlimmer machen würde. Sie ging, ohne mich anzusehen, und ich verfluchte mich dafür, überhaupt den Mund aufgemacht zu haben.

Der Wein war ein süßes Gesöff. Ich traute nichts und niemandem in diesem Haus und rührte meinen kaum an, selbst als Eaton sich ein zweites Glas einschenkte. Ich erklärte ihnen, dass es in meinen Augen nicht viel Sinn ergäbe, dass Lord Stonehouse nicht wolle, dass mir auch nur ein Haar gekrümmt wurde, während sein ältester Sohn mich zu töten versuchte.

»Hört Euch die Logik darin an, Eaton«, rief Turville aus. »Das Geld für seine Erziehung war gut angelegt!«

»Logik?« Niedergeschlagen starrte Eaton auf das Gemälde. »Es braucht mehr als Logik, um mit dieser Familie fertig zu werden. Seine Lordschaft hat keine Ahnung, dass sein ältester Sohn versucht hat, dich töten zu lassen.«

»Warum erzählt Ihr es ihm nicht?«, fragte ich erstaunt.

Der Blick, den Eaton mir nun zuwarf, war nicht ärgerlich, sondern verächtlich. Sein Ausbruch schien ihn müde gemacht zu haben. Er ließ sich auf einen Stuhl sinken, die Lehne nach vorn, als wollte er darauf reiten, legte sein Kinn auf die gefalteten Hände und musterte mich grübelnd. Turville lächelte wohlwollend.

»Unschuld, Mr Eaton«, sagte er, »ist eine Tugend, die gehütet werden sollte, nicht verschmäht.« Er hustete, zog wieder sein Taschentuch hervor und wischte sich Stirn und Hände ab. Unvermittelt wurde seine Stimme scharf. »Du wirst nichts davon weitererzählen, ehe wir dir die Erlaubnis dazu erteilen. Ist das klar?«

Es war vollkommen klar, aber ich sagte nichts. Erneut wischte Turville sich über die Stirn, obwohl kein Schweiß darauf war. Eaton lächelte. Es war das erste Mal, dass ich ihn lächeln sah. Sie schienen es zu genießen, wenn der andere sich unbehaglich fühlte.

»Ich werde abstreiten, dass diese Unterhaltung jemals stattgefunden hat. Eaton ebenso. Verstanden?«

Ich sagte immer noch nichts. Er ballte die Fäuste, stopfte das Taschentuch in seinen Ärmel, zog es wieder hervor und fuhr in scharfem knappem Ton fort: »Lord Stonehouse würde uns nicht glauben. Wir haben keinen felsenfesten Beweis, dass es Richard war, der versucht hat, dich zu töten. Selbst mit einem Beweis wäre es riskant. Lord Stonehouse ist … unberechenbar. Richard ist sein ältester Sohn. Lord Stonehouse weiß um seine Schwächen, aber ich möchte nicht derjenige sein, der ihm sagt, dass Richard kaltblütig versucht hat, zum Mörder …«

Eaton sprang auf. »Ich hoffe, Ihr wisst, was Ihr tut, Turville!«

»… eines Jungen zu werden, dem sein Vater ein so großzügiges und in der Tat beispielloses Maß an, äh, Barmherzigkeit entgegengebracht hat.«

Widerwillig akzeptierte Eaton diese rechtmäßige Beschreibung meiner Stellung, die so klar war wie der Londoner Nebel, und sank grübelnd auf seinen Stuhl zurück. Derweil erzählte mir Turville, dass Lord Stonehouse, in einem Alter von sechzig Jahren und bei mäßiger Gesundheit, eine drängende, alles überragende Sorge im Leben hatte: die Zukunft des bedeutendes Familienbesitzes. Richard sollte ihn beerben. Er erwartete es. Aber im Alter von sechsunddreißig Jahren hatte er in seinem Leben noch nicht mehr zustande gebracht, als ein kleines Vermögen mit einer nicht existierenden Zuckerrohrplantage zu verlieren. Und ein weiteres bei Huren und Glücksspielen, murmelte Eaton. Noch unglücklicher von Lord Stonehouse' Standpunkt aus betrachtet, so fuhr Turville fort, sei die Tatsache, dass Richards Frau gestorben sei und ihm zwei Töchter, aber keinen Sohn geschenkt habe.

Allmählich lichtete sich hier und da der Nebel, und ich begann mir ein Bild von dieser Familie zu machen. Lord Stonehouse' Gattin, Frances, hatte die seltene Gabe besessen, Herzensgüte mit Klugheit zu verbinden, womit sie nicht nur die Familie, sondern das gesamte Anwesen zusammengehalten hatte. Darin stimmten Eaton und Turville überein. Sie kannte jeden auf jedem Bauernhof und jedes Dorf, wusste und sorgte sich um jede Geburt und jeden Todesfall. Sie hatte zugehört, Ratschläge erteilt, und wenn sie das Gefühl hatte, jemand verdiene Hilfe, diese gewährt. Ihre Art, nein zu sagen, gab selbst den Enttäuschtesten das Gefühl, beschenkt worden zu sein. Fünf Jahre vor meiner Geburt starb Frances. Das Glück, das auf dem Gemälde eingefangen war, verschwand. Richard wurde arrogant und eigensinnig. Trotz eines großzügigen Taschengeldes und dem ständigen Versprechen, sich zu bessern, war er hoch verschuldet, und sein Vater fürchtete, dass sich das Vermögen unter ihm rasch auflösen würde.

Gleichwohl unternahm Lord Stonehouse nichts, bis sich

Richard in Aussicht auf sein Erbe so heftig verschuldete, dass sein Vater gezwungen war, einen Teil des Grundbesitzes zu beleihen, um die Schulden begleichen zu können. Selbst dann vertraute Richard darauf, dass sein Vater keinerlei Maßnahmen ergreifen würde oder es auch nur könnte. Der Besitz war ein unveräußerliches Erblehen und würde von Rechts wegen auf den ältesten Sohn übergehen. Diese Verpflichtung war schwierig, aber nicht unmöglich aufzulösen, nicht für jemanden mit Lord Stonehouse' Einfluss und Reichtum, und er unternahm Schritte, sein Testament zugunsten Edwards, des jüngeren Sohns, zu ändern. Ich betrachtete den Jungen auf dem Gemälde, der sich ängstlich an die Hand seiner Mutter klammerte.

»Es gibt noch einen«, murmelte Eaton.

Edward, ein Geistlicher, beschäftigte sich indes weniger mit dem Familienbesitz als mit der Kirche und mit dieser weniger als mit seinem Labor, in dem er nach dem Stein der Weisen suchte. Doch sein Sohn, James, war Lord Stonehouse' Augapfel. Dann suchte die Pest Edwards Gemeinde heim. Edward überlebte, aber James und der Rest der Familie starben. Edward heiratete erneut, aber Lord Stonehouse' Trauer war zu tief, um zu vergehen.

Turville beugte sich näher zu mir und senkte die Stimme. Er war älter als er aussah. Eitelkeit hatte ihn zum Puder greifen lassen, um die Adern auf seinen Wangen und die Narben auf seiner Haut zu verbergen. »Das war vor neun Jahren, als er am tiefsten Punkt seiner Trauer dich erblickte.«

»Auf der Werft.«

»Durch puren Zufall.«

»Durch puren Zufall!« Eaton ahmte Turvilles gelassenen Tonfall nach. Er sagte, in Highpoint geschähe nichts durch puren Zufall! Turville versuchte ihn davon abzuhalten, noch mehr Wein zu trinken, doch ebenso gut hätte er versuchen können, einen jagenden Hund dazu zu bringen, mit dem Gekläffe aufzuhören. Zusammen mit reichlich Speichel sprudelten die Worte aus ihm heraus, eine seltsame Mischung aus Stolz und Gehässigkeit, Macht und Enttäuschung. »Ich bin Lord Stonehouse' Verwalter. Ich räume den Dreck auf, den er und seine Söhne hinterlassen.« Mit einem abgebissenen Fingernagel stieß er gegen Turville. »Er macht den Dreck legal. Du …«, er stieß mit dem Finger auf mich ein, »du bist der schlimmste Dreck, mit dem ich je zu tun hatte, und das wird ewig so weitergehen, Jahr um Jahr um Jahr!«

Turville schüttelte entschuldigend den Kopf in meine Richtung und rutschte auf seinem Stuhl herum, als sei er heiß. »Kommt schon, Eaton, …«

»Ihr könnt mich mal sonst wo!« Er hämmerte mit der Faust auf den Schreibtisch. »Ich trage die Hauptlast bei diesem lausigen Geschäft.«

»Mr Tom könnte vielleicht …«

»Könnte vielleicht! Mr Tom! Ach, das ist also Mr Tom? Mr Tom Könnte-Vielleicht!« Er schwieg, Turvilles Unruhe kühlte ihn ein wenig ab. »Mr Tom.« Er deutete eine kleine ironische Verbeugung an und schaute auf das Gemälde. »Mr Richard, Mr Edward, Mr Tom.«

»Die Situation hat sich geändert, Tom«, sagte Turville. Er lächelte, doch es war ein Lächeln, dem ich weniger traute als Eatons verdrossener Derbheit. »Wir brauchen deine Hilfe. Wir müssen herausfinden, wer du wirklich bist. Und zwar schnell.«

Ich blickte von einem zum anderen. »Geändert? Welche Situation?«

Ein Strahl der Wintersonne wanderte über den Schreibtisch und beleuchtete die Staubpartikel, die sich immer noch auf die Stelle legten, wo Eaton auf den Tisch geschlagen hatte. Es war so ruhig, dass ich das Ticken der Uhr in der Halle hören konnte. Schließlich sprach Turville, und er wählte seine Worte so sorgfältig, als verfasse er eine Urkunde.

»Trotz allem, was Richard getan hat, trotz Lord Stonehouse' Drohungen, sein Testament zu ändern oder zumindest Schritte in diese Richtung zu unternehmen, hatten wir uns damit abgefunden, dass Richard erben würde. Wir haben seine Lordschaft darauf hingewiesen, so deutlich, wie wir es wagten, dass diese Erbschaft in einer Katastrophe enden würde. Es hat nichts gebracht. Er ist sein ältester Sohn. Er bringt seinen Vater fast um den Verstand, aber dieser liebt ihn und vergibt ihm am Ende immer.« Turville räusperte sich. »Du, Tom, warst die Marotte eines alten Mannes. Wir waren überzeugt, dass du nie mehr als das sein würdest. Aber während du hier krank gelegen hast, ist etwas geschehen, das niemand hatte vorhersehen können. Während Lord Stonehouse das Heer für das Parlament aufstellte, hat Richard seinem Vater mitgeteilt, dass er sich dem König anschließen wird.«

15. Kapitel

Veränderte ich mich in diesem Moment? Ja. Taten Eaton und Turville es auch? Mit Sicherheit. Ihre Haltung wandelte sich auf undefinierbare Weise, und ich hatte nicht länger das Gefühl, geliehene Kleidung zu tragen. Sie wurden nicht kriecherisch, keineswegs, sie hatten immer noch das Sagen. Doch als sie mich jetzt Mr Tom nannten, war der Spott in ihren Worten weniger deutlich, die Ironie gemindert. Ich war immer noch eine Art Gefangener, eine Tatsache, die man jedoch in höflicher Gesellschaft unerwähnt ließ. Ein falscher Schritt könnte für alle drei von uns äußerst gefährlich werden, sagte Turville, als seien wir bereits gemeinsame Verschwörer.

Jetzt, wo ich plötzlich mindestens wie ein halber Lord aussah und wohl aufgrund des Alkohols, den er intus hatte, überwand auch Eaton seinen Widerwillen, den Bann seines Herrn zu brechen. Sobald er zu reden begonnen hatte, kannte er kein Halten mehr, und er faszinierte mich ebenso sehr wie Matthew, damals am abendlichen Feuer, als er mir von dem düsteren Septemberabend vor sechzehn Jahren erzählt hatte.

Eaton sprach abgehackt, als säße er wie an jenem Abend wieder auf seinem rotbraunen Wallach auf dem Weg nach Highpoint. Gleich hinter dem Pförtnerhaus, so erzählte er mir, rollte Lord Stonehouse' Kutsche seitlich an ihm vorbei aus der Auffahrt. Henry, der Kutscher, nahm ihn nicht zur Kenntnis, ein Hinweis darauf, dass das eine Angelegenheit war, über die man besser schwieg. Er erhaschte einen Blick auf eine Frau mit feuerrotem Haar im Inneren der Kutsche. Eine andere

Frau zog den Vorhang vor, als die holpernde, schaukelnde Kutsche vorbeiraste.

In der Empfangshalle hörte er einen heftigen Streit zwischen Lord Stonehouse und seinen beiden Söhnen, Richard und Edward. Edward schrie, dass das Kind John Lloyds Bastard sei. Eaton zuckte zusammen, als Richard seinen Bruder grob unterbrach: »Ihr wisst doch gewiss, was sie für ihren Vetter Lloyd empfindet, Vater? Hat sie Euch nicht gesagt, von wem dieser Bastard ist? Ihr wart doch mit ihr zusammen!« Eine Tür wurde zugeschmettert, dann herrschte Stille. Mrs Morland, die Haushälterin in Highpoint, wischte eine dunkle Pfütze vom Boden der Galerie auf, eine Aufgabe, zu der sie sich normalerweise niemals herablassen würde.

Eaton wurde in Lord Stonehouse' Studierzimmer befohlen. Seine Lordschaft war jetzt allein und sehr ruhig, was Unheil verhieß, und drückte behutsam seinen Siegelring in das noch warme Wachs auf einem Pestbrief. In einem Tonfall, als spräche er über nicht eingetriebene Pacht oder erkrankte Rinder, teilte er Eaton mit, dass in Horseborne ein Kind an der Pest gestorben sei. Es müsse entfernt werden, ehe die Krankheit sich weiter ausbreite.

Während seines Berichts hatte Eaton mich kein einziges Mal angeschaut. Jetzt tat er es, fingerte an seinem Gesicht herum, als würde er sich eine Pestmaske umbinden. »Ich fand Matthew Neave, den Kutscher des Pestkarrens, und befahl ihm, das tote Kind zu holen.«

»Mein Vater hat nie einen Pestkarren gelenkt«, rief ich.

Eaton ignorierte meinen Ausbruch. »Ich wartete neben der Pestgrube auf ihn. Er zeigte mir das tote Baby und schleuderte es in die Grube. Ich zahlte ihm …«

Ich zog die Geburtsmünze aus meiner Tasche und schob sie über den Tisch. Das ließ ihn verstummen. Turville reckte den Hals, um einen Blick darauf zu werfen. Sein Blick wurde mit einem Mal scharf. »Hast du Matthew Neave in letzter Zeit gesehen? Weißt du, wo er ist?«

Ich schüttelte den Kopf und erzählte ihm, wie ich zu der Münze gekommen war. Eaton höhnte, es könnte jede Münze sein. Ich drehte sie um, so dass sie die Bourbonenlilie am Rand, oberhalb des Kopfes des Königs, sehen konnten, welche bewies, dass die Münze 1625 geprägt worden war, dem Jahr der Krönung.

»War es eine halbe Krone?«, fragte Turville Eaton.

»Eine, um den Leichnam abzuholen. Eine weitere, um ihn in die Grube zu werfen.«

Ich erschauderte und schob das Geldstück zurück in meine Tasche, ehe Eaton danach greifen konnte. Er war knauserig genug, um sie zurückzuverlangen, mit der Begründung, Matthew habe ihn hereingelegt, als er ihm ein anderes totes Kind aus einer Pestfamilie gezeigt habe, das bereits auf seinem Karren gelegen hatte.

»Einen oder zwei Monate später«, fuhr Eaton mit seiner Schilderung fort, »begannen in den Dörfern auf den Ländereien von Highpoint Gerüchte zu kursieren.«

Susannah, das Weib, das mit Matthew Neave lebte, habe einen gesunden Jungen zur Welt gebracht. Da sie fast vierzig und kinderlos war und man ihr die Schwangerschaft nicht angesehen hatte, hielt man es für ein Wunder oder einen Zauber ihres Mannes, der als Hellseher und Heiler bekannt war.

»Als ich zu ihrer Hütte ritt, waren sie verschwunden. Töpfe, Pfannen, Pestkarren, Kind, alles war weg.«

Eaton hatte sich verausgabt. Es war, als sei er erneut durch jene regennasse Nacht geritten, während er die Geschichte erzählte. Er saß da, das Kinn auf die gefalteten Hände gestützt, knotig wie eine Baumwurzel, und starrte mich grübelnd an. Turville schenkte Wein nach. Dieses Mal schluckte ich meinen mit einem Zug hinunter. Der Strahl der Wintersonne war ein Stückchen weiter gewandert und erhellte nun etwas in dem Gemälde an der Wand, das ich zuvor übersehen hatte. Ich sprang auf, Turville packte seinen Wein, den ich beinahe umgeworfen hätte. Das rostrote Kleid der Frau war züchtig geschnitten, viel züchtiger als das von Lucy Hay, aber eine Verwechslung war ausgeschlossen. Gehalten von einer goldenen Kette, halb in ihrem Kleid, halb darauf, lag der Anhänger, den Matthew mir am Feuer an jenem düsteren Abend in Poplar gezeigt hatte. Der Falke blickte mich über den Saum ihres Kleides hinweg prüfend an, die rubinroten Augen schienen mich anklagend anzufunkeln.

»Was ist los? Tom?«

Eatons Stimme hatte etwas Drängendes und war vom vielen Reden heiser. Zum ersten Mal benutzte er meinen Namen. Er wollte etwas, und so, wie er das Gemälde betrachtete, war ich mir sicher, dass es etwas mit dem Anhänger zu tun hatte, den Matthew gestohlen hatte. Eaton und Turville glichen nun Jagdhunden, die Bäuche leer, den Atem angehalten, bereit zum Sprung.

»Was ist los?«, wiederholte Eaton.

»Ist sie meine Mutter?«

Sie lachten amüsiert. »Lady Frances? Sie war bereits fünf Jahre tot, als das alles geschah«, sagte Turville.

»Wer ist meine Mutter?«

»Eine Hure und Diebin«, erwiderte Eaton.

Ich stürzte mich auf ihn und überrumpelte ihn. Mein Faust traf seine Narbe. Er schrie auf, sein Kopf wirbelte herum, Wein spritzte auf seine Jacke. Er packte mich mit einem Griff, so fest wie Ketten in einem Kerker.

»Sind dir diese schicken Kleider zu Kopf gestiegen? Dabei bist du nichts ohne uns. *Nichts!* Ich könnte dich genauso gut in eine Grube werfen lassen. Und dieses Mal würde ich mich vergewissern, dass du tot bist.«

»Warum habt Ihr dann Gardiner und Crow daran gehindert, mich zu töten?«, rief ich.

Turville lachte. »Jetzt hat er Euch, Eaton.«

Eaton zog mich zu sich heran, bis ich fürchtete, er würde mich erdrosseln. Turville rappelte sich auf. »Lasst ihn los! Um Gottes willen, Eaton, seid kein Narr! Er hat das Temperament seiner Mutter! Und Ihr seid ebenso verrückt wie damals!«

Die Uhr schlug zwölf. Beim Klang der Glocke lächelte Eaton mich plötzlich an, dann Turville, und stieß mich von sich. Ich war so begierig darauf, etwas über meine leibliche Mutter zu erfahren, dass ich mir über diesen seltsamen Blickwechsel zwischen ihnen keine Gedanken machte. Sie erklärten mir, sie habe alle Stonehouse-Männer in ihren Bann gezogen, den Vater und die Söhne. Sie lebte auf einem angrenzenden Landsitz und war, wie Turville sagte, von edler Geburt.

»Edel! Margaret Pearce!« Höhnisch klopfte Eaton sich auf die Schenkel.

Turville zufolge starb sie kurz nach meiner Geburt. Ihre Begleiterin in der Kutsche, Kate Beaumann, hatte die Gegend verlassen, und sie hatten nie herausgefunden, was aus ihr geworden war.

»Habt Ihr sie vielleicht gesehen? Eine kleine Frau. Trug stets einen grauen Umhang, sommers wie winters.«

Ich behielt meine Erinnerung für mich, wie ich in Poplar durch die Löcher im Ölpapier gespäht hatte, um einen Blick auf die Irrlichter zu erhaschen, die meinen Kuchen brachten, und dabei jene verhüllte Gestalt gesehen hatte. Damals hatte ich es als ein Phantasiegebilde abgetan, zu groß war meine Angst, zu viel gesehen zu haben und in einen Kuchen verwandelt zu werden.

Sie musterten mich scharf. »Eine einfache Frau …«, fuhr Turville fort.

»Nicht einfach«, rief Eaton und korrigierte sich direkt selbst wieder: »Doch, einfach. Gewöhnlich wie Brot. Etwa so groß.« Er hielt eine Hand vor seine Brust. »Ruhig, einen Akzent aus dem Westen des Landes. Man musste sich ziemlich tief bücken, um die Lady zu verstehen. Dunkles Haar. Nun, zumindest war es dunkel. Ich schätze, jetzt ist es ebenso grau wie ihr Umhang. Hast du sie gesehen?«

Dieses Mal war es eher ein Flehen, aber ich schüttelte den Kopf. So wenig ich auch wusste, wie phantastisch es auch sein mochte, ich war entschlossen, für mich zu behalten, dass ich diese Frau in Poplar gesehen hatte. Zugleich versuchte ich, so viel wie möglich aus ihnen herauszubekommen.

»Das ergibt doch keinen Sinn!«, rief ich. »Warum sollte Lord Stonehouse mich erst in die Grube werfen lassen, nur um dann seine Meinung zu ändern und mir eine Ausbildung zu finanzieren?«

Eaton sprang auf. »Weil er hereingelegt worden war, gedemütigt von deiner Mutter. Ich kenne nur die Hälfte davon, die Gerüchte, das Gerede, denn als du geboren wurdest, war er überzeugt, dass du *kein* Stonehouse bist.«

»Bis er dich in Poplar sah, acht Jahre später«, sagte Turville ruhig. Er führte mich zu dem Gemälde, seine Hand liebkoste mich beinahe. »Er sah dein flammend rotes Haar, die Stonehouse-Nase, den römisch breiten Steg, die tiefdunklen Augen …«

»Er sieht nur, was er sehen will«, warf Eaton säuerlich ein. »Er hatte gerade einen seiner Wutanfälle und war kurz davor, Richard zu enterben. Wieder einmal! Er bezahlte Mr Black durch mich dafür, dass er dich ausbildet und erzieht.«

Ich starrte wieder das Gemälde an, tastete nach meiner Nase. »Aber … aber Lord Stonehouse kann doch sicher herausfinden, wer mein Vater ist?«

Eaton schenkte mir einen ungläubigen Blick. »Du meinst, er soll seine Söhne fragen? Sie haben es in jener Nacht abgestritten. Jeder, der seine Lordschaft kennt, hätte es geleugnet. Und jetzt? Noch schlimmer. Edward hat noch einmal geheiratet, nachdem seine erste Frau und sein Kind an der Pest gestorben waren, und hat eine neue Familie. Er will nicht, dass plötzlich irgendein Bastard auftaucht. Richard ebenso wenig … der fürchtet um sein Erbe.«

»Lord Stonehouse muss doch zumindest wissen, ob ich sein Kind bin!«, platzte ich heraus.

Eaton lachte. Er lachte frei heraus. Es war eines der wenigen Male, dass ich ihn so erlebte. Er lachte, bis er am ganzen Körper bebte und zu husten begann. »Wenn eine läufige Hündin ausbricht, kann ein Hund sie vielleicht decken, aber er wird niemals wissen, wie viele Hunde schon vor ihm zum Zuge gekommen sind.«

Ich spürte, wie meine Wangen zu brennen begannen, doch ich schluckte meine Gefühle herunter und bohrte meine Nägel in die Innenflächen meiner Hände.

In gespielter Empörung warf Turville die Hände in die Höhe. »Mr Eaton! Etwas mehr Feingefühl bitte!«

Eaton hörte auf zu lachen. Seine Stimme klang bitter. »Wenn er nicht weiß, dass Liebe kein Gedicht ist, wird er nicht besonders weit kommen. Und wir auch nicht.«

Erneut wandte er sich ab, um aus dem Fenster zu starren. Ich konnte mich des Eindrucks nicht erwehren, dass Eaton nicht Turvilles Garten sah, sondern die Felder und Wälder Highpoints an jenem dunklen, regnerischen Abend. Ich fragte mich gerade, was diese Bitterkeit hervorgerufen hatte und inwieweit sie mit der Nacht zusammenhing, in der ich geboren wurde, als Turville fortfuhr und dabei seine Worte mit Bedacht wählte.

Es gäbe Anzeichen, sagte er, dass Lord Stonehouse in mir mehr zu sehen begann als einen Akt der Barmherzigkeit. Jetzt, da Richard sich dem König angeschlossen hatte, hatte er Turville und Eaton befohlen, unbedingt herauszufinden, wer mein Vater war. Erneut betonte er, dass sie die strikte Anweisung hatten, mir nichts zu erzählen – aber dass sie eingesehen hätten, dass sie ohne meine Hilfe nicht weiterkämen. Turville verschränkte die Hände und starrte mich eindringlich an.

»Kurz bevor die Gesellschafterin deiner Mutter, Kate Beaumann, verschwand, erzählte sie der Haushälterin Mrs Morland, dass das Medaillon im Anhänger den Beweis enthält, wer dein Vater ist.«

Ich wurde ganz still. Eaton wandte sich schwungvoll vom Fenster ab, ohne sich mir zu nähern. Einen Moment lang war der Wind in den Bäumen draußen das einzige Geräusch.

»Wir wissen, dass Matthew es hat, denn mir ist zu Ohren gekommen, dass er einmal versucht hat, es zu verkaufen. Weißt du, wo er steckt?«

Ich schüttelte den Kopf.

»Komm schon, Tom«, sagte Turville freundlich. »Wir stehen auf derselben Seite, oder etwa nicht?« Als ich nichts sagte, tippte er auf eine Akte auf seinem Pult. »Wir haben Informationen darüber zusammengetragen, wo Matthew sich aufhalten könnte. Wirst du uns helfen, ihn zu finden?«

Unvermittelt spürte ich Aufregung und Hoffnung in mir aufsteigen, was ich nicht verbergen konnte. Ich gab mich keinen Illusionen über die beiden hin, aber so sehr sie mich brauchten, ich brauchte sie ebenfalls. Ich hatte Anne verloren, weil ich nicht wusste, wer ich war. Bestenfalls war ich ein Bastard, schlimmstenfalls Georges böser Geist. Aber wenn ich der Bastard eines Lords war, würde selbst Mr Black mir vergeben.

»Was wird mit Matthew geschehen, wenn ich Euch helfe?«

»Nichts. Er könnte sogar, auch wenn ich nichts versprechen kann, eine kleine Belohnung erhalten, wenn er uns, äh, hilft, den Anhänger zu finden.«

Eaton biss sich auf die Lippe, sagte jedoch nichts.

Turville lächelte mich an. »Ich habe es Euch gesagt, Eaton! Aus deiner Akte, Mr Tom, weiß ich, dass du neben deiner … soll ich es deine poetische Wildheit nennen? … auch über eine natürliche Schlauheit verfügst, die dir verrät, wo deine Interessen liegen.«

Meine Akte! Aus Regalen voll mit Streitsachen um Ländereien und Gesetzesbüchern holte er eine Akte mit dem Wappen eines Falken und THOMAS NEAVE auf dem Deckblatt.

Thomas! Mein Leben lang war ich Tom gewesen, und nun sollte ich Thomas sein! Der hochwohlgeborene Thomas Neave! Er schlug den Aktendeckel auf, und benommen sah ich die Briefe, in denen angewiesen wurde, dass ich einen Ausbildungsvertrag bekommen, erzogen werden und ein Porträt von mir in Auftrag gegeben werden sollte. Angesichts meiner Aufregung strahlte Turville, malte mir ein leuchtendes Bild von dem, was vielleicht am Ende dabei heraussprānge, wenn ich meine Karten richtig ausspielte. Ein Haus in Drury Lane lag durchaus im Bereich des Möglichen …

»Ein Haus!«

»Pssst!« Turville legte einen Finger an die Lippen und blickte sich nervös um, als hätte die Wandtäfelung Ohren. Noch einmal betonte er, dass alles ruiniert wäre, wenn Lord Stonehouse wüsste, dass sie mich eingeweiht hatten. Ich dürfte mit nicht mehr als drei Dienern rechnen, fuhr er fort.

»Drei …!« Ich kniff mich in den Handrücken, um mich zu vergewissern, dass ich nicht träumte.

Er sagte, es tue ihm leid, dass es nicht mehr sein können, aber es sei opportun, Richards Exzessen eine puritanische Genügsamkeit entgegenzustellen. Mit schwacher Stimme sagte ich, ich würde mich bemühen, mit drei Dienstboten auszukommen, als durch den Garten das entfernte Geräusch einer Kirchenglocke zu hören war. Eine der Glocken hatte einen dumpfen, gebrochenen Klang.

»Das klingt nach meiner alten Gemeindekirche St. Mark's«, sagte ich.

»Es kommt auf jeden Fall aus der Richtung«, erwiderte Turville.

Erneut wechselten sie diesen verschwörerischen Blick. »Macht schon«, sagte Eaton. »Erzählt es dem Jungen. Jetzt, da er weiß, wo seine wahren Interessen liegen.«

Selbst als Turville, jetzt mit den gemessenen Worten eines Anwalts, mir erklärte, dass Anne Black geheiratet hatte, oder – als die Uhr in der Halle zur halben Stunde schlug – um genau zu sein, um ein Uhr die Frau von George Samuel Sawyer werden würde, konnte ich es nicht fassen. Ich war arrogant und borniert genug zu glauben, dass sie, wenn sie mich nicht heiraten konnte, niemandes Frau werden würde. Und schon gar nicht die von Gloomy George! Das war absurd. Lächerlich. Niemals, sei es auf dieser Welt oder einer anderen, würde sie jemand so *Altes* heiraten. Gloomy George?

Es war Eaton, der mich zur Besinnung brachte. Seine Augen, normalerweise stumpf wie alte Münzen, flammten lebendig auf, als er einer schmerzhaften Erinnerung nachhing. »Liebe!«, schnaubte er. »Vergiss es! Es gibt nur eine Sache, die wirklich zählt!« Energisch deutete er mit dem Finger auf die Karte des Grundbesitzes. »Acker! Land! Der *Sitz*!«

Eatons bitterer Ausbruch riss mich aus dem behaglichen, selbstzufriedenen Glauben, dass Anne niemals einem anderen als mir das Ja-Wort geben würde. Ich erinnerte mich genau daran, wie George Mr Black Bericht erstattet hatte, als er Anne und mich erwischt hatte, und sah es als den Akt der Eifersucht, den sie darstellten. Als Mr Black vom Schlag getroffen wurde, hatte George Annes Hand ergriffen und ihr gesagt, sie müsse Gott beichten, dass es ihre Schuld sei, weil sie mich aus dem Keller herausgelassen hatte. Jetzt sah ich darin das Liebeswerben, das es war. Ich war so verstört über meine eigene

Dummheit, dass ich mich nicht von der Stelle rührte. Die beiden Männer erkannten in meinem Schweigen indes kein Zeichen des Schocks, sondern ein Zeichen der Schicksalsergebenheit. Jetzt lachte Turville ganz offen.

»Ich hatte mir Sorgen gemacht, du könntest dich wie ein Narr benehmen, Mr Tom, aber jetzt, wo du weißt, was auf dem Spiel steht, siehst du die Welt ein wenig anders, was?«

Das kurze Feuer in Eatons Augen erstarb. Er grinste. »Seine Lordschaft sah voraus, was geschehen würde. Er gab Black die strikte Anweisung, dass ihr getrennt werden solltet. Du kannst mir dafür dankbar sein.«

»Ich sehe das Gesicht seiner Lordschaft direkt vor mir«, sagte Turville.

»Aye!«

»Die Tochter eines *Druckers!*«

Sie lachten, und Eaton klopfte mir auf den Rücken. Ich sprang auf. Ich stieß meinen Stuhl gegen Turville und erwischte seinen fetten Wanst. Er keuchte und taumelte rückwärts in das Bücherregal. Von dort stürmte er los, um mich zu packen, doch aus dem obersten Regal fiel ihm ein dickes Buch auf den Kopf. Als er benommen schwankte, rannte ich an ihm vorbei, doch Eatons ausgestreckte Arme warteten nur darauf, mich festzuhalten. Ich sprang auf den Schreibtisch und trat nach ihm, als er versuchte, mich herunterzuziehen. Er grunzte vor Schmerz auf, während ich mit einem weiteren Sprung die Tür erreichte und sie krachend hinter mir ins Schloss warf.

»Gibson!«, brüllte er.

Schlank, drahtig und entspannt ließ Gibson mich nicht aus den Augen. Ich zögerte. Vielleicht ein Fenster. Es gab eines oberhalb des Treppenabsatzes, aber ich würde es niemals rechtzeitig öffnen können. Gibson sah mein Zögern und blickte grinsend zu mir hoch. Hinter mir riss Eaton fluchend die Tür zum Studierzimmer auf. Ich rannte die Treppe halb hinunter, schützte den Kopf mit den Armen und sprang wie eine Kanonenkugel auf Gibson zu. Alle beide fanden wir uns benommen auf dem Boden wieder. Eaton und Turville schauten auf uns hinunter. Am Ende des Korridors zur Hintertür stand Jane mit einem Krug in der Hand und sah erstaunt zu.

Ich befand mich in einem besseren Zustand als Gibson, der mit dem Schädel auf die steinernen Fliesen aufgeschlagen war, und rappelte mich auf, doch er packte mein Bein. Ein Augenblick länger, und ich wäre gestürzt, doch dann ertönte ein dumpfes Geräusch. Ein Stöhnen. Die Fliesen um mich herum waren mit Tonscherben übersäht. Ein Schwall Wasser traf mich. Mein Bein war wieder frei, und ich zog mich gerade rechtzeitig zurück, um Gibson auszuweichen, der mich irritiert mit verschwommenem Blick anstarrte. Hinter ihm, mit dem Ausdruck reiner Überraschung auf dem Gesicht über das, was sie getan hatte, stand Jane, mit dem Henkel des zerbrochenen Kruges in der Hand. Ich sah, wie Gibson langsam umkippte und in das Wasser und die Tonscherben fiel. Jane reagierte als Erste und winkte mir, ihr den Korridor entlang zu folgen. Nach rechts zweigte ein weiterer Gang ab. Die Tür am Ende öffnete sich zum Hof, von dem sie das Wasser geholt hatte.

Ich drehte mich um, um sie anzuflehen, mit mir zu kommen, aber als sie die anderen den Gang entlanghasten hörte, versetzte sie mir einen Stoß und bedeutete mir energisch, zu fliehen.

16. Kapitel

Blinde Wut lenkte meine Schritte. Der Zorn über meine eigene Dummheit verwandelte sich in Zorn auf Anne. Dass sie auch nur daran denken konnte, jemand anderen zu heiraten, war schon schlimm genug. Aber ausgerechnet meinen schlimmsten Feind George!

Ich wünschte, ich hätte George getötet, als ich ihn mit seinem Winkelhaken geschlagen hatte. Die Mordlust hatte man mir wohl angesehen, als ich nach Smithfield rannte, denn die Menschen pressten sich an die Hauswände, um mir auszuweichen.

Als ich am Half Moon Court vorbeikam, fiel mir etwas ein, dass Anne mir erzählt hatte, und ich wandte mich zum Haus. Ich hatte noch eine Chance. Die Tür war verschlossen, aber ich wusste, unter welchem Stein der Schlüssel versteckt war. Ich blieb stehen. Der Tisch war für das Hochzeitsmahl gedeckt: Wildpastete, ein ganzer Karpfen, eine Gans am Spieß, von der das Fett heruntertropfte, eingemachte Früchte und Fässer voll Bier und Wein. Ich rannte in die Druckerei.

»Sa…rah?«, rief Mr Black von oben. »Bist … du da?«

Er war also immer noch zu krank, um zur Kirche zu gehen. Schuldgefühle, weil ich ein Grund für seine Krankheit war, mischten sich mit der wachsenden Hoffnung, dass mein Plan funktionieren könnte.

Ich rannte in die Druckerei. Die Maschinen glänzten, Rahmen, Keile und Hammer lagen ordentlich auf dem polierten Stein, bereit für das nächste Ausschießen. Was immer sich über George sagen ließ, seine Arbeit genügte stets den höchsten Ansprüchen. Der Titel eines Stapels mit Flugschriften ließ mich wieder an Georges säuerliche, Unheil verkündende Stimme denken. *Die sieben Schritte des Sünders zur Hölle.* Der Sünder in mir wusste, dass er damit nicht viel Geld verdienen würde. Kaum, dass er das Papier damit würde bezahlen können. Gleichwohl strahlte die ganze Werkstatt Wohlstand aus, ganz zu schweigen von dem Hochzeitsmahl.

Ich ging ins Papierlager. Dort fand ich die Quelle des Reichtums: ein Stapel royalistischer Traktate, in Bündeln verpackt und bereit zur Auslieferung. Ich riss ein Bündel auf und nahm ein Blatt heraus. *Kämpft für den Königlichen Frieden!* Das Impressum behauptete, es sei im White Horse, Oxford, dem Hauptquartier des Königs, gedruckt worden. Ich konnte mir nicht vorstellen, dass Mr Black, wie Anne mir erzählt hatte, davon wusste.

Doch als ich die Treppe emporrannte, wurde es nur zu offensichtlich, dass er kaum irgendetwas wusste. Er glaubte immer noch, ich sei Sarah, denn er hing halb aus dem Bett und tastete nach einer Feder, die er fallen gelassen hatte. Rund um das Bett lagen Papiere verstreut. Er hatte sich bemüht, seinen Namen zu schreiben, doch seine feine schräge Handschrift hatte er verloren, und die Unterschrift war nicht mehr als ein spinnenartiges Gekritzel.

»S…arah. Hebe …«

Ich schob meine Hände unter seine Arme und versuchte, ihn hochzuheben. Mein verletzter Arm protestierte, und Mr Black rutschte noch weiter aus dem Bett. Noch einmal versuchte ich ihn hochzuwuchten. Wenn er noch sein früheres Gewicht gehabt hätte, hätte ich es niemals geschafft, doch die faltige Haut schien über seine Knochen zu rutschen, als ich ihn in die Kissen zerrte. Er starrte mich an, oder zumindest eine Hälfte von ihm tat es. Die eine Hälfte, die rechte, schien dem alten Mr Black zu gehören. Dasselbe dunkle Auge musterte mich streng, die halbe Lippe bebte, als wollte sie einen Befehl erteilen. Die linke Wange glich einem erstarrten Wirbel aus Fleisch, das Auge war halb geschlossen und bewegte sich nicht.

Ich verbarg mein Gesicht. Ich konnte den Anblick dessen, was ich getan hatte, nicht ertragen. Wenn ich an jenem Tag nicht mit ihm gekämpft hätte und davongelaufen wäre, wäre das alles nie geschehen. Jetzt erkannte ich, warum Anne ihm geschworen hatte, mich nie wieder zu treffen.

»N … näher.«

Das Wort kam so verstümmelt und gelallt aus seinem Mund, dass es einen Moment dauerte, ehe ich ihn verstand. Ich fürchte mich, näher an ihn heranzutreten. Er war die Verkörperung meiner Sünden, ein Monster, das ich kaum durch die Lücken zwischen meinen Fingern ansehen konnte.

»Näher!«

Ein wütendes, verbittertes Knurren. Es musste ein paar Überreste des alten Mr Black enthalten haben, denn widerstrebend schob ich mich, immer noch sitzend, gehorsam auf der Bettkante auf ihn zu, ohne indes die Hände vom Gesicht zu nehmen.

»Lass … dich sehen.«

Ich zuckte zusammen, als seine rechte Hand in einem Bogen auf mich zukam, doch ich zog meinen Kopf nicht zurück. Ich erwartete einen Schlag, und tatsächlich sehnte ich mich plötzlich nach meiner alten Bestrafung. Doch stattdessen berührte seine Hand die meine und löste die Finger von meinem Gesicht. Seine Berührung war so sanft, so unerwartet und stand in so einem Widerspruch zu dem Stirnrunzeln, dass auf ewig in seinem Gesicht eingebrannt schien, dass ich in Tränen ausbrach.

»O Sir, vergebt mir, vergebt mir für das, was ich getan habe!«

Zu meinem Erstaunen legte der Mann, den ich stets als unnachgiebig hart und starrsinnig gekannt hatte, seine Arme um mich, oder, um genau zu sein, seinen guten Arm.

»Hätte … dir … sagen … müssen.« Zwischen den einzelnen Worten lag eine lange quälende Pause, während der die beiden Hälften seines Gesichts miteinander zu ringen schienen. Doch die strenge verurteilende Seite war erstarrt, während die Seite, die mir zugelächelt hatte, nachdem wir zusammen die Große Remonstranz entziffert hatten, und die ich im Grunde erst kurz vor meinem Weglaufen entdeckt hatte, befreit wirkte. Sein rechtes Auge strahlte vor Lebendigkeit, dass es für beide reichte, während er sich bemühte, mit den Lippen ein Lächeln zu formen. »Hätte … dir … viele … Dinge … sagen … sollen … viele …« Erschöpft hielt er inne.

»Sie darf George nicht heiraten«, sagte ich.

»Sie … nichts … für … dich«, brachte er heraus.

»Ich … ich liebe sie, Sir!«

»George … guter … Mann«, sagte er.

Nichts hatte sich geändert. Ich spürte die Wut in mir aufsteigen, genau wie damals, als er versucht hatte, mich in die Form zu prügeln, in der sie mich haben wollten. »Ich hätte nie gedacht, dass George Euch dazu bringt, Partei für den König zu ergreifen«, sagte ich verbittert.

»König …?«

Ich hielt die Flugschrift in die Höhe. Langsam begann er zu lesen, dann ließ er es fallen. Sein Gesicht war gerötet, so dass ich fürchtete, er würde einen erneuten Anfall erleiden.

»Sie darf George nicht heiraten, Sir!«, flehte ich. »Wenn Ihr Eure Erlaubnis verweigert, kann es noch verhindert werden, selbst jetzt noch!«

Die Kirchenglocken hörten auf zu läuten. In der durchdringenden Stille öffnete er bebend den Mund und schloss ihn wieder.

»Verweigert Ihr Eure Erlaubnis? Mr Black?«

Er starrte mich an, der geschlossene Mund bebte. Ich hob ein Blatt Papier und eine Feder von Boden auf und tauchte sie in die Tinte.

17. Kapitel

Ich rannte an dem Gedenkstein vorbei, wo Anne sich an den Nesseln gebrannt hatte. Stolperte die Kirchenstufen hinauf. Fiel in der Vorhalle der Länge nach hin. Hörte die Worte des Pfarrers nachhallen: »... in Krankheit und in Gesundheit, Treue zu schwören ...« Voller Panik, dass sie »Ich will« sagen könnte, rappelte ich mich auf und rannte in die Kirche.

»Ich will.«

Es war George, der gesprochen hatte, ein George, der sein Gesicht geschrubbt hatte, bis es glänzte, ein George, der sich selbst zu diesem freudigen Anlass in einen schwarzen Leibrock und Kniehosen gezwängt hatte und dessen Worte unheilvoll durch die Kirche hallten. Annes einfaches, schmuckloses Kleid hob den Kontrast zwischen ihnen nur noch stärker hervor.

Der Pfarrer, Mr Tooley, wandte sich ihr zu. »Anne, willst du diesen Mann zu deinem angetrauten Gatten nehmen, mit ihm in Gottes Sakrament leben ...«

»Das wird sie nicht!«, schrie ich. »Ich meine, sie darf nicht! Ihr Vater verbietet es!«

Nach meinem Auftauchen in Turvilles Studierzimmer war dies das zweite Mal, dass ich erlebte, welche Macht darin lag, ein Edelmann zu sein oder zumindest wie einer auszusehen. Selbst ein reicher Kaufmann wie Benyon zögerte zu widersprechen, vor allem als er hörte, wie ich Mr Tooley von Mr Blacks Verärgerung berichtete, weil George aufwieglerische Pamphlete gedruckt hatte. Inzwischen herrschte das Parlament über die Stadt, und solcherlei Schriften waren ein ernstes Vergehen. Benyon schickte einen seiner Diener los, der sich verstohlen aus der Kirche schlich. Die Gemeinde war in Aufruhr. Mr Tooley rief: »Dies ist ein Gotteshaus, keine Schaubühne!«, während er mich zusammen mit George, Anne und Mrs Black in die Sakristei führte.

Anne weigerte sich, mich anzuhören. Sobald ich den Mund aufmachte, unterbrach sie mich mit den Worten: »Du hast dein Versprechen gebrochen.«

»Ich musste! Du kannst ihn nicht heiraten! Er hat deinen Vater betrogen!«

»Du hast dein Versprechen gebrochen, mich nie wieder aufzusuchen!« Ihre Augen füllten sich mit Tränen. »Du hast es versprochen, versprochen!«

»Ich habe deinen Vater besucht.«

»Meinen Vater! Du hast ihn besucht? Du wirst ihn noch töten!«

Sie schlug die Hände vors Gesicht.

»Er hat die Hochzeit verboten«, rief ich aus.

»Verboten?« Sie nahm die Hände vom Gesicht und blickte mich wütend an.

In der trostlosen Enge der Sakristei, mit den schwarzen Roben an den Wänden und Notizen von Gemeindeversammlungen, erholte George sich von seinem Schreck. »Wie kann das wahr sein?« Seine Stimme überschlug sich beinahe vor Empörung. »Haben wir nicht mit ihm gesprochen, ehe wir gingen? Hat er uns nicht seinen Segen gegeben?«

»Ist das wahr, mein Kind?«, frage Mr Tooley streng.

Anne wickelte ihre schlanken Finger umeinander, bis ich dachte, sie müssten brechen. »Ja. Ja. Soweit er eben sprechen konnte.« Ihre Mutter kam herüber, um den Arm um sie zu legen, aber Anne stieß sie fort und fuhr mich an. »Warum glaube ich dir immer noch? Ich kann nicht ein Wort glauben von dem, was du sagst. Du hast versprochen, mich nicht wiederzusehen, und jetzt, jetzt … ausgerechnet an diesem Tag …!«

Unter Tränen brach sie zusammen, und ihre Mutter führte sie zu einer Bank in der Ecke. Ich konnte nicht anders und versuchte, zu ihr zu gelangen, doch Mr Tooley packte mich an der einen Seite und George an der anderen. »Schlimmer als ein Dieb ist ein Lügner, Mr Tooley, denn er stiehlt die Wahrheit aus Eurem Mund«, sagte George.

Das Zitat aus seinem Lieblingsbuch Jesus Sirach rief mir all die scheinheiligen Predigten ins Gedächtnis, die er über die Jahre in mich hineingeprügelt hatte und die mich stärker verletzt und in Rage gebracht hatten als sein Winkelhaken. Ich bemühte mich, meine Wut unter Kontrolle zu halten, und zog ein Stück Papier aus der Tasche. »Ich kann es beweisen.«

George versuchte, es sich zu schnappen, aber Mr Tooley streckte die Hand aus, und ich reichte ihm das Blatt. Er las laut vor: »Ich widerrufe die Einwilligung zur Heirat meiner Tochter, Anne Black, mit George Sawyer. Gezeichnet Robert Black.« Er runzelte die Stirn. »Warum sollte er das tun? So spät?«

Noch einmal erklärte ich ihm, dass ich Flugblätter gefunden hatte, die den König unterstützten. Hitzig bestritt George, solche Pamphlete gedruckt zu haben.

»Was geht da vor sich, Mutter?«, sagte Anne und zeigte plötzlich wieder Tatkraft.

»Nichts!«, rief Mrs Black, sah jedoch zunehmend unbehaglicher aus. »Ich habe an nichts anderes als an dich gedacht und wollte dich in Sicherheit wissen!«

George nahm das Blatt Papier. »Der Lehrjunge hat das geschrieben! Denn das ist er immer noch, trotz seiner gestohlenen Kleider! Dank ihm ist der arme Mr Black nicht imstande zu schreiben.«

»Er kann!«, mischte Anne sich ein. »Lass mich sehen!«

»Es hat keinen Zweck, dass du es dir ansiehst, Kind«, sagte ihre Mutter. »Genau so wenig, als wenn ich es täte.«

»Aye«, stimmte George zu. »Gepriesen sei der Herr, dass du solch eine garstige Betrügerei nicht lesen kannst.«

»Ich kann lesen!«, rief Anne, dann geriet ihre Stimme ins Wanken. »Ein wenig. Und ich lerne schreiben.«

»Nachdem ich es verboten habe?«, sagte George mit frostiger Stimme.

Sie starrte zu Boden. Mr Tooley blickte zur Seite. Es war, als wären sie bereits verheiratet, und was immer der Pfarrer dachte, er würde sich nicht zwischen Mann und Weib stellen. In seinen Predigten pflegte er die Tugenden einer gehorsamen Gattin zu loben, die genug Lesen und Schreiben konnte, um ihre Pflichten im Haushalt zu erfüllen, aber nicht genug, um die Bibel zu lesen, denn das war gefährlich, da sie einen Mann brauchte, der die Heilige Schrift für sie auslegte. Ich begann zu erahnen, was seit meinem Fortgang im Half Moon Court geschehen war. George hatte die Kontrolle über das Geschäft übernommen, und Mrs Black, voller Angst vor der Zukunft, hatte ihn nur allzu bereitwillig gewähren lassen. Anne war die Hauptlast bei der Pflege ihres kranken Vaters zugefallen, und sie schien eine engere Beziehung zu ihm entwickelt zu haben, als die beiden gemerkt hatten.

»Nein, im eigentlichen Sinn habe ich nicht Schreiben gelernt«, stammelte sie. »Aber mein Vater muss es wie ein Kind neu lernen, und ich habe das eine oder andere aufgeschnappt. Das ist alles.«

»Lass uns allein«, sagte George, kaum weniger abschätzig ihr gegenüber als er sich mir gegenüber verhalten hatte, als ich noch Lehrjunge war. Ärger brodelte in mir, als sie still zu ihrer Mutter zurückkehrte. Ihre Schritte waren langsam und kontrolliert. Ich konnte nicht fassen, dass dies dieselbe Person war, die noch vor zwei Monaten mit mir über Gloomy George gelacht hatte.

»Warte!«, rief Mr Tooley und zeigte ihr das Stück Papier. »Ist das Mr Blacks Handschrift?«

»Ich habe aufgeschrieben, was er zu sagen wünschte, und er hat es unterzeichnet«, sagte ich. »Nachdem ich als Beweis das Pamphlet gezeigt habe, das George heimlich für die Partei des Königs gedruckt hatte.«

»Es gibt kein solches Pamphlet«, sagte George. Er schaute Mrs Black an. »Oder?«

»Ich habe keines gesehen«, sagte sie.

»Ist das Mr Blacks Unterschrift, Anne? In seinem derzeitigen Zustand?«, fragte Mr Tooley.

»Sie sieht so aus.« Sie zögerte und flüsterte schließlich: »Ich weiß es nicht.«

»Tom!« Mr Tooley feuerte die Frage auf mich ab wie die Kugel aus einer Muskete, so dass ich erschreckt zusammenzuckte. »Hat Mr Black dies unterzeichnet?«

»Das sind die Worte, die er zu mir gesagt hat.«

»Beantworte meine Frage! Du befindest dich in einer Kirche, vor dem Gericht Gottes, das mehr zählt als jedes weltliche Gericht.«

Außerhalb der Sakristei war es plötzlich still, bis auf ein Wispern und Scharren, das sich anhörte wie die Ratten, die in meinem wiederkehrenden Albtraum im Keller über mich krochen. Diese Frage war der krönende Abschluss meiner Kindheit. Fragende Gesichter zogen verschwommen an mir vorbei. Der alte Edelmann, nachdem ich mich mit Pech verbrannt hatte. Wer bist du? Susannah, wie sie die Bibel aufschlägt. Was stand darin? Mr Black, streng und redlich. Hast du deine Lettern? Ihnen allen wollte ich eine Gegenfrage zurückschleudern. Wer von Euch hat mir die Wahrheit gesagt? Weder Susannah, noch Mr Black oder Lord Stonehouse, obwohl jeder einen Teil davon kannte. In dieser schäbigen Sakristei, mit dem knarrenden Tisch und den wackeligen Stapeln abgegriffener Gebetsbücher, hatte ich das Gefühl, als habe sich eine Lüge auf die andere gehäuft, gleich einem Stein auf den anderen, und ich hatte Angst, eine weitere hinzuzufügen, aus Furcht, die Lichtspalten, die ich enthüllt hatte, würden erneut verschwinden, und ich wäre auf ewig im Keller der Falschheit eingemauert.

Die Wahrheit war, dass ich sicher war, dass Mr Black nicht wollte, dass Anne George heiratete. Anne würde zu einer Art Tod verdammt sein, wenn sie seine Frau würde. Das war die ganze Wahrheit. Die unwichtige rechtliche Wahrheit lautete, dass Mr Black die Feder nicht hatte halten können und ich für ihn unterschrieben hatte.

»Tom?« Sämtliche Gesichter verschmolzen zu dem von Mr Tooley. Er hatte dichte buschige Augenbrauen, die allmählich aufeinander zuzuwandern schienen. »Gott erwartet deine Antwort.«

Georges Anspannung, die ihn wie einen an der Leine zerrenden Hund wirken ließ, fiel sichtlich von ihm ab. Er lächelte Anne zu und ergriff ihre Hand. »Es muss noch Hoffnung für seine Seele geben, wenn er im Haus Gottes nicht lügen kann.«

Anne entzog sich ihm und warf mir einen Blick zu, der wie Säure in meinem Gesicht brannte. Sie schwieg, aber die Worte lagen so deutlich in ihrem Blick, als hätte sie sie ausgesprochen. Warum bist du hierher gekommen und hast alles ruiniert? Um eine weitere Lüge zu erzählen?

Mr Tooley stieß einen Seufzer aus, der klang, als habe er ihn zurückgehalten, seit er die eigentliche Frage gestellt hatte. Seine Stimme und sein Gebaren glichen mehr denn je denen eines Richters. »Tom Neave, ich bin verpflichtet, dein Schweigen als Eingeständnis deiner Schuld zu deuten. Wie jedes Gericht dir erklären wird, betrachten die Gesetze des Königreichs

Fälschung als ein sehr ernstes Vergehen, noch schwerwiegender als das Davonlaufen von deinem Master. Mr Henderson!«

Er rief nach dem Kirchenvorsteher, der offensichtlich sein Ohr direkt an der Tür gehabt hatte, denn er öffnete sie auf der Stelle. Der Großteil der Gemeinde hatte sich ebenso dicht herangeschlichen und machte keine Anstalten, zurückzuweichen.

»Die Weisheit Salomons, Mr Tooley!«, rief George. »Ihr habt ihn durch sein eigenes Schweigen überführt!«

18. Kapitel

Es war sinnlos, davonzulaufen, selbst wenn ich meine Beine hätte anheben können. Sie hatten einen Constable gerufen, und ein weiterer befand sich unter den versammelten Gemeindemitgliedern. Sie packten mich bei den Armen und führten mich den Mittelgang hinunter, wo ich in meinen Träumen mit Anne entlang geschritten war. Mr Tooley trieb jedermann zurück auf seinen Platz, damit er mit der Zeremonie fortfahren konnte. Draußen wartete noch ein weiteres Paar. Jeder wollte wegen des bevorstehenden Krieges noch rasch heiraten.

»Es war eine Fälschung«, sagte George zu Benyon.

»Eine Fälschung!« Benyon pfiff leise und schüttelte den Kopf. »Ein Verbrecher!«

»Seit jenem Tag, als wir ihn vom Fluss hierherbrachten, habe ich Mr Black das prophezeit.«

»Dafür wird er hängen!«

Die Worte machten in der Gemeinde die Runde wie ein Funken auf einem trockenen Stück Zunder. Fetzen der Unterhaltung flogen mir zu, während ich den Gang hinuntertaumelte. Eine Fälschung. Ein Verbrecher. Dafür wird er hängen. Ich wusste schon immer, dass er eines Tages die Leiter rauf muss. Der wird eines Morgens am Galgen baumeln. Mr Black ist tot? Ermordet in seinem Bett! Und dann hat er die Unterschrift gefälscht, um die Hochzeit zu verhindern. Er hat den Teufel im Leib! Es war, als sei ich, ohne den Luxus einer Gerichtsverhandlung oder eines Aufenthalts in Newgate, bereits auf dem Weg nach Tyburn. Die Gesichter der Gemeinde, die ein gesetztes Hochzeitslächeln gezeigt hatten, als ich die Kirche betreten hatte, waren nun bei der Aussicht auf eine öffentliche Hinrichtung gerötet. Die Anwesenden verrenkten die Hälse, die Augen traten aus den Höhlen, als sie mit den Ellenbogen um sich stießen, um einen Blick auf mich erhaschen zu können.

»Hängen?«

Ich hörte Annes Stimme, die sich über alle anderen erhob. Ruckartig blieb ich stehen und riss mich von einem der Constables los. Mit tröstenden und beschwichtigenden Gesten beugte sich Mr Tooley über Anne. George gesellte sich zu ihnen, und sie steckten die Köpfe zusammen und diskutierten. Mrs Black stand von der vordersten Bank auf, umklammerte ihren Hut und mischte sich in den immer lauter werdenden Wortwechsel ein. Aus dem Knäuel heraus schoss ein Wirbelwind. Jeder Teil von Anne schien sich in wütender Bewegung zu befinden. Ihre Haare flatterten, die großen, tränenerfüllten Augen und der bebende Mund schienen das ganze Gesicht auszufüllen. Ihre Worte hallten durch die gesamte Kirche.

»Warum? Warum können wir nicht meinen Vater fragen, ob er unterzeichnet hat?«

Mrs Black ergriff das Wort, aber ein eisiger Blick von Mr Tooley brachte sie zum Schweigen. Er bemühte sich, mit gemessener Stimme zu sprechen, aber in der ehrfürchtigen Stille, die mit einem Mal herrschte, wurden seine Worte von den steinernen Wänden laut zurückgeworfen. »Anne! Hör nicht auf andere! Es wird eine Gerichtsverhandlung geben. Ich weiß nicht, was geschehen wird. Niemand weiß es.« Als sie den Mund zu einer Erwiderung öffnete, erreichte seine Stimme jenen gereizten Tonfall, dem niemand in dieser Kirche sich je zu widersetzen gewagt hatte. »Anne! Willst du heiraten oder nicht?«

Sie senkte den Kopf. Ein gewaltiges kollektives Seufzen

schien von der Gemeinde auszugehen. Mr Tooley winkte Braut und Bräutigam entschieden zurück zum Altar, damit sie ihre Positionen für den Schwur einnähmen. Mrs Black huschte zurück in die erste Bankreihe. Die Constables packten mich erneut bei den Armen und führten mich in die Vorhalle.

»Fünf Minuten!« Annes Stimme hallte in der Kirche wider.

In der Tür drehte ich mich um und sah, wie Anne ihre geballten Fäuste mit solcher Macht in die Hüften stemmte, dass ich glaubte, sie würde in Stücke brechen.

»Es sind fünf Minuten zu meinem Vater, Mr Tooley. *Fünf Minuten!* Die Ehe dauert *mein ganzes Leben!*«

Die Ankömmlinge für die nächste Hochzeit starrten uns an, als wir uns durch den Friedhof schlängelten, vorbei am Mausoleum für Samuel Potter und seine Witwe. Wir mussten eine seltsame Prozession abgegeben haben. Mr Tooley ging voran, zusammen mit Benyon und Mrs Black, die Mühe hatte, ihren Hut bei dem Wind aufzubehalten. Dann folgten Braut und Bräutigam. Anne blickte starr geradeaus. George flüsterte ihr etwas ins Ohr und warf mir gelegentlich Blicke zu, während ich im festen Griff der beiden Constables hinter ihnen her stolperte. Die Männer hielten mich so eng umklammert, dass wir wie ein Wesen mit sechs Beinen gewirkt haben mussten.

Es waren die längsten fünf Minuten meines Lebens. Jetzt kam es mir wie der Gipfel der Dummheit vor, Mr Blacks Unterschrift nachgemacht zu haben. Doch da waren die geheimen Drucke, die George erstellt hatte, der Beweis, den Mr Black gelesen hatte – obwohl ich nicht wusste, wie viel er davon wirklich verstanden hatte. George glaubte gewiss, das würde durch die Fälschung aufgewogen, die ich allein durch mein Schweigen eingestanden hatte. Sobald er sich umwandte, zeigte sein Gesicht einen Ausdruck, den ich nur zu gut aus meiner Kindheit kannte: Vorfreude auf die mir bevorstehende Strafe.

Als wir in den Half Moon Court einbogen, stieß Mrs Black einen Schrei aus. Die Vorhänge zu Mr Blacks Fenster waren zugezogen. Sarah stand auf der Eingangstreppe, und Mrs Black und Anne rannten zu ihr. All meine vorherigen Ängste wurden von der Befürchtung in den Schatten gestellt, ich könnte ihn getötet haben.

»Beinahe«, erklärte Sarah vernichtend. »Dieses Mal hast du es fast geschafft, so wie du ihn aufgeregt hast.«

Sie sagte, sie habe das Haus verlassen, um frisches Brot zu kaufen, und als sie zurückkam, habe sie ihn in einem furchtbaren Zustand angetroffen. Sie habe ihm einen Schluck zu trinken gegeben, und jetzt schlafe er. Während Mrs Black die Treppe hinaufeilte, schritt der Rest von uns ins Empfangszimmer, wo der Duft von frischem Brot sich zu dem der Wildpastete und der Gans gesellte, die immer noch am Spieß brutzelte. Von dort zogen wir weiter zur Druckerei. Mr Tooley verlangte Beweise für das aufrührerische Material.

Unter den Blicken der Constables schritt ich geradewegs ins Papierlager. Kein Zeichen von *Kämpft für den Königlichen Frieden!* Oder irgendwelchen anderen royalistischen Pamphleten. Ebenso wenig gab es eine Spur von den Druckformen, mit denen sie erstellt worden waren.

Nur mit Mühe gelang es mir, Ruhe zu bewahren. Ich konnte Anne nicht in die Augen blicken. George beobachtete mich, den Kopf leicht geneigt, die Arme verschränkt.

»Sie waren hier! Ich schwöre, dass sie hier waren!«

Anne wandte sich ab. George schloss die Arme um sie. Ich spürte, wie Mr Tooleys Blick mir folgte, als ich jedes Regal und jede Bank absuchte. Ich erinnerte mich, dass Benyon seinen Diener aus der Kirche geschickt hatte. »Sarah! Waren Mr Benyons Männer hier?«

»Aye. Mit einer Kutsche. Um mir zu sagen, dass die Feier erst später anfangen würde.«

»Haben sie etwas mitgenommen?«

»Ich weiß nicht. Ich war oben, bei Master Black.«

»Sie waren hier!«, sagte ich zu Anne. »Du musst mir glauben!«

Ich konnte den Ausdruck auf ihrem Gesicht nicht ertragen. Sie wandte sich von mir ab. Sie sah aus, als hätte man ihr gerade mitgeteilt, dass ihr Liebster gestorben sei. Obwohl Sarah Miss Etepetete wenig Liebe entgegenbrachte, erkannte sie Trauer, wenn sie sie sah.

»Kommt schon. Ihr werdet heiraten. Schon vergessen?«

Anne schien nicht zu wissen, wo sie war oder was geschehen war. »Es tut mir leid«, flüsterte sie. Die Worte waren kaum zu hören. Ob es ihr um mich leid tat, ob sie mich damit ansprach oder eher allgemein alle Anwesenden, vermochte ich nicht zu sagen, doch George fasste es als eine an ihn gerichtete persönliche Entschuldigung auf. Er zeigte sich großherzig, vergebend und bekümmert zugleich. »Das ist eine ihrer besten Qualitäten, Mr Tooley, dass sie stets versucht, das Gute in allen Menschen zu sehen. Mr Black und ich haben uns jahrelang bemüht, es in ihm zu finden. Aber Ihr habt gerade demonstriert, mein Lieber, beredter als ich es je gekonnt hätte, dass dort nichts ist.«

Er dachte kurz nach. »Nein, schlimmer als nichts.« Er hatte sein dünnes Haar über die Narbe an der Stirn gekämmt, wo ich ihn geschlagen hatte. Aber der Wind hatte es zerzaust, und jetzt leuchtete die Narbe rot auf, als George mit dem Finger auf mich zeigte und sprach: »Er ist ein Besessener … vom Teufel besessen!«

Es waren nicht die Worte, denn die hatte ich schon viele Male zuvor gehört, wenn auch noch nie so drastisch und ungestüm. Es war nicht einmal die Wirkung, die sie auf Anne hatten, die ein entsetztes Gesicht machte. Es war Georges Geste, als er mit offenen Armen auf sie zutrat, die mich dazu brachte, mich auf ihn zu stürzen. Jeder wurde davon überrascht, sogar ich selbst. Mein Schwung stieß Mr Tooley beiseite und schleuderte George gegen die Druckerpresse. Als er zu Boden fiel, schlossen sich meine Hände, die plötzlich ein Eigenleben zu entwickeln schienen, um seinen Hals. Es war meine volle Absicht, ihn zu töten. Ich verschwendete keinen Gedanken daran, was mit mir geschehen würde, denn in meiner Vorstellung würde ich ohnehin hängen. Doch was immer geschehen würde, er durfte Anne nicht heiraten. Er durfte sie nicht berühren, ihren Verstand vergiften … Die Worte dröhnten in meinem Kopf, als ich darum kämpfte, Georges Hals zu umklammern, während die Constables versuchten, mich fortzuziehen. Ich glaubte wirklich, ich sei besessen. Als sie es schließlich schafften, mich wegzuzerren, war George nicht tot, weit gefehlt, aber zumindest war er nicht imstande zu sprechen. Das war doch immerhin etwas.

Die Druckerei sah aus, als sei ein Sturm hindurchgefegt. Blöcke, Typen und Papier waren über den ganzen Boden verstreut. Man band mir die Hände fest auf dem Rücken zusammen. Selbst dann schlichen sie vorsichtig um mich herum, als sei ich ein tollwütiger Hund, der womöglich unvermittelt zubiss. Die Lippe des einen Constables schwoll an, und in seinem Mundwinkel hing ein Tropfen Blut. Ich sah es in den aufblitzenden Bildern, als ich langsam wieder zu Bewusstsein kam. Nur ansatzweise war ich mir der Prügel bewusst, die ich eingesteckt hatte. Wie lange Mrs Black schon dort stand, wusste ich nicht, aber sie sagte zu Mr Tooley, dass Mr Black mich oben zu sehen wünsche. Er wollte, dass ich zu im hochkomme! Dabei konnte ich kaum die Stufen erklimmen. Mr Tooley lehnte ab. Er wollte Mr Black keiner weiteren Aufregung mehr aussetzen.

Ein heftiges Klopfen ertönte aus der Kammer über uns, Putz rieselte auf uns nieder. Ehe Mr Tooley sie aufhalten konnte, war Anne bereits den halben Weg die Treppe hinauf zu ihrem Vater. Der Pfarrer faltete die Hände und schloss die Augen, während seine Lippen sich bewegten und er, wie ich mir vorstellte, Gott bat, diese Trauung, der längsten, der er je beigewohnt hatte, so oder so zu Ende zu bringen. Mrs Black schüttelte etwas Putz von ihrem Hut.

»Schur … ke«, bellte Mr Black über uns, in einem Geheul aus verstümmelten Silben, das Mr Tooley aus seinem Gebet riss und mich auf die Beine brachte. Er mochte lallen, aber er hatte nichts von seiner rachsüchtigen Macht verloren, die sowohl er als auch George aus dem Alten Testament ableiteten. Sie erweckte alte Schauder zum Leben und gab George die Stimme zurück, obwohl ein leichtes näselndes Rasseln in seiner Kehle mitklang, um die er vorsichtig einen seidenen Schal schlang. »Es ist Mr Blacks gutes Recht, den Übeltäter zu sehen, Mr Tooley. Ich habe den armen Herrn gewarnt, als wir den Jungen von da draußen herholten, dass wir den Teufel in die Stadt bringen.«

Mr Tooley, der nun ebenso rachdurstig dreinblickte wie George, nahm den Brief, auf dem ich Mr Blacks Unterschrift gefälscht hatte, und ging voran nach oben. In diesem Moment, glaube ich, wäre ich lieber die Leiter zum Galgen in Paddington Fair emporgestiegen als diese Stufen. Als ich die Kammer betrat, war ich wieder acht Jahre alt. Mr Black bot einen furchterregenden Anblick. Erschöpft davon, mit seinem Stock auf den Boden zu pochen, hatte er die Augen fast geschlossen, das Kinn ruhte auf der Brust. Sein Haar, immer noch verschwenderisch dicht, aber größtenteils grau, hing in Strähnen herunter, bis auf ein Büschel, das vom Schweiß an seiner Stirn klebte. Er wurde teils von den Kissen abgestützt, teils von der Hand, die den Stock umklammert hielt. Es war der Nachfolger vieler solcher Stöcke, doch für mich sah er genauso aus wie jener, mit dem er mich am ersten Tag geschlagen hatte, als ich ihn auf der Werft kennengelernt hatte.

Mr Tooley näherte sich Mr Black, blieb verlegen stehen und hustete. Mr Black riss die Augen auf, ließ den Blick über das Gesicht des Pfarrers gleiten und starrte schließlich mich direkt an. Ich wäre auf die Knie gefallen, wenn die beiden Constables mich nicht festgehalten hätten. Wie hatte ich diesen aufrechten Mann nur so weit bringen können? Wie konnte ich es wagen, die Hochzeit seiner Tochter zu ruinieren? Wahrhaftig, der Teufel steckte in mir! George trat vor, nahm seinen Hut ab und deutete auf mich.

»Hier ist er, Master«, sagte er.

»Aye.« Mühsam richtete Mr Black sich in seinen Kissen auf, seine Stimme klang einen Moment lang fast normal. »Da ist er.« Anne eilte zum Bett und richtete die Kissen. Mit einem Seufzer ließ er sich zurücksinken und behielt sie die ganze Zeit im Blick. »Du wolltest … mir nicht gehorchen …«

Sie fiel auf die Knie. »Nein, Vater, nein! Ich dachte … ich dachte …« Während seine Stimme klarer geworden war, als er sie anblickte, wurde ihre von Schluchzern verwischt, so dass sie kaum imstande war, Worte zu formen. »Ich … wollte … sichergehen, was Ihr wünscht. Tom … er … brachte einen Brief.«

»Diesen hier«, sagte Mr Tooley und zog den Brief hervor.

Ich schloss die Augen, als Mr Black auf das Gekritzel blickte, das ich geschrieben hatte, während Mr Tooley die Zeilen über die zurückgezogene Erlaubnis vorlas. Als er unvermittelt aufhörte zu lesen, öffnete ich die Augen. Mr Black streckte seine gute Hand aus, nahm den Brief und las ihn. Ich begann zu zittern und konnte nicht wieder aufhören. Ich war nicht nur ein Schurke und Betrüger, ich war der dümmste aller Schurken: jemand, der etwas so unfassbar Närrisches getan hatte, dass man es unweigerlich herausfinden würde.

Mr Black schenkte mir einen Blick von solch schwerem Ernst, dass ich meinen Mund öffnete, um damit herauszuplatzen, was ich getan hatte, und ihn um Vergebung anzuflehen. Nur das triumphierende Leuchten in Georges Augen hielt mich davon ab. Diese Genugtuung würde ich ihm nicht gönnen. Missmutig erwiderte ich seinen Blick, genau wie ich es vor all den Jahren auf dem Boot getan hatte, obwohl es mich jetzt unbarmherzig nicht zu einem Schatz, sondern nach Paddington Fair brachte.

»Ist das Eure Unterschrift, Sir?«, fragte Mr Tooley.

»Das?« Mr Black schielte auf das Blatt Papier. »Ob dieses armselige … spinnenhafte … Gekrakel meine Unterschrift ist?« Voller Verachtung spie er die Worte aus, dann murmelte er: »Schurke!«

Mr Tooley stieß einen tiefen resignierten Seufzer aus und gab den Constables ein Zeichen, mich fortzuschaffen.

»Aye«, murmelte Mr Black, nickte und starrte noch immer auf das Blatt Papier, als ich am Fuß seines Bettes vorbeiging. »Das … ist … aus mir … geworden.«

»Wartet!«, rief Mr Tooley und hielt uns so abrupt an der Tür auf, dass wir gegeneinander stießen. »Wollt Ihr damit sagen, Sir, dass es Eure Unterschrift *ist*?«

»Was?«

Mr Black umklammerte das Blatt Papier und starrte zu ihm empor. Anne, der George inzwischen aufgeholfen hatte, wiederholte die Frage. Es folgte ein Moment der Verwirrung, genau wie ich ihn erlebt hatte, ehe ich den verhängnisvollen Brief geschrieben hatte, bis Mr Black den Brief vorstreckte, Mr Tooley fast schlug und schrie: »Natürlich … ist das … meine verdammte … Unterschrift … natürlich, Sir!« Es herrschte fassungslose Stille. Dann bekam Mr Black einen Hustenanfall, und Sarah und Anne eilten ihm zu Hilfe. Alle begannen auf einmal durcheinanderzusprechen, George schüttelte den Kopf und erklärte Mr Tooley, sein armer Master wüsste nicht, was er da rede, bis Mr Black seine Meinung deutlich machte, indem er den Brief fallen ließ und unter seiner Decke das Pamphlet hervorzog, das ich ihm gezeigt hatte und das George heimlich gedruckt hatte.

»Schurke!«, kreischte er, stieß mit seinem Stock mit solcher Kraft nach George, dass dieser rückwärts taumelte.

»Ich wusste es! Ich wusste, dass du die Wahrheit gesagt hast!« Schon hatte Anne ihre Arme um mich geschlungen, ihr Gesicht war tränenüberströmt.

»Anne! Vor den Augen des Pfarrers!«, schrie eine schockierte Mrs Black. »Du wirst heiraten!«

»Aye«, sagte Sarah. »Aber wen?«

Die kleine Schlafkammer glich einem Tollhaus. Mr Tooley wollte wissen, ob es eine Hochzeit geben würde oder nicht. Die Constables wussten nicht, ob sie mich jetzt abführen sollten. Oder George. Oder keinen von beiden. Sarah fragte immer wieder, was sie jetzt mit dem ganzen Essen machen sollte. Mrs Black brach auf einem Stuhl zusammen und schrie, es sei ihr egal, was Sarah damit anstelle. Gib es den Armen! Nie wieder würde sie sich in der Kirche blicken lassen können! Ich stand benommen in der Mitte des Tumults.

Ich verzehrte mich vor Angst, dass der Erfolg meiner Lüge allein um den Preis von Mr Blacks Gesundheit erkauft worden sei. Gewiss war er zu verwirrt, um auch nur eine Vorstellung davon zu haben, was er tat. Inmitten des Gebrabbels starrte er mich direkt an. Er winkte mir, näherzukommen. Die gute Seite seines Gesichts war merkwürdig verzerrt, als stünde er kurz vor einem Anfall. Sein rechtes Auge zuckte. In der Angst, ihm seinen letzten Krampf zu bescheren, ging ich zu ihm und blieb stehen. Es gab keinen Zweifel. Sein rechtes Auge schloss sich zu einem frevlerischen Zwinkern. Er zeigte auf den Stock, den ich ihm reichte, und brachte jedermann mit dumpfen Stößen auf den Boden zum Schweigen. Er klopfte auf die Stelle, an der er schon so häufig Zeichen gegeben hatte, dass kleine

Holzsplitter herausgebrochen waren. Von George fehlte jede Spur, doch in der Stille hörte ich, wie unten die Tür ins Schloss fiel.

»Essen!«, sagte Mr Black.

»Ihr meint … was wir mit all dem Essen anfangen sollen?«, sagte Anne.

Mr Black nickte lächelnd. Mit dem Stock deutete er auf die Bibel, die stets neben seiner Bettstatt lag, und Mr Tooley hob sie auf. Ich glaube, er erwartete eine Stelle aus dem Alten Testament, doch Mr Black wählte das Neue.

»Lukas«, stieß er hervor. »Fünfzehn …« Erschöpft ließ er sich zurücksinken, aber Mr Tooley schien zu wissen oder zu erraten, welche Verse er meinte und deutete darauf. Noch einmal lächelte Mr Black und nickte, und Mr Tooley las vor. Seine Stimme zitterte ein wenig. »Und bringet ein gemästet Kalb her und schlachtet's; lasset uns essen und fröhlich sein! Denn dieser mein Sohn war tot und ist wieder lebendig geworden; er war verloren und ist gefunden worden.«

19. Kapitel

Es waren einige der glücklichsten Tage meines Lebens, jene Tage dieses Frühlings und Sommers. Während das Land langsam auseinanderbrach, schien ich zu einer ganzen Person zu werden. Der Krieg drohte, kam indes niemals.

Jeden Tag erwartete ich, Eaton im Hof in der Half Moon Street vorfahren zu sehen. Die Kleider, in denen ich geflohen war, hatte ich eingepackt, bereit, sie ihm zurückzugeben. Ich wollte ihm in nichts verpflichtet sein, wollte jedoch auch nicht das Risiko eingehen, sie zurückzubringen. Als Eaton sich nicht blicken ließ, nahm ich an, er und Turville hätten den Gedanken aufgegeben, ich könnte ein Edelmann werden. Die Geldzahlungen, die Mr Black regelmäßig von Eaton erhalten hatte, wurden eingestellt. Damit schien auch die Gefahr für mein Leben zu schwinden. Crow war tot. Eine Zeitlang sah ich Captain Gardiner an jeder Straßenecke, doch sobald ich die militärische Ausbildung wieder aufnahm, wurde ich kräftiger und stärker, und meine Angst ließ nach.

Von Matthew hörte ich nichts, und ich kümmerte mich auch nicht mehr darum, meinen richtigen Vater zu finden. Dieses Zwinkern, das Mr Black mir geschenkt hatte, und die Lesung aus dem Lukasevangelium waren ebenso gut, nein, tausendmal besser als jedes Blut, das irgendein Vater seinem Sohn mitgeben könnte. Anne fuhr mit ihrer Mission fort, Mr Black zu helfen, das Schreiben neu zu erlernen, und es sich währenddessen selbst anzueignen. Manchmal gesellte ich mich hinzu, doch ich spürte, dass ich die Atmosphäre zwischen ihnen verdarb, denn es war unmöglich, dass Anne und ich unsere Gefühle füreinander verbargen. Eines Tages stahl ich mir einen Kuss. Ich sah, wie Mr Black mich mit seinem guten Auge unnachgiebig anstarrte und zog mich hastig zurück, seinen Zorn fürchtend – bis er mich, noch einmal, mit diesem unglaublichen Zwinkern bedachte.

Während ich Mr Black immer näher kam und er sich immer stärker auf mich verließ, sprach Mrs Black kaum mit mir. Sie sagte, sie habe nichts davon gewusst, dass George für den König gedruckt habe – und wenn sie es gewusst hätte, wäre sie vermutlich insgeheim stolz darauf gewesen. Politik lehnte sie ab, sie sei nichts anderes als ein in schöne Worte gekleideter Wirtshausstreit, der niemals das Essen auf den Tisch brächte. Für sie war die Sache klar. Ihre Tochter hatte kurz davor gestanden, einen Mann zu heiraten, der eine Stütze der Gemeinde war und mit einem der reichsten Männer der Stadt Geschäfte gemacht hatte. Jetzt war alles verloren. Und wofür? Für einen schmutzigen Lehrjungen mit großen Füßen, der jede Menge Stiefel durchgelaufen und ihren armen kranken Gatten verhext hatte, was der Sterndeuter ihr ohne jeden Zweifel bestätigt hatte. Der verlorene Sohn? Das war fürwahr ein guter Vergleich! War er nicht auch ein Verschwender gewesen? Ein Tagedieb? Und dieser hier war es auch. Außer, dass da nichts war, das er hätte verschwenden können.

In diesem Punkt hatte Mrs Black recht. Es gab kein Geld. Mr Black, der mir lange und mühsam Anweisungen gab, wie ich ein Geschäft zu führen hatte, das nicht länger existierte, bestand darauf, dass es noch genügend Geldmittel gäbe. Die Geldkassette, in der er das Geld für das Geschäft aufbewahrt hatte, war jedoch leer. Ich verdächtigte George, es genommen zu haben, doch Mr Black war so verwirrt, dass ich mir nicht sicher sein konnte, wie viel Geld tatsächlich – wenn überhaupt – darin gewesen war. Alles, was wir zum Leben hatten, waren die Wertmarken aus Blei und Zinn, welche die Händler herausgaben, da es zu wenige kleine Münzen gab. Sie waren einen halben Penny oder einen Farthing wert. Sarah bewahrte sie in kleinen Lederbeuteln für Schlachter, Bäcker und Milchladen auf. Es ertönte jedes Mal ein Triumphschrei, wenn jemand eine vergessene Marke in einer Schublade fand, und wenn in einem Krug plötzlich ein kleiner Vorrat auftauchte, war es ein Festtag für uns.

Als die letzten Wertmarken uns nur noch Roggenbrot ohne Käse bescherten, erinnerte ich mich daran, wozu Mr Ink mich an jenem turbulenten Tag drängen wollte, als der König versucht hatte, das Recht des Parlaments zu verletzen. Ich schrieb mein erstes Flugblatt und lieh mir von Will Geld für die Tinte und das Papier, um es zu drucken. Mit dem zärtlichen Stolz eines Vaters für sein erstes Kind betrachtete ich den Probeabzug:

PRIVILEG!
Wie Mr PYM & das Parlament
gerettet wurden.
Der geheimnisvolle Bote offenbart,
wie die Pläne der bösartigen Ratgeber des Königs
vereitelt wurden.

Es gab einen solchen Ansturm auf das Flugblatt, dass ich die abgenutzten Typen ersetzen musste. Der Erfolg zog weitere Geschäfte nach sich, und ich wurde umworben, nicht als Edelmann, sondern als Flugblattschreiber. Umworben und geschmäht; denn der Flugblattschreiber wurde als der niederste aller Schreiber angesehen, aufrührerisch, liederlich, noch schlimmer gar als ein Stückeschreiber, eine Hure der Druckerpresse, an einem Tag gekauft, am anderen fortgeworfen. Gelegentlich wurde ich meine Tätigkeit leid, sie widerte mich an, dann schrieb ich ein paar Gedichte. Aber als diese sich noch schlechter verkauften als moralische Traktate, kehrte ich zu meinen Geschichten zurück und zog es vor, gelesen und geschmäht als überhaupt nicht gelesen zu werden.

Mrs Black jedoch begann, mich freundlicher anzusehen. Sobald mehr Geld da war, konnte sie sich einen besseren Sterndeuter leisten, Mr Lilly. Er entdeckte einen Fehler in den Berechnungen des billigeren Kollegen. Merkur stand in Konjunktion, nicht Opposition zur Sonne, und somit war ich ein Bote, kein Teufel.

Ich konnte nun auch einen Arzt für Mr Black bezahlen, doch es schien ihm besser gegangen zu sein, als er überhaupt keinen Doktor gesehen hatte. Allmählich hatte er sein Sprachvermögen wiedererlangt, obgleich seine Worte noch zögernd und verwischt klangen, und er war in der Lage, eine Feier zur Erfüllung meines Lehrvertrages auszurichten. Sieben Jahre war ich hier gewesen! Sieben Jahre – und endlich konnte ich die Uniform fortwerfen, meine Stiefel und diese verfluchte Mütze!

An einem heißen, schwülen Augusttag trug Big Jed die Tische heraus und stellte sie unter den Apfelbaum. Aus Anlass der großartigen Gelegenheit sagte er, ich sei für eine Woche »vom Spieß beurlaubt«, doch in Wahrheit war das Exerzieren mit dem Spieß oder der geschulterten Muskete immer seltener geworden. Die Angst vor dem großen Krieg hatte abgenommen, als es nur vereinzelte Scharmützel weit entfernt von London gegeben hatte.

Will, Ben, Luke und Charity kamen. Letztere war guter Hoffnung, und zum Vergnügen, und vielleicht auch zur Übung, hatte sie ihre kleinere Schwester Prudence und ihren Bruder Tenacious mitgebracht. Andere Flugblattschreiber waren da, wie der ohrlose Jack, dem man für seine radikalen Ansichten ein Ohr abgeschnitten hatte. Ich hätte zu gerne Mr Ink hier gesehen, doch zu meiner Enttäuschung war er noch nicht erschienen, als Mr Black sich erhob, um seine Rede zu halten. Am kupferblauen Himmel war ein Donnergrollen zu hören, doch Mrs Black sagte, das Gewitter würde vorüberziehen. Sie hatte ein Tageshoroskop von Mr Lilly gekauft, und der hatte ihr versichert, es würde nicht regnen.

Mr Black verkündete, dass ich hinreichend in die Geheimnisse des Handwerks eingewiesen sei, wenngleich es einige Diskussionen über mein Benehmen gegeben habe. Die Gäste lachten laut und klopften auf die Tische.

»Tom …« Seine Stimme bebte. »Du bist jetzt frei. Wenn du w… willst, darfst du … jetzt eine Schänke besuchen.«

Die Runde brach erneut in Gelächter aus, und ein weiteres Donnergrollen war zu hören, das Mrs Black mit einer Handbewegung abtat.

»Du darfst sogar ein W…würfelspiel w… wagen.«

Noch mehr Jubel, und jemand sagte, er habe einen Regentropfen gespürt, doch Mrs Black erwiderte, das habe er sich nur eingebildet.

»Und … und …« Mr Black hielt inne und stützte sich auf seinen Stock. Seine Frau sprang ängstlich auf, doch er scheuchte sie unwirsch fort. Er war unfähig, die Worte herauszubringen, und ich glaubte, es läge an seiner Krankheit, doch dann, als er endlich sprach, begriff ich, dass es die Rührung war. »Es s… steht dir … jetzt f… frei zu heiraten.«

Annes Hand schlich sich in meine. Mrs Black lächelte. Der Regen prasselte auf uns nieder, als hätte jemand die Schleusen geöffnet. Lachend und halb durchnässt wurde im Haus auf uns angestoßen, bis der Regen aufhörte. Als die Sonne wieder zum Vorschein kam, sahen wir unter dem Apfelbaum eine einsame tropfnasse Gestalt.

»Mr Ink!«, schrie ich. »Lieber Freund – Ihr seid gerade rechtzeitig gekommen!«

»Ich wurde von den Neuigkeiten aufgehalten.« Er wirkte verstört, drehte seinen Hut zwischen den Fingern, von denen ein tintiger Regen tropfte.

»Neuigkeiten?«

»Der König hat in Nottingham seine Truppen um sich geschart.«

Wir hatten so lange darauf gewartet, aber als es dann eintrat, traf es uns wie ein Schock. Womit wir nicht gerechnet hatten, war Eaton. An jenem Abend ritt er auf seinem schwarzen Wallach auf den Hof. Für seine Verhältnisse war er beinahe höflich. Er verbeugte sich leicht in meine Richtung, fast spöttisch, und nannte mich Mr Tom. Genau wie vor sieben Jahren suchte er Mr Black in seinem Kontor auf, doch im Unterschied zu damals war ich dieses Mal dabei. Er sagte, die Tatsache, dass der König seine Truppen um sich scharte, habe Lord Stonehouse' Aufmerksamkeit auf ein unerledigtes Geschäft gelenkt.

»I… ich mache keine Geschäfte mit Lord Stonehouse«, sagte Mr Black fest.

»Ihr habt einen Vertrag, Sir.«

Der Vertrag betraf mich. In der Tat, sagte Eaton, sei nicht Mr Black, sondern Lord Stonehouse mein Lehrmeister. Wir widersprachen ihm kühn und erklärten, dass ich jetzt ein freier Geselle war. Die Zunft hatte ihre Zustimmung erteilt. Außerdem habe Lord Stonehouse in diesem Jahr keine Zahlungen geleistet, und damit sei der Vertrag ungültig. Eaton ballte die Fäuste und hielt sich mit einiger Mühe zurück. Er schleuderte einen Brief auf das Schreibpult vor Mr Black und teilte mir mit, wenn ich über den Inhalt des Schreibens zu diskutieren wünschte, täte ich gut daran, am nächsten Morgen um neun Uhr in Mr Turvilles Kanzlei zu sein.

»Ich habe keine Interesse, über irgendetwas zu diskutieren, Sir«, sagte ich.

»Auch gut. Ich wünsche den Herren einen angenehmen Abend.«

Ich begleitete ihn nach draußen. Als ich ins Kontor zurückkehrte, glaubte ich, Mr Black habe einen erneuten Anfall erlitten. Er konnte nicht sprechen. Ich ergriff den Brief, der offen auf seinem Schreibtisch lag. Lord Stonehouse hatte das Grundstück erworben, auf dem sich der Half Moon Court befand, und gab Mr Black einen Monat Zeit, das Haus zu räumen. Ich fürchtete, dass jeder Schritt aus dem Haus, das Mr Black liebte, ihn umbringen würde.

20. Kapitel

Ich holte das Paket mit dem nüchternen dunkelblauen Leibrock und den Kniehosen hervor, nicht, um sie zurückzugeben, sondern um sie anzuziehen. Noch einmal wurde ich zum Edelmann. Aber was ich tat, war das Letzte, das Eaton erwartete. Ich ging nicht zu Turville, sondern in die Queen Street, zu Lord Stonehouse' Stadthaus, entschlossen, dem Puppenspieler gegenüberzutreten, nicht seinen Marionetten.

Ich machte mich auf den Weg, meine Worte wohldurchdacht wie der Text eines Schauspielers, doch als ich mich dem Haus näherte, begann mein Mut zu schwinden. Ich wusste, dass es, ungeachtet Mr Pyms, des Parlaments und der randalierenden Menge, keine Revolte gegeben hätte ohne die Schachzüge im Hintergrund, ausgeführt von einigen der reichsten und mächtigsten Peers in England, Peers, die beim König in Ungnade gefallen waren. Flugblattschreiber nannten sie die Großen Zwölf – Peers wie Warwick, Bedford, Essex und Stonehouse. Kein Wunder, dass ich langsamer wurde und meine Beine zitterten, als hätte ich Schüttelfrost, sobald ich mich der Queen Street näherte.

Die Straße war breiter und beeindruckender als die Straßen im Stadtinneren. Die klassischen Fassaden der vierstöckigen Reihenhäuser bildeten eine einheitliche gerade Linie aus Stein und Ziegel, ohne die Gemütlichkeit, die Schiefe und Enge, die Holz vermittelte. Es gab keinen Ort, um sich zu verstecken. Keine gemütlichen Gassen. Ein Constable beäugte mich aus seinem Schilderhäuschen am Ende der Straße, wurde jedoch von einer Einlass begehrenden Kutsche abgelenkt. Ich schlüpfte an der anderen Seite vorbei und passierte einen Straßenkehrer, der die Pferdeäpfel einsammelte, sobald die Pferde ihre Schwänze hoben. Die Luft war anders. Keine Landluft, aber es war Luft, die man atmen konnte, ohne alle Naselang nach einem Blumenstrauß oder ähnlichem zu greifen. Ich brauchte nicht nach Lord Stonehouse zu fragen. Mitten in der Hausreihe, so groß wie zwei oder drei der anderen Häuser, stand Falcon Lodge. Gigantische Wandpfeiler flankierten die Fenster, die mit dreieckigen Ziergiebeln bekrönt waren. Über dem Haupteingang, in einen steinernen Schild, war ein Falke mit drohend erhobenen Klauen eingemeißelt.

Es war ein bedeckter, aber warmer Tag, und die Doppeltüren zur Eingangshalle standen offen. Von der Straße aus konnte ich das schwarz-weiße Schachbrettmuster der gefliesten Halle sehen, dazu Gemälde und griechische Büsten. Diener eilten umher. Ihre grünen Seidenlivreen waren an der Brust mit einer Silberfadenstickerei verziert, die den abweisenden Falken darstellte. Lord Stonehouse hatte im Kreis der Großen Zwölf die Rolle des Vorsitzenden der Komitees für Requirierungen und Informationen inne. So lautete, wie ich später erfuhr, der offizielle Name für Plünderungen. Die meisten bekannten Royalisten hatten London verlassen. Ihre Häuser wurden beschlagnahmt und nach Waffen, Briefen sowie Tafelsilber durchsucht, das man einschmolz, um Münzen zur Bezahlung der Bürgergarden zu gewinnen. Der Plünderer erhielt üblicherweise einen gewissen Anteil der besten Stücke, um ihn für seine Mühen zu entschädigen. In der Stadt wurden, unter dem Deckmantel der Rechtmäßigkeit, alte Rechnungen beglichen. Benyon war mit so viel von seinem Besitz geflohen, wie er in einer Kutsche unterbringen konnte, ehe sein feines Haus in der Thames Street von konkurrierenden Kaufleuten leergeräumt wurde. All dies führte zu einem ständigen Strom von Besuchern in der Queen Street.

Ein korpulenter Mann stieg aus einer Kutsche und reichte einem Diener eine Karte, die dieser auf ein silbernes Tablett warf, bevor er jemandem, den ich nicht sehen konnte, zurief: »Sir Samuel Pope in der Angelegenheit des Marquess of Hamilton.« Mein Fuß befand sich bereits in der Luft und schwebte über der ersten Marmorstufe. Der Blick des Lakaien ruhte auf mir. Er hatte die perlenartigen eindringlichen Augen eines Falken. Das war der Moment, in dem mich der Mut verließ. Was sollte ich sagen? »Thomas Neave, in der Angelegenheit der unehelichen Herkunft?«

Ich ging weiter und tat, als würde ich nur müßig dahinschlendern. Kaum war ich umgekehrt, da hörte ich ihn. Die ganze Straße hörte seine volle, unbeherrschte Stimme durch ein offenes Fenster im ersten Stock. Eine leisere Stimme unterbrach ihn, doch diese wurde sofort übertönt. »Ist das alles, was du mir erzählen kannst? Dass du deine Meinung *nicht* geändert hast? Ich weiß nicht, wie du es wagen konntest, hierherzukommen, während deine Freunde geflohen sind. Glaubst du, ich werde dich schützen? … Unterbrich mich nicht! … Aufrichtig? Als ob ich das glauben könnte!«

Die andere Stimme brach durch, höher, aber genauso bösartig, eine Stimme am Rand der Verzweiflung. »Ich bin es, Vater, ich bin es! Ich glaube daran mehr als an alles andere in meinem Leben!«

»Du glaubst an nichts, außer an das Würfelglück. Du spekulierst darauf, dass das Parlament verliert und du den Besitz bekommst.

»Es ist närrisch, so etwas zu behaupten! Ihr irrt Euch! Ihr versündigt Euch gegen Euren Gott, Euren König …«

An dieser Stelle musste Lord Stonehouse gemerkt haben, dass das Fenster offenstand. Er trat an die Scheibe und schloss es. Sein Gesicht war vor Wut verzerrt. Er atmete so schwer, dass er einen Augenblick innehielt und die Augen schloss, ehe er sich umdrehte und wieder aus dem Blickfeld verschwand. Die Diener hatten mir alle ihren Rücken zugekehrt und lauschten angestrengt. Es war ein plötzlicher Impuls, und die Idee war bereits umgesetzt, kaum dass sie in meinem Kopf auftauchte. Ich sprang die Stufen hinauf, nahm eine der untersten Karten vom Tablett und hielt sie dem Diener hin, als dieser sich umdrehte. Ich hatte bemerkt, dass eine ganze Reihe von Dienern die Besucher hineinbegleitete, und ich setzte darauf, dass dieser Bedienstete nicht ausgerechnet jenen Herrn in Empfang genommen hatte, dessen Karte ich ihm gereicht hatte. Er starrte auf die Karte und dann kalt auf mich. Mein Herz rutschte mir bis in die Spitzen meiner teuren Stiefel, doch dann rief er »Sir Andrew Marham!« und warf die Karte auf das Tablett. Die nächste Hürde hatte ich von der Straße aus nicht gesehen, einen Schreiber, der halb von einer Säule verborgen wurde.

Er hatte den Kopf dem Treppengeländer mit den kunstvollen Schnitzereien – einem weiteren Falken, mit Hasen und Kaninchen in seinen Klauen – zugewandt und lauschte einer erneuten Tirade von Lord Stonehouse in der Galerie des ersten Stocks, ehe eine Tür zugeknallt wurde, gefolgt von splitterndem Glas. Der Schreiber, ein kleiner verhutzelter Mann mit Augengläsern, zuckte zusammen. »Nicht der beste Tag, um Seine Lordschaft zu besuchen, Sir Andrew«, sagte er, ehe er die Stirn runzelte. »Sir Andrew?« Er konsultierte die vor ihm liegende Liste. Seine Stimme wurde lauter. »Sir Andrew wartet bereits.«

Hinter mir hörte ich das Klappern der Schuhe des Bediensteten auf dem Marmorfußboden. Ich spürte, dass jedermanns Aufmerksamkeit auf mich gerichtet war. In meiner Verzweiflung tat ich das Einzige, was mir einfiel – ich brachte die Wahrheit hervor, obgleich ich sie ein wenig ausschmücken musste. Ich lächelte. »Gott sei Dank ist er noch nicht zu Seiner Lordschaft vorgelassen worden.« Ich zog ein Taschentuch aus meinem Ärmel und wischte mir mit einer überschwänglichen Geste, die ich mir von Turville abgeschaut hatte, über die Stirn. »Ich bin Sir Andrews Sekretär. Er hat einige Papiere vergessen. Und ich muss ihm eine Nachricht überbringen.« Ich zog den Kündigungsbrief aus meiner Tasche, den Turville an Mr Black geschickt hatte und der das magische Siegel der Falken trug.

Das Klappern der Schuhe, die näher gekommen waren, verstummte. Der Schreiber nahm seine Feder auf. »Euer Name, Sir?«

»Thomas Neave«, sagte ich törichterweise, aber die Worte kamen automatisch über meine Lippen. Er hielt inne, als er gerade seine Feder eintauchen wollte. Ich fürchtete, er könnte meinen Namen von den Flugschriften kennen. Er blickte auf und musterte mich scharf, doch anscheinend kam er zu dem Schluss, dass mein dunkelblauer Samt und die Spitze unmöglich eine Kreatur aus der Gosse wie einen Flugblattschreiber kleiden konnten, und schrieb in sein Buch: *»Thomas Neave Esq.«*, was mir, wie ich zugeben muss, Vergnügen bereitete. Er wies mir den Weg zwischen den Statuen von Mars und Minerva hindurch in ein Empfangszimmer mit einem ovalen Deckengemälde, auf dem Nymphen von Satyrn gejagt wurden.

Drei Edelleute, von denen einer vermutlich Sir Andrew war, waren in eine Unterhaltung vertieft. Sie blickten auf, um mich alsdann zu ignorieren. Ich war gänzlich vom Erfolg meiner Täuschung eingenommen. Ich würde den richtigen Moment abwarten, Lord Stonehouse abfangen und ihm freundlich, aber entschlossen gegenübertreten. Ich würde an seine gute Seite appellieren und ihm erklären, dass ich nichts von ihm verlangte als mein eigenes Leben. Es war mir nie in den Sinn gekommen, dass er womöglich gar keine gute Seite hatte, dass er sie schon vor langer Zeit verloren haben könnte.

Sir Samuel, der korpulente Mann aus der Kutsche, der den Großteil eines Sofas mit Seidenpolstern einnahm, schüttelte den Kopf, als der Streit über uns abebbte und wieder aufbrandete. Er äußerte die Meinung, dass Richard Stonehouse enterbt würde, wenn er sich dem König anschlösse. Ein schlanker, gescheit aussehender Mann, der sich als Sir Andrew entpuppte, saß in die Ecke des Sofas gequetscht und widersprach. Was immer auch geschah, Lord Stonehouse vergab seinem ältesten Sohn stets. Was für Lord Stonehouse zählte, war Blut. Der dritte Mann, den sie Jacob nannten, war wesentlich jünger als die anderen beiden und kauerte unbehaglich auf einem Sitzkissen. Begierig darauf, etwas zu dem Gespräch beizutragen, sagte er, es gäbe noch einen zweiten Sohn.

»Edward!« Sir Andrew lächelte. »Der hat Milch, kein Blut in den Adern.«

»Noch dazu Muttermilch«, murmelte Sir Samuel, und die beiden Männer lachten.

Getroffen erklärte der junge Mann, er habe gehört, und zwar aus sicherer Quelle, für den Fall, dass Richard ausgeschaltet würde, stünde ein Bastard bereit, das Erbe anzutreten. Die beiden anderen Herren lachten brüllend. Sir Samuel klopfte dem jungen Mann auf den Rücken, brachte die Papiere, die er bei sich hatte, durcheinander und hätte beinahe Sir Andrew vom Sofa gedrückt, so sehr zitterte sein Leib.

»Und Ihr habt das geschluckt!« Sir Samuel warf mir einen Blick zu, während ich eifrig einen Satyr betrachtete, der eine Nymphe am blauen Himmel verfolgte. Er trocknete sich die Augen. »Ihr entschädigt einen fürwahr für die langweilige Wartezeit, Jacob. Doch abgesehen davon, Sir, gibt es so eine Person nicht. Sie ist eine Erfindung von Lord Stonehouse, in Umlauf gebracht, um seinen missratenen Sohn zur Räson zu bringen. Leider hatte es genau den gegenteiligen Effekt.«

Ich begann gerade meinen Eintritt in die gute Gesellschaft

zu genießen, als ich Eaton in der Halle hörte, der mit lauter Stimme, ätzend wie Essig, Sir Samuels wohlgenährte Worte übertönte und zu wissen verlangte, wer wartete. Ich verfluchte mich, dass ich meinen richtigen Namen angegeben hatte und schoss zur Tür, gerade rechtzeitig um zu sehen, wie Eaton das Buch des Schreibers aufhob. Ich huschte durch die Halle auf eine Tür zu, doch als ich sie erreichte, drehte sich der Knauf, und ich erspähte die Livree eines heraustretenden Dieners. Ich stand neben der Statue der Minerva. Es war gerade genügend Platz, um mich dahinter zu quetschen, ehe Eaton explodierte.

»Thomas Neave!«

»Sir Andrews Sekretär, Mr Eaton.«

»Sir Andrews …«

Ich drückte mich so eng wie möglich an die Statue, aber die steinerne Kurve ihres Rockes wölbte sich so sehr, dass ein Teil meines Leibrocks hervorragte. Eaton eilte auf mich zu. Wenn er nach unten geschaut hätte, hätte er mich unweigerlich sehen müssen, doch sein Blick war auf den Empfangssaal gerichtet. Er marschierte hinein, den unterwürfigen Schreiber und den Bediensteten aus der Halle auf den Fersen. Ich vernahm ein undeutliches Stimmengewirr, wartete jedoch nicht ab, um das Ergebnis der Unterhaltung zu erfahren. Die Halle war leer. Ich rannte die große Treppe hinauf zur Galerie. In Abständen waren Alkoven in die Wände eingelassen, mit Glasspiegeln und kunstfertig gearbeiteten Schränken. Ich passierte eine geschlossene Doppeltür, hinter der ich Stimmengemurmel hörte. Lord Stonehouse' Stimme klang so anders, jetzt, da er nicht mehr brüllte, dass ich sie zuerst nicht erkannte.

»Das ist für dich und für dich allein bestimmt … Kann ich dir in dieser Sache vertrauen?«

»Ja, Vater.«

»Die Ärzte geben mir noch ein Jahr. Vielleicht ein wenig länger.«

Unten entstand ein Tumult. Von der Galerie aus konnte ich sehen, wie Eaton eine Tirade auf die Bediensteten losließ. Türen wurden geöffnet und geschlossen. Eaton eilte durch die Halle auf die Treppe zu. Ich flitzte den Korridor hinunter und versuchte, eine Tür zu öffnen, aber sie war verschlossen. Ich hörte, wie die Doppeltüren geöffnet wurden, und schlüpfte in einen der Alkoven hinter einem Schrank, als Lord Stonehouse und sein Sohn herauskamen. In einem Spiegel in der Nähe der Treppe sah ich Eaton heraufeilen, stehen bleiben und zaudern. Lord Stonehouse hatte den Arm um seinen Sohn gelegt. Er warf Eaton nur einen einzigen ärgerlichen Blick zu, und der Verwalter zog sich zurück.

Es war das erste Mal, dass ich Richard aus solcher Nähe sah. Locken rahmten ein Gesicht ein, das so schön war, dass ich den Atem anhielt. Seine Augen waren dunkel und stechend, und sie glänzten von den Tränen, die er zurückzuhalten versuchte. »Ich kann meine Meinung nicht ändern. Ich kann nicht!«

»Ich weiß! Ich habe es dir nicht aus diesem Grund erzählt, sondern … vielleicht sehen wir einander nie wieder.«

»Sagt nicht so etwas!«

Lord Stonehouse lächelte. Ich hatte dieses Lächeln zuvor gesehen, aber immer geglaubt, es sei ein Traum gewesen. Das war nicht das Lächeln des skrupellosen Mannes, der Eaton befohlen hatte, mich in die Grube zu werfen, oder der Mr Black aus seinem Haus werfen ließ, sondern das des Mannes, der sich vor Jahren über mich gebeugt hatte, als ich ohnmächtig geworden war, weil ich mich mit Pech verbrannt hatte. »Nun … ich glaube dir, dass es dir leid tut«, sagte er zu seinem Sohn.

Richard konnte nicht sprechen, sondern schlang nur die Arme um seinen Vater. Ich wandte den Blick ab. Richard hatte zwei Männer angeheuert, die mich töten sollten. Es war schwer, beinahe unmöglich zu glauben. Ich wünschte, ich wäre nicht gekommen. Hätte dies nicht gesehen. Ich hatte angefangen, in ihnen nichts als böse Männer zu sehen, die ich, wenn schon nicht bekämpfen, so doch zumindest überlisten könnte. Lord Stonehouse lachte. Er hatte ein volles, tiefes Lachen, das sein Gesicht verwandelte, so dass sich darin die Erinnerung an jene glücklicheren Zeiten spiegelte, die ich auf dem Gemälde mit seiner Frau Frances gesehen hatte. »Es ist seltsam«, sagte er.

»Was?«

Erstickt vor Rührung, war die Stimme seines Vaters ein kaum hörbares Flüstern. »Ich bin stolz auf dich.«

»Stolz?« Richard grinste erstaunt. »Ich … kann mich nicht erinnern, dass Ihr das je zuvor zu mir gesagt hättet.«

»Ich kann mich auch nicht erinnern, dass du jemals etwas getan hättest, an das du wirklich geglaubt hast.«

Er schaute zu einem Porträt von Charles I. hinüber. Richard folgte seinem Blick. Wenn sie ein wenig zur Seite geschaut hätten, hätten sie mich gesehen, wie ich in den Alkoven gedrückt dastand, aber sie hatten nur Augen für ihren König. Richard richtete sich auf, gerade und stolz, die Stimme vor Rührung belegt. »Ich glaube an ihn.«

»Ich weiß. Das sehe ich jetzt. Ich wünschte, ich könnte, aber … Gott sei mit dir, mein Sohn!«

»Gott segne Euch, Vater.«

Sie umarmten sich noch einmal, dann ging Lord Stonehouse zu seinem Zimmer zurück. Richard eilte die Galerie entlang auf die Treppe zu. Jeder meiner Muskeln war angespannt. Sobald Richard Stonehouse die Treppe hinuntergegangen war und bevor Eaton die Gelegenheit hatte, sie emporzusteigen, wollte ich in Lord Stonehouse' Zimmer sein. Die Szene, deren Zeuge ich gerade geworden war, machte mir Hoffnung. Unter seiner Skrupellosigkeit verbarg sich ein Mann mit tiefen Gefühlen, der sich, davon war ich überzeugt, meiner Bitte nicht verschließen würde.

Ich schoss aus dem Alkoven heraus, als Lord Stonehouse sein Zimmer erreichte. Ich erhaschte einen Blick auf die prächtigen Wandteppiche, ehe ich aus den Augenwinkeln sah, wie Richard Stonehouse auf der Treppe kehrtmachte. Ich erstarrte. Jede Bewegung würde mich verraten. Ich hielt die Luft an, so groß war meine Angst, er könnte mich hören, wenn ich ausatmete. Er betrat das Zimmer seines Vaters, und ich hörte ihn sagen: »Mein Hut.« Fast sofort kam er wieder heraus, setzte einen fein gearbeiteten Federhut auf und ging davon. Langsam atmete ich aus und ein, um mein immer noch pochendes Herz zu beruhigen.

Er war fast außer Sicht, doch noch nicht ganz zufrieden mit dem Sitz des Hutes. Vor einem Glasspiegel in einem der Alkoven blieb er stehen. Seine Finger erstarrten. Es dauerte den Bruchteil einer Sekunde, ehe ich begriff, dass er mich im Spiegel sehen konnte. Vermutlich glaubte er nicht, was der Spiegel ihm zeigte. Vielleicht hielt er mich für einen Geist. Ich konnte mich weder rühren noch ein Wort herausbringen. In diesem Moment wünschte ich, wirklich ein Geist zu sein, der so plötzlich verschwinden könnte, wie Richard glaubte, dass ich aufgetaucht war. Die Gehässigkeit in seinem Blick ließ mich erstarren wie ein Kaninchen vor einer Schlange.

»Du«, sagte er leise. »Du.«

Er kam nah genug heran, um den Samt meines Leibrocks zu berühren. Meine Kleider schienen die gleiche Wirkung auf ihn zu haben wie ein Streichholz auf Schwarzpulver. Als er mich auf der königlichen Parade beinahe getötet hatte, hatte ich in meiner abgetragenen Kleidung wie eine lächerliche Missgeburt gewirkt. Und jetzt? Auch wenn ich nicht an Richards anspruchsvolle Aufmachung eines Höflings heranreichte, von den riesigen blumigen Rosetten an den Schuhen bis zu den Federn an seinem Hut, hatte ich doch unmissverständlich das Aussehen eines Edelmanns. Er hatte sein Schwert bereits halb gezogen, als er seinen Vater in der Tür stehen sah. Es war das einzige Mal, dass ich Lord Stonehouse sprachlos erlebt habe. Sein Mund stand offen. Er blinzelte und blinzelte noch einmal. Wenn Richard geglaubt hatte, er habe einen Geist erblickt, so war er davon überzeugt. Ich öffnete den Mund.

»Ich …«

Es war das einzige Wort, das ich hervorbrachte. Doch das genügte. Ich existierte. Ich lebte. Richard ignorierte mich. Er würde nicht mit mir sprechen. Ich war unsagbar. Die Worte, die er zu seinem Vater sagte, waren wie Säure, versetzt mit Bitterkeit. »Hättet Ihr nicht wenigstens warten können, bis ich weg bin?«

»Ich hatte keine Ahnung, dass er hier ist.«

»Er hat sich also selbst hereingelassen, nehme ich an?« In einer einzigen verschwommenen Bewegung war das Schwert aus der Scheide und die Spitze an meiner Kehle. Er erwartete, dass ich zurückspringen würde, doch das tat ich nicht. Vor wenigen Momenten war ich noch so bewegt gewesen, dass ich den Impuls verspürt hatte, ihn und seinen Vater zu umarmen. Jetzt erwiderte ich seinen Blick mit einem Gefühl des Hasses, der seinem in nichts nachstand. »Und diese feine Spitze hat er auch mit seinen erbärmlichen, aufwieglerischen Flugschriften bezahlt, nehme ich an?« Mit einem Wisch der Klinge riss er mir den Spitzenkragen ab. Unwillkürlich zuckte ich zurück. Von diesem Augenblick an ignorierten sie mich. Ich hatte eine alte Wunde aufgerissen, und mit jedem Wort rissen sie sie weiter auf.

»Ich habe diesen Jungen seit Jahren nicht gesehen, und das ist die Wahrheit!«

»Ihr seid ein alter Heuchler!«

Das Gesicht seines Vaters lief rot an, so dass ich meinte,

eine Ader müsse geplatzt sein. »Wage es nicht, so mit mir zu reden, Richard!«

»Stolz? Ihr wart stolz, mich loszuwerden!«

»Das ist nicht wahr! Ich habe jedes Wort ernst gemeint!«

In Lord Stonehouse' Stimme lag so viel Agonie, dass ich mit mir rang, ihre Auseinandersetzung zu unterbrechen und das Missverständnis aufzuklären, aber ebenso gut hätte ich versuchen können, einen Wirbelsturm aufzuhalten. Sie schoben mich zur Seite bis an die Balustrade. Unten in der Halle konnte ich die Bediensteten, die Besucher und Eaton sehen, wie sie nach oben starrten. Letzterer warf mir einen grimmigen Blick zu, doch selbst er wagte es nicht, dazwischenzugehen. Als sie sich schließlich heiser gebrüllt hatten, lief Richard die Treppe hinunter, und erst jetzt schien er die wie gebannt dastehende Menschenmenge in der Halle zu bemerken.

Lord Stonehouse stand am Kopf der Treppe. In den Adern an seinen Schläfen pochte das Blut, etwas Speichel bedeckte den Leinenkragen an seinem Hals, aber dennoch war er eine imposante, beinahe furchteinflößende Erscheinung. Er war groß und hatte nicht allzu viel Fett angesetzt. Die muskulösen Arme konnten immer noch ein Pferd bezwingen oder ein Schwert schwingen. Sein Haar war kürzer als das seines Sohnes, doch er hatte noch mehr schwarze als graue Strähnen. Er war nachlässig in Schwarz gekleidet, nur ein kleiner Orden des Heiligen Georg aus Gold und Emaille an seinem Hals, das Zeichen des Hosenbandordens, verriet seinen Rang. Vielleicht hatte er ihn angelegt, um seinen Sohn daran zu erinnern, dass er einst ein enger Vertrauter des Königs gewesen war.

»Richard! Komm zurück …« Das erste Wort war ein Befehl, die letzten beiden verwandelten sich in eine flehentliche Bitte. Richard hörte es heraus, zögerte und drehte sich um. Sein Gesicht, das ebenso hochmütig und stolz war wie das seines Vaters, spiegelte nun deutlich dieselbe Unsicherheit, das Verlangen, zurückzukehren zu dem Punkt, an dem sie auseinandergegangen waren, ehe er mich entdeckt hatte. Wenn einer von ihnen einen Schritt nach unten oder der andere einen Schritt nach oben gemacht hätte, wäre es vielleicht dazu gekommen. Doch letztlich war jeder von ihnen zu stolz, und als würde er seinen gütigen Ton bereuen, deutete Lord Stonehouse mit einem ruckartigen Kopfnicken auf sein Zimmer und sagte barsch zu seinem Sohn: »Komm!« Als Richard sich abwandte, brach die Wut aus dem alten Mann hervor: »Ich werde dich unter Arrest stellen lassen!«

Richard zog sein Schwert, die Scheide erwischte beinahe den Schreiber, der gegen sein Schreibpult fiel. »Ich sehe Euch in der Hölle, Vater«, schrie er. »Euch und den Blender!«

21. Kapitel

Man sperrte mich in eine kleine Kammer. Den ganzen langen Tag lang, nach Richards ungestümem Abgang, herrschte brütende Stille, unterbrochen nur durch flüsternde Stimmen und das Geräusch von ankommenden und abfahrenden Kutschen. Die Kammer war ein Anbau der Bibliothek und wurde zur Lagerung der Korrespondenzen mit den königlichen Familien genutzt. In einer Textpassage auf einem befleckten Blatt, die von einem Spitzel im Parlament markiert worden war, plädierte ein Familienangehöriger dafür »... die Kinder nebst dem Familiensilber aufs Land zu schaffen, ehe die Ernte eingebracht sei und diese gar elendige Angelegenheit begönne«.

Es war Abend, und die Kerzen brannten, als zwei Bedienstete mich nach oben führten. Sie gaben mir keine Antwort auf meine Fragen und würdigten mich keines Blickes. Sie wussten, wie Dienstboten stets alles wussten, dass ich das Pestkind war, und behandelten mich, als sei ich immer noch ansteckend.

Sie brachten mich in Lord Stonehouse' Studierzimmer und deuteten auf eine Stelle in einiger Entfernung von seinem Schreibpult. Lord Stonehouse saß in einer Lichtglocke, die vom Kronleuchter über seinem Kopf gebildet wurde. Bei ihm war ein Mann, den ich für seinen Sekretär hielt und der ihm Dokumente zum Unterzeichnen vorlegte. Lord Stonehouse nahm einen Schluck Wein aus einem Glas, stieß auf, machte sich daran, ein Blatt zu unterschreiben, und hielt inne.

»Acht Pferde?«

»Acht, Mylord.«

»Ich kenne den Stall des Duke of Richmond. Er hat zwölf feine Berber. Sei so gut und finde heraus, was mit ihnen passiert ist, Mr Cole.«

»Ja, Mylord.«

Er schob das Dokument ohne Unterschrift beiseite. Seine Stimme blieb gleichförmig und ohne jede Regung. »Pferde und Teller. Jeder Soldat, Offizier oder nicht, der des Diebstahls überführt wurde, wird nicht nur gehängt, sondern als Warnung für die anderen soll sein Leichnam hängen bleiben. Sonst noch etwas?«

Der Sekretär deutete auf mich und zog sich mit einer Verbeugung zurück. Lord Stonehouse starrte mich an, als hätte er mich vollkommen vergessen. Ich bin sicher, dass es keine Heuchelei war. Er hatte die Fähigkeit einer Führungspersönlichkeit, ein Problem vollkommen aus seinen Gedanken zu verbannen, während er sich mit anderen Dingen beschäftigte. Er sah mich an, als sei ich ein Stück Papier auf seinem Schreibtisch. »Du dachtest, du könntest eine Verschwörung gegen mich anzetteln, was?«

»V…verschwörung, Sir?«, stammelte ich bestürzt.

Ein knochiger Finger bohrte sich mir in den Rücken. »Mylord«, korrigierte Eaton mich. Er hatte so still in der Ecke gestanden, dass er mit dem dunklen Wandteppich hinter ihm zu verschmelzen schien.

Lord Stonehouse' Stimme war so kalt wie sein Blick. »Tritt näher. Sieh mich an.«

Ich zwang mich, den Mann anzusehen, der mein leiblicher Vater sein könnte. In diesem Moment kümmerte mich das wenig. Ich hatte jedes Verlangen nach einem richtigen Vater verloren, insbesondere nach einem, der einen bei der Geburt dazu verdammte, in der Grube zu landen. Es muss ein ganz ähnlicher Schreibtisch gewesen sein, an dem er gesessen und den Pestbrief gesiegelt hatte, ehe er sagte: »Sonst noch etwas?«

Sein Leinen war zerknittert, und auf seinem Kragen waren Weinflecken. Doch war es gerade diese Nachlässigkeit in der Kleidung, die deutlicher von seiner Macht zeugte als die feinsten Gewänder. Sein Gesicht war lang und hager, und die Nase leicht gekrümmt, wie bei dem Falken, der sein Wappentier war. Seine rabenschwarzen Augen hatten denselben unnachgiebigen, eindringlich starrenden Blick wie der Vogel. Es war schwer zu glauben, dass dies der Mann war, dessen rührenden Abschied von seinem Sohn ich heute Morgen zunichte gemacht hatte. Seine Stimme hatte die krächzende Schärfe eines anderen Vogels, der Saatkrähe.

»Du hast den Zeitpunkt gut gewählt.«

Ich hatte den Tag damit zugebracht, das Missverständnis bitter zu bereuen, den Bruch zwischen Vater und Sohn, den ich verursacht hatte. »Es tut mir leid, Sir«, murmelte ich kläglich und zuckte zusammen, als mich ein weiterer Stoß in den Rücken traf. »... Mylord.«

Gerade meine Niedergeschlagenheit reizte ihn zu unvermittelter Wut. Später erfuhr ich, dass er, wie viele starke, verhärtete Männer, Schwäche nicht ertragen konnte. Ich sah Eaton zusammenzucken, seine Narbe schien sich in seiner Wange zu verkriechen, denn er wusste, was nun käme. Lord Stonehouse sprang auf. »Es tut dir leid? Dir? Das wird dir noch leidtun! Meinst du, du könntest hier hereinspazieren und dir einfach so dein Erbe schnappen?« Er schnipste mit den Fingern vor meinem Gesicht. »Das ist es doch, oder?«

Speichel spritzte mir ins Gesicht. Ich versuchte zu antworten, aber es war unmöglich gegen diesen heftigen Wortschwall anzukommen. Er wütete gegen mich, sagte, er habe für das, was er getan habe, gebüßt. Er hatte mich eingekleidet. Mich ausbilden lassen. Gott wusste, dass er nicht mehr tun konnte! Und wie dankte ich es ihm? Indem ich die Beziehung zu seinem ältesten Sohn zerstörte! Trotz ihrer endlosen Streitereien hatten sie sich stets wieder zusammengerauft, aber jetzt war es vorbei damit, und ich sei der Grund für den endgültigen Bruch. Erst ein Hustenanfall stoppte ihn. Schwer atmend stützte er sich auf den Tisch und nahm einen Schluck Wein. Rote Adern flammten auf seinen Wangen auf.

»Keine Nachricht von Richard?«

Eaton löste sich aus dem Dunkel des Wandteppichs. »Nein, Mylord. Ihr hattet in Erwägung gezogen, ihn unter Arrest stellen zu lassen. Soll ich …«

Lord Stonehouse warf das Glas nach Eaton, der sich gerade noch rechtzeitig ducken konnte. »Unter Arrest stellen? Meinen Sohn? Für die einzige erhabene Tat, die er je begangen hat?« Eaton wischte sich den Bodensatz des Weins aus dem Gesicht. Der hasserfüllte Blick, den er Lord Stonehouse' Rücken zuwarf, war so ungestüm, dass diejenigen, mit denen er mich bedachte, dagegen geradezu milde wirkten. Lord Stonehouse kam zu mir. Seine Wut war verraucht, ersetzt durch eine unbarmherzige Kälte. Ich zog den unbeherrschten Zorn vor. Ich dachte an die Berichte über mich, die Jahr für Jahr über diesen Tisch gegangen sein mussten, Briefe, die von diesen kalten Augen gelesen wurden, von denen ich das Gefühl hatte, als würden sie jede meiner Sünden kennen. Unheimlicherweise schien er meine Gedanken lesen zu können.

»Als ich dich damals aus dem Armenviertel herausgeholt habe, legten die ersten Berichte den Schluss nahe, dass du am Galgen enden würdest. Jetzt bist du nur einen Schritt davon entfernt.«

»Warum?«

»Warum? Er glaubt, ich bräuchte einen Grund, um ihn hängen zu lassen, Eaton.«

Eaton lachte. Es war nur ein kurzes Auflachen, denn Lord Stonehouse bedachte ihn mit einem langen kalten Blick, ehe er so dicht an mich herantrat, dass ich den Wein in seinem

Atem riechen konnte. »Ich könnte dich als Hochstapler hängen lassen. Es gibt keinen Beweis dafür, wer du bist.« Der Blick aus seinen schwarzen Augen ruhte die ganze Zeit auf meinem Gesicht, während er mir erklärte, dass er das tun würde, genauso einfach, wie er den Pestbrief unterzeichnet hatte, um mich in die Grube werfen zu lassen. »Wer hat dich darauf gebracht?«, fragte er leise. Er schoss einen Blick auf Eaton ab, und der Ausdruck der Furcht auf dem Gesicht des Verwalters ließ mich erschaudern.

»Auf … auf was gebracht?«

»Du glaubtest, du könntest einfach hier hereinmarschieren und dein Erbe beanspruchen, war es nicht so?«

»Nein, Mylord! Das ist es nicht, was …«

»Es war vorsätzlich geplant.«

»Ich weiß nicht, was …«

»Wer hat dir erzählt, dass mein Sohn hier sein würde?«

»Nie … mand!«

»Lügner!« Er betastete mein Doublet. »Feinster Samt. Wer hat dir das gekauft?«

Erneut schoss er einen Blick auf Eaton ab. Schuld stand dem Verwalter ins Gesicht geschrieben. Und da begriff ich. Ich erinnerte mich an den Ausdruck der Panik in Eatons Gesicht, als er mich zum ersten Mal in diesen Kleidern gesehen hatte. Zum Äußersten entschlossen, weil Richard nicht erben und ihr luxuriöses Leben ruinieren sollte, hatten sie mir meine Zukunft in den schillerndsten Farben ausgemalt. Das Stadthaus, von dem sie gesprochen hatten, kam mir jetzt wie ein Traum vor; vielleicht hatte nie die Aussicht auf irgendein Erbe bestanden, außer in Lord Stonehouse' Fantasie, oder als Drohung, die er gegen seinen Sohn verwenden konnte. Eaton und Turville hatten sich verschworen, um mich im richtigen Moment zu präsentieren – und ich war im denkbar ungünstigsten aufgetaucht.

Erneut befingerte er den Leibrock. »Wer hat dir das gegeben? Was haben sie dir erzählt?«

Die Worte waren beinahe aus meinem Mund heraus, doch ich schluckte sie herunter. Wenn ich ihm die Wahrheit sagte, wäre er überzeugt, dass ich mich zusammen mit Eaton und Turville verschworen hatte. »Nichts! Ich habe mir diese Kleider selbst gekauft!«

Ich erhaschte einen Blick auf Eatons erleichterte Miene. Lord Stonehouse bemerkte es ebenfalls; nicht die kleinste Nuance entging ihm. »Du?« Das Wort troff nur so vor Ungläubigkeit und Verachtung. Verachtung angesichts der bloßen Vorstellung, so ein jämmerlicher Wicht wie ich könnte genug Geld verdienen, um sich solche Kleider leisten zu können. Ohne diese Verachtung hätte er die Wahrheit aus mir herausbekommen, doch sie stachelte mich an, denn mein Stolz war ebenso groß wie seiner. Aber es war eine andere Art des Stolzes; der Stolz auf sieben Jahre ehrlicher Arbeit und Plackerei. Der Verkauf meiner Flugschriften hatte angefangen, mir mehr Geld einzubringen, als ich mir je hätte träumen lassen, und ich hätte mir diese Kleider gerade eben selbst leisten können.

»Ja! Ich habe sie mir erarbeitet!« Ich streckte meine Hände aus. Jede Furche meiner Hände und die Windungen meiner Finger waren erneut von der Tinte verfärbt. Die Arbeit, auf die ich so stolz war, war seine Verachtung nicht wert. Und kein Argument würde ihn umstimmen, sobald er einmal entschieden hatte, recht zu haben. Er schüttelte mich, dass mein Kopf hin und her wackelte. Ich verlor die Beherrschung, packte ihn bei den Schultern und stieß ihn von mir.

Ich hatte das Gefühl, am Ende einer Reise angelangt zu sein, die damit begonnen hatte, dass ich Worte, welche die Welt verändern würden, aus dem Schlamm gerettet hatte. Diese Worte hatten einen Prozess in Gang gesetzt, und die Armee würde ihn beenden. Doch wenn dies einer der Männer war, der das Heer anführte, einer der Großen Zwölf, denen selbst Mr Pym sich beugte, welche Hoffnung gab es dann noch? Seine Worte waren unredlich und falsch. Es waren keine Worte der Hoffnung und Veränderung, sondern der Doppeldeutigkeit und Verzweiflung.

Er war so schockiert, dass ich es gewagt hatte, Hand an ihn zu legen, dass er mich mit offenem Mund angaffte, während es nur so aus mir hervorsprudelte. Ich erzählte ihm von den Worten, die ich aus dem Schlamm gerettet hatte, dass ich geglaubt hatte, er sei ein ebenso großer Anführer wie Mr Pym, während er in Wirklichkeit nur daran dächte, einen Mann zu hängen, weil er Berberpferde gestohlen hatte, und einem ehrlichen Drucker Haus und Hof zu nehmen. Eaton zuckte zusammen und wandte sich ab. Er erwartete, dass Lord Stonehouse explodieren würde, während ich immer weiter redete. Oh, ich erzählte jede Menge dummes Zeug, Sachen, die ich vom ohrlosen Jack aufgeschnappt hatte und kaum richtig verstand, aber mein mangelndes Wissen machte ich mit Leidenschaft und Überzeugung wett, während Lord Stonehouse mich anstarrte, als sei ich ein Wesen, das geradewegs vom Mond gestürzt war.

Als er wieder genug Atem geschöpft hatte, nahm er eine Glocke von seinem Pult. Ich redete immer noch weiter, fing ganz am Anfang an, wie er sich meiner auf dem Hof der Werft angenommen hatte, nachdem ich mich verbrannt hatte. Er sei es gewesen, ich wusste, dass er es gewesen sei, wiederholte ich, als er Anstalten machte, es abzustreiten. Ich sagte ihm alles, was ich ihm vielleicht gesagt hätte, wenn er mich erzogen hätte und nicht nur sein Geld. Als zwei stämmige Diener eintraten und mich ergriffen, musste ich die Geschichte auf Flugblattlänge kürzen. In aller Hast erklärte ich ihm, dass ich nicht wegen des Schatzes gekommen sei.

»Welcher Schatz?«, fragte er mit verwirrtem Stirnrunzeln.

»Ich meine das Erbe. Ich bin deswegen gekommen.« Mit diesen Worten zog ich den Brief hervor, den er Mr Black geschickt hatte.

»Wartet!« Er bedeutete den Dienern, mich loszulassen, und nahm den Brief. Er betrachtete das Siegel des Falken. Einen Moment dachte ich, es sei ein Trick von Eaton, und Lord Stonehouse habe den Brief nie zuvor gesehen, doch er war nur so unwichtig für ihn, dass er ihn vergessen hatte. Er las ihn durch, um sich den Inhalt ins Gedächtnis zu rufen, ehe er aufblickte. »Deswegen bist du hergekommen?«

»Ja, Mylord.«

»Das ist alles?«

In seiner Stimme lag ein scharfer, ungläubiger Unterton, der mich erneut aufbrachte. Ich hörte mich an wie der ohrlose Jack im Pot, als ich sagte, ich sei die letzte Person, die einen Landsitz haben wolle. Großgrundbesitzer schienen vergessen zu haben, dass es Waldrechte gab, ebenso wie die Magna …

»Sei still!«, brüllte er. Er deutete auf ein Gemälde von Highpoint House. Es war viel größer als das in Turvilles Haus und war, wie ich feststellte, viel später entstanden, denn das Dorf, das sich am Fluss erstreckt hatte, war nicht mehr da. Vielleicht hatte man es verlegt, weil es den Ausblick verdarb. »Du würdest das hier nicht haben wollen?«

»Nein, Mylord.«

»Dann bist du ein Narr.«

Erneut verärgert, und weil ich nichts zu verlieren hatte, sagte ich: »Ich verstehe durchaus, dass Euch das Probleme bereitet, Mylord.«

Seine schwarzen Augen schienen sich in meine zu bohren. Ich spürte die beiden Diener neben mir, den Blick starr geradeaus gerichtet. Ihre Hände zuckten, bereit, mich fortzutragen wie einen Gang beim Dinner. Dann knurrte Lord Stonehouse und lächelte. Es war bitter, aber immerhin ein Lächeln. »Nein, vielleicht bist du doch gar kein Narr«, flüsterte er. Die Hände der beiden Diener hörten auf zu zucken und wurden gleichzeitig wieder hinter dem Rücken gefaltet.

Lord Stonehouse blickte erneut auf den Brief. »Du bist wegen Mr Black hergekommen?«

»Ja, Mylord. Er war wie ein Vater zu mir.«

Er zuckte zusammen, kam auf mich zu und bedachte mich mit einem bohrenden Blick. »Wie ein Vater?«

»Ja, Mylord.«

Abrupt wandte er sich ab, so dass ich sein Gesicht nicht sehen konnte. Er zerknüllte den Brief, als er auf das Fenster zuschritt. Wachsstückchen lösten sich vom Siegel, fielen klackernd zu Boden und bildeten eine dünne Spur hinter ihm. Es war inzwischen ziemlich dunkel, und in den Häusern gegenüber brannten Kerzen. Ein Fenster stand offen, aber die Luft war dick und warm und so still wie die Diener, die mich bewachten. Es war so leise, dass ich ihren Atem und das Knirschen ihrer Schuhe hörte, wenn sie sich kaum merklich bewegten. Schließlich schleuderte der Lord den Brief auf den Tisch und wandte sich barsch an Eaton. »Davon hast du mir nichts erzählt.«

Eaton meldete sich zu Wort. »Es stand alles in den Berichten, Mylord. Dass der Teufel in ihm steckt, der Zorn, der …«

»Nein, nein, Eaton, das meine ich nicht.« Rastlos wandte sich der alte Mann ab. Dann, wie ein Anwalt, der plötzlich einen Fehler im Verfahren findet, stürzte er sich auf mich. »Aber wenn dein wunderbarer Mr Black wie ein Vater zu dir war – warum bist zu dann davongelaufen?«

Triumph blitzte in seinen Augen auf. Ich war ein Betrüger, hatte mir eine Geschichte ausgedacht, um zu zeigen, was für ein wunderbarer Sohn ich sei – und sein würde, im Gegensatz zu seinem eigenen. Es war eine Verschwörung, um an sein Vermögen zu kommen. Verschwörungen hatten mein Leben ruiniert, jedes Mal, wenn ich versuchte, es mir aufzubauen. Ich war fertig mit Verschwörungen. Er sah ohnehin das Schlimmste in mir, was immer ich sagte, also schleuderte ich ihm verbittert die Worte entgegen: »Ich bin davongelaufen, weil die Männer Eures Sohnes versucht haben, mich zu töten.«

Eaton zuckte erneut zusammen. Er sah aus, als sei seine Narbe frisch aufgerissen. Mir fiel ein, was Turville gesagt hatte. Dass er nicht derjenige sein wolle, der, ohne einen gänzlich unwiderlegbaren Beweis, Lord Stonehouse erklärte, sein Sohn sei ein kaltblütiger Mörder. Einen Moment lang stand er stumm da, dann schickte er die Diener fort und befahl ihnen, vor dem Zimmer zu warten. Sein Gesicht zeigte eine Kälte wie einer jener Wintertage, an denen die Nacht niemals weit zu sein schien. Eaton zog sich in den Schatten des Zimmers zurück. Lord Stonehouse saß im Licht des Kronleuchters und sah zum ersten Mal aus wie der, der er war, einer der mächtigsten Männer Englands – oder zumindest des Teils von England, der gegen den König opponierte. All mein Wagemut verließ mich. Ich begann zu zittern und konnte nicht wieder aufhören. Sein Schweigen war das Schlimmste, viel schlimmer als sein unbeherrschter, unvorhersehbarer Zorn, denn dieser war zumindest menschlich. Dazu kam diese bedächtige Art, mit der er einen Schlüssel aus dem Bund an seinem Gürtel auswählte und sodann eine Schublade aufschloss und öffnete. Ich war überzeugt, er würde eine schwarze Richterkappe hervorholen, um mein Todesurteil zu unterzeichnen.

Stattdessen nahm er einen Stapel Papiere heraus. Während er sie durchging, verstärkte sich mein Zittern, wenn auch aus einem anderen Grund. Auf der Stelle hatte ich Mr Blacks fließende schräge Handschrift erkannt, auf die er so stolz gewesen war. Als Drucker konnte ich genauso gut auf dem Kopf wie spiegelbildlich lesen. Als Lord Stonehouse die Seiten umblätterte, las ich hier und da »den Teufel aus ihm herausprügeln« … »Latein gut, aber moralisch« … »ausgezeichnet« … »wenn er nicht zuerst in der Hölle landet«. Es waren die sorgfältig ausformulierten Versionen der Entwürfe, die ich in Mr Blacks Kontor gelesen und die er in den zurückliegenden acht Jahren meines Lebens vierteljährlich verfasst hatte. In diesem Studierzimmer, auf diesem Schreibtisch, waren sie also gelandet. Lord Stonehouse hatte sich am Rand Notizen gemacht, ein verkrampftes, eilig hingeschmiertes Gekritzel. Was mich rührte, war nicht der Inhalt der Bemerkungen – die konnte ich nicht lesen –, sondern dass er sie überhaupt gemacht hatte. Wer immer auch mein Vater sein mochte, ich begriff, dass ich ihm etwas bedeutete, und in diesem Moment sah ich in ihm zum ersten Mal meinen Wohltäter.

Die Liebe und Warmherzigkeit, mit der Susannah mich aufgezogen hatte, im Gegensatz zur Schroffheit, mit der die meisten Kinder aufwuchsen, brachte mich dazu, diese nüchternen Briefe über meinen moralischen Fortschritt, oder den Mangel desselben, mit Dankbarkeit zu betrachten. Sie hatten mir eine Ausbildung ermöglicht. Ohne sie hätte ich Anne niemals kennengelernt. Ich konnte nicht aufhören, sie zu überfliegen. Er blickte auf, und ich fuhr mir hastig mit der Hand über die Augen. Lord Stonehouse starrte mich streng und schmallippig an, als erwarte er Reue, vielleicht das Eingeständnis meiner Teilhabe an der Verschwörung, die er zu erkennen glaubte – alles, aber nicht das eine Wort, das ungelenk über meine Lippen kam.

»Danke«, sagte ich.

Verständnislos starrte er mich einen Moment an, dann bedachte er mich mit einem finsteren Blick voller Misstrauen. »Dafür, dass Ihr mich habt erziehen lassen«, stammelte ich. »Dass Ihr mir ermöglicht habt, Worte zu benutzen, um …«

»Genug!«, sagte er barsch. Zum ersten Mal sah er aus, als fühlte er sich unbehaglich und seiner selbst nicht ganz sicher. Dann wandte er sich wieder den vor ihm liegenden Blättern zu, überprüfte Daten, stellte mir eine Reihe von Fragen über die Zeit, in der der erste angebliche Angriff – wie er es nannte – auf mich stattgefunden hatte. Genau wie Eaton und Turville mich gewarnt hatten, verlangte er Beweise. »Warum glaubst du, dass es mein Sohn war, der diese Männer angeheuert hat?«

»Zuerst dachte ich es auch nicht. Ich glaubte, Ihr wäret es gewesen.«

»Ich?« Er lachte. »Nachdem ich so viel Geld für dich ausgegeben hatte?«

Schließlich strömte es aus mir heraus, in einer sonderbaren Mischung aus Dankbarkeit und Bitterkeit. Ich erzählte ihm von dem Brief, den Eaton an Mr Black geschickt hatte, in dem er diesen vor der Gefahr warnte, die Richard für mich darstellte. Und ich schilderte ihm, dass ich fälschlicherweise geglaubt hatte, er, Lord Stonehouse, sei meiner überdrüssig geworden; dass das Experiment, oder was immer es war, fehlgeschlagen sei und er mich aussortieren wollte wie ein Töpfer ein Stück fortwarf, das beim Brennen gesprungen war. Als ich bei der königlichen Parade angelangt war und sagte, ich glaubte, er habe seinem Sohn befohlen, mich niederzustechen, schlug er mit der Faust auf den Tisch, um mich zum Schweigen zu bringen. »Du glaubtest, ich hätte ihm befohlen, dich zu töten?«

»Ja, Mylord.«

Sein scharfer Blick sprang von mir zu Eaton. »Ich rief Richard zu, von dir abzulassen«, sagte er knapp. »Er sagte, er habe mich nicht gehört. Dass er befürchtet habe, mein Leben sei in Gefahr.« Unvermittelt wandte er sich an den Verwalter. »Glaubst du das, Eaton?«

»Es ist möglich, dass Richard Euch nicht gehört hat, Mylord.«

»Möglich, ja, möglich! Aber was *glaubst* du, Mann?« Eaton

schwieg. Ich sah, wie die beiden Männer ihr gegenseitiges Misstrauen nährten. »Warum hast du mir nichts davon erzählt, Eaton?«

Er hatte die Frage sehr leise gestellt. Doch Eaton antwortete noch immer nicht. Winzige Schweißperlen hatten sich in seinem Haaransatz gesammelt, und eine davon lief langsam über seine Stirn und die Wange hinunter. Ich hätte nie gedacht, dass ich jemals auch nur einen Hauch Mitleid mit diesem groben, brutalen Mann empfinden würde, doch da überkam es mich. Er glich einem Tier, das sich vor einer Falle fürchtete.

»Mr Eaton hat mir das Leben gerettet«, sagte ich.

Die Wirkung dieser Worte auf Lord Stonehouse war bemerkenswert. Ich kann es nicht anders beschreiben, die beiden waren wie ein Herr und sein Hund. Der Hund war mit Brutalität erzogen worden, hatte kaum eine freundliche Geste erfahren, gehorchte blind jedem Befehl, stets in der Angst, die Brutalität könnte jeden Moment, ohne erkennbaren Anlass, wieder ausbrechen. Doch selbst die primitivste Beziehung hatte eine lange Geschichte, und diese Geschichte bestand aus gemeinsamen Erfahrungen, die die, welche jene Geschichte teilten, immer enger aneinanderbanden. Und genau das schien sich in diesem Momente zu ereignen.

»Warum hast du mir nichts davon erzählt, Mann?«, sagte Stonehouse. In Eatons Antwort lag etwas von der lang aufgestauten Spannung und Verbitterung, die schon immer in ihm geköchelt hatte. Der Hund zeigte Zähne. »Es war eine jener Perioden, in denen Mr Richard geläutert schien, Mylord. Ich fürchtete, Ihr würdet mir keinen Glauben schenken.«

Lord Stonehouse blickte ihm in die Augen, dann stieß er einen langen Seufzer aus. »Das hätte ich auch nicht. Du hast völlig recht, Eaton. Ich habe ihm erklärt, dass er von dem Jungen nichts zu befürchten hat, doch auf der Treppe konnte ich sehen … er hätte ihn beinahe mit seinem Schwert durchbohrt!« Er seufzte tief, schritt erneut zum offenen Fenster und blickte hinaus. Es war so ruhig, dass ich eine Kerze tropfen hören konnte, als das Wachs über den Rand rann. »Hol Turville«, sagte er. Er deutete auf mich. »Und besorg ihm etwas zu essen.«

22. Kapitel

Auf dem Weg die Treppe hinunter murmelte Eaton: »Gut gemacht! Das hätte ich dir gar nicht zugetraut, Tom.« Er sprach, als sei er fast überzeugt, wir hätten meinen Einzug in die Queen Street gemeinsam geplant. Vielleicht würde er es Turville genau so erklären. Verärgert und in einem Zustand äußerster Verwirrung riss ich mich von ihm los. Ich war an diesen Ort gekommen, um offen und ehrlich zu sein, um mich von dem Komplott zu befreien, das unser Leben im Half Moon Court zu zerstören drohte, um mich frei zu machen, damit ich endlich Anne heiraten konnte. Aber jetzt wurde ich nur um so tiefer hineingezogen! Eaton schien den hasserfüllten Blick, den ich ihm zuwarf, zu genießen und tat, als würde er eine Verbindung zwischen uns schaffen. »Das ist die rechte Einstellung, Tom! Turville vertraut mir nicht, und ich vertraue ihm nicht. Auf diese Weise kommen wir vorwärts.«

In bester Laune drangsalierte er die Bediensteten, verlangte nach seinem Pferd und nach »Verpflegung für Mr Tom«, ehe er ging. Die beiden Diener, die mich zuerst fast abgeräumt hätten wie einen Gang beim Dinner, schickten sich nun an, mich zu bedienen. Respektvoll führten sie mich einen eichengetäfelten Korridor entlang, bis wir zu einem riesigen Speisesaal mit einem glänzenden Mahagonitisch gelangten, der so lang war wie ein Schiff. Lord Stonehouse saß allein an einem Ende. Ich hatte die Türöffnung schon fast durchschritten, als die Diener husteten – sie taten alles gleichzeitig – und mich geschickt fortlenkten. Lord Stonehouse nahm keine Notiz von uns. Neben seinem Platz stand ein weiteres Gedeck. Er befahl einem Diener, das silberne Besteck, die Teller und Gläser abzuräumen. Ich nahm an, sie seien für Richard aufgedeckt worden, für das, was vielleicht ihr letztes gemeinsames Mahl geworden wäre.

Nachdem ich in Gesellschaft des Sekretärs, Mr Cole, etwas Wildpastete gespeist hatte, wurde ich erneut nach oben in Lord Stonehouse' Studierzimmer gebracht. Seine Stimme hatte wieder ihren schroffen Klang angenommen.

»Du wirst diese Kleider nie wieder tragen. Ist das klar?«

»Ja, Mylord.«

»Ich werde entscheiden, welche Stellung du im Leben einnehmen wirst. Derweilen wirst du dich wie Mr Cole kleiden.«

Ich sagte nichts. Anscheinend hatte ich recht gehabt. Turville hatte Lord Stonehouse' Pläne für mich völlig übertrieben dargestellt, teils, um mich von Mr Black und Anne zu entfernen, teils, um mich zum richtigen Zeitpunkt als Erben ins Spiel zu bringen – als Marionette, die er und Eaton manipulieren konnten.

Unvermittelt blaffte er los: »Hat Eaton dir von dem Anhänger erzählt?«

Es war zwecklos, es abzustreiten. »Ja, Mylord.«

Er stand auf und hob ein Siegel von seinem Schreibtisch auf. Ich zuckte zusammen, weil ich im ersten Moment glaubte, er würde damit nach mir werfen. Stattdessen klopfte er unablässig mit dem Siegel auf den Tisch, um seinen Worten mehr Nachdruck zu verleihen. Er erklärte mir, dass er, als Matthew und Susannah und – er räusperte sich – ihr Wunderbaby von seinem Land verschwanden, Eaton ausgeschickt habe, um sie ausfindig zu machen. Aber die Spur war erkaltet.

Lord Stonehouse ging zum Fenster und starrte hinaus auf die dunkle Straße. Acht Jahre später, fuhr er fort, nachdem er mich von der Werft geholt hatte, habe er Eaton erneut auf

Matthews Fährte angesetzt. Er hätte ihn fast erwischt, als Matthew versuchte, den Anhänger zu verkaufen.

Lord Stonehouse nahm eine Kerze aus einem Wandleuchter und hielt sie zu einem Bild hoch, das hinter seinem Schreibtisch hing. Es handelte sich um ein Porträt seiner Frau Frances, das jünger war als das Gemälde in Turvilles Kanzlei. Später erfuhr ich, dass es kurz vor ihrem Tod entstanden war. In einer Hand hielt sie eine weiße Rose, das Symbol der Liebe. Die andere deutete auf den Falkenanhänger auf ihrem Busen.

»Ich glaube, dass der Anhänger das Geheimnis deiner Geburt in sich verbirgt. Ich werde nicht ruhen, ehe er gefunden ist. Du wirst ihn zusammen mit Eaton aufspüren, dann werde ich entscheiden, was ich mit dir mache. Verstanden?«

Er stellte die Kerze zurück und hob die Klingel, um mich zu entlassen.

»Ich werde den Anhänger finden, aber ich will nichts von Euch«, sagte ich. »Bis auf eine Sache.«

Im ersten Augenblick dachte ich, er würde mit der Klingel nach mir werfen. »Weiter.«

»Das Haus am Half Moon Court. Und meine Freiheit.«

»Um was zu tun? Die Tochter des alten Black zu heiraten?« Er setzte die Klingel wieder ab und lachte dröhnend. Ich glaubte, er hätte überhaupt keinen Humor, aber jetzt tränten ihm die Augen vor Lachen. »Vorsicht, wenn du nicht aufpasst, finde ich am Ende noch Gefallen an dir! Du bist mein … was auch immer. Ich habe dich zu dem gemacht, was du bist, und du wirst tun, was ich will. Die Tochter eines Druckers heiraten!«

Ich grub meine Fingernägel in die Handflächen, als ich spürte, wie ich die Beherrschung verlor. Ich zog seine Wut seinem Gelächter vor, mit dem er alles verhöhnte, an das ich glaubte. »Ich bin selbst ein Drucker!«

»Natürlich.« Er hob Mr Turvilles Brief an Mr Black auf. »Ich weiß, dass das hier ein Trick war, um dich hierherzubringen …«

»Das war kein Trick!«

Er bedachte mich mit einem ungläubigen Blick. Sein Lächeln wurde herablassend. »Du glaubst also, du liebst diesen Mädchen?«

»So wie ich glaube, dass Ihr Eure Frau geliebt habt, Mylord.«

»Werde nicht ausfallend!«, rief er zornig.

Ich wollte schon kontern, dass das gemeine Volk dieselben Leidenschaften haben konnte wie die Lords, doch er wirkte auf eine Weise berührt, die mich innehalten ließ. Er kam zu mir, umrundete mich, schien mich alsdann vollkommen zu vergessen, als er zum Porträt seiner Frau ging und etwas murmelte, das ich nicht verstand. Schließlich drehte er sich zu mir um.

»Also gut. Setz dich.«

Er deutete auf ein Schreibpult, an dem Mr Cole zu sitzen pflegte, auf dem Papier und Tinte lagen, und befahl mir, niederzuschreiben, dass im Austausch für den Anhänger der Half Moon Court in Mr Blacks Eigentum übergehen würde. Er fügte verschiedene juristische Wendungen und Bedingungen hinzu, aber das war der Kern des Dokuments. Ich war nicht in der Lage zu entscheiden, ob er es ernst meinte oder die ganze Angelegenheit als Scherz auffasste, aber auf jeden Fall versetzte es ihn in bessere Stimmung. Er sagte, meine Handschrift sei viel zu geschult, um die eines Edelmanns sein zu können, und vielleicht sei ich ja doch ein Drucker. Mr Cole und ein Bediensteter bezeugten meine Unterschrift, als ich das vertraute eilige Hufgeklapper und Eatons Ruf nach dem Stallburschen hörte.

Lord Stonehouse hatte sich wieder vollkommen unter Kontrolle. Er befahl dem Diener, Eaton auf der Stelle hinaufzuschicken. Er wies Mr Cole an, die notwendigen juristischen Schritte einzuleiten, um Richard in den Kerker werfen zu lassen, wo er bleiben könne, bis er über seine Lage nachgedacht habe. Er lächelte mir zu, während er das sagte, und nahm das Dokument, das ich unterzeichnet hatte. Ich sah ihn vor mir, wie er es als Auftakt zu einer weiteren Versöhnung benutzen würde, sobald Richard hinreichend nachgedacht hatte. Für ihn spielte es keine Rolle, dass Richard versucht hatte, mich zu töten. Das musste ein Missverständnis gewesen sein, genau wie mein unglückliches Hineinplatzen in ihr Treffen eines gewesen war. Zu diesem Zeitpunkt war es mir egal. Alles, worum ich mich sorgte, war Anne.

»Nun gut«, sagte Lord Stonehouse und schäumte vor guter Laune geradezu über. »Du hast dir Zeit gelassen, Eaton! Ich habe herausgefunden, dass dieser junge Herr darauf besteht, ein Drucker zu sein! Was ist los, Mann? Bist du verletzt?«

Eaton sah aus, als sei seine Narbe frisch aufgerissen. Er wischte sich das Blut ab, das seinen Kragen und Umhang beschmutzte. »Das ist nicht meins«, sagte er. »Sondern Turvilles. Er ist tot. Die Akte über den Anhänger ist verschwunden.«

23. Kapitel

Es schien Lord Stonehouse nie in den Sinn gekommen zu sein, dass eine Durchsuchung und Plünderung, wie er sie mit skrupelloser Effizienz in royalistischen Häusern organisierte, jemals ihm zustoßen könnte, oder jenen, mit denen er Umgang pflegte. Niemals hätte er gedacht, dass Richard, der sich ein ums andere Mal gefügt hatte, tatsächlich rebellieren würde. Und da das Gesetz zeit seines Lebens allein in seinen Händen gelegen hatte, hatte er gewiss nie in Betracht gezogen, dass in Kriegszeiten zweierlei Recht herrschte. Oder gar keines.

Als wir zu den Ställen hinuntergingen, erzählte Eaton mir, dass es kein Zeichen von Jane oder den anderen Bediensteten in Turvilles Haus gäbe. Man glaubte, sie seien geflohen. Er wählte eine graue Stute für mich aus, von der er mit hinterhältigem Blick sagte, sie sei sanftmütig, da ich nur in Moorgate Fields ab und zu geritten war. Kaum, dass ich auf ihr saß, warf sie mich beinahe ab, und ich sagte zu Eaton, ich sei froh, dass er kein lebhafteres Pferd für mich ausgesucht habe. Er grinste, während er beide Tiere kontrollierte, und sagte, man lerne am besten, wie man sich auf einem Pferd hielt, indem man ein paarmal abgeworfen wurde. Er schien sich bemerkenswert schnell von seinem Schock über Turvilles Tod erholt zu haben. Mehrmals betonte er, wenn dies Richard nicht in den Augen seines Vaters schlecht mache, dann würde nichts es schaffen.

»Wir wissen nicht, ob es Richard war«, sagte ich.

»Natürlich war er es.«

»Hat ihn jemand gesehen?«

»Er wusste, wonach er suchen musste«, erwiderte er knapp. »Halt dich dicht bei mir, verdammt!«

Er ritt weiterhin vor mir her und zügelte schließlich ungeduldig sein Pferd. In jeder Gasse schoss sein Blick nervös von einer Seite zur anderen. Es gab keine Ausgangssperre, aber es fühlte sich so an, denn die Straßen waren fast leer. Er erzählte mir, dass Trupps der Bürgergarden bereits Richtung Norden aufgebrochen waren, um sich dem Earl of Essex anzuschließen und das Parlamentsheer zu bilden.

Ich berichtete ihm von der Abmachung, die ich mit Lord Stonehouse getroffen hatte. Er schlug sich lachend auf die Schenkel und sagte, er habe noch nie so eine gute Geschichte gehört.

»Mr Tom, ich glaube, dass Ihr ein ehrlicher Mann seid.«

»Das möchte ich meinen!«, gab ich scharf zurück.

Er tippte sich an den Hut, halb spöttisch, halb respektvoll, und bediente sich seiner undeutlichen bäuerlichen Sprechweise. »Wenn wir diesen Anhänger gefunden haben, Mylord, werdet Ihr Half Moon Court erhalten und ich soll mich mit High Point begnügen? Was ist denn das für ein mieses Geschäft?«

Er lachte und verfiel anschließend in tiefes grüblerisches Schweigen, bis wir Turvilles Haus erreichten. Eaton führte mich über das Gras, und wir hörten, wie eine Pistole gespannt wurde. In der ruhigen Nacht klang es wie ein scharfer Peitschenknall. Eaton rief der Wache, die er bei seinem ersten Besuch an diesem Abend dort abgestellt hatte, leise etwas zu. Man hatte nach einem Constable geschickt, aber keinen auftreiben können. Es schien, als seien die Constables ebenfalls verschwunden.

Die Tür zum Haus stand offen, und die Uhr in der Halle tickte langsam und leise. Es war das einzige Zeichen von Normalität. Auf der Treppe verstreut lagen Papiere. Eaton stoppte mich mit einer heftigen Bewegung und hielt mir den Mund zu.

Er hatte sich nicht gewaschen, und an seiner Hand klebte der widerliche Geruch alten Blutes. Obwohl er eine Wache an der Tür postiert hatte, fürchtete Eaton noch immer eine Falle. Ich hielt ihn für übertrieben vorsichtig, doch dann hörte ich es. Eine knarrende Diele, eine leises, tierähnliches Grunzen, dann Stille.

Eaton ging leise zum Wachposten zurück und nahm dessen Pistole. Ich schlich die Treppe hinauf. Ein dünner Strahl des Mondlichts fiel durch das Fenster am Treppenabsatz und beleuchtete einen blutigen Stiefelabdruck auf den zerknitterten Papieren. Eaton zog mich zurück und trat die Tür zum Studierzimmer auf.

Er schwang die Pistole in Körperhöhe herum und sah die kriechende Gestalt am Boden zuerst nicht. Als er auf sie zielte, machte ich in der Dunkelheit die Form der Haube aus und stieß einen Warnschrei aus.

Eaton senkte die Pistole. »Verdammt, Jane! Beinahe hätte ich dich erschossen!«

Sie rührte sich nicht. Sie wiegte etwas oder jemanden im Arm und stöhnte leise. Als ich zu ihr ging, klebten Papiere an meinen Stiefeln. Ich berührte sie sacht, aber sie reagierte noch immer nicht.

»Jane, ich bin's. Tom.«

Eaton zündete eine Kerze an. Jane hielt Turvilles Kopf auf dem Schoß und redete zärtlich auf ihn ein. Turvilles rechte Hand war zur Hälfte abgehackt. Daneben lag eine Pistole, die er festgehalten haben musste. An der Seite klaffte eine große Wunde, und ich begriff, dass es Blut war, das die Papiere an meinen Schuhen kleben ließ. Ich wandte mich ab, als die reichhaltige Wildpastete, die ich gegessen hatte, mir wieder hochkam und in der Kehle brannte.

»Spuck's aus«, sagte Eaton. »Die Schweinerei wird dadurch nicht größer.«

Gleichgültig starrte er nach unten, als betrachte er ein geschlachtetes Tier auf einem Bauernhof. Ich zwang mich, die Galle wieder hinunterzuschlucken, kniete mich neben Jane und legte einen Arm um sie. Sie reagierte auch dieses Mal nicht, sondern fuhr fort, die Wangen des toten Mannes zu streicheln und zu murmeln, dass sie einen Doktor holen und dass er wieder gesund werden würde. Erst als ich sagte, er bräuchte einen Pfarrer, keinen Arzt, wandte sie sich mit einem grellen, tierischen Schrei zu mir um. Ich hielt ihren bebenden Körper, doch sie stieß mich fort, hob Turvilles Kopf erneut an, als versuchte sie, es ihm bequemer zu machen, und streichelte und küsste ihn. Hilflos sah ich zu und hatte das Gefühl, nichts über das Leben oder die Liebe zu wissen. Mit dem Ausdruck des Erstaunens in den offenen, starrenden Augen und der pockennarbigen Haut ohne jeden Puder, sah er noch hässlicher aus als lebendig. Er hatte sie aufgenommen, als sie am Ende gewesen war, doch er hatte sie benutzt, und ich war sicher, dass sie übel geschlagen worden war, nachdem ich entkommen war. Doch der Art und Weise nach zu urteilen, wie sie ihn hielt und nicht aufhörte, ihn zu küssen, hätte man meinen können, er sei der freundlichste und wunderbarste Mensch auf Erden für sie gewesen.

»Ein feiner Sohn! Er macht seinem Vater alle Ehre!« Eaton schwang die Kerze über die unordentlichen Papierhaufen und die leeren Regale, um einen Blick auf das Gemälde hinter Turvilles Schreibtisch zu werfen. Es war diagonal durchgeschnitten, so dass das Porträt von Lord Stonehouse geköpft war. Der Schnitt war mit solcher Gewalt ausgeführt worden, dass die Leinwand mit einer glücklich lächelnden Frances sich nach außen rollte. »Van Dyck. In der Inventarliste mit dreißig Pfund aufgeführt«, murmelte Eaton.

Ein Haufen Rechtsdokumente zerbröselte unter seinen Stiefeln. Unvermittelt stieß er einen Schrei aus. Der Schnitt durch das Gemälde gab den Blick auf die Täfelung dahinter frei, von der ein Teil geöffnet worden war. Es handelte sich um einen geschickt versteckten Geheimschrank, der normalerweise vermutlich gar nicht auffiel. Doch das Schwert war mit einer Kraft geführt worden, dass es in das dahinterliegende Holz geschnitten und eine Seite der Tür, die von der Täfelung verdeckt wurde, freigelegt hatte.

»Er hat meine Papiere!«

»Was für Papiere?«

Eaton schrie, jetzt sei er erledigt. Er gebärdete sich wie toll, suchte zwischen den Bruchstücken der Papiere auf Tisch und Boden. Immer wieder kehrte er zu der Öffnung zurück und tastete das Innere ab, obwohl er wissen musste, dass nichts darin war.

»Jetzt hat er mich!«

»Was meint Ihr damit?«

Er wirbelte herum, türmte sich vor mir auf, und ich begriff, dass er durch den Verlust so sehr in Bedrängnis geraten war, dass er vergessen hatte, wer ich war. Er zwang sich zu einem Lächeln, soweit seine Narbe es zuließ. Er deutete auf die zerfetzte Karte an der Wand.

»Hört zu, Tom. Ich habe mich um den Grundbesitz gekümmert. Nicht Lord Stonehouse. Nicht seine Söhne. Ich kenne jedes Wäldchen, jeden Grashalm, ich weiß, welche Leute zahlen und welche nicht. Als Lohn gab mir Lord Stonehouse ein Stück von seinem Land, den schlechtesten, undankbarsten Teil. Ohne diese Papiere kann es sein, dass ich alles verliere. Mehr meine ich damit nicht. Klar?«

Er sprach so leise, und seine Stimme verbreitete solche Kälte, dass meine alte Furcht vor ihm mit aller Macht zurückkehrte. Er war so gleichgültig über das Schicksal des armen Turville gewesen, dass er sich nichts dabei denken würde, mich neben ihm auf dem Boden zu sehen. »Ja, ich denke schon.«

»Vorausgesetzt, du hast verstanden.«

»Ich habe verstanden.«

»Gut. Wir müssen zu Matthew.«

»Ihr wisst, wo Matthew ist!«, rief ich.

»Kann sein. Die Einzelheiten befinden sich in den Papieren, die Richard mitgenommen hat.« Er schob mich zur Seite, packte Jane und verlangte zu wissen, was geschehen war und was sie wusste. In ihrer Angst machte sie keinerlei Anstalten, Turville loszulassen, und er zerrte weiter an ihr, bis ich ihn anschrie.

»Lasst sie los! Auf diese Weise werdet Ihr nichts aus ihr herausbekommen!«

Erst jetzt, als er erkannte, dass es einen praktischen Grund für eine Spur Freundlichkeit gab, schickte er einen Mann nach dem Pfarrer, und ich führte Jane nach unten. Die Speisekammer war geplündert worden, aber das Feuer brannte noch, und ich setzte sie davor. Ich stöberte eine halbvolle Flasche Wein auf, mischte ihn mit Honig und wärmte ihn über dem Feuer auf. Der Honig stammte aus dem Garten, und als sie den vertrauten Duft von Holunderblüten wahrnahm, verschwand der leere Ausdruck in ihrem Gesicht allmählich.

Nach und nach erzählte sie uns, was geschehen war. Die Köchin hatte Richard hinten im Park gesehen, wo er mit einem kleinen Trupp Männer am Tor Einlass begehrte. Beunruhigt war Jane zu Turville gerannt. Turville hatte über ihre Ängste gelacht, er habe sein ganzes Leben damit zugebracht, die Wut dieses Jungen zu besänftigen und seine Forderungen abzuwenden. Nichtsdestotrotz lud er die Pistole in seiner Schublade und schickte Jane nach dem Constable. Sie konnte keinen finden, und als sie zum Haus zurückkehrte, hörte sie Richard durch das obere Fenster »Im Namen des Königs!« rufen und sah ihn das Schwert schwingen. Es gab einen gewaltigen Lärm und Jubel – vielleicht war das der Moment gewesen, in dem er das Gemälde aufgeschlitzt hatte.

Entsetzt hatte sie sich hinter dem Kohlenschuppen versteckt. Durch die Spalten im Mauerwerk beobachtete sie, wie Richard einige Papiere in seine Satteltasche stopfte. Wie die anderen Männer war er mit einem schwarzen Umhang bekleidet. Seine hohen schwarzen Reitstiefel trugen keine Quasten oder Spitzen wie die der Cavaliere, und sein breiter schwarzer Hut war federlos. Sie hörte, wie er im Streit die Stimme hob. Jemand, den Richard Colonel Royce nannte, sagte, sie müssten augenblicklich nach Norden reiten, um sich dem König anzuschließen. Richard beschimpfte ihn wüst und sagte, wenn sie sich Highpoints bedienen wollten, müssten sie Richtung Osten aufbrechen.

»Nach Highpoint in Richtung Osten?« Eaton packte Jane bei den Schultern. »Highpoint liegt im Westen! Osten? Bist du sicher?«

Sie war sich sicher. Wie der Teufel wandte Richard seinen Rücken der untergehenden Sonne zu und ritt gen Osten, und die anderen folgten ihm.

Eaton versuchte mich buchstäblich aus der Küche zu zerren. Er wollte auf der Stelle aufbrechen und Richard nachreiten.

»Aber wohin?«

»Nach Poplar! Das Loch, aus dem du stammst.«

»Poplar? Warum?«

Er war zu sehr darauf bedacht, sofort aufzubrechen, um mehr zu sagen. Er rannte nach draußen zu seinem Pferd und rief mir zu, ihm zu folgen. Als ich mich weigerte, Jane zurückzulassen, drohte er, allein aufzubrechen. Ich argumentierte, dass die anderen mehrere Stunden Vorsprung hatten und wir morgen früh besser vorankämen. Langsam und widerstrebend kehrte er zurück. Sein Gesicht zeigte denselben Ausdruck, der mir während seiner Unterredung mit Lord Stonehouse aufgefallen war: eine Mischung aus widerwilligem Gehorsam und

Hass. Die Ländereien von Highpoint waren, wie er mir gerade erzählt hatte, sein ganzes Leben. Ein Teil von ihm glaubte immer noch oder hoffte, er könnte Seine Lordschaft davon überzeugen, dass ich ein Stonehouse sei. Möglicherweise war ich der Schlüssel zu dem Land. Er würde nicht, konnte nicht ohne mich gehen.

Von diesem Moment an begann ich, wie ich zugeben muss, ein geheimes Vergnügen an diesem Gedanken zu finden, obgleich ich es mir kaum eingestehen mochte. Dieser Mann, der einmal ohne zu zaudern für den Preis von zwei halben Kronen meinen Tod befohlen hatte; vor dem ich in Todesangst gelebt hatte, seit Matthew mich vor ihm gewarnt hatte, dieser Mann beugte sich, wenn auch mit Widerwillen, meinen Wünschen! Es war unmöglich, keine Befriedigung zu empfinden, unmöglich, mich nicht zu benehmen, als sei ich ein Stonehouse. Er erwartete es. Er erwartete diesen arroganten Tonfall, dieses Vorrecken des Kinns, und im Laufe der folgenden Tage begann ich tatsächlich, nach und nach dieses Gebaren anzunehmen. Zunächst tat ich es im Scherz, stolzierte dahin und spielte meine Rolle, doch als sich seine Haltung dadurch veränderte und der Umgang mit ihm leichter wurde, vergaß ich fast, dass ich nur eine Rolle spielte.

Ich war ebenso erpicht darauf wie er, den Anhänger in die Hände zu bekommen. Allerdings wollte ich dadurch Freiheit von den Stonehouse' erlangen, nicht einer von ihnen werden. Ich wollte frei sein, um Anne heiraten zu können. Doch ich versuchte nicht länger, Eaton davon zu überzeugen, weil er das seinerseits für den größten Witz aller Zeiten hielt.

Schließlich wurde ein Pfarrer aufgetrieben, und erst jetzt war Jane bereit, das Haus zu verlassen. Während ich sie noch tröstete, kam eine Nachricht von Lord Stonehouse, in der er Eaton anwies, sich mit dem Advokaten zu treffen, der Turville ersetzen sollte. Eaton murmelte, dass man stets von ihm erwarte, an zwei Orten gleichzeitig zu sein, und vereinbarte, sich am nächsten Tag mit dem Mann in einer Taverne in der Nähe von Lincoln's Inn zu treffen, wo wir nach unserer Rückkehr von Poplar einkehren würden.

Ich hob Jane auf den Rücken von Eatons Pferd, und wir brachten sie zum Half Moon Court. Eaton klebte an mir wie eine Entenmuschel am Schiff. Ich führte Jane nach oben, damit Sarah sich um sie kümmern konnte.

Als ich wieder nach unten kam, erschreckte Eaton mich, weil er wie ein Geist in Mr Blacks Lehnstuhl saß. Er würde mich nicht aus den Augen lassen, und als ich ihm erklärte, ich würde auf dem Boden schlafen, schlug er vor, sich dazuzulegen, die Dielen seien schließlich verdammt bequem im Vergleich zu manch anderen Orten, an denen er schon genächtigt hatte. Als er meinen Gesichtsausdruck sah, klopfte er mir lachend auf den Rücken. »Macht Euch keine Sorgen, Mr Tom! Ich werde Euch nicht im Schlaf meucheln – dazu seid Ihr viel zu kostbar.«

Er faltete seinen Umhang zu einem Kissen zusammen und sah in der Tat so zufrieden aus, als legte er sich in ein Federbett, und begrüßte den Boden wie einen alten Bekannten. Die Zeit kurz vor dem Einschlafen ist eine merkwürdige Zeit. Menschen vertrauen einander Dinge an, die sie bei Tageslicht niemals preisgeben würden. Er erzählte mir, dass er ein Findelkind sei, das von der Gemeinde aufgezogen worden war. Ein hungriges Maul, das niemand haben wollte. Er rannte davon, schlief unter Hecken, in Scheunen und Ställen. Er wilderte und stahl in jedem Winkel von Lord Stonehouse' Ländereien. Er wurde von Lord Stonehouse ausgepeitscht und zur Gemeinde zurückgeschickt. Er lief erneut davon und wurde gefasst, als er den Hunden einen Hasen zu entreißen versuchte, ehe die Jäger die Meute erreichten. Dieses Mal wurde er so schwer gepeitscht, dass seine Wange aufriss. Die Wunde begann zu eitern und hinterließ eine bleibende Narbe. Lord Stonehouse verabscheute Wilddiebe, aber er war fasziniert von diesem wilden Tier, das sich lautlos wie ein Habicht auf ein Rebhuhn stürzen konnte, das die Fährte jedes Hasen zu kennen schien und, was noch wichtiger war, jedes Wilddiebs. Anfangs wurde er geduldet, dann bediente man sich seiner Kenntnisse, und schließlich beschäftigte man ihn als Stallburschen.

Eatons Augen fielen zu, er rollte sich zusammen wie ein Tier und war auf der Stelle eingeschlafen. Es dauerte lange, bis ich ihm in den Schlaf folgte, während ich seine Narbe beobachtete, die sich im Halbdunkel hob und senkte.

24. Kapitel

Am nächsten Tag herrschte einiger Schrecken und Verwirrung über Eatons Anwesenheit, ganz zu schweigen von Jane, die Sarah verstimmte, indem sie als Erste aufstand und Feuer machte. Eaton erklärte, es sei alles ein großes Missverständnis gewesen und dass wir eine Einigung erzielt hätten. Es wurde nie genauer erläutert, worin diese Einigung bestand, doch Mr Black war außer sich vor Freude und drückte Eaton die Hand.

Ich hielt mein Wort gegenüber Lord Stonehouse und zog die feinen Kleider aus, mit einer seltsamen Mischung aus Erleichterung und Bedauern. Mir entging nicht, dass ich in Eatons Augen mit dem Ablegen der Kleider auch einen Teil der Fassade eines Stonehouse abgelegt hatte. In Eatons Lächeln schwang ein Hauch Sarkasmus mit, als er mich in meinem Lederwams und den Kniehosen sah. Es war, als sei ich zum gemeinen Soldaten degradiert worden. Er hatte einen derben, wenn auch sich wiederholenden Sinn für Humor, den ich niemals bei ihm erwartet hätte, und so rief er mir immer wieder zu: »Bereit machen … präsentiert … Feuer!«

Er sattelte mein Pferd auf einer Seite des Apfelbaums, während Anne auf die andere Seite kam, um sich zu verabschieden. Das Wetter war umgeschlagen, und die ersten Blätter begannen zu fallen. Sie trat in einen kleinen Haufen von ihnen und wollte wissen, warum ich meine Kleider gewechselt habe.

»Weil ich in der Armee bin.«

»Und warum bist du dann nicht bei Will? Und dem Rest der Einheit?«

Ich hatte das Gefühl, es hatte sich zu viel ereignet, um ihr alles in der kurzen Zeit zu erzählen. Nun, das entsprach nicht ganz der Wahrheit. Aus irgendeinem Grund war mir unwohl bei dem Gedanken, ihr von dem sonderbaren Treffen mit Lord Stonehouse zu erzählen. Hier im Half Moon Court wehte ein anderer Wind. Ich hatte mich im Eimer auf dem Hof gewaschen, wie ich es immer getan hatte. Hatte mich in der Druckerei umgezogen, wo der Geruch der Tinte mir wie der frischeste Duft erschien. Und wichtiger als alles andere war Annes Ausdruck reiner Freude, als sie mich sah.

»Warum gehst du mit *ihm* fort?«, flüsterte sie mit einem Seitenblick auf Eaton. »Wollt ihr nach dem Anhänger suchen?«

Ich lachte. Im Sommer hatte ich ihr alles erzählt, was ich von Turville erfahren hatte. Doch damals hatte ich es als Phantasiegespinst abgetan, als ein Märchen, das Eaton und Turville sich ausgedacht hatten, was zum Teil ja der Wahrheit entsprach. Der Anhänger und die Stonehouses selbst wirkten wie einer Geschichte aus einem Flugblatt entsprungen. Jetzt, wo die »Geschichte« Wirklichkeit geworden war, empfand ich ein merkwürdiges Unbehagen, Anne davon zu erzählen. Und ich spürte Eatons spöttischen Blick auf mir, während er beim Pferd den Gurt anzog. Ich wusste, was er dachte – was für ein großartiger Witz es sei, dass ich ihretwegen die Aussicht auf eine bedeutende gesellschaftliche Stellung und einen der größten Landsitze Englands aufgeben wollte.

»Es ist ein militärischer Auftrag«, sagte ich. »Ich bin nicht befugt, dir etwas darüber zu sagen.«

»Du bist ein miserabler Lügner, Tom! Mylord!« Spöttisch deutete sie eine Verbeugung an. Der Duft der Damaszenerrose betäubte mich, als sie dicht zu mir trat und mir ins Ohr flüsterte: »Sag es mir. Sag mir die Wahrheit.«

Zweige knackten, als Eaton ein paar Äpfel vom Baum pflückte. Ich machte mich von ihr los. »Ich habe es dir gesagt!«

»Fass den Baum an!«, verlangte sie.

Es war ein Spiel, das wir in unserer kurzen gemeinsamen Kindheit zu spielen pflegten, ehe Eaton Mr Black angewiesen hatte, uns voneinander zu trennen. Indem man den Baum berührte, schwor man feierlich, die Wahrheit zu sagen. Gereizt schickte ich mich an, den Fuß in den Steigbügel zu stellen.

Sie stieß einen Schrei aus. »Verlass mich nicht auf diese Weise, Tom«, rief sie und packte mich am Arm. Ich stolperte zurück, warf sie beinahe um, und wir lagen einander in den Armen. »Ich werde dich immer lieben, was auch geschehen wird«, sagte sie.

Ich küsste sie. »Ich werde dich immer lieben, was auch geschehen wird«, wiederholte ich.

Ich berührte den Baum, und sie legte ihre Hand auf meine. Als Eaton mein Pferd festhielt, damit ich aufsteigen konnte, pfiff er leise.

Nächtlicher Regen hatte etwas von dem Gestank fortgewaschen, und immer wieder kam stellenweise die Sonne durch, als wir hinunter nach Aldgate galoppierten. Ich empfand eine plötzliche Aufwallung von Glück. Ich hatte keine Ahnung, was mich auf dem vor mir liegenden Weg erwartete, und ich scherte mich auch nicht drum, denn ich hatte das Gefühl, die Antwort auf alles zu haben. In diesem Moment kümmerte ich mich nicht einmal mehr um die Worte, die die Welt verändern würden. Es gab eine große Sache, die sich nicht zu ändern brauchte. Und die sich niemals ändern würde. Überall sah ich Liebe: in einer Mutter, die ein weinendes Kind tröstete, in einem Mann, der mit einem Mädchen scherzte, das Äpfel verkaufte; selbst in einem alten Mann und einer alten Frau, die sich zankten, wie sie es vielleicht schon seit Jahren taten. Die graue Stute schien meine Stimmung aufzunehmen, ihre Unrast legte sich, als ich sie tätschelte.

»Habt Ihr das Mädchen gevögelt?«

Ich tat, als hätte ich Eaton nicht gehört und drängte die Stute voran, doch Eaton überholte mich mit vollendeter Leichtigkeit. Seine Narbe zuckte wieder und schien zu lächeln, bis sie zeitweilig in seiner Wange verschwand. »Also nein. Habe mir schon gedacht. Ich kannte auch einmal eine solche Frau.«

Erstaunt starrte ich ihn an. Nie zuvor hatte er Gefühle für irgendeine Kreatur gezeigt, für Frauen zuallerletzt. »Stolz«, fuhr er fort, die Lippen schmal, den Blick starr gerade aus. »Sie wollen dich und niemanden sonst. Sie wollen dich, aye, und das ist sehr gut, aber diese Sorte will dich, wie ein Mann ein Weib will, und das ist schlecht, sehr schlecht. Unnatürlich.« Er fiel in Schritt, als ein Trupp der Bürgergarde die Straße nach Lothbury kreuzte, vorneweg wehte die Sturmfahne *Gott ist mit Uns – wer kann gegen Uns sein?*

»Ihr habt recht getan, ihr nichts zu erzählen. Aber macht nicht den Fehler, sie nicht zu nehmen, Mr Tom. Sie ist reif wie die Äpfel am Baum. Schiebt es nicht zu lange auf. Pflückt sie jetzt – bevor sie erfährt, dass sie Euch nicht heiraten kann.« Er bedachte mich mit einem lüsternen Grinsen.

Er widerte mich an. Ich war kein Puritaner. Wenn Luke oder Will solche Dinge gesagt hätten, wäre es etwas anderes gewesen. Doch es war, als hätte er meine hoffnungsfrohe Stimmung genommen und sie in den Dreck geschleudert, den die Pferde um unsere Stiefel herum aufwarfen. Brutal gab ich der Stute die Sporen und löste damit einen unerwarteten Energieschub bei dem erschrockenen Pferd aus, das vor wenigen Sekunden noch ebenso friedlich gewesen war wie ich.

Ein paar umherschweifende Soldaten pressten sich gegen die Hauswand, als ich unvermittelt auf sie zu galoppierte. Ich hüpfte und rutschte im Sattel auf und ab, verlor beinahe die Zügel und bekam sie gerade eben noch zu fassen, als die Stute mit furchterregender Geschwindigkeit um die Ecke in die

Broard Street einbog, schnurstracks auf ein paar Marktstände zu. Ich schloss die Augen. Das Tier schien entschlossen, über die Stände hinwegzuspringen, wich indes im letzten Moment aus. Eine Frau kreischte. Kinder jauchzten, riefen »Ausreißer!« und warfen mit Gemüse.

An der nächsten Ecke wurde ich erst in die eine, dann in die andere Richtung geschleudert. Ich verlor einen Steigbügel und dann erneut die Zügel. Vor mir näherte sich eine Mietkutsche. Die Bremsen quietschten ohne Unterlass, und ich sah nur noch den zu einem Schrei aufgerissenen Mund des Kutschers. Ich klammerte mich verzweifelt an den Sattel. Ich rutschte. Die Pflastersteine rasten auf mich zu. Eine Hand packte mich und zerrte mich zurück in den Sattel. Dann schnappte sie sich die Zügel meines Pferdes und riss das Pferd seitlich neben die Mietkutsche. Es war nicht genügend Platz, um vorbeizureiten, und Eaton zog das sich aufbäumende Pferd nach unten und beruhigte es. Die Kutsche war zum Stehen gekommen, und augenblicklich stieg der Kutscher vom Bock herab und brüllte mich an. Eaton warf ihm einen Blick zu, und der Mann verzog sich murmelnd. Dann wandte er sich mit bebender Stimme an mich.

»Macht das nie wieder!«, sagte er.

Ich hatte nicht genug Atem, um ihm antworten zu können, und kaum genug Kraft, um den Kopf zu heben. Ich hoffe, ich war niemals so hart und grausam zu einem Pferd wie Eaton, aber er war es, der mir auf jenem Ritt nach Poplar beibrachte, wie man ein Pferd lenkte. Ich vergaß zu zählen, wie oft er mich anbrüllte, die Zehen nach außen und die Knie nach innen zu drehen, bis ich mich auf unerklärliche Weise im Einklang mit den Bewegungen des Pferdes hob und senkte, zeitweilig eins mit diesem Wesen wurde, als besäße ich seine Beine und seine Kraft. Die Stute hatte eine weiße Blesse auf der Stirn, und ich fing an, sie Patch zu nennen. Ein naheliegender Name, den möglicherweise auch der Stalljunge benutzte, da sie sofort darauf reagierte. Nachdem wir der Mietkutsche entronnen waren, hatte ich den Eindruck, wir wären nicht länger einfach nur Pferd und Reiter, sondern Gefährten.

Direkt vor Poplar erstreckte sich ödes, einsames Marschland. Wir ritten in einer Gangart, die ich für Galopp hielt, als Eaton plötzlich ohne Vorwarnung seinem Pferd die Peitsche gab und davonschoss. Patch setzte ihm nach, wobei sie mich beinahe abwarf. Ich vergaß alles, was Eaton mir beigebracht hatte, und klammerte mich an Patch fest. Die Pferde schienen sich einander zu nähern. Mein Hut flog davon, meine Haare flatterten. Eaton blickte sich überrascht um, als ich begann, ihn einzuholen. Ich ließ Patch die Peitsche spüren. Eaton hatte eine kindliche Wildheit in mir wachgerufen, die ich genau hier, in Poplar, an mir gehabt hatte. Schreiend und jauchzend war ich ebenso ungestüm wie er. Kopf an Kopf flogen wir dahin, bis er allmählich langsamer wurde und eine Länge vor mir zum Stehen kam.

Er grinste. »Das ist es. Gebt ihr die Peitsche. Zeigt ihr, wer der Herr ist.« Er nahm einen Apfel, den er im Half Moon Court gepflückt hatte, und biss hinein. »Gerade richtig.« Er hielt ihn mir hin. Ich schüttelte den Kopf und sah ihn nicht an. Er aß den Apfel, wie er jede Mahlzeit zu sich nahm, als wüsste er nie, wann es das nächste Mal etwas zu essen gibt. Hin und wieder lachte er, doch ich beendete die Reise in dickköpfigem Schweigen.

Eaton hatte zu niemandem Vertrauen, weshalb er nur das Nötigste preisgab, und auch das nur, wenn er musste. Erst als wir uns Poplar näherten, erzählte er mir, was in Matthews Akte stand, die Richard gestohlen hatte. Sie hatten Matthews Spur bis in die Gegend von Oxford verfolgt, wo er sich mehr schlecht als recht als Hellseher und Heiler durchschlug. Lord

Stonehouse' Netzwerk aus Spionen und Zuträgern hatte zwei Briefe abgefangen, adressiert an K B J Ingram, Pfarrer in St. Dunstan's Without, denn sie waren in Oxford abgeschickt worden, einer Hochburg der Royalisten. Man glaubte, sie bezögen sich auf Juwelen, die für die Royalisten aus London herausgeschmuggelt wurden, bis Lord Stonehouse die Briefe las und begriff, dass es darin um den Anhänger ging.

Soweit Eaton sich erinnerte, hieß es in einem der Briefe, der Anhänger könne nicht zerstört werden, da »Mächte dagegen standen«. Er war mit einem roten Kreuz unterzeichnet.

»Matthews Zeichen«, sagte ich und erinnerte mich an seinen makabren Humor, der ihn seinen Namen mit dem Pestkreuz versehen ließ. »Aber warum schreibt er Mr Ingram etwas über den Anhänger?«

»Das hat er gar nicht. Er schreibt an KB, die bei Mr Ingram wohnt.«

»KB?«

»Kate Beaumann.«

»Kate – die Gesellschafterin meiner Mutter?«

»Genau die.«

Und jetzt war es an ihm, schweigend weiterzureiten.

25. Kapitel

Ich zeigte ihm den Weg durchs Moor, hinter St. Dunstan's vorbei. Auf Susannahs Grab stand ein Topf mit frischen Wildblumen, Primeln und Sumpfiris. Ich schickte mich an, abzusteigen, doch Eaton packte meinen Arm und deutete auf eine Reihe Armenhäuser. Von allen Menschen, die ich je traf, hatte er die schärfsten Augen. Ich konnte nichts Auffälliges entdecken. Die kleinen Häuser wirkten ruhig und friedlich. Doch es war ungewöhnlich, dass niemand zu sehen war. Unsere Pferde suchten sich ihren Weg zwischen den Gräbern hindurch. Als wir zu den Häusern hinunterritten, sah ich, was Eaton aus der Ferne erkannt hatte: aufgewühlte Erde unter einigen Bäumen, wo eine Gruppe Pferde über Nacht angebunden war.

Die Tür zum größten Haus, in dem Mr Ingram lebte, stand halb offen. Mit der Stiefelspitze stieß Eaton die Tür ganz auf. Der Boden der Diele war mit schmutzigen Fußabdrücken bedeckt. Er bedeutete mir, leise zu sein, und spitzte lauschend die Ohren. Außer dem ständigen Rauschen des Windes über dem Marschland vernahm ich nichts. Es gab ein kleines Kontor, in dem Mr Ingram die Gemeindemitglieder empfing. Überall verstreut lagen Papiere, und in einer kleinen Kleiderkammer lagen Röcke und Umhänge auf einem Haufen.

Als wir uns der Wohnstube näherten, nahm ich einen Geruch wahr, der mich an den Brand im Haus meiner Mutter erinnerte. Ehe Eaton mich aufhalten konnte, riss ich mich von ihm los und rannte ins Zimmer. Einige Bücher lagen verstreut auf dem Fußboden, doch sonst war alles in Ordnung. Dann sah ich im Schlafzimmer nach. Ausgestreckt auf dem Bett, einen Arm an der Seite herunterhängend, lag John Ingram. Eaton stieß mich beiseite und hielt sein Ohr an Ingrams Mund.

»Immerhin haben sie ihn am Leben gelassen«, sagte er. Er zog die Bettdecke fort. Ich wandte mich ab. Wenn das der Preis war, um den Anhänger zu bekommen, wollte ich ihn nicht haben.

»Kommt her! Hebt ihn hoch! Wenn Ihr noch nichts Schlimmeres als das gesehen habt, könnt Ihr Euch glücklich schätzen!«

Ingram war mit dem groben Leinenhemd bekleidet, das er gewöhnlich trug. Darunter war er nackt. An den Fußsohlen, den Knöcheln und den Innenseiten seiner Beine hatte er Brandmale. Er hatte sich nass gemacht, und der intensive bittere Geruch vermengte sich mit dem Gestank verbrannten Fleisches, der an ihm haftete. Eaton wirkte ungerührt angesichts dieses Gräuels. Doch sein verzweifeltes Verlangen, Auskünfte von Mr Ingram zu erhalten, half dem armen Mann mehr als mein Mitleid. Wir zogen das Bett ab und drehten die Matratze um. Dabei stieß ich mit dem Fuß gegen ein Schüreisen. Jemand hatte es fallengelassen, als es noch heiß war, denn der Boden, von dem ich es aufhob, war verkohlt. Während ich nach frischem Bettzeug suchte, knirschten meine Stiefel auf erkalteten Kohlen und Asche. Bei diesem Geräusch schlug Mr Ingram die Augen auf. Voller Entsetzen blickte er uns an, und Eaton zerrte mich in sein Blickfeld. »Redet mit ihm! Er will keinen hässlichen Rohling wie mich sehen.«

Ich versuchte es, aber er schien mich nicht wiederzuerkennen, drehte sich weg, stammelte, er habe uns alles gesagt, was er wisse, bis ihm die Augen zufielen und er erneut das Bewusstsein verlor. Vielleicht sah ich in meinem Lederwams den Männern zu ähnlich, die ihn gefoltert hatten. Ich ging in die Küche, um etwas zu finden, das ich ihm geben könnte. Es war eine große Küche mit einem Backofen, da sie allen Häusern in der Reihe zur Verfügung stand. Ich öffnete einen Schrank. Der kräftige Geruch von Gewürzen stieg mir in die Nase, doch bis auf ein gelbes Pulver fand ich nur wenig. Ich wünschte, ich könnte mich daran erinnern, welche Kräuter Matthew bei solchen furchtbaren Verbrennungen benutzt hatte. Ich öffnete die Speisekammer und schreckte zurück, als ich eine geisterhafte Gestalt erblickte. Als ich mein Messer zückte, stieß sie einen Schrei aus, und ich begriff gerade noch rechtzeitig, wen ich vor mir hatte.

»Mutter Banks!«

In der Speisekammer wurde Mehl gelagert, und in ihrer Hast, sich zu verstecken, hatte sie einen Sack umgestoßen, voller Angst, die Männer wären zurückgekommen. Ich ging zu ihr, um sie zu umarmen, doch sie wich mit unvermindertem Entsetzen zurück. »Ich bin es. Tom!«

»Ich weiß, wer du bist.«

»Ich habe Euch für einen Geist gehalten.«

»Ich glaubte, du würdest mich zu einem machen«, gab sie bitter zurück.

Sie war kalt und distanziert, ganz anders als beim letzten Mal, als ich sie gesehen und sie mich nach Susannahs Tod getröstet hatte. Sie sah mich weiterhin an, als sei ich ein Fremder, und als sie Eaton erblickte, musste ich sie anflehen, zu bleiben. Zuerst dachte ich, sie würde mich meiner Uniform wegen mit den Männern in Verbindung bringen, die hier gewesen waren, aber dann sank mein Mut, als ich begriff, was es war. Sie wich mir aus, genau wie Anne mir vor Jahren ausgewichen war, nachdem Eaton ihr erzählt hatte, ich sei ein Pestkind. Sie würde mich nicht berühren oder auch nur in meine Nähe kommen. Als ich es tat, bewegten sich ihre Lippen in einem stummen Gebet. Ich war ein Wesen, das Unheil brachte. Zuerst hatte ich Susannah den Tod gebracht. Und jetzt dies.

Ich überredete Eaton, sie allein zu lassen, während sie John Ingram behandelte. Aus Kräutern, Seife und Rosenöl stellte sie eine Salbe her und vermischte sie mit Eiweiß. Eaton durchsuchte die Papiere im Kontor, fand indes nichts.

Ich brachte etwas Ordnung in die winzige Kleiderkammer, hob einen Hut auf, der von einem schmutzigen Stiefel eingetreten worden war. Es war ein spitzer Hut, und es war höchst unwahrscheinlich, dass Mr Ingram so etwas jemals tragen würde. Daneben lag ein grauer Frauenumhang. Er war kurz, sehr kurz. Kate Beaumann musste in aller Eile aufgebrochen sein, wenn sie ihn hiergelassen hatte. Vielleicht hatte sie die Männer kommen sehen und war geflohen. Müßig setzte ich mir den Hut auf, schaute mich im Spiegel an und erstarrte. Dann legte ich mir den Umhang um die Schultern. Ich sah genau das, was ich für ein Irrlicht gehalten hatte. Es könnte auch eine Hexe sein. Genau so eine Gestalt hatte ich als Kind in den Nebelschwaden verschwinden sehen, als ich versucht hatte herauszufinden, wer meinen Kuchen brachte.

Ich kehrte in die Küche zurück und schnupperte an den Gewürzen und dem safranfarbenen Mehl. Es war noch nicht September, aber trotzdem waren sie da … alle Zutaten, um einen Osterkuchen zu backen.

»Vielleicht hat Mr Ingram ihnen nichts erzählt«, sagte ich, als ich zu Eaton zurückkehrte.

»O doch, das hat er.«

»Woher wollt Ihr das wissen?«

»Weil sie aufgehört haben. Wir sollten ihm etwas von derselben Medizin verabreichen.« Er klapperte mit dem Feuereisen auf dem Rost. John Ingram schreckte auf, Sirup tropfte von seinem Kinn herab.

»Nein!«, schrie ich.

»Ich habe einen Witz gemacht.«

Dessen war ich mir gar nicht so sicher. Eaton behauptete

zwar, er habe ein Gewissen, genau wie jeder andere auch, und wollte dem Mann die Eisen nur zeigen. Was schadete das schon? Er würde mit dem herausrücken, was er wusste und uns eine Menge Ärger ersparen. Ich warnte ihn, dass ich, wenn er John Ingram auch nur anrührte, auf der Stelle verschwände und er keine weitere Hilfe von mir erwarten könne. Er war wie ein Topf mit kochendem Wasser, den man vom Feuer genommen hatte und der langsam sprudelnd weiterbrodelte.

Er tippte sich an den Hut »Sehr wohl, Mylord. Wir werden es also auf den aufrichtigen und ehrlichen Weg erledigen?«

»Ja.«

»Sehr wohl. Und wie, äh, sieht dieser Weg genau aus?«

»Ich werde mir etwas ausdenken.«

»Wie lange wird das dauern?«

»Ich weiß nicht.«

Er schob seinen Hut zurück, kratzte sich am Kopf und lächelte. »Sehr wohl. Unterdessen foltert Richard vielleicht Matthew, der Euch wie ein liebender Vater großgezogen hat. Findet und zerstört womöglich den Anhänger.«

Ich wandte mich ab, aber mit seinen langen Schritten holte er mich bei der Tür ein. »Das sind die Konsequenzen des aufrechten und ehrlichen Weges, Mylord. Nur, damit wir einander verstehen.«

Seine Narbe pulsierte und hypnotisierte mich. Ich fürchtete ihn weit mehr, wenn er seine Wut zügelte und diesen sonderbar lächelnden Ausdruck annahm. Denn es war, als blickte er mir geradewegs in die Seele und sähe dort Dinge, von denen ich nichts wusste und nichts wissen wollte. Er warf einen Blick auf Ingram, der vor sich hindämmerte, während Mutter Banks ihm behutsam den Sirup von den Lippen wischte. Eaton hielt seine Lippen an mein Ohr. »Wenn Ihr den Anhänger haben wollt, werden wir üblere Dinge tun müssen als dies.«

Ich stürmte hinaus. Wind kräuselte das Sumpfgras wie die

Wellen auf dem Meer. Er brachte die ersten Regentropfen mit sich, und es schwang etwas darin mit, von dem ich mir stets vorgestellt hatte, es seien die Stimmen der Irrlichter. Der Regen wurde heftiger, lief die Fenster hinunter, durch die ich einen Stapel Gebetsbücher auf der Fensterbank liegen sah. Ich ging ins Kontor, und dort war es. Der Buchrücken hatte sich gelöst. Als ich lernte, daraus zu lesen, war es mir nicht so klein und leicht vorgekommen. Eatons sarkastisches Lächeln wurde breiter, als er es sah.

Ingram schlief oder tat so als ob. Mutter Banks sah mich misstrauisch an, doch das Gebet erstarb auf ihren Lippen, als sie die Bibel sah. Vielleicht glaubte sie immer noch, die Worte seien zu einem Kind gekommen, das nicht lesen konnte. Eaton, da war ich mir sicher, kannte die Geschichte. Ich bemühte mich, ihn zu ignorieren, als ich das Buch aufschlug und die vertraute Seite fand.

»Ich bin der gute Hirte …«

»Das Wunderkind ist zurückgekehrt.« Der Sarkasmus in John Ingrams Stimme war unüberhörbar. Seine Augen waren immer noch geschlossen. Ein Siruptropfen glänzte auf seiner Lippe.

Ich erinnerte mich an den Ausdruck der Freude in Susannahs Gesicht. Sie hatte daran geglaubt. Sie hatte ein Wunder daraus gemacht. Wunder waren das, woran man glaubte. »Der gute Hirte gibt sein Leben für seine Schafe …«

»Während der Tagelöhner die Schafe verlässt.« Ingram schlug die Augen auf, bedachte mich mit einem festen, anklagenden Blick und leckte sich den Sirup von den Lippen.

»Nur, wenn Ihr uns nicht helft«, sagte ich.

»Dir helfen! Wo du den Wolf mitgebracht hast?«

»Er ist nicht im Schafspferch! Ich werde dafür sorgen, dass er draußen bleibt! Ich schwöre es.« Er wandte das Gesicht ab. »Kate Beaumann hat die Kuchen gebacken, nicht wahr?«, sagte ich.

Es gab eine lange Pause, in der nichts zu hören war außer dem trommelnden Regen. Ein Lächeln flackerte langsam in Mr Ingrams Gesicht auf. Eaton schlich davon und kauerte sich vor den erkalteten Kamin.

»Jedes Jahr zu Michaelis«, sagte Mr Ingram. »Sie ließ mich schwören, es dir nicht zu erzählen, aber da du es jetzt ohnehin weißt …« Er starrte aus dem Fenster in den Regen. »Jedes Jahr zu Michaelis. Ich sagte ihr, es sei die falsche Jahreszeit, dass es ein Wiederauferstehungskuchen sei, den man nur zu Ostern backe, aber sie lächelte dann immer und sagte: ›Das stimmt, Mr Ingram. Ein Kuchen zur Wiederauferstehung.‹«

Inzwischen blies der Wind in heftigen Böen gegen das Fenster. Ingram erzählte uns, wie der Pestkarren vor siebzehn Jahren in Poplar ankam. Ein Pestkarren!

Drei Erwachsene und ein Baby. In einem Pestkarren! Eaton hockte beim Kaminrost und starrte auf das regennasse Fenster, als sähe er den Karren auf den Hof fahren. Es war ein Wetter wie heute, fuhr er fort. Anfang des Winters. Sie hätten den Karren abgewiesen, aber eine der Reisenden sprach wie eine Dame, obwohl sie genauso gekleidet war wie Matthew und Susannah. Und sie hatte einen Brief von Mr Stevens dabei, dem Pfarrer in Shadwell in der Nähe von Highpoint, wo er, Ingram, einst Vikar gewesen war.

Eaton fluchte leise. »Ich wusste doch, dass ich Euch zuvor schon einmal gesehen habe.«

Ingrams Angst vor ihm schien verschwunden zu sein. Eaton hingegen hatte die Furcht vor dem gepackt, was Ingram zu sagen hatte. Zugleich war er jedoch zunehmend begieriger darauf, es zu hören. Stevens sei nicht gut auf Lord Stonehouse zu sprechen gewesen, nahm Ingram die Erzählung wieder auf. In Highpoint House habe es einen Skandal gegeben, infolgedessen Stevens seines Lebensunterhalts beraubt wurde. Die

Dame, Kate Beaumann – damals nannte sie sich Mrs Turner – sagte, in dem Wirbel, der dem Skandal folgte, habe sie gleichfalls ihre Stellung verloren. Lord Stonehouse hatte seine Darlehen zurückgefordert und so den Verkauf des kleinen Landsitzes erzwungen, auf dem sie in Stellung gewesen war. Sein Verwalter bekam es, für seine Verdienste während der skandalösen Vorgänge.

Energisch schüttelte Eaton den Kopf und sprang auf. »Das ist nicht wahr! Ich …« Er ballte die Fäuste, doch er schien eher gewillt, sich selbst zu verletzen, als Ingram zu schaden, und schlug sich selbst in die Seite.

In ihrem ersten Jahr hier, sagte Ingram, litt sie sehr. Sie sagte, dass ihre Verbindung zu dem Kind sowie die Namen derer, die sie seine Eltern nannte, niemals bekannt werden dürften, denn damit würden sie beide in Gefahr geraten. In der Kirche vollführte sie lange Bußgebete für irgendeine unaussprechliche Sünde, die sie, wie sie sagte, nur Gott allein offenbaren konnte.

»Nachdem du nach London gegangen bist, Tom«, sagte Ingram, »brachte sie den Kuchen dorthin und wohnte dort bei einer Dame. Als die Männer gestern kamen, war sie gerade aufgebrochen, um Susannahs Grab zu pflegen. Sie muss sie gesehen und die Flucht ergriffen haben.«

»Warum hat sie Matthew geschrieben, er solle den Anhänger zerstören?«, fragte Eaton.

Ingram sah ihn an. »Sie sagte, das Böse stecke darin.«

Eaton fluchte leise. »Ihr habt Richard Stonehouse nichts von Kate Beaumann erzählt?«

»Nichts.«

»Gott sei Dank. Was *habt* Ihr ihm erzählt?«

»Wo wir die Briefe für Matthew hingeschickt haben. Zur Abholung ins Blue Boar in Oxford.«

Während Eaton hinausrannte, um sich um die Pferde zu

kümmern, verabschiedete ich mich von Mr Ingram. Er zog mich dicht zu sich. »Erzähl es ihm nicht, aber einmal sah ich auf einem Brief das Siegel der Dame, bei der sie in London wohnte. Es ist die Countess of Carlisle am Bedford Square. Vielleicht ist Kate dorthin geflohen.«

Eaton ritt schnell. Während der ersten Meilen schien er sich nicht darum zu scheren, ob ich mit ihm Schritt hielt oder nicht. Selbst als die Pferde müde und damit langsamer wurden und zäher Schlamm bis zu ihren Mähnen hochspritzte, nahm er kaum Kenntnis von mir und hüllte sich in mürrisches Schweigen.

»Das war das erste Mal, dass ich das Wort ›Gott‹ über Eure Lippen kommen hörte«, sagte ich. Verwundert starrte er mich an. »Ihr sagtet, Gott sei Dank weiß Richard nichts von Kate Beaumann.«

»Habe ich das?«

Unbarmherzig bohrte er seinem Pferd die Sporen in die Flanken und trieb es wieder zum Galopp an. Wir wurden erst langsamer, als wir uns Aldgate näherten. Ich hatte gehört, dass an den Hauptzugängen nach London die Straßen befestigt und Gräben ausgehoben werden sollten. Nichts davon war geschehen, zum Teil aus Sorge, dass der Handel, der bereits ins Stocken geraten war, vollends zum Erliegen käme. Doch die Wachen waren verstärkt worden, und man hielt uns auf und fragte zu Eatons wachsendem Ärger nach unserem Begehr. Nachdem wir die Stadtgrenze passiert hatten, sah Eaton aus, als wollte er erneut im Schweigen Zuflucht suchen, doch dann drehte er sich im Sattel zu mir um. Seine Augen wirkten wie frische Wunden, als er mich anblickte. Seine Worte sind mir zusammen mit dem spöttischen Unterton in seiner Stimme noch frisch im Gedächtnis, lebhaft wie seine Narbe.

»Bevor Ihr in jener Nacht geboren wurdet, hatte ich Kate Beaumann gebeten, meine Frau zu werden.«

26. Kapitel

Eaton hatte ein Treffen mit Turvilles Nachfolger im Seven Stars in der Carey Street vereinbart, einem Gasthaus, das regelmäßig von Advokaten frequentiert wurde, die mit Prozessen und Schuldtiteln zu tun hatten. Wir erreichten den Gasthof am frühen Abend. Eaton schickte eine Nachricht an Lord Stonehouse, in der er ihm mitteilte, dass wir mit der Morgendämmerung nach Oxford aufbrechen würden. Nach seinem Eingeständnis – zumindest hatte es sich nach einem Eingeständnis angehört – hatte er nichts mehr gesagt. Ich weiß nicht, ob ich mehr darüber erstaunt war, was er mir erzählt hatte, oder über die Art und Weise, es mir mitzuteilen. Einen Moment lang war er voll Reue und Bedauern gewesen. Nie zuvor hatte ich erlebt, dass er irgendetwas bereut hätte, es sei denn, es ließ sich in Äckern und Pachtzins bemessen.

Ich schloss meine Finger um meinen Glücksbringer, das Halbkronenstück, das ich in der Tasche meines Wamses aufbewahrte. Ob ich recht daran tat, darin einen Glückstaler zu sehen, wusste ich immer noch nicht. Was an dem Abend meiner Geburt auch geschehen war, hatte Unglück und Reue über einen immer größer werdenden Kreis von Menschen gebracht.

Während Eaton sich mit dem Advokaten traf, ging ich durch Covent Garden zum Haus der Countess of Carlisle am Bedford Square, wohin sich Kate Beaumann nach Mr Ingrams Worten möglicherweise geflüchtet hatte.

Als ich die Stufen erklomm, fühlte ich mich wieder wie der kleine Junge, den man zum Hintereingang schickte, um neben dem Scheißhaufen auf eine Antwort zu warten. Mein alter Widersacher Jenkins öffnete die Tür. Entschlossen, meinen Weg ins Haus zu erzwingen, hatte ich meinen Fuß bereits gehoben, um ihn in die Tür zu stellen, doch er riss sie mit einer überschwänglichen Geste auf. Kein Muskel in seinem Gesicht regte sich, als ich erstaunt noch vorn stolperte. Er verbeugte sich.

»Sie erwarten Euch bereits, Sir.«

Sie? Erwarteten mich? Er führte mich hinauf in den ersten Stock. Die Decke über der Treppe war mit aufwändigem Rollwerk mit Blatt- und Blütenmotiven gestaltet. Schließlich geleitete er mich in einen getäfelten Salon. Möglicherweise entsprach es Lucy Hays Sinn für Humor, dass auf der einen Seite Porträts vom König und seinen Anhängern hingen, gemalt von Van Dyck, und auf der anderen Seite um einiges billigere Gemälde von Lely, die Bedford, Stonehouse und andere Lords zeigten, die das Parlament unterstützten. Jenkins kündigte mich mit großem Genuss und noch mehr Doppeldeutigkeit als den »Gentleman, den Ihr erwartet, Mylady« an.

Die Countess saß auf etwas, das für mich auf den ersten Blick wie ein Thron wirkte, doch es war lediglich ein dick gepolsterter Sessel mit kunstvoll vergoldeten Armlehnen. Der Elster-Anhänger, den sie in der Kutsche getragen hatte, funkelte an ihrem Busen. Sie deutete auf einen Stuhl, doch ich glaubte, sie reiche mir ihre Hand zum Kuss und beugte mich vor.

»Benehmt Euch nicht wie ein Narr«, sagte sie gereizt. Sie sprach wie damals in der Kutsche, als dürfe sie keine Zeit verschwenden. »Setzt Euch. Ihr habt meinen Brief bekommen?«

»Nein.«

Sie hatte ihn zum Half Moon Court geschickt. Ein Brief mit dem Siegel der Countess musste eine Sensation gewesen sein. Ich konnte mir gut vorstellen, wie Mrs Black ihn Sarah aus den fettigen Fingern riss, ihn ins Licht hielt und schließlich deutlich sichtbar auf den Kaminsims stellte, wo jeder Besucher ihn sofort entdecken würde. Ich war so hypnotisiert von diesem Gedanken, dass ich zuerst gar nicht merkte, dass sich noch jemand im Raum befand. Mit dem gestutzten Bart sah er aus wie ein lebensgroßes Abbild des abgenutzten Holzschnitts, den wir zusammen mit der Großen Remonstranz gedruckt hatten. Doch ich war nicht sicher, ob er wirklich echt war, bis er das Wort ergriff.

»Jetzt werden wir demnächst in seinen Skandalblättern auftauchen, Lucy«, sagte er, und dann, als ich weiterhin dastand, als hätte ich meine Zunge verschluckt: »Ihr seht aus, als hättet Ihr einen Geist gesehen.«

»Ich … ich hatte jemand anderen erwartet, Mr Pym.«

»Den König womöglich?« Er lachte dröhnend und deutete auf Lucy Hay. »Ich würde mich nicht mit ihr anlegen.«

»Eine … eine Dame namens Kate Beaumann«, stammelte ich. »Ich dachte, sie sei vielleicht hier.«

»Ich wünschte, sie wäre es«, sagte Lucy, dann zu Mr Pym: »Dies ist …«

»Ich weiß, wer er ist!« Anders als bei seinen donnernden Reden im Unterhaus, sprach er jetzt mit dem leicht undeutlichen Akzent aus Somerset, von wo er stammte. Er ergriff meine Hand. »Der Mann, der meine Prosa verstümmelt und mich aus dem House geschmuggelt hat … Thomas Neave. Oder soll ich lieber Stonehouse sagen?«

»Neave, Sir.«

»Nun gut, wir werden sehen.«

Er sah zu Lucy hinüber. Sie machte den Anhänger ab und hielt ihn vor eine Kerze. Er schüchterte mich ebenso ein wie der andere, wirkte jedoch eher schalkhaft und weniger bedrohlich. Die Elster hatte einen kleinen Haufen winziger Perlen in ihrem emaillierten Nest, vielleicht symbolisch für das Gerücht, das sie an einem Ort aufgeschnappt und zum nächsten getragen hatte, das Gerücht, das Mr Pym gerettet hatte.

Lucy Hay drückte auf einen Granat an der Seite des Nests, hielt ihn fest und drückte dann auf sein Pendant auf der anderen Seite. Instinktiv zuckte ich zurück, als die Elster auf mich zuflog. Im Inneren sah ich das Porträt eines Mannes, doch sie schloss den Deckel schnell wieder, ehe ich erkennen konnte, wer es war.

»Ach«, sagte Mr Pym. »Jetzt werden wir nie erfahren, für wen ihr Herz schlägt.«

Lucy erklärte mir, sie sei am selben Tag bei Hofe eingeführt worden wie Frances Stonehouse. Sie waren Freundinnen geworden und hatten dieselbe Art von Anhänger bei einem italienischen Juwelier bestellt. Durch Frances hatte Lucy Kate Beaumann kennengelernt, die auf dem benachbarten Landsitz lebte. Meine Geschichte hatte sie von Kate erfahren, die glaubte, Frances' Anhänger sei verlorengegangen. Gleich nach ihrer Ankunft in Poplar hatte Matthew ihr erzählt, er habe ihn nie gesehen.

»Erst kürzlich fand Kate heraus, dass Matthew gelogen hatte«, sagte Lucy Hay.

»Weil ich es Euch erzählt habe!«, platzte ich heraus. »In der Kutsche! Ich wollte es nicht, aber …«

»Der Junge ist schlau«, sagte Mr Pym. »Ihr habt recht, wie immer, Lucy. Er könnte es schaffen.«

»Was schaffen?«, fragte ich.

Er tat meine Frage mit einer Handbewegung ab. »Lord Stonehouse hat dir befohlen, den Anhänger zu finden?«

»Ja. Er …«

»Wir wissen, dass er Euch als Erben in Betracht zieht. Auch wir haben unsere Spione. Doch Lord Stonehouse ist … wankelmütig. Und es geht ihm nicht gut. Wir können es uns nicht leisten, dass einer der beiden Söhne ihn beerbt und somit die enorme Macht und der Einfluss des Namens Stonehouse dem König zufällt!«

Jetzt stand er da, als hielte er mit seiner volltönenden Stimme eine Rede. Ich war sogar noch eingeschüchterter als durch den Anhänger. Enorme Macht und Einfluss! Narr, der ich war, hatte ich das nie bedacht. Ich war jemand, der mit den Reden durch die Stadt rannte oder sie setzte. Nicht jemand, der sie hielt. Mr Pym verstummt. Er stand direkt vor mir und bellte mich förmlich an.

»Angenommen, Ihr erbt tatsächlich. Werdet Ihr uns unterstützen?«

Meine Kehle war so trocken vor Aufregung, dass ein Augenblick verstrich, ehe ich sprechen konnte. »Ja, Mr Pym«, sagte ich. »Für Euch würde ich alles tun.«

»Gut! Sehr gut!« Er drückte meinen Arm mit der Gewissheit eines Politikers, als sei alles abgemacht, der Anhänger so gut wie gefunden und das Erbe gesichert.

»Angenommen«, sagte Lucy Hay trocken, »er ist kein Stonehouse?«

Sie verfügte über die bemerkenswerte Begabung, ihn zurück auf den Boden zu holen, doch er besaß die nicht minder bemerkenswerte Gabe, es zuzulassen. Für ihn war Politik ebenso wie Religion lediglich eine Frage des Glaubens.

»Seht ihn Euch an«, sagte er. Sie gingen beide um mich herum, betrachteten mich aus verschiedenen Winkeln, als sei ich eine Marmorstatue. »Seht Euch diese Nase an. Das Kinn.«

Lucy Hay hob es an. Ihre Hand war warm, und als sie mich losließ, hing ein schwerer Duft aus Moschus und süßem Majoran an mir. »Ich gebe zu, alles an ihm sieht aus wie ein Stonehouse, bis auf dieses schreckliche Haar, das hat er von dieser Promenadenmischung, die seine Mutter war …«

»Er ist nicht nur ein Stonehouse, er ist das Kind des alten Mannes«, sagte Pym entschieden.

»Ihr wollt nur, dass er es ist! Wie könnt Ihr das wissen?«

»Als ich in Highpoint war, habe ich mich verlaufen und fand mich in jenem Flügel wieder, der seit dem Tod von Lord Stonehouse' Frau unberührt geblieben war. Ich geriet in ihr altes Schlafzimmer. Dort hing ein Porträt von … äh, unserem Freund, dem jungen …«

Er hatte meinen Namen vergessen. »Tom«, sagte sie.

»Tom, ich weiß, dass er Tom ist«, sagte Pym gereizt. »Ein Porträt von Tom, als er etwa …«

»Ich war zwölf«, sagte ich. »Und das Bild stammt von Peter Lely.«

Er schrak leicht zusammen, als hätte eine Statue gesprochen. »Ihr kennt Sir Peter?«

»Nur als Modell.« Ich erzählte ihm von dem Trick, meinem Botengang zum Rathaus, während dem er mich skizziert hatte.

»Wie wart Ihr gekleidet?«

»Wie ein Lehrjunge.«

»Seht Ihr!« Triumphierend wandte Pym sich an Lucy. »Lely hat ihn nach der neuesten Mode gekleidet gemalt, Highpoint House im Hintergrund. Ein Hund zu seinen Füßen. Verschwenderische Spitze am Kragen und den Stulpenstiefeln. Ein Federhut hat sein rotes Haar komplett verborgen. In den behandschuhten Händen hielt er einen kleinen Stock. Habt Ihr jemals solche Kleider gesehen?«

»Nur in meinen Träumen«, sagte ich.

Nur in meinen Träumen! Erst, als ich ging, verwirrt, immer noch wie in Trance, erinnerte ich mich an den Vertrag, den ich mit Lord Stonehouse geschlossen hatte. Ich wollte Anne. Und in diesem Moment wollte ich sie so sehr, dass ich beinahe zum Half Moon Court gegangen wäre. Beinahe.

Als ich zurück zum Seven Stars kam, war ich müde. Eaton war außer sich und hatte gedacht, ich sei, wie Kate, ebenfalls verschwunden. Er mutmaßte, dass ich Anne besucht hätte, und ich ließ ihn in dem Glauben. Er war ziemlich betrunken, und ich wollte schon in die Kammer nach oben gehen, die er uns für die Nacht gemietet hatte, als zwei späte Reisende, ein Mann und eine Frau, des Weges kamen. Genau wie ich blickte Eaton der Frau hinterher. Sie trug einen Umhang, war etwa so groß wie mein Irrlicht und bewegte sich mit derselben flinken Anmut. Doch als sie sich umwandte, um etwas zu ihrem Begleiter zu sagen, sah ich, dass sie viel zu jung war, um Kate Beaumann sein zu können. Ihrer Gestalt und ihrer dahingleitenden Grazie wegen war ich stehen geblieben und hatte versucht, einen Blick auf ihr Gesicht zu werfen. Eaton empfand genau denselben hungrigen Drang, ihr Antlitz zu sehen. In dem Moment, in dem jeder von uns einen kleinen Stich des Bedauerns verspürte, dass es sich bei der Frau nicht um Kate Beaumann handelte, trafen sich unsere Blicke. Abrupt wandten wir uns von einander ab, wie zwei Männer, die entdecken, dass sie dasselbe geheime Laster teilen. Es war diese Entdeckung, im gleichen Maße oder sogar noch stärker als seine Trunkenheit, die Eaton zum Reden brachte.

Er saß so dicht am Feuer, dass seine Stiefel zu versengen begannen. Mich blickte er nie an. Es war, als spräche er zu sich selbst, als zupfte er sich lang verkrusteten Schorf von einer Wunde. Er erzählte mir – oder besser dem Feuer – dass er, als Lord Stonehouse' Geldeintreiber, überall auf den riesigen Ländereien gehasst wurde, von Edgehill im Osten bis Grey Horse im Westen. Er genoss es. Es erleichterte seine Aufgabe. Angst war ein großartiger Anreiz, um die Menschen dazu zu bringen, ihre Pacht zu zahlen. Tagelöhner und sogar einige der wohlhabenderen Freibauern drohten ihren ungehorsamen Kindern damit, dass der Schwarze Reiter sie holen würde. Er genoss es, sie schreien zu hören und zu sehen, wie sie davonrannten, um sich zu verstecken, sobald er sich einem Bauernhof näherte. Er brauchte keine Gesellschaft, lebte allein in der Hütte des Verwalters.

Eines Tages war er in Earl Staynton, dort, wo Stonehouse' Ländereien an den Besitz der Pearces grenzten und wo Margaret Pearce mit ihrem kranken Vater und ihrer Gesellschafterin Kate Beaumann lebte. Die Pearces waren eine alte Familie, deren Ländereien einst noch größer gewesen waren als jene von Lord Stonehouse, doch sie war im Niedergang begriffen. Wilddiebe streiften ungehindert durch Rowan Wood, um dessen Besitz sich die beiden Familien stritten. Eaton stellte Fallen auf. Beinahe erwischte er einen flüchtenden Wilderer, doch sein Eifer, seiner habhaft zu werden, ließ ihn in seine eigene Falle tappen.

Die eisernen Zähne bissen sich durch das Leder seiner Stiefel. Zuerst war er erboster über den entwischten Wilddieb als über den Schmerz, bis der feststellte, dass er die Falle nicht selbst entfernen konnte und Blut verlor. Es war Kate Beaumann, die am Rande der Ländereien der Pearces entlangwanderte und sein Rufen hörte, das eher wildesten Verwünschungen als Hilfeschreien glich.

Als Kate ihn fand, war der Schmerz bereits unerträglich, und er war nahe davor, die Besinnung zu verlieren, was ihm nie zuvor in seinem Leben passiert war. Er hielt es für Pech im Unglück, dass eine Frau ihm zur Hilfe eilte, doch sie nahm nach seiner Anweisung das Ritzel heraus und schaffte es anschließend, mit einem kräftigen Holzscheit die Klemmbacken aufzustemmen.

Mehr als einen Monat brauchte er, um zu genesen, und während dieser Zeit besuchte sie ihn zusammen mit Margaret Pearce. Er war unwirsch und undankbar, denn er hatte keine Sprache, um Dankbarkeit auszudrücken. Doch als er seine Arbeit wieder aufnahm, schlug er Lord Stonehouse vor, Rowan Wood zwischen den beiden Landsitzen aufzuteilen. Margaret

Pearces Vater starb. Zum ersten Mal herrschte eine Zeitlang Frieden zwischen beiden Familien. Zwischen Margaret und Lord Stonehouse und seinen beiden Söhnen entwickelte sich eine Freundschaft.

Wasser war auf dem verwahrlosten Land der Pearces schon immer ein Problem gewesen. Es war Kate, die Eaton wegen einer versiegten Quelle um Rat fragte. Er humpelte von ihr fort, denn er hatte sich das Bein gebrochen, und es stellte sich heraus, dass es nur schwer heilte. Er höhnte, dass er immer gewusst habe, dass sie eine Belohnung erwarte, weil sie ihn aus der Falle befreit hatte. Ihre Antwort bestand darin, dass sie ihm für seinen Fuß eine Salbe von Matthew Neave brachte, dem Lenker des Pestkarrens, von dem allgemein bekannt war, dass er ein Hellseher war und zudem die Gabe besaß, mit Kräutern zu heilen. Als sein Fuß kräftig genug war, stieg Eaton die Hügel hinter Earl Staynton empor, entdeckte den Felsrutsch, der die Quelle blockierte, und legte sie wieder frei.

Als Kate kam, um ihm zu danken, bestritt er jegliches Wissen darüber. Von diesem Moment an wurde ihre Beziehung, auch wenn er es nicht so nannte, inniger. Eines Tages im Sommer 1625, diesem entsetzlichen Sommer, als die Sonne von einem kupferblauen Himmel herunterbrannte und die Pest in Oxford wütete, fragte sie ihn, ob er einen Pfarrer kenne, der heimlich eine Ehe schließen würde. Eaton kannte viele Geheimnisse, was genau der Grund war, weshalb sie ihn gefragt hatte, doch das waren alles Geheimnisse, die er den Menschen entrissen hatte. Nie zuvor hatte ihm jemand, und schon gar nicht jemand wie Kate, freiwillig etwas anvertraut.

Sein erster Gedanke war, dass es Margaret betreffen müsse, doch Kate bestritt dies. Auf jeden Fall hatte jetzt, wo Margarets Vater tot war, niemand mehr Einfluss auf sie. Kate sagte, die Auskunft sei für einen Freund. Misstrauisch gegen alles und jeden, stellte Eaton Nachforschungen an. Er konnte keinen solchen Freund entdecken. Dann dämmerte es ihm, dass er selbst dieser Freund sein könnte. Er lachte über diese Vorstellung. Eher würde sie seinen Hund heiraten! Abgesehen davon hatte er niemals das leiseste Verlangen verspürt, irgendjemanden zu heiraten. Doch er, der normalerweise tief und fest schlief, musste feststellen, dass er keinen Schlaf mehr fand. Unablässig sah er ihr ehrliches, beinahe mildes Gesicht vor sich, auf dem gewöhnlich ein Lächeln lag, egal welche Kränkungen er ihr grunzend entgegenschleuderte.

Er gab sich keinen Illusionen über sich hin. Er war grob und ungehobelt, aber er war zu Geld und Besitz gekommen. Er begann sich zu waschen und mehr wie der wohlhabende Mann zu kleiden, der er war. Er erzählte ihr, dass Reverend Mark Stevens in Shadwell verschuldet sei und ihr jeden Dienst erweisen würde, den sie verlangte, ohne Fragen zu stellen. Sie war dankbar, sprach indes nicht weiter darüber. So war ihr Umgang miteinander. Unter dem Deckmantel einer harmlosen Bemerkung wurde eine Bitte geäußert, die der andere ohne weitere Diskussion erfüllte.

Er war überzeugt, dass Kate jemand anderen heiraten würde und es unbedingt vor Margaret Pearce geheim halten wollte, die so sehr auf ihre Gesellschafterin angewiesen war, dass sie ihr jedes Hindernis in den Weg legen würde. Ja, das musste es sein! Er war ein Narr gewesen, zu glauben, dass sie ihn auch nur ansehen könnte! Doch seine Gefühle für sie quälten ihn. Er musste die Wahrheit wissen! Ein Dutzend Mal rang er mit sich, um mit ihr darüber zu sprechen. Die Worte kamen ihm nicht über die Lippen. Er konnte über Hunde reden. Über Falken. Über durchtriebene, lügnerische Pächter. Aber über Liebe?

Es war das erste, und ich glaube das einzige Mal, dass ich dieses Wort aus seinem Mund hörte. Ich weiß nicht, was mich mehr überraschte: das Wort oder die Feststellung, dass seine

Augen im flackernden Kerzenlicht feucht glänzten. Das Feuer war heruntergebrannt, die Asche knisterte leise im Kamin. Im fernen Stall wieherte ein Pferd, als die Türen für die Nacht verriegelt wurden.

Margaret Pearce brachte es schließlich ans Licht. Eatons Veränderung fiel ihr auf, und sie sagte, er müsse eine geheime Liebe haben. Niemand außer Margaret Pearce konnte auf diese Weise mit ihm – oder Lord Stonehouse – reden. Sie war so schön und sagte es mit so ernster Besorgnis, ohne einen Blick auf Kate zu werfen, dass er die Flucht ergriff. Kate folgte ihm, und in seiner Pein und Verwirrung brachen seine Gefühle aus ihm hervor. Beinahe floh er erneut, doch sie hielt ihn zurück. Sie sagte, sie fühle sich durch seine Worte geschmeichelt und dass er viele Qualitäten habe, die er vor sich selbst leugne. Sie brauche Zeit, um über das nachzudenken, was er gesagt hatte. Er wusste nicht, was sie mit Qualitäten meinte oder wie er etwas vor sich selbst leugnen sollte, wenn er es ernsthaft wollte. Aber er war überwältigt, dass sie ihn nicht kurzerhand weggeschickt hatte.

Er schwieg lange, starrte in die sterbende, langsam in sich zusammenfallende Glut. Die Kerze war heruntergebrannt, und ich saß in vollkommene Dunkelheit gehüllt. Ich kam mir vor wie ein Eindringling, zusammengekauert auf einem Schemel, die Beine steif nach einem Tag auf dem Pferd, bis ich einen Krampf bekam und gezwungen war, mich zu bewegen. Aufgeschreckt sah er sich um, als hätte er vollkommen vergessen, dass ich da war. Ich fürchtete, er könnte die Geschichte nicht beenden, und fragte: »Was geschah dann?«

Er blitzte mich an. »Du bist geschehen! Im großen Haus brach die Hölle los! Deine Hure von einer Mutter hat dich zur Welt gebracht! Keine Ahnung, wo zum Teufel du herkamst! Was geschehen ist? Ich weiß es nicht! Das ist das Schlimmste. All diese Jahre! Ich habe nie wieder mit Kate gesprochen. Sie nie wieder gesehen. Sie nie wieder gehalten. Nie wieder berührt. Das ist das Schlimmste!«

Er trat mit den Stiefeln ins Feuer, um die glühende Asche auf dem Kaminboden zu verteilen, stürmte blindlings davon und warf dabei seinen Stuhl um.

Ich schlief wenig. Die Geschichte seiner Pein löste eine ganz ähnliche Unruhe in meinen Gedanken aus. Ich war im Begriff, Anne zu verlassen, und würde sie vielleicht nie wiedersehen. Ich konnte nicht fassen, dass ich Pyms Plan so leichthin zugestimmt hatte. O ja, ich würde Lord Stonehouse sein. Der bedeutende Peer! Der Adlige des Volkes. Die Probleme des Landes lösen. Wenn ich früher daran gedacht hatte, war es nichts als ein Hirngespinst gewesen. Doch Pym stand im Zentrum der Macht. Es war nicht länger nur eine fixe Idee, ein Phantasiegebilde, sondern lag durchaus im Bereich des Möglichen.

Ich vergrub meinen Kopf im Kissen. Was hatte ich gesagt? Wenn ich ein Peer würde, könnte ich Anne niemals heiraten. Ich kratzte an einer besonders bösartigen Wanze, die sie wahrscheinlich für die Advokaten, die dieses Haus frequentierten, aufbewahrt hatten und die sich ihren Weg in mich hineinzugraben schien wie diese verderbten Gedanken. Ich spürte Annes letzten Kuss, sah sie beim Baum stehen. Versprich mir, dass du zurückkommst. Berühr den Baum. Ich empfand solch ein brennendes, überwältigendes Verlangen nach ihr, dass ich aus dem Bett sprang. Ich hatte das Gefühl, jemand würde mich beobachten. Einen Moment lang glaubte ich im Halbschlaf, es sei Kate, die, obwohl ich mir dessen größtenteils nicht bewusst war, mein ganzes Leben lang über mich gewacht hatte.

Doch in diesem Zimmer, das vom Mondlicht auf unheimliche Weise erhellt wurde, war es nicht Kate, sondern Eaton, der auf der Fensterbank saß. Ich hatte keine Ahnung, wie lange er schon dort gesessen hatte. Womöglich hatte ich im Schlaf gesprochen, und er hatte mir zugehört, so wie ich ihm am Feuer zugehört hatte. Was immer wir einander sein mochten, wir waren durch eine gemeinsame Verpflichtung aneinander gebunden. Wir wussten, dass wir niemals Ruhe finden würden, bis wir den Anhänger aufgespürt und herausgefunden hatten, was zu den Ereignissen in jener Nacht vor sechzehn Jahren geführt hatte.

Alles, was er sagte, war: »Es ist hell genug.«

Er packte unsere Satteltaschen, und mit ein paar Tritten weckte er den Stalljungen. Bis auf den gelegentlichen Ruf des Nachtwächters, der die Zeit ausrief, war es still, und wir ritten durch die vom Mond beschienenen, leeren Gassen, bis wir die Straße Richtung Westen erreichten.

Teil II

Highpoint

September/Oktober 1642

27. Kapitel

Ehe es dämmerte, waren wir aus London heraus und hatten das Dorf Chiswick hinter uns gelassen. Als die Sonne über den grünen Feldern aufging, hob sich meine Stimmung mit jedem Atemzug der guten Luft. Lord Stonehouse hatte auf Eatons Nachricht geantwortet und ihn angewiesen, Highpoint House als Ausgangspunkt für die Suche nach Matthew zu nehmen. Das Haus lag strategisch günstig nördlich von Oxford, und Lord Stonehouse schrieb, dass er Wills Einheit der Bürgerwehr befohlen habe, in Chipping Norton zu uns zu stoßen, dreißig Meilen von Highpoint entfernt. Dies, so schrieb Lord Stonehouse, »sei sowohl der Absicht des Parlaments zuträglich und dergleichen meinem eigenen sehnlichen Wunsche, des Anhängers habhaft zu werden«.

Man erwarte, dass der König »voll Zuversicht aus Shrewsbury käme«, schrieb er, um auf London zuzumarschieren. Der Earl of Essex, der Kommandeur des Parlaments, hatte London nach einer gewaltigen Abschiedsfeier seiner Bürger am 9. September verlassen, begleitet von ernsten Gebeten und großem Applaus, mit dem Befehl, den König gefangen zu nehmen. Sobald er nicht mehr in den Fängen seiner bösartigen Ratgeber wäre, würde er die Weisheit in den Maßnahmen des Parlaments erkennen, und im Königreich würden wieder Frieden und Wohlstand einkehren.

Und was für ein Königreich! Ich war nie zuvor auf dem Land gewesen. Erst jetzt begriff ich, dass Poplar, mit seiner Hauptstraße aus Fachwerkhäusern, mit den schmalen Giebelfassaden und dem trostlosen Marschland, alles Mögliche war, aber kein Land. Voller Ehrfurcht blickte ich über ein hügeliges Feld nach dem anderen, auf denen die Stoppeln abgebrannt wurden und der Boden vor dem Winterfrost umgegraben wurde. Ich sah ein Reh – Eaton musste mir erklären, um was es sich handelte –, das aus der Deckung am Waldrand hervorbrach.

Beim Anblick all dessen schwoll mir das Herz in der Brust, und an diesem ersten Tag, bei unserem ersten Halt, ehe wir Brot und Käse brachen, schickte ich ein inbrünstiges Gebet zu Gott und dankte ihm dafür, dass er mir diesen bescheidenen Platz im großartigen Unterfangen des Parlaments eingeräumt hatte. Eaton, der sagte, dass er es mit dem Beten nicht so habe, kaute still an seinem Brot und beobachtete das Wetter. Ich hätte ewig dort verweilen und die süße Luft einatmen können. Zum ersten Mal begriff ich, dass ich mein Leben lang nichts als Kohle und Gestank eingeatmet hatte. Ich wandte mein Gesicht der Sonne entgegen, doch Eaton saß bereits wieder auf dem Pferd und meinte, dass wir besser zusehen sollten, damit wir vor dem Regen noch ein Stück vorankämen.

»Gott hat uns gutes Wetter geschickt«, protestierte ich.

»Den Vögeln hat er aber nichts davon gesagt«, erwiderte Eaton.

Wir kamen an den Rand eines Waldes, und die Vögel waren verstummt. Die Vögel behielten recht. Die ersten Tropfen fielen mit dieser erbarmungslosen Beharrlichkeit, die Eaton verriet, dass der Regen den ganzen Tag anhalten würde. Am späten Nachmittag ritten wir auf eine unheilvolle, dunkle Wolkendecke zu, die sich von Westen näherte. Die Straßen waren mit Schlaglöchern übersät und von einer Schicht aus Schlamm und Steinen bedeckt, die von den marschierenden Truppen und den Fuhrwerken von Tross und Artillerie aufgewühlt worden waren. Dazu kamen die Hinterlassenschaften und die aufgewühlte Erde der Rinder- und Schafherden, die zur Verpflegung hinter den Truppen hergetrieben wurden.

Zwischen überhängenden Bäumen passierten wir eine Kolonne Parlamentssoldaten, die einen Psalm sangen: »Die Heiligen sollen fröhlich sein und preisen und rühmen …«

Es war ein Psalm, den wir oft in Moorfield gesungen hatten, wenn die Übung der Bürgergarde vorbei war. In bester Stimmung fiel ich ein: »… und sie sollen scharfe Schwerter in ihren Händen haben …«

Es knackte, und ein Schauer von Holzsplittern ging über den Männern nieder. Am Wegesrand lag ein Holzstapel, und ich glaubte, jemand würde ihn zerhacken. Alle sangen voll Begeisterung weiter: »… ihre Könige zu binden mit Ketten und ihre Edlen …«

Ein weiteres Knacken, und ein Soldat vor mir kippte gegen seinen Kameraden. Erstaunt starrte ich ihn an. Was ich für Holzsplitter gehalten hatte, waren gesplitterte Knochen. Seine halbe Schulter fehlte, und sein Arm war ein Wirrsal aus verstümmeltem Fleisch und dem Leder seines Wamses. Die Kugel hatte ihn herumgeschleudert, genau vor mein sich aufbäumendes Pferd, und einen Moment lang starrte der Mann verständnislos auf seinen Arm, der von den Überresten seiner Schulter herunterhing. Es ertönte der entsetzlichste animalische Schrei, den ich je gehört hatte. Ich glaubte, er käme von dem Pferd, doch dann sah ich, dass er aus dem Mund des Mannes kam.

Ich bin sicher, dass die Truppe, genau wie ich, noch nie zuvor ein Gefecht erlebt hatte. Der vordere Teil der Kolonne marschierte immer noch singend weiter, während die Nachhut um Hilfe rief. Der Offizier, ein Eisenwarenhändler, den ich vom Übungsplatz wiedererkannte, schrie: »Formieren! Formieren!«, und deutete auf die Stelle, von der die Schüsse gekommen waren. Doch darauf hatten die Cavaliere nur gewartet.

Als der Parlamentstrupp losrannte, um außerhalb des Waldes in Stellung zu gehen, wurden die Männer von einer Gruppe Dragoner niedergeritten, die sie von hinten angriffen und mit gezückten Schwertern schrien: »Für Gott und König!«

Ich zog mein Schwert und versuchte gerade, Patch im aufgewühlten Schlamm wenden zu lassen, als Eaton ihr einen Peitschenhieb versetzte. Sie machte einen Satz nach vorn und warf mich beinahe ab. Ich schaffte es gerade noch, mich auf dem Sattel zu halten, während sie davonpreschte. Als ich sie endlich wieder unter Kontrolle hatte, peitschte Eaton sie erneut, bis wir offenes Land erreichten und die Schreie und Rufe nicht länger zu hören waren.

»Feigling!«, schrie ich in an. »Ihr habt mich dazu gebracht, sie im Stich zu lassen – sie sterben zu lassen.«

»Wir müssen uns um unsere eigenen Angelegenheiten kümmern«, sagte er.

Zornestränen brannten mir ihn den Augen. »Die Angelegenheit des Parlaments *ist* unsere Angelegenheit. Das sind unsere Kameraden, in Gottes Namen!«

»Ihr mögt vielleicht ein Roundhead sein«, sagte er kurz angebunden, »aber ich sorge mich nur um meinen eigenen Kopf. Und wenn Ihr schon Psalmen singen müsst, dann senkt wenigstens Eure Stimme. Vielleicht kann Gott sie hören, aber die Cavaliere können es auch.«

Ich war so verbittert und wütend, dass die Worte über meine Lippen waren, ehe ich sie zurückhalten konnte. »Ihr seid eine traurige, einsame, gottlose Kreatur, und ich kann mir nicht vorstellen, dass irgendeine Frau Euch jemals lieben könnte.«

Er biss sich auf die Lippen, trieb sein Pferd voran und sagte kein Wort mehr. Es war, als hätte ich sein Vertrauen missbraucht, in dem ich es überhaupt erwähnt hatte. Ich wollte ihm nachreiten und mich entschuldigen, doch dann glühte ich vor Scham und Wut, weil ich meine Kameraden im Stich gelassen hatte. Ich begann zu ihnen zurückzureiten, hielt dann aber inne, aus Angst, den Cavaliere in die Arme zu laufen. Als ich endlich kehrtmachte, um Eaton zu folgen, war er beinahe außer Sichtweite. Die ganze Zeit erwartete ich, dass er zurückblicken würde, doch das tat er nicht. Schließlich hob sich meine Stimmung. Es war ein gutes Gefühl, frei zu sein, ohne seine mürrische beobachtende Gegenwart.

Allmählich wurde es kalt und dunkel. Ich gelangte zu einem kleinen Bauernhof und bat um ein Nachtlager, doch der Bauer jagte mich mit einer Mistgabel und einem zähnefletschenden Hund davon und sagte, er wolle keine weiteren Gutscheine. Mit Gutscheinen könne man kein Brot bezahlen!

Ich entdeckte, dass die Menschen, wo immer auch ihre Sympathien liegen mochten, die Grenze der Belastbarkeit bereits erreicht hatten. Sie wurden gezwungen, Soldaten bei sich einzuquartieren, gegen Gutscheine, die in vielen Fällen noch wertloser waren als Schuldscheine, und obwohl ich Geld hatte, vertraute mir niemand. Bis auf die Haut durchnässt, lockte mich der warme Kohlenmeiler eines Köhlers, doch als ich merkte, wie der Mann und sein Sohn mein Pferd und Gepäck beäugten, zwang ich mich, weiterzureiten. Meine neuentdeckte Liebe für das Land verwandelte sich in Furcht. Es war so dunkel wie in Mr Blacks Keller, nur dass das Rascheln und die Schreie nicht von Ratten stammten, sondern von Wölfen oder Geistern. Mein Pferd strauchelte. Ich hatte mich hoffnungslos verirrt. Mehr als alles andere war es meine Stadtnase, die mich schließlich rettete. Tabakgeruch führte mich zu einer Ansammlung von Gebäuden, die sich als der Außenbezirk von Beaconsfield entpuppte.

Eaton wartete Pfeife rauchend vor einem Gasthof. Der Regen schien ihm nichts auszumachen. Es tropfte von jedem Zipfel seines Hutes und Umhangs, während er höhnisch zu mir emporblickte. Diese Erwartung, dass ich zu ihm käme, dass ich von ihm abhing, erfüllte mich mit frischem Zorn. Ich trat Patch kräftig in die Seiten, doch sie weigerte sich, sich von dem Wasser fortzubewegen, das sie soff. Ich kippte nach vorne, griff halbherzig ins Geschirr und rutschte langsam vom Pferd. Der Stallbursche fing mich auf, als ich erschöpft zusammensank.

Eaton blickte auf mich herunter und zog paffend an seiner Pfeife. »Versucht es ruhig woanders, wenn Ihr wollt. Man wird Euch nicht einlassen.«

Ich schnauzte ihn an, ich sei nicht hungrig, aber der Duft eines Eintopfs dämpfte meinen Stolz. Nie zuvor oder danach habe ich so fest geschlafen. In der Dämmerung weckte er mich, beim erbarmungslosen Prasseln des Regens. Meine Kleider waren warm, aber immer noch feucht.

Wir schafften nicht mehr als ein Dutzend Meilen am Tag, manchmal weniger. Von beiden Seiten wurden wir beschossen. Es ist kaum zu glauben, aber in diesen ersten Tagen, und selbst später noch, wusste man nie, wer vor einem stand, ob Freund oder Feind. Wenn sie Uniformen trugen, gehörten sie einem Regiment an, doch das half nur wenig, wenn man sich in Schussweite befand und nicht wusste, ob sich der Regimentskommandeur für den König oder das Parlament erklärt hatte oder – wie es gar nicht so selten vorkam – mehrmals die Seiten wechselte. Nachdem eine Musketenkugel mir den Hut weggerissen hatte, hielten wir uns an die allgemein übliche, durch Mundpropaganda überlieferte Sitte und trugen fortan die orangefarbenen Halstücher der Roundheads, in der Hoffnung, dass wir zumindest nur noch vom Feind beschossen würden. Die Cavaliere trugen rote Tücher.

In den Gasthäusern entlang der Strecke erfuhr Eaton durch das Spionagenetz der Stonehouses die letzten Neuigkeiten. Essex hatte sich erfolgreich mit den Midland-Streitkräften in Northampton vereint, aber viele Männer in seinen Truppen waren ungeübte Freiwillige, schlecht genährt, unbezahlt und am Rande der Meuterei, bis frische Geldmittel aus London eintrafen. Zunächst hieß es, der König sei in Shropshire, dann in Worcester.

Ich weigerte mich, Eaton zuzuhören, wenn er sagte, niemand wüsste, was er täte, und erwiderte hitzig, dass Essex ein Veteran des Holländischen Krieges sei. Es mochte angehen, dass Prinz Rupert, der Vetter des Königs und gefürchteter Kommandeur der Kavallerie, ein oder zwei Scharmützel gewonnen hätte, solche wie jene, deren Zeugen wir geworden waren. Aber wenn die Streitkräfte des Parlaments sich erst zusammenschlössen, würden sie die Royalisten mit ihren Piken aufspießen!

»Wenn sie sich jemals finden«, sagte Eaton.

Es stimmte, dass es so gut wie keine Landkarten gab. Wegweiser, wenn sie denn existierten, wurden entfernt oder umgedreht, um den Feind zu verwirren. Bei dem Wetter und mit den sporadischen Kämpfen brauchten wir beinahe eine Woche, um nach Oxford zu gelangen, anstelle der zwei Tage, die Eaton veranschlagt hatte. Die Stadt war angeblich immer noch ängstlich neutral; die Universität stand rückhaltlos auf Seiten des Königs, die Bürger hingegen waren mehrheitlich für das Parlament. Es hatte aufgehört zu regnen, doch auf der Christ Church Meadow standen Wasserpfützen. Ehrfürchtig starrte ich auf das, was ich für die Turmspitzen von Kirchen und Kathedralen hielt und sagte, dies müsse ein sehr gottesfürchtiger Ort sein.

Eaton lachte. »An diesem Ort gibt es mehr Sünder als Heilige. Das sind die Colleges, die Stätten der Gelehrsamkeit«, sagte er sarkastisch. »Dort ist Magdalen, wo Richard Stonehouse das Spielen lernte.« Er zog seinen Hut tiefer und klappte den Kragen hoch. Ich fand, dass er so noch auffälliger aussah, obwohl die Krempe nun seine Narbe verbarg. Aber auch ich klemmte meinen Hut noch fester auf mein rotes Haar. »Ist er hier?«

»Die Stonehouses sind überall. Lord Stonehouse hat Teile der Stadt gekauft, die nicht den Colleges gehören.«

Als wir die Wiesen hinter uns gelassen hatten, noch vor der verfallenen Stadtmauer, sah ich es. Die groben roten Kreuze auf dem Flechtzaun waren verblasst, so dass sie kaum noch zu erkennen waren. Doch ich begriff sogleich, um was es sich handelte: an der aufgeworfen Tonerde, die mit weißen Streifen gekennzeichnet war, und vor allem an der Art und Weise, wie die Menschen diesen Ort mieden. Ich stand ganz still und starrte die Stelle an.

»Gehört ihm die auch?«

»Die Pestgrube? Die gehört den Toten«, sagte Eaton, für seine Verhältnisse beinahe heiter. »Wenn man Euch dort hineingeworfen hätte, hätten wir jetzt nicht diesen ganzen Ärger.«

Wir stellten die Pferde unweit der Pestgrube im Green Man unter, da Eaton meinte, die Stadt sei nicht sicher. Wir nahmen unsere orangefarbenen Tücher ab und begaben uns zu einem Gasthaus in der Nähe der Ortsmitte, das Dog and Pheasant, das zu klein und ärmlich war, um einen eigenen Stall zu besitzen. Eaton wollte nicht das Risiko eingehen, dass ich mich in die Nähe des Blue Boar wagte, wohin die Briefe für Matthew adressiert worden waren, obwohl ich zu bedenken gab, dass ich vermutlich leichter Auskunft erhalten würde als er. Mürrisch und verstimmt kehrte er vom Blue Boar zurück und sagte, er habe für eine Krone Informationen im Wert von vier Penny bekommen. Matthew war weg. Er hatte die Straße nach Woodstock und Chipping genommen, in Richtung Highpoint.

Wir gingen früh zu Bett, um, wie er sagte, am Morgen zeitig aufbrechen zu können. Doch ich hatte weniger als eine Stunde geschlafen, als ich hörte, wie die äußere Tür geschlossen wurde. Sein Bett war leer. Vom Fenster aus sah ich ihn auf die Straße hinaustreten. Den ganzen Nachmittag war ich eingesperrt gewesen, und, immer noch wütend, weil er mich nicht zum Blue Boar mitgenommen hatte, kletterte ich die Stiege hinab, um ihm zu folgen. Es war ziemlich dunkel, und es waren nur wenige Leute unterwegs, als er auf einen Platz zuschritt.

Voller Entsetzen blieb ich stehen, als ich einen Falken auf mich herabstarren sah. Er war so groß wie ein Rotmilan und wäre wie ein Stein auf mich gestürzt, wenn er nicht aus eben diesem Material bestanden hätte. Anstatt des sonst üblichen Holzschildes diente er als Zeichen für einen reichen Gasthof, das Stonehouse Arms.

Meine Furcht ließ mich in einen dunklen Torweg zurückweichen, und das war gut, denn in diesem Moment drehte Eaton sich um und starrte in meine Richtung. Er besaß die Konzentration eines Jägers, Augen und Ohren waren auf jede Bewegung, jedes Geräusch gerichtet. Ich wagte erst wieder zu atmen, als er sich umdrehte und in eine dunkle Gasse neben dem Gasthof einbog. Ich zögerte, ihm zu folgen, denn ich fürchtete, er könnte am Ende auf mich warten. Gelächter veranlasste mich, mich vorsichtig den erleuchteten Fenstern zu nähern. An einem Tisch, brüllend vor Lachen, entdeckte ich Captain Gardiner. Bei ihm war Richard Stonehouse. Mit den brennenden Kerzen vollführten sie zum Schein einen Schwertkampf. Wachs spritzte über das Essen und die Gläser, während sie sich zankten. Ein Mann saß dabei, nippte an seinem Wein und beobachtete sie mit einer Mischung aus Nachsicht und Widerwillen. Der scharf gebogenen Nase und seinen Augen nach zu urteilen – obgleich diese teilweise hinter dicken Gläsern verborgen waren – konnte es sich nur um Edward Stonehouse handeln.

Ich rannte. Ich konnte es nicht fassen, dass ich so dumm gewesen war, Eaton zu vertrauen, der sich ohne Zweifel demnächst zu ihnen gesellen würde. Ebenso zweifelsfrei hatte er mir seine Geschichte erzählt, um mich zu überzeugen, dass er – wie hatte Kate es genannt? – Qualitäten hatte, die er vor sich selbst leugnete. Ich rannte schneller als je zuvor in meinem Leben, entschlossen, mein Bündel zu schnappen und aus dieser Stadt zu verschwinden.

Der Anblick dieses Trios und der Ärger über meine eigene Naivität hatten mich in derartige Panik versetzt, dass es einige Minuten dauerte, ehe ich begriff, dass ich mich verirrt hatte. Ich kam an den tiefschwarzen Fluss, sah eine Gasse, von der ich überzeugt war, sie zu kennen, und fand mich erneut am Marktplatz wieder. Alles, was ich besaß, befand sich im Dog and Pheasant – mein Geld, selbst mein Messer. Der Gasthof war so ärmlich, dass nur wenige Menschen ihn kannten. Diejenigen, die ich fragte, schüttelten den Kopf. Ein Betrunkener war überzeugt, ihn zu kennen, aber dann widersprach er sich ständig – am Hauptplatz müsst Ihr links gehen, nein rechts, und wenn Ihr an die Stelle kommt, wie war noch gleich der Name des Gasthofs? –, so dass ich ihn verzweifelt stehen ließ. Er folgte mir und schimpfte laut, er wüsste genau, wo es sei. In meiner Verzweiflung beschloss ich schließlich, Bündel hin oder her, die Stadt zu verlassen. Doch genau in diesem Moment erkannte ich den zerfallenen Anleger vor einem Haus wieder. Das Gasthaus befand sich eine Straße weiter.

Dort angekommen, schnappte ich mir mein Bündel und holte mein Geldsäckchen aus der Spalte zwischen den Balken, wo ich es versteckt hatte. Ich stopfte es gerade in meine Tasche, als ich hörte, wie die Haustür zugeknallt wurde und Eaton den Wirt grüßte.

Ich holte mein Messer heraus, zog die Bettdecke über mich und gab vor zu schlafen. Als er den Raum betrat, hörte er auf zu pfeifen, und ich zwang mich, regelmäßig zu atmen. Als er sich über mich beugte, roch ich seinen Bieratem, und ich packte mein Messer fester. Irgendetwas, eine Wanze oder Laus, begann mein Bein heraufzukrabbeln, aber ich wagte nicht, mich zu rühren. Zumindest, dachte ich, würde er mich nicht töten. Er brauchte mich, um den Anhänger von Matthew zu bekommen.

Seine Stiefel fielen einer nach dem anderen zu Boden, und wie üblich war er auf der Stelle eingeschlafen. Doch jedes Mal, wenn ich mich erhob, knackten die alten Holzdielen, und ich spürte seinen Blick auf mir. In jener Nacht hatte ich das Gefühl, gar nicht zu schlafen. Gleichwohl erwachte ich, als sich das schwache Licht der Morgendämmerung durchs Fenster stahl und Eaton, bereits in Stiefeln, sein Bündel über die Schulter geworfen, neben mir stand.

Die Decke war zur Seite gerutscht. Er blickte auf das Messer, das immer noch neben meiner Hand lag. »Ihr geht wohl kein Risiko ein.«

Noch im Halbschlaf, wusste ich nicht, ob er wirklich vor mir stand oder eine Gestalt aus einem Albtraum war. Ich riss das Messer hoch. Es blieb in seinem Umhang hängen, und mit einem verärgerten Aufschrei packte er mein Handgelenk und nahm mir das Messer ab. »Seht Euch meinem Umhang an!«

Ich hätte es auf der Stelle mit ihm ausgetragen, aber er hatte mein Messer, das er sich jetzt in den Gürtel steckte. Missmutig starrte ich zu ihm empor.

»Was ist los, Tom?«

Ich tat, als sei ich zu verschlafen für eine Antwort. Ich konnte ebenso durchtrieben sein wie er. Wenn ich zu meinem Pferd gelangen könnte, hätte ich eine Chance zu entkommen. Er schlug vor, auf dem Weg zu den Pferden bei einem Bäcker, den er kannte, etwas zu essen zu kaufen. Ich hob mein Bündel auf, spritzte mir im Hof etwas Wasser ins Gesicht und folgte ihm durch die ruhigen Straßen. Bislang war stets ich derjenige gewesen, der randvoll mit Geplapper und Fragen gewesen war, in dem Versuch, sein grimmiges Schweigen zu durchbrechen; nun bombardierte er mich umgekehrt mit Fragen. War ich krank? Hatte er mich auf irgendeine Weise verärgert? Ich verharrte in mürrischem, einsilbigem Schweigen, das seinem in nichts nachstand. Zunächst war das gar nicht so schwer, denn der Schlaf hing immer noch an mir. In den Gassen war es feucht und düster, und in den Straßen hing ein fahles Grau, als seien einige der Wolken über unseren Köpfen zu uns herabgesunken. Die wenigen Menschen, die unterwegs waren, hatten ihre Kragen hochgeklappt und würdigten uns keines Blickes.

Der einzige Mensch, der unverkennbar wach und vollkommen vergnügt war, war der Bäcker. Ich wollte an der Bäckerei vorbeieilen, eingehüllt in mein Schweigen, doch Eaton ging hinein, um einen Laib Brot und ein kleines Bier zu kaufen. Mürrisch lehnte ich beides ab. Eaton hob eine Augenbraue, denn normalerweise hatte ich einen geradezu beängstigenden Appetit. Er zuckte mit den Schultern und setzte sich auf eine Bank draußen vor der Bäckerei, trank schmatzend sein Bier und erklärte, er könne die nussige Gerste aus Oxfordshire herausschmecken, die ein Bier zum echten Bier mache, anders als unser Londoner Pisswasser.

Nichts geht über den Duft frisch gebackenen Brotes am Morgen, besonders, wenn man am Abend zuvor nur wenig gegessen hat. Der Brotlaib war so heiß, dass Eaton ihn von einer Hand in die andere warf, als er ihn peinlich gerecht teilte. Der köstliche aufsteigende Duft machte meinen Mund wässrig, und mein Magen zog sich zusammen, doch es war die spöttische Art und Weise, wie er das Brot brach, als sei er, gottverlassen wie er war, sich bewusst, dass er das letzte Abendmahl parodierte.

»Ich werde das Brot nicht mit Euch brechen«, sagte ich.

Er zuckte erneut mit den Schultern, verstaute den zurückgewiesenen Teil sorgfältig in seinem Bündel und verspeiste den anderen geräuschvoll, mit lautem behaglichem Schmatzen, während wir weitergingen.

Es war, als sei ich mitten in einem Albtraum aufgewacht und schritte nun durch ein Gleichnis. Als wir uns der Pestgrube näherten, schien die aufgehende Sonne blasser und schwächer zu werden, die Häuser wurden zu Bruchbuden und die Bruchbuden zu Brachland, auf dem nichts wuchs. Eaton erblickte einen Karren neben der Grube und bog vom Weg auf den Pfad ab, der zur Grube führte. Als ich ihm nicht folgte, rief er mich zurück. Brot und Bier hatten ihn in großartige Stimmung versetzt.

»Wollt Ihr nicht sehen, wovor Ihr gerettet wurdet, Mylord?«

Ich zögerte. Ich verspürte den Drang, davonzulaufen, aber meine Beine schienen sich in Wasser verwandelt zu haben. Eaton erreichte den rohen, mit groben roten Kreuzen beschmierten Zaun. Der Wind trug den beißenden Kalkgeruch zu mir, doch er genügte nicht, um den darunterliegenden Gestank nach Fäulnis und Verwesung zu überdecken oder die Fliegen fernzuhalten, die den Kopf des Karrenlenkers umschwirrten, als er mehr Kalk nachlegte. Er zog seine Mütze.

»Mr Eaton! Habt Ihr etwas für mich?«

Eaton blickte lauernd zu mir zurück. »Heute nicht, Bryson. Bisschen spät im Jahr.«

Bryson stimmte zu und erklärte, dass es ein schlechtes Jahr gewesen sei, aber langsam würde es besser. Fieber breitete sich unter den Truppen aus, und er habe ordentlich zu tun, um sie zu beerdigen. Er ziehe nach Norden, noch hinter Highpoint, wo die beiden Armeen einander umkreisten.

»Sie sollten lieber anfangen, solange sie noch ein paar Männer übrig haben«, witzelte er.

Ihre Unterhaltung verursachte mir Übelkeit, doch zur gleichen Zeit empfand ich eine ungeheure, prickelnde Erregung, weil dieser edle Streit, jener Zusammenstoß, der Englands Schicksal besiegeln würde, kurz bevorstand. Ich beschloss, dabei zu sein und mich hervorzutun oder zu sterben. Wenn ich überlebte, könnte ich das großartigste Flugblatt über den Krieg schreiben, das je gedruckt worden war! Von diesen Überlegungen angefeuert, wandte ich mich von ihnen ab und eilte davon. Als das Grün wieder spross, hinter diesem Leichengrund, erblickte ich das Gasthaus, in dessen Stall wir unsere Pferde untergestellt hatten. Ich hatte keine Ahnung, wo Chipping Norton lag, wo ich Will treffen sollte, doch Gott würde mir den rechten Weg weisen.

Ich hörte Eaton hinter mir hereilen und beschleunigte meine Schritte. »Tom … was ist los?«

In seiner Stimme schwang etwas mit, das ich nie zuvor darin gehört hatte: Besorgnis. Aber ich wusste, dass sie ebenso trügerisch war wie eine Falschmünze. Ich blieb so abrupt stehen, dass er fast in mich hineinrannte, und drehte mich zu ihm um. »Ich habe Euch gesehen, wie Ihr letzte Nacht zum Stonehouse Arms gegangen seid.«

Zu meinem Erstaunen lachte er und gab es bereitwillig zu. In seinem Lachen lag sogar ein Hauch von Erleichterung. »Wusste ich's doch, dass mir jemand folgte. Ist das alles?«

»Alles? Ihr seid in ein Gasthaus gegangen, in dem die Brüder Stonehouse und Captain Gardiner übernachteten!«

»Ich verstehe.« Er ging ein paar Schritte in tiefes, eindringliches Schweigen versunken. »Und Ihr glaubt, ich würde Euch eine Falle stellen, ist es nicht so?«

»Was soll ich sonst glauben?«

»Ja, was solltet Ihr sonst glauben? Ihr könnt genauso wenig vertrauen wie ich, Tom, und nichtsdestoweniger mag ich Euch dafür.« Inzwischen hatten wir das Gasthaus erreicht, und er deutete auf die Bank davor, doch ich setzte mich nicht. »Habt Ihr mich das Gasthaus betreten sehen?«

Ich musste zugeben, dass ich das nicht hatte.

»Oder mich mit Richard Stonehouse oder Gardiner sprechen sehen?«

»Nein.«

Er erklärte mir, dass er bei den Ställen gewesen war, um Lord Stonehouse' Spion über Richards nächste Schritte auszuhorchen, damit wir ihnen nicht über den Weg liefen.

»Warum habt Ihr mir nicht gesagt, dass Ihr dorthin geht?«

»Ihr habt geschlafen. Und ich wusste, dass Ihr so reagieren würdet.« Unvermittelt sprach er mit seinem alten Ungestüm, seine barsche Stimme triefte vor Verachtung, doch ob es mir galt oder vielleicht ihm selbst oder dem Leben im Allgemeinen, erfuhr ich nie. »Nachdem ich Crow getötet hatte und nach allem, was ich über Richard gesagt habe, dass er den Familienbesitz ruinieren würde, glaubt Ihr tatsächlich, dass ich für ihn arbeiten würde?«

»Ja. Wenn Ihr der Ansicht wärt, er würde gewinnen.«

Seine Narbe pochte, als wollte sie sich auf mich stürzen. Dann wandte er sich ab, um die Beherrschung nicht zu verlieren. Er riss einen Stock aus der Hecke und schlug sich damit unablässig an die Seite. »Ich glaubte, ich sei die sonderbarste aller Kreaturen Gottes, weil er mich dem Teufel überlassen hatte, und ich war glücklich damit, denn es war sehr einfach. Die Menschen hatten Angst vor mir, und ich wusste, wer ich war.« Er drehte sich um und richtete den Stock gegen mich. »Aber Euch hat er noch sonderbarer gemacht. Er hat Euch zu dem aufrichtigen Tom Neave gemacht oder wer immer Ihr auch seid. Aufrichtig, aber nicht dumm, eine Kombination, die ich nie zuvor erlebt habe.«

Er schleuderte den Stock fort. »Ihr würdet Euch am liebsten davonmachen, was? Dann werdet Ihr das hier brauchen.«

Er gab mir mein Messer und ging zu den Ställen, wo unsere Pferde bereits gesattelt wurden. Wenn ich aus ihm nicht klug wurde, so wurde ich aus mir selbst kaum klüger. Während er in die Schankstube ging, um die Rechnung zu begleichen, hätte ich einfach entkommen können, doch jetzt war ich nicht willens, mich von ihm zu trennen.

Als er aus dem Gasthaus kam, sagte ich: »Ich war dort, wo Kate Beaumann in London gewohnt hat.«

Er saß auf und hörte aufmerksam zu, als ich ihm berichtete, was die Countess mir erzählt hatte. Er starrte über die braune Landschaft auf die sich windende Straße. »Aha. Sie wird vor uns da sein. Danke.«

Er sagte kein Wort mehr, starrte auf die vor uns liegende Straße und hätte genauso gut allein reiten können, so wenig sprach er mit mir oder nahm mich auch nur zur Kenntnis. Wir ritten über Wiesen und durchquerten einen Fluss, bis wir einen Weg einschlugen, den ich für einen alten Grünen Weg hielt, einen Viehtreck durch das Hügelland. Mir fiel ein, dass der Schiffszimmerer mir erzählt hatte, dass Matthew die Grüne Straße genommen habe, und plötzlich war ich aufgeregt. Genau diesen Weg hoch über dem Hügelland musste er vor vielen Jahren entlanggefahren sein, als er mit dem Anhänger geflohen war. Er war mit geheimnisvollen Steinhaufen und Kreuzen markiert. In der Ferne schien ein in die Kreide geritztes weißes Pferd sich im wirbelnden Nebel mit uns zu bewegen. Eaton deutete mit seiner Peitsche darauf und erklärte, dort begännen die Ländereien von Highpoint.

Wir gelangten in ein von beiden Parteien umkämpftes Gebiet. Gewehrfeuer und Kanonendonner waren zu hören. In dem Tal vor uns wurde eine Burg belagert. Als wir hinabstiegen und uns dem Hauptweg näherten, bog Eaton in ein Wäldchen ab und bedeutete mir, still zu sein. In der Ferne ritt ein Trupp von vielleicht zwanzig Männern, mit dem roten Erkennungszeichen der Cavaliere. Eaton, dessen Augen schärfer waren als meine, sagte, einer von ihnen sei Richard, und trieb mich zur Eile an.

In diesem gottverlassenen Tal kamen wir durch ein Dorf, in dem die Parlamentssoldaten dabei waren, das Blei vom Kirchendach abzuziehen, um Kugeln daraus zu gießen. Sie verlangten von uns, dass wir uns ihrer »Pilgerfahrt« anschlössen, um die Kirche vom Papismus zu befreien. Doch es war eine Sache, Bischöfe zu hassen, eine andere, zuzusehen, wie Bücher, die für mich fast wie lebende Wesen waren, und Kruzifixe in ein Feuer geworfen wurden, um das betrunkene Soldaten tanzten. Wir eilten durch den Kirchhof weiter. Vor einem Grabstein blieb Eaton stehen. *Sir Henry Pearce* lautete die Inschrift, und auf dem Wappen war eine Wildkatze mit erhobener Tatze zu sehen.

»Das Wappen der Pearces«, sagte er. Er deutete auf die Wildkatze. »Ein angemessenes Symbol für Eure Mutter.«

Er verfiel wieder in sein typisches Schweigen, weigerte sich, mehr zu sagen, außer dass die Pearces von altem Adel waren und dass ihnen vor hundert Jahren der Großteil des Tales gehört hatte, das wir gerade durchritten.

Zurück auf dem Grünen Weg stellte ich schockiert fest, dass Eaton den Soldaten ein paar Pistolen samt Kugeln und Schießpulver gestohlen hatte, während sie feierten. Achselzuckend erklärte er, wir seien zu schlecht ausgerüstet, um Skrupel zu zeigen; wir hätten lediglich die Plünderer ausgeraubt. Das zumindest entsprach der Wahrheit. Im Bündel eines Soldaten hatte ich einen gestohlenen Teller entdeckt, und ich hatte mitbekommen, dass eine Frau vergeblich einen Offizier anflehte, ihr die Schinken zurückzugeben, die sie für den Winter geräuchert hatten, da sie und ihre Kinder die Gutscheine, die sie dafür bekommen hatte, nicht essen könnten. Ich las ihr den Gutschein vor, als ich versuchte, ihr zu helfen: »Einzulösen beim Parlament gegen Drei Schinken. Gez. J—— (Cpt.)« Der Hauptmann klärte mich auf, dass jeder Opfer für die gute Sache bringen müsse. Darauf wusste ich keine Antwort, denn ich hatte genau dasselbe in meinen Flugblättern gefordert, obwohl ich beim Schreiben wesentlich mehr Leidenschaft empfunden hatte als jetzt.

Von Will und seiner Einheit gab es keine Nachricht, doch der Hauptmann hatte uns erzählt, dass Chipping Norton, wo wir ihn treffen sollten, von den Royalisten gehalten wurde. Also ritten wir weiter Richtung Highpoint.

Die kurzen Pausen, die wir machten, dienten eher dazu, den Pferden etwas Ruhe zu gönnen, da wir selbst auf ihren Rücken dösen konnten. Es regnete ohne Unterlass, aber Eaton fand trockene Hohlwege, in denen es widerlich nach Füchsen stank. Wir hatten ein Stück Leder zum Unterlegen und einen Fetzen einer Decke, doch um warm zu werden, waren wir aufeinander angewiesen. Die größte Qual bereitete uns der Mangel an Nahrungsmitteln. Überall um uns herum fanden Truppenbewegungen statt, und Eaton wollte keinen Hasen schießen oder ein Feuer entzünden. Also aßen wir Beeren, von denen er, wie er sagte, einmal als Kind einen ganzen Winter gelebt hatte, ehe er lernte zu jagen. Sie hätten ihm die Kraft gegeben, die er brauchte, doch alles, was sie mir brachten, war Durchfall.

Eines Morgens wachte ich mit knurrendem Magen auf und hörte ein Geräusch im Unterholz. Ich tastete nach der Pistole unter meinem Bündel, während ich durch die Blätter spähte. Die Pferde, die wir ganz in der Nähe angebunden hatten, reagierten ebenfalls auf das Geräusch. Ich folgte ihren Blicken und entdeckte einen Hirsch, der wachsam schnuppernd die Nase hob. Mit einem vollen Magen hätte ich sein prachtvolles Geweih und Gott für die Schönheit dieser Kreatur gepriesen, doch ausgehungert wie ich war, sah ich nur Fleisch, auch das ein Geschenk Gottes. Eaton schlief. Seine Warnungen ließen mich zögern, doch wir hatten am Abend zuvor keine Soldaten gesehen. Mein Mund wurde wässrig, und ich konnte schon fast das Wildbret riechen, das über dem Feuer brutzelte. Ich spannte die Pistole unter meinem Bündel, um das Geräusch zu dämpfen, trotzdem wurde das Tier aufmerksam. Sein Kopf war angespannt, die Ohren zitterten. Jeden Augenblick würde es davonlaufen. Ich feuerte, doch während ich abdrückte, wurde mir die Pistole aus der Hand geschlagen. Der Hirsch floh, Zweige und Blätter regneten herab, und kreischend erhob sich eine Heerschar aus dem Schlaf gerissener Vögel.

Eaton riss mir die Pistole weg. »Verdammt, Sir! Wolltet Ihr etwa Euer eigenes Wild erlegen?«

»M… mein eigenes …«, stotterte ich.

»Lord Stonehouse'. Stonehouse oder nicht, er würde Euch an den Galgen bringen, wenn Ihr diesen Hirsch geschossen hättet.«

»Sind wir in Highpoint?«

»Gestern Vormittag haben wir die Grenze überschritten, als wir Barrow Down verlassen und den Great Forest betreten haben – psst.«

Er hielt mir den Mund zu. Zuerst hörte ich nichts, aber als die Vögel sich wieder in den Bäumen niederließen und sich beruhigten, vernahm ich in der stillen Morgenluft mehrere Stimmen. Wortlos formte Eaton mit den Händen einen Steigbügel und ließ mich auf einen Baum klettern, während er alles in unsere Bündel warf und die Pferde losmachte. Es waren die erneut aufflatternden Vögel, die mir verrieten, wo sie entlanggingen. Ich erspähte einen blutverschmierten Verband an einem Kopf, ein rotes Erkennungszeichen.

»Cavaliere. Fünf. Einer von ihnen ist verwundet.«

»Zu Pferd?«

»Nein. Sie haben unsere Spuren entdeckt.«

Er fluchte leise. »Sie wollen unsere Pferde.«

Ich war beschämt über meine Dummheit, uns trotz Eatons Warnungen in diese Lage gebracht zu haben, doch der verlor kein Wort darüber. Wir befanden sich zwischen dicht gewachsenen Bäumen und Büschen, wo man unmöglich reiten konnte. Eaton führte die Pferde auf einen schmalen Pfad. Er hatte Schwierigkeiten, die Tiere zu bändigen, und wir hörten, wie die Männer uns einholten.

»Stopp! Im Namen des Königs!«

»Eine halbe Meile, und wir sind aus dem Wald raus. Aufsitzen!«

Ich warf mich auf Patchs Rücken und duckte mich so tief ich konnte, während ich Eaton folgte, der sich durch die Bäume schlängelte. Zweige peitschten uns, die größeren rissen uns mehrmals beinahe vom Sattel. Ein umgestürzter Baum erledigte das schließlich. Mein Pferd mit seiner leichteren Last sprang hinüber, doch Eatons strauchelte und warf ihn ab. Fast sofort war er wieder auf den Beinen, doch die Verzögerung kostete uns den deutlichen Vorsprung, der notwendig gewesen wäre, um über das freie Feld zu entkommen, das so verlockend durch die Bäume hindurchschimmerte. Die Männer waren nicht mehr weit von uns entfernt und schrien und brüllten wie Jäger, die sich der Beute näherten.

Ich hätte immer noch versucht, das offene Land zu erreichen, doch Eaton hatte einen kühleren Kopf bewahrt als ich.

»Ladet Eure Pistole neu.«

Er band die Pferde fest, warf sich hinter den umgestürzten Baum und zog seine eigene Pistole. Ich weiß nicht, ob er die Pferde als unwiderstehliche Versuchung absichtlich im Blickfeld gelassen hatte. Natürlich machte die Aussicht auf zwei Pferde für fünf Männer sie leichtsinnig. Ein Mann mit einem Säbel eilte dem Rest voraus und schrie, der schwarze Wallach gehöre ihm. Eaton wartete mit dem Feuern so lange, bis der mit dem Säbel beinahe über uns war.

Entsetzt starrte ich den Mann an, als er Blut spuckte. Sein Blick fixierte mich mit starren Augen, doch Eaton drehte ihn um und zog das Steinschlossgewehr aus seinem Gürtel. Er zielte damit auf einen der sich zurückziehenden Cavaliere, doch es klickte nur, ohne dass etwas geschah. Er schleuderte die Waffe fort und begann, seine eigene neu zu laden.

»Das wird sie eine ganze Ecke vorsichtiger machen«, sagte Eaton. Seine Augen leuchteten. Seine gewöhnliche Verdrossenheit war verschwunden, und er schien sich fast auf den Augenblick zu freuen, wenn sie wiederkamen. Zwischen den Bäumen war es still, doch ich bemerkte eine Bewegung auf der einen Seite, dann auf der anderen.

»Sie kreisen uns ein«, flüsterte ich.

»Aye. Wenn sie gescheit sind, sind wir verloren. Wir haben zwei Schüsse gegen vier. Wenn die Bastarde loslegen, macht Ihr die Pferde los. Haltet Euch unten, wie ich es Euch gezeigt habe.«

»Und was macht Ihr?«

»Euch Deckung geben.«

»Aber …«

»Los!«

Ich schlängelte mich von dem umgestürzten Baum fort, wie er es mir beigebracht hatte, nutzte an Deckung, was immer ich fand, umrundete den Busch, an dem die Pferde angebunden waren, und machte sie los. Ich packte die Zügel, doch die Bewegung der Pferde ließ einen der Cavaliere aufschreien.

»Sie wollen sich aus dem Staub machen!«

Als die Cavaliere aus der Deckung brachen, stand Eaton mit seiner Pistole auf. »Ich habe einen Schuss und mein Freund einen zweiten. Meine Herren, welche zwei von Euch möchten je eine Kugel in ihr Herz bekommen, damit Eure lieben Freunde in den Genuss der Pferde kommen?«

Dass Eaton die Angelegenheit so darstellte, spaltete die Cavaliere, so dass sie stehen blieben und nervös von einem zum anderen blickten, wobei sie sich außerhalb der Reichweite der Pistole hielten. Die Narbe, die mich einst so erschreckt hatte, musste auf sie ebenso bedrohlich wirken wie die Waffen. Je mehr wir uns Highpoint genähert hatten, desto mehr hatte Eaton an der Narbe gezupft und gerieben, bis sie zu einer nässenden Wunde geworden war. Jetzt bot er einen furchterregenden Anblick, ein Mann voller Todesverachtung, der sich ungeschützt darbot und sie mit seinem Blick in Schach hielt, während er sich unmerklich in meine Richtung zurückzog. Aus dem Mundwinkel sagte er: »Ist mein Steigbügel frei, Tom?«

»Ja.«

»Setzt Euren Fuß in Euren.«

Einer der Männer machte Anstalten, nach seinem Steinschlossgewehr zu greifen. Eaton feuerte, verfehlte sein Ziel und rannte zu seinem Pferd. Mit der Behändigkeit eines weit jüngeren Mannes sprang er hinauf.

»Haltet Euch tief auf dem Pferd! Sie werden nicht auf die Tiere schießen!«

Wir preschten davon, schlängelten uns durch die letzten Bäume hindurch, wobei ich im Sattel von einer Seite zur anderen hüpfte. Auf der anderen Seite des Tals sah ich, einer Luftspiegelung gleich, Statuen, die um einen Springbrunnen herum zu tanzen schienen. Hinter ihnen erhob sich ein großes weißes Gebäude, dessen endlose Wandpfeiler und Schornsteine durch die Bäume schimmerten. Es war der erste Blick, den ich auf Highpoint warf, und beinahe wäre es auch mein letzter gewesen. Ich spürte den Luftzug einer Kugel, und Eaton fiel direkt vor mein Pferd. Ich versuchte, ihm auszuweichen, doch die Hufe erwischten ihn.

Ich sprang ab. Er lag vollkommen reglos und blutete an der Stirn. Seine Jacke war am Rücken zerrissen, Blut sickerte hindurch. Eine Reihe von Schüssen fiel, einer streifte einen Baum in der Nähe. Ich beugte mich über ihn, spürte seinen Atem auf meiner Wange und zerrte ihn mühsam in den Schutz eines Baumes. Eatons schwarzer Wallach war durchgegangen und von zwei Cavalieren eingefangen worden, die darüber in Streit gerieten. Die anderen beiden konnte ich nicht sehen, aber als ich es geschafft hatte, Eaton hinter den Baum zu ziehen, fielen weitere Schüsse in der Nähe meines Pferdes.

Eaton öffnete die Augen. »Lasst mich hier! Überlasst Ihnen Euer Pferd und rennt, was Ihr könnt!«

Ich kroch zurück, um sein Bündel zu holen, und ein weiterer Schuss krachte. Entweder luden sie ihre Waffen unglaublich schnell nach, oder es hatten sich noch weitere Cavaliere zu ihnen gesellt. Eatons Bündel war bei seinem Sturz aufgegangen, und ich zog sein zweites Hemd heraus. Er versuchte sich aufzurichten und erneut zu protestieren, keuchte indes vor Schmerz auf und sank zurück. Ich drehte ihn um, riss den Rücken der Jacke mit meinem Messer auf und zuckte beim Anblick der Wunde zusammen. Unablässig sickerte Blut daraus hervor. So fest ich konnte stopfte ich das Hemd darauf und drehte ihn wieder auf den Rücken, damit sein Gewicht half, die Blutung zu stillen. Sein Blick begann glasig zu werden, wie bei einem Toten, und ich konnte meine Schluchzer nicht unterdrücken, als ich mich neben ihn kniete und daran dachte, dass ich einst alles dafür gegeben hätte, ihn tot zu sehen. Jetzt hingegen würde ich alles dafür geben, dass er am Leben blieb. Ich betete zu Unserem Vater, wenn man es denn ein Gebet nennen konnte, denn die Worte blieben mir im Halse stecken.

Das Gebet brachte etwas Leben in seinen Blick zurück, doch ich fürchte, nicht in seine Seele, denn es war ein wütender Lebensfunke. »Lasst das! Lasst mich sterben! Es ist besser für Euch! Geht!«

Er stieß mich fort. Ich verlor das Gleichgewicht, und als ich mich wieder aufrappelte, sah ich eine Bewegung zwischen den Bäumen. Einer der Cavaliere stürzte zu einem Baum nicht weit von mir entfernt. Eatons Hand schwebte zitternd über seinem Leib, als versuchte er immer noch kraftlos, mich fortzustoßen. Durch die letzte Baumreihe konnte ich den Springbrunnen sehen, durch den die Wandpfeiler des Hauses in der Luft zu flimmern schienen. Er hatte recht. Ich konnte das Pferd zurücklassen und durch die Bäume entwischen. Doch stattdessen war es, als hätte er mich mit seiner unbeteiligten, bitteren Wut auf das Leben angesteckt. Ich hob das Steinschlossgewehr auf und schlängelte mich hinter Eaton entlang, der jetzt vollkommen still war. Wie tot lag ich da und benutzte Eaton als bequeme Stütze für die Pistole. Als der Cavalier losrannte, wartete ich, wie Eaton es getan hatte, und schoss ihn mit einem Teil seiner kalten Wut nieder.

Als ich beobachtete, wie er fiel, hörte ich ein Geräusch hinter mir und drehte mich um, doch es war zu spät, um dem auf meinen Kopf niedersausenden Pistolengriff auszuweichen.

28. Kapitel

Der Himmel hatte sich wundersamerweise in ein schmerzhaftes Blau verwandelt, über den perfekt geformte weiße Wolken glitten. Neun Musen ritten auf den Wolken, die von Putten mit rosigen, fetten Wangen weggepustet wurden. Diese wurden ihrerseits von Ziegen gejagt. Ziegen im Himmel? Eine von ihnen schien eine Wolke zu fressen, feine Wedel davon klebten in ihrem Bart. Ich hörte sie schmatzen, die Hufe klapperten über den Himmel, als sie sich ein weiteres Stück Wolke nahm. Überraschenderweise gab es im Himmel Schmerz. Das Licht war so hell, dass ich gezwungen war, meine Augen zu schließen. Mühsam drehte ich mich um, stellte fest, dass ich tatsächlich noch einen Leib besaß, wenngleich er hauptsächlich aus Striemen zu bestehen schien.

Das glich eher dem Fegefeuer, mit quälenden flüchtigen Blicken auf den Himmel. Ja, ich schwebte zwischen zwei Orten, denn ich hörte die Hufe und roch den Gestank der Ziege, als sie sich über mich beugte.

»Tom … Tom …«

Ich öffnete die Augen einen Spalt und ergriff den Bart der Ziege.

»Er ist echt!«

Die Ziege hatte sich in Will verwandelt. Der Himmel kippte, Putten und Ziegen stürzten auf mich zu, richteten sich selbst wieder auf, als ich gnädigerweise aus dem blendenden Sonnenlicht der Fenster getragen wurde und meine Sinne langsam wieder zurückkehrten. Über mir schwankte eine schnörkelverzierte Zimmerdecke, während ich auf einer improvisierten Trage aus dem Umhang eines Soldaten und zwei Spießen getragen wurde.

Big Jed grinste zu mir herunter. »Eine friedliche Verwendung für die Spieße«, sagte er. »Steht nicht in der Dienstvorschrift.«

Er und ein anderer Soldat legten mich in ein Rollbett in einem Gesellschaftszimmer, in dem Luke saß, neben einer Statue von Mars, an dessen Schwertarm eine Muskete hing, und einer anderen Statue von Minerva, die mit Umhängen und Bündeln behängt war. Die Marmorfliesen waren grau vom Matsch.

»Willkommen zu Hause«, sagte Luke. Mühsam stützte ich mich auf die Ellenbogen, starrte auf das nicht zusammenpassende Durcheinander aus klassischen Statuen und trocknenden Kleidern, auf Will, der an einer Säule lehnte, und Luke, der es sogar an diesem Ort schaffte, ein sauberes Hemd mit sorgfältig umgeschlagenen Spitzenmanschetten zu tragen. »Das ist doch Euer Landsitz, oder? Nicht schlecht, verglichen mit anderen.«

Äußerst behutsam setzte ich mich noch weiter auf. Von dem Zimmer aus konnte ich in die große Halle blicken, aus der sie mich geholt hatten, durch zerschlagene Fenster, die auf eine Allee hinauswiesen, die breit genug für drei Kutschen nebeneinander war. Es war windstill, und die Fontäne des Springbrunnens schien reglos in der Luft zu stehen. Dahinter lagen Gärten, die kaum merklich zum tiefer liegenden Fluss abfielen. Auf der anderen Seite stieg das Land vom schnellfließenden Wasser bis zur Wildnis des Great Forest wieder an. Ich verstand, was Pym gemeint hatte, als er von der Macht gesprochen hatte. Könige hatten hier übernachtet, und um ihnen einen angemessenen Rahmen bieten zu können, hatten Lord Stonehouse' Vorfahren sich fast in den Ruin gestürzt.

Während ich mich voller Ehrfurcht umschaute, erzählte Will mir, dass sie in der Schlacht von Highpoint gegen eine starke Einheit von Cavalieren gekämpft hatten. Er sprach abgehackter als früher, gleichgültiger, als würde er seinem Oberst Bericht erstatten.

»Sie hatten Pferde, und wir waren natürlich zu Fuß, also hatten wir auf offenem Feld keine Chance. Mit den Spießen haben wir sie am Fort eine Weile aufgehalten, obwohl wir dabei ein paar gute Kameraden verloren haben, was Luke?«

Luke sagte nichts. Er holte etwas Tabak und eine Pfeife aus seinem Bündel.

»Wir zogen uns wohlgeordnet ins Haus zurück ...«

»Wir haben uns vor Angst in die Hosen gemacht.« Luke riss den Pfropfen von Mr Ormondes bestem süßen Virginia ab. Seine Hände zitterten.

Will fuhr fort, als hätte er ihn nicht gehört. Später begriff ich, dass sie beide nach dem, was sie erlebt hatten, unter Schock standen, indes verschieden reagierten. Will sprach unaufhörlich und erteilte den vorbeikommenden Soldaten Befehle. Luke war so respektlos wie immer, doch seine Witze hatten einen bitteren Beigeschmack bekommen.

»Ihre Armee stürmte die Auffahrt dort hoch.« Will nahm sein Schwert, stützte sich auf Mars und deutete durch die zerschmetterten Fenster.

»Alle zwölf Mann«, murmelte Luke.

»Wir lockten sie mit einer Finte herein und auf dem Treppenabsatz dort oben in einen Hinterhalt. Sie flohen in Unordnung, aber wir hatten ihre Pferde sichergestellt ...«

Die Pfeife fiel Luke aus den Fingern, als er den Tabak hineinstopfte, und zerbrach auf den Fliesen. Er fluchte. »Komm schon, Will. Sie kamen, um zu plündern! Wir sind nach oben gerannt, um uns zu verstecken. Ich hatte Glück, als ich auf einen der Bastarde schoss, und du hast einem anderen Caesars

Büste übergebraten. Als sie versuchten zu fliehen, haben ein paar unserer lieben Kameraden sich ihre Pferde geschnappt, sind desertiert und haben sich zurück nach London verpisst. Ich wünschte, ich hätte mich ihnen angeschlossen.«

Er grinste, doch ich glaubte, dass er nur zur Hälfte scherzte. Jetzt, wo er keine Pfeife mehr hatte, drehte er an seinem Ehering, auf dem eingraviert stand: KEIN HERZ SO TREU WIE MEINES ZU DIR.

»Ich bin Vater geworden«, sagte er. »Ich habe einen Brief von Charity bekommen.« Neidisch starrte ich auf den Ring, als er ihn küsste. Er hatte sie wahrhaftig gehalten und die Mysterien der Liebe entdeckt; was immer geschah, sie würden zusammen sein. Wenn ich dagegen im Wald gestorben wäre, hätte sich meine Seele nur mit den verrottenden Blättern vermengt, ohne dass ich herausgefunden hätte, wer mein Vater war oder selbst einer geworden zu sein. Die Melancholie und ein Gefühl der alten Verbundenheit mit Luke über die Angelegenheiten des Herzens ließen mich die Arme ausstrecken, um ihn zu umarmen, doch er schob mich zurück.

»Du stinkst, Neave!«

Diesen Namen zu hören, bedeutete ebensoviel Trost wie eine Umarmung. Es fühlte sich so wahrhaftig an wie ein Stück Brot, während Stonehouse und dieser wunderbare Ort den Gehalt eines Steins der Weisen hatten, den die Alchimisten stets an einem Tag entdeckten, nur damit er am nächsten Tag wieder verschwunden war.

Ich fragte, ob Richard Stonehouse zu der Bande gehört hatte, die sie angegriffen hatte. Auf keinen der Männer passte seine Beschreibung. Will hatte gehört, dass er zu Pferd unterwegs sei, um sich Prinz Rupert in der Nähe von Banbury anzuschließen. Falls das stimmte, war es sowohl beruhigend als auch verwirrend, denn ich konnte nicht nachvollziehen, warum Richard Highpoint nicht eingenommen hatte. Vielleicht, so dachte ich, war der Ruhm, mit Prinz Rupert zu reiten, größer als die Sehnsucht nach seinem Erbe.

Die Männer, die versucht hatten, unsere Pferde zu stehlen, waren der kümmerliche Rest des Trupps, der Highpoint angegriffen hatte. Luke sagte, sie hätten die Schüsse gehört, und er konnte seine Männer gerade noch davon abhalten, mich zu töten, als er mein rotes Haar sah.

»Was ist mit dem Mann geschehen, der bei mir war?«, fragte ich.

»Wir haben ihn mit hierher genommen«, sagte Will. »Schließlich war er mit Euch zusammen.«

»Er hat uns verflucht. Hat gemeint, wir sollten ihn lassen, wo er war. Netter Kamerad«, sagte Luke.

Ich sprang auf. »Er lebt?«

Luke zuckte mit den Schultern. »Inzwischen ist er wahrscheinlich tot.«

Die Verwundeten wurden nur selten versorgt. Als Edelmann oder wenn der Rang hoch genug war, wurde man möglicherweise von einem Wundarzt behandelt, doch anschließend wurde man bei einer unwilligen Familie einquartiert, die einen pflegen sollte. Wills Einheit bildete eine Ausnahme. Ben bestand darauf, dass jeder Verwundete ungeachtet seines Ranges eingesammelt wurde, andernfalls würde er die Truppe verlassen.

Er stand am Ende des langen Tisches, an dem normalerweise die Diener aßen. Es gab ein paar Rollbetten, aber die meisten verwundeten Soldaten waren auf Stroh gebettet, das man auf dem Tisch ausgestreut hatte.

»Wartet!«, schnauzte Ben. Er band gerade eine primitiv hergestellte Schiene an den Arm eines Mannes, der vor Schmerz stöhnte. Er drehte sich zu mir um. »Zieh das schmutzige Hemd aus. Verschwinde, Luke!«

»Ben, das ist …«

»Ich weiß, wer das ist.«

Luke entfernte sich. Ich zog das Hemd aus und sah zu, während Ben seinen Patienten warnte, nicht zu versuchen, die Schiene zu lockern, denn je fester sie saß, desto rascher würde der Knochen heilen. Der freundliche Mann, den ich in London gekannt hatte, war verschwunden. Bens Unterlippe war trotzig nach vorn geschoben. Seine blasse Haut war grau vor Erschöpfung, und er arbeitete mit zäher Verbitterung. Auf einem der Rollbetten entdeckte ich Eaton oder zumindest seine Narbe. Sie hob und senkte sich gleichmäßig. Wovor ich einst vor Angst davongerannt war, darauf rannte ich jetzt zu, fiel auf die Knie und dankte Gott.

»Lasst das!«, murmelte Eaton unruhig. »Hört auf damit.« Er war so heiß, dass ich das Gefühl hatte, vor einem Ofen zu knien. Seine Stirn schien vor Schweiß zu knistern und Blasen zu schlagen, und die Kräuter, mit denen Ben versucht hatte, sein Fieber zu stillen, hatten einen süßen Duft über ihn gelegt. Unvermittelt stieß er einen Schrei aus. »Ich habe es für Highpoint getan. Seht Ihr es? Haltet es zusammen!« Er drückte meine Hand mit einem Griff, der nichts von seiner alten Kraft hatte.

»Ich bin's, Tom.«

»Tom?« Er schlug die Augen auf, doch ich weiß nicht, wie viel er erkannte. »Tom? Sagt ihm, dass er abhauen soll. Jetzt. Ehe es zu spät ist.« Kraftlos stieß er mich fort. Ich verlor das Gleichgewicht, und eine andere Hand packte mich.

»Lass ihn in Ruhe!«, rief Ben wütend. Er rief einen Krankenwärter zu Eaton und führte mich fort. »Ich versuche, das Fieber des Mannes zu senken, und du treibst es in schwindelnde Höhe!«

Ich entschuldigte mich. »Wird er überleben?«

Ben zuckte mit den Schultern. »Die Kugel ist nicht steckengeblieben und hat den Knochen nur gestreift. Sein Verstand ist offensichtlich stärker mitgenommen als sein Körper – er scheint nicht mehr leben zu wollen. Was hast du mit ihm angestellt?«

»Ich? Nichts.«

»Er schimpft unaufhörlich über dich. Wer hat ihm das Hemd in die Wunde gestopft?«

»Ich. Tut mir leid. War das falsch?«

»Es war eine Heidenarbeit, es wieder abzukriegen, aber wahrscheinlich hast du ihm damit das Leben gerettet.« Er kratzte sich am Kopf. »Deshalb verstehe ich nicht, warum er so wütend auf dich ist.«

29. Kapitel

Highpoint hatte sich in zwei Welten aufgeteilt. Während des Kampfes waren die meisten Bediensteten geflohen. Die Soldaten hielten das Erdgeschoss besetzt, während der erste Stock, der nahezu unberührt geblieben war, von der Gehilfin der Haushälterin besorgt wurde. Sie war, wie Will mir erzählte, eine ruhige Frau, doch sie war fromm bis zum Dorthinaus, und die Soldaten wagten sich nicht nach oben, um ihr nicht über den Weg zu laufen. Meistens kümmerte sie sich um die eigentliche Haushälterin, die schwerkranke Mrs Morland – Janes Mutter. Sie war oben geblieben und hatte ihre Patientin gepflegt, während die Soldaten auf der nahegelegenen Galerie schossen. Soldatengeschichten wuchsen beim Erzählen wie Berichte auf Flugblättern, und es gab bereits die Legende, dass sie während des Feuers hinaus auf die Galerie trat, die Soldaten wegen ihrer Flüche tadelte und ihnen anschließend aus der Bibel vorlas.

Eatons Zustand verschlechterte sich, sein Fieber stieg. Ben weigerte sich, mich zu ihm zu lassen, und so beschloss ich, dass ich allein Matthews Spur wieder aufnehmen und den Anhänger aufspüren würde. Ich fand das Bündel, das ich im Wald verloren hatte. Der Inhalt war größtenteils verschwunden, aber der Brief, den ich für Jane an ihre Mutter geschrieben hatte, war immer noch da. Ich beschloss, Mutter Predigerin, wie die Soldaten die ihren Dienst versehende Frau nannten, zu trotzen, sowohl, um mein Versprechen, das ich Jane gegeben hatte, einzulösen, als auch in der Hoffnung, herauszufinden, was in diesem Haus geschehen war, als ich geboren wurde.

Oben schritt ich durch ein Labyrinth aus leeren, hallenden Korridoren, in denen ich niemandem begegnete, und blieb wie gelähmt stehen, als ich zu einem riesigen Raum kam. Nie zuvor hatte ich solch eine Bibliothek gesehen. Inmitten der Regale voller unschätzbar wertvoller Bücher hing ein Porträt von Lord Stonehouse mit verträumtem Blick. Seine Finger ruhten auf einem Buch, bei dem es sich, wie ich bei näherer Betrachtung feststellte, um Machiavellis *Der Fürst* handelte. Auf einem Schriftband über den Regalen stand gemalt: *Homo doctus in se semper divitias habet* – Ein gebildeter Mensch hat immer Reichtum in sich.

Und Macht, dachte ich, symbolisiert durch das Buch in dem Gemälde. Woher sonst stammte der Reichtum, um sich die Bildung zu erkaufen? Hier gab es Hunderte von Büchern, und jedes einzelne kostete so viel, wie ein Tagelöhner in mehreren Jahren verdiente.

Irgendwo wurde eine Tür geöffnet und geschlossen. Ich rannte hinaus auf den Korridor, sah indes niemanden. Ich ging einen anderen Gang entlang, in dem flämische Gemälde der Jahreszeiten hingen. Am Ende befanden sich zwei Doppeltüren, zu denen es mich hinzog. Ich brauchte das Porträt von Frances Stonehouse nicht zu sehen, um zu wissen, dass es ihr Schlafzimmer war. Gegenüber ihrem Bild hing eines von James I. Der Raum war makellos sauber, doch die Eichenmöbel besaßen eine düstere, brütende Schwere, die einer vergangenen Ära angehörte. Ein verblichener, zerschlissener Teppich bedeckte einen Tisch. Halbabgebrannte Kerzen, in den Haltern versteinert, waren genau so belassen worden, wie sie ausgelöscht worden waren, nachdem Frances gestorben war. In diesem Raum hatte Charles, dessen Volk im Begriff war, einander zu bekämpfen, den Thron noch nicht bestiegen. Alles hier drin war vor mehr als zwanzig Jahren zum Stillstand gekommen.

Nicht alles.

Mein Herz pochte schmerzhaft, als ich mich selbst anstarrte. Es war das Porträt eines Jungen, den ich nie zuvor gesehen hatte, obwohl es mich zeigte. Mich, wie ich an jenem Morgen mit einer Nachricht von Mr Black zum Rathaus gelaufen war und ein scheinbar gelangweilter Maler, Peter Lely, mich gebeten hatte, ein paar beiläufige Skizzen von mir machen zu dürfen. Doch ich war kein dreckiger, ungepflegter Lehrjunge, der vor Aufregung grinste, weil er gezeichnet wurde. Genau wie Mr Pym es beschrieben hatte, war ich elegant gekleidet, mit einem Hund zu meinen Füßen und Highpoint House im Hintergrund.

Lely hatte mein Grinsen eingefangen, aber er hatte es in etwas anderes verwandelt, etwas zwischen einem frechen und einem überlegenen Lächeln. Es war teils eine Lüge – zumindest empfand ich es so – und teils wahr. Es war ein Junge auf dem Weg, ein Mann zu werden; ein Bild dessen, was hätte sein können anstatt dessen, was war.

Ich wollte ihm die Zunge herausstrecken, doch ich konnte es nicht. Die Wahrheit war, dass ich ihn ziemlich gerne mochte. Nein, es war mehr als das. Ich war fasziniert von ihm. Ich lüpfte einen imaginären Hut und schwang ihn mit einer überschwänglichen Geste und einer tiefen Verbeugung. Dann blieb ich wie angewurzelt stehen, als mir ein Gedanke in den Sinn kam. Woher wusste ich, dass er ich war? Ich hatte mich bislang nur in verzerrtem Glas oder in dunklen stillen Pfützen gesehen.

»Bist du sicher?«

Die Stimme war so leise und die Frage so passend, dass ich einen Augenblick glaubte, sie sei in meinem eigenen Kopf entstanden. Doch ich drehte mich um, und dort stand sie in der Tür. Im ersten Moment glaubte ich nicht, dass sie echt war. Sie war einfach so aus der Luft erschienen. Sie war das Irrlicht, der gute Geist, der meine ganze Kindheit lang über mich gewacht hatte.

»S … sicher?«, stotterte ich.

»Willst du Lord Stonehouse sein?«

Ich konnte nicht antworten. Albernerweise fragte ich mich, warum sie einen Gartenkorb mit Kräutern und nicht meinen Osterkuchen trug, den ich in diesem Jahr nicht bekommen hatte. Aus Furcht, sie könnte sich auflösen, ging ich zu ihr und berührte ihr Gesicht. Erschrocken wich sie zurück, Kräuter fielen aus ihrem Korb. Ich sammelte sie auf und murmelte eine Entschuldigung. »Ich war nicht sicher, ob Ihr wirklich hier seid.«

Sie lachte. Eaton hatte ihr ziemlich geschmeichelt, als er sagte, sie sähe gewöhnlich aus. In Wirklichkeit war sie ziemlich hässlich, hatte eine Stupsnase und pockennarbige Wangen und sah eher aus wie diese verwitterten Wasserspeier, die das Regenwasser von den Kirchdächern spien. Doch ihr Lachen und ihre Stimme, perfekt aufeinander abgestimmt wie die Stimmen eines gregorianischen Chorals, verwandelten sie.

Dann wurde sie ernst. »Ich rate dir dringend: Vergiss den Anhänger, vergiss die Stonehouses.«

Sonderbar, wie peinlich, hartnäckig und geradezu nutzlos ein Geist werden konnte, wenn er sich in ein Wesen aus Fleisch und Blut verwandelte. Kate Beaumann leugnete nicht, dass sie wusste, wo Matthew sich aufhielt. Sie war auf dem Weg zu ihm gewesen, als sie erfahren hatte, dass Mrs Morland sehr krank war, und war von der Belagerung aufgehalten worden. Doch sie weigerte sich rundheraus, mir zu sagen, wo Matthew war. Das würde mich zu dem Anhänger führen, der Quelle allen Übels. Ihre alleinige Absicht war es, ihn zu finden und zu zerstören, und nichts würde sie davon abbringen. Sie weigerte sich sogar, mir zu sagen, was bei meiner Geburt geschehen war. Ich war so verzweifelt, dass ich ihr erzählte, dass Eaton bei mir war, weil ich dachte, das könnte meinen Fall möglicherweise vorantreiben.

Sie stand da und wirkte mit jeder Faser erstarrt wie ein steinerner Wasserspeier, dann eilte sie davon. Sie war so rasch verschwunden, dass ich fürchtete, sie habe sich erneut in einen Geist verwandelt. Ich musste rennen, um sie einzuholen, flehte sie an, Eaton zu besuchen, und sagte ihr, dass er den Lebenswillen verloren zu haben schien.

»Dann lass ihn doch sterben«, sagte sie, ohne ihre Schritte zu verlangsamen.

»Was hat er getan?«

Jetzt blieb sie stehen. »Ausgerechnet du, von allen Menschen, fragst das?«

»Ich meine, was hat er Euch angetan?«

»Frag ihn.«

Ich war schockiert über ihren Tonfall, in dem etwas von Eatons eigener Grausamkeit lag, doch sie weigerte sich, noch mehr zu sagen. Jeglicher Gleichmut hatte sie verlassen. Erneut fielen Kräuter aus ihrem Korb, und ich sammelte sie auf, folgte ihrer Spur, um sie vor der Schlafkammer der Haushälterin wiederzufinden. Ihre Lippen bewegten sich in einem fast unhörbaren Gebet, das ich nicht zu unterbrechen wagte. Allmählich hörte ihr Busen auf, sich unter dem schlichten braunen Kleid zu heben, das nur durch einen schneeweißen Kragen aufgelockert wurde. Ich legte die Kräuter in den Korb und bat darum, Mrs Morland sehen zu dürfen.

»Willst du mit ihr über die Nacht deiner Geburt sprechen?«

Ich wich der Frage aus. »Ich habe eine Nachricht von ihrer Tochter.«

Mrs Morlands Schlafkammer war der heißeste Raum in diesem riesigen, zugigen Gebäude. Lavendelzweige knisterten im

Feuer, doch sein süßer Duft konnte den durchdringenden Schweißgeruch und den Gestank des Nachttopfes, den eine junge Magd gerade entfernte, nicht überdecken. Im flackernden Licht des Feuers, versteckt unter einer Nachtmütze, konnte ich gerade eben die ruhigen, abgemagerten Züge eines Frauengesichts erkennen. Kate schickte die Magd fort, doch als die junge Frau mich sah, blieb sie so abrupt stehen, um einen umständlichen Knicks zu machen, dass sie den Nachttopf in ihrer Hand vergaß und etwas von dessen Inhalt verschüttete.

»Verzeihung, Sir …«, stotterte sie. »Aber Ihr seht genauso aus wie auf Eurem Bild.«

Das musste zu Mrs Morland durch ihren leichten Dämmerschlaf durchgedrungen sein, denn mit schläfriger Stimme fragte sie nun: »Rose … Was ist los?«

»Der junge Master ist gekommen, Mrs Morland«, erwiderte Rose.

»Unsinn!«, entgegnete Kate scharf. »Er ist einer der Soldaten.«

Doch Mrs Morland versuchte mühsam, sich aufzusetzen, spähte erst in die eine, dann in die andere Richtung, mit Augen, die so blass waren, von solch einem milchigen Blau, dass sie nur wenig wahrgenommen haben konnten. »Mr Richard … ist Mr Richard zurückgekommen?«

Kate versuchte einzuschreiten, doch Mrs Morland schob sie fort und drückte meine Hände. Ich wollte ihr sagen, dass ich ein Soldat sei, aber sie tastete mein Gesicht und die Form meiner Nase ab. Sie befand sich in einem derart verwirrten Zustand, dass sie überzeugt war, ich sei ihr Mr Richard, der, wie rasch deutlich wurde, ihr Liebling war.

Ich begann den Brief vorzulesen, den ich von Jane mitgebracht hatte. Ich glaubte, Mrs Morland würde nicht nur Jane vergeben, sondern auch ihre Freude zum Ausdruck bringen, dass Jane ihr vergab. Nichts hätte dieser naiven Vorstellung ferner sein können.

»Ihr vergeben! Wo sie Schande über die Familie gebracht hat!« Ihre Reaktion löste Entrüstung bei mir aus. Ich versuchte mich von ihr loszumachen, doch sie packte meine Hände nur umso fester. »Ihr seid zu gut, Mr Richard. Ihr hattet schon immer ein großes Herz, wie Ihr es auch bei der anderen Metze hattet, deren Sohn zurückgekehrt ist, um Euch heimzusuchen. Aber ich werde nach ihm Ausschau halten!«

»Ach wirklich«, murmelte ich.

»Ich habe gesehen, wie der Bastard geboren wurde …«

Kate ergriff meinen Arm. Auf ihrem Gesicht lag ein Ausdruck der Empörung, weil ich eine sterbende, verwirrte Frau ausnutzte, wie sie es später darstellte. Ich schüttelte Kate ab, denn nach dem, was Mrs Morland über Jane gesagt hatte, empfand ich keinerlei Skrupel.

»Der alte Bock«, lachte die alte Frau nun auf.

»Der alte Bock?«

»Euer Vater! Er hatte geplant, Margaret Pearce zu heiraten.«

»Lord Stonehouse?«, sagte ich verblüfft.

»Ihr habt sie alle geliebt – Ihr wegen ihres Aussehens. Edward wegen ihrer guten Werke. Mylord wegen beidem. Ich weiß, was er im Sinn hatte!« Ihre Hände bebten, irgendetwas brachte sie nach all diesen Jahren immer noch derart in Rage, dass sie die Worte ausspie. »Er sagte mir, er wolle Lady Frances' Zimmer neu gestalten!«

Unvermittelt furchte sich ihre Stirn vor Schmerz, und sie klammerte sich an meine Hände. Kate gab ihr ein Stärkungsmittel, das sie mit leisen Grunzlauten schluckte, ohne meine Hände dabei loszulassen. Als Mrs Morland die Augen schloss und in das Kissen zurücksank, drängte Kate mich erneut zu gehen. Doch als die alte Haushälterin begann, schläfrig vor sich hin zu murmeln, lauschte Kate genauso aufmerksam wie ich.

»Dieser Tag … letzter Tag des Sommers. Kälte kam. Regen in der Luft. Mylord wird aus London erwartet. Jedes Feuer vorbereitet, jede Oberfläche poliert! War in Myladys Zimmer, ließ die Tür offen. Margaret Pearce im Gang. Sagt, sie hätte sich verlaufen. Verlaufen! Und dann war der Anhänger gestohlen!«

Sie rang um Atem, und es dauerte einige Zeit, ehe sie fortfuhr. »Mylord kam spät … schwarz wie die Wolken, die über dem Wald aufzogen. Pferd hatte ein Huf verloren … und der Stallbursche seine Stellung.«

Sie lachte leise, öffnete die blassblauen Augen ein zitternden Spalt weit und versuchte, mich zu direkt anzublicken. »Ihr habt Euch rar gemacht! Genau wie Edward! Aber *sie* nicht! Bei ihr schmolz er dahin wie Zucker im Wasser. Sie waren in der Bibliothek … ›Ihr wisst, wie lange ich Euch schon liebe‹, sagte Mylord.«

Ich hatte den Eindruck, dass sie phantasierte und anfing, Unsinn zu erzählen. Ich versuchte, ihren Griff zu lockern, doch auf der Stelle schlossen sich ihre Finger wieder um meinen Arm.

»Wart Ihr dabei?«, fragte ich sie.

Die Erinnerung schien ihr frische Kraft zu geben, und sie sprach nun lauter weiter: »Natürlich war ich dabei! Was meint Ihr, wozu Schlüssellöcher gut sind – für Schlüssel?«

Sie hustete vor Lachen über ihren eigenen Witz, rang erneut nach Atem, um schließlich noch eindringlicher fortzufahren. »Sie stand einfach da. Mir erging es nicht anders, das kann ich Euch sagen!«

»Was hat sie gesagt?«

»Sie lachte.«

»Sie hat gelacht?«

Mrs Morland setzte sich auf. »Die Hure lachte! ›Ihr versteht nicht‹, sagte er. ›Ich bitte Euch, mich zu heiraten.‹ ›Darum bin ich gekommen, um mit Euch darüber zu sprechen, Mylord‹, sagte sie. Unverschämt! Genau das war sie! Ich dachte, das Ende der Welt würde kommen. Und es kam. Für sie.«

Sie bewegte hektisch den Kopf, als versuchte sie durch ein Schlüsselloch zu schauen.

»Konnte sie nicht sehen. Dreimal die Glocke. Das galt mir. Dreimal für Mrs Morland für Ärger im Haus, zweimal für Mr Eaton für Ärger draußen. ›Die Dame ist ohnmächtig geworden‹, sagte er. Ohnmächtig! Ich konnte den Schädel spüren, als ich ihr meine Hand reinschob … verzeiht meine Sprache, Mr Richard, aber ich weiß, dass Ihr ein Mann von Welt seid. ›Die Dame erwartet ein Kind, Mylord‹, sagte ich. Er wurde weiß wie dieses Laken! Ich übernahm das Kommando. Er hatte sich selbst schon genug zum Narren gemacht, indem er den Bastard gezeugt hatte. Und das hier war Frauensache.«

»Woher wisst Ihr, dass ich … es sein Kind war?«

»Natürlich war der Bastard von ihm! Er war schließlich den ganzen Sommer hinter ihr her gewesen, oder etwa nicht? Wenn Eaton seine Aufgabe ordentlich erledigt hätte, würdet Ihr jetzt nicht in solchen Schwierigkeiten stecken – aber Ihr werdet Euch um ihn kümmern, Mr Richard, das werdet Ihr doch … Ihr seid zurückgekommen, ganz wie Ihr gesagt habt, damit Ihr Euch um ihn kümmert …« Ihre Stimme flackerte wie eine verlöschende Kerze. Sie lehnte sich in das Kissen zurück, und die strengen Linien ihres Gesichts entspannten sich, als hätte sie all ihre Sünden gebeichtet und hätte so ihren Frieden mit der Welt geschlossen. »Übel und Schande von diesem Haus fernhalten. Mehr … wollte ich … nie.«

30. Kapitel

Die kalte, rohe Grausamkeit von Mrs Morlands Schilderung traf mich und ließ mich wie betäubt zurück. Alle anderen Personen konnte ich mir vorstellen, doch obwohl sie in so grellen Farben gezeichnet wurde, blieb meine Mutter, Margaret Pearce, eine schemenhafte Gestalt. Trotz allem, was Mrs Morland gesagt hatte, war es schwer zu glauben, dass Lord Stonehouse mein Vater war. Meine bevorstehende Geburt schien ein Schock für ihn gewesen zu sein. Eaton hatte mir erzählt, dass Kate ihn um den Namen eines Pfarrers gebeten hatte, der heimlich eine Ehe schließen würde. Der Besuch meiner Mutter bei Lord Stonehouse hatte gewiss etwas damit zu tun. Was für ein Narr war ich gewesen! Die ganze Zeit hatte ich nach meinem Vater gesucht, dabei lag der Schlüssel zu allem mit Sicherheit bei meiner Mutter. Ich beschloss, auf der Stelle noch einmal mit Kate zu sprechen, doch in dieser Nacht starb Mrs Morland.

Jetzt, nachdem sie scheinbar Richard gegenüber ihre Seele erleichtert hatte, blieb ihr im Leben nichts weiter zu tun. Und es sah aus, als würde Eaton ihr in Kürze folgen. Ben war ausnahmsweise einmal kein Trost, ganz im Gegenteil. Normalerweise zeigte er gleichermaßen Interesse am Patienten wie an der Krankheit; in diesem Fall wurde er von Eaton abgewiesen, entwickelte jedoch eine, wie ich fand, makabre Faszination für die Krankheit, die er als Erkrankung der Seele beschrieb.

»Sieh dir die Wunde an«, sagte er zu mir, als unterrichte er einen Schüler. »Sie ist fast verheilt. Aber die Körpersäfte sind so aus dem Gleichgewicht, dass sie an anderer Stelle hervorbrechen.« Er deutete auf die Narbe, aus der gelber Eiter sickerte, und machte eine Notiz in seinem Kollektaneenbuch, das er jeden Tag auf den neuesten Stand brachte. Er hatte eine Zeichnung von der Narbe angefertigt, welche, wie er sagte, interessanterweise in den letzten zwei Tagen an Größe gewonnen hatte. Er schloss das Buch. »Er will weder essen noch trinken. Er hat noch einen Tag, vielleicht zwei. Es tut mir leid, dass ich ihn nicht auf seinem letzten Weg begleiten kann.«

»Warum nicht?«

»Hast du es nicht gehört? Wir brechen auf.«

Tatsächlich. Ich war so von Mrs Morland und meinen eigenen Problemen in Anspruch genommen gewesen, dass ich nicht mitbekommen hatte, wie die Männer den Gepäckkarren beluden, um am nächsten Morgen in der Dämmerung aufbrechen zu können. Ich bat Will eindringlich, eine kleine Gruppe Männer hierzulassen, um Highpoint House zu verteidigen, da Mrs Morland mit Richards Rückkehr gerechnet hatte. Will weigerte sich. Er hatte bereits zu viele Männer verloren. Dem König war es gelungen, Shrewsbury zu erreichen, und es wurde befürchtet, dass er jeden Moment einen Ausfall wagen und in Richtung Süden auf London zumarschieren würde. Essex war in Worcester, und Will hatte eine Eildepesche erhalten mit der Aufforderung, sich ihm anzuschließen.

In jenem Herbst regnete es beinahe ununterbrochen, die Pausen waren nur von kurzer Dauer, und der Regen drohte jeden Moment wieder einzusetzen. Ich fand Kate im Küchengarten, wo sie Kräuter sammelte. Die Ränder ihres Umhangs waren dunkel von der Nässe, und Tropfen hingen an ihrem Handrücken, während sie Majoran schnitt.

»Es tut mir leid, dass ich Euch wegen Mrs Morland verärgert habe«, sagte ich.

Ihre Stimme klang gleichmütig, gleichwohl anklagend. »Ich dachte, du wolltest sie mit ihrer Tochter aussöhnen, Tom.«

»Das wollte ich auch! Aber sie war so verbittert und unversöhnlich.«

»Du hast sie nicht korrigiert, als sie dich für Richard hielt.«

Sie ging zu einer Reihe Lavendel und schnitt einige Ähren davon ab. Eine schwache, zaghafte Sonne zauberte Farben auf die Regentropfen auf jedem Zweig, als sie sie in den Korb warf. Auf einmal war ich so erbost über ihre Ruhe, darüber, dass sie alles verdammte und nichts beantwortete, dass ich herausplatzte: »Hättet Ihr Eaton geheiratet, wenn ich nicht geboren worden wäre?«

Sie taumelte, als hätte ich sie geschlagen, ließ den Korb fallen, so dass die Kräuter auf die Erde fielen. Alle Farbe war mit einem Mal aus ihrem Gesicht gewichen. Aus Angst, sie könnte in Ohnmacht fallen, führte ich sie zu einer Bank in einer Laube. Unablässig wiederholte ich, wie leid es mir täte, doch sie unterbrach meine Entschuldigungen mit einer knappen Geste. Sie atmete schwer. Ich ging zum Korb zurück, verrieb Zitronenmelisse mit Lavendel und dem Regenwasser, das daran haftete, und gab es ihr als kleines Riechtäschchen in einem Lindenblatt.

Sie lächelte schwach. »Matthews Sohn.«

»Unter anderem.«

Sie begann ruhiger zu atmen. »Eaton hat dir erzählt … was hat er dir erzählt?«

Ich fühlte mich schuldiger als je zuvor, weil ich die Geheimnisse verriet, die Eaton im Seven Stars eher dem niederbrennenden Feuer als mir anvertraut hatte. Aber jetzt, nachdem ich angefangen hatte darüber zu reden, musste ich auch weitermachen. Mag sein, dass ich seiner rauen, schroffen Geschichte einen poetischen Glanz verlieh, dass ich Gefühle auf seiner Seite hinzufügte, die ich allein aufgrund der von ihm erzählten

Fakten bei ihm vermutete. Sie sagte so gut wie nichts, doch ich setzte mich für ihn ein, als läge mein eigenes Herz in ihren Händen. Wenn man nur das betrachte, was geschehen sei, was er getan habe, wie plump und unverblümt sein Handeln auch immer gewesen sein möge, zeige das dann nicht, dass er aufrichtig sei, dass er – ich musste es sagen, ich musste einfach –, dass er sie liebte?

Sie zitterte, und ich dachte, sie würde weinen, bis ich merkte, dass sie lachte. »Tom, ach Tom, es ist ja, als würdest du um mich werben!«

»Er würde diese Worte ebenfalls benutzen, wenn er könnte, ich schwöre es!«, rief ich leidenschaftlich.

»Du kannst einem Menschen ins Herz schauen, nicht wahr?«

»Ja, genau, ich glaube, das kann ich!«

Sie lachte, bis ihr die Tränen in die Augen traten. Sie zupfte an den Lavendelspitzen und ließ sie auf den Schoß ihres Kleides fallen, als sei sie ein kleines Mädchen, das Er-liebt-mich-er-liebt-mich-nicht spielte. Dann flossen ihr Tränen über die Wangen, und ich begriff, dass sie nun tatsächlich weinte, dass ihre Ruhe gar keine Ruhe war, sondern eine fest verschlossene Tür, hinter der sie seit dem Tag meiner Geburt ihre Gefühle eingesperrt hatte.

Ich legte meinen Arm um sie, und jeder, der in den Garten gekommen wäre, hätte uns trotz des großen Altersunterschieds für ein Liebespaar gehalten. Einen Moment klammerte sie sich an mich, dann erhob sie sich, um zu gehen, doch ein plötzlicher Regenschauer ergoss sich über den Garten. Wir drängten uns wieder zurück in die Laube, in die Ansammlung aus staubigen, zerbrechlichen Zweigen und toten Blättern, und starrten auf den Regenvorhang vor uns.

»Warum hat er dir das alles erzählt?«

»Weil er erfahren hat, dass Ihr am Leben seid! Er dachte,

dass er Euch vielleicht wiederfinden würde. Von dem Moment an hat er sich verändert.«

»Verändert? Dieser Mann?«

»Ja!«

»Tom, er hält dich zum Narren, so wie er mich zum Narren gehalten hat.«

»Es war, als hätte er die Worte aus einem tiefen Brunnen hervorgeholt.«

»Das passt immerhin zu ihm«, murmelte sie.

Der Schauer hörte so schnell auf, wie er gekommen war, und die Sonne kam wieder zum Vorschein. Erst jetzt bemerkte ich, dass ein Ärmel meines Hemds an meinem Arm klebte. Auch ein Teil ihres Umhangs und Haares war dunkel vom Regen. »Glaubst du, er hat dir die Wahrheit gesagt?«, flüsterte sie.

»Ja. Ja, gewiss. Kein Mann kann solche Gefühle erfinden.«

Sie seufzte und erbebte. Ich merkte, wie nass wir waren, und drängte sie, hineinzugehen, ehe sie sich erkältete. Doch sie weigerte sich und sagte, dass sie jetzt reden müsse, oder sie würde es niemals tun. Sie hatte geglaubt, es sei das Beste, die Sache zu begraben, und dass mein Glück davon abhinge. Jetzt, wo es mich zu diesem verfluchten Ort gezogen hatte, sei es das kleinere von zwei Übeln, mir den Teil der Wahrheit zu erzählen, den sie kannte.

Im Laufe der Jahre hatte sie mir mehr gegeben als nur den Osterkuchen an meinem Geburtstag. Sie war es gewesen, die Mr Ingram überredet hatte, mir mit Hilfe der Bibel das Lesen beizubringen. Was als Wiedergutmachung für ihre Sünde – nun, dazu würde sie noch kommen – angefangen hatte, endete als, warum sollte sie es nicht sagen, Akt der Liebe.

»Du fragst mich, ob ich Eaton geheiratet hätte, wenn all das nicht geschehen wäre? Hat er dir nicht gesagt, dass ich ihm sehr wohl geantwortet habe?«

Ich schüttelte den Kopf. Sie zitterte erneut, und erneut bat ich sie inständig, hineinzugehen, doch sie erwiderte, es sei nicht die Kälte, die sie erzittern ließ, sondern die Erinnerung an jenen Tag und jenen Sommer, die schleichend wiedererwachte. Wie ich bereits von Eaton wusste, hatte alles damit begonnen, dass sie ihn aus der Falle befreit hatte. Davor kannte sie ihn nur als einen Menschen, den die Familie Pearce hasste, deren einst riesige Ländereien schon lange im Niedergang begriffen waren. Margaret Pearce war ein Einzelkind. Ihre Mutter war tot, ihr Vater ein halsstarriger Mann, der den Großteil seines Geldes dabei verloren hatte, Lord Stonehouse' Übergriffe auf sein Land abzuwehren. Als er starb, stand er kurz vor dem Ruin. Das Einzige, das er seine Tochter hinterlassen hatte und das nicht verpfändet war, war sein Hass auf Lord Stonehouse.

Ich hörte gebannt zu. Falls die Leute meine Mutter überhaupt erwähnt hatten, hatten sie von ihr gesprochen, als sei sie eine Hure aus einem Groschenblatt, aber niemand hatte sie als wirklichen Menschen lebendig werden lassen.

»War sie schön?«, fragte ich.

»Und geistreich. Und intelligent. Und bezaubernd. Wie du.«

»Ich bin bezaubernd?«

»Ach Tom! Hör dich doch an!«

»Meine Füße sind viel zu groß, um jemals bezaubernd sein zu können.«

Ich hielt meine Füße vor ihr in die Höhe, und sie lachte. Dann fügte sie an: »Und deine Mutter war skrupellos.«

»Ich bin nicht skrupellos! Ganz und gar nicht!«

»Nein. Noch nicht.« Obwohl die Sonne kräftiger wurde und es inzwischen ziemlich warm in der Laube war, zitterte sie erneut. »Ich sehe so viel von ihr in dir. Das ist es, wovor ich solche Angst habe. Ich habe sie damals nicht für skrupellos gehalten. Ich glaubte, alles über sie zu wissen – bis zu jenem Tag.«

Sie schwieg eine Weile, ehe sie mir erzählte, dass Margaret Pearce sie benutzt hatte. Nun, dafür wurden Gesellschafterinnen bezahlt und bekamen zu essen und ein Dach über dem Kopf – in diesem Fall vor allem Letzteres. Aber die meisten Gesellschafterinnen wurden auch ins Vertrauen gezogen. Sie hatte geglaubt, bei ihr sei es genauso, doch das war es nicht. Margaret Pearce hatte eine Art, die Dinge entweder heftig und übertrieben darzustellen oder im genauen Gegenteil oberflächlich und spöttisch. Keines von beiden konnte Kate ernst nehmen, bis es zu spät war.

Margaret Pearce machte Lord Stonehouse für den Tod ihres Vaters verantwortlich, als hätte er ihn eigenhändig ermordet. Und sie glaubte, dass die Seele ihres Vaters keine Ruhe finden würde, bis sie Rache geübt hatte. Und wie wollte sie das erreichen? Durch nichts weniger als dadurch, seine Ländereien zu übernehmen, so wie er beinahe den Besitz ihres Vater geschluckt hatte. Für Kate Beaumann war dies ein Zeichen übersteigerter Trauer um den Verlust, die sich, mit Geduld und Handarbeiten, ihrer Meinung nach wieder legen würde. Doch das tat sie nicht.

»Ich werde mir einen von ihnen schnappen, Kate. Was meinst du, wer sollte es sein? Der Vater ist ein alter Bock, aber er ist der Lord und muss den Ehrenplatz einnehmen. Aber wenn er stirbt, was wird dann aus mir? Das Vermögen geht an Richard. Also muss es Richard sein, wie es ausschaut. Er sieht teuflisch gut aus, ist aber ein vollkommener Rüpel. Ich kann mir nicht vorstellen, mein Leben mit ihm zu verbringen! Mit Edward kann man zumindest angenehm plaudern, und er ist nicht auf den Kopf gefallen, doch er ist weich wie Wasser. Und er ist nur der zweite Sohn.«

Kate hörte zu, während sie an einem Spruchtuch stickte, und für sie hörte es sich an wie eine dieser Geschichten aus einem Balladenbüchlein mit Schurken und Helden, die Margaret mit ihrer Kindheitsliebe und Vetter, John Lloyd, zu lesen pflegte. Sie liebte John sehr, und dieser schrieb ihr leidenschaftliche Briefe aus Irland, wo er gegen die Rebellen kämpfte. Kate konnte sich nicht vorstellen, dass sie diese Liebe für irgendeinen Stonehouse aufs Spiel setzen würde. Falls sie beunruhigt war, weil Margaret für die Beerdigung ihres Vaters die kostbarste Trauerkleidung in Damast und Brokat bestellte, dann nur, weil sie bereits hochverschuldet waren.

Der Gottesdienst fand in der Kirche von Highpoint statt, was gemeinhin als großzügiges Zeichen der Versöhnung von Lord Stonehouse seinem alten Feind gegenüber erachtet wurde. Die Pfründe gehörte einst zum Besitz der Pearces, und in dem normannischen Kirchenbau gab es noch immer mehr Bildnisse und Wappen dieser Familie als von den Stonehouses. Es kam Kate kurz in den Sinn, dass Margarets Pläne womöglich kein kompletter Unsinn waren. Immerhin war die Familie Pearce älter und vornehmer als die Stonehouses.

In Schwarz sah Margaret Pearce sogar noch schöner aus, geradezu erschreckend schön. Gleichwohl war ihre Trauer aufrichtig. Als der Pfarrer sagte: »Der Tod vereint uns alle«, hallte ihr »Amen« leidenschaftlich in den alten Steinmauern wider. Der Klang ihrer Stimme zog alle Blicke auf ihr von Trauer gezeichnetes Gesicht, mit der weißen, makellosen Haut und den großen, feuchten Augen, dumpf vom Schlafmangel, ganz in Schwarz eingerahmt, bis auf ihr feuerrotes Haar. Selbst Lord Stonehouse, der normalerweise so unbewegt war wie eine der Statuen seiner Vorfahren, wandte den Blick abrupt ab, und es hieß, er habe sogar angemerkt, dass ihn Margarets Trauer an seine eigene lange Trauer um seine Frau Frances erinnerte.

Margaret Pearce wurde zu einem ständigen Gast auf Highpoint. Es vertreibe ihre düsteren Gedanken, sagte sie, wenn sie sich der mildtätigen Aufgabe widmete, sich um die verdienten Armen auf dem Land der Stonehouse' zu kümmern, eine Aufgabe, die seit Frances' Tod vernachlässigt worden war. Vielleicht erwartete sie, dass dadurch die Streitigkeiten mit den Stonehouses über das Land beigelegt würden. Möglicherweise wäre es ohne Eaton, der sämtliche Fortschritte in dieser Hinsicht blockierte, auch dazu gekommen. Dann kam der Moment, wo Kate ihn aus der Falle befreite, und später legte er die Quelle frei, um das letzte verbleibende Pearce-Land in Earl Staynton zu bewässern. Margaret war begeistert. »Er ist in dich verliebt«, sagte sie. »Das wird unseren Besitz retten. Du *musst* ihn ein wenig ermutigen!«

Nun, natürlich redete sie so, ebenso wie sie in vertraulichen Momenten ausgelassen davon sprach, das Vermögen der Stonehouse' zu übernehmen. Kate ermutigte Eaton nicht. Vielmehr fühlte sie sich von ihm abgestoßen. Doch Eatons Wohlwollen war ihre Rettungsleine. Deshalb besorgte Kate von Matthew Salbe für sein verletztes Bein. Darum fuhr sie trotz ihrer Abneigung fort, sich mit ihm zu treffen. Er gab ihr Ratschläge für das Earl-Staynton-Land, schickte sogar ein paar seiner Männer dorthin. Das Land blühte auf, bis es kaum noch wiederzuerkennen war. Zu ihrem Erstaunen entdeckte sie in diesem mürrischen, groben Mann Gefühle, die scheuten wie nervöse Pferde, sobald sie versuchte, sich ihnen zu nähern.

Sie schwieg erneut. Ihr Atem ging wieder schwer, und eine ganze Weile schon hatte sie mich nicht mehr angesehen. Wie Eaton, als er seine Geschichte erzählt hatte, schien sie sich meiner Anwesenheit kaum bewusst zu sein.

Margaret entließ schließlich die Magd, die ihr beim Anziehen half – aus Gründen der Sparsamkeit, wie sie sagte. Eine Zeitlang war ihr jeden Morgen schlecht. Sie ließ jedoch nicht nach dem Arzt schicken, sondern befahl Kate, ein Heilmittel von Matthew zu holen. Es enthielt Mutterkorn, um ein ungewolltes Kind loszuwerden, obwohl Kate zu diesem Zeitpunkt davon nichts wusste.

Margaret wies Kate an, Eaton nach dem Namen eines Pfarrers zu fragen, der heimlich eine Trauung durchführen würde, und behauptete, sie würde für eine Freundin fragen. Glaubte Kate ihr? Es war eher so, dass sie es nicht in Frage stellte. Natürlich war sie naiv, blind für das, was vor sich ging, doch sie lebte in ihrer eigenen abgeschlossenen Welt. Eaton machte ihr einen Heiratsantrag. Sie stellte fest, dass sie etwas für diesen seltsamen, ungeschliffenen Mann empfand. Und ganz bestimmt wollte sie nicht für den Rest ihres Lebens Gesellschafterin bleiben. Sie sagte ihm, sie würde ihm ihre Antwort am folgenden Tag mitteilen.

Der absonderliche Höhepunkt dieser Entwicklung, der die gesamte Situation zuspitzte, war Margarets Erklärung, sie würde Earl Staynton verkaufen. Nach all ihren Beteuerungen, sie würde die Ländereien ihres Vaters wieder aufbauen, ganz zu schweigen davon, dass sie den Besitz der Stonehouse' übernehmen wollte, war dies eine Überraschung. Aber sie brauchte das Geld. Wofür, sagte sie nicht, doch Kate glaubte, dass sie beabsichtigte, nach London zu fliehen. Es war der frühe Nachmittag des 20. September 1625. Eaton kam auf seinem rotbraunen Wallach vorbeigeritten, um Margaret einen Preis für Earl Staynton zu nennen und um Kates Antwort auf seinen Heiratsantrag zu hören.

Halb glaubte Kate, halb hoffte sie, dass er Margaret raten würde, nicht zu verkaufen. Wo würden sie leben? Welche Gefühle er Kate auch immer entgegenbringen mochte, Eaton konnte seine lebenslange Gewohnheit nicht ablegen, hart und verbissen zu verhandeln. Von der Summe, die er nannte, wurde noch das Geld abgezogen, das Margaret den Stonehouses schuldete, sowie der Lohn für die Arbeit, die Eaton seiner Behauptung nach in das Pearce-Land gesteckt hatte. Schnell war klar, dass nur ein Bruchteil dessen übrig bleiben würde, mit dem Margaret gerechnet hatte. Sie beschuldigte Eaton, sie betrügen zu wollen, und befahl, sie im Karren – ihre Kutsche war zu diesem Zeitpunkt schon längst verkauft – nach Highpoint zu fahren. Kate fühlte sich ebenfalls betrogen und weigerte sich, über eine Heirat zu sprechen. Eaton indes ging nicht, sondern folgte ihr wie ein Hund und sagte, er würde nicht verschwinden, ehe sie ihm geantwortet hätte. Sie kehrte zu ihrer Stickarbeit zurück, aber als sie etwa eine Stunde später das Geräusch einer Kutsche hörte und nach draußen kam, war er immer noch dort. Er schritt auf und ab, den Hut in der einen, die Peitsche in der anderen Hand.

Henry, der Kutscher aus Highpoint, tippte sich an den Hut. »Bitte steigt ein, Ma'am.«

»Warum? Was ist geschehen?«

»Ich weiß nicht, Ma'am, aber ich soll Euch abholen und nach Highpoint bringen.«

Während Henry die Treppe herunterklappte, schlug Eaton mit dem Peitschengriff gegen seine Stiefel. »Ich brauche eine Antwort!«

»Nein!«, schrie sie, als die Kutsche über die mit Schlaglöchern übersäte Auffahrt davonrumpelte. »Nein, nein, nein!«

Kate rief die Worte jetzt so laut, dass die Vögel im Küchengarten erschreckt aufflatterten und zwei Soldaten, die am Rand des Gartens vorbeigingen, stehen blieben und zu uns herüberstarrten. Doch sie schien sich der Männer und mir überhaupt nicht bewusst zu sein. Es war, als befände sie sich wieder vor Angst bebend in der schaukelnden Kutsche.

Das Gesinde in Highpoint befand sich in einem Zustand bestürzter Unruhe. Sie hörte Lord Stonehouse' laute Stimme und lief die Treppe hinauf und den Flur entlang, wo sie ihn und seine beiden Söhne sah. Richards Miene zeigte Heiterkeit, die er indes sorgsam vor seinem Vater verbarg. Edward, der gerade erst angefangen hatte, Augengläser zu tragen, schob diese unablässig zurück, sobald sie von der Nase zu rutschten drohten.

»Sie hat mich betrogen, sie hat uns alle betrogen, Sir!«, schrie Lord Stonehouse.

»Sie … sie ist eine verheiratete Dame, Vater«, sagte Edward.

Kate hatte Edward noch nie so erlebt. Gewöhnlich sanftmütig und zögerlich, hielt er dem Blick seines Vaters herausfordernd stand, die Hände geballt. Margaret verheiratet? In diesem Moment erschien das Kate unmöglich. Noch bestürzter war sie über Richards Bemerkung, als er schützend den Arm seines Bruders drückte.

»Verheiratet. Aha. Aber mit wem?«

Sein Vater blitzte ihn an, dann erblickte er Kate. »Bibliothek!«, blaffte er.

Sie eilte davon. Das war eine Frauensache. Die Männer schienen sich unwillkürlich in der einen Hälfte des Hauses versammelt zu haben und die Frauen in der anderen. Als sie in ihrer Panik die Orientierung verlor, brachte eine Magd sie zur Bibliothek. Ihre Chopinen hinterließen ein matschiges Muster in einer Wasserpfütze auf dem Flur, und sie erinnerte sich, wie seltsam sie das gefunden hatte, da Mrs Morland so eine penible Haushälterin war. Margaret Pearce lag ausgestreckt auf dem Boden, ein Kissen unter dem Kopf, Mrs Morland kniete an ihrer Seite. Sie starrte zu Kate empor und lächelte. Es war ein schwaches Lächeln, teils grüßend, teils erleichtert, denn sie litt heftige Schmerzen, doch es war ein Lächeln. Das wiederum erboste Mrs Morland, als habe Margaret Pearce von allen Menschen am wenigsten ein Recht darauf.

»Das ist eine schmutzige Angelegenheit, Miss Beaumann«, sagte sie.

»Schmutzig?«, sagte Kate, bestürzt über ihr Verhalten, da sie dachte, Margaret sei einfach nur krank geworden.

»Schmutzig!«

Brutal riss sie Margarets Kleid hoch, wobei sie einen der Unterröcke zerriss. Sie waren nass, und Kate begriff, wo das

Wasser hergekommen war. Sie starrte auf den aufgeblähten Bauch, das angespannte, teilweise eingerissene Geschlecht, den dunklen, geröteten Umriss von etwas, das sich abmühte, durchzukommen. Es hatte eine kurze Pause gegeben, doch schon folgte der nächste Versuch, sich den Weg nach draußen zu bahnen, und die Lippen von Margarets Geschlecht schoben sich zurück. Entsetzt schaute Kate zu, denn sie wusste, was dieses Etwas war. Samuel Pearce war ein strenger Puritaner gewesen, der außer der Bibel nur wenige Bücher im Haus duldete. Eines dieser Werke war Stephen Batmans *Das Verderben ermahnt Jedermann vor dem Jüngsten Gericht*, eine Chronik aller wunderlichen und abscheulichen Geburten, von denen je berichtet worden war. Als Mrs Morland das Kleid wieder nach unten zog, erinnerte Kate sich daran, dass die Auflistung zweifelsohne bewies, dass unzüchtiger, ehebrecherischer Beischlaf zur Geburt von Monstern führte. Es gab Kinder, die mit zwei Köpfen geboren wurden, Gliedmaßen oder Finger fehlten, die Körper waren verdreht oder missgestaltet. Sie war überzeugt, dass solch eine Monstrosität auftauchen würde.

»Richtet sie auf«, schnauzte Mrs Morland sie an, »solange sie zwischen zwei Wehen ist!« Sie warf Kate einen anklagenden Blick zu, als hätte sie es wissen müssen und sei mithin an diesem Frevel beteiligt.

Wie sie Margaret hochbekommen hatten, vermochte Kate später nicht mehr zu sagen. Sie selbst war klein, und Mrs Morland war mager und groß, und Margaret schwankte zwischen ihnen hin und her. Die Magd, die sie in die Bibliothek geführt hatte, half ihnen die Treppe hinab, doch sobald Margaret zu sprechen begann, schickte Mrs Morland das Mädchen fort. Margaret taumelte zwischen ihnen in die Halle. Sie klang betrunken, doch sie roch nicht nach Wein.

»Ich werde Lord Stonehouse heiraten! Was hältst du davon, Kate? Ich werde Lady Stonehouse sein! Du siehst – alles wird wahr!« Sie glitt beinahe auf dem gefliesten Boden aus. Kate ließ Margaret einen Moment lang los, doch Mrs Morland hielt sie weiterhin fest und zerrte sie mit brutalem Schwung über den rutschigen Boden, ehe Kate sie wieder zu fassen bekam. »Danke, Mrs Morland«, sagte Margaret. »Ist meine Kutsche bereit?«

Dann übermannte der Schmerz sie erneut. Mrs Morland sah mit einem Lächeln voll grimmiger Befriedigung zu, während Henry, der Kutscher, ihr in den Wagen half. Margaret fiel über Kate, bohrte die Fingernägel in ihre Hände und biss auf einen der Lederriemen, konnte indes nicht verhindern, dass ihr ein Schrei entwich.

»Wartet!« Mrs Morland hämmerte an die Kutschentür. »Ihr wisst, was Ihr zu tun habt?«

»Tun?« Kate starrte sie verwirrt an.

»Gott sei mit den geistig Armen!« Verdrossen rang Mrs Morland die Hände, legte sich dann eine Hand über Mund und Nase, als wollte sie jemanden ersticken.

»Ich kann das nicht tun!«

»Ihr werdet es schon schaffen. Der Karren wird es abholen.«

Sobald sie die zu Highpoint gehörenden Ländereien hinter sich gelassen hatten – so lautete Henrys Anweisung –, atmete dieser freier und zeigte zumindest etwas Mitleid mit ihnen. Ehe er sie in dem kalten, feuchten Bauernhaus allein ließ, sammelte er Holz und schlug den Feuerstein, um ein Feuer zu entzünden. Kate hatte keine Ahnung, was sie tun sollte. Sie meinte, die Gegenwart des Bösen zu spüren. Mehrere Male wäre sie beinahe gegangen, doch jedes Mal, wenn sie die Tür öffnete, murmelte Margaret etwas oder schrie und streckte tastend eine Hand aus, um die ihre zu umklammern. Kate fand Wasser, das sie erhitzte, sowie ein paar schmutzige Lumpen. Der Kopf kam heraus, klebrig und runzlig, aber zu ihrer Überraschung sah er vollkommen normal aus. Eine Weile schien das, was aus Margaret herauswollte, was immer es sein mochte, festzustecken, ebenso erschöpft wie die Mutter. Während dieser Momente betete Kate. Von der Bettstatt, auf der Margaret lag, hörte sie ein klickendes, tastendes Geräusch. Margaret murmelte etwas, doch Kate schloss diese Worte aus, indem sie noch stärker darum betete, den Teufel zu bannen, der langsam aber sicher in diese Welt glitt.

Der Wind bildete kleine Wirbel und ließ einen Eimer draußen klappern. Der Regen fand die Spalten im zerbröckelten Schornstein, spritzte hinein und zischte im Feuer. Als sei es Teil dieses Geräuschs, Teil der Gewalt da draußen, rutschte das Ding plötzlich in einer ungestümen Eruption heraus. Erleichtert glaubte Kate, die klebrige Masse sei tot. Sie wappnete sich und hob es auf. Es rutschte ihr aus den Fingern. Instinktiv hielt sie es fest. Das Ding erschauderte, lag warm und zitternd in ihren Händen, der Mund bebte und stieß zu ihrem Erstaunen einen schrillen, holperigen, doch zunehmend kräftiger werdenden und ganz gewiss sehr menschlichen Schrei aus. Er war normal und ohne Makel. Sie drückte den Jungen an sich, und er schien perfekt in ihre Arme zu passen, etwas, von dem sie bis jetzt nicht gewusst hatte, dass sie es vermisst hatte. All ihre Ängste und Vorstellungen waren wie fortgewischt. Für einen Moment.

Margaret öffnete die Augen und streckte die Hände nach dem Kind aus. Kate empfand einen starken Widerwillen, das Kind loszulassen. Schließlich wollte sie es seiner Mutter reichen, doch schreckte dann im letzten Moment zurück. Die hypnotisierenden Augen einer Schlange schienen sie anzublicken, die gespaltene Zunge züngelte glänzend. Ein weiteres Hirngespinst! Doch die Wirklichkeit war noch schlimmer.

In ihrer Hand hielt Margaret nämlich ein Schmuckstück, das Kate gut kannte. Sie wusste auch, dass Lord Stonehouse diesen Anhänger, der seiner Frau Frances gehört hatte, mehr schätzte als seinen gesamten anderen Besitz. Der Feuerschein ließ die Augen des Falken aufflackern, und er schien sie anklagend anzufunkeln. Panik erfüllte sie, als sie sich vorstellte, Lord Stonehouse' Mann könnte kommen und den Anhänger entdecken. Sie legte das schreiende Kind ab und versuchte, Margaret den Anhänger abzunehmen. Sie sagte, sie sei verrückt gewesen, ihn zu stehlen.

»Das steht mir zu!«, sagte Margaret. »Darum wurde ich betrogen! Ich wollte mit dem Vater des Kindes fortgehen.«

»Seinem Vater?«

»Einem seiner Väter. Heute Abend. Heute Nachmittag. Alles, was wir brauchten, war Geld.«

Einer seiner Väter? Was phantasierte sie da? Margarets Miene spiegelte Gerissenheit und Wahnsinn, und die Worte kamen stoßweise aus ihrem Mund, so wie das Kind aus ihrem Leib gekommen war. Gleichwohl ergab ihre Rede einen furchtbaren Sinn. Sobald Eaton den Schuldschein für das Land gebracht hätte, wären sie aufgebrochen. Das Kind sollte später heimlich geboren werden und nicht so plötzlich, ausgelöst durch die Krise. Die Worte quollen aus ihr hervor, voll inbrünstiger, heftiger Rachegefühle. Sie klammerte sich mehr an den Anhänger, als dass sie das Kind festhielt, sagte, es sei ihr Zugriff auf den Kindsvater, denn das Geheimfach enthielte den Beweis, wer er war. Doch allmählich, erschöpft und ausgelaugt, wie sie war, lockerte sich ihr Griff um den Anhänger, und Kate glaubte, dass sie auch das Leben langsam losließ. Margaret murmelte, dass, wenn ihr irgendetwas zustieße, Kate für das Kind sorgen solle, wiederholte unablässig, dass der Hinweis auf den Vater sich in dem Porträtfach befände, und fiel schließlich in einen tiefen, aber unruhigen Schlaf.

Kate nahm den Anhänger aus Margarets schlaffen Fingern. Der Wind riss ihr die Tür der Bauernkate aus der Hand, sobald sie diese entriegelt hatte. Den Anhänger warf sie so weit weg, wie sie nur konnte.

Das Kind schlief in der Wärme der Mutter. Die Schlange, die es mit ihr verband, hatte ihr sonderbares Pochen eingestellt. Kate biss sie nahe am Bauch des Kindes ab, wie sie es einmal bei einer Hebamme gesehen hatte, und obwohl es sinnlos war, wenn man bedachte, was sie vorhatte, band sie den Rest sorgfältig ab. Dann versuchte sie, den Jungen zu ersticken. Er trat um sich, kämpfte und schrie. Seine Mutter rührte sich. Kate begann zu weinen und versuchte es erneut. Sie konnte es nicht. Sie stellte fest, dass sie immer noch die Leinenschürze trug, die sie stets bei ihren Handarbeiten trug. Sie wickelte sie um das Kind und brachte es zu der ungeschütztesten Stelle, die sie finden konnte, wo der Ostwind über ein offenes Feld schnitt und es keinen Schutz vor dem Regen gab. Dann schlief sie vor dem Feuer ein, ebenso erschöpft, als hätte sie selbst ein Kind geboren.

Das ferne Geräusch eines Karrens weckte sie. Sie rannte zum Feld. Das Kind war kalt, nass und vollkommen reglos. Sie hastete mit ihm zur Bauernkate zurück. Es schien ewig zu dauern, bis der murmelnde, fluchende Karrenlenker endlich auftauchte und an die Tür klopfte. Es war ein Schock, als sie die Tür öffnete und sah, dass es Matthew Neave mit dem Pestkarren war.

»'N Abend, Miss Beaumann.«

Als sei es ein ganz normaler Abend, eine ganz normale Angelegenheit!

»Er sieht nicht aus wie ein Pestkind, Miss Beaumann.«

Diese gerissene Art, sie kaum anzusehen, sie indes gleichwohl anzuklagen, als sei sie mitschuldig, mithin verantwortlich! Dies brachte all ihren Zorn in ihr hervor, die gottesfürchtige Seite in ihr, und sie war so verbittert wie Mrs Morland, als sie ihm das Kind, kalt wie ein Stein, hinschob. »Für uns ist er die Pest, Matthew!«

Matthew zuckte mit den Schultern, nahm ihn und ging pfeifend davon. Pfeifend! Als hätte er ein Vermögen gemacht! Sobald sie die Tür zuknallte, setzten die Schuldgefühle ein. Sie hatte die Sünde aus der Tür geschoben: Warum blieb sie trotzdem bei ihr? In ihr? Sie vernichtete alle Spuren einer Kindsgeburt, warf die Schlange ins Feuer, wo sie sie anzuzischen und nach ihr zu speien schien. Doch sie konnte sich nicht von dem Gefühl reinwaschen, eine Todsünde begangen zu haben. Was umso schlimmer war, da sie den Grund dafür nicht verstand. Es war nicht ihr Kind, nicht ihre Sünde, sie hatte nur ihre Pflicht erfüllt, doch so war es. Sie spürte immer noch seine schlüpfrige Wärme in ihren Armen, hörte seinen ersten Schrei.

Der gutherzige Henry hatte für den nächsten Tag einen freundlichen Karrenlenker aufgetan, der sie nach Hause brachte. Margaret hatte Fieber. Der Wahnsinn, der in ihr gesteckt hatte, als Kate und Mrs Morland sie in Highpoint hinaus zur Kutsche gebracht hatten, hatte in ihrem Verstand Wurzeln geschlagen. Manchmal wusste sie von dem Kind, manchmal nicht. Manchmal war sie auf dem Weg nach Highpoint, um ihren Liebhaber zu treffen, aber welchen Liebhaber, wurde niemals klar. Ständig phantasierte sie von dem Anhänger. Sie musste den Anhänger holen. Kate musste ihn sehen! Den Anhänger zu nehmen, bedeutete seine Frau zu nehmen *und* seine Frau zu werden. Sie sprach von einer Heirat, manchmal war es, als würde sie die Zeremonie mit Kate durchgehen, doch ob diese Eheschließung ein Phantasiegebilde war oder tatsächlich stattgefunden hatte, war unmöglich zu sagen. Stets endete ihr unzusammenhängendes Gefasel bei dem Anhänger. »Pass gut darauf auf«, pflegte sie zu sagen. »Es ist der Schlüssel zu allem. Pass gut auf den Anhänger auf.« Sie lebte noch zwei Monate, ehe sie starb.

Lord Stonehouse verweigerte ihr ein Begräbnis in der Kirche von Highpoint, also wurde sie in Shadwell begraben, dort, wo das Gesinde beerdigt wurde. Eaton kam zum Trauergottesdienst, doch Kate war mit knapper Not höflich zu ihm. Er war so rüpelhaft und ungehobelt wie eh und je, die ganze Angelegenheit schien ihn unberührt zu lassen. Sie konnte nicht fassen, dass sie einmal etwas für ihn empfunden hatte, dass sie hinter dieser Grobschlächtigkeit etwas gesehen hatte … nun, das war jetzt egal. Sie verschloss ihre Ohren vor seinen Worten, außer, als er sie fragte, ob sie die Geschichte über Matthew Neaves Wunderkind gehört habe. Da ging sie auf ihn los. Sie habe getan, was Lord Stonehouse wollte, rief sie. Das Kind war tot!

Wunderkind! Als sie beobachtete, wie Eaton davonritt, wusste sie, dass er es überprüfen würde. Es war eines der Dinge, die sie an ihm gemocht hatte – er überprüfte und prüfte noch einmal nach und überließ niemals etwas dem Zufall. So wie sie es getan hatte. Er würde es überprüfen, und sie wusste, was er dann tun würde.

Kate befahl dem Karrenlenker, sie zu Matthews armseliger Bruchbude zu fahren, auch wenn sie meilenweit entfernt war. Als sie das Kind sah, bei dem sich bereits die ersten roten Strähnen zeigten, fiel sie auf die Knie und weinte vor Freude. Sie zweifelte keine Sekunde daran, dass der Herr ihn von den Toten zurückgeholt hatte. Aus diesem Grund hatte sie ihm immer an jenem Tag im September, wie schwierig es auch gewesen sein mochte und wo immer er auch gesteckt habe, stets einen Osterkuchen gebracht, das Symbol der Auferstehung.

Sie erklärte Matthew, dass sie verschwinden müssten, und zwar sofort, und dass sie sie auf ihrer Flucht begleiten würde. Sie wusste weder, wo sie hin sollten, noch wie sie fliehen sollten, bis sie den Pestkarren sah. Nur wenige Menschen würden sich einem Pestkarren nähern. Wenn sie weit genug vom Pfarrbezirk entfernt waren, könnten sie die roten Kreuze übermalen und sich dem immer stärker werdenden Strom von Menschen anschließen, die wie sie selbst auf der Flucht waren, sei es nun wegen eines Verbrechens, wegen Ernteverlusts, schrumpfenden Löhnen und steigenden Preisen oder wegen der Streichung oder Beschneidung der Waldrechte. Sie alle flohen in das Reich der neuen Möglichkeiten: nach London.

31. Kapitel

Kate hatte vergessen, dass ich da war. Sie kauerte ganz vorn auf der Bank, die Hände verschränkt, und wiegte sich leicht hin und her. Ich könnte schwören, dass sie in Gedanken auf dem Pestkarren saß, der sie auf der zerfurchten Straße nach London in Sicherheit bringen sollte. Mit einem Ruck kam sie wieder zu sich, starrte mich an, als sei ich tatsächlich in diesem Moment von den Toten auferstanden, und fiel auf die Knie.

»Vergib mir! Vergib mir!«

Ich zog sie hoch. Hielt sie fest. Sagte ihr, sie solle keine Närrin sein. Es gäbe nichts zu vergeben. Genauso gut könnte ich vor ihr auf die Knie fallen. Ich tat es in aller Form, und sie zog mich lachend hoch. Dann weinte ich. Wir weinten zusammen, tiefe Schluchzer schüttelten uns, während einer den anderen festhielt. Die Soldaten, die schon zuvor an uns vorbeigekommen waren, blieben erneut stehen und musterten uns erstaunt. Sie hatten ein Schwein getötet, um es zu pökeln, ehe sie am nächsten Tag aufbrachen, und trugen prächtige Hinterbacken, von denen noch das Blut tropfte, auf ihren Schultern. Ich rief ihnen zu, sie sollten etwas Fleisch ungesalzen lassen für unser Fest heute Abend, und einer von ihnen gab scherzend zur Antwort: »Euer Hochzeitsfest?«

»Eine Wiedervereinigung«, rief ich.

Der Regen hatte aufgehört, doch nicht für lange, wie mir schien. Die Vögel schwiegen, und Eaton hatte mir beigebracht, auf sie zu achten, mit einer seiner seltsamen Eselsbrücken, die er stets zum Besten gab: Wenn die Vögel sich verpieseln, wird es wahrscheinlich bald nieseln.

Soldaten putzten ihre Musketen, und Will strich umher, befahl das Packen der Wagen, die bereits bepackt waren, oder die Reparatur eines gebrochenen Rades, was meines Erachtens ohne seine Einmischung schneller erledigt gewesen wäre. Luke siegelte eine Depesche, dann einen Brief an Charity, die er beide einem wartenden Reiter übergab. Über allem lag eine Zielstrebigkeit, die seit Tagen gefehlt hatte. Ich spürte sie in mir selbst. Zielstrebigkeit, Aufregung sowie einen stetig anwachsenden Groll. Ich erklärte Kate, dass ich die ganze Zeit über versucht hatte, meinen Vater zu finden, doch dass es mich jetzt nicht länger interessierte. Wer brauchte schon Väter, wenn er solche Mütter wie Susannah und Kate hatte? Ich küsste sie noch einmal.

Lachend entzog sie sich mir. »Ich bin nicht deine Mutter, Tom.«

»Aber so gut wie.«

»Du wirst also die ganze Sache vergessen und nach London zurückkehren?«

Ich schwieg. Wir gingen in die große Halle, und ich starrte zum ersten Stock hinauf. Vor allem zwei Dinge hatte ich aus Kates Geschichte erfahren: das eine war ihre unerschütterliche Liebe, das andere der glühende Hass meiner leiblichen Mutter. Ich spürte, dass sie mir diesen Hass mitgegeben hatte. So, wie sie geglaubt hatte, Lord Stonehouse habe ihren Vater getötet, glaubte ich – nein, ich wusste es –, dass er und seine Söhne meine Mutter getötet hatten. Ich sah sie vor mir, alle drei, wie sie von oben zusahen, als Kate und Mrs Morland meine Mutter halb die große Treppe hinabführten, halb hinabtrugen, während ich geboren wurde. Ich bin sicher, dass Kate wusste, was ich dachte, als ich ihr schließlich antwortete, denn sie blickte ebenfalls auf die Treppe, ehe sie sich schaudernd abwandte.

»Nein. Ich werde bleiben«, sagte ich. »Ich will herausfinden, was geschehen ist. Ich will die Wahrheit wissen.«

»Du willst Rache! Du wirst wie sie! Ich wusste, dass es so weit kommen würde! Das ist der schlechteste Grund, Highpoint besitzen zu wollen.«

Ich spürte, wie mir das Blut, meiner Mutter Blut, in die Wangen stieg, während ich meiner Stimme mühsam einen festen Klang zu verleihen suchte. »Wo ist Matthew?«

»Ich werde es dir nicht sagen!«

»Ich werde ihn finden.«

Sie eilte die Treppe hinauf. »Ich wünschte, ich hätte dir nichts erzählt!«

Ich folgte ihr. »Der Pfarrer, dessen Namen Eaton Euch gegeben hat und der die heimliche Trauung vollzogen hat –, ist er noch in Shadwell?«

»Er wurde entlassen. Nach dem Skandal.«

»In Shadwell wird morgen doch Mrs Morland beerdigt?«

Sie wirbelte herum. »Du darfst nicht hingehen! Edward Stonehouse hält den Gottesdienst. Sie werden dich töten!«

»Dann sagt mir, wo Matthew ist!«

Sie rannte davon und war verschwunden, so wie sie es den Großteil meines Lebens gehalten hatte. Erst später am Abend sah ich sie wieder, als das Schwein auf einem Spieß geröstet wurde und die Soldaten vom Birnenmost betrunken waren. Das Lazarett war wieder zum Speisesaal für das Gesinde umfunktioniert worden, nur Eaton lag noch im hinteren Teil des Raums. Ben zog mich zur Seite.

»Es ist ein Wunder!«, flüsterte er.

Man hatte Eaton auf seinem Rollbett abgestützt. Nur in jener Ecke des Raums waren Kerzen entzündet worden, und Kate bewegte sich in den Lichtkreis und wieder hinaus, tauchte kühle Kompressen in eine Schüssel, um Eatons Gesicht damit abzutupfen.

»Sie war den ganzen Nachmittag und Abend bei ihm«, wisperte Ben. »In dem Moment, als sie kam, hat er die Augen aufgemacht und – sieh nur!«

Seine Narbe hatte außerordentlich genässt, doch als Kate jetzt den Verband abnahm, war sie sauber. Eaton bewegte sich unruhig. Kate murmelte etwas.

»Ich verstehe. Ihr seid wegen Tom gekommen. Ist das alles?«, entgegnete Eaton, und seine Stimme hatte ein wenig von ihrer alten Kraft zurückerlangt.

Ich war sicher, dass sie nicht nur meinetwegen zu ihm gekommen war. Ansonsten hätte sie ihn sicher früher aufgesucht und nicht erst, als ich ihr erzählt hatte, dass Eaton mir seine Liebe für sie und seine Reue bekannt hatte. Aber als sie erwiderte: »Alles? Ihr habt ihm das Leben gerettet!«, schien Eatons altes ungestümes Ich zurückzukehren, und er verfiel in ein heftiges, kaum verständliches Gefasel und sagte, das sei absurd. Er habe mein Leben nur gerettet, um mich in große Gefahr zu bringen.

»Das weiß er.«

»Das weiß er nicht! Nichts weiß er! Er muss hier weg! Er muss auf der Stelle aufbrechen!« Beunruhigt, er könnte einen Rückfall erleiden, drohte sie damit, zu gehen, bis er Ruhe gab und sie mit einem Blick bedachte, der an ein gefangenes, teilweise gezähmtes Tier erinnerte, eine Mischung aus glühender Feindseligkeit und Verlangen. Mehrere Male öffnete er den Mund, um etwas zu sagen, doch was er zu sagen hatte, wäre für einen vollkommen Gesunden schon schwierig genug gewesen. Also schwieg er, und sein Groll verschwand und wich dem Verlangen nach diesen sanften Bewegungen, dem leisen Rascheln ihrer Röcke auf dem Boden. Und dann, von einem Moment auf den anderen, schlief er ein.

32. Kapitel

Eines der seltsamsten Dinge an diesem Krieg war die Tatsache, dass, obwohl sowohl der König als auch das Parlament schworen, für Gott und das Volk zu kämpfen, das Volk verschwand, sobald eine der beiden Parteien auftauchte, und alles Essen und Vieh mit sich nahm. So war es auch in Highpoint House. Solange die Soldaten dort waren, hielten sich nur Rose und Kate im Haus auf, um Mrs Morland zu versorgen. An dem Morgen, an dem Wills Einheit abrückte, verbreitete sich die Nachricht ihrer Abreise auf geheimnisvollen Wegen bis in jeden Winkel des Tals, von Earl Staynton im Westen bis zum Grey Horse im Osten.

Auf der Suche nach etwas zu essen ging ich in die Küche. Eine gedrungene Frau schalt eine Küchenmagd aus, als sei sie verantwortlich für den Dreck und das Fett, das die Soldaten auf dem Bratspieß hinterlassen hatten. Sie waren bestürzt, als sie mich sahen. Ich entschuldigte mich für die Unordnung, doch die Frau, von der ich später erfuhr, dass sie Mrs Adams hieß und die Köchin war, wandte mir den Rücken zu.

Andere Bedienstete verschwanden, sobald ich mich näherte. Anfangs betrachtete ich es als verständliche Verstimmung, weil die Soldaten das Haus in diesem Zustand hinterlassen hatten. Doch es war mehr als das. Sie wussten, wer ich war. Edward Stonehouse würde am Morgen den Trauergottesdienst für Mrs Morland abhalten. Ich hörte jemanden fragen, ob Richard dort sein würde. Ich war ein Eindringling.

Als ich Rose zulächelte, die am Anfang so schön vor mir geknickst hatte, warf sie mir einen furchtsamen Blick zu, und ich sah, wie ein alter, in rostiges Schwarz gekleideter Mann ihr ein Zeichen gab, sich zurückzuziehen. Das, so vermutete ich, war Mr Fawcett, der Hausdiener. Er hatte hervorstehende, froschähnliche Augen, sein Blick glitt von einem zum anderen, überprüfte Roses Kleidung ebenso wie die der übrigen Bediensteten. Alle trugen Schwarz, gingen der Reihe nach hinaus auf zwei Karren zu, die sie zum Begräbnis bringen würden. Ich hörte Fawcett leise etwas zu einem Mann mit breiter Brust sagen, den ich meinte, schon einmal gesehen zu haben. Seine Worte waren: »Das ist der Bastard der Hure.«

Das Blut brannte in meinen Wangen, und ich machte schon einen Schritt auf Fawcett zu, entschied mich dann jedoch anders. Hatte ich von Eaton gelernt, Wut in kaltblütige Verbitterung zu verwandeln? Oder hatte ich es von meiner Mutter geerbt?

Ich sah zu, wie die Bediensteten die Karren bestiegen. Mein Ärger darüber, wie man meine Mutter in diesem Haus behandelt hatte, wuchs, während ich beobachtete, wie das Gesinde davonfuhr. Dann ging ich zu den Ställen. Ich würde vollenden, was meine Mutter begonnen hatte.

Patch wollte galoppieren, doch ich hielt die Zügel kurz, während ich den Karren durch eine Furt folgte und anschließend hügelauf in ein kahleres Stück Land gelangte. Ein unbehagliches Schweigen hatte sich über die Karren gelegt. Einmal fing ich Mrs Adams schwarzes Tuch auf, als es fortgeweht wurde. Sie nahm es entgegen, ohne mich anzusehen oder ein Wort zu sagen, und ließ es im Wind wehen, ehe sie es wieder umlegte, als hätte ich es auf irgendeine Weise verseucht. Der Einzige, der meinem Blick nicht auswich, war der bärtige Mann, mit dem Fawcett gesprochen hatte. Je länger ich ihn ansah, umso sicherer war ich mir, ihm schon einmal irgendwo begegnet zu sein. Ich konnte mich jedoch nicht entsinnen, wo das gewesen sein könnte.

Als wir uns Shadwell näherten, sah ich hinter mir eine Kutsche den Hügel erklimmen. Ich ließ mich hinter die Karren zurückfallen und überprüfte meine Pistole. Das Dorf war ein Gewirr aus Hütten, die sich um die Kirche als dem einzigen stabilen Gebäude scharten. Es gab einige kleine Bauernkaten, doch ansonsten schien das Überleben der Menschen von Schafen abzuhängen, die auf dem Friedhof grasten. Ich saß nicht ab, sondern wartete, bis die Trauergäste in der Kirche verschwunden waren und die Kutsche anhielt.

Der Erste, der ausstieg, war Edward Stonehouse, würdevoll in seinem Priestergewand und mit dem Gebetbuch in der Hand, das Gesicht für den Gottesdienst feierlich gefasst. Interessiert blickte ich zu ihm hinunter. So nahe war ich ihm noch nie gewesen. Überrascht schaute er zu mir auf, die schweren metallenen Augengläser rutschten ihm dabei von der Nase. Seine Hände zitterten, so dass er beinahe das Gebetbuch fallen gelassen hätte. Sein rötliches Gesicht verlor alle Farbe und erbleichte über seiner schwarzen Robe. Abrupt blieb er stehen. Seine Frau, die sich vom Kutscher heraushelfen ließ, stieß gegen seinen Rücken.

»Passt doch auf, Edward! Ihr seid heute Morgen so zerstreut!«

Ihre Stimme war scharf und ungeduldig. Sie sah aus, als hätte sie gerade eine ganze Flasche Essig geleert; sie verdrehte die Augen, und ihre Lippen waren so dünn, dass sie fast in ihrem Gesicht verschwanden. Wenn Edward Margaret Pearces Liebhaber gewesen war, dann hatte er mit seiner Frau einen schlechten Fang gemacht, dachte ich. Bis auf das kleine Vermögen, das sie, wie Luke mir erzählt hatte, mit in die Ehe gebracht hatte und von dem vermutlich die glänzende Kutsche mit dem Stonehouse-Wappen und die Livree des Kutschers bezahlt worden waren.

»Was ist los? Wer ist das?« Ihre Augen hatten die Form von Schlitzen angenommen, als sie zu mir hinaufspähte. Ich erwiderte ihren Blick interessiert, während mein Pferd friedlich das Gras weidete. Sie packte Edwards Arm. »Unverschämtheit! Sagt dem Kutscher …«

Ob Edward den Mann anweisen sollte, mir die Peitsche zu geben, habe ich nie erfahren, denn er packte ihren Arm und zerrte sie beinahe durch das überdachte Friedhofstor. Sie war so eine Behandlung offensichtlich nicht gewohnt und protestierte lauthals, bis ihr anscheinend dämmerte, wer ich war, denn als sie das Vestibül erreichten, sagte sie: »Das ist doch wohl nicht etwa *der*, oder?« und wirbelte herum, um mich erneut anzustarren. Mittlerweile scheuchte eine Gouvernante die Kinder aus der Kutsche. Zuerst einen Jungen, etwa zehn Jahre alt, der in seinem schwarzen Leibrock ganz trefflich aussah und vermutlich Lord Stonehouse als möglicher Erben präsentiert werden sollte. Doch Phillip – wieder nach Lukes Aussage – stammte aus der ersten Ehe von Edwards Frau. Ihr Mann war von derselben Seuche dahingerafft worden, die auch Edwards erste Frau und ihren gemeinsamen Sohn getötet hatte, in den Lord Stonehouse so vernarrt gewesen war. Die anderen Kinder, alles Mädchen, könnten meine Halbschwestern sein. Alle starrten mich an, wie es Kinder tun, ohne Befangenheit, und ich erwiderte ihre Blicke, bis Phillip von der gehetzten Gouvernante zu wissen verlangte: »Wer ist dieser Mann?«

»Ein Mann auf einem Pferd«, erwiderte sie.

»Das sehe ich«, sagte er mit vernichtender Verachtung. »Warum starrt er mich so an?«

»Mama sagte, er sei unverschämt«, flüsterte das älteste Mädchen ihm zu und lächelte einfältig.

»Hat sie das? Wirklich?« Er riss sich von der Gouvernante los und kam auf mein Pferd zu, das nervös zurückwich, bis ich es beruhigte und es nicht mehr von der Stelle wich. »He, du da! Fort mit dir! Ehe du dir eine tüchtige Tracht Prügel einfängst!«

Mrs Stonehouse tauchte wieder auf der Vortreppe auf. »Phillip! Komm her! Du bist auf einer Beerdigung!«

Phillip sah ebenso arrogant und jähzornig aus wie sein Stiefonkel Richard, aber mit einem letzten »Das ist eine private Beerdigung, Sir, und Fremde sind nicht willkommen!« schloss er sich widerwillig seinen Schwestern an, die in die Kirche marschierten. Bis jetzt hatte ich ein unerwartetes Vergnügen aus der Sache gezogen, aber nun begann ich mich zunehmend unbehaglich zu fühlen. Es gab keine Spur von Richard oder einer herannahenden Kutsche. Er könnte in der Kirche sein, aber es war unwahrscheinlich, dass er vor dem Gesinde hineingegangen war. Wills Geschichte, dass Richard losgezogen sei, um sich dem König anzuschließen, hatte ich nie geglaubt. Doch solange seine Soldaten dort waren, hatte ich es nicht in Frage gestellt. Wenn Richard und Mrs Morland einander so nahegestanden hatten wie sie sagte, hätte ich erwartet, dass er zu ihrer Beerdigung käme. Ich zögerte und schaute mir auf der Suche nach Inspiration das einzige kunstvolle Detail dieser ansonsten schlichten Kirche an: ein Eingang mit Schnitzereien, die Menschen zeigten, die von der Frucht des Baumes der Erkenntnis verführt wurden. Ob wohl meine Mutter durch diese Vorhalle geschritten war, um zu heiraten? Und wen hatte sie geheiratet?

Ich entdeckte ein Wäldchen, in dem ich mein Pferd so gut es ging vor neugierigen Blicken verbarg. Bei meiner Rückkehr sah ich einen Mann von der Rückseite der Kirche in Richtung Dorf laufen. Edwards Stimme, die mich an Schilf im Wind erinnerte, wurde vom nackten Stein verstärkt und hallte um mich herum, als ich die Kirchentür aufstieß: »Wir bringen nichts mit auf diese Welt …« Er hielt inne, als das alte, verzogene Holz über die Steinfliesen knirschte. Ich stand von hinten beleuchtet im Türbogen und fühlte mich wie ein Schauspieler auf der Bühne, als alle Köpfe sich zu mir umwandten. Erneut musste ich das protestierende Ächzen der Tür ertragen, ehe sich die kalte, feuchte Dämmerung um mich schloss.

Ruckartig bewegten sich die Köpfe wieder nach vorn, als Edward fortfuhr. Sein Blick folgte mir, als ich zögernd den Mittelgang entlangschlich und versuchte, einen Platz zu finden. »Und es ist gewiss, dass wir nichts mitnehmen können …«

Es gab noch genug Platz in den Bankreihen, doch die Menschen rührten sich nicht, verharrten auf den Plätzen am Gang wie steinerne Statuen, blickten starr geradeaus oder hatten die Köpfe zum Gebet gesenkt und die Hände gefaltet. Ich stolperte über eine hervorstehende Steinplatte und wäre gestürzt, wenn ich nicht Mrs Adams fleischige Schulter zu fassen bekommen hätte. Ich murmelte eine Entschuldigung, aber sie benahm sich, als sei nichts geschehen, scheinbar zu tief in ihre Andacht versunken. Schließlich rückte jemand zur Seite, wenngleich missmutig, und überließ mir das Ende der Bank, auf dem ich unsicher mit einer Pobacke balancieren konnte. Es war Henry, der Kutscher. Ich nickte ihm zum Dank zu, doch auch er blieb stur dabei, mich nicht wahrzunehmen.

Möglicherweise hatte Edward den Psalm extra für mich ausgewählt. Die Kerzenflammen in den Wandleuchtern über seiner Kanzel beugten sich mit seinen Bewegungen, als er mich anklagend anstarrte. »Herr, wende deine Plage von mir!«

»Amen«, sagte Mrs Stonehouse in ihrer Bank ganz vorn, ihre Kinder und schließlich die ganze Gemeinde taten es ihr gleich.

Edward umklammerte die Kanzel, seine Stimme klang wie die eines Racheengels. »Höre mein Gebet! Denn ich bin dein Pilgrim und dein Bürger wie alle meine Väter … lass ab von mir, dass ich mich erquicke, ehe denn ich hinfahre und nicht mehr hier sei.«

Ich erschauderte, denn obwohl die Worte an den Sarg unter ihm gerichtet waren, schienen sie direkt auf mich zu zielen. Ich fühlte, dass ich Gott gelästert hatte, als ich wie ein Dieb in der Nacht Erinnerungen stahl, die ich nie geteilt hatte. Als die Gemeinde leidenschaftlich für Mrs Morlands Seele auf ihrer letzten Reise betete, bemühte ich mich, mit einzustimmen, doch die Worte blieben mir in der Kehle stecken. Ich konnte ihre Gegenwart spüren. Sie wollte sich nicht auf die Reise begeben, solange ich dort war. Eine Böswilligkeit schien vom Sarg auszugehen, ebenso greifbar wie der klamme, süßliche Duft des Rosmarins auf seinem Deckel. Panik stieg in mir auf, und ich war kurz davor, aus der Kirche zu flüchten, als mir einfiel, dass ich sehr wohl Erinnerungen hatte, Kates Erinnerungen, die genau so wirklich für mich waren, als wären es meine eigenen. Ich konnte mir vorstellen, wie Mrs Morland das Kleid meiner Mutter hochgerissen hatte, als würde sie einen Vorhang zurückziehen, als ich das Licht der Welt erblickte.

Ich bedeckte mein Gesicht mit den Händen und betete, nicht für Mrs Morland, sondern für meine Mutter, die an diesem Ort begraben worden war, vermutlich in aller Heimlichkeit und Stille. Weinend stand ich unbeholfen und schwerfällig auf, als der Sarg angehoben und den Mittelgang hinuntergetragen wurde. Die Kinder hüpften kurz umher, um die herabfallenden Rosenblätter aufzusammeln, bis sie von ihrer Mutter zur Ordnung gerufen wurden.

Durch meinen verschwommenen Blick sah ich hinter dem schwankenden Sarg die Liste der amtierenden Pfarrer, beginnend mit Hugh Bertrand im Jahre 1112. Von 1622 bis 1625 war Mark Stevens Pfarrer. Danach klaffte eine Lücke, bis 1627, als Edward Stonehouse die Pfründe erhielt, zusammen mit der Kirche in Highpoint. Auf einmal bemerkte ich, dass ich die

Menschen in meiner Bankreihe aufhielt. Alle schoben sich eilig an mir vorbei, als sei ich eine Plage, wie Edward es indirekt nahegelegt hatte, außer Henry, der seinen Hut fallen ließ. Als er ihn endlich aufgehoben hatte, hatten die meisten Trauergäste die Kirche verlassen und folgten dem Sarg.

»Upper Vale«, sagte Henry. Unsere Blicke trafen sich, und ich begriff, dass er der Kutscher gewesen sein musste, der Kate geholfen hatte, ein Feuer für meine Mutter zu entzünden, nachdem er sie zu dem abgeschiedenen Bauernhaus gefahren hatte. »Mark Stevens ist in Upper Vale.«

»Danke«, sagte ich, aber er war bereits verschwunden.

Die Kirche blieb offen, vermutlich, weil der Todesfall noch im Register notiert werden musste. Auf einem kleinen Tisch in der Sakristei lag ein gebundenes Buch, bereit für die Eintragung, daneben eine Feder und ein Horn mit Tinte. Das Buch war aufgeschlagen, der Luftzug zerrte an den Seiten, die durch ein Siegel festgehalten wurden. Ich sprang auf, als ein klapperndes Geräusch in der Kirche ertönte. Eine zinnerne Schüssel, die bei Taufen verwendet wurde, war vom Taufbecken gefallen und rollte über die Steinfliesen. Durch die Tür konnte ich erkennen, wie der Sarg in das Grab abgesenkt wurde.

In dem Buch waren die Geburten, Eheschließungen und Todesfälle im Kirchspiel seit 1604 verzeichnet, dem Jahr, in dem die Kirche versuchte, ihren Einfluss auf die Eheschließungen zu vergrößern. Vor diesem Zeitpunkt heirateten die Menschen, oder glaubten es zumindest, indem ihre Eltern sich einigten, sie sich vor Zeugen zu einander bekannten oder sogar, bei armen Leuten in abgelegenen Gegenden, die Heirat durch einen Händedruck besiegelten, alles ohne den Segen der Kirche.

Ich blätterte zurück zum Jahr 1625. Die Seiten waren zusammengeklebt. Kein Wunder, dass meine Hände zitterten. Seit diese ganze Geschichte losging, hatte ich gegen den Makel einer illegitimen Geburt zu kämpfen. Erst jetzt, als ich davor war, diesen Umstand möglicherweise zu widerlegen, begriff ich zur Gänze, wie sehr er meine Seele belastet hatte, so sehr ich auch versucht hatte, ihn kleinzureden oder mit einem Achselzucken abzutun. Ich war so fahrig, dass ich eine Seite einriss. Mühsam beherrschte ich mich. Im Jahr 1626 gab es keine Eintragungen, was ich nachvollziehen konnte, schließlich hatte es zwischen Mark Stevens Weggang und Edward Stonehouse' Übernahme der Pfarrei eine Lücke gegeben. Doch zu meiner größten Enttäuschung gab es auch für das Jahr 1625 keine Eintragungen. Hektisch fingerte ich an den Seiten herum, überzeugt, dass zwei zusammenkleben mussten, doch dem war nicht so. Es gab keine Ehe, und ich würde für immer ein Bastard bleiben müssen. Sie hatte entweder nie stattgefunden oder war lediglich ein Hirngespinst meiner Mutter gewesen.

Dann, als ich das Buch zur letzten Seite zurückblätterte, bemerkte ich etwas, das nur jemandem auffallen konnte, der ebenso gewissenhaft ausgebildet worden war wie ich von Mr Black: ein kleines Fitzelchen Papier mit angeschnittener Kante, eingeschlossen in einen Tropfen Leim, wie eine Fliege im Bernstein. Ich drehte das Buch um, hielt es ins Licht und besah mir die Bindung genauer. Ja. Es gab keinen Zweifel. Die Seite für 1625 war entfernt und die Bindung erneuert worden. Ich war so eingenommen von meiner eigenen Klugheit, die zu dieser Entdeckung geführt hatte, dass ich nicht bemerkte, wie sich jemand in den Raum schlich, bis mir die Pistole aus dem Gürtel gerissen wurde. Ich stieß gegen den Tisch und ließ das Buch fallen, die Tinte spritzte aus dem Horn, und die Feder fiel trudelnd zu Boden.

Mit triumphierender Miene richtete Edwards Sohn Phillip die Pistole auf mich.

»Tretet zurück, Sir! Oder ich schieße!«

»Gib mir die Waffe.«

»Nein, Sir! Bleibt, wo Ihr seid, oder ich erschieße Euch!« Die Pistole war nicht gespannt, aber er musste einem Jäger zugesehen haben oder möglicherweise sogar Schießunterricht erhalten haben, denn er nestelte daran herum, um den Hahn zu spannen. Er wich zurück. Die Pistole mit dem langen Lauf war zu schwer für ihn, schwankte hin und her, doch durch Versuch und Irrtum fand er den Verschlusshebel und könnte jeden Moment feuern. Ich stürzte mich auf ihn, packte die Pistole und blockierte den Hahn mit meinem Finger. Mit einem Ruck wich er zurück, stieß sich den Kopf am Türrahmen und ging benommen zu Boden. Innerhalb eines Augenblicks verwandelte er sich von einem Mann zurück in einen Jungen, der aussah, als würde er gleich zu weinen anfangen. Als ich auf ihn zuging, um ihm zu helfen, kroch er von mir fort und schrie mir zu, dass ich, wenn ich ihn erschießen würde – und noch dazu in der Kirche –, gewiss in die Hölle käme. Ich versicherte ihm, dass ich nicht die Absicht hätte, ihn zu erschießen, obwohl er dasselbe beinahe mit mir gemacht hätte, und hätte ihm dann nicht dasselbe Schicksal gedroht?

»Nein, Sir!« Mit trotzig finsterem Blick stand er auf und hatte seinen Mut rasch wiedergefunden. »Denn ich bin gut und von edler Geburt, und Ihr seid schlecht und niederträchtig. Ihr seid ein Dieb, Sir, und das werde ich meinem Vater sagen, und der wird Euch *hängen* lassen!«

Ich ging in die Hocke, so dass ich genauso groß war wie er. »Ich bin kein Dieb, Phillip. Ich versuche, einen zu fangen.«

Ungläubig sah er mich an. »Wen? Was hat er gestohlen?«

»Mich«, sagte er leise. »Das, was ich bin.« Zum ersten Mal sah er mich unsicher an. Er verstand mein Auftreten, nicht meine Worte. Ich deutete auf das Kirchenbuch. »Vielleicht kannst du deinen Vater fragen, wer die Seite mit den Eheschließungen des Jahres 1625 herausgerissen hat.«

Er starrte mich noch einen Moment lang an, ehe er unvermittelt davonrannte. Ich rief ihm nach: »Was würdest du sagen, wenn ich dein Stiefbruder wäre?«

An der Kirchentür blieb er stehen und schrie: »Ich würde Euch einen Lügner nennen, Sir!«, ehe er hinausrannte.

Eine Sache blieb noch zu tun. Ich ging zwischen den Grabsteinen hindurch. Einige waren leer, andere mit Totenschädeln oder geflügelten Engeln verziert. An der Grabstätte von Mrs Morland nahm ein Bediensteter nach dem anderen etwas Erde auf und warf sie auf den Sarg. Auch der bärtige Mann nahm eine Handvoll. Im Gegensatz zu den anderen starrte er mich auch jetzt direkt an und traf meinen Blick, doch ich hatte meine Aufmerksamkeit etwas anderem zugewandt.

Phillip sprach eindringlich auf seine Mutter ein und formte dabei eine Pistole mit seiner Hand. Vielleicht erzählte er oft Geschichten, denn mit einem Ausdruck des Unglaubens im Gesicht bemühte sie sich, ihn zum Schweigen zu bringen. Wie betäubt richtete sie ihre Aufmerksamkeit auf Edward, als seine Stimme schwankte und er, in der vertrautesten aller Passagen, Asche und Staub in der verkehrten Reihenfolge nannte. Die Abweichung breitete sich durch die Reihe der Trauernden aus. Zwei, die sich gerade bückten, um Erde aufzunehmen, stießen gegeneinander, einer fiel fast auf den Erdhügel und unterdrückte eilig ein Lachen. Die Regelmäßigkeit, mit der die Erde aufs Holz prasselte, war unterbrochen. Im Vorbeigehen schnappte ich auf, wie Mrs Stonehouse, die jetzt neben ihren Gatten getreten war, auf ihn einredete, er sollte die Männer für meine unverschämte Gotteslästerung auf mich hetzen.

»Seid still!«

Die beiden Worte hallten über den Friedhof. Ihr blieb der Mund offen stehen, mit der Überraschung einer Frau, mit der nie zuvor so geredet worden war. Ehe sie etwas erwidern konnte, fuhr ihr Gatte fort, er hoffe, dass Mrs Morland das ewige Leben finden würde. Er sprach schnell und trieb damit die Trauergäste an, so dass das Prasseln der Erde auf den Sargdeckel fast zu einem kontinuierlichen Geräusch wurde.

Instinktiv wandte ich mich dem nördlichen Bereich des Friedhofs zu, einem wild überwucherten Abschnitt. Als ich mich näherte, zerstreuten sich die in der Nähe grasenden Schafe, deren Glocken ein dürres Totengeläut abgaben. Hier waren die meisten Gräber eingesunken. Nur wenige hatten Grabsteine, und noch weniger waren gekennzeichnet. Kletten hingen an meinen Kniehosen, und die flauschigen weißen Samen der Gemeinen Waldrebe wirbelten um mich herum, flogen, wohin der Wind sie trug, während ich zwischen den Steinen suchte.

»Margaret Pearce liegt dort!«

Edward war hinter mir aufgetaucht. Er deutete auf einen Stein, eingeklemmt in die Trockenmauer, kaum zu erkennen zwischen Brombeeren und Gräsern. Ich riss das Gestrüpp heraus, ignorierte die Dornen und Nesseln. Der Stein trug keinen Namen, aber einmal war er zerkratzt worden, und jemand hatte mit der roten Farbe, mit der die Bauern ihre Schafe markierten, Obszönitäten darauf geschmiert. Ich fiel auf die Knie und riss weiter das Unkraut mit beiden Händen aus.

»Reiß es nur fort«, sagte Edward, »und es wird nur um so schneller sprießen. An dieser Stelle wird nichts anderes wachsen.«

Ich sprang auf. »Ich werde einen neuen Stein aufstellen lassen.«

»Das wirst du nicht.«

»Ich habe das Recht dazu.«

»Du hast keinerlei Rechte hier! Genauso wenig wie sie. Sie kann froh sein, dass sie in geweihter Erde begraben liegt. Wenn sie überhaupt noch geweiht ist! Sie hat die Erde verdorben, verflucht – nichts wird in ihr wachsen außer Unkraut!«

Seine Brust hob und senkte sich. In den Händen hielt er immer noch das Gebetbuch und zupfte gereizt an einem Riss im Rücken. Alle hatten sich vom Grab abgewandt und starrten zu uns herüber. Edwards jüngster Spross, noch im Krabbelalter, schwankte auf uns zu, ehe Phillip ihn schnappte und, seine tadelnde Mutter nachahmend, zur Gouvernante stieß.

»Wenn du nicht gehst, werde ich dich unter Arrest stellen lassen!«

»Weil ich die Aufzeichnungen über die Eheschließungen überprüft habe?«

Mrs Stonehouse kam mit entschlossenem Gesichtsausdruck auf uns zu, doch Edward drehte sich so abrupt zu ihr um, dass sie stehen blieb, ihren Hut im Wind festhielt und sich anstrengte, etwas zu verstehen.

»Warum wurde die Seite aus dem Jahr 1625 herausgerissen?«

Sämtliche Farbe wich aus seinem Gesicht, und ich glaubte schon, er würde ohnmächtig werden. Trotz allem, trotz der langen Reise, die ich unternommen hatte, um die Wahrheit herauszufinden, empfand ich Mitleid mit ihm. Mein Innerstes war ein wüstes Gewirr aus Empfindungen; Wut über seine Mitschuld an dem, was meiner Mutter zugestoßen war; Freude, weil ich vielleicht endlich meinen Vater gefunden hatte.

»Können wir woanders reden? Später?«

»Es gibt nichts zu reden!«, sagte er ungehalten.

Seine Reaktion war so heftig, seine Miene so voller Schuldgefühle, dass ich nicht verhindern konnte, dass mir das Wort über die Lippen kam. »Vater …«

Für den Bruchteil einer Sekunde nahm er es als Anrede seines Berufs, dann zuckte er zusammen, als hätte ich ihn niedergestochen. »Ich bin nicht dein Vater!« Seine Frau musste ihn gehört haben, denn jetzt eilte sie mit einem Gesichtsausdruck auf uns zu, der deutlich machte, dass selbst ein Kavallerieangriff sie nicht hätte aufhalten können.

»Die Eheschließung wurde für illegal erklärt«, sagte Edward.

»Von wem? Von Lord Stonehouse?«, sagte ich.

Plötzlich redeten wir alle auf einmal. Die Trauergäste drängten mit offenen Mündern nach vorn.

»Welche Ehe?«, sagte Edwards Frau. »Wovon redet Ihr da? Wer ist dieser Mann? Ist er der Bas…«

»Bastard? Nein, Madam«, sagte ich und nahm meinen Hut ab. »Ich denke, das dürft Ihr mich nicht länger nennen.«

Sie starrte Edward an, der sich plötzlich umwandte, nicht zu mir, sondern zum Grab meiner Mutter, über das bereits wieder Unkraut und Nesseln zu kriechen schienen. »*Origo mali!*«, sagte er und spie die Worte regelrecht aus. Dann wirbelte er wieder zu mir herum und verlor vollkommen die Beherrschung. »Sie war eine Betrügerin und Diebin! Sie hat mich getäuscht, damit ich zustimme, mit ihr fortzugehen, indem sie behauptete, sie habe Geld. Geld! Das Einzige an Wert, das sie besaß, war der Anhänger, den sie an jenem Nachmittag gestohlen hat. Ich hatte nichts damit zu tun, ich war nicht daran beteiligt, ganz und gar nicht. Ich war entsetzt, als sie ihn mir zeigte, entsetzt!« Seine Stimme war jetzt voller Bitterkeit. »Sie hat jeden zum Narren gehalten, und ganz gewiss hat sie mich belogen! Du bist von niederer Geburt, ich habe nichts mit dir zu schaffen, *nichts!* Und *das* ist die ganze Wahrheit!«

33. Kapitel

Er hatte allen Grund zu lügen. Seine Frau stand daneben. Seine Kinder hatten aufgehört zu spielen, blickten von Ehrfurcht ergriffen zu ihrem normalerweise freundlichen Vater empor, der mit der Gehässigkeit eines radikalen Predigers ein Tirade auf mich losließ und dabei mit dem Finger auf meiner Mutter Grab deutete. Auf ihren Gesichtern lag der Ausdruck, den Kinder haben, wenn sie die entsetzliche Vorahnung einer herannahenden Katastrophe haben, aber nicht begreifen, was oder warum es geschieht. Die beiden Jüngsten flüchteten sich in die Arme der Gouvernante, und diese sprach flüsternd auf sie ein, um sie zu trösten.

Origo mali. Die Quelle des Bösen. Er irrte sich, wenn er auf das Grab meiner Mutter deutete. Die Quelle des Bösen war überall um mich herum. Das Land. Das fruchtbare Tal unter mir, das bis Highpoint reichte und noch weiter bis zu dem Land, das einst im Besitz der Pearces gewesen war. Das war die Quelle des Bösen, der Grund für die Fehde zwischen den Stonehouses und den Pearces, die wahrscheinlich bis in die Zeiten der Tudors oder sogar noch weiter zurückreichte. Der ursprüngliche Grund war vermutlich längst vergessen, mit früheren Generationen begraben. Und ich ließ nun die Fehde wieder aufleben. Jetzt begriff ich, warum Kate mich zum Aufbruch gedrängt hatte. Wenn ich die Wahrheit herausfände, wäre es das Ende des Streits? Nein! Es würde lediglich zu noch mehr Verbitterung und weiteren Konflikten führen. Unvermittelt empfand ich ein großes Verlangen, bei Will, Luke und Ben zu sein, in einem rechtschaffenen Streit, den ich verstand, und, wenn ich überlebte, zu Anne zurückzukehren. Ich konnte sie fast in meinen Armen spüren. Ich sehnte mich nach ihr und nach London mit seinem ganzen erbärmlichen Gestank!

Doch die Sehnsucht hielt nur so lange an, bis ich mein Pferd gefunden hatte. Wenn ich davonreiten würde, wäre es nicht vorbei. Seit ich geboren wurde, hatten die Stonehouses versucht, mich zu töten. Zuerst der Vater. Dann Richard. Und jetzt drohte Edward jeden Moment der Geduldsfaden zu reißen, und er sah aus, als wäre er ebenfalls dazu in der Lage. Meine Hände, mit denen ich nach den Zügeln griff, waren rot und weiß gefleckt von den Nesseln und zerkratzt von den Brombeeren, die ich vom Grab meiner Mutter gerissen hatte. Jetzt kannte ich sie. Was immer ich sonst noch sein mochte, ich war meiner Mutter Sohn. Ich würde vollenden, was sie begonnen hatte, oder bei ihr in dieser Vorhölle aus Unkraut landen, was zu meiner Natur ebenso wie zu ihrer besser passte als irgendein behaglicher, umhegter geweihter Boden. Ich stellte mir vor, wie sie die Worte sagte, von denen Kate mir erzählt hatte: »Ich werde mir einen von ihnen schnappen ... der Vater ist der Lord ... aber das Vermögen geht an Richard ... aber er ist ein vollkommener Rüpel ... Edward ist nicht auf den Kopf gefallen, doch er ist weich wie Wasser ...«

Eine Zeitlang hatte ich gedacht, ich sei Lord Stonehouse' Sohn, doch jetzt sah es so aus, als sei Edward mein Vater. Er hatte zugegeben, dass er bereit gewesen war, mit Margaret Pearce davonzulaufen, doch als das Geld nicht kam, stahl sie den Anhänger, und das war zu viel für ihn. Er konnte nicht sehr viel älter gewesen sein als ich. Jung. Naiv. Leicht einzufangen. Und die ganze Zeit über hatte Lord Stonehouse auf seine vorsichtige, verschwiegene Art eine Leidenschaft für sie gehegt.

Mrs Morland sagte, sie habe gelacht: »Heirat! Genau darüber wollte ich mit Euch sprechen!« Lachen konnte ganz unterschiedliche Bedeutungen haben, je nachdem, wer es hörte. Mrs Morland hatte das höhnische Lachen einer Hure darin gehört. Ich hörte ein bitteres, ironisches Lachen. Wenn sie nur gewartet hätte, hätte sie sich den größten Fisch von allen geangelt.

Ich bog auf den Weg ein und ritt an der Kirche vorbei. Edward schloss gerade die Tür und sprach mit dem Küster, der das Kirchenbuch festhielt. Die Kinder, die plappernd in der Kutsche saßen, verstummten, als ich herannahte. Vielleicht erwarteten sie, dass ich ihnen folgte, so wie ich es auf dem Weg hierher getan hatte, so wie ein Brachvogel einem Reisenden durchs Moor folgt. Doch ich lenkte Patch in die entgegengesetzte Richtung.

Auf unserem Weg nach Highpoint hatte Eaton mir den Weg nach Upper Vale gezeigt, wo ich, wie der Kutscher Henry mir gesagt hatte, Mark Stevens finden würde. Von Shadwell aus war es ein Ritt von weniger als einer Stunde, doch dieser unterschied sich sehr von dem Ritt von Shadwell nach Highpoint.

Ich kam durch seltsam karges Land mit Felsen und Heidekraut, von dem nicht einmal Schafe richtig satt wurden. Seltsam, doch auf eigentümliche Weise vertraut. Es glich dem Marschland um Poplar herum; und es war ein Land fernab vom Einfluss der Stonehouse', denn es lag außerhalb ihrer Gerichtsbarkeit.

Das Land wurde fruchtbarer, als ich von der Heide auf eine Reihe verstreut liegender kleiner Dörfer zu ritt, von denen Upper Vale das erste war. Und das erste Gebäude, ein wenig außerhalb des Ortes gelegen, war eine kleine, heruntergekommene Kirche. Die Hütte daneben sah besser aus, das Strohdach war neu, und der Schornstein rauchte. Vom Hof hinter dem Haus erscholl ein Klappern, als ich mich näherte. Vielleicht war ich ein Narr, weil ich Henry vertraute. Er wirkte aufrichtig, aber schließlich arbeitete er für Lord Stonehouse. Ich glitt aus dem Sattel, lockerte meine Pistole und schlich ums Haus. Eine plötzliche Bewegung ließ mich den Hahn meiner Pistole spannen. Ich blickte einem bemitleidenswert aussehenden Klepper in die Augen, der gerade seinen Wassereimer umgestoßen hatte. Ich stellte den Eimer wieder auf, damit er den letzten Rest Wasser bekam, und band Patch neben ihm fest.

Die Hintertür stand einladend einen Spalt weit offen. Ich erwartete immer noch eine Falle und stieß mit der Stiefelspitze dagegen. Der Luftzug brachte den Geruch eines Holzfeuers mit sich. Ich brauchte nicht lange, um festzustellen, dass die Hütte leer war. Es war nur ein Raum, mit einer Leiter zum Dachboden, wo sich die Schlafstelle befand. Das Feuer war beinahe erloschen und produzierte mehr Rauch als Wärme. Es war sauber und ordentlich, doch es gab keine Anzeichen dafür, dass hier ein Mann der Kirche wohnte: keine Bücher, keine Papiere, nur ein Regal mit Kräutern.

Als ich mich der Kirche näherte, erkannte ich, dass sie nicht heruntergekommen, sondern ausgeplündert war. Gedenktafeln waren aus ihren Verankerungen gerissen worden. Unter einem Fenster verstreut lag zersplittertes Buntglas. Die Scherben knirschten unter meinen Stiefeln, als ich den Mittelgang hinunterging. Zum Glas mischten sich Holzsplitter des Altargeländers, das man weggehackt hatte, so wie Eaton und ich es auf unserer Reise nach Highpoint bei einigen Parlamentstruppen in einem Exzess aus religiösem Eifer und Alkohol gesehen hatten. Das Geländer hatten sie als Feuerholz genommen und als Ersatz für brennende Katholiken.

Ein Mann war da, ein Geistlicher. Zuerst sah ich nur sein schwarzes Chorhemd im Luftzug flattern, der durch die zerschlagenen Fenster wehte, eine sanfte Bewegung in der Dunkelheit des Altarraums. Anfangs dachte ich, er hätte die Kanzel erklommen und starre zur Decke empor. Dann begriff ich. Er hing vom Zugbalken herunter, und der Knoten des Seils drückte seinen Kopf nach oben. Ich kroch auf die Kanzel und mühte mich ab, ihn zu erreichen. Je mehr ich es versuchte, desto mehr drehte er sich von mir fort, wie ein fehlerhaftes Pendel. Seine Hand streifte mich, als versuchte er, meine zu fassen zu bekommen. Schließlich gelang es mir, ihn zu packen und am Seil zu schneiden, doch er zog mich mit sich. Einen albtraumhaften Moment lang schwang ich mit ihm; das Seil schien lebendig zu sein und wand sich wie eine Schlange, war kurz davor, sich auch um meinen Hals zu wickeln, ehe es unter dem doppelten Gewicht riss und wir beide zu Boden fielen.

Ich brach mir einen Nagel ab, als ich das Seil von der immer tiefer werdenden roten Furche in seinem Hals kratzte. Ich konnte keinen Herzschlag feststellen. Er war kalt, und als ich seine Arme bewegte, spürte ich keinen Widerstand. Er war seit etwas mehr als einer Stunde tot, vielleicht zwei. An meinen Händen war Blut. Nein, kein Blut – Farbe. Es sah aus wie die rote Farbe, mit der auch das Grab meiner Mutter beschmiert worden war. Behutsam zog ich das zerknitterte Chorhemd glatt. Die Buchstaben waren verschmiert und unvollständig, aber ich konnte sie trotzdem entziffern: PAPIST. Nicht weit entfernt von seinem Leichnam lag ein orangefarbenes Tuch mit dem sich die Parlamentstruppen zu erkennen gaben – es war von derselben Farbe wie meines.

Ich war so entsetzt, dass ich Patchs entferntes Wiehern und Schnauben kaum wahrnahm, bis sich das Geräusch von Hufen auf Stein dazugesellte und ein Tor quietschte. Ich rannte zurück zur Hütte. Ein Mann ritt den Klepper, dem ich Wasser gegeben hatte, und führte mein Pferd vom Hof. Wenn das Tor nicht geklemmt hätte, hätte er Erfolg gehabt. Ich stürzte vorwärts und erwischte den Saum seines Umhangs. Ich erhaschte einen Blick auf einen Bart und einen Mund mit nur wenigen

Zähnen, als er versuchte, mich mit der Peitsche zu schlagen. Doch ich zog ihn vom Pferd, und wir landeten zusammen auf dem Boden. Ich holte mit geballter Faust aus, ehe ich sah, wen ich vor mir hatte.

»Matthew!«

Er starrte mich so lange an, dass ich schon glaubte, ich hätte mich geirrt. Ich war zu jung, um zu begreifen, dass der Zeitraum zwischen vierzig und fünfzig, trotz der verlorenen Zähne und der größtenteils ausgefallenen Haare, viel geringer war als der zwischen acht und siebzehn. Zögernd streckte er seine Hand aus, betastete meinen stoppeligen Bart, berührte mein rotes Haar und schenkte mir schließlich ein sehr zögerliches, schiefes, beinahe zahnloses Lächeln.

»Na, Tom«, sagte er. »Wie geht's dir?«

Für eine betuliche Wiedervereinigung bleib uns keine Zeit. Wenn wir noch sehr viel länger geblieben wären, hätte man mich gehängt.

Matthew deutete auf eine wütende kleine Menge, die sich am Anfang des Dorfes nicht weit von uns versammelt hatte, bewaffnet mit Knüppeln und Mistforken. Ein Mann schwang einen Hammer und trug immer noch seine rußgeschwärzte Schmiedeschürze. Im späteren Verlauf des Krieges schlossen sich die Dörfler, rasend gemacht durch die Gräueltaten und Plünderungen, die sie sowohl von den Cavalieren als auch den Roundheads zu erdulden hatten, zu ihrem eigenen Schutz zu großen Gruppen zusammen. Man nannte sie die Knüppelmänner. Spontane Zusammenschlüsse wie dieser waren erste Vorboten davon.

»Ich hielt dich für einen der Männer, die den armen Mark getötet haben!«, sagte Matthew. »Und die da drüben tun das auch. Nimm um Himmels willen dieses orangene Tuch ab, oder sie werden dich hängen! Ich werde so tun, als würde ich dich verfolgen, sonst kann ich nicht zurückkommen.« Er versetzte mir einen Fausthieb, der mich im Gesicht erwischte. Ich taumelte zurück. »Hau ab!«

Von der Menge erscholl ein Grölen. »Schnapp ihn dir, Matt!«

Ich kletterte auf mein Pferd, als der Schmied gefolgt von der gesamten Meute auf mich zu gerannt kam. Er schleuderte seinen Hammer, während ich davongaloppierte. Er rannte neben mir her und packte meinen Sattel. So fest ich die Gurte auch angezogen hatte, er hatte gewaltige Kräfte, und ich spürte, wie der Sattel verrutschte. Der Boden und sein grinsendes Gesicht kamen schwankend auf mich zu. Ich sah mich selbst am Balken hängen. Ich riss an den Zügeln. Patch stellte sich auf die Hinterbeine. Der Schwung schleuderte den Schmied nach vorn, doch immer noch klammerte er sich an den rutschenden Sattel. Ich trat mit meinem Stiefel zu, und der Sporn erwischte ihn im Gesicht. Er gab einen Grunzlaut von sich und stürzte zu Boden. Ich richtete mich im Sattel auf. Die anderen waren stehen geblieben und schwiegen, jetzt, wo ihr Anführer geschlagen war und im Gesicht blutete. Ich hielt an, voller Schuldgefühle und Bestürzung. Was tat ich hier? Warum kämpften wir alle einer gegen den anderen? Sie waren wie ich, wie die Menschen, die sich für die Worte eingesetzt hatten, die ich aus dem Matsch gerettet hatte. Ich sollte ihm helfen, mit ihnen reden! Das waren meine ungestümen Gedanken, bis der Schmied sich rührte und die Menge wütend zu murren begann. Ich hieb Patch die Absätze in die Flanken und ritt davon.

Ich wartete im Heidekraut an einem Bach, bis Matthew mich eingeholt hatte. Er bestaunte meine Größe, meinen Bart, während ich nicht fassen konnte, dass er so klein und so, so …

»Zusammengeschrumpft und hutzelig?«, schlug er vor. »Fürn Hellseher ist das nur gut fürs Geschäft. Je älter ich werde, desto mehr Leute glauben mir.«

Ich lachte, berührte ihn, konnte es immer noch nicht fassen, dass er hier war, dass er nicht von einer Minute auf die andere verschwinden würde. In einem Moment sah ich ihn ehrfürchtig an, im nächsten ungläubig. Ich umarmte ihn freudig und erstaunt, denn er war meine Vergangenheit, all die Geschichten, die er mir erzählt hatte. Doch dann, als ich seine knochige Brust an meiner spürte, kroch meine Hand unter sein Hemd, dorthin, wo er den Gürtel mit dem Beutel aufbewahrte.

Seit Eaton und ich zusammen aufgebrochen waren, hatte ich von diesem Moment geträumt. Genau wie damals vor dem flackernden Feuer auf dem Hof der Werft würde er den Beutel aus seinem Gürtel und den Anhänger aus dem Beutel holen. Ich fühlte nichts als Haut und Knochen. Ich deutete zurück auf das Dorf.

»Hast du ihn dort gelassen?«

Er sah mir so direkt ins Gesicht, wie er es mein Leben lang getan hat.

»Ich habe ihn nicht, Tom.«

»Du lügst! Wo ist er?«

»Ich habe ihn nicht.«

»Sag es mir!« Ich schüttelte ihn. Ich war wie ein Wahnsinniger. Er wich zurück, stolperte und wäre fast in den Bach gefallen, dann riss er sich das Hemd so heftig aus der Hose, dass der alte, mürbe Stoff riss. Seine Rippen ragten aus dem gräulichen, faltigen Fleisch hervor.

»Ich sage dir, ich habe ihn nicht! Ich habe getan, was Kate mir gesagt hat, und habe das Ding weggeschafft, und das ist die Wahrheit!«

34. Kapitel

Ich saß auf einem Stein am Bach, unfähig, mich zu rühren oder einen Gedanken zu fassen. An einem Teil des Himmels bildeten sich bereits wieder Regenwolken, die in die Heidelandschaft überzugehen schienen, im Westen dagegen war der Himmel weiß wie Milch. Die Pferde schlürften zufrieden am Bach. Als Matthew etwas Brot und Käse aus der Satteltasche nahm, zerrte der ständige Wind, der über die Heide strich, an den Haarbüscheln, die um seinen kahlen Scheitel wuchsen.

»Er hat mir nicht gut getan, und er hätte auch dir nicht gut getan, Tom«, sagte er leise.

Ich sagte nichts. All die Jahre hatte ich die Erinnerung an Matthew mit mir herumgetragen und versucht mir einzureden, ich würde ihn immer noch lieben, aber die Wahrheit war, dass ich es nicht tat. Ich liebte die Erinnerung daran, wie er Schiffe baute und mir Geschichten von fernen Ländern erzählte, wie er durch Zauberei Dinge geschehen lassen konnte und diesen Anhänger hervorgeholt hatte, den blitzenden sich neigenden Falken, der im Feuerschein zu fliegen schien, als Matthew mir die Zukunft vorhersagte. Doch jetzt wusste ich, dass er England nie verlassen hatte und die Geschichten von den Seeleuten am Hafen stammten. Er konnte auch nicht zaubern, außer dass er den Menschen weismachen konnte, seine Kräuter würden wirken. Und den Anhänger besaß er ebenfalls nicht mehr, wie er mir eben gesagt hatte.

»Was ist los, Tom?«, fragte er zaghaft. »Bist du nicht froh, mich zu sehen?«

»Doch, doch, natürlich«, sagte ich, diesem eigentümlichen Klumpen zum Trotz, der sich in meiner Kehle bildete. Dann: »Nein! Nein, ich freue mich nicht.«

Ich packte das schimmelige Brot und schleuderte es in den Bach. Erstaunt blickte er ihm nach, als es hüpfend und wirbelnd davonschwamm, gegen einen Felsen stieß und schließlich verschwand. Noch erstaunter war er über den Sturzbach der Verbitterung, der aus mir herausbrach. Mir erging es nicht anders. Ich hatte nicht gewusst, dass sie all die Jahre in den tiefsten Verliesen meines Herzens versiegelt gewesen war. Er hatte mich verlassen. Er hatte Susannah verlassen, hatte sie ihren Mördern überlassen. Verbrannt. Wusste er das überhaupt?

»Natürlich weiß ich das!« Mit plötzlicher Gehässigkeit ging er mich an. »Was meinst du, warum ich mir den Anhänger vom Hals geschafft habe? Seit ich ihn an mich genommen habe, lastet ein Fluch auf mir, und auch für dich wäre es ein Fluch. Glaubst du, es sei auch nur ein Tag vergangen, an dem ich nicht an Susannah dachte? An dich?«

Das traf mich, doch wie alles, was Matthew sagte, war es wahr und zugleich gelogen. Da war etwas, das er mir verschwieg. Er wüsste, wo ich in der Stadt gelebt hätte, konterte ich, weil er in Kontakt zu Kate geblieben war. Trotzdem hat er keinen Versuch unternommen, Kontakt zu mir aufzunehmen. Warum sollte ich mich freuen, ihn zu sehen? Mich für ihn interessieren?

Er stand neben dem Bach, spielte mit dem Klumpen Käse herum und schob sich einen Krümel davon in den Mund. Als er keine Antwort gab und ich eine wütende Bewegung auf ihn zu machte, um zu erreichen, dass er mich zumindest anschaute, riss er den Käse mit einem Ruck von mir fort, als fürchtete er, ich könnte ihn ebenfalls ins Wasser werfen. Die Bewegung erfüllte mich mit Scham und erzürnte mich zugleich über das Maß des Ertragbaren hinaus.

»Ich war kein guter Vater«, murmelte er.

»Du bist nicht mein Vater«, rief ich so laut, dass die Pferde ihre tropfenden Mäuler aus dem Bach hoben und uns anstarrten.

»Das auch«, sagte er. »Das auch.« Er kratzte sich an der kahlen Stelle. Die Verwirrungen eines ganzen Lebens schienen in dieser Geste zu liegen, während er über die karge Heidelandschaft mit ihren Büschen und Felsen starrte, in der es immer irgendwie Abend zu sein schien. An manchen Stellen schien die Heide fast eins zu sein mit dem düsteren Himmel, der schwer aussah von noch mehr Regen. An anderen Stellen flackerten helle Lichtflecken auf, und es war heller als am Mittag. Einen Moment lang dachte ich, Matthew würde durch die Vorderzähne pfeifen, doch es war der Wind, der von den Dornen zerfetzt wurde. Verstohlen schob Matthew sich ein weiteres Stück Käse in den Mund.

Ich konnte ihn nicht anschauen oder still sitzen. Ich schritt zu meinem Pferd mit dem Gefühl, ihn nie wieder sehen zu wollen. Patch schüttelte sich und bespritzte mich mit Wasser, doch ich spürte es kaum. Ich blieb stehen, ging zurück und sah, wie Matthew ein Stückchen Käse aus einer Zahnlücke pulte, und wandte mich erneut meinem Pferd zu. Ich steckte die Hände in die Taschen, wie ich es stets tat, wenn ich nicht wusste, welchen Weg ich einschlagen sollte. Meine Finger schlossen sich um die Münze. Überwältigt von heftigen Schuldgefühlen, wirbelte ich herum und starrte auf seine gebeugte Gestalt. Die Wangen waren hohl, dann wölbte seine umherstreifende Zunge sie nach außen. Nach allem, was er getan hat, wie konnte ich da sagen, er sei kein guter Vater gewesen?

»Es tut mir leid«, weinte ich. »Es tut mir leid.«

Ich ging zu ihm und nahm ihn richtig in den Arm. Er sprang auf und ließ den Käse fallen, aus Angst, ich sei verrückt geworden und würde ihn gleichfalls in den Bach werfen. Doch dann sah er die Münze in meiner Hand. »Kate sagte mir, es sei gefährlich, Kontakt zu dir aufzunehmen. Du hast ein anderes Leben geführt. Du *bist* anders.« Er ergriff die Münze. »Ist sie das? Mein Judaslohn? Ist sie es wirklich?« Er drehte sie auf den Rand, sah die Lilie, wog die Münze in seiner Hand und machte Anstalten, sie mir zurückzugeben. Er erzählte mir, was ich mir schon zusammengereimt hatte. Nachdem er das, was er für ein totes Kind hielt, auf den Karren geworfen hatte, verfolgte ihn der teuflische Schrei eines bösen Geistes. Je schneller er fuhr, desto lauter und schriller wurde er, bis er es nicht länger aushielt. Er hielt an, in der Absicht, das Kind vom Karren zu werfen. Doch der furchterregende Schrei verstummte, sobald er um den Karren herumging.

»Du siehst mich an. Und ich seh dich an. Und du siehst aus, als würdest du gleich wieder den Himmel zusammenschreien, also habe ich dich in meine Jacke gestopft, und Gott sei mein, du schläfst! Nachdem ich dich zu Susannah gebracht habe, zeige ich Mr Eaton ein totes Baby vom Karren, und …«

Er schnippte die Münze in die Luft, fing sie auf, sah sie einigermaßen wehmütig an und schleuderte sie in den Bach. Ich musterte ihn genauso erstaunt, wie er mich angesehen hatte, als ich das Brot fortgeworfen hatte. Ich rannte zum Bach und sah die Münze im Wasser glänzen, doch als ich mich danach streckte, legte er mir eine Hand auf den Arm.

»Lass sie, Tom. Es ist jetzt vorbei. Sie wird dir kein Glück mehr bringen. Genauso wenig wie der Anhänger.«

»Du hast ihn immer noch.«

»Nein, Tom.«

»Ich muss herausfinden, wer mein richtiger Vater ist. Ich will ihn nicht behalten!«

»Ist das wahr?«

»Ja!«

Er stieß einen tiefen Seufzer aus und starrte auf die Münze im wirbelnden Wasser. »Ich habe ihn zurückgebracht.«

»Zurück? Wohin?«

»Nach Highpoint. Damit niemand mir vorwerfen kann, ich hätte ihn gestohlen. Ich habe ihn Kate gegeben, und sie hat ihn in das Schmuckfach in Frances' Schlafzimmer gelegt.«

Mit offenem Mund starrte ich ihn an. »In das …! Jeder könnte ihn dort finden! Ich hätte ihn finden können!«

Er schüttelte den Kopf. »Es ist ein Geheimfach … Das ist wahr!«, rief er, als er meine ungläubige Miene sah. Er sprach mit der verzweifelten Eindringlichkeit eines gewohnheitsmäßigen Lügners, dem niemand mehr Glauben schenkt, wenn er einmal die Wahrheit sagt. »Was meinst du, wo ich das Zimmermannshandwerk gelernt habe? Ehe ich den Pestkarren bekam, habe ich Holz an den Schrankbauer geliefert. Ich habe ihm zugesehen, wie er das Geheimfach gebaut hat.«

Erneut fuhr ich ihn skeptisch an. »Und woher wusste meine Mutter, wo sie danach suchen …« Ich zitterte. Doch nicht nur wegen der Abendkälte und den vordringenden Regenwolken, die langsam über die Heide krochen und den blassen Himmel allmählich befleckten wie verschüttete Tinte. Ich kannte die Antwort auf meine Frage, ehe ich sie stellte. »Du hast meiner Mutter davon erzählt, oder?« Ich schüttelte ihn. »Hast du es getan?«

Er seufzte sehr tief und erklärte, er habe immer Geschichten über den Anhänger erzählt, den jedermann bewunderte, wenn Frances Stonehouse ihn in der Kirche trug. Er prahlte damit, zu wissen, wo er lag. An jenem Nachmittag im September kam Margaret Pearce zu ihm. Sie drohte, allen Leuten zu erzählen, dass weder seine Liebestränke noch seine Hurenmedizin wirkten, wenn er ihr nichts von dem Geheimfach erzählte.

Er seufzte noch einmal, ließ den Kopf in die Hände sinken

und starrte die Münze im Wasser an. »Jetzt weißt du alles. Zufrieden?«

Zufrieden? Ich zerrte Matthew von dem Stein hoch, umarmte ihn und tanzte mit ihm herum, bis er beinahe ins Wasser fiel.

»Komm! Lass uns gehen!«

»Wohin?«

»Nach Highpoint. Ehe das Tageslicht schwindet.« Ich zog ihn zu seinem Pferd und verschränkte die Finger zu einer Räuberleiter, um seinen alten Knochen das Aufsitzen zu erleichtern.

»Warte.« Er würde sich keinen Zoll von der Stelle rühren, ehe ich ihm nicht alles erzählt hätte, was geschehen war. Als er erfuhr, dass die Parlamentssoldaten vor ein paar Tagen weitergezogen waren, wich er zurück.

»Wer hat dann Mark umgebracht?«

»Ich weiß es nicht. Aber ich wette, es waren Cavaliere, die Richard Stonehouse dienen.«

»Mark war kein Papist.«

»Sie haben ihn getötet, um den letzten Beweis für die Eheschließung zu vernichten. Sie trugen orangene Tücher wie meines, um sich als Roundheads auszugeben.«

Ein Blitz erhellte die Heidelandschaft. Die Pferde hoben die Köpfe und traten unruhig auf der Stelle, warteten unbehaglich auf das leise Murmeln des Donners. Die Aussicht auf einen Wolkenbruch auf dem offenen Land machte es leichter, Matthew auf sein Pferd zu bekommen. Als er bereits halb im Sattel saß, hielt er inne.

»Sie haben gewartet, bis du mich findest, dann kriegen sie uns beide und den Anhänger.«

»Das habe ich mir auch schon gedacht, Matthew. Wir sind beide Geschichtenerzähler.«

»Es ist ein Unterschied, ob man eine Geschichte erzählt oder mittendrin steckt. Wir reiten in eine Falle.«

»Nicht, wenn wir wissen, dass es eine ist.« Ich spürte, wie mich etwas nach Highpoint zog, wie eine Kompassnadel vom Norden angezogen wurde. Ich fühlte mich so kalt und hart wie das Metall selbst, wie das Eis, von dem es hieß, es bedecke die nördlichen Gefilde, und die Frostgeister, die Eis anstelle von Herzen hatten. »Wir können Marks Tod rächen. Und den meiner Mutter.«

»Bist du toll? Wir können nicht gegen eine Armee von Cavalieren kämpfen!«

»Nein.« Ich schwang mich auf mein Pferd. »Aber wir können den Anhänger holen.«

Er schlug sich mit solcher Kraft gegen die Stirn, dass ich glaubte, sein Kopf müsse davonfliegen. *»Ihn stehlen – noch einmal!«*

»Ihn Lord Stonehouse ordnungsgemäß zurückgeben.«

Erneut zerschnitten Blitze den Himmel, und dieses Mal war der Donner näher. Wind kam auf und zerrte am Heidekraut. Ich drängte mein Pferd auf den Pfad, doch Matthew hielt seines zurück.

»Tom. Sei kein Narr. Nicht du treibst das Pferd an, es ist der Anhänger!«

Ich zögerte, doch nur für einen Moment. »Vielleicht hast du recht. Du bist klüger als ich, Matthew. Aber eines habe ich gelernt – man kann nicht ewig davonlaufen.«

Er sah mich an, als hätte ich ihn mit einer Peitsche mitten ins Gesicht geschlagen. Es verletzte ihn stärker als alles andere, das ich gesagt oder getan hatte. Und das sollte es auch.

35. Kapitel

Als ich die Heide verließ, um nach Upper Vale hinunterzureiten, hörte ich lautes Rufen und galoppierende Hufe hinter mir. Als Matthew mich einholte, deutete er auf einen Pfad, der durch das Wäldchen führte, in dem ich Patch während des Trauergottesdienstes angebunden hatte. Niemand kannte das Land besser als Matthew, nicht einmal Eaton. Seit Jahren lebte er von seinen Kräutern und seinem Scharfsinn und reiste auf wenig bekannten Wegen zwischen Lower Vale und Oxford umher. Er führte mich durch einen Wald, der zu einem Teil des Great Forest wurde, während der Regen unerbittlich auf uns herabprasselte. Wir kamen nur langsam voran, aber die Route war wesentlich kürzer, und als wir die ausladenden, undurchdringlichen Eichen erreichten, boten sie uns Schutz, sowohl vor dem Wolkenbruch als auch vor dem, was uns in Highpoint erwarten mochte.

Wir erreichten den Waldrand und starrten hinunter auf das Haus. Der Regen hatte jetzt nachgelassen und war zu einem gleichmäßigen Nieseln geworden, durchbrochen von gelegentlichen kalten Tropfen, die aus den Bäumen fielen. Wenn der Mond sich zeigte, warf er lange schwarze Schatten auf das Herrenhaus. Es sei genau derselbe Mond wie in der Nacht, in der ich geboren wurde, sagte Matthew. Voll Verachtung erwiderte ich, er bilde sich Dinge ein, aber ich war selbst nicht besser. Ich sah, wie meine Mutter in die Kutsche verfrachtet wurde, die daraufhin wild schlingernd die dunkle Allee entlangraste.

Wir durchquerten den Fluss, und Matthew führte mich durch ein Wäldchen, in dem wir unsere Pferde ließen und Laub unsere Schritte dämpften. In der Halle brannten Kerzen, und wir sahen eine Magd, die in einem der unteren Räume weitere entzündete. Es war niemand zu sehen oder zu hören, nur aus der Küche drang gelegentliches Geklapper. Mühsam bahnten wir uns unseren Weg um das Gebäude herum zum äußersten Winkel, wo ich vorhatte, an der Außenmauer hinaufzuklettern und durch ein Fenster einzusteigen. Doch zuerst versuchte ich es an einem Dienstboteneingang. Die Tür war offen.

»Das gefällt mir nicht«, flüsterte Matthew.

»Hör mal.« Ich deutete auf die Ställe.

»Ich höre nichts.«

»Genau. Keine Pferde.«

»Sie haben sie außer Hörweite gelassen.«

Ich zögerte, hatte jedoch das Gefühl, dem Anhänger so nahe zu sein, dass ich einfach ins Haus musste. Ich schlüpfte in den dunklen Gang. Es roch nach verdorbenem Gekochtem. Einen Moment später folgte Matthew mir. Licht fiel aus einer offenen Tür, und ich duckte mich, als Mrs Adams auftauchte und etwas Schweinefutter in einen Eimer im Gang warf. Ich beobachtete, wie sie wieder verschwand und hörte sie jemandem zurufen: »Das nennst du sauber? Schrubb es! Schrubb die Soldaten fort! Und danke dem guten Herrn, dass er uns von ihnen erlöst hat!«

Wir erklommen die Hintertreppe, blieben im Schatten am Rand der Galerie stehen und blinzelten im Licht. Jede Kerze in jedem Kronleuchter brannte. Sobald wir die Galerie überquert hätten, würden wir in das Labyrinth aus dunklen Korridoren eintauchen, die zu Frances' Schlafzimmer führten. Ich wollte gerade hinüberrennen, als der Schrei einer Frau ertönte. Er kam aus dem großen Empfangszimmer mit Doppeltüren auf der anderen Seite des Treppenabsatzes, gefolgt von Stimmengemurmel. Ich sprang zurück in den Schatten der Treppe.

Eaton trat aus dem Raum. Ich konnte Kate sehen, aber sonst niemanden. Es *war* ein Wunder. Nie hätte ich gedacht, ihn je wieder auf den Beinen zu sehen, und rannte auf ihn zu. Er sah nicht froh aus, mich zu sehen, doch andererseits sah er niemals froh aus, irgendjemanden zu sehen. Ich umarmte ihn, und er wollte etwas sagen, doch das ging in dem plötzlichen Tumult unter, als Türen aufgerissen und Schwerter gezückt wurden.

»Du kannst ihn jetzt aus deiner zärtlichen Umarmung entlassen, Eaton«, sagte Richard.

Er lehnte an der Wand und sah aus wie für den Hof gekleidet, in einem roten Leibrock, über dem er einen kurzen Umhang mit juwelenbesetzter Spange trug, die den Stonehouse-Falken zeigte. Der Vogel schien aufzuflattern, sobald Richard sich bewegte. Hinter ihm standen mehrere Männer. Aus der Tür des Zimmers, aus dem Eaton gekommen war, trat Captain Gardiner. Er sah noch fast genauso aus wie damals, als ich zum ersten Mal auf ihn getroffen war, im Gestank von Smithfield, nur dass sein neuer Biberhut frisch gebürstet war. Er lehnte sich neben der Tür an die Wand. Das Licht einer Kerze wurde vom Stoßdegen in seiner Hand reflektiert.

»Wo ist der andere?«, sagte Richard scharfzüngig. »Idioten! Die Hintertreppe!«

Wie üblich war Matthew verschwunden. Wie er das angestellt hatte, wusste ich nicht, aber, so dachte ich säuerlich, er hatte schließlich genug Übung darin. Ausnahmsweise einmal war ich froh darüber. Sie hätten rasch aus ihm herausbekommen, wo sich der Anhänger befand. Ich vergaß Matthew und wandte meine Aufmerksamkeit, all meine verbitterte Aufmerksamkeit, Eaton zu. »Ich habe Euch vertraut«, sagte ich. »Ich hielt Euch für meinen Freund.«

»Du hast Eaton vertraut?«, sagte Richard ungläubig. »Du hast gedacht, er sei dein Freund?«

Lawinenartig brandete Gelächter auf, und ich stellte fest, dass alle Bediensteten, die heute Morgen beim Gottesdienst gewesen waren, aufgetaucht waren, aus Türen, in der Halle unten, auf halbem Weg die Treppe hinauf, wo das Gesicht des Bärtigen sich zu einem breiten Grinsen verzog. Die Köchin stand an der Tür zur Hintertreppe, ihr gewaltiger Leib bebte vor Lachen. Wie der König bei seinem Versuch, Pym und die anderen vier Mitglieder im Unterhaus zu verhaften, bewies auch Richard einen feinen Sinn fürs Theatralische. Alles musste Stil haben, alles war Teil einer Vorführung, um den Leuten eindrucksvoll zu zeigen, wer die Macht hatte.

»Eaton hat keine Freunde, nicht wahr Eaton?«, sagte Richard.

»Keine«, erklärte Eaton schonungslos.

»Eaton ist der beste Lügner, der beste Betrüger, den ich kenne, nicht wahr Eaton?«

Eaton sagte nichts, doch unter der Dienerschaft erhob sich ein wütendes Gemurmel, und die Köchin sah aus, als wollte sie ihn anspucken.

»Ich habe erst herausgefunden, dass er meinen Vater seit Jahren betrügt, als ich die Papiere aus der Kanzlei dieses anderen Gauners, Turville, geholt habe. Darum hast du diesen Hochstapler hierher gebracht, nicht wahr Eaton? Weil ich gedroht habe, meinem Vater die Beweise zu zeigen.« Es kam zu erneuten Unmutsäußerungen beim Gesinde, doch Richard brachte es mit einer Geste zum Schweigen. »Aber um fair zu sein, Eaton hat den Grundbesitz aufgebaut. Er ist gut darin, Verträge zu machen, und wir haben einen Vertrag geschlossen. Bring ihn mir, und du kannst deine Stellung behalten. Ich kann einen guten Verwalter gebrauchen.«

Er klopfte Eaton auf den Rücken. Eaton taumelte, und ich

begriff, dass er immer noch krank war. Allein die lebhaft pochende Narbe brachte etwas Farbe in sein Gesicht. Er umklammerte die Balustrade hinter sich, um sich abzustützen, und warf einen Blick in das Empfangszimmer, aus dem er gekommen war. Ich folgte seinem Blick und sah, dass Kate von einem Soldaten festgehalten wurde, der ihr ein Messer an die Kehle hielt. Meine Taubheit verflog. Ich war ein Narr, aber kein kompletter Narr.

Eaton *hatte* sich während der Reise hierher verändert – ach was, schon lange zuvor. Der Gedanke an Kate, die Aussicht, sie wiederzusehen, hatte mit dem verbitterten, mürrischen Teil seiner Natur gerungen, der Angst hatte, alles zu verlieren, was er sich im Laufe seines Lebens aufgebaut hatte. Jetzt erkannte ich die Anzeichen dieses inneren Kampfes während der Reise – halbe Warnungen, unwirsche Zurückweisungen. Selbst den Tod hatte er dem Kampf vorgezogen, einem Kampf, der ihn zu sehr erschöpft hatte, als dass er noch daran hätte glauben können, ihn je zu gewinnen oder zu beschließen. Das alles las ich in dem gequälten Blick, den er Kate zuwarf, in dem Blick, mit dem er mich bedachte.

Möglicherweise nahm Richard es ebenfalls wahr. Sein spöttischer Tonfall verschwand. Ich erkannte seinen Vater in ihm wieder, in dieser grüblerischen, beinahe mürrischen Pose, die er anlegte wie einen Umhang. Er sagte, ein großes Verbrechen sei verübt worden, der Versuch, sich den Namen der Familie anzueignen, und sein Vater sei, unglücklicherweise, beinahe hinters Licht geführt worden. Dann wandte er sich an mich.

»Wo ist der Anhänger?«

»Ich weiß nicht.«

»Antworte Mylord!«, sagte Captain Gardiner.

Ich sagte nichts. Vielleicht war es Richards Signal, diese Bewegung seines Umhangs im unruhigen Kerzenlicht, die mich glauben ließ, der Falke habe sich mit schwirrenden Flügeln auf mich gestürzt und meine Wange mit seiner Klaue aufgerissen. Gardiners Stoßdegen lag wieder ruhig in seiner Ausgangsposition, die Spitze zitterte noch, ehe ich spürte, wie das Blut aus dem Schnitt an meiner Wange heraussickerte und mir langsam über das Gesichte und den Hals lief.

»Wo ist der Anhänger?«

Ich erwiderte seinen wütenden Blick und biss mir auf die Lippen, damit ich nicht aufschrie, wenn der zweite Hieb käme, doch Richard hielt Gardiner auf und sagte etwas zu einem seiner Soldaten, der daraufhin seine Pistole zog und damit auf Eaton zielte.

»Nimm seine Pistole, Eaton«, sagte Richard. Eaton rührte sich nicht. Jetzt waren wir zu zweit; ich mit meinem frischen Schnitt, Eaton mit seiner alten Narbe, die Richard selbst jetzt noch zu verunsichern schien. Mir fiel ein, dass Eaton mir erzählt hatte, wie Lord Stonehouse seinen Söhnen bei Ungehorsam damit gedroht hatte, Eaton würde in der Mitte der Nacht zu ihnen kommen. *»Nimm sie!«,* schnauzte Richard.

Der säuerlich-ranzige Geruch von Eatons Krankheit umwehte mich, als er die Pistole aus meinem Gürtel zog.

»Ist sie geladen?«

»Ja, Mylord«, erwiderte Eaton.

Richard wirkte befriedigt über diese Anrede. Er schien Eatons Demütigung ebenso sehr zu brauchen wie meine. »Spann den Hahn.« Der Soldat hielt seine Pistole unverändert auf Eaton gerichtet, als dieser gehorchte. »Eaton ist ein guter Schütze, nicht wahr, Eaton? Ich weiß es. Du bist der Beste. Du hast mir das Schießen beigebracht.«

»Danke, Mylord.«

»Streck deine rechte Hand aus«, sagte Richard zu mir. Als ich mich nicht rührte, sagte er gelassen, beinahe freundlich. »Eaton kann dir auch in den Ellenbogen oder in die Schulter schießen, für ihn ist das egal, nicht wahr Eaton?« Eaton nickte gleichgültig und hob die Pistole. »Aber ich erachte es für passender, wegen deiner aufrührerischen Pamphlete gegen König und Kirche, dir die schändliche Hand zu nehmen und dir zumindest den Arm zu lassen.«

Langsam, ganz langsam, hob ich den Arm und streckte meine Hand aus. Ich wollte nicht, dass sie zitterte, aber das verdammte Ding tat es trotzdem. »Warte, Eaton – feuere nicht, ehe ich dir das Signal gebe.« Er wandte sich an mich. »Ich werde deine Hand verschonen, wenn du mir sagst, wo der Anhänger ist.«

Folterer haben viel gemein mit denen, die Kinder brechen. Wie Gloomy George hatte Richard ein Gespür für die Schwachstellen seines Opfers. Ich spürte, dass mein ganzes Leben, alles von Bedeutung, das ich je getan hatte, in dieser Hand lag. Damit hatte ich das Gedicht für Anne geschrieben, mit diesen Fingern, die nicht aufhören wollten zu zittern, hatte ich die Große Remonstranz gedruckt. Ich wollte die Augen schließen, doch diese Genugtuung würde ich ihm nicht geben, obwohl die Bediensteten noch schlimmer waren. Hastig schlurften sie aus der Schusslinie, dabei kicherten und flüsterten sie. Mit ihren vorgereckten Hälsen glichen sie denen, die an einer Grube standen, Wetten abschlossen und anschließend zuschauten, wie Hähne oder Hunde einander in Stücke rissen. Nur Rose sah bleich und elend aus und hatte sich abgewandt, doch Richard, der stets einen Blick für hübsche Gesichter hatte, lächelte und winkte sie nach vorn, als täte er ihr damit einen Gefallen. Der Soldat mit der Pistole senkte die Waffe, um besser sehen zu können, und der Mann, der das Messer an Kates Kehle hielt, schob den Kopf vor.

Richard sagte, er würde mir Zeit geben, bis er bis fünf gezählt hätte – da ich ein Lehrjunge sei, kannte ich doch gewiss die Zahlen? Es wurde gekichert und gelacht, dann herrschte absolute Stille, als er zu zählen begann. Als er bei drei ankam, langsam und ohne Eile zählend, konnte ich es nicht länger aushalten und versuchte zu sprechen, um damit herauszuplatzen, wo der Anhänger war. Er hörte auf zu zählen. Galle stieg mir hoch, doch mein Mund war so trocken, dass ich sie weder hinunterschlucken noch etwas sagen konnte. Richard wartete. Und während er wartete, lächelte er. Dieses Lächeln des Triumphs ließ in mir alle Sturheit und den Hass auf Menschen wie ihn aufwallen, den jahrelange Schläge in mir eingepflanzt hatten. Ich würde nichts sagen. Sein Lächeln verschwand, und er fuhr fort zu zählen. Bei fünf schloss ich die Augen.

Eaton feuerte.

36. Kapitel

Die Explosion machte mich taub. Ich wirbelte herum, in Erwartung des Treffers und des heftigen brennenden Schmerzes in meiner rechten Hand, von der ich wusste dass sie nicht mehr da sein würde. Doch fast im selben Moment wurde ich von Eaton gegen die Balustrade gestoßen. Seine Lippen bewegten sich, doch bei dem Sausen in meinen Ohren verstand ich kein Wort. Hinter Eaton sah ich den Mann, der Kate festgehalten hatte, ein Auge blickte starr aus seinem zerschmetterten Gesicht, während er langsam zu Boden sank. Gardiner lag am Boden und versuchte, seinen Stoßdegen unter den Füßen der in voller Panik fliehenden Bediensteten aufzusammeln. Und, am unfassbarsten von allem, meine rechte Hand war noch da, blutend zwar, aber vollständig. Ich begriff, dass Eaton die andächtige Aufmerksamkeit des Publikums dazu genutzt hatte, den Mann, der Kate festhielt, in eine schutzlose Position zu locken, und anschließend Gardiner mit der abgefeuerten Pistole niederzuschlagen.

Ich zuckte zusammen, als ich mein Hörvermögen wiedererlangte. »Springt!«, schrie Eaton. Richards Entschlossenheit, mich vor dem Gesinde zu demütigen, gereichte ihm nun zum Nachteil, als nun alle schreiend und drängelnd zur Treppe rannten und jeden Versuch seiner Soldaten, zu mir zu gelangen, zum Scheitern verurteilten. Ich kroch auf die Balustrade, um in die Halle unter mir zu springen, und erwartete, das Eaton mir folgen würde. Doch er rannte zu Kate. Ein Soldat zielte mit seiner Pistole auf Eatons Rücken. Ich sprang von der

Balustrade zurück auf die Galerie, schickte den Soldaten zu Boden, so dass sein Schuss eine Kerze in einem Wandhalter traf. Ein Schauer von zersplittertem Glas und geschmolzenem Wachs ging auf Richard nieder, als dieser mit gezücktem Schwert auf mich zukam. Ich rannte in den Raum, in dem Kate sich befand, kurz bevor Eaton die Türen zuknallte und einen Tisch unter die Türgriffe schob. Kate sah aus, als wollte sie ihm Vorhaltungen machen, begriff indes rasch, dass es sinnlos wäre und half mir, mehr Möbelstücke herbeizuschleppen, um die Türen zu blockieren.

»Ich sagte Euch, Ihr solltet springen!«, schrie Eaton mich an.

»Ihr habt mein Leben zu oft gerettet, als dass ich es Euch nicht auf gleiche Weise vergelten könnte.«

»Ich habe es Euch gesagt! Nur Narren sind Helden! Es gibt ein Vorzimmer … ein Fenster … verschwindet!«

Als er einen Stuhl anhob, verlor er beinahe das Gleichgewicht. Ich fing ihn auf. Sein Gesicht war gelb wie Pergament, und ich hörte das ungestüme Pochen seines Herzens im Takt mit der puckernden Narbe. Doch sein Gebaren war so unwirsch wie stets, seine Stimme beinahe ein Fauchen. »Ich habe es nicht für *Euch* getan. Glaubt das bloß nicht! Ich tat es für Highpoint. Alles nur, um die Ländereien zusammenzuhalten, genau wie die Diebstähle, als sie es Stück für Stück verkauften. Ich begriff zu spät, dass Ihr derjenige seid, dessen Aufgabe es gewesen wäre – geht!«

Er stieß mich so heftig fort, dass ich beinahe über den Leichnam des Soldaten stürzte, der Kate bedroht hatte.

»Hier! Hier entlang, Tom! Schnell!« Kate öffnete die Tür zu einem Vorzimmer, als ein Schuss losging. Die Kugel riss ein Loch in die Tür, und einer der Türgriffe flog davon. Eaton versuchte, mit seinem geringen Gewicht die improvisierte Barrikade zusammenzuhalten, doch quietschend rutschte der Tisch unaufhaltsam zurück. Eine der Türen sprang mit einem Ruck auf, und einer der Soldaten wurde in den Raum katapultiert. Eaton schlug ihn mit einem Stuhl nieder.

Ich rappelte mich auf und rannte in das Vorzimmer, als Gardiner über die Reste der Barrikade sprang. Ich sah, wie die Spitze seines Schwertes sich in Eatons Rücken bohrte, ehe Gardiner sie wieder herauszog. Kate rief mir etwas zu, aber die Worte ergaben keinen Sinn für mich, denn Eaton stand immer noch da und schwankte lediglich ein wenig. Ich nehme an, dass ich im Verlauf unserer gemeinsamen Reise angefangen hatte, ihn für unverwundbar zu halten. Vielleicht glaubte das in gewissem Maß jeder, denn einen kurzen Moment herrschte Ruhe, als alles stillzustehen schien. Er war wie ein großer Baum, der nach egal wie vielen Hieben immer noch keine Anstalten machte, umzufallen. Er hielt immer noch den Stuhl fest, mit dem er den Soldaten niedergeschlagen hatte, und machte eine Bewegung, um Gardiner ebenfalls zu schlagen. Dann stürzte der Stuhl zu Boden, und langsam fiel auch er.

Alles, was ich sehen konnte, war Richards triumphierendes Gesicht in der Türöffnung. Ich schnappte mir das Schwert des toten Soldaten und rannte auf ihn zu. Ich hatte keinerlei Kenntnis von Richards oder Gardiners nobler italienischer Fechtkunst. Wenn die Bürgergarde mir irgendetwas beigebracht hatte, dann das altmodische Hauen und Stechen. Doch jede Menge Wahnwitz, ein Haufen blinder Wut angesichts Eatons Tod sowie eine großzügige Portion Überraschung waren auf meiner Seite. Ich sprang auf den Tisch und ließ das Schwert auf ihn niedersausen. Einen Moment lang taumelte er, doch ich wurde von dem sich blähenden Umhang irregeführt, als er sich wegduckte, und ich schaffte es lediglich, seinen Arm zu streifen, ehe mein Schwert sich im Umhang verfing und ich vom Tisch gerissen wurde. Wenn Richard dem Dienstpersonal beweisen wollte, dass ich das niederste aller niederen Geschöpfe war, so bot ich ihm nun die beste Gelegenheit dafür. Als wäre keine Zeit zwischen damals und heute vergangen, wurde ich zu dem, der ich gewesen war, als George mich zum ersten Mal in den Keller sperrte; ich schrie und trat um mich und biss und kratzte, bis ich vermutlich dem wilden Tier glich, das Eaton gewesen war, ehe die Stonehouses ihn gebändigt hatten.

Immer wieder verlor ich das Bewusstsein, doch ich glaube, dass Richard plante, am nächsten Tag über mich zu Gericht zu sitzen. Dann jedoch tauchte ein mit Matsch bespritzter Bote mit der Nachricht auf, dass er am nächsten Morgen in aller Frühe aufbrechen müsse. Ich wurde getreten und verhöhnt, der König würde sich sein Eigentum zurückholen; in Warwickshire stünde eine große Schlacht bevor, und es sei doch zu schade, dass ich nicht dort sein und daran teilnehmen könne.

Richard erklärte mir, ich würde wegen Mordes angeklagt werden. Er sagte etwas über mildernde Umstände, wenn ich ihm Auskunft über den Anhänger gäbe, doch zu diesem Zeitpunkt hatte ich einen Zustand erreicht, in dem es mir gleichgültig war, was mit mir geschah. Als ich fortgezerrt wurde, bewahrte ich in meinem Kopf das Bild von Kate, wie sie Eaton in ihren Armen wiegte, wie sie sich über ihn beugte, um ihn zu küssen, trotz des Blutes, das aus seinem Mund hervorquoll, wie sie ihn fest an sich gedrückt hielt. Während Richard über Dinge sprach, die mir unwichtig und bedeutungslos erschienen, war es das Einzige, woran ich denken konnte, und es traf mich mit gewaltiger Macht, wie ähnlich Eaton und ich uns waren. Eaton hatte seinen Vater nie gekannt, und ich war fortwährend auf der Suche nach meinem, ohne ihn je zu finden. Der Hauptunterschied, vielleicht der einzige, zwischen uns war, dass ich die Liebe früh getroffen hatte.

Sie brachten einen Mann in den Raum, den ich zunächst

nicht erkannte, bis ich begriff, dass es der Schmied aus Upper Vale ohne seine Schürze war. Er bezeugte, dass ich einer der vier berittenen Parlamentssoldaten war, welche die Kirche entweiht und Mark Stevens gehängt hatten.

Nichts bringt einen Mann schneller wieder zur Vernunft als Lügen, vor allem, wenn sie so listig miteinander verwoben sind, dass sie wahr zu sein scheinen, und sich das Netz, je mehr man protestiert, umso enger um einen schließt. Der einzige Ausweg besteht darin, das Kämpfen einzustellen und den einen Knoten zu finden, der das ganze Geflecht zusammenhält.

Der Prozess war dazu gedacht, mich noch weiter zu brechen, damit ich verriet, wo der Anhänger war. Richard ließ sogar Mr Fawcett, den Hausdiener, Protokoll führen wie einen Gerichtsschreiber. Doch als Edward eintrat, in seiner Priesterrobe und einem Gebetbuch in der Hand, veränderte sich der Umgangston. Richard befahl einem Soldaten, die Pferde bereit zu machen. Er würde nachts reiten, wenn der Himmel klar blieb, und in einer halben Stunde aufbrechen. Man hatte tatsächlich vor, mich zu hängen! Richards Blick ließ keinen Zweifel daran. Es war offensichtlich an der Art, wie die Soldaten mich festhielten. Im Augenblick dieser Erkenntnis gaben meine Beine unvermittelt unter mir nach und trugen mich nicht länger.

Eine halbe Stunde. Hinter dem Tisch, an dem Richard saß, hing eine Laternenuhr, die gerade die neunte Stunde anzeigte. Das Ziffernblatt war mit ineinander verflochtenen Tulpen verziert, und der Zeiger stand still in der Mitte eines Blütenblattes. Ich starrte ihn an, als könnte ich ihn dadurch unsinnigerweise aufhalten.

Ein im Flüsterton geführter Streit zwischen den Brüdern weckte leise Hoffnung in mir. Zumindest Edward schien die Ungeheuerlichkeit dessen zu erfassen, was sie planten. Er würde mich gerne tot sehen, aber er hatte Angst, entsetzliche

Angst sogar, vor seinem Vater. »Was, wenn der König nicht gewinnt?«, hörte ich ihn fragen.

Richard wies jede Möglichkeit, dass es dazu kommen könnte, zurück, aber ich merkte, dass er sich davor fürchtete, ebenso wie vor der Reaktion seines Vaters. Aus diesem Grund musste er sein Handeln durch einen Scheinprozess rechtfertigen. Meine einzige Chance bestand darin, mit dieser Angst zu spielen und zu versuchen, einen Keil zwischen die beiden Brüder zu treiben.

»Warum sollte ich Mark Stevens töten?«, sagte ich.

Verblüfft sahen sie mich an, als sei ich bereits eine Leiche, derer man sich entledigen musste, und kein lebender Mensch.

»Weil er dir nicht die Informationen gegeben hat, die du von ihm haben wolltest«, sagte Richard.

»Aber das hat er doch«, log ich. »Er hat mir gesagt, dass er in Shadwell Edward und meine Mutter getraut hat.«

Die ganze Erregung, die Edward heute Morgen gezeigt hatte, war auf einen Schlag wieder da. Ehe Richard ihn aufhalten konnte, schrie er: »Die Ehe war ungültig!«

»Warum hat Euer Vater dann die Aufzeichnungen darüber entfernen lassen?«

»Weil ich meinem Vater an jenem Abend die Wahrheit erzählt habe!«

»Halt den Mund, Edward«, sagte Richard, doch er war nicht imstande, seinen Bruder aufzuhalten. Die Augengläser waren verrutscht, das Gesicht verzerrt. Es war eines jener Gesichter, in denen sich die jugendlichen Züge bis ins mittlere Alter halten, und ich konnte ihn mir vorstellen, wie er an jenem Abend voller Entsetzen seinem Vater gegenübergestanden hatte.

»Ich sagte ihm, dass du nicht mein Kind bist.«

»Woher wusstet Ihr das?«

»Woher er es wusste?«, sagte Richard verächtlich. »Weil er sie nie gevögelt hat! Behauptet er.«

»Es ist wahr«, schrie Edward seinen Bruder an. »Ich wusste nicht, dass sie schwanger war, als ich sie geheiratet habe.«

Richard war sich plötzlich der Anwesenheit des Hausdieners bewusst, dessen hervorstehende Augen noch weiter vorquollen als gewöhnlich und der so schnell schrieb, wie er konnte. »Streich das«, schnauzte er. »Gib mir das Buch. Verschwinde! Ihr alle, raus mit euch, bis auf dich!« Er deutete auf Gardiner. »Wartet! Keiner von euch hat das gehört, ist das klar?«

Sie verbeugten sich und gingen. Edward hielt sein Gebetsbuch fest und wiederholte unablässig den lateinischen Vers eines Gebets. Zu meiner Überraschung ging Richard zu ihm und legte in einer Geste aufrichtiger Zuneigung seinen Arm um ihn. »Eddie, lass dich von ihm nicht einwickeln. Das will er doch nur, merkst du das nicht?«

»Wer ist dann mein Vater?«, fragte ich.

Richard deutete auf das Bild seines Vaters. »Man sollte meinen, er sei es, nach allem, was er für dich getan hat. Du hast natürlich keine Ahnung, nicht wahr, nicht den blassesten Schimmer, was du dieser Familie angetan hast.«

Verwundert erwiderte ich seinen Blick. »Ich habe Euch nichts getan. Nichts.«

»Seit du geboren wurdest – wiedergeboren …« Er fuhr seinen Bruder an, der immer noch das lateinische Gebet murmelte. »Um Himmels willen, Eddie, hör endlich damit auf. Wenn Gott dich bis jetzt nicht gehört hat, wird er es niemals tun.«

Edward verstummte, doch seine Lippen bewegten sich lautlos weiter, während Richard zum Schreibtisch seines Vaters marschierte. Er zog vergeblich an einer Schublade und gab schließlich Gardiner einen Wink, der das Schloss mit seinem Dolch aufbrach. Richard holte ein Bündel Dokumente aus der Schublade, die mit rotem Wachs gesiegelt waren, und ein weiteres Bündel mit Briefen, die er auf den Tisch warf. Dann zog er einen Packen Kinderzeichnungen heraus, Seiten mit Redewendungen und lateinischen Versen, die sich endlos wiederholten. Seine Hände zitterten, als er versuchte, die zusammenklebenden Seiten zu trennen, bis er endlich fand, wonach er gesucht hatte.

Der einzige Zeiger der Laternenuhr machte ein leises kratzendes Geräusch, als er mit einem Ruck vorwärtssprang. Richard warf einen Blick darauf. Ich hatte das Gefühl, die letzte halbe Stunde meines Lebens, die er mir zugestanden hatte, sei beinahe vorüber, und unter diesen Umständen war das vergilbte Stück Papier, das Richard mir vor die Augen hielt, das Letzte, was ich zu sehen erwartete.

»Erkennst du das?«

Ich nahm es und starrte es verwundert an. Es war ein plump hingekritzeltes lateinisches Zitat, das sich unablässig wiederholte: *omnes deteriores sum licentia*.

»Das ist Terenz, nicht wahr?«, sagte ich. »Für einen früheren Sklaven, wie er einer war, ist es sonderbar zu schreiben: ›Zu viel Freiheit entwürdigt uns.‹ Aber es müsste sumus heißen, nicht sum …«

Er schnappte sich das Blatt. »O ja, *du* weißt es natürlich!«

Ich musste es wissen. Ich hatte dieselbe Zeile bis zum Umfallen aufgeschrieben, immer und immer wieder. Das sagte ich ihm auch.

»Und natürlich perfekt«, sagte er. »Perfekte Handschrift, perfekt dekliniert …«

Ich sagte ihm, dass ich wie jeder andere auch voller Fehler sei und dass ich mehr geschlagen worden sei als die meisten, doch er wollte nichts davon hören. Während Edward sein Erstaunen zum Ausdruck brachte, als er eine Textstelle auf Griechisch fand, die er einst geschrieben hatte, erklärte Richard mit einem Sarkasmus, der spröde war vor Zorn, dass ich perfekt war, eine perfekte Handschrift besaß, ein perfekter Schüler war und zu allem Überfluss auch noch ein perfekter Gentleman. Ich lachte über dieses idiotische Bild von mir, als ich an den wilden, ungehobelten Lehrjungen dachte, den man anfangs dazu zwingen musste, Stiefel zu tragen. Er versetzte mir eine brennende Ohrfeige.

Dann begriff ich. Seit dem Moment, als ich herausgefunden hatte, dass es Richard war, der mich töten wollte, hatte ich stets gedacht, es läge daran, dass ich sein Erbe bedrohte. Natürlich war es das, aber es steckte noch mehr dahinter, viel mehr. Nachdem ich mich mit dem Pech verbrannt und Lord Stonehouse mich entdeckt hatte, hatte er bei seiner Rückkehr nach Highpoint Richard und Edward in diesen Raum zu sich bestellt. Ich sah die Szene förmlich vor mir, als Richard sie jetzt verbittert und wie unter Zwang schilderte.

Lord Stonehouse hatte das aufgesetzt, was die Brüder sein Henker-Gesicht nannten. Er teilte ihnen mit, dass er ein Kind mit den Stonehouse'schen Zügen und feuerrotem Haar gesehen habe. Außerdem lebte dieses Kind bei diesem Halunken Matthew Neave, der in der bewussten Nacht im Jahr 1625 den Pestkarren gelenkt hatte. Lord Stonehouse ging noch einmal durch, was seine beiden Söhne ihm an jenem Septemberabend vor siebzehn Jahren erzählt hatten – dass Edward durch einen Trick dazu gebracht worden sei, zu heiraten, während das Kind der Sohn von Margaret Pearces Vetter John Lloyd sei. Richard unterstützte seinen Bruder erneut und sagte, es sei allgemein bekannt, dass Margaret Pearce ganz vernarrt in John Lloyd gewesen sei. Lord Stonehouse ließ sie auf die Bibel schwören, dass ihre Aussagen wahr seien, als stünden sie vor Gericht.

Damit hielten sie die Sache für erledigt.

Weit gefehlt. Es war, als sei das, was in der Pestgrube begraben worden war, herausgekrochen, um sich gleich einem Blutegel an Richard zu hängen. So beschrieb er es, obwohl er die veränderte Haltung seines Vaters anfangs nicht mit mir in Verbindung brachte. Ehe er die Werft in Poplar besucht hatte, hatte Lord Stonehouse sich damit abgefunden, dass Richard keine Ambitionen hatte, die über den Familienbesitz und sein eigenes Vergnügen hinausgingen, vor allem Letzteres. Nachdem er mich gefunden hatte, wurden seine alten Sehnsüchte neu entfacht, sein ältester Sohn möge eine wichtige Stellung bei Hofe einnehmen und die Geschicke des Landes mitbestimmen. Er wollte, dass er wieder Latein las und seine angestaubten Lektionen in Rhetorik wieder auffrischte, die er schon längst vergessen hatte. Er war *siebenundzwanzig*! Sein Vater kürzte ihm das Taschengeld, bis er sich fügte. Er erklärte, der Name und das Vermögen der Stonehouse' gründete nicht auf der *contra guardia* und *ricavatione* der Fechtkunst, sondern auf *ethos, pathos* und *logos* der Überzeugungskraft und Streitkunst.

Glaube, Empfindung und Vernunft! Lass sie glauben, lass sie fühlen, lass sie denken. Wie oft war ich mit denselben drei Maximen traktiert worden. Ich war von Dr. Giles unterrichtet worden, doch die unsichtbare Hand hinter den Lektionen war Lord Stonehouse gewesen. Mir war genau dasselbe eingeprügelt worden wie Richard.

Eines Tages legte Lord Stonehouse Richards lateinischen Text neben denselben Text in einer anderen Handschrift. Verglichen mit Richards unförmigen Buchstaben war der andere Text perfekt.

»Das wurde von einem Schreiber angefertigt«, sagte Richard verächtlich. »Kein Edelmann würde so schreiben. Wenn ich einen Brief schreiben muss, beauftrage ich einen Schreiber.«

»Ein Edelmann kann es sich nicht leisten, ungebildet zu sein, Sir!«, schnauzte sein Vater. »Deine Handschrift ist unlesbar!« Er tippte auf den anderen Text. »Das hier hat ein Junge von zehn Jahren geschrieben.«

Ob Lord Stonehouse beabsichtigte, dass Richard von mir erfuhr oder nicht, wusste ich nicht, aber von diesem Augenblick an wurde ich zu dem Blutsauger, der es, in seinen Augen, nicht nur auf sein Erbe, sondern auf seine ganze Männlichkeit abgesehen hatte. Er fand heraus, dass Mr Black regelmäßig Geld bekam, da Lord Stonehouse über die Zahlungen, wie über alle seine Angelegenheiten, penibel Buch führte. Deren Höhe entsprach exakt der Summe, um die Richards Taschengeld gekürzt worden war – zumindest kam es ihm in seiner mittlerweile krankhaften Einbildung so vor. Dann sah er mein Bild.

Ich begriff immer mehr, wurde indes immer bestürzter. »Aber wenn das, was Ihr ihm über John Lloyd erzählt habt, wahr ist«, platzte ich heraus, »warum macht Ihr Euch dann solche Sorgen, dass er den Anhänger finden könnte? Ihr *wollt* doch gewiss, dass er gefunden wird?«

»Du weißt, warum«, sagte Richard.

»Ich weiß es nicht.«

»Sag es ihm, Rich. Erzähl's ihm«, mischte Edward sich ein. *»Weil er ihn vertauschen will, natürlich!«*

»Das weiß er«, sagte Richard.

»Ich weiß es nicht, ich schwöre es!«

»Lügner!« Richard schlug mich mit der Hand auf die tiefe Wunde in meinem Gesicht. »Wo ist er? Wo ist der Anhänger?«

Vertauschen? Lord Stonehouse war verschlagen, doch für ihn zählte vor allem die Blutlinie. Einer von ihnen log, wahrscheinlich beide. Irgendetwas stimmte nicht … etwas, das Kate mir erzählt hatte … Mit dem Gefühl der Benommenheit, dem Schmerz und der Verwirrung konnte ich nicht richtig denken – aber ich *musste* nachdenken.

Richard starrte das Porträt seines Vaters an. »Er will dich«, sagte er voll wilder Bitterkeit. »Er will dich als Erben.«

»Das ist nicht wahr.«

»Ich habe dich in der Queen Street gesehen. Gekleidet für deine Rolle.«

»Ich habe den Lakaien an der Tür hereingelegt. Euer Vater wusste nicht, dass ich dort war.«

»Lügner! Hat er dich wegen des Anhängers hier hochgeschickt? Natürlich hat er das. Wo ist er? Sag es mir! Sag es endlich!«

Jetzt war es Edward, der seinen Bruder beiseite nahm und im Flüsterton auf ihn einredete. Ich vernahm das Wort Keller. Sie mussten Mr Blacks Berichte über die Ängste meiner Kindheit gesehen haben, über den Keller und die Ratten. Meine Gedärme begannen sich bei dem Gedanken daran zusammenzuziehen. Sie grinsten und wisperten wie zwei grausame Schuljungen, die eine neue Folter für ihr Opfer erfanden.

»Eddie!« Richard schlug triumphierend auf den Schreibtisch. »Das ist ein Streich! Das ist genial! Ich habe schon immer gesagt, dass du das Gehirn der Familie bist!«

Edward strahlte, und ich erkannte, dass es keine größere Freude im Leben für ihn gab, als von seinem älteren Bruder gelobt zu werden. Dieser befahl einem Soldaten, Bryson zu holen. Ich hatte keine Ahnung, wer Bryson war, und als sich herausstellte, dass er der Bärtige war, der bei Mrs Morlands Beerdigung ein gewisses Interesse an mir gezeigt hatte, war ich zunächst auch nicht klüger. Dann, wie ein plötzlicher Schlag auf den Kopf, fiel mir ein, wo ich ihn zuvor gesehen hatte. Es war in Oxford gewesen, als Eaton den Ort verlassen und an der Pestgrube angehalten hatte, um mit dem Mann, der die Leichen aus dem Karren hob, darüber zu plaudern, wie die Geschäfte liefen. Bryson war der Fahrer des Pestkarrens.

37. Kapitel

Es brauchte vier Soldaten, um mich unten zu halten. Richard gewann seine Beherrschung wieder, während ich sie verlor. Ich bekam einen Schlag auf den Kopf und verlor beinahe die Besinnung. Nur verschwommen bekam ich mit, dass er Befehle erteilte für seinen Ritt in Richtung Norden zum König. Er wies Gardiner an, mich mit Bryson zusammen zur Grube zu bringen, zuversichtlich, dass ich schon reden würde, sobald ich den Kalk röche. Womit er sich nicht irrte.

Die bittere Kälte draußen brachte mich wieder auf die Beine. Sie fesselten mir die Hände, und Gardiner und ein Soldat namens Nat stießen mich durch die Bäume. Nat fuhr erschrocken zurück, als aus der Dunkelheit ein Mann auftauchte, der kein Gesicht zu haben schien. Der Mann trat in einen vom Mondlicht erhellten Flecken und wurde zu Bryson. Er trug eine Maske, die nur seine Augen freiließ, sowie einen langen Lederumhang. Dieser erinnerte mich an meinen alten Josephmantel und trug die Spuren seiner Arbeit, Flecken, die ihn wie eine altertümliche Weltkarte aussehen ließen.

»Es ist genau hinter den Bäumen, Captain«, sagte er.

Gardiner blieb kurz stehen. »Hast du noch eine Maske?«

»Nee, tut mir leid.« Brysons Augen blitzten beruhigend auf. »Euch passiert nichts. Gab dieses Jahr nicht viel Kundschaft. Is' nur 'ne Gewohnheit von mir, mehr nicht. Haltet einfach nur genug Abstand.«

Nat sah alles andere als beruhigt aus, als er mich weiter vorwärtsstieß. Das Pferd, das vor den Pestkarren gespannt war, blickte kurz auf und graste dann friedlich weiter. Ein leichter Gifthauch, der charakteristische Geruch der Pest, haftete dem Karren an, ein saurer Gestank nach Eiter und Schweiß, vermischt mit dem milchig-süßen Geruch des Kalks. Die Klappe des Karrens war geöffnet, und auf dem vergammelten Stroh konnte ich zwei Leichen erkennen. Es waren Männer, beinahe nackt. Im tiefen Schatten sah es aus, als seien sie zerstückelt worden. Ich erhaschte einen Blick auf ein verfaulendes Gesicht, durch das schon der im Mondlicht silbrige Knochen hindurchschimmerte, und einen verdrehten, halbverwesten Arm. Nat murmelte ein Gebet, und selbst Gardiner wandte sich ab.

Bryson hob die Leichen an, als wären es Säcke mit Rüben, um auf dem nassen dunkelbraunen Stroh Platz zu schaffen. »Habe ich Euch nicht gesagt, dass ich schon zwei Fahrgäste habe, Captain?«

Gardiner schluckte und fand zu seiner üblichen Großtuerei zurück. »Ach ja. Ich hatte es vergessen. Das hast du. Also los«, schnauzte er Nat an. »Steh nicht so rum. Rauf mit ihm!«

Bryson zündete eine Tonpfeife an, hob die Maske, um ein paarmal paffend daran zu ziehen, und sagte, es sei eine spezielle Mischung aus Virginiatabak und Kräutern, gut gegen Pest, Pocken und diverse andere Beschwerden.

Gardiner beugte sich über mich und sagte freundlich, beinah im Konversationston: »Hör zu, Tom. Du kennst die Pest. Das Schreifieber.«

»Blutiges Erbrechen«, sagte Bryson.

»Schwarze Beulen.«

Gardiner deutete nickend zum Karren. »Das ist nur ein Vorgeschmack auf das, was auf dich zukommt. Am Ende wirst du reden, warum also bist du nicht vernünftig und redest jetzt, hm?«

Ich starrte zu ihm empor. Ich wusste, dass ich so gut wie tot wäre, wenn sie mich in den Leichenkarren werfen würden.

Wenn sie mich zum Haus zurückbrächten, hätte ich noch eine Chance. Wie gering diese auch sein mochte. Doch ich wollte lieber rasch sterben als langsam an der Pest.

»Da haben wir's«, sagte Gardiner, als Tränen meine Augen benetzten, so sehr ich auch versuchte, sie zurückzuhalten. Es war die Freundlichkeit, die plötzliche Normalität, wie fadenscheinig sie auch immer sein mochte, die das bewirkte. Das und meine völlige Erschöpfung. »Sag es uns, und du bekommst einen heißen Birnenmost mit Zucker.«

»Und Gewürzen«, sagte Bryson und schmatzte mit den Lippen.

»Und Gewürzen. Besser ein lebendiger Bastard als ein toter Stonehouse, was?« Beruhigend tätschelte Gardiner meine Wange. Möglicherweise war es ein Tätscheln. Vielleicht gab er damit auch Bryson ein Zeichen. Womöglich war es auch die Erinnerung an all die Momente, in denen ich mich George beinahe ergeben hatte, um dann doch einen Wutanfall zu bekommen, der ebenso sehr meiner eigenen Schwäche galt wie ihm. Was immer es war, besinnungsloser Zorn erfüllte mich. Ich biss ihn. Er brüllte vor Schmerz auf, als meine Zähne sich um seinen Finger schlossen, und wich ruckartig zurück. Doch ich ließ nicht los, ehe er mich halb vom Boden anhob und mein eigenes Gewicht meine Zähne wegriss, zusammen mit einem Teil seines Fleisches. Gardiner saugte an seinem zerfetzten Finger und starrte darauf, ehe er mir zwei brutale Tritte versetzte. Bryson nahm die Pfeife aus dem Mund. Er und der Soldat musterten mich respektvoll.

»Ich würde sagen, dieser Punkt geht an ihn«, sagte Bryson. »Eins zu null für ihn.«

»Auf den Karren! Werft ihn auf den Karren!«, schrie Gardiner sie an. Sie zögerten. Vermutlich hatten sie gedacht, dass es niemals so weit kommen würde. Gardiner stieß den widerstrebenden Nat nach vorne. »Auf den Karren!« Bryson zuckte mit den Schultern, zog seine Maske herunter, und mit einer schnellen Bewegung schleuderten sie mich nach oben. Ich landete mit dem Gesicht im nasskalten, übelriechenden Stroh, richtete mich strampelnd auf und spie und spuckte die klebrigen, verrotteten Strohhalme aus. Ein Auge, oder besser die opalisierenden Überreste davon, bewegte sich in seiner Höhle. Ich öffnete den Mund, um zu schreien, doch dann würgte ich, als ich sah, dass das, was sich bewegte, eine Made war. Überall auf dem Leichnam krochen sie herum. Ich wandte mich ab und erbrach mich. Unablässig stieß ich mit dem Kopf gegen die Seitenwand des Karrens, als könnte ich sie auf diese Weise durchbrechen und mich befreien, doch schließlich brach ich im Stroh zusammen.

»Ich gehe zum Haus, um eine Maske zu holen«, fauchte Gardiner.

Ich hörte ihn an seinem Finger saugen, als er davonging, dann das Kratzen eines Feuersteins, als Bryson seine Pfeife neu anzündete. Er befahl Nat, auf mich aufzupassen, während er zum Scheißen im Wald verschwand. Ich spuckte das Stroh und saure Reste des Erbrochenen aus und schaffte es, schmerzhaft langsam, mich in eine sitzende Position zu bringen, wobei ich mühsam den Kopf von meinen Reisegefährten fernhielt. Die hintere Klappe des Karrens war immer noch geöffnet. Fieberhaft dachte ich daran, mich herunterzurollen, doch als hätte er meine Gedanken gelesen, zog Nat sein Schwert. Der Schrei eines Tieres aus dem Wald ließ uns beide zusammenfahren. Gardiner, jetzt maskiert, kam herbeigeritten, gerade als Bryson aus dem Wald trat, seine Hose zuknöpfte und immer noch an der Pfeife paffte. Er knallte die Klappe des Karrens zu. Gardiner entließ Nat und ritt hinter dem Karren her, während Bryson mit einem Schnalzen sein Pferd in Bewegung setzte.

Es war diese merkwürdige Zeit, in der der Mond noch nicht ganz untergegangen und die Sonne noch nicht geboren waren. Der kleinste Lichtschimmer wurde von den Bäumen abgefangen, die fast all ihrer Blätter beraubt waren. Durch die Zweige konnte ich einen Gasthof erkennen, der mir bekannt vorkam. Das Schild quietschte im Einklang mit den rüttelnden Wagenrädern: Es war der Gasthof kurz vor Oxford, in dem Eaton unsere Pferde untergebracht hatte, nicht weit von der Pestgrube entfernt.

In diesem Moment wusste ich, dass ich reden würde. Pest oder nicht Pest. Ich wollte leben, egal ob es drei Tage voller Qualen oder eine Stunde oder eine Minute war: Jede Sekunde war kostbar. Ich hatte nicht gelebt. Ich hatte keine richtigen Gedichte geschrieben, nur ein paar aufrührerische Flugschriften verfasst; ein paar Küsse stibitzt, aber nie die Liebe vollzogen. Alles außer mir bereitete sich auf das Leben vor. Der erste Vogel gab einen geisterhaften, zögernden Laut von sich, gefolgt von dem nächsten und dann noch einem. Gardiner gähnte und streckte sich. Er war kein Narr. Er wusste, dass selbst der Karren mit seinen krabbelnden Maden im Vergleich zur Grube das Leben bedeutete. Er wusste, dass ich es ihm erzählen würde, damit ich zumindest solange lebte, bis er überprüft hatte, ob ich die Wahrheit gesagt hatte.

Der Karren blieb stehen. Ich setzte mich auf. Gardiner hatte sein Pferd ein Stück entfernt angehalten und kratzte sich nach dem ersten Flohbiss des Morgens. Bryson taumelte schlaftrunken durch dicken weißgestreiften Matsch und schob das mit einem verblichenen roten Kreuz versehene Tor auf. Ich wollte Gardiner zurufen, dass ich ihm sagen würde, wo der Anhänger sei, verschluckte dabei allerdings einen kratzigen Strohhalm, der in meiner Kehle steckenblieb. Ich keuchte und würgte, doch ich bekam ihn nicht heraus, noch konnte ich sprechen. Ich geriet in Panik, dass es zu spät sein würde. Bryson beugte sich über mich, eine schattenhafte Gestalt, von der ich außer den Augen hinter der Maske nur wenig sah. Ich spuckte das Stroh aus und stotterte: »Der Anhänger ist …«

Bryson hielt mir den Mund zu.

Gardiner kam näher heran. »Was hat er gesagt?«

»Ich seh dich in der Hölle«, sagte Bryson.

»Dann lass ihn die Hölle sehen.« Gardiner sprang von seinem Pferd. Verunsichert starrte ich zu Bryson empor, begann stotternd zu reden, schwieg indes erneut, als Bryson ein Messer an das Seil hielt, mit dem meine Hände gefesselt waren, und es teilweise durchschnitt. Zu meinem vollkommenen Erstaunen steckte er das Messer in meinen Gürtel, als er mich vom Karren zog. Meine verwirrten Sinne kamen flüchtig zu dem Schluss, dass das eine weitere außergewöhnliche Folter war; sie planten irgendeinen Scherz mit mir, um das Vergnügen zu steigern, wie die Römer, die bewaffnete Gladiatoren gegen wilde Tiere kämpfen ließen. Meine Beine waren bereits wie tot, und ich taumelte und schwankte im Matsch, bis Bryson mich mit einem dicken Knüppel vorwärts stieß, mit dem normalerweise das Tor offen gehalten wurde. Gardiner zog seinen Stoßdegen und folgte uns, wobei er seine Maske fest ans Gesicht drückte.

Ich stolperte über die kreisrunden Furchen im Matsch, die von dem ständig wendenden Karren eingepflügt worden waren. Der Schlamm saugte an meinen Stiefeln und gab sie nur widerwillig wieder frei; er spritze hoch bis zu meinen Wangen und schien den allmählich heller werdenden Himmel zu beschmutzen. Der furchtbare Gestank war nicht so erstickend wie auf dem Karren, aber nur, weil er überlagert wurde von dem verstohlenen, Übelkeit erregenden süßlichen Kalkgeruch. Die beiden Männer, die mich antrieben, verfielen in Schweigen, bis ich stehen blieb und keinen Schritt weiterging. Keine der Zeichnungen, die ich je von der Hölle gesehen hatte, konnte an dieses Bild heranreichen. Sie waren Lügen, ein Maivergnügen aus tanzenden Teufeln und Jahrmarktsmonstrositäten. Besser in solchen Scheinfeuern zu brennen und zu schreien, als leblos in dieser Grube zu liegen. Man hatte einige Versuche unternommen, die Leichen mit Erde zu bedecken, doch nach dem letzten Regen hatte sich ein kalter, stinkender See gebildet, bedeckt mit dickem, kalkigem Schaum. Gelegentlich stieg eine Gasblase auf, durch die man hier die Knochen einer Hand, dort den starren Blick eines Kindes sah.

Ich wich zurück, stolperte gegen Bryson, der mich festhielt, stur und unbeteiligt wie ein Straßenkehrer, für den Moder und Dreck das täglich Brot waren. Gardiner schnippte mit seinem Degen in meine Richtung, doch der Gestank hielt ihn auf Abstand und ließ ihn die Maske vor die Nase pressen. »Ich sehe doch, dass deine Zunge sich lockert, Tom.« Ich sagte nichts, sondern zerrte am angeschnittenen Seil um meine Handgelenke, doch es riss nicht.

»Wo ist der Anhänger?«, blaffte er. »Bring ihn näher ran, Mr Bryson. Ich will sein Gedächtnis schärfen.«

Selbst Bryson schien unwillig. »Macht Ihr es, Captain. Euer Degen ist länger als mein Knüppel.«

Gardiner fluchte und stieß mich nach vorn. Fruchtlos zerrte ich an den Fesseln, glitt aus und fiel. Mit seinen Stiefeln schob Gardiner mich dichter an den Rand der Grube. »Wirst du es mir sagen? Ich schwöre dir, wenn nicht …«

Bryson hob den Knüppel über seinen Kopf und ließ ihn auf Gardiner niedersausen. Er hätte ihn bewusstlos geschlagen, doch der Biberhut dämpfte den Schlag. Mein Verstand war ebenso betäubt wie meine Beine, als seien beide gefesselt gewesen, und nur langsam kehrte das Gefühl in schmerzhaften Wellen zurück. Ich blickte zu Gardiner empor, der benommen über mir schwankte, dann ein Brüllen hören ließ und mit dem Stoßdegen auf Bryson losging. Bryson parierte den Schlag halb mit dem Knüppel, doch Gardiner entwaffnete ihn und riss ihm anschließend die Maske vom Gesicht. Es war Matthew.

Es schien ewig zu dauern, durch den Matsch zu rennen, der mich mit jedem Schritt aufzusaugen versuchte. Eine Ewigkeit lang schien Gardiner mit dem Schwert auszuholen, ehe ich sprang und ihn zu Boden riss. Sein Degen flog durch die Luft. Er befreite sich mit einer Rolle, sprang zu seinem Schwert und trat Matthew beiseite. Ich zerrte an dem Seil und rieb meine Haut wund, doch schließlich gab es nach. Ich riss Gardiner die Maske herunter und umklammerte seinen verletzen Arm, doch er benutzte seine Beine als Hebel und schüttelte mich ab. Er hob sein Schwert auf, während ich das Messer aus meinem Gürtel zog. Matthew lag regungslos am Boden.

Blut tropfte aus dem Riss in der Jacke über Gardiners linkem Arm. »Anhänger oder nicht«, sagte er. »Du wirst dort landen, wo er dich von Anfang an hätte reinschmeißen sollen …« Er trat nach Matthew, der stöhnend wieder zu sich kam. »Und wo er …«, er trat noch einmal zu, »… dir Gesellschaft leisten wird.«

Ich wusste nichts von den *contra cavatione* oder den *ricavatione,* den unterschiedlichen Finten und Täuschungen, die mich trotz all meiner instinktiven Reaktionen auf die wirbelnde, blitzende Klinge immer weiter zurück und an den Rand der Grube trieben, so sehr ich auch versuchte, es zu verhindern. Doch ich kannte die *stoccata lunga*, die Methode, die Spitze auf dem kürzesten und schnellsten Weg ins Herz zu stoßen. Zumindest hatte sich die Bewegungsabfolge in mein Gedächtnis eingegraben, mit der er Eaton getötet hatte. Die blitzende Klinge, die mir wie ein Dutzend Klingen erschien, schoss aus jedem möglichen Winkel auf mich zu und hypnotisierte mich, doch ich wusste, dass ich nicht auf die Klinge, sondern auf seine Beinarbeit achten musste. Wenn er den linken Fuß zurücksetzte und das rechte Knie anhob, würde er einen Ausfallschritt machen. Er hatte mich dort, wo er mich haben wollte, direkt am Rand. Der Gestank war überwältigend. Er setzte den linken Fuß zurück. Ich warf das Messer. Ich erwischte ihn in der Brust, seine Schritte wurden in eine andere Richtung gelenkt, ohne ihn indes aufzuhalten. Er prallte gegen mich und flog durch seinen eigenen Schwung in die Grube. Ich rutschte aus, schwankte am Rand, hielt verzweifelt das Gleichgewicht, bis Matthew mich packte und zurückzog.

Gardiners Schreie wurden vom kalkfarbenen Schleim erstickt, in den sich rote Blutfäden mischten und der schäumend Blasen warf, während er ihn nach unten zog, bis sich der Schaum neu zu formen begann und nichts von ihm übrig blieb als der Biberhut, der auf der Oberfläche trieb. Schaudernd wandte ich mich ab und konnte nicht aufhören zu zittern. Matthew hielt mich fest, wie er mich nicht mehr gehalten hatte, seit ich ein kleiner Junge war.

»Ich fand, es sei an der Zeit, mit dem Davonlaufen aufzuhören«, sagte er.

38. Kapitel

Matthew wollte die beiden Leichen, die mit mir gereist waren, in die Grube werfen, nicht nur, um sie loszuwerden, sondern weil drei eine Glückszahl sei. Doch davon wollte ich nichts wissen. So scheußlich sie auch aussehen mochten, sie waren meine Gefährten auf meiner, wie ich glaubte, letzten Reise gewesen, und sie hatten eine bessere Ruhestätte verdient.

»Du bist seltsam, Tom«, sagte er. »Das warst du schon immer, und ich glaube, du wirst es auch immer sein.«

Doch er ließ mir meinen Willen, und wir fanden eine Stelle unter einer Weide, von denen Matthew sagte, sie hätten einen freundlicheren Geist als die Eiben weiter flussaufwärts. Ich sagte ihm, da sei ich aber froh, denn ich wäre selbst gerne hier begraben, falls sich für mich keine Kirche finden ließe.

Er hielt beim Graben inne. »Was redest du da von deiner Beerdigung, Tom? Ich habe vor, auf jeden Fall als Erster zu gehen.«

»Warum?« Meine Stimme geriet ins Stocken. »Ich lag bei ihnen. Und sie sind an der Pest gestorben.«

»Ach.« Er grub ein Stück tiefer und sah mich forschend an. »Ist dir ein bisschen heiß?«

»Ja, genau!«

Er fühlte meine Stirn, meinen Puls und drückte dann meine Leiste. »Ist es hier empfindlich?«

Ich zuckte vor Schmerz zusammen. »Ja! Wie lange habe ich noch?«

»Ach Tom! Du wirst mich zuerst begraben.«

»Treib keine Spielchen mit mir. Sag mir die Wahrheit!«

Er hielt mich fest. »Du bist viel mutiger als ich. Und größer, und ein Soldat.«

»Das bedeutet nicht, dass ich weniger Angst habe.«

»Nein. Aber es sollte dir verraten, was das ist.« Er drehte den Leichnam mit dem opalisierenden Auge um.

»Eine Musketenwunde.«

»Und das?« Er deutete auf eine furchtbare Wunde, die den Kopf halb vom Körper getrennt hatte.

»Ein Säbelhieb! Es sind Soldaten – die an ihren Wunden gestorben sind.«

Er grinste. »Schlechtes Jahr für die Pest, das. Sie haben versucht, dir Angst einzujagen. Und, geht's dir jetzt besser? Fieber gesunken?«

Besser? Wundersamerweise waren all meine Symptome verschwunden, und ich sagte Matthew, ich wünschte, seine Zauberkunst wäre ebenso effektiv wie seine rationalen Erklärungen. Ich hoffe, die armen Soldaten werden mir vergeben, aber ich tanzte um ihre Gräber herum und hatte das Gefühl, es mit der gesamten Streitmacht des Königs aufnehmen zu können. Zumindest war ich jetzt in der Lage, sie ehrerbietiger zu behandeln. Ich durchsuchte das zerschlissene Wams des einen und die Kniehosen des anderen nach irgendetwas, das sie identifiziert hätte, aber da war nichts. Also legten wir sie in ein unmarkiertes Grab, und ich sprach ein kurzes Gebet für sie und ihre Mütter und ihre Liebsten oder Frauen, die niemals wissen würden, ob sie lebten oder tot waren.

Schließlich gelangten wir zu einer Weggabelung. Matthew hob seine Peitsche und sagte, dieser Weg führe nach Highpoint, der andere nach London, und er würde letzteren empfehlen. Ich schüttelte den Kopf und deutete auf den ersten.

»Du wirst keinen Frieden bekommen, Tom«, sagte er leise.

»Ich habe dir gesagt, dass ich ihn seinem rechtmäßigen Besitzer zurückgeben werde«, erklärte ich hitzig.

»Ach«, erwiderte er. »Tatsächlich?«

Mehr sagte er nicht, sondern trieb schnalzend das Pferd an und lenkte den Karren auf die Straße nach Highpoint.

Das Haus war wieder ruhig. Die Dienerschaft war da, zumindest sah ich ein Gesicht an einem Fenster, aber sie mussten mich vom Karren steigen gesehen haben, denn sie verschwanden erneut, wie sie es zuvor getan hatten. Die Türen zum Empfangszimmer, wo Eaton die Barrikade gebaut hatte, hingen wie trunken in den Angeln. Die aufgetürmten Möbel waren weggeräumt worden, und auf dem Boden war ein großer dunkler Fleck. Kein Zeichen von Kate. Ich erreichte Frances' Schlafzimmer lange vor Matthew, hob den Deckel einer Eichentruhe an, zog eine Schublade heraus, schleuderte Colliers und Miederschmuck fort, als sei es Theaterplunder. Die Schublade sah vollkommen normal aus. Ich schüttelte sie. Kein verräterisches Klappern. Ich leerte die zweite Schublade. Wieder nichts.

»Du hast gelogen«, sagte ich zu Matthew, als er eintrat.

»Tom. Wann habe ich dich je belogen?«

»Du lügst vielleicht nicht, aber du sagst nie die Wahrheit.«

»Gemach, gemach. Sieh dich nur an. Du veränderst dich.«

Ich hielt das für einen weiteren seiner Witze, doch dann schaute ich in den Spiegel, zuckte zusammen und sah noch einmal hin. Fast meinte ich, Eaton, oder besser sein Geist, stünde hinter mir. Der Schwerthieb, den Gardiner mir versetzt hatte, hatte auf meiner Wange eine dunkelviolette Wunde hinterlassen, die mich von einem jugendlich-frischen Jungen in einen Mann verwandelt hatte. Auf dem Porträt konnte ich den Jungen sehen, der damals ins Rathaus gelaufen war, voller Träume, dass er eines Tages ein freier Mann sein und die Tochter seines Lehrherrn heiraten würde. Der Mann, der mir aus dem Spiegel entgegenstarrte, hatte ebenfalls Träume, doch in diese mischten sich erste Schatten aus Zurückhaltung und Verbitterung. Matthews Bild tauchte im Spiegel auf.

»Willst du immer noch, dass ich sie öffne?«

»Ja.«

Er hob eine Schublade hoch. »Sieh her. Fällt dir auf, dass sie unterschiedlich dick sind?«

Ich riss sie ihm aus der Hand und hätte sie fast zertrümmert, doch er hielt mich auf und zeigte mir mit aufreizender Langsamkeit die sorgfältig verleimten Holzpfropfen, welche die Holzschrauben verbargen. Es schien ewig zu dauern, bis er die Pfropfen und Schrauben entfernt und den falschen Boden herausgenommen hatte. Auf einem Kissen aus Samt lag der Stonehouse-Anhänger. Es war, als stünde das Zimmer in Flammen. Ich zuckte zusammen, als der Falke mit seinem smaragdgrünen Schnabel nach mir zu hacken schien. Sein Nest war ein riesiger polierter Rubin, umgeben von einem Miniaturwald aus emaillierten Blumen und Insekten, eingefasst in einen goldenen Rahmen.

Jetzt versuchte Matthew mich nicht mehr aufzuhalten. Welche Kräfte mich auch immer zu dem Anhänger hingezogen hatten, sie brachten ihn nun zum Schweigen. Er beobachtete mich, während ich angestrengt überlegte, welche Juwelen Lucy Hay gedrückt hatte, und in welcher Reihenfolge. Am Rand des Miniaturwaldes gab es zwei kleine Smaragde, deren Grün dunkler war als bei den anderen, Jadegrün hatte sie es genannt. Ich hielt einen fest und drückte dann den anderen. Ich zog den Kopf ein, als der Falke mich fast am Auge traf. Der Rubin war aus seiner Halterung gesprungen und gab den Blick auf eine ovale Aushöhlung frei, in der man ein Porträt aufbewahren oder hineinmalen konnte. Doch es gab kein Porträt.

Ich hatte das Märchen vom Bild meines Vaters, das mir entgegenstarren würde, so vollkommen akzeptiert, dass ich mich fassungslos hinsetzte, unfähig zu glauben, dass dort nichts war, unfähig zu erkennen, was dort war.

»Sieh mal«, sagte Matthew und deutete auf ein kleines zusammengefaltetes Stück Papier, eingeklemmt am Boden des Fachs.

Ich erinnerte mich daran, was meine Mutter nach Kates Worten gesagt hatte: *Wenn mir irgendetwas zustößt, gib das dem Kind. Im Porträtfach ist der Beweis, wer der Kindsvater ist*. Kein Porträt, aber ihr »Beweis«, was immer das sein mochte.

Vorsichtig holte ich das Papier heraus und faltete es auseinander. Ich erwartete einen Namen, doch wie bei den Irrlichtern kam ich der Wahrheit zwar stetig näher, doch nur solange, bis sie mir erneut auswich. Es war kein Name, sondern eine Art Geheimcode. Mein Blick verschwamm, als ich mich abmühte, die Buchstaben zu lesen, denn Märchen waren überzeugend und einfach, aber letztendlich töricht. Wo hätte meine Mutter, in den Wirren jenes Tages und Abends, ein Porträt meines Vaters hernehmen sollen, um es in den Anhänger zu legen, den sie gestohlen hatte? Was tatsächlich geschehen war, musste wesentlich ergreifender gewesen sein. Die zittrigen Buchstaben hatten eine verblichene braune Farbe und sahen nicht aus, als seien sie mit Tinte geschrieben worden. Von irgendwoher hatte sie diesen Fetzen Papier ergattert und mit dem Blut meiner Geburt zwei Wörter aufgeschrieben, vielleicht mit dem Fingernagel. Das zweite Wort war so heftig verschmiert, dass ich nur den ersten Buchstaben entziffern konnte.

GRENZ-B

Ich las es Matthew vor. Er starrte den Anhänger an, dann auf den Boden und kratzte sich am Bart.

»Was bedeutet das?«

Statt einer Antwort brachte Matthew mich in das Wäldchen, in dem wir am Abend zuvor unsere Pferde festgemacht hatten. Sie hatten sich befreit, doch ich rief nach Patch und fand sie schließlich zusammen mit dem anderen Pferd. Wir ritten dorthin, wo bis zu meiner Geburt die Grenze zwischen dem Land der Pearces und der Stonehouse' verlaufen war. Jetzt waren die Zäune verschwunden. Das ganze Land gehörte den Stonehouses, doch Matthew wusste genau, wo die alte Grenze gewesen war. Wir banden unsere Pferde an einem Bach fest, für den, wie er sagte, Eaton die Quelle wieder freigelegt hatte, nachdem Kate ihn aus der Falle befreit hatte. Wir folgten dem Bach flussaufwärts und kamen an einen gut ausgetretenen Pfad, der ihn kreuzte. Es war eine unerwartet geschützte Stelle, jene Art von Versteck, die Kinder in Entzücken versetzte. Eine Baumgruppe wuchs über einer hervorragenden Felszunge, unter der sich eine kleine Höhle befand. Der Pfad führte direkt darunter entlang, hügelabwärts nach Highpoint und in die andere Richtung hinauf zu den Ruinen von etwas, das einmal ein Haus gewesen war.

»Was ist das?«

Die Höhle war verschüttet, und Matthew räumte die Steine beiseite. Er sah sich kurz um und fuhr dann fort, die Steine wegzuräumen, ehe er antwortete. »Dort hat deine Mutter gelebt.«

Ich folgte dem Pfad ein kleines Stück, bis ich anhand der alten Fundamente erkennen konnte, dass es einst ein beachtliches Herrenhaus gewesen sein musste. Die Steine waren für andere Gebäude fortgeschafft worden, bis nur noch ein dachloser, von Efeu überwucherter Flügel übrig geblieben war. In ein paar Jahren würde auch er verschwunden sein. Langsam wanderte ich im schneidenden Wind zurück, der an meinem Hut und Umhang zerrte. Das musste der Pfad gewesen sein, den meine Mutter nach Highpoint genommen hatte oder zu dieser Stelle, um ihren Liebhaber zu treffen. Oder die Liebhaber. *Ich sollte mir einen von ihnen schnappen, Kate. Was meinst du, wer es sein sollte?*

Matthew hatte den Eingang der Höhle nun freigelegt. Er kroch hinein, in den tieferen, schattigen Teil, und tastete die Wand ab.

»Hat sie sich hier mit ihren Liebhabern getroffen?«

Er kratzte sich am Kopf. »Ich erinnere mich, dass sie hier ihren Vetter getroffen hat.«

»John Lloyd?«

»Genau den.«

»Wann ist er aus Irland zurückgekommen?«

»Überhaupt nicht. Er wurde bei den Kämpfen dort getötet.« Matthew schnitt sich am Finger, fluchte und saugte daran. »Ich habe immer die Kräuter für sie hier hinterlegt.«

»Liebestränke?«

»Etwas in der Art.«

Während ich als Kind alles, was er sagte, geschluckt hatte, bemerkte ich jetzt die Veränderung in seinem Tonfall, sein ausweichendes Grinsen. »Etwas in der Art, um mich loszuwerden?«

Er tastete noch einen Moment herum, ehe er sagte: »Hat nicht besonders gut geklappt, was? … Ah!« Er hatte die Nische gefunden, nach der er gesucht hatte, entfernte den Stein vor der Öffnung und griff mit den Fingern tiefer hinein, um etwas herauszupulen. Ich schnappte es ihm aus der Hand. Es war ein kleiner Topf, notdürftig mit einem Feuerstein verschlossen. B. Das B stand für Briefe! Im Inneren des Topfes war ein kleines Bündel davon. Ich las sie, genau an jener Stelle, an der meine Mutter sie gesammelt hatte. Ich erkannte die Handschrift sofort, und alles, was ihr in jenem Jahr zugestoßen war – und mir, der ich in ihr heranwuchs – breitete sich vor mir aus.

Teil III
Edgehill

Oktober 1642 – April 1643

39. Kapitel

Ein weiteres Mal kamen Matthew und ich an eine Weggabelung. Wieder zeigte er mit seiner Peitsche den Weg an. Der eine führte nach Warwickshire, der andere nach London. Erneut flehte er mich an, mit ihm zusammen die Straße nach Süden zu nehmen, doch der Anhänger, den ich jetzt an meiner Haut trug, wie Matthew es einst getan hatte, zog mich gleich einem Kompass nach Norden. Schweigend umarmten wir einander fest, dann blickte ich ihm schweren Herzens nach, bis er auf der Straße, die er vor siebzehn Jahren mit dem Pestkarren genommen hatte, nicht mehr zu sehen war.

Südlich von Worcester stieß ich auf den Tross der Parlamentstruppen. Niemand wusste, wohin sie zogen – oder wenn sie es wussten, sagten sie es mir nicht. Als ich an einem ziemlich großen Gasthaus vorbeikam, hatte ich eine Eingebung. Eaton hatte stets das wichtigste Gasthaus einer Stadt angesteuert. Der Wirt hatte die Tür gegen die Soldaten verbarrikadiert, doch als ich unablässig dagegenhämmerte, öffnete er sie, wenn auch nur, um mir eine Pistole unter die Nase zu halten. Ich sagte, mein Name sei Eaton, und ich sei ihm Auftrag von Lord Stonehouse unterwegs. Er senkte die Pistole ein Stück, starrte meine Narbe an, schenkte mir ein kleines Bier ein und gab mir eine Nachricht, die mit dem vertrauten Falken versiegelt war.

Lord Stonehouse' Brief war kurz und kam gleich zur Sache. Er verlangte von seinem Verwalter zu hören, der, wie Eaton es nannte, so lange für ihn die Drecksarbeit erledigt hatte.

»Irgendeine Antwort?«, fragte der Gastwirt.

»Keine Antwort«, sagte ich.

Ich übernachtete in der Herberge und brach in der Morgendämmerung auf. Es war der 23. Oktober. Es regnete den ganzen Tag nicht, was ungewöhnlich für diesen Herbst war, und die Sonne ging an einem wolkenlosen Himmel auf. Lord Stonehouse' Brief war von einem Herrenhaus in Chadshunt abgeschickt worden, zwei Stunden zu Pferd entfernt. Daraus schloss ich, dass alle Stonehouses an diesem Tag in Warwickshire sein würden. Es rührte mich, dass beide Brüder, obwohl sie auf der anderen Seite als ihr Vater standen, ihm geschrieben hatten. Richard war bei Prinz Ruperts Kavallerie, und Edward diente als Kaplan bei der königlichen Infanterie.

In Chadshunt erfuhr ich, dass Lord Stonehouse im nahegelegenen Dorf Kineton in der Kirche war. Der Gottesdienst war fast vorbei. Statt hineinzugehen, betete ich draußen zu Gott, mich zu lenken bei dem, was ich entdeckt hatte, und bei dem, was ich zu Lord Stonehouse sagen sollte. Ich wartete direkt im überdachten Friedhofstor. Während ich betete, wurde der Weg draußen so belebt wie der Friedhof von St. Paul's, ebenso viele Menschen wollten in die eine wie in die andere Richtung gelangen, und ein Priester in seiner schwarzen Robe versuchte, sein Pferd zwischen den Menschen hindurchzuzwingen. Es gab sogar Hausierer, die Schutzamulette verkauften. Einer hielt mir die zerfledderten Überreste einer Taschenbibel entgegen und behauptete, sie habe eine Musketenkugel aufgehalten und verfüge über besondere Kräfte. Für einen Shilling würde sie mein Leben retten. Ich zog ihn zurück, damit das Pferd des Pfarrers passieren konnte, und starrte unversehens Edward Stonehouse in die Augen. Einen Moment wirkten sie fremd, diese trockenen blinzelnden Augen, die normalerweise hinter den Augengläsern verborgen waren. Jetzt waren sie von dutzenden Falten umgeben, weil er permanent die Augen zusammenkniff, um etwas erkennen zu können. Die beiden Armeen waren in weniger als zwei Meilen Entfernung in Stellung gegangen, und selbst ein Mann mit scharfen Augen konnte sich plötzlich auf der falschen Seite wiederfinden, ganz zu schweigen von jemandem, der nur verschwommen sah.

Edward schielte zu mir hinunter. Augenblicklich wich die Farbe aus seinen Wangen. Er stieß ein entsetztes Gebrabbel aus, sagte, das Pestkind sei um seinetwillen aus der Grube gestiegen, und gab seinem Pferd die Sporen.

Ich sprang vor, rief, dass ich mit ihm reden müsse, und erwischte fast seine Zügel. Doch ich wurde auf der einen Seite vom Hausierer behindert, der sagte, ich wolle doch gewiss mein Leben für einen Shilling retten, und auf der anderen von Händen, die auf meine Schultern klopften und mich mit festem Griff packten.

»Die Narbe gefällt mir«, sagte Luke.

»Da wird den Cavalieren angst und bange«, sagte Will.

Begeistert fielen sie über mich her, und Will forderte auf der Stelle die halbe Krone, um die er gewettet hatte, dass ich bei der Schlacht dabei sein würde, während Luke abstritt, dass es überhaupt zu einem Kampf kommen würde.

»Essex wird sich aus dem Staub machen, wie er es zuvor schon getan hat.«

Inzwischen war Edward längst verschwunden, und ich stellte fest, dass ich Lord Stonehouse schon wieder verpasst hatte. Luke fand heraus, dass er zusammen mit Essex aufgebrochen war, und versprach mir zu zeigen, wo ich ihn finden würde. Doch als ich Patch zu ihrem Lager führte, kam der Befehl, dieses abzubrechen.

Es gab eine Rinne, die als Abort diente, doch die war so verstopft und faulig, dass die Männer hinschissen, wo sie gerade gingen und standen. Tausende Männer verteilten sich über Felder und kleine Weiler und hatten Mühe, ihre Tornister zu packen und ihre Waffen zu prüfen – oder zu finden, denn Diebstähle waren an der Tagesordnung. Sie waren beladen wie Packpferde, mit Topfhelm und Brustharnisch, den indes viele ablegten, um mehr Bewegungsfreiheit zu haben. Musketiere trugen nicht nur ihre sperrigen Waffen, sondern auch Musketenstützen und Pulverhörner um den Hals. Diese hüpften und klapperten im Wind, als ich eine vertraute Gestalt sah, deren Kopf und Schultern alle anderen überragte und die gerade ihren Spieß hob.

Ich kann nicht behaupten, dass ich Big Jed umarmte, denn meine Arme schafften es nicht, seinen Leib zu umschließen, aber er drückte jedes Fitzelchen Luft aus mir heraus und hob mich halb vom Boden hoch.

»Ich habe etwas für dich«, sagte er. »Ein Kurier erreichte uns, kurz nachdem wir Highpoint verlassen hatten.«

Er zog einen Brief aus seinem Tornister. Er sah aus, als wäre er von einem Ort zum anderen gereist, um die Einheit zu erreichen. Fettflecken von einem Stück Käse hatten beinahe meinen Namen verschmiert, doch mein Herz klopfte schmerzhaft, als ich die kindliche Handschrift erkannte und das erbrach, was vom Siegel übrig geblieben war. Ich empfand eine Woge aus Freude und Schuldgefühlen, dass Anne, die sich gewissenhaft bemüht hatte, in diesem Sommer schreiben zu lernen, einen Brief zustande gebracht hatte, während ich, dem das Schreiben so leicht fiel, es nicht einmal versucht hatte. Der Brief war kurz.

Ich hätte mehr geschrieben, aber das ist mein Erster Brihf & der Kurier wartet, um nach Warre zu reiten. Ich Hoffe, du denkst an mich so Wie Ich an Dich und nicht an deine Countess.

Meine Countess? Was um Himmels willen meinte sie damit?

Ich kann dein Gedicht jetz auswändig & kann es lehsen. Ich bete für dich jeden Tach & Gott schickt dich zurück zu deiner liebenden Anne, Amen.

Ich las ihn, küsste ihn, faltete ihn zusammen, um ihn in mein Wams zu stecken, faltete ihn auseinander, las ihn erneut, um mich zu vergewissern, dass die Worte noch dort waren. Das wiederholte ich mehrere Male, bis ich merkte, dass Luke mich grinsend beobachtete. Ich stopfte den Brief schließlich in mein Wams, woraufhin Luke seines öffnete, um mir seinen Brief von Charity zu zeigen.

»Der Krieg macht aus den Frauen Dichterinnen«, sagte er.

Das Feld, das zuvor gedrängt voll gewesen war, war nun zur Hälfte leer. Ich hielt nach Patch Ausschau, aber sie war nirgendwo zu sehen. Niemand hatte sie weglaufen sehen. Sie war mehr als nur ein Pferd für mich geworden; seit wir London verlassen hatten, hatten wir alles geteilt; sie *war* London. Die Männer sahen mich gleichgültig an, als ich umherrannte und nach ihr rief.

»Wahrscheinlich ist sie requiriert worden«, sagte Will. »Such dir stattdessen lieber ein Mädchen.«

»Ich will kein verdammtes Mädchen«, schrie ich ihn an. »Ich will mein Pferd.«

»Du bist ein Fußsoldat, kein Kavallerist.«

»Ich muss Lord Stonehouse finden.«

»Hier«, sagte Jed und drückte mir einen Spieß, der fast dreimal so lang war wie ich, in die Hand. »Den habe ich gerade requiriert.«

Gegen Mittag fand Edward Stonehouse endlich den Weg zur königlichen Streitmacht auf einer Anhöhe, von der aus man das fruchtbarste Land von ganz England überblickte, einen Steilhang, der in der Gegend als Edgehill bekannt war. Erst jetzt, beim Anblick seines Königs, wurde er ruhiger. Die scharlachrote Standarte flatterte im Wind, schwarze Harnische glänzten, während Charles mit den Offizieren und Peers durch seine Truppen ritt. Er hat sich stets als Kriegerprinz dargestellt, aber seit dem Rosenkrieg vor beinahe zwei Jahrhunderten hatten Engländer auf englischem Boden nicht mehr gegeneinander gekämpft. Kriege fanden anderswo statt, in Europa, Irland oder Schottland. In diesem Jahrhundert hatte auf diesen grünen Feldern, die sich quer über das ganze Land erstreckten, Frieden geherrscht, lediglich unterbrochen durch sporadische Hungerrevolten. Unter Henry III. hatten alle Peers an Kriegen außerhalb des Landes teilgenommen. Von den Peers, die sich dicht an Charles drängten, um zu verstehen, was er sagte, teilten nur fünf diese Erfahrung. Wie ihr König hatten die meisten immer noch das Gefühl, einer Maskerade beizuwohnen. Doch als Charles fortfuhr und dabei auf viele seiner üblichen blumigen Ausdrücke verzichtete, gewann seine Stimme eine neue Stärke und bekam einen drängenden Unterton.

»In all euren loyalen Gesichtern sehe ich … dass, genau wie kein Sohn auf seinen Vater verzichten kann, kein Untertan auf seinen rechtmäßigen König verzichten kann …«

Edward strengte sich an, deutlicher zu sehen, indem er die Augen zusammenkniff, und machte die vertraute Statur seines Bruders aus, der aufrecht auf seinem Pferd saß, den Kopf gesenkt.

»Meine königliche Autorität wurde mir von Gott verliehen. Wir sind lange marschiert, in der Hoffnung, der Feind möge seinen Irrtum erkennen, doch jetzt sind wir auf ihn gestoßen. Die Angelegenheit wird nicht durch das Wort, sondern das Schwert entschieden, und wir müssen das zweifelhafte Risiko eines Krieges eingehen. Möge die Gerechtigkeit unserer Sache uns Mut verleihen und Gott uns zum Sieg führen!«

Die widerhallenden Jubelrufe erreichten uns in den Wiesen unterhalb der Anhöhe. Zu Wills Empörung waren wir zu spät gekommen und wurden der Reserve an der linken Flanke zugeteilt, in der Nähe der verlassenen Gebäude eines Gehöfts, die verstreut an der Straße nach Kineton lagen. Ich erhaschte einen Blick auf das hochgestreckte Schwert des Königs und einen Arm in schwarzer Rüstung. Die Sonne kam heraus und spiegelte sich funkelnd darin, und durch unsere Reihen lief ein Murmeln, als einige Soldaten das als ein Zeichen zu unseren Ungunsten deuteten. Ein puritanischer Prediger antwortete darauf, indem er sang: »Die Heiligen sollen fröhlich sein und preisen und rühmen …« Soldaten um ihn herum fielen ein: »Ihr Mund soll Gott erheben!«

Das einsame Donnern einer Kanone brachte sowohl den Jubel als auch den Gesang zum Verstummen.

Es war zwei Uhr. Die beiden Armeen standen nun weniger als eine halbe Meile auseinander. Essex hatte entschieden, dass ein Rückzug undurchführbar sei, aber er hatte es auch nicht eilig zu kämpfen. Es wäre Selbstmord, den Angriff hügelaufwärts zu führen. Seine Kanonen würden die Gegenseite vielleicht von ihrer überlegenen Position verjagen. Doch die Entfernung war zu groß, und wie diejenigen der antwortenden Kanone landeten die Kugeln lediglich im weichen Schlamm der Wiesen. Essex sah, wie sich mehrere Peers um den König scharten. Es schien, als sei eine Art Streit im Gange. Zwischen dem sechzig Jahre alten Earl of Lindsey, der die Infanterie kommandierte, und Richards Held, Prinz Rupert, der die Infanterie *und* die Reiterei befehligen wollte, herrschte Uneinigkeit. Als Richard wie gebannt zusah, wie Lindsey seinen Kommandostab fortwarf und rief, wenn er kein General sein könne, dann würde er als Oberst an der Spitze seines Regiments sterben, sah er seinen Bruder. Er kannte dessen erregten Zustand nur zu gut und ritt zu ihm. Er legte einen Arm um Edwards

Schulter und beruhigte ihn, während dieser von dem Teufel erzählte, der ihn verfolgte. Schließlich führte Richard ihn zur Kante des Steilhangs. Seine Augen waren so scharf wie die seines Bruders schwach waren. Er konnte unser Banner sehen: ein rotes Kreuz mit den Worten FÜR GOTT UND PARLAMENT. Er erspähte mein rotes Haar.

»Hat er Vater getroffen?«, wollte er von Edward wissen.

»Er war auf der Suche nach ihm.«

Richard konnte Essex' Banner sehen, eine gute halbe Meile entfernt auf der anderen Flanke. Erneut erspähte er mich zwischen all den Spießsoldaten, lachte und sagte, dass er leider keinen Flecken Kalk auf mir erkennen könne. Ich war wie der Rest, nur einer vom Pöbel. Edward dankte Gott dafür, dass sein älterer Bruder ihn unterstützte, genau wie er es in jener entsetzlichen Nacht getan hatte, als er sich schützend zwischen ihn und ihren Vater gestellt und erklärt hatte, das Kind könne nicht von Edward sein, da ihre Beziehung erst ein paar Monate währte.

Bestärkt durch Richards Worte, ritt Edward davon. Er war einer der Kapläne unter Sir Jacob Astley, der inzwischen die Führung von Lindsay übernommen hatte, und Edward stimmte mit besonderem Eifer in dessen kurzes Gebet mit ein: »O Herr, du weißt, wie beschäftigt ich an diesem Tag bin. Wenn ich dich auch vergesse, bitte vergiss mich nicht!«

Inzwischen war es Nachmittag geworden. Es war immer noch klar, aber die Wärme, die tagsüber geherrscht hatte, begann zu schwinden. Ich war überzeugt, dass wir an diesem Tag nicht mehr kämpfen würden, dass wir wieder nur umeinander kreisen und herummanövrieren, noch mehr Psalmen singen und Reden halten würden. Dann sahen wir, wie ihre Kavallerie vorsichtig, beinahe gesetzt, sich ihren Weg den steilen Abhang hinunter bahnte. Eine Steinlawine brach los, und ein Pferd wäre beinahe gestürzt. Als der Boden nur noch sanft abfiel, fiel die Kavallerie in Trab, und schließlich blies ein Trompeter zum Angriff.

Wie erstarrt sah ich zu, gefesselt von dem Anblick und den Geräuschen, den Farben der Wimpel, dem Aufblitzen der gezückten Schwerter. Mir war, als sähe ich eine Vorstellung auf einem Turnierplatz. Ich war wieder der Junge, der die Sehenswürdigkeiten Londons bestaunt, den Prunk, die königliche Parade. Auch andere standen gaffend da. Wir waren alle aus London, waren Drechsler, Schneider, Gerber, Bäcker und Drucker, Kutscher und Fährmänner. Manche trugen immer noch die Kleidung ihres Handwerks. Wir waren hart ausgebildet worden, doch nur im Exerzieren und in Waffenbefehlen, von denen es allein achtundvierzig für die Muskete und fünfundsechzig für den Spieß gab. Die einzige Kampferfahrung der meisten von uns bestand darin, Teil des Mobs in London gewesen zu sein. Aus diesem Grund waren so viele von uns wie hypnotisiert von dem wunderbaren Spektakel, das über die Wiesen Kinetons auf uns zugaloppiert kam.

»Stellt eure verdammten Spieße auf«, brüllte Jed, der weniger Phantasie, aber weit mehr Vernunft besaß.

Bei diesem ersten Angriff waren die Musketen von ebenso geringem Nutzen wie die Kanonen. Ein Pferd wurde getroffen, und ich sah den Kopf eines Mannes verschwinden, während sein Pferd weiterlief, eine Hand hielt noch die Zügel umklammert, die andere sein wegrutschendes Schwert. Die meisten Soldaten hatten ihre Musketen zu früh abgefeuert, und es blieb keine Zeit, sie erneut zu laden. Die gegnerischen Reiter näherten sich in einem schrägen Winkel, zerschlugen die Flanke unserer Kavallerie und stürmten auf die erste Kampflinie der Infanterie zu, die daraufhin die Flucht ergriff. Ein Mann rannte schreiend auf uns zu, Blut sprudelte aus einer Schwertwunde an seinem Hals. Er fiel, und Jed stolperte fast über ihn, ehe er ihn beiseiteschob.

»Haltet eure Spieße hoch!«, schrie Will. »Wenn ihr davonlauft, seid ihr tot!«

Er stand da, schlug auf die fliehenden Soldaten ein und flehte sie an, zu bleiben und zu kämpfen, während Luke, der alle Regeln über das Nachladen der Musketen gebrochen hatte, versuchte, Ruhe unter die sich zerstreuenden Musketiere zu bringen, mit einer Art gezwungener, benommener Höflichkeit.

»Zündschnur anpassen. Nachladen. Präsentieren.«

Die wiehernden Pferde mit geweiteten Nüstern waren ebenso verängstigt wie die Männer. Eines rannte in die aufgestellten Spieße, als sei es ein Zaun bei der Jagd. Es stürzte zu Boden, hatte sich selbst aufgespießt, und gelbliche Eingeweide quollen auf die Wiese, die unter dem aufgewühlten Schlamm verschwunden war. Das Pulverhorn mit dem Schießpulver am Hals eines Musketiers unter Lukes Kommando fing Feuer, und eine Ladung setzte die andere in Brand. Er wirbelte herum wie ein schreiendes Feuerwerk, schlug sich auf seine brennende Kleidung und fiel von hinten in unsere Linie, gerade als das um sich tretende sterbende Pferd von vorn hineinstürzte. Schlitzend und hackend brachen die Cavaliere durch und galoppierten weiter. Nur einer zügelte sein Pferd und schwenkte um. Selbst in diesem Moment sah ich darin vor allem ein Bespiel meisterhafter Reitkunst. Richard hielt sich tief im Sattel, die schwache Andeutung eines Lächelns auf den Lippen, und konzentrierte sein ganzes Sein auf die Spitze, nicht die Klinge seines Schwertes. Wie gelähmt von diesem Anblick stand ich da, bis die Klinge nur noch wenige Zoll von mir entfernt war und ein gewaltiges Gebrüll ertönte, das eher von einem Tier als von einem Menschen zu stammen schien. Jed hob den hinteren Teil seines Spießes an und schlug damit die Klinge fort. Richard versetzte ihm einen Hieb. Jed taumelte und ließ seinen Spieß fallen. Schreiend richtete ich meinen in die Höhe. Richards Pferd bäumte sich auf und warf ihn beinahe ab, ehe es von den letzten angreifenden Pferden wie von einer Woge mitgerissen wurde.

Genauso plötzlich, wie sie gekommen waren, waren sie wieder verschwunden und führten nicht wenige unserer Pferde mit sich. Wenn sie hinter unserem Rücken kehrtgemacht hätten, wäre es vorbei gewesen. Doch unsere Gegner waren nicht disziplinierter als wir. Die fliehenden Soldaten waren für sie wie fliehende Füchse, Geschmeiß, das ihre Ländereien heimsuchte, ihnen aber auch das Vergnügen der Jagd bescherte. Sie ritten ihre Beute zu Tode, bis sie nach etwa zwei Meilen in Kineton auf den Tross der Parlamentsarmee stießen und ihn plünderten.

Es herrschte eine sonderbare, verblüffte Stille, in der das Gebrüll und das Donnern der Pferde allmählich von den Schreien der Verwundeten ersetzt wurden. Ich konnte Jed nirgends sehen. Ich torkelte herum wie ein Betrunkener, so wie viele andere. Ich hob meinen Spieß, als ein geschwärztes, blutiges Gesicht auf mich zutaumelte, ehe ich erkannte, dass es Will war. Wortlos schob er mich vorwärts. Ich dachte, es sei vorbei, aber wir formierten uns erneut in einer Kampflinie. Ungläubig sah ich ihre Infanterie auf uns zukommen. Anders als die Pferde, die gleich einer donnernden Woge durch uns hindurchgefegt waren, waren die Infanteristen wie ein sich langsam bewegender Ozean, der sich kaum merklich vorwärts schob. Es waren viel mehr Männer als wir, und wenn sie ebenfalls ordentlich bewaffnet gewesen wären, wäre dies das Ende gewesen. Doch viele Männer hatten nur Keulen, hoben hier ein Schwert, dort eine Muskete von den Toten und Verwundeten auf, als sie über sie hinwegstiegen.

Es folgte das, was in den Dienstvorschriften »Spießdrücken« genannt wurde, planmäßige geordnete Bewegungen, die das Chaos und das Blutbad vollkommen ignorierten, während jede Seite ein paar Yard gewann und alsdann wieder verlor.

Wir stolperten über Leichen, duckten uns, rutschten torkelnd über das Gras, das im Matsch verschwunden und in Blut gebadet war.

Luke gingen die Zündschnüre aus, und er rannte die Reihe auf und ab, bemüht, irgendeine Art von Ordnung aufrechtzuerhalten, die sich jedoch rasch auflöste. Wir waren keine Männer mehr, sondern Ameisen, die, sobald ihr Nest zerstört war, herumwuselten, um unablässig ihre Pflicht zu erfüllen. In endlosen Wiederholungen trampelten wir über die Gefallenen, um ihre Plätze einzunehmen. Die vor uns waren Dämonen, mit geschwärzten, blutbefleckten Gesichtern. Mein spezieller Dämon hatte einen offenen Mund mit abgebrochenen Zähnen und eine riesige Warze seitlich an der Nase. Als mein Spieß ihn durchbohrte, ertönte ein blutrünstiges, befriedigtes Heulen. Es dauerte einen Moment, bis ich begriff, dass das Heulen aus meiner eigenen Kehle kam.

Langsam, doch unaufhaltsam ging die Sonne unter. In der Dämmerung sah ich eine Gruppe der royalistischen Kavallerie auf der Straße nach Kineton und dachte, beinahe gleichgültig, dass sie uns den Rest geben würden. Aber eine Kavallerieeinheit der Roundheads überraschte sie, angeführt von einem Mann mit zerzausten Haaren, der seinen Helm verloren hatte und wild auf sie zustürmte, um sie zu zerschmettern.

Als es fast zu dunkel war, um noch etwas zu erkennen, zogen sich beide Seiten wie in gegenseitigem Einvernehmen ein paar Schritte zurück. Sie waren wie zwei verwundete Bestien, widerwillig, ihr Territorium aufzugeben, aber zu erschöpft, um zu kämpfen oder auch nur einen Fuß vor den nächsten zu setzen. Hin und wieder fielen vereinzelte Musketenschüsse. Ein oder zwei Männer stolperten davon. Die meisten taten nichts, außer dazustehen, ihre Waffen zu umklammern und benommen hin und her zu schwanken, während sie die verblassenden geisterhaften Gestalten der Gegenseite anstarrten.

Wir nahmen wieder unsere ursprüngliche Stellung ein, und sie machten es genauso. Jede Seite hielt verbissen an der Tradition fest, dass ein Verlassen des Schlachtfelds einer Niederlage gleichkäme.

Der Mond ging auf. Zuerst bemerkte ich es kaum, dass Ben eine Wunde an meinem Bein verband. Ich konnte mich nicht daran erinnern, wie ich sie mir zugezogen hatte, doch jetzt pochte sie schmerzhaft. Ben war beim Tross gewesen, doch er hatte es geschafft, sein medizinisches Zubehör in Sicherheit zu bringen, ehe die Cavaliere es an sich nehmen konnten. Seit ich zurückgekommen war, hatte ich nicht gesprochen, doch jetzt fand ich meine Stimme wieder.

»Jed ist da draußen … er ist verwundet.«

»Er ist zurückgekommen. Ich habe mich um ihn gekümmert.« Ben ging zu Luke, der eine Kopfwunde hatte. »Jed wird vielleicht seinen Arm verlieren. Hol Wasser.«

In der Nähe der verlassenen Hofgebäude war ein kleiner Bach. Ich nahm einen Eimer und humpelte darauf zu. Es war eine klare Nacht, und die Andeutung von Frost lag bereits in der Luft. Vom Schlachtfeld wurden die vernehmlichen Schreie der Männer herübergeweht. Sie riefen nach Gott oder ihren Müttern. Ich konnte nichts tun, doch ich wünschte, ich könnte die Ohren vor den Schreien verschließen, denn sie weckten in mir ein quälendes Gefühl der Mitmenschlichkeit, das ich nicht ertragen konnte. Nicht jetzt. Ich wollte in diesem betäubten, gefühllosen Zustand verharren. Doch dann registrierte mein Verstand inmitten dieses entsetzlichen Chors ein Geräusch der Vernunft – das Wiehern eines Pferdes.

»Patch!«, rief ich.

Ich rannte um die Gebäude herum, so schnell mein Bein es zuließ, und fand die Ställe. Im Dämmerlicht war ich sicher, dass es Patch war. Doch als ich näher kam, erkannte ich, dass das Tier schwarz war und mehrere Handbreit größer als meines. Doch es war ein Pferd, und in diesem Moment fühlte ich mich ihm näher als jedem Menschen. Ich stellte den Eimer ab und schnalzte leise mit der Zunge.

»Ein Pferdedieb bist du also auch noch!«

Richards entspannter, spöttischer Ton ließ mich erschaudern. Ich wirbelte herum, doch ehe ich mein Messer zücken konnte, war die Spitze seines Schwertes schon an meiner Kehle. Sein Gesicht lag im Dunkeln, die zerfetzten Überreste seines Umhangs hingen über seinem Schwertarm.

»Ich habe keinen Streit mit Euch, Vater«, sagte ich so ruhig, wie meine Stimme es zuließ.

Er lächelte und trat in den schmalen Lichtstreifen aus Mondlicht, das durch die Tür hereinfiel. »Du bist ein kluges Kind. Zuerst gibst du vor, Vaters Sohn zu sein, dann Edwards, und jetzt bin ich an der Reihe. Ich habe es dir gesagt, John Lloyd ist dein Vater.«

»Dann muss er aus dem Grab zurückgekommen sein, um sie zu lieben. Er ging im Sommer zuvor nach Irland und wurde dort getötet.«

»Das beweist immer noch nicht, dass du mein Sohn bist.«

»Ich habe die Briefe, die Ihr meiner Mutter geschickt habt. Von den ersten Zeilen über die unsterbliche Liebe bis zu ›hier ist eine Krone, damit du Hure abtreiben kannst‹. Ich habe sie heute Morgen Eurem Vater gezeigt.«

Er sagte keinen Ton. Die Schwertspitze zielte jetzt auf mein Herz. Die ganze Zeit über achtete ich auf seine Füße, auf sein Gleichgewicht. Sobald er das Gewicht auf den rechten Fuß verlagerte, blieb mir der Bruchteil einer Sekunde Zeit, ehe er mich töten würde. Der Eimer war auf ein Bündel Stroh gefallen. Ich streckte meine Hand danach aus, konnte ihn aber nur mit den Fingerspitzen berühren.

Die Klinge senkte sich minimal, nur um abrupt wieder angehoben zu werden. »Du lügst. Mein Bruder sagt, du hättest

Vater gesucht. Du hast ihn gar nicht gefunden, stimmt's? Ich habe dich beobachtet. Du wärst nie bei den Spießgesellen gelandet, wenn du ihn gefunden hättest.«

Ich begann, auf ihn zuzugehen, nicht von der Klinge fort, sondern in sie hinein. Ich hörte auf, seine Füße zu beobachten, und blickte ihm direkt in die Augen. Ich versuchte, der Mensch zu werden, der ich vor dem Schlachtfeld gewesen war. Es war eine Sache, wenn er jemanden damit beauftragte, mich zu töten, etwas anderes, wenn er als Vater seinen eigenen Sohn tötete. Stockend sagte ich ihm genau das.

»Das liegt daran, dass du zum Pöbel gehörst. Adlige machten so etwas ständig«, sagte er verächtlich. Doch er wich meinem Blick aus, nur um erneut voll schauderhafter Faszination davon angezogen zu werden. Ich konnte die Gedanken fast sehen, die durch seine Augen hinein und wieder heraus zu schlüpfen schienen. *Mein Kind. Mein Kind!* Ich durfte nicht flehen. Ich durfte nicht betteln. So etwas tat nur der Pöbel. Ich musste es irgendwie schaffen, in seinen Augen nicht länger das Pestkind zu sein. Ich musste zu dem Kind werden, das er vielleicht gewollt hatte. Die ganze Zeit, während ich mich vorwärtsbewegte, wich er zurück bis zur Stallwand. Die Schwertspitze durchbohrte mein Wams, kratzte an meiner Haut, aber er war mir zu nahe, um mir einen tödlichen Stoß zu versetzen.

»Ich will das Erbe nicht, Vater. Ich will nur …«

»Nenn mich nicht so!«, schrie er.

»Tom!«, rief Luke.

Richard schleuderte mich quer durch den Stall, so dass ich gegen die gegenüberliegende Wand krachte und zu Boden ging. Die Schwertklinge schoss nach vorn wie die Zunge einer Schlange. Ich unterdrückte jeden Drang, die Augen zu schließen, und starrte weiter in seine.

Im letzten Moment hielt die Schwertspitze inne und verharrte. »Antworte ihm.«

Ich schluckte, keuchte und brachte einen Moment lang keinen Ton heraus.

Er schluckte ebenfalls und atmete schwer. »Antworte ihm!«

Zwei Wörter brachte ich heraus. »Komme gleich!«

Dort, wo er mich hingeschleudert hatte, lag ich näher bei der Tür. Ich konnte gerade noch den Rand des Feldlagers sehen. Luke, dessen Kopf inzwischen bandagiert war, ging im Schein des Feuers umher und blickte in Richtung der Ställe.

Bring ihn dazu, weiterzureden, befahl ich mir selbst, aber mein Verstand war wie blockiert. Alles, was ich hervorbrachte, war ein dümmliches Gestammel.

»Habt Ihr sie geliebt?«

»Sie geliebt?« Er stieß ein ungläubiges Lachen aus. »Ich habe von Anfang an gewusst, was sie war.«

Sein Vater, sein lieber Vater, sagte er, und in seiner Stimme lagen sowohl Sehnsucht als auch Hass, habe ihm nie für irgendetwas Anerkennung gezollt. Doch er hatte Margaret Pearce durchschaut, als sie in tiefstem Schwarz zur Beerdigung ihres Vaters kam. Ob er sich von ihr angezogen gefühlt habe? Natürlich! Das erging jedem so. Aber er kannte die Frauen. Er hatte genug von ihnen gehabt.

»Wie Jane«, konnte ich mich nicht enthalten einzuwerfen, als mir die Geschichte einfiel, die sie mir in Turvilles Haus erzählt hatte.

»Jane?«, fragte er.

Er hatte sie vergessen. Ich verfluchte mich, dass ich ihn abgelenkt hatte, aber es spielte keine Rolle. Als stünde er unter Zwang, fuhr er fort, getrieben davon, über etwas zu reden, von dem er nie zuvor einer lebenden Seele erzählt hatte. Väter und Söhne! In beinahe jedem seiner Worte schwangen Stolz und Hass auf seinen Vater mit. Sein Vater war der klügste, scharfsinnigste aller Männer, aber ein vollkommener Narr, sobald es um Frauen ging. Seine Frau hatte ihn um den kleinen Finger gewickelt. Als sie starb, hatte er nie aufgehört, sie zu betrauern – bis er Margaret Pearce in tiefstem Schwarz sah.

Oh, es gab keinen Mann bei der Beerdigung, der nicht mit ihr mitfühlte, sagte Richard, hier oben – er tippte sich an den Kopf – und hier unten – er schlug sich klatschend auf den Schritt. O ja, er wollte sie! Und wie er sie wollte!

Luke sagte etwas zu Ben, ihre Schatten hüpften und schwankten im Feuerschein. Dann schlenderte Luke langsam und gemächlich, als genieße er nach der Hitze des Gefechts die kalte schneidende Luft, auf die Ställe zu, wo wir uns befanden. Ich betete darum, dass er sein Schwert bei sich hatte.

Am Tag der Beerdigung, erzählte Richard, wurde er ins Studierzimmer seines Vaters gerufen. Nachdem Lord Stonehouse mit der Auflistung seiner Verfehlungen fertig war und Richard bereits Anstalten machte zu gehen, fügte er noch hinzu: »Margaret Pearce. Respektiere ihre Trauer.« Das war alles. Respektiere ihre Trauer, zusammen mit einem eindringlichen Blick aus diesen schwarzen Augen.

»Ich war – wie alt bist du?«

»Siebzehn.«

»Ich war neunzehn! Neunzehn! Ich glaube, er hat bis dahin nur meine Mutter gekannt. Ich hatte Huren gehabt, Dienstmädchen, selbst eine Hofdame, die alt genug war, um meine Mutter sein zu können und die mich mehr über die Hinterlist eines Frauenherzens lehrte, von deren Ausmaß mein Vater nicht einmal etwas ahnte. ›Respektiere ihre Trauer!‹ Mit anderen Worten, Finger weg, sie gehört mir. Er war blind und sah nicht, auf was er sich da einließ, was sie tat. Ich wusste, wofür sie ihre Trauer benutzte! Zur Verführung, der raffiniertesten Form der Verführung.«

In seiner Stimme schwang eine grimmige Bewunderung mit, und plötzlich erkannte ich, dass meine Mutter und er aus demselben Holz geschnitzt waren. Seine Augen glänzten, und das Schwert zitterte. Vielleicht hatte er sie auf seine Weise doch geliebt, und sie hatte diese Liebe auf ihre Weise erwidert. Dann bekam seine Stimme einen scharfen, verbitterten Beiklang.

»Ich wusste genau, was sie tat.«

»Sie plante insgeheim, Highpoint zu übernehmen.«

Er ließ das Schwert sinken. »Woher weißt du das?«

Ich dachte an das, was Kate mir erzählt hatte, und schüttelte den Kopf. Origo mali, die Quelle des Bösen. Der Familienbesitz. Unvermittelt empfand ich zum ersten Mal einen winzigen Hoffnungsschimmer, dass wir einander die Hand reichen und uns möglicherweise eines Tages sogar verstehen könnten. Ich machte einen zaghaften Schritt auf ihn zu. Das Schwert hob sich. Luke schlenderte auf die Ställe zu, doch ich bemerkte ihn erst, als er stehen blieb. Er musste Richards Klinge in der Tür aufblitzen gesehen haben, denn er hob seine Hand zum Gürtel.

»Warum habt Ihr es ihm nicht gesagt?«

»Es ihm gesagt?! Es wäre völlig sinnlos gewesen. Ich war neunzehn. Was wusste *ich* schon von Trauer, Liebe, was wusste *ich* schon von *irgendetwas*?«

Sein Innerstes war von einer Bitterkeit erfüllt, die so lange hinter hohen Dämmen verborgen war, dass er nun erzitterte. Ich machte einen winzigen Schritt auf ihn zu. Vielleicht stammte ein Teil meiner eigenen Auflehnung von ihm – und vielleicht merkte er das, denn er senkte die Schwertspitze. Noch einen Schritt, und ich könnte mich unter dem Schwert hindurchducken und seinen Arm packen.

»Der Familienbesitz stand rechtmäßig mir zu, aber ich kannte Frauen wie sie. Sie hätte meinen Vater dazu gebracht, den Besitz ihr zuzusprechen – ganze Straßen in London, die ihm gehören.«

»Und warum hat sie dann nicht einfach Lord Stonehouse nachgestellt?«

»Und ob sie das getan hat! Natürlich war sie hinter ihm her. Doch mein Vater, so klug er auch ist, so naiv ist er, wenn es um Frauen geht. Er respektierte ihre Trauer zu lange. Mit seinen Gefühlen knausert er wie ein Geizhals mit seinem Geld, und sie glaubte, sie würde bei ihm nichts ausrichten können. Also wandte sie sich mir zu. Ich mimte den Unschuldigen. Ich war leichter zu haben. Und jung … und wir fühlten uns beide … eine Zeitlang … zueinander hingezogen und – aber du bist zu jung, um irgendetwas über die Liebe zu wissen.«

»So, wie Euer Vater es von Euch behauptete.«

Er schenkte mir einen wütenden Blick, das Schwert kam erneut mit einem Ruck nach oben. Dann lachte er kurz auf. Sein Arm entspannte sich, die Klinge senkte sich erneut. Das war der Moment. Ein Schritt. Ein halber Schritt, und ich hätte ihn gehabt, hätte ihm das Schwert aus der Hand winden können. Ich hätte es gekonnt. Ich wusste es. Doch in diesem Augenblick war ich ebenso von der Geschichte in den Bann gezogen, wie er begierig darauf war, sie zu erzählen.

»Was geschah dann?«

»Ich habe sie geschwängert. Sie glaubte, ich würde sie heiraten. Ich machte ihr klar, dass ich wusste, was für ein Spiel sie trieb, und dass sie das Kind loswerden sollte … niemals … in einer Million Jahre nicht … hätte ich gedacht, dass sie sich daraufhin meinem Dummkopf von einem Bruder zuwenden würde …«

Seine Wachsamkeit hatte gänzlich nachgelassen. Ich hätte ihn überwältigen können, oder ihn weiterreden lassen können. Vielleicht, vielleicht. Ich werde es niemals wissen. In dieser Nacht herrschte tiefer Frost, der einen glitzernden Schimmer auf die Grashalme legte, dort, wo das Mondlicht sie berührte. Ich hörte Lukes Stiefel darauf knirschen. Sah sein Schwert funkeln.

»Nein, Luke, nein!«, rief ich.

Er hatte seinen Stoß zur Hälfte ausgeführt. Mein Schrei brachte nicht nur ihn dazu, seinen Stoß teilweise abzufangen, sondern alarmierte auch meinen Vater. Es war zu spät, als dass er den Hieb mit dem Schwert hätte parieren können, doch er drehte sich weg, so dass Luke ihn nur an der Seite erwischte. Dann stürzte mein Vater sich mit solcher Macht auf ihn, dass er das Schwert nicht zurückziehen konnte, als Luke fiel. Ich fing meinen Freund auf, während Richard vergeblich versuchte, das Schwert aus dessen Brust zu ziehen. Auf Lukes Gesicht lag ein überraschter Ausdruck, vollkommene Ungläubigkeit und dann der Schatten seines entwaffnenden Lächelns.

»Ich dachte, ich würde … davonkommen … alter Fr…«

Blut quoll plötzlich aus seinem Mund. Ich schrie nach Ben und hielt Luke an mich gedrückt, als er erneut unter Mühen sprach. »Sag Charity, dass ich sie liebe, ich sehe sie im Him…«

Ben zog mich zur Seite und kniete neben Luke nieder. Wegen des Schwerts konnte er das Wams nicht öffnen und schnitt es deshalb mit dem Messer auf. Er schälte die blutgetränkten Briefe fort, die Charity Luke geschickt hatte. Er unternahm einen vergeblichen Versuch, die Blutung zu stoppen, dann schüttelte er den Kopf.

Ich hörte das Pferd und sah aus den Augenwinkeln, wie mein Vater davonritt. Ich heulte wie der Insasse eines Tollhauses, eilte ihm humpelnd hinterher und zerrte mein Messer aus dem Gürtel.

Einige Zeit später fand Ben mich auf dem Schlachtfeld, wo die Toten und Verwundeten reglos dalagen, während der Frost immer stärker wurde. Immer wieder stach ich auf einen Mann ein, der bereits tot war. Neben mir lag Richards zerfetzter Umhang. Der Mann, auf den ich einstach, war nicht Richard. Mein Verstand war wie leergefegt, und ich konnte Ben nicht erklären, warum ich es tat. Weder Ben noch ich hatten den

Mann je zuvor gesehen. Ebenso wenig war es möglich zu sagen, für welche Seite er gekämpft hatte, denn er war, wie viele andere, ausgezogen worden, von Männern, die Ringe, Stiefel, Gürtel einsammelten – alles, was sie gebrauchen oder verkaufen konnten. Als Ben mich zurück zum Lager brachte, konnten wir immer noch hören, wie die Plünderer über das Feld wanderten, gleich Wölfen in der Nacht.

40. Kapitel

Das Tollhaus, durch das ich schritt, war Teil eines noch größeren Tollhauses. Beide Seiten beanspruchten den Sieg für sich. Flüchtige Deserteure der Parlamentstruppen, die in Oxford ankamen, berichteten, die ganze Armee sei auf dem Rückzug und der König auf dem Weg nach London. In London druckte jemand, der sich ein »Edelmann von höchstem Range« nannte – es könnte der ohrlose Jack gewesen sein – zwei Tage nach der Schlacht, am 25. Oktober, eine verschmierte Quartausgabe, in der erklärt wurde, die Parlamentstruppen hätten einen großartigen Sieg errungen, bei dem Prinz Rupert gefangen genommen wurde.

Was keine der beiden Seiten erwartet hatte, war eine Pattsituation. Jeder glaubte, solch ein erbitterter Konflikt müsse doch alles lösen, auf die eine oder andere Weise. Der König marschierte auf London zu. Am 13. November brandschatzte Rupert Brentford, zehn Meilen westlich von London. Londoner gerieten in Panik und Wut zugleich. Die Angst, ihr Hab und Gut zu verlieren, brachte etliche Royalisten dazu, das Parlament zu unterstützen. Am folgenden Tag sahen sich die royalistischen Truppen in Turnham Green einem Heer von Londonern gegenüber, das zusammen mit Bürgergarden aus Hertfortshire, Essex und Surrey eine Streitmacht von vierundzwanzigtausend Mann bildete. Ein paar Schüsse wurden abgefeuert. Der König hatte weitaus zahlreicheren Feinden gegenübergestanden, aber da war noch etwas anderes, das ihn den Rückzug antreten und den Winter in Oxford verbringen ließ. Die Erinnerung an Edgehill schwebte wie ein Gifthauch über allen. Sowohl der König als auch Essex hatten die frostige Nacht auf dem Schlachtfeld verbracht. Der König hatte auf die sechzig Leichen gestarrt, die dort lagen, wo seine Standarte gestanden hatte, ehe er sich an ein Lagerfeuer kauerte, unfähig zu schlafen, solange die Verwundeten schrien. Niemand wünschte eine Wiederaufnahme des Kampfes. Doch ebenso wenig würde eine von beiden Seiten nachgeben, wenngleich man halbherzig zu verhandeln begann.

Es war Mitte Dezember, als ein Karrenlenker, der die letzten vom Frost angeschlagenen Früchte der Saison von einer Obstplantage in Chiswick geladen hatte, mich in die Stadt mitnahm.

Ich ging am Aldersgate entlang und bog in die Cloth Fair ein. Es schneite, doch der Schnee blieb noch nicht liegen. Die Stadt war ruhig. Die Luft war sonderbar sauber. Der Geruch von Smithfield war nur ein Gespenst seines früheren Gestanks, da sich in den Schlachthöfen nur wenig Fleisch befand. Ich stand an der Einfahrt zum Half Moon Court, und eine unerklärliche Panik ergriff mich, denn ich hatte das Gefühl, etwas Schreckliches getan zu haben, aber nicht zu wissen, was es war. Aus der Druckerei ertönte ein stetiges rhythmisches Klappern. Ich kannte und liebte jedes Geräusch, das Stöhnen des Drucktiegels – die Presse brauchte Öl –, das leise Seufzen, wenn die Druckform das Papier berührte. Vor Edgehill hatte ich mich danach gesehnt, hier zu sein, hatte mir ausgemalt, wie ich über diesen Hof in Annes Arme laufen würde, wie ich sie unter dem Apfelbaum drücken und küssen würde. Doch jetzt stand ich da, und es widerstrebte mir, hineinzugehen. Die Panik in mir wuchs, während ich durch das Schneetreiben auf den nackten Baum starrte, auf das Fenster im hervorstehenden Giebel, aus dem ich mit so vielen Träumen geblickt hatte.

Im Inneren erhoben sich laute Stimmen, und dann kam Sarah heraus, um das Nachtgeschirr zu leeren, während sie über die Schulter nach hinten rief, dass sie damit Kopf und Kragen riskieren würde. Anne folgte ihr. Was immer mit meinem Verstand geschehen war, mein Herz war immer noch da. Es hoffte, hüpfte, sprang, blieb stehen und fing doppelt so schnell wieder von vorn an, als ich sie sah. Aber warum stürmte ich nicht auf sie zu? Warum stand ich nur gaffend da, wie Sarah es zu nennen pflegte, als ich ein Lehrjunge war, der sich weigerte, Stiefel zu tragen? Anne war genauso schön, wie ich sie in Erinnerung hatte. Nein, noch schöner. Sie trug ein altes blaues Kleid, ihr Haar war zerzaust, und sie zog das Tuch ihrer Mutter fest um ihre Schultern, während sie mit Sarah um höchst alltägliche Sorgen stritt. Ich liebte sie und sog hungrig jedes Wort, jede Bewegung auf.

»Biiittte Sarah. Nur einen Eimer.«

»Master hat gesagt, keine Kohlen mehr bis es dunkel wird.«

Schmeichlerisch streichelte Anne ihre Wange. »Fühl meine Hand. Sie ist halb gefroren.«

»Wisst Ihr nicht, dass es eine Blockade in Newcastle gibt?«

»Es wird dir noch leid tun, wenn ich mich zu Tode friere.« Sie ging hinein und schmetterte die Tür hinter sich zu.

»Leid tun? Es wäre eine Befreiung!«, murmelte Sarah und kippte die Nachttöpfe aus, als ihr Blick auf mich fiel.

Darum also war die Luft so sauber. Nur wenige Schornsteine rauchten. Ich wandte mich ab. Ich trug einen ramponierten breitrandigen Hut, den ich Gott weiß wo aufgegabelt hatte, und obwohl meine Kniehosen und das Wams noch dieselben waren, waren sie nur noch gut genug, um auf dem Müllhaufen zu landen. Was von der Sohle meines einen Stiefels übrig geblieben war, wurde lediglich durch ein Stück Schnur am oberen Teil gehalten.

»Noch ein dreckiger Lausebengel, der behauptet, aus dem

Krieg zu kommen«, grummelte Sarah vor sich hin, doch sie sprach absichtlich laut genug, damit ich es hören konnte.

Ich konnte keinen Augenblick länger bleiben. Konnte keinem von ihnen unter die Augen treten. Ich brauchte die Sicherheit und Anonymität der Straße.

»Halt! Hierher! Du da!« Sie kam hinter mir her, nestelte in ihrer Schürzentasche herum, in der sie stets ein paar trockene Brotkanten für Bettler hatte. Sie hielt mir den Kanten hin und ließ ihn dann zusammen mit dem Eimer fallen. »Der Herr sei gepriesen! Es ist Tom! Tom!« Sie umarmte mich, doch dann zuckte sie zurück. »Dein Gesicht. Was um Himmels willen hast du bloß angestellt? Du stinkst ja wie der Abfallhaufen.« Dann umarmte sie mich erneut mit glänzenden Augen. »Es ist Tom! Tom!«

Das ganze Haus schien in den Hof einzufallen, so viele Türen wurden aufgerissen und so viele Rufe ertönten. Die Druckerpresse blieb mitten in der Umdrehung stehen. Ein Fenster flog auf, und Mrs Black lehnte sich heraus.

»O mein Gott! Und ich bin gar nicht richtig angekleidet, um ihn zu empfangen! Jane!«

Anne rannte heraus, das Tuch flog ihr von den Schultern. »Tom … Tom … du bist zurückgekommen … du bist …« Sie blieb stehen und schlug sich die Hände vor den Mund, um einen Schrei zu ersticken. »Einen Moment lang glaubte ich, du wärst Eaton.«

»Eaton ist tot.«

»Gott sei gedankt.«

»Gott sei seiner Seele gnädig«, sagte ich, mit dem ersten Ausbruch von Leidenschaft, der seit langer Zeit in mir aufstieg.

»Was ist los, Tom?«, flüsterte sie. »Was ist passiert?«

Ich wollte immer noch davonlaufen, und zugleich sehnte ich mich danach, sie in den Arm zu nehmen. Wie konnte das sein? »Ich weiß nicht«, sagte ich. »Ich weiß es nicht.«

Sie zog mich an sich und küsste mich, und dann wurden wir bestürmt. Mr Black packte mich bei der Hand, zog mich hinein und rief Sarah zu, sie solle Kohlen aufs Feuer werfen. Merkte sie denn nicht, wie kalt es war? Seine Stimme war immer noch ein wenig verwaschen, hatte indes fast wieder den alten tiefen Klang. Er glaubte, es sei ein großartiger Sieg gewesen. War es wahr, dass der König um Frieden bat? Denn er hatte gerade etwas in der Druckerpresse, das davon abhing. Ich versuchte, etwas zu sagen, während er mich in seinen Sessel vor dem Kamin drückte, den Sarah hastig säuberte und ein neues Feuer darin aufbaute.

»Die Presse muss geölt werden, Sir«, sagte ich.

Er lachte und schlug mir auf die Schulter. »Habt ihr das gehört? Einmal Drucker, immer Drucker. Nehemiah!«, rief er, und ein Lehrjunge, genauso trotzig und tintenverschmiert, wie ich es gewesen war, blickte von der Werkstatt herüber. »Halte an deiner Berufung fest, dann wirst du vielleicht einmal wie Tom.«

Aus Nehemiahs Gesichtsausdruck schloss ich, dass es das Letzte war, was er wollte, so ein schmuddeliger Kerl zu werden wie ich.

»Mach schon! Du hast ihn gehört! Öle die Presse!«, bellte Mr Black, genau wie er mich früher angebrüllt hatte. »Anne! Hör auf, seine Narbe anzustarren – es ist ein Ehrenzeichen! Hol Wein!«

Mrs Black hatte ihren Auftritt, fegte auf mich zu in der festen Absicht, mich zu umarmen, während ich aufstand. Als sie meinen Geruch wahrnahm, der in der Hitze des Feuers noch beißender wurde, blieb sie stehen, streckte zunächst ihre Hand, dann ihre Fingerspitzen aus. »Die Karten haben gesagt, dass du vor Weihnachten hier bist. Ich habe es Anne immer wieder gesagt, aber sie hat geglaubt, du bist tot. Sie hat sich die Seele aus dem Leib geweint.«

»Das habe ich nicht, Mutter«, sagte Anne wütend.

»Ich hab ihr gesagt, sie soll etwas Sinnvolles machen, aber sie hat immer nur versucht, dir zu schreiben.« Anne wandte sich mit glänzenden Augen ab, während ihre Mutter tadelnd den Finger hob. »Schande über dich, Tom! Du bist ein Poet!« Niemals würde sie das Wort Flugblattschreiber verwenden. »Und nicht ein einziger Brief!«

Mr Black war mittlerweile bei seinem zweiten Glas Wein angelangt und drohte seinerseits seiner Frau mit dem Finger. »Kommt schon, Mrs Black, er hat schließlich nicht Feder und Tinte neben der Muskete mit ins Feld genommen, was Tom?«

Er sprach zu mir von Mann zu Mann, als hätte er die Erfahrung, oder zumindest eine Vorstellung davon, was »im Feld« bedeutet. Ich merkte, dass er von mir erwartete, etwas zu schreiben wie die Flugschrift *Ein genauer Bericht vom gefährlichsten und blutigsten Kampfe bei Kineton*, die ich gesehen, es aber nicht über mich gebracht hatte, zu lesen. Erneut bemühte ich mich, etwas zu sagen, als ich Jane im Hintergrund sah. Mit einem Anflug von Schuldgefühlen erinnerte ich mich daran, dass irgendwo in meinem Tornister der Brief steckte, von dem ich versprochen hatte, ihn Mrs Morland zu geben.

Sie begrüßte mich schüchtern und fragte mich, ob ich ihre Mutter gesehen hätte. Unvermittelt platzte ich heraus: »Deine Mutter ist tot.« Meine Ungeschicklichkeit brachte alle zum Schweigen, doch schließlich fragte sie, ob ich sie gesehen hätte. »Ja. Ja, das habe ich.« Jedes Wort fühlte sich an wie ein Stück Blei, das aus meinem Mund tropfte. »Ich habe ihr deinen Brief gegeben«, log ich. »Sie vergibt dir und gibt dir ihren Segen.«

Sie schloss die Augen und faltete die Hände zum stummen Gebet, dann öffnete sie die Augen wieder und schenkte mir ein wunderbares Lächeln. »Gott segne Euch, Tom!«

Ich brach in Tränen aus.

Einen Moment lang war es furchtbar still, dann drängten sich alle um mich und redeten auf einmal, doch ich verstand nichts. Durch die Tränen verschwammen ihre Gesichter. Schamerfüllt versuchte ich verzweifelt, die Tränen zurückzuhalten, aber ich schaffte es nicht. Ich versuchte, von ihnen fortzukommen, stolperte über meinen Tornister und starrte unversehens in die Druckerwerkstatt. Nehemiah gaffte mich an. Er schmierte die Druckerpresse, und das Öl tropfte auf seine Stiefel, als er von seiner Aufgabe abgelenkt wurde. Sie waren in echter Lehrjungenmanier geschnürt, was bedeutete, dass sie so gut wie gar nicht geschnürt waren. Aus irgendeinem Grund verdoppelte das meine Tränen nur noch.

»Was hast du getan, Tom?«, sagte Mr Black mit all seiner alten Strenge.

»Ich weiß es nicht, Sir«, sagte ich. Ich wusste es tatsächlich nicht, und das ließ mich nur noch stärker weinen, bis ich glaubte, nie wieder aufhören zu können. »Ich weiß es nicht, ich weiß es nicht!«

»Er muss sich ausruhen«, sagte Jane. »Es kann mein Bett haben.« Sie errötete, als Anne sie mit einem eifersüchtigen Blick bedachte.

»Er kann mein Bett haben«, sagte sie.

»Anne!«, rief Mrs Black entrüstet.

»Ich kann in deiner Kammer schlafen«, erklärte sie.

Ehe sie streiten konnten, führte sie mich wie ein Kind nach oben.

41. Kapitel

Ich weiß nicht, wie viele Tage ich in ihrer Kammer einschlief und in Edgehill aufwachte, mit dem beißenden Geruch von Schießpulver in der Nase oder manchmal auch mit dem sonderbar sauberen, frischen Geschmack von Blut auf den Lippen. Oder ich schreckte hoch, die Befehle »Spieße zur Hand – erhebt eure Spieße« klangen mir in den Ohren, und ich stellte fest, dass ich im Schlaf die entsprechenden Bewegungen ausgeführt hatte. Oder ich hörte Lukes entspannte, fast träge Stimme: »Streichholz anzünden … achtet auf die Pfanne … präsentiert … Feuer!« Sie holten einen Doktor, der versuchte, mich zur Ader zu lassen, aber ich konnte den Anblick von Blut nicht ertragen. Sie holten den Pfarrer, Mr Tooley, der versuchte, meine Teufel auszutreiben, und aus dem Lukasevangelium zitierte, wo Jesus Legionen von Teufeln auf die Schweine hetzte. Doch offensichtlich – ich erinnere mich nicht daran – begann ich zu argumentieren, dass ich nicht verstand, warum die armen Schweine leiden mussten und sich selbst von den Klippen stürzten, und dass ich es vorzöge, meine Teufel zu behalten.

Alle schüttelten den Kopf über mich, alle bis auf Anne, die, sobald der Pfarrer gegangen war, sagte, sie sähe keine Teufel, und sich weigerte, irgendjemand anderes in die Kammer zu lassen. Sie brachte mir Essen und Trinken, trat mit schmalen Lippen ihrer Mutter entgegen, die sie schalt, weil sie sich wie ein Dienstmädchen gebärdete.

Doch allmählich verblassten die Teufel oder Visionen oder

was immer es war. Eines Tages wachte ich auf, und Bruchstücke des Schlachtfelds waren mir wie üblich in meinen Träumen erschienen, doch an diesem Morgen war es anders. Mir war wieder eingefallen, so deutlich, wie ich mich auch nur erinnern konnte, was geschehen war, nachdem ich von Luke fort und meinem Vater hinterher auf das Schlachtfeld gerannt war. Mr Black hatte mir erzählt, dass Richard Stonehouse in einem der Flugblätter als vermisst aufgeführt worden war. Seine Leiche hatte man nicht gefunden. Ich hatte das Gefühl, sobald wie möglich Lord Stonehouse aufsuchen zu müssen. Ich stand aus dem Bett auf und wäre beinahe hingefallen, wenn ich mich nicht an einen Stuhl geklammert hätte. Anne kam angerannt und sagte, ich solle mich wieder ins Bett legen. Ich schüttelte den Kopf, ließ mich jedoch schwerfällig auf den Stuhl sinken.

»Bist du wieder da?«, flüsterte sie.

Ich nickte.

»Bist du Tom?«

Ich nickte.

»Kannst du sprechen?«

Ich lächelte. »Ja.«

»Das macht komische Sachen mit deiner Narbe. Lächle noch einmal.« Ich lachte. Sie schlang ihre Arme um meinen Hals und küsste mich. »Ich liebe dich.«

»Ich liebe dich!«

»So sehr wie die Countess?«

»Was soll das mit der Countess?«

Automatisch tastete ich nach ihrem Brief, den ich unter dem Hemd bei mir getragen hatte, und sie reichte ihn mir. »Ich habe geholfen, dich auszuziehen. Mit Sarah ... Erinnerst du dich nicht?« Sie wurde rot. »Nur den oberen Teil. Meine Mutter war entsetzt.«

Ich las erneut *Ich Hoffe, du denkst an mich so Wie Ich an Dich und nicht an deine Countess* und war entsetzt, als sie mir erzählte, was sie zu diesem Satz veranlasst hatte. Nachdem Eaton und ich aus Poplar zurückgekehrt waren, um im *Seven Stars* zu übernachten, ehe wir nach Highpoint aufbrachen, war ich auf der Suche nach Kate zum Bedford Square gegangen. Zur selben Zeit hatte die Countess mir einen Brief geschickt, in dem sie mich bat, sich mit Mr Pym zu treffen. Der Brief lag auf einem Ehrenplatz auf dem Kaminsims im Half Moon Court, die elegante Handschrift und das beeindruckende Siegel glichen kleinen Dolchen der Eifersucht, die sich in Annes Herz bohrten. Das war ein Liebesbrief, daran gab es für sie keinen Zweifel. Jedes Mal, wenn sie den Brief ansah, fühlte sie den Drang, ihn ins Feuer zu werfen, doch das wagte sie nicht. Schließlich hatte sie es nicht länger ausgehalten und war zum Bedford Square gegangen.

Ich bedeckte mein Gesicht mit den Händen und stand auf, einen Moment lang nicht imstande, zuzuhören oder zu sprechen. Es war so kindisch, so undamenhaft, so unwürdig. Es war mehr als das, obwohl ich es nicht erkannte. Ich hatte einen Schritt in diese Welt getan, möglicherweise mehr als einen Schritt, und es war meine private Welt, in die sie nicht hineinpasste und in der es für sie keinen Platz gab. Ich liebte sie von ganzem Herzen, war indes zutiefst beschämt bei dem Gedanken, sie könnte am Bedford Square aufgetaucht sein. Wenn jemals der Zeitpunkt käme, dieses Problem zu lösen, was jetzt unwahrscheinlicher schien als je zuvor, dann war es mein Part, das zu tun, nicht ihrer. Sie wartete, als sei sie sich dessen bewusst, die Hände gefaltet, den Kopf gesenkt, bis ich mich wieder setzte.

»Ein widerlicher Hammel von einem Lakaien befahl mir, zum Hintereingang zu gehen«, sagte sie.

»Ich kenne ihn«, erwiderte ich schwach.

»Dann kam sie heraus.«

Erneut schlug ich die Hände vors Gesicht, stellte mir vor,

wie Lucy Hay die arme Anne zum Teufel jagte, sah sie gedemütigt vom Bedford Square nach Hause wandern, so wie ich es in der Vergangenheit so viele Male getan hatte. Aber es kam noch schlimmer, viel schlimmer.

»Sie hat mich mit hinaufgenommen in ihr Bo… Bou…«

»Boudoir.«

»Und gab mir etwas zu trinken, Scho… Scho…«

»Schokolade.«

»Sie ist *alt*.«

»Sie ist eine sehr schöne Frau«, sagte ich kalt.

»Sie war wunderschön geschminkt. Sie hat mir ein paar Farben geschenkt. Sieh mal.«

Sprachlos starrte ich Anne an, als sie ihre Wange aufgeregt mit einer fettigen roten Creme aus einem Topf betupfte. Offensichtlich hatte sich das Missverständnis wegen des Briefs der Countess rasch aufgeklärt. Anne erwähnte es nicht, aber ich konnte den Gedanken nicht ertragen, dass sie über mich geredet hatten. Ich konnte kaum glauben, wie vertraut die beiden in so kurzer Zeit geworden waren, so vertraut, dass ich mit offenem Mund zuhörte und Dinge über Lucy Hay erfuhr, die ich nicht gewusst hatte. Ehe ich geboren wurde – diesen Umstand betonte Anne ausdrücklich –, war Lucy Hay ernstlich erkrankt und verlor ihr erstes und einziges Kind, das tot geboren wurde. Dann starb ihr Gatte. Es war eine so schreckliche Tragödie, sagte Anne, deren Hass auf Lucy Hay sich in der Zeit, die es brauchte, eine Tasse Schokolade zu trinken, in Bewunderung verwandelt hatte.

»Aber danach war sie eine gemachte Frau.«

»Tatsächlich? Wie das?«

Anne rang buchstäblich die Hände, verdrehte ihre schmalen Finger. Sie sah ein wenig lächerlich aus mit dem Fleck Cochenille auf der einen Wange, wie ein halbgeschminkter Schauspieler aus Bankside.

»Hast du von Sir Thomas Moore gehört?«

»Natürlich.«

»Er sagt, wenn der weibliche Ackerboden mehr Unkraut als Früchte hervorbringt, sollte er kult… kulti…«

»Kultiviert?«

»Danke. Sollte er durch Bildung kultiviert werden.«

Ein wenig Schreibenlernen war eine Sache, doch das hörte sich gar nicht gut an, auch nicht, als sie eine kurze Periode im letzten Jahrhundert erwähnte, in der Frauen wie Queen Elisabeth und Lady Jane Grey ebenso vertraut mit den Klassikern waren wie Männer. Doch was sie als Nächstes sagte, schockierte mich aufrichtig.

»Lucy«, sagte sie, »riet mir, nicht mehr als vier Kinder zu bekommen.«

Ich erklärte ihr, das sei widernatürlicher Unsinn. Die typische Bemerkung einer Frau, die ihre natürliche Funktion nicht erfüllen kann. Sie erwiderte, dass Frauen dadurch eher die Möglichkeit bekämen, den Männern zu helfen, da Frauen einen kühleren Kopf bewahrten als Männer, und dass Männer gelegentlich das Urteil einer Frau bräuchten.

»Urteil? Ach Anne, ich liebe dich, nicht dein Urteil. Welche Urteile solltest du schon fällen können? Ich weiß nicht, welches Spiel sie treibt, aber sie ist eine Intrigantin, eine Wichtigtuerin! Du darfst nicht auf sie hören! Hast du mich verstanden?«

Rebellisch biss sie sich auf die Lippen. »Bist du eifersüchtig, weil ich sie besucht habe?«

»Eifersüchtig? Was für ein Unsinn. Nein, natürlich bin ich nicht eifersüchtig.«

Sie ließ den Kopf sinken und zupfte eine Weile schweigend an ihrem Kleid herum. Dann seufzte sie und warf mir einen resignierten, demütig bittenden Blick zu. Normalerweise zog ich frische Lebenskraft aus unserer Liebe und dem Unsinn, den wir miteinander redeten, gleich einer Biene, die Nektar aus der Blüte trinkt. Aber diese Unterhaltung verwirrte und ermüdete mich. Ich ging zum Fenster. Es begann schon wieder zu schneien. Sarah fütterte das Rotkehlchen, von dem sie behauptete, es sei seit Jahren dasselbe.

»Sie sagte auch, du seist einer der intelligentesten und fähigsten Männer, die sie je kennengelernt hat.«

Ich wirbelte herum, starrte sie misstrauisch an, aber ihre Miene verriet Eifer und Ernsthaftigkeit, ohne die Spur eines Lächelns. Ich konnte nicht anders, als diesen Eifer aufzugreifen. »Wirklich? Das hat sie gesagt?«

»Ja, und das bist du auch, das weißt du genau, Affe!« Sie stürzte durch das Zimmer auf mich zu und warf sich mir mit glänzenden Augen zu Füßen. Ich zog sie hoch, um sie zu küssen, doch sie entwand sich mir. »Warte! Bleib hier! Rühr dich nicht! Und nicht gucken!«

Sie eilte zu dem alten Spiegel, und während sie mir den Rücken zukehrte, raschelte und knisterte es geheimnisvoll, wobei sie immer wieder in den Spiegel blickte.

»Du mogelst! Du guckst ja doch!«

Ich wandte mich ab und bedeckte das Gesicht mit den Händen. Das war die Form von Kabbelei, die ich bevorzugte. In der reizenden Art und Weise, wie Frauen eine Mode aufnehmen und sie im nächsten Moment wieder verwerfen, schien sie bereits vergessen zu haben, dass sie Latein und Griechisch lernen wollte. Es wurde ganz still, und ich hörte nur noch ihren Atem und wie sie leise vor sich hin murmelte. Dann raschelten ihre Röcke.

»Jetzt darfst du schauen«, befahl sie.

Sie hatte sich in eine Hofdame verwandelt, die Lippen gerötet, die Wangen rosig, die Augenbrauen geschwärzt, wodurch das erstaunliche, eindringliche Blau ihrer Augen noch betont wurde. Doch das war es nicht, das mich so reagieren ließ, wie ich es tat. Sie hatte die obersten Knöpfe ihres Kleides geöffnet und den Kragen nach unten geklappt. Auf ihrer Brust ruhte der Anhänger. Es schien den ganzen Raum in ein giftiges Licht zu tauchen. Die bösartigen Augen des Falken starrten mich aus dem emaillierten Nest an.

Ich stürzte mich auf sie. »Nimm ihn ab! Nimm das Ding weg!« Ich zerrte an dem Anhänger. Sie schrie, als die Kette in ihren Hals schnitt. Der Verschluss sprang auf, und ich schleuderte das Ding durch die Kammer. Der Vogel schien zu flattern und mich anzuzischen. »Du hast in meinem Bündel gewühlt!«, rief ich. »Mach das nie wieder! Fass das Ding nie wieder an!«

Ihre Mutter tauchte in der Tür auf, und Anne flüchtete sich schluchzend in ihre Arme. »Ich dachte, er würde mich umbringen! Ich dachte wirklich, er würde mich umbringen!«

42. Kapitel

Lord Stonehouse war geübt im Trauern. Es war sein natürlicher Geisteszustand. Meine Mutter musste das instinktiv gewusst haben, als sie die Kleider für die Beerdigung ihres Vaters ausgewählt hatte. Als ich an jenem Morgen zur Queen Street ging, dachte ich, dass sie diesen Moment geschätzt hätte. Ich hatte das Gefühl, sie genau zu kennen, ihr näher zu stehen als jedem lebenden Menschen, einschließlich Anne.

Richard Stonehouse wurde immer noch vermisst. Das große Stadthaus war nicht in Trauer, befand sich jedoch in einer Art Vorstufe davon. Die Vorhänge waren halb heruntergelassen, und in der stillen Halle mit dem schwarz-weißen Schachbrettmuster herrschte Grabesstille, während die griechischen Büsten und die Lakaien mich misstrauisch musterten. Sarah hatte ein altes Wams notdürftig geflickt und einen neuen Kragen an ein Hemd genäht, das sie unter der Pumpe beinahe weiß geschlagen hatte. Ich trug meinen Soldatentornister. Die Lakaien durchsuchten den Tornister nach Schießpulver, wobei der Inhalt, wie ich fand, auch so explosiv genug war.

»Name?«

»Thomas Neave.«

»Angelegenheit?«

»Ich habe eine Mission für Lord Stonehouse zu Ende geführt.«

Lord Stonehouse befand sich in einer Besprechung und schloss die Angelegenheit so peinlich genau wie üblich ab. Als ich schließlich in sein Studierzimmer geführt wurde, blieb ich, wie beim letzten Mal, wartend in einiger Entfernung zum Schreibtisch stehen, während der einsame Zeiger der Uhr weitersprang. Mr Cole warf Sand auf seine Unterschrift, siegelte das Dokument, verbeugte sich und ging hinaus. Lord Stonehouse trug Augengläser zum Lesen, die ich nie zuvor gesehen hatte. Er legte sie in ein Kästchen und winkte mich heran.

»Hast du ihn?«

Es war, als spräche er von einer Allerweltssendung eines Gewährsmannes aus Oxford. Dennoch lag etwas Beruhigendes in seinem knappen, müden Ton, in seiner Distanziertheit, seiner Kühle, was ich erst allmählich begriff, vor allem durch das, was er nicht sagte. Er erwähnte, wie man vielleicht hätte erwarten können, Edgehill oder »unseren großartigen Sieg«, wie manche ihn nannten, mit keinem Wort. Er wusste Bescheid. Er begriff. Zumindest eine Verbindung gab es also zwischen uns.

Als ich den Anhänger aus meinem Bündel nahm, kam Leben in ihn, und er schnappte danach wie ein Falke nach der Beute. Der Anhänger schien diesen düsteren Raum gänzlich mit Licht zu erfüllen, das von dem polierten Eichenholz des Schreibtischs reflektiert wurde und in Lord Stonehouse' schwarzen Augen glänzte. Er stieß einen tiefen Seufzer aus, streichelte den Falken, als wollte er seine Federn glätten. Das Licht schien erst zu ersterben, als er bemerkte, dass ich noch zwei weitere Gegenstände auf seinen Schreibtisch gelegt hatte: einen kleinen Stapel Briefe und Richards zerfetzten Umhang.

Langsam legte er den Anhänger fort und griff nach dem Umhang, schob seine Hand durch den Riss darin, starrte hinunter auf die dunkelbraunen Flecken an den Rändern, dann auf mich, ebenso bösartig wie der Falke, der jetzt auf dem Schmuckstück dahinzudösen schien.

Ich erzählte ihm, wie Richard sich mir entgegengestellt und Luke getötet hatte, um anschließend davonzureiten. Wie ich ihm nachgerannt sei, den Abzug gedrückt hatte, mich jedoch an nichts weiter erinnern konnte, bis ich wieder in London war. Erst nach und nach war es mir wieder eingefallen, was in jener Nacht geschehen war, bruchstückhaft, unvollständig, in albtraumhaften Erinnerungsblitzen.

Lord Stonehouse streichelte den zerfetzten Umhang, sein skeptischer Blick ließ nie von mir ab, als ich erzählte, dass ich Richard verloren hatte, ehe ich die Wiesen erreicht hatte, die nicht länger Wiesen waren, sondern ein dunkler Morast aus Toten und Sterbenden. Ich rannte weiter, hörte immer noch sein Pferd oder glaubte es zu hören. Unter dieser Sinnestäuschung rannte ich vor und zurück, bis ich schließlich, als sich die Wolken vor dem Mond verzogen hatten, den Steilhang drohend über mir aufragen sah. Ganz in der Nähe brannte ein Lagerfeuer. Ein vertrautes Gesicht tauchte im Lichtschein auf und verschwand wieder, die tief in den Höhlen liegenden Augen und der spitz zulaufende Bart des Königs. Andere Gestalten erhoben sich im Feuerschein, starrten mich an. Ich stolperte davon, zu erschöpft, um zu rennen, aber niemand folgte mir. Vielleicht hielten sie mich für einen Geist. Dann sah ich es. Richards Pferd. Das etwas Unglaubliches an diesem Ort tat. Es graste friedlich. Gleichgültig schnupperte es an einem Mann, der nur noch einen halben Mund hatte und verdrehte blicklose Augen, ehe es einen weiteren Flecken Erde abgraste. Vom Sattelknauf hing Richards Umhang herunter.

Ich nahm den Umhang und ging von einer auf dem Boden liegenden Gestalt zur anderen. Manche waren bereits tot, andere riefen etwas, und ihre Schreie wurden lauter, sobald ich mich ihnen näherte. Ich betrachtete jeden Körper oder drehte ihn um, bis ich auf zwei Männer stieß, die sich über einen Leichnam gebeugt hatten. Einer zog dem Toten das Wams aus, der andere seine Stiefel. Sie knurrten mich an wie Wölfe.

»Das ist unser Revier!«

»Such dir selber eins!«

Doch als sie sahen, dass ich nichts mitnahm, sondern nur die Leichen umdrehte, ignorierten sie mich und begannen, sich wegen der Stiefel in die Haare zu kriegen. Ich stieß auf einen Mann, dessen Gesicht halb im Gras vergraben war und der eine Jacke trug, die ich für Richards hielt. Reglos lag er da, das Mondlicht spiegelte sich in den kleinen Raureifkristallen, die sich in der bitteren Kälte auf seinen Wangen bildeten. Ich drehte ihn um. Er lebte, und die Bewegung holte ihn aus seiner eisigen Starre.

»Hilf mir«, flüsterte er, »liebe Mutter, hilf mir.«

Zuerst hatte ich nicht gesehen, was ihm fehlte, doch jetzt sah ich die entsetzliche Wunde in seinem Bauch, aus der die Eingeweide hervorquollen. Würgend drehte ich mich weg, doch mit letzter Kraft klammerte er sich an meinen Arm und kreischte: »Töte mich, töte mich, töte mich!«

Er ließ mich nicht gehen. Ich stach auf ihn ein, bis sein Arm zu Boden fiel, die Schreie aufhörten. Selbst dann konnte ich nicht aufhören. Ich stach immer noch auf ihn ein, als Ben mich fand.

Ich hatte die Hände vors Gesicht geschlagen. Langsam senkte ich sie, fürchtete, immer noch auf diesen Wiesen zu sein, aber ich befand mich im Studierzimmer bei Lord Stonehouse, dessen Gesicht so kalt war wie der Frost in jener Nacht. Mein schweißnasses Hemd klebte an mir, aber ich zitterte, als befände ich mich immer noch auf diesem eisigen Feld.

»Hast du Richard gefunden?«

»Ich weiß es nicht, Mylord.«

Er starrte auf den Umhang. »Hast du ihn getötet?«, sagte er leise.

»Ich weiß es nicht. Versteht Ihr denn nicht? Ich weiß nicht einmal, an was davon ich mich tatsächlich erinnere und was Teil des Albtraums ist.«

Er stand auf. »Hast du meinen Sohn getötet?« Er hatte unvermittelt die Stimme gehoben.

»Ich weiß es nicht!«, schrie ich ihn meinerseits an.

Die Tür flog auf, und die Diener, die stets draußen warteten, eilten herein. Lord Stonehouse scheuchte sie mit einer ungeduldigen Geste fort, und sie stolperten beinahe übereinander, als sie versuchten kehrtzumachen, sich zu verbeugen, zu verschwinden und die Tür hinter sich zu schließen, und das alles gleichzeitig. Nun konnte ich nur noch unsere stoßweisen Atemzüge hören. Lord Stonehouse verlor so selten die Beherrschung, dass er ganz unvertraut wirkte. Er tastete mit der Hand über den Schreibtisch, als wollte er sich vergewissern, dass er noch da war, dann setzte er sich und faltete Richards Umhang zu einem akkuraten Rechteck, bis seine Hände aufhörten zu zittern. Er wandte sich den Briefen zu, und ich erzählte ihm, wie ich sie gefunden hatte.

Briefe, Papiere, waren sein täglich Brot, und er konnte schneller die Spreu vom Weizen trennen als jeder andere, den ich kannte. Hastig überflog er die Seiten.

»Das hatte ich mir schon gedacht.«

Kein Wort über mich, dass ich sein Enkel war, nichts. »Ihr habt Euch das gedacht?«

»Ich bin kein Narr.« Er beugte sich vor, sein Blick bösartig und mitleidlos wie der des Falken, den seine Vorfahren als Wappentier gewählt hatten. »Zum letzten Mal. Hast du meinen Sohn getötet?«

Dieser Blick gab mir das Gefühl, bereits auf halbem Weg zum Galgen zu sein, und holte unerwartet aus mir heraus, nicht was er fürchtete zu hören, sondern wovor mir graute. »Ich weiß es nicht. Ich weiß nur, dass ich meinen Freund getötet habe.«

Das war's. Ich hatte laut ausgesprochen, was ich mir nie zuvor eingestanden hatte. Ich hatte es immer gewusst, doch die Erinnerung war mir immer wieder entglitten und hatte sich beharrlich verborgen gehalten. Jetzt hatte ich es ausgesprochen. Es zugegeben. Ich empfand, zusammen mit einer Woge der Trauer, tiefe Erleichterung. Jetzt konnte ich tun, wovor ich mich seit dieser Nacht am meisten gefürchtet hatte. Ich konnte zu Charity gehen, ihr seinen Ring geben und erzählen, wie Luke starb.

Lord Stonehouse machte eine Bewegung mit der Hand, die mir zeigen sollte, dass er das, was ich gesagt hatte, für unwichtig und unbedeutsam hielt. Für ihn mochte das vielleicht nicht weiter von Bedeutung sein. Man erzählte sich, dass er keine Freunde hatte. Diese Geste, mit der er jemanden, den ich liebte, zu einer Belanglosigkeit reduzierte, machte mich unendlich wütend. Seine Hand griff nach der Glocke, um die Diener zu rufen, doch ich scherte mich nicht länger darum, wer er war, was er sagte oder was er für mich getan hatte. Ich stürzte nach vorn, beugte mich über ihn und umklammerte die Schreibtischkante.

»Er war mein liebster Freund. Wenn ich ihm nicht zugerufen hätte, innezuhalten, hätte Luke Euren Sohn getötet. Stattdessen hat Richard ihn umgebracht.«

Die Worte schnürten mir die Kehle zu. Er hatte die Hand noch immer an der Glocke. Seine Stimme war kalt, und in ihr lag Skepsis. »Warum hast du deinem liebsten Freund zugerufen, innezuhalten?«

»Warum? Weil Richard nicht nur Euer Sohn, sondern auch mein Vater ist! Glaubt Ihr, Mylord, dass es, nachdem ich ihn gefunden hatte, mich danach verlangte, ihn zu töten?«

»Nach dem, was du erzählt hast, hat er versucht, dich zu töten.«

»Nach dem, was ich erzählt habe? Fragt Eure Dienerschaft in Highpoint. Wie viele Beweise braucht Ihr noch? Ihr habt uns dazu erzogen, einander zu hassen. Zuerst habt Ihr versucht, Richard zu etwas zu machen, das er nicht ist … und dann habt Ihr mich gefunden.«

Verärgert läutete Lord Stonehouse die Glocke. Die Diener sprangen herbei und bauten sich neben mir auf. Angespannt ballte ich die Fäuste. Ich würde mich nicht fortzerren lassen wie zuvor. Lord Stonehouse nippte an seinem Wein, der stets auf seinem Schreibtisch stand, tupfte sich die Lippen ab und befahl den Männern, seinen Sekretär zu rufen.

Als sich die Tür hinter ihnen wieder schloss, sagte ich: »Ich glaube, mein Vater hat es selbst nicht über sich gebracht, als es schließlich so weit war. Oder vielleicht«, fügte ich verbittert hinzu, »bin ich naiv, und das ist nur, was ich glauben möchte.«

Lord Stonehouse fuhr zusammen, als das Kohlefeuer in sich zusammenfiel. Eine Flamme erhellte sein faltiges Gesicht, das die Farbe von altem Pergament hatte. Er starrte auf das Bündel Briefe, die an meine Mutter gerichtet und teils voller Täuschung, teils voller Liebe waren, aber vielleicht war auch das wieder nur etwas, das ich glauben wollte. Er las eine Seite, dann eine andere. Der Sekretär, Mr Cole, trat ein und blieb in der vorgeschriebenen Position stehen, die Beine leicht auseinander, einige Akten unter dem Arm. Eine von ihnen trug, wie ich feststellte, den Titel *Mr Richard*.

Lord Stonehouse war mit den Briefen fertig, stieß sie mit den Fingerspitzen zu einem ordentlichen Rechteck zusammen und legte sie in die Schublade, die erste rechter Hand, von der ich mittlerweile wusste, dass sie Richard zugedacht war. Dann schloss er die Schublade ab und wandte sich an seinen Sekretär.

»Mr Cole, ich glaube, wir haben eine Übereinkunft mit Mr Neave?«

Mit einer überschwänglichen Geste zog der Sekretär das Dokument hervor, das er bezeugt und ich unterschrieben hatte – damals, vor ewigen Zeiten, als ich ein arroganter Jüngling voll Gewissheit und voller Ideale war. Diese Arroganz zeigte sich selbst in meiner Unterschrift mit diesem lächerlichen Schnörkel darunter, auf die ich so stolz gewesen war und die mich jetzt erschaudern ließ.

»Ich glaube, es war ein Anhänger gegen den Besitz des …«

»Half Moon Court, Mylord.« Mit einer weiteren überschwänglichen Geste legte Mr Cole ein Dokument, gewichtig durch Siegel und Juristensprache, vor mich hin.

Ich quittierte den Empfang. Diesmal war meine Unterschrift schlicht und ohne jeden Schnörkel. Lord Stonehouse warf einen Blick darauf und dann auf die andere, machte indes keine Bemerkung dazu. Es dauerte einen Moment, bis ich begriff, dass ich entlassen war. An der Tür wandte ich mich noch einmal um.

»Und … die Hochzeit, Mylord?«

»Was? Ach ja. Die Tochter vom alten Black. Warum sollte ich dir im Weg stehen? Dich zu etwas machen wollen, das du nicht bist, hm?«

Noch ehe er den Satz beendet hatte, war er bereits wieder in die Akte vertieft, die Mr Cole ihm vorgelegt hatte, zurück in seiner vertrauten Welt der Papiere.

43. Kapitel

Sie sprachen über Richards Akte. Lord Stonehouse würde nicht ruhen, ehe er nicht wusste, was seinem ältesten Sohn zugestoßen war. Zweifelsohne instruierte er Mr Cole bereits, herauszufinden, ob ich ihn getötet hatte. Kein Wort darüber, dass ich sein Enkel war. Nichts. Ich war Mr Neave. Sein Vater gehe sparsam mit seinen Gefühlen um, hatte Richard gesagt. Sparsam? Gefühle? Alles, worum er sich sorgte, war sein ältester Sohn, das Erbe, das Vermögen! Mit solcherlei Gedanken quälte ich mich herum, bis mir klar wurde, dass Richard genau dasselbe empfunden haben musste, nachdem er mein Bild zum ersten Mal gesehen hatte.

Ich sagte mir, dass ich frei sei. Ich hatte alles, was ich je wollte, und versuchte die Stimmung des letzten idyllischen Sommers wiederzubeleben. Aber als ich zum Half Moon Court zurückkehrte, war ich so verdrossen, dass Mr Black mich in sein Kontor rief, da er das Schlimmste befürchtete. Gleichgültig legte ich ihm die Eigentumsüberschreibung auf das Schreibpult. Zuerst wollte er es sich nicht ansehen, in dem Glauben, es handele sich nur um eine weitere Aufforderung, das Haus zu räumen. Dann sah er das Siegel. Las die Bestimmungen, warf das Dokument mit einem Freudenschrei in die Luft, fing es auf, las die Bestimmungen erneut, um sich zu vergewissern, dass sie nicht vom Papier gefallen und verloren gegangen waren, und rief nach seiner Frau. Endlich freute auch ich mich. Ich grinste über das ganze Gesicht, als er mir Wein einschenkte und Stein um Stein das Haus betrachtete und sagte: »Dieser Stein gehört uns! Dank Tom! Und der auch! Und der!« Plötzlich war ich kein Wahnsinniger mehr, über den man sich im Flüsterton unterhielt, sondern ein Retter.

»Sollten wir nicht das Aufgebot bestellen?«, flüsterte Anne. »Für den Fall, dass du wieder fortmusst?«

Ich küsste sie und sagte, ich würde sofort aufbrechen und Mr Tooley aufsuchen, doch nachdem der Wein mir Mut gemacht hatte, ging ich stattdessen zu Charity. Sie war verwirrt, als ich stammelnd hervorbrachte, dass Luke noch leben würde, wenn ich nicht gewesen wäre.

»Aber Eure Hand hat doch das Schwert nicht geführt!«

»Nein, das nicht, aber …«

Ich gab auf. Sie wollte nur immer wieder hören, dass er sie liebte und dass er sie im Himmel wiedersehen würde. All die Schuldgefühle, mit denen ich mich gequält hatte, waren wie weggeblasen, waren nichts im Vergleich zum Trost meiner Worte. Sie bat mich sogar, der Pate des kleinen Luke zu werden. Als ich zusagte, ergriff sie meine Hände. »Was genau hat er gesagt? Erzählt es mir noch einmal!«

Sobald er Mr Black die Eigentumsurkunde übergegeben hatte, schien Lord Stonehouse meine Entscheidung zu respektieren, ein Drucker sein zu wollen, und versorgte uns mit Aufträgen der Regierung. Das Parlament regierte durch Verordnungen, und wir druckten Verordnungen über Kriegsanleihen, um die Kriegsflotte in See stechen zu lassen, Verordnungen, um Seeleute zu »finden« (mit anderen Worten, sie zu pressen), Verordnungen über die Bewaffnung, über Dienstvorschriften zur Bewaffnung (wodurch das, was bereits kompliziert war, vollkommen unverständlich wurde), Verordnungen, die besagten, dass die Landstraßen (soweit es welche gab) befestigt werden sollten, dass eine große Mauer rund um die Stadt zu errichten sei, und Verordnungen, mit denen die Grundsteuer erhöht wurde, um das alles zu bezahlen. Die Herrschaft des

Parlaments war nicht das Paradies, wie die Große Remonstranz vorausgesagt hatte, mit der ich so erwartungsvoll durch die Straßen gerannt war. Und verglichen mit den Geldforderungen des Parlaments wirkten die letzten Ausschweifungen des Königs geradezu bescheiden. Und es war stinklangweilig. Mir wurde schlecht, sobald ich das Wort Verordnung nur sah.

Um dem Überdruss zu entkommen, schlug Mr Black vor, dass ich nach Westminster gehen sollte, wie ich es immer getan hatte, doch ich weigerte mich. Wieder der Laufbursche eines Druckers sein? Ich war ein Handwerksgeselle, kurz davor, selbst Meister zu werden! Nehemiah konnte nach Westminster gehen. Also ging Nehemiah und kehrte mit glänzenden Augen zurück, er habe Mr Pym gesehen! So ruppig wie meine Hände schwarz waren, schnauzte ich ihn an, mit der Arbeit an der Presse weiterzumachen. Ich hatte kein Wort von Mr Pym gehört. Auch nicht von der Countess. Nicht ein Wort. Ich dachte an jenen berauschenden Abend, ehe ich London mit Eaton verlassen hatte, als ich Mr Pym am Bedford Square begegnet war. Doch natürlich waren sie einzig und allein an mir interessiert, solange ich die Aussicht hatte, ein Stonehouse zu werden, und das hatte ich gegen den Half Moon Court eingetauscht.

Es fiel mir schwer, mich auf das Setzen des schmuddeligen Textes zu konzentrieren, den Nehemiah mir gebracht hatte, eine Verordnung über den rechtmäßigen Druck von Verordnungen.

Der einzige Brief, der mich erreichte, kam von Kate. Nachdem er mich auf der Straße nach Warwickshire verlassen hatte, war Matthew nach Highpoint zurückgekehrt. Kate und er waren nach London zurückgereist, wie sie es viele Jahre zuvor getan hatten, in dem einzigen Fuhrwerk, mit dem sie ungehindert beide sich bekriegende Seiten passieren konnten: dem Pestkarren. Poplar florierte. Ein Schiff für die Kriegsflotte wurde gebaut, und Matthew war Schiffszimmermann oder nannte sich zumindest so.

Eines düsteren Tages war meine Stimmung am Nullpunkt angelangt. Der Eimer im Hof war mit einer halben Zoll dicken Eisschicht bedeckt, und Sarah kehrte schlitternd über Schichten aus dreckigem knirschendem Schnee aus der Bäckerei zurück, mit nichts als zwei Laiben Roggenbrot in der Hand. Es gab so viele Verordnungen, die ich setzen musste, während Nehemiah an der Presse arbeitete. Ich roch das Bier in seinem Atem und beschuldigte ihn, im Pot gewesen zu sein. Er bestritt, jemals dort gewesen zu sein, was die Sache noch schlimmer machte, denn ich hatte ihn einmal dort gesehen, doch ich sagte nichts.

Ich schlug ihn mit meinem Winkelhaken und erwischte ihn an der Stirn. Die Buchstaben, die ich gesetzt hatte, flogen in alle Richtungen, was meine Wut noch steigerte. Ich holte erneut aus. Ein Blutstropfen bahnte sich seinen Weg über seine Stirn. Als Nehemiah die Arme hochriss, hielt ich inne. Ich sah mich selbst dort kauern, wie ich mir auf die Lippen gebissen hatte, um nicht zu weinen, wenn der nächste Schlag mich traf.

Ich schleuderte den Winkel durch die Werkstatt und ging ins Haus. Ich sah Mr Blacks erschrecktes Gesicht, als er aus seinem Kontor kam, doch ich stieg geradewegs die Treppe empor zu meiner alten Schlafkammer auf dem Dachboden. Ich wickelte die Decke um mich, denn es war bitterkalt hier oben. Am Fenster waren noch die Eisblumen zu sehen, die der morgendliche Frost dort hinterlassen hatte. Ich stieß Susannahs Bibel fort, die ich seit langer Zeit nicht mehr aufgeschlagen hatte, setzte mich auf den Fenstersims, atmete ein Loch ins Eis und spähte hinaus. Meine Knie stießen gegen mein Bündel, und unvermittelt verspürte ich die tiefe Sehnsucht, es auf den Rücken zu schnallen und zu gehen, wohin meine Füße mich trugen.

Ich hörte Schritte auf dem Treppenabsatz und glaubte, Mr Black sei mir gefolgt. Die Tür wurde geöffnet, doch ich wandte mich nicht um, sondern starrte weiterhin aus dem Fenster.

»Es tut mir leid«, sagte ich.

Ich spürte eine Berührung, die sanfteste, zaghafteste aller Berührungen an meiner Schulter. Es war Anne. Ich wusste, weshalb sie gekommen war. Erschöpft sagte ich: »Es tut mir leid. Ich war immer noch nicht bei Mr Tooley wegen des Aufgebots, aber …«

»Ich will nicht, dass du zu ihm gehst.«

Gereizt dachte ich, erst Nehemiah, jetzt Anne. Sie war schon an der Tür und wollte gehen. »Ich verspreche dir …«

»Ich will nicht, dass du zu ihm gehst«, wiederholte sie aufbrausend.

»Komm schon.« Ich hielt sie auf und nahm sie in den Arm. Sie hob ihr Gesicht und musterte mich forschend, mit einer Wildheit, die ich nie zuvor an ihr gesehen hatte. Der Anblick löste eine Woge des Verlangens aus, und ich senkte den Kopf, um sie zu küssen. Im letzten Moment drehte sie sich von mir weg. Das verdoppelte nur meine Erregung, und ich zog sie noch fester an mich. Sie wehrte sich und versuchte, etwas zu sagen, doch ich schloss meine Lippen über ihre. Wir waren ins Zimmer zurückgewichen, ich erhaschte einen kurzen Blick auf den Apfelbaum und erinnerte mich daran, wie Eaton den Rest seines Apfels fortgeworfen und gesagt hatte, zeig ihr, wer der Herr ist! Gib ihr die Peitsche! Er hatte recht! Es war lachhaft, dass wir zusammenlebten, so nah und so lange schon, und es noch nie getan hatten! Je mehr sie kämpfte, je mehr ihre Fäuste zuschlugen und ihre Nägel mich kratzen, desto mehr entflammte ich, bis ich sie drüben beim Bett hatte, kurz davor, sie darauf zu schleudern, bis sie mir einen höllischen Hieb auf den Schädel versetzte.

Nein. Nicht sie. Der Balken! Dieser verfluchte Balken! Doch es war, als hätte sie ihn geschwungen, denn sie riss sich los und rannte zur Tür. Ich taumelte und ließ mich schwerfällig aufs Bett fallen, mein Kopf dröhnte. Sie machte ein, zwei Schritte zurück in meine Richtung. Ich konnte sie nicht ansehen. Von der Wucht des Stoßes hatte ich mir auf die Zunge gebissen, und meine Stimme klang belegt und verwaschen. »Ich … ich … gehe … sofort zu … Mr T … T …«

»Du verstehst nicht, Tom. Ich will dich nicht heiraten.«

Benommen schüttelte ich den Kopf. »Sei nicht närrisch.«

Ungestüm ballte sie die Fäuste. »Ich bin nicht närrisch! Ich will dich nicht heiraten!«

Mit starkem Schwindelgefühl stand ich auf. Der Raum schwankte leicht, bis ich imstande war, mich auf ihre schmalen Lippen zu konzentrieren, den entschlossenen Ausdruck in ihrem Blick. Der obere Teil ihres Kleides war zerrissen, und die Rundung ihres Busens hob und senkte sich hektisch. Sie murmelte etwas so leise vor sich hin, dass ich ihr nicht folgen konnte.

»Was?«

»Du … willst … mich … nicht … heiraten.«

Die Worte kamen zwischen großen Schluchzern, und Tränen quollen aus ihren Augen, dass ihr mein Herz zuflog. Zur selben Zeit lachte ich, so erstaunt war ich. »Aber Anne! Was für ein Unsinn! Ich liebe dich. Ich habe dich immer geliebt, und ich wollte dich schon immer heiraten.«

Mit einer ungeduldigen Geste wischte sie sich die Tränen aus den Augen. »Du magst mich vielleicht lieben, aber du willst mich nicht heiraten. Du wirst niemals glücklich sein mit mir.«

Unter ihrem Ärger zitterte sie. Ich spürte, wie ihr ganzes Leben, und meines dazu, in Stücke fiel, und sehnte mich danach, sie festzuhalten und zu trösten, doch ich fürchtete einen weiteren Wutausbruch. »Ich werde niemals mit jemand anderem glücklich sein«, sagte ich leise.

»Du wirst niemals glücklich sein mit mir«, wiederholte sie, genauso leise. »Wir passen nicht zusammen.«

»Passen nicht zusammen? Natürlich passen wir zusammen. Wir haben immer zusammengepasst.«

Als müsste sie sich jedes Wort abringen, sagte sie: »Meinetwegen … hast du … keine … angemessene Stellung.«

»Sei keine Närrin. Dies hier ist alles, was ich will.«

»Dies hier? Das ist es?« Sie hatte aufgehört zu zittern und war jetzt ziemlich ruhig, sah sich in der Kammer um, blickte auf Sarahs Bett mit dem Sackleinen, das sie als Bettzeug nutzte, und auf meines, das immer noch ungemacht war. Mr Black musste sich zu Nehemiah an die Druckerpresse gesellt haben, denn sie lief jetzt in regelmäßigem Rhythmus und ließ jedes Mal, wenn die Platte auf das Papier gepresst und dann für das nächste Blatt zurückgerissen wurde, das ganze Haus erbeben. Sie kam näher und blickte mir fest in die Augen. »Ist es das?«

Sie zwang mich dazu, den Blick auf Dinge zu lenken, die zu betrachten ich mich bislang geweigert hatte, dazu, auf eine Weise in mein Innerstes zu blicken, die so schmerzhaft war, dass ich nicht sprechen konnte. Ich wandte mich von ihr ab und stieß mir fast noch einmal den Kopf am Balken. Mit aller Kraft hieb ich mit der Faust dagegen und verzog das Gesicht, umklammerte die Hand, weil ich das Gefühl hatte, jeden einzelnen Knochen darin gebrochen zu haben. Ich setzte mich auf den Fenstersims und atmete so schwer, dass die letzten Eisblumen schmolzen.

»Hier.« Sie reichte mir einen Lappen. »Deine Lippen bluten.«

Ich wischte sie ab und zeigte auf ihr zerrissenes Kleid. »Entschuldigung.«

»Schon gut. Ich werde es nähen. Dafür sind wir Frauen

doch da.« Es war das einzige Anzeichen von Bitterkeit, das sie zeigte. »Was hat Lord Stonehouse gesagt?«

»Er glaubt, ich hätte seinen Sohn getötet.«

Sie war sehr still. »Und, hast du?«

»Ich weiß es nicht.« Ich erzählte ihr alles, was ich wusste, alles, woran ich mich erinnerte. Sie schwieg, bis ich ihr sagte, dass ich Lord Stonehouse vorgeworfen habe, er habe Richard und mich, Vater und Sohn, dazu gebracht, einander zu hassen, auch wenn er es nicht gewusst hatte. Ich glaubte, das sei die Wahrheit, es hatte ihn verletzt und sollte ihn auch verletzen, und ich war froh, dass ich es gesagt hatte. Aber Anne sah mich erschrocken an.

»Du kannst doch nicht auf diese Weise mit jemandem sprechen, der über dir steht!«

»Über mir stehen?«, fauchte ich sie an. »Ist er etwa etwas Besseres als ich?«

»Er ist ein Lord!«

»Er ist ein Lord!«, äffte ich sie nach. »Er ist ein Betrüger und Mörder.« Ich erzählte ihr von dem Vertrag, und sie sah, soweit es möglich war, noch erschrockener aus.

»Du Narr!«

Es war eine Sache, mich als solcher zu fühlen, doch eine ganz andere, von ihr so genannt zu werden. Sie wich zurück, und ich konnte mich gerade noch bremsen, mich auf sie zu stürzen, wie ich es getan hatte, als sie den Anhänger angelegt hatte. Selbst jetzt hatte ich das Gefühl, der Anhänger hätte die Dinge zwischen uns vergiftet. »Ja. Ich bin ein Narr. Ich nehme an, ich hätte eine gute Stellung für mich herausschlagen können. Ist es das, was du meinst? Ich habe es für *dich* getan! Gott weiß warum! Du hast recht! Wir passen überhaupt nicht zusammen! Ich werde gehen!«

Sie war so blass, jeder Tropfen Blut schien aus ihrem Gesicht gewichen zu sein. »Ja«, flüsterte sie. »Es ist das Beste, wenn du gehst. Geh jetzt. Ich wünschte, du wärst nie hierher gekommen.«

Dass sie es so ruhig hervorbrachte, machte alles nur noch schlimmer. Sie wandte sich zur Tür, und ich dachte, sie würde noch etwas sagen, aber falls sie das vorhatte, kamen die Worte nicht heraus. Sie ging, und ich hörte sie etwas zu ihrer Mutter sagen, wieder ruhig und gefasst, als sei nichts geschehen, dann schloss sich die Tür zu ihrer Schlafkammer. Ein halbes Dutzend, nein, ein Dutzend Mal machte ich Anstalten, nach unten zu gehen und an ihre Tür zu klopfen, doch jedes Mal machte ich kehrt und starrte hinunter auf den gefrorenen Apfelbaum. Sie kannte mich besser als ich mich selbst. Der Anhänger hatte mich in seinen Bann gezogen, und ich wollte mehr als das – doch was, das wusste ich nicht. Sie hatte recht. Ich hätte sie heiraten und hier bleiben können, oder an einem Ort wie diesem, und wäre zunehmend rastloser geworden, hätte vielleicht sogar angefangen, sie zu hassen. Stattdessen hatte sie mich abgewiesen – mich abgewiesen! Das führte dazu, dass ich sie noch heftiger liebte als je zuvor und ihr zugleich in höchstem Maße grollte. Sie hatte mir meine Freiheit geschenkt, doch es gibt nichts Schrecklicheres als Freiheit, wenn man nichts damit anzufangen weiß.

Die Druckerpresse blieb stehen, und das Haus schien zur Ruhe zu kommen, wie es das immer tat, gleich einem Schiff, das den Anker geworfen hatte. Jetzt würden sie die bedruckten Blätter zum Trocknen auslegen. Mr Black würde sorgfältig und peinlich genau jedes einzelne inspizieren, hier eines, dort ein anderes bemängeln. Ich lauschte. Ja, da war seine scharfe Stimme, das Geräusch eines gut gezielten Schlages, doch es rief nur ein Schniefen, keinen Schrei hervor. Er hatte nicht mehr die Kraft, die er damals bei mir besessen hatte. Ach, wenn ich doch nur zurückkehren und noch einmal von vorn beginnen könnte, wie würde ich diesen Schlag willkommen heißen. Wenn ich zurückgehen und meine Fehler korrigieren könnte … und meine hoffnungslosen Erwartungen!

Ich nahm mein Bündel. Mir blieben noch ein paar Stunden Tageslicht. Ich packte meine Kleider ein und überprüfte die Stiefel, und unvermittelt überkam mich das Verlangen, ohne Aufschub aufzubrechen. Nur eines musste ich noch ins Bündel stecken, den Gegenstand, mit dem ich gekommen war – Susannahs Bibel. Ich nahm sie und wollte sie gerade einpacken, als ich ihre Stimme zu hören meinte, wie sie sagte: »Tom, wann immer du einen Rat brauchst, öffne das Buch.«

Ich hatte es seit vielen Monaten nicht mehr geöffnet, und Gott weiß, dass ich jetzt einen Rat brauchte. Vor dem Fenstersims fiel ich auf die Knie und schlug das Buch auf, wo der Zufall es wollte, wie Susannah es getan hatte, wobei ich nur im Neuen Testament suchte, nicht im Alten, da das für mich für die blutige Vergeltung von Edgehill stand. Ich schloss die Augen, schob den Finger zwischen die Seiten, wie Susannah es immer gemacht hatte, und öffnete das Buch, um die Textstelle im Johannesevangelium zu lesen, in der Jesus die Fünftausend speist, mit fünf Brotlaiben und zwei Fischen. Ich starrte den Text an, aber ich begriff nicht, welche Bedeutung er für mich hatte. Das einzige Brot im Haus war trockenes Roggenbrot, und es war viel zu schwer, um es überhaupt zu brechen, ganz zu schweigen davon, Fünftausend zu ernähren.

Ich grübelte darüber nach und rätselte herum, doch ich hatte weder Susannahs Glauben noch Matthews List, um eine Bedeutung darin zu erkennen, bis ich das Buch schließlich mit einem Knall schloss, es in mein Bündel stopfte und zur Tür ging. Das Haus bebte, aber es war nicht die Erschütterung durch die Presse. Es war eine vorbeifahrende Kutsche, und zwar keine Mietkutsche, in der man bis auf die Knochen durchgeschüttelt wurde, sondern ein Zweispänner. Ich sah, wie sich die edlen Pferde vorsichtig durch die schmale Einfahrt drängten. Blitzartig ging mir auf, dass allein mein Mangel an Glauben, mein Beharren darauf, dass es ein Rätsel sein müsse, obwohl es keins war, verhindert hatten, dass ich das Offensichtliche sah. Susannah hätte die Bedeutung der Textstelle sofort erkannt. Ein Wunder würde geschehen! Skeptiker mögen vielleicht sagen, das wahre Wunder läge darin, dass ich, wenn ich nicht über die Textstelle nachgegrübelt und gerätselt hätte, mein Bündel schon längst geschultert hätte und unerreichbar auf der Straße unterwegs gewesen wäre.

In diesem Moment wusste ich mit absoluter Gewissheit, dass Lord Stonehouse, überwältigt von Gewissensbissen über den Hass, den er zwischen Vater und Sohn gesät hatte, gekommen war, um mich um Verzeihung zu bitten. Ich sah in ihm wieder den freundlichen alten Edelmann, der mich in die Arme genommen hatte, nachdem ich mich mit Pech verbrannt hatte. Große Schätze. Das war genau das, was Matthew in dem Anhänger vorhergesehen hatte. Es war genau das Ende, das eine Geschichte oder Ballade haben sollte. Das ganze Haus war in Aufruhr, als ich die enge Wendeltreppe hinunterrannte und mit Mrs Black zusammenstieß, die Jane kreischend zurief, ihr bestes Kleid zurechtzulegen, während Mr Black und Nehemiah mit weit aufgerissenen Mündern aus der Werkstatt traten.

Nur Sarah, die sich die Hände an einem Tuch abwischte, schien ungerührt. »Er wird das Ding niemals hier rein bekommen«, sagte sie.

Ich rannte auf den Hof, rutschte auf dem Eis aus und fiel, so dass ich erst auf die livrierten Beine eines Lakaien blickte, dann in die verächtlich dreinschauenden Augen von Jenkins, meinem alten Feind vom Bedford Square, der gerade die Treppe aufstellte, damit die Countess aussteigen konnte.

44. Kapitel

Sie waren eingeschüchtert, aber sie liebten sie. Nie wieder traf ich einen Menschen, der im selben Atemzug so bezaubernd und abweisend zugleich sein konnte. Lucy Hay machte Mrs Black Komplimente über den auserlesenen Stoff ihres Tuches (»Wer beliefert Euch?«) und lobte Mr Black, er sei Londons Stimme der Freiheit (einen Satz, von dem ich schon jetzt wusste, dass er ihn hier und da mit gebührenden Dankesbezeugungen anbringen würde) und bat um die Erlaubnis, Anne und mich allein sprechen zu dürfen.

Ich fürchtete, sie wollte Anne sagen, sie stünde mir im Weg. Anne erging es meiner Meinung nach ebenso, denn sie weigerte sich, herunterzukommen. Nur die grässlichsten Drohungen ihrer Eltern brachten sie schließlich nach unten, mit sehr blassem Gesicht und repariertem Kleid. Die letzten Kohlen wurden auf das Feuer geworfen, Wein in unsere Hände gedrückt, und dann ließ man uns allein. Die Countess behielt ihren Pelzumhang an, denn die Kohlen, die Sarah auf das Feuer gehäuft hatte, hatten dieses praktisch erstickt. Sie nippte an ihrem Wein, verzog das Gesicht und goss, nachdem ich meinen mit einem Schluck heruntergespült hatte, den Rest in mein Glas.

»Habt Ihr die Neuigkeiten von Richard Stonehouse gehört?«, sagte sie in einem Tonfall, aus dem man schließen konnte, dass sie sicher war, dass wir nichts gehört hatten. Ich wurde sehr still und war mir plötzlich sicher, dass man seine Leiche gefunden hatte. Normalerweise machte Lucy Hay sich – meist zum Verdruss ihres Gegenübers – ein Vergnügen daraus, andere mit Auskünften hinzuhalten, die niemand außer ihr kannte. Doch jetzt sah sie meinen Gesichtsausdruck und sagte schnell: »Er lebt. Und ist quicklebendig.«

Auf meine Erleichterung folgte Verwirrung. Das, und was ich zu Lord Stonehouse gesagt hatte, machte jede Hoffnung auf eine gute Stellung bei ihm zunichte. Er hatte keinen Kontakt zu mir aufgenommen, um mir dies mitzuteilen, obwohl Richard mein Vater war und er zumindest eine Ahnung von den Qualen haben musste, die ich durchgemacht hatte. Ein Wunder! Lord Stonehouse von Gewissensbissen überwältigt. Was für ein idiotischer Narr ich doch war! Ich sollte mich wieder meinen Balladen und Flugschriften widmen – das war alles, was ich zuwege brachte. Ich hörte kaum zu, was die Countess zu sagen hatte. Richard hatte sich hinter die royalistischen Linien zurückgezogen. Er war jetzt Sir Richard, erzählte sie uns. Zurzeit hielt er sich im Gefolge der Königin in Frankreich auf, um englische Soldaten aus den europäischen Armeen zu rekrutieren. Mir blieb immer noch genügend Tageslicht, um aufzubrechen. Ich starrte mein Bündel an, das ich bei der Tür fallen gelassen hatte. Ich trank den Wein aus, unfähig, Anne in die Augen zu blicken, und wünschte, die Countess würde gehen, doch sie plapperte weiter und sagte, dass Lord Stonehouse die Nachricht, dass sein Sohn am Leben sei, feiern wolle, es indes für unangemessen hielt, einen Empfang für einen hohen Befehlshaber der Royalisten zu geben.

Das Feuer war schließlich doch noch angegangen. Die Countess seufzte vor Wohlbehagen und streifte den Pelzumhang von den Schultern. Der Zwilling des Falkenanhängers, den ich zum ersten Mal in ihrer Kutsche gesehen hatte, glitzerte zwischen ihren Brüsten. »Männer«, sagte sie mit einem Kopfschütteln zu Anne, »haben keine Ahnung, wie sich so ein Interessenskonflikt lösen lässt.«

Anne starrte sie stumm an. Ich errötete für sie, sicher, dass sie keine Ahnung hatte, wovon die Countess sprach.

»Alles in Ordnung zwischen Euch beiden?«

Anne saß kerzengerade und schien ihre Finger verknoten zu wollen. Ich wollte sie festhalten, sie vor dieser neugierigen, wissbegierigen Frau beschützen, die einem blutsaugenden Floh glich, der sich von den vertraulichen Geheimnissen aus dem Leben anderer Menschen ernährt.

»Ich verstehe. Es scheint, als sei ich gerade im richtigen Moment gekommen.« Ich beugte mich vor, um ihr zu sagen, dass sie sich nicht einmischen solle, aber sie hob gebieterisch die Hand. »Ich gebe heute Abend eine kleine Gesellschaft für Lord Stonehouse – von außen betrachtet hat es natürlich nichts mit Richard zu tun, aber es wird ihn in die Lage versetzen, nun … diskret zu feiern. Warwick wird dort sein. Bedford. Mr Pym natürlich. Genau die richtigen Personen. Ich möchte, dass du kommst.«

Ich wandte mich ihr zu und starrte sie an. Nach allem, was geschehen war, erwartete sie, dass ich Richards Rückkehr ins Leben feiern würde? Auf der anderen Seite würde Mr Pym dort sein und die großen Earls Bedford und Warwick, die sich seiner bedienten und die Kriegsflotte befehligten.

»Ich weiß nicht«, sagte ich und blickte unbedacht wieder ins Feuer. »Ich weiß nicht, ob ich kommen soll …«

»Oh, nicht *Ihr!*«, sagte sie. »Das wäre überhaupt nicht gut.«

Sie sah nicht mich an, sondern Anne. Ich musterte die Countess erstaunt, Anne mit großem Entsetzen.

»Ich brauche eine Kammerfrau. Alle aufgeweckten Zofen sind in Paris bei der Königin oder in Oxford beim König. Es gibt keinen Grund, warum Rechtschaffenheit nicht attraktiv sein sollte, doch puritanische Frauen sind so langweilig wie Lebertran.« Ich versuchte erneut, sie zu unterbrechen, aber nichts konnte sie aufhalten. »Wir leben in einer Welt, in der das Unterste zu oberst gekehrt ist, wie es in der Ballade heißt, und wir machen aus Edelleuten Bauern und aus Bauern Edelleute. Aber für diesen Moment möchte ich dich Lady Black nennen. Männer mögen Geheimnisse. Komm schon, Anne. Wir haben nur wenig Zeit.«

Sie erhob sich und bedeutete Anne, ihr zu folgen. Anne sprang auf, doch damit endete ihre Folgsamkeit auch schon. Sie wich zurück und hakte die Finger ineinander, als wollte sie sie abreißen. »Ich kann nicht.«

»Unsinn. Natürlich kannst du.«

»Ich wüsste gar nicht, was ich sagen soll«, rief Anne gepeinigt auf. »Oder was ich tun soll!«

Ich trat zwischen sie und stellte mich schützend vor sie. »Sie hat recht. Das ist lächerlich. Wie soll sie einen Unterhaltung mit Mr Pym bestreiten? Oder mit Lord Stonehouse?«

Ehe die Countess antworten konnte, fuhr Anne mich an wie eine fauchende Katze. »Meinst du, ich hätte nichts von dir gelernt, wenn du dich endlos über Politik ausgelassen hast? Nichts von dort?« Sie deutete auf die Druckerei. »Nichts über den Krieg? Glaubst du das wirklich?« Sie wandte sich ab, Tränen stiegen ihr in die Augen, als sie die letzten Worte herauswürgte.

»Exakt«, sagte die Countess besänftigend. »Du kannst wunderbar zuhören, Anne, und stellst auf charmante Weise Fragen. Mehr erwarten Männer gar nicht von uns, ist es nicht so, Tom?«

Sie lächelte mir liebenswürdig zu. Ich hasste sie. Ich hasste ihr Gift. Ich begriff nicht, wieso ich sie jemals schön gefunden hatte, warum ich jemals von ihr fasziniert gewesen war. Doch bei all ihrer Durchtriebenheit glaubte ich nicht, dass sie Anne überreden könnte. Die Vorstellung versetzte Anne in Panik, sie war zu eingeschüchtert von denen, die sie für höherstehend hielt. Und tatsächlich ließ sie sich wieder auf ihren Stuhl sinken, kauerte sich vor dem Feuer zusammen und schüttelte starrsinnig den Kopf.

»Es ist unmöglich. Was soll ich anziehen? Ich habe nur dieses Kleid und ein oder zwei andere Fetzen.«

»Nun«, sagte die Countess. »Für den Anfang könntest du den hier nehmen.«

Anne drehte sich um und erstarrte. Die Tränen in ihren Augen glitzerten wie die Diamanten auf dem Anhänger, den die Countess gerade abnahm.

All die Demütigungen, die ich je von Anne erlitten hatte, seit ich ohne Stiefel an den Füßen in dieses Haus gekommen war, waren nichts gegen die Schmach, zusehen zu müssen, wie sie sich von Jenkins in die Kutsche helfen ließ. Ihr Entsetzen hatte sich in höchste Erregung verwandelt. Der Umgang zwischen Jenkins und ihr wirkte überaus vertraut, während Jenkins wieder dazu übergegangen war, mir wegen meiner zerknitterten Kleider und der schwarzen Finger verächtliche Blicke zuzuwerfen. Natürlich! Anne war nicht nur einmal bei der Countess gewesen, sondern mehrere Male. Lucy hatte mich zugunsten einer neuen Favoritin fallen gelassen.

Der ganze Haushalt hatte sich versammelt, um sie abfahren zu sehen, Mrs Black knickste, und Mr Black lüpfte seinen Hut wie ein Paar in einem Puppentheater an der Bartholomew Fair. Die Hälfte der Träger von Smithfield kam herbei, um der Kutsche zurück in die Cloth Fair zu helfen. Manche von ihnen hielten die Countess für die Königin, so wie sie lächelte und die Hand hob. Anne winkte mir zu, aber ich konnte nicht, würde nicht zurückwinken. Zu viel in diesem Winken, in dem Blick, den sie mir zuwarf, erinnerte mich an die Zeit, als sie mich verächtlich einen Affen genannt hatte.

»Manche von uns steigen rauf, und manche steigen runter«, sagte Sarah. »Aber womit sollen wir jetzt heizen?«

Es war eiskalt und inzwischen auch viel zu spät, um noch abzureisen. Nach dem Abendessen brachte ich mein Bündel nach oben und ging früh zu Bett, doch ich konnte nicht schlafen, da ich unablässig an Anne denken musste. Jetzt, wo ich mich hin und her warf, lösten sich meine Eifersucht und brennende Missgunst in quälende Sorge auf. Ich kannte sie so gut. Ihre Panik würde zurückkehren. Sie würden wissen, wer oder zumindest was sie war. Ich konnte den Gedanken nicht ertragen, dass Lord Stonehouse sie mit seinen schwarzen Augen eindringlich musterte. Was er wohl sagen würde? Ich sprang aus dem Bett und lief hinaus in die kalte Nacht.

Kein Ton war zu hören, bis auf die Rufe des Nachtwächters. Kein Hund bellte. Selbst in den Schänken schienen sich die Menschen am Feuer zusammenzukauern. Ich blieb stehen. Mein Atem hing als Eiswolke in der Luft, als der Nachtwächter an mir vorbeikam. Er sagte etwas, aber ich verstand kein Wort. Was tat ich hier? Warum eilte ich in dieser trostlosesten aller Winternächte durch London, um sie zu behüten und zu trösten, vergaß alles andere, so wie der Eheschwur in der Kirche es gebot, wenn ich sie nicht über alles liebte? Ich fühlte mich wie damals, als wir uns zum ersten Mal küssten. Nein! Wie damals, als ich mich danach sehnte. Ich stieß einen Freudenschrei aus. Rannte. Stürzte, rappelte mich lachend wieder auf und erreichte in dieser Stimmung den Bedford Square.

Ich machte einen Schritt, um seitlich um das Haus herumzugehen, wo ich so oft Briefe abgegeben hatte, als ich sie erblickte. Oder, wie ich besser sagen sollte, ich sah den Anhänger. Denn einen Moment lang erkannte ich die Frau nicht, die ihn trug. Es war Anne und doch nicht Anne. Ihre rosigen Lippen und Wangen hoben sich scharf von ihrer reinen weißen Haut ab, deren Blässe durch den Anhänger noch betont wurde. Er funkelte auf der Schwellung ihres kleinen Busens. Sie nickte gerade, neigte ernsthaft und respektvoll das Kinn vor

Lord Stonehouse und zeigte damit ihren langen, glatten Hals. Zur gleichen Zeit, umrahmt von wunderschönen kleinen Löckchen, strahlten ihre großen blauen Augen hell und blickten kokettierend zu Lord Stonehouse auf, in einer Art und Weise, wie ich es nie zuvor gesehen hatte. Sie erinnerte mich an jemanden, aber so sehr ich mich auch anstrengte, ich wusste nicht, an wen.

45. Kapitel

In dieser Nacht kam sie nicht zurück. Von Eifersucht zerfressen, schlief ich nur wenig. Nachdem ich reglos und zu einem Eiszapfen erstarrt dort vor dem Fenster gestanden hatte, bis die ersten Kutschen kamen, erwachte ich am nächsten Morgen mit einer dicken Erkältung und Fieber. Mir fiel ein, an wen Anne mich erinnert hatte, als ich durch das Fenster zu ihr emporgeschaut hatte. Es war jemand, den ich niemals kennengelernt, sondern mir immer nur vorgestellt hatte: meine Mutter.

Je mehr das Fieber stieg, desto mehr verschmolzen die beiden miteinander, bis ich das Gefühl hatte, nicht länger zu wissen, wer Anne war, genau wie ich die Gewissheit über mich selbst verloren hatte, sobald ich mein Porträt in Highpoint erblickt hatte. Der Anhänger an Annes Busen wurde zu dem Anhänger, den Matthew aus den nassen Büschen gesammelt hatte, und ich dachte, ich müsste gehen, doch in dieser mir entgleitenden, verblassenden Vision hielt ich ihre Hand, und wir gingen zusammen.

»*Eiscreme!*«, kreischte Mrs Black.

Ich hob den Kopf und hörte das Murmeln von Annes Stimme. Ich war schweißgebadet, und meine Nase war geschwollen wie eine Schweinsblase. Aus den schwachen Sonnenstrahlen, die durch die frischen Eisblumen am Fenster drangen, schloss ich, dass es bereits nach Mittag war. Jemand hatte zusätzliche Decken und Umhänge über mich gehäuft.

Ich wuchtete sie zur Seite und fing augenblicklich an zu zittern. Mrs Black kreischte erneut.

»Der Earl von *wer*?«

Ich sank zurück ins Bett und zog mir die Decke über den Kopf. Kurz darauf kam Anne herein und rief meinen Namen. Als ich mich nicht rührte, begann sie erneut, die Umhänge und Mäntel über mich zu häufen. Gereizt stieß ich sie beiseite und erklärte ihr mit belegter krächzender Stimme, dass mir zu heiß sei.

»Armer Tom. Du klingst furchtbar.« Blinzelnd sah ich sie an. In meinen Träumen hatte sie stets so ausgesehen wie im Fenster am Bedford Square, so dass ich verwirrt war, sie jetzt im dicken alten Morgenmantel ihrer Mutter zu sehen. Sie trug ihn über dem Kleid, das ich zerrissen und das sie so geschickt repariert hatte, dass die Stiche kaum zu erkennen waren.

»Hier.« Sie stellte einen Becher mit heißem Milchpunsch ab.

»Danke.« Ich vergrub mein Gesicht im Kissen.

»Willst du nicht hören, was passiert ist?«

»Ich will nur schlafen«, murmelte ich, »Lady Black.«

Sie berührte meinen Kopf. »Du bist eifersüchtig.«

Ich fuhr hoch und schrie: »Ich bin nicht eifersüchtig! Ich will nur schla…« Ich bekam einen Hustenanfall. Sie stopfte mir ein Kissen in den Rücken, und ich trank etwas von der Milch. »Was hast du zu Lord Stonehouse gesagt?«

»Woher weißt du, dass ich mit ihm gesprochen habe?«

»Weil ich dich gesehen habe.«

»Mich gesehen? Wie das?«

Ich putzte mir die Nase. »Durchs Fenster. Ich dachte, du würdest dich fürchten, so weit weg von deiner …«

»Tom, ach Tom!« Sie umarmte mich und hielt mich fest.

Ich nieste. »Ich dachte … da oben … warst du so hoch über mir.«

Sie ließ mich los. »Was meinst du, wie ich mich gefühlt habe, seit diese Geschichte begann? Darum hat Lucy ... die Countess ... mir Unterricht erteilt, nachdem ich das erste Mal bei ihr war.«

»Ich verstehe.«

»Ich habe nicht mit Lord Stonehouse gesprochen. Er hat mit mir geredet. Das gefällt ihm, weil er nicht besonders gut hören kann. Hast du das nicht gemerkt?«

Ich schüttelte den Kopf darüber, wie begriffsstutzig und ichbezogen ich gewesen war, dass es mir nicht aufgefallen war. Das erklärte, warum er so laut und barsch sprach und warum er so zurückhaltend auf manche der Dinge reagiert hatte, die ich sagte. Lucy Hay hatte seine Taubheit ausgenutzt. Sie hatte Anne als Lady Black vorgestellt, und erst nachdem Lord Stonehouse eine Zeit lang mit ihr gesprochen hatte – er sagte, sie erinnere ihn an seine Frau, als er sie zum ersten Mal gesehen hatte –, legte Lucy offen, wer sie war, und sagte, er müsse sich verhört habe, da sie Anne als ihre Kammerfrau Anne Black vorgestellt habe.

»Was hat er dann gemacht?«

»Er hat mich geschnitten.«

Dass sie so rasch die Salonsprache übernommen hatte, und die Verzweiflung, die ich ihrem gesenktem Kopf und den bebenden Schultern entnahm, ließen mich zu dem Schluss kommen, dass meine Befürchtung, man würde sie grausam zurückweisen, wahr geworden waren. Empört und schützend legte ich meine Arme um sie – und zog sie langsam wieder zurück. Sie weinte nicht, sondern lachte. Ihre blauen Augen blitzten boshaft auf. Die Pupillen waren immer noch von dem Belladonna geweitet, das Lucy ihr gestern Abend offensichtlich eingeträufelt hatte.

»Bedford kam herüber ...«

»Der Schatzmeister?«

»Ist er das?«

»Erzähl weiter.«

Sie ahmte den kultivierten Tonfall des fünften Earl of Bedford, den ich so oft in der Lobby gehört hatte, perfekt nach. »Er sagte, falls diese unruhige Waffenruhe anhielte und ich mich zufällig in Hertfordshire wiederfände … Da wurde er von Warwick unterbrochen, der von irgendwelchen Juwelen sprach, die man den Spaniern abgenommen hatte, von einem Kaperschiff, der *Resolution*, das ihm und Lord Stonehouse gehörte, und die wunderbar zu meinem Anhänger passen würden …«

Die *Resolution* war das Schiff, an dem Matthew mitgebaut und für das ich das Pech zum Kalfatern herangeschleppt hatte. Ich starrte auf die Narbe an meinem Bein, die mir von der Verbrennung geblieben war und nach der Lord Stonehouse sich meiner angenommen hatte.

»Er hat dich einfach so geschnitten? Lord Stonehouse?«

»Ja. Doch sobald er Bedford und Warwick mit mir sprechen sah, schien er mich, … nun ja, mit anderen Augen zu sehen.«

»Mit anderen Augen?«

»Vielleicht war er eifersüchtig. Ich weiß es nicht.« In ihrem Blick lag ein verschmitztes Strahlen, das ich nie zuvor bei ihr gesehen hatte. Jetzt ahmte sie Lord Stonehouse' ruppige, abgehackte Sprechweise nach. »›Du bist Blacks Mädchen‹, sagte er. Er war überrascht, dass ich lesen kann und mich für Vermögensverwaltung interessiere und …«

Ich gaffte sie an. »Du hast keinen Schimmer von Vermögensverwaltung.«

»Aber er. Und ich habe zugehört.« Ihre Stimme geriet ins Stocken. Sie verschränkte die Hände und blickte mich ernst an. »Glaubst du, ich habe mich selbst zur Närrin gemacht?«

Misstrauisch sah ich sie an, aber sie erwiderte meinen Blick bescheiden und sanftmütig. Ich war mir nicht länger sicher, woran ich mit ihr war. So wirrköpfig Mrs Black auch sein mochte, sie blickte stets zu Mr Black als dem Herrn des Hauses auf und gehorchte ihm, so wie es sich gehörte. Denn die Ehre eines Mannes war schließlich eng mit der Frage verknüpft, ob er seinen eigenen Haushalt im Griff hatte. Ich hasste den Gedanken an die begehrlichen Blicke, mit denen die hohen Herren sie bedacht hatten, war indes zugleich begierig auf die Auskünfte, die sie aus ihnen herausbekommen hatte.

»Hat Lord Stonehouse etwas über mich gesagt?«

Sie blickte zu Boden und schüttelte wenig überzeugend den Kopf.

»Was hat er gesagt?«, sagte ich scharf.

»Er sagte …« Sie erschauderte und biss sich auf die Lippen, dann platzten die Worte mit einem Lachanfall aus ihr heraus, »… dass du zu viel redest.«

Ich blickte sie weiterhin kalt an, bis ihr Lachen erstarb. »Wirst du im Frühjahr nach Hertfordshire fahren?«, fragte ich. »Oder dir Warwicks Juwelen anschauen?«

Sie brach erneut in Gelächter aus. »Ach Tom! Du bist eine Million Mal mehr wert als all diese reichen alten Männer.«

»Bin ich das?«, fragte ich dümmlich. »Und du bedeutest mir eine Million mal mehr als Lord Stonehouse.«

Zur Hölle damit. Zur Hölle mit der Ehre, mit Lord Stonehouse, dem König – wenn das die verdrehte Welt war, wollte ich mit dabei sein.

»Du wirst dich bei mir anstecken«, sagte ich, als sie mich küsste.

»Wir werden uns die Erkältung teilen«, erwiderte sie.

Ich kehrte in die Druckerwerkstatt zurück. Mein Entschluss stand fest. Ich wäre gerne etwas Besseres, würde gerne mehr drucken als Verordnungen, doch wenn es Verordnungen sein mussten, dann sei es so, solange Anne und ich nur zusammen sein konnten.

Kaum hatte ich den Winkelhaken zur Hand genommen, als ich Nehemiah zusammenzucken sah. Meine Schuldgefühle versetzten mir einen Stich, und ich sagte ihm, schwor ihm, dass ich ihn nie wieder schlagen würde. Er schniefte und wich unsicher zurück, überzeugt, dass ich lediglich eine noch geschicktere Art der Quälerei plante. Mr Black hörte mich, nahm mich zur Seite und erklärte mir, dass ich den Jungen ruinieren würde.

»So sehe ich die Welt jetzt, Sir«, sagte ich.

»Nun, es ist eine äußerst eigenartige Weise, sie zu sehen. Es hat mir nie gefallen, dich zu schlagen, Tom, aber es hat deinen Charakter geformt. Ist es nicht so?«

Ich sagte nichts, und er ging davon, etwas über Jugend und Veränderungen murmelnd und dass die alten bewährten Werte durch den Krieg zerstört worden seien, und je eher das alles vorbei sei, desto besser.

Es war ein schöner Märztag, und das Eis im Hof hatte sich in Schneematsch verwandelt, als Nehemiah aufgeregt aus Westminster zurückgerannt kam. Er entschuldigte sich dafür, dass er seine Mütze verloren hatte – früher hätte er nie gewagt, es mir zu erzählen –, doch er habe einen wichtigen Brief für mich. Lord Stonehouse' Falke starrte mich vom Siegel an. Ich hatte mich damit abgefunden, dass ich nicht damit rechnen konnte, noch einmal von ihm zu hören, doch der Anblick des Siegels brachte all meine alten Hoffnungen und Erwartungen zurück. Meine Finger zitterten, als ich das Siegel erbrach. Ich starrte auf die kurzen abgehackten Sätze, und vor Enttäuschung wurde mir fast schlecht.

Der Brief kam nicht von Lord Stonehouse, sondern von seinem Sekretär Mr Cole. Er teilte mir mit, dass in zwei Tagen das Parlament in Westminster zusammenträte und seine Lordschaft wünsche, dass ich dabei Notizen machte.

»Es scheint mir eine Ehre zu sein«, sagte Anne sanftmütig.

»Eine Ehre? Notizen zu machen wie ein Schreiber?«

»Gewiss, es ist nicht das, worauf du gehofft hast.«

»Nicht das, worauf ich gehofft habe? Es ist eine Beleidigung!«

Ich knüllte den Brief zusammen und warf ihn ins Feuer. Er sprang wieder heraus, und Anne fischte ihn vom Kamingitter und strich ihn glatt. Sie las ihn langsam, aber nachdenklich, tonlos buchstabierte sie die schwierigen Wörter. »Seine Methode ist vielleicht ein wenig unglücklich.«

»Ein wenig …?« Inzwischen besuchte sie Lucy mehrmals pro Woche und schnappte immer mehr Phrasen und Angewohnheiten auf. Ich fragte mich, ob sie noch mehr mitbekam. »Weißt du irgendetwas darüber?«

»Nein. Warum sollte ich?« Sie schenkte mir einen Blick, der mir bekannt vorkam, verführerisch und gefügig, aber zugleich berechnend, ein Blick, der ihrem Vorschlag vorausging, ich solle das genaue Gegenteil von dem tun, was ich wollte. »Es sei denn … ich glaube, es könnte vielleicht um Edgehill gehen.«

Edgehill war eine schwärende Wunde. Die Einheimischen behaupteten, an dem Ort gingen die Geister um. Am Neujahrstag hatte man zwischen drei und vier im kalten Nebel des Nachmittags eigentümliche Erscheinungen von Musketieren und Landsknechten auf den Wiesen von Kineton gesehen. Man hatte das Donnern von Kanonen gehört, die Schreie und das Stöhnen der Sterbenden. Reitertrupps jagten einander und verschwanden im Nebel. Am folgenden Tag wurden viele Menschen Zeuge einer vollständigen Schlacht, die um Mitternacht begann. Im Sonnenschein lösten sich die geisterhaften Erscheinungen auf, die sich über die Wiesen verteilten.

So besagte es jedenfalls eine Flugschrift mit dem Titel *Ein großes Himmlisches Wunder: wir berichten von den Jüngsten Erscheinungen und gar Erstaunlichen Tönen von Krieg und Schlachten, gesehen in Edgehill.* Der König verbürgte sich für die Geschehnisse und schickte sechs Beobachter, welche die Erscheinungen bezeugten und einige von ihnen sogar identifizierten, darunter Sir Edmund Verney, der bei der Verteidigung der königlichen Standarte getötet worden war. Viele sahen in den Erscheinungen ein Zeichen für Gottes Unmut, weil so viel christliches Blut vergossen worden sei. Nehemiah ging zu einer riesigen Demonstration der Lehrjungen in Covent Garden, in der zum Frieden aufgerufen wurde, und in der Stadt kam es zu Tumulten, bei denen ein Ende des Krieges gefordert wurde. Die Wohlhabenden fanden die Steuerverordnungen des Parlaments jetzt viel schlimmer als das Schiffsgeld, das der König ihnen auferlegt hatte.

Allmählich festigte der König seine Position. Er hielt den Norden, von Newcastle bis York, die Midlands bis hinunter nach Oxford sowie Cornwall und Devon. Bristol, immer noch in der Hand des Parlaments, war von Prinz Rupert eingekesselt worden. Im Ausland trieb die Königin mit Erfolg Gelder für Charles ein.

Angesichts der wachsenden Bedrohung durch den König war das Parlament gespalten. Denzil Holles, eines der fünf Mitglieder, die der König damals im Unterhaus wegen Hochverrats verhaften wollte, führte eine starke Fraktion an, die Frieden um fast jeden Preis wollte. Holles hatte lange für das Parlament gekämpft, war indes ernüchtert, seit Prinz Rupert direkt vor dem Patt in Turnham Green ein Drittel seines Regiments in Brentford abgeschlachtet hatte. Er war bereit, die zivile Kontrolle über die Regierung gegen die Religionsfreiheit einzutauschen. Mr Pym argumentierte, dass dies einer Katastrophe gleichkäme. Wenn das Parlament die Waffen niederlegte, wie es der König forderte, damit es überhaupt zu einer Vertragsunterzeichnung kommen konnte, würden sie alles verlieren, was sie erreicht hatten. Und er wäre der Erste auf dem Schafott.

Vor diesem düsteren Hintergrund betrat ich einen riesigen, zugigen Sitzungssaal in der Nähe der Painted Chamber in Westminster. Lord Stonehouse grüßte mich kurz angebunden und teilte mir mit, dass er meine Notizen um sieben Uhr abends in der Queen Street haben wolle, dann wies er mir eines der Pulte für die Schreiber zu. Es war ein hastig zusammengeschustertes *Ad-hoc*-Komitee aus Mitgliedern des House of Lords und des House of Commons, dessen eigentliche Aufgabe darin bestand, noch mehr Geld aufzutreiben, und dessen vage definierter Zweck es war, angesichts der Schlacht von Edgehill militärische Forderungen zu stellen. Mit anderen Worten, es war eine jener Versammlungen, in denen die eigentliche Arbeit geleistet wurde.

»Tom! Jetzt seid Ihr einer von uns!«

Es war Mr Ink, bis zum Kragen mit Tinte bespritzt, der mich umarmte. Ich fühlte einen Stich, weil ich fast wieder dort war, wo ich angefangen hatte, aber dann lachten wir über die alten Zeiten, als er mir jene Worte in die Hand gedrückt hatte, die die Welt verändern würden.

»Ich glaube immer noch, dass Worte ein Feuer im Herzen der Menschen entfachen können, Tom«, rief er voll Inbrunst.

Der gute Mr Ink! Traurig erklärte ich ihm, dass Worte zu Verordnungen geworden waren, aber dann tippte mir Mr Pym auf die Schulter. Er feuerte Fragen über Edgehill auf mich ab und schüttelte den Kopf, als ich ihm sagte, dass ich die Schlacht, die ich erlebt hatte, in den Darstellungen der Londoner Flugschriften, die ich gelesen hatte, nicht wiedererkennen würde.

»Warum habt Ihr nicht selbst etwas geschrieben?«

»Mr Black arbeitet für die Regierung.«

»Regierungen müssen zuhören.« Auf seine nervöse, fahrige Art zupfte er an seinem Ziegenbart. »Setzt Euch hierher«, sagte er schroff und deutete auf den Stuhl neben sich.

Ich erklärte ihm, ich sei ein Schreiber, doch da er in Nähe der Schreibpulte saß, bedeutete er mir mit einer ungeduldigen Geste, dass das keine Rolle spiele, und sobald ich mich vergewissert hatte, dass meine Feder gespitzt war, fiel auch schon der Hammer des Vorsitzenden. Es war so, wie ich befürchtet hatte. Der Vorsitzende pries überschwänglich Lord Essex' großartigen Sieg, obgleich, wie er hinzufügte, kein Sieg so großartig sei, dass man keine Lehre daraus ziehen könne.

In unserer Ecke kratzten die Federn pflichteifrig übers Papier, meine im Einklang mit den anderen. Selbst wenn ich taub gewesen wäre, hätte ich dennoch niederschreiben können, was Lord Essex darauf erwiderte, solche Allgemeinplätze waren es. Mit einem Wort, die Lehre, die es aus Edgehill zu ziehen galt, war Geld. Er brauchte große Mengen davon, um den König zu schlagen. Er ratterte Zahlen herunter. Männer, Pferde, Kanonen, Waffen … wenn man ein genügend großes Heer aufstellte und dem König langsam die Lebensmittel ausgingen, würde ihn das an den Verhandlungstisch zwingen. Bei der Erwähnung von Verhandlungen schüttelte Mr Pym den Kopf, doch Holles und seine Unterstützer nickten resigniert zum Zeichen ihrer Zustimmung. Die meisten Männer am Tisch, einschließlich Lord Stonehouse, zeigten keinerlei Reaktion, weder in die eine noch in die andere Richtung.

Als Essex geendet hatte, gab es eine jener sich in die Länge ziehenden Pausen, die auf einen Redebeitrag folgten, der so mit Zahlen und Fakten angefüllt war, dass er unwiderlegbar schien. Niemand bestritt, dass mehr Geld gebraucht wurde. Geld fehlte immer. Die kratzenden Federn kamen allmählich zur Ruhe. Die Männer husteten, rutschten auf ihren Stühlen hin und her, raschelten mit den Papieren. Jemand fing den Blick des Vorsitzenden auf.

»Mr Cromwell«, sagte er.

Ich hatte kaum Notiz von dem Abgeordneten für Cambridge genommen, seit ich ihn damals in der Lobby hatte sagen hören, dass er nach Neuengland gesegelt wäre, wenn die Große Remonstranz, die dem Krieg den Weg geebnet hatte, nicht angenommen worden wäre. Im Parlament war er ausnahmslos ein verlässlicher Unterstützer von Mr Pym. Er war einer jener Puritaner, die nach einer Jugend voller Ausschweifungen zu Gott gefunden hatten. Ich argwöhnte, dass die Sünden, die er begangen hatte, sowohl von ihm selbst als auch von anderen aufgebauscht wurden, denn er hatte den gequälten Blick eines Mannes, der, sobald er eine Spur zu lange auf den Rock einer Frau schaute, ebenso heftig zu Gott um Verzeihung betete, als hätte er sie geschändet. Einmal überraschte er einen Bekannten damit, dass er ihm das Geld zurückgab, das er vor Jahren beim Würfelspiel von ihm gewonnen hatte. Der Mann hatte es längst vergessen, aber Cromwell bestand darauf, dass er das Geld annehmen müsse, und erklärte, er beginge eine große Sünde, wenn er es behielte.

Im Kampf, in den er sich häufig unbesonnen stürzte, gaben ihm diese sich selbst auferlegten Qualen Auftrieb. Wo andere Menschen zauderten, wurde er von keinerlei Selbstzweifeln zurückgehalten. Er hatte seine Zweifel Gott anvertraut, und Gott hatte ihm Antworten gegeben. Lange bevor der König seine Truppen um sich geschart hatte, war eine Gruppe von Royalisten nach East Anglia geritten, um die Silbertafel der Cambridge Colleges »zu sichern«. Cromwell hatte an der Great North Road ein Spalier aus Musketieren gebildet. Unter Trommelwirbel und wehenden Fahnen marschierte er in das King's College und beschlagnahmte die Tafel im Wert von zwanzigtausend Pfund für das Parlament.

Nichts davon war diesem harten, knochigen, etwa vierzigjährigen Mann anzusehen. Er hatte das gerötete Gesicht eines Landmannes, und von seinem Kragen würde Sarah sagen, er könnte ein oder zwei gründliche Wäschen vertragen, um den Grauschleier zu vertreiben. Niemand schien große Erwartungen an das zu haben, was er zu sagen hatte, außer, dass er Essex preisen würde. Er unterstützte ihn und hatte als Erster den Antrag gestellt, Essex zum Heerführer zu machen. Und in der Tat lobte er den Earl für seine Tapferkeit und die Standfestigkeit seines Kommandos. Im Raum begann sich jene dumpfe Atmosphäre auszubreiten, wenn die Menschen spürten, dass ein Konsens erzielt wurde, und die Rastlosen unter ihnen anfingen, an Essen und Trinken zu denken.

Dann machte Cromwell eine Pause und fuhr sich mit der Hand durchs zerzauste Haar. Er schob seine Notizen beiseite und blickte über die Köpfe der Männer im Raum. Es war der Blick eines Mannes, der aus einer Landschaft stammte, von der es hieß, ihre Moore seien so flach, dass niemand guten Gewissens behaupten könne, die Erde sei eine Kugel.

»Mylords, Gentleman, der Herr hat uns die Gnade gewährt, in Edgehill keine Niederlage zu erleiden«, sagte er. »Aber können wir es einen Sieg nennen? Wäre das nicht Blasphemie? Hätte Gott dann zugelassen, dass wir nach London zurückgetrieben wurden? Dass Rupert sein blutiges Massaker in Brentford verüben konnte? Dass wir jetzt um einen Frieden feilschen, der uns ein, zwei Penny von dem einbringen wird, was wir verlangen, und einige von uns ihre Köpfe kosten wird? Mylords, in all dem sehe ich Gottes Missfallen, doch auch seine unendliche Weisheit, indem er uns noch eine Chance gibt – die Gelegenheit, eine Lektion zu lernen.«

Seine Sprache wurde grober, sein Akzent deutlicher. »Bei meinem ersten Gefecht in Edgehill sah ich, wie all unsere Männer um mich herum geschlagen wurden. Wir brauchen neue Regimenter. Geld, Zahlen … ich stimme zu, Mylord. Ja. Aber wir müssen das Geld für die richtige Sorte Männer ausgeben. Eure Truppen …«, er sah jeden Mann am Tisch an,

»… bestehen in der Hauptsache aus heruntergekommenen Bediensteten, Schankkellnern und dergleichen. *Ihre* Truppen setzen sich zusammen aus den Söhnen der Edlen und Männern von Rang. Glaubt Ihr, dass Eure gemeinen Burschen von niederer Geburt es in Sachen Mut, Ehre und Entschlossenheit jemals mit Edelleuten aufnehmen können?«

Es war mir egal, wie vernünftig seine Worte waren, denn ich dachte an Jed, und immerhin war ich ebenfalls ein gemeiner Bursche von niederer Geburt, wenn ich nicht gerade der andere war. Doch er schränkte seine Worte bereits ein, indem er sagte, dass ihm ein einfacher Hauptmann in rostrotem Umhang, der wusste, wofür er kämpfte, und liebte, was er kannte, lieber war als einer, der ein Edelmann war und sonst nichts. Da hätte ich mein Leben für ihn gegeben.

Man war entweder Cromwells Mann oder sein erbitterter Gegner, und von dem Moment an, als seine barsche, bezwingende Stimme durch den Raum hallte, war ich Cromwells Mann. Meine Feder flog über das Papier, wie meine Füße über die Straße geflogen waren, als ich die Große Remonstranz bei mir getragen hatte. Ich spürte, dass er ein Feuer in mir entfachte, wie ich es seit jenen ersten berauschenden Monaten nicht mehr empfunden hatte. Kein Prediger hatte mich je so beflügelt wie er. Wenn er sprach, glaubte ich, dass die Welt sich ändern würde und dass sie sich vollkommen verändern würde. Er sprach nicht so wie andere, nannte keine riesigen Zahlen oder malte großartige Visionen. Ganz im Gegenteil. Die Visionen überließ er Gott, er war sein Diener für die Praxis. Er sprach von dem, was er kannte, von seinem Winkel Englands, für den er nicht mehr wollte, als Regimenter aufzustellen.

Es war die Art und Weise, wie er über diese Regimenter sprach, die mich fast von meinem Sitz aufspringen ließ, denn seine Beschreibungen deckten sich mit all den Schwächen, die ich in Edgehill gesehen hatte. Die Männer würden sorgfältig ausgewählt werden, gottesfürchtige und disziplinierte Burschen. Man würde sie nach den Lehren aus der Schlacht ausbilden, nicht nach militärischen Dienstvorschriften. Vor allem jedoch würde die Kavallerie im Mittelpunkt stehen, nicht diese trägen, schwerfälligen Aufstellungen, als sei eine Schlacht ein formelles Duell nach höfischen Regeln. Was zählte, waren Beweglichkeit und der Überraschungseffekt.

Cromwells Rede war solch ein Angriff. Sie glich einem Überfall, der Essex unvorbereitet traf. Denzil Holles, für den Angriff die letzte, nicht die erste Zuflucht war, machte ein zorniges Gesicht. Doch er sah einige der Lords zustimmend nicken, ebenso wie Mr Pym, und hielt sich zurück. Lord Stonehouse nickte weder noch schüttelte er den Kopf, sondern beobachtete die Reaktionen der anderen Männer am Tisch. Er gehörte zu jenen Menschen, die in dieser Phase eines Treffens lieber Gelder frei- als seine Gedanken preisgegeben hätte.

Als Cromwell fertig war, startete Holles seinen eigenen Angriff. Sein Argument war einfach, aber grausam. »Ihr wart nicht in Edgehill, *Colonel* Cromwell«, sagte er und betonte seinen Rang auf herabsetzende Weise.

»Ich kam zu spät, das ist wahr«, begann Cromwell. »Aber …«

Mehrere Männer begannen durcheinanderzusprechen. Der Vorsitzende bat um Ruhe, konnte die Redner indes nicht zügeln. Vor Erbitterung ließ ich die Feder zu Boden fallen und erhob mich, um sie wieder aufzuheben. Holles Angriff war so billig und überheblich, dass ich den Mund aufmachte, um etwas zu sagen. Doch ich fing einen Blick von Lord Stonehouse auf, den ich für eine stumme Warnung hielt. Mr Pym sagte etwas zu mir, aber in dem Getöse verstand ich ihn nicht. In meiner Aufregung zertrat ich meine Feder mit dem Stiefel. Ich erinnerte mich, in der abendlichen Dämmerung in Edgehill beobachtet zu haben, wie ein später royalistischer Kavallerieangriff von der Parlamentsreiterei zurückgeschlagen wurde, angeführt von einem Mann, der seinen Helm verloren hatte.

»Ihr wart nicht dort!«, rief Holles gerade.

Bebend schleuderte ich meine zerbrochene Feder fort. »Ich war dort, Sir«, rief ich. »Und ich sah Cromwell am späten Nachmittag, bei einem Gegenangriff auf dem Schlachtfeld.«

Abrupt kehrte Stille ein. Von allen Seiten wurde ich angestarrt, dazwischen Lord Stonehouse' unheilvolle schwarze Augen. Alles, woran ich denken konnte, war seine kurze und bündige Ablehnung: Er redet zu viel. Es trocknete die Worte in meinem Mund aus. Das Seufzen des Windes draußen und das knackende Holz in dieser zugigen Kammer waren plötzlich zu hören. Ich konnte nicht aufhören zu zittern. Wer war ich, dass ich in diesem erlauchten Kreis das Wort ergriff? Gemein, von niederer Geburt – ein Schreiber! Ein Mann, der Meinungen niederzuschreiben hatte, sie indes nicht selbst haben durfte – geschweige denn, sie äußern. Dann sah ich, wie Cromwell mich anblickte, und dachte an seine Worte – dass ihm ein Mann lieber sei, der wusste, wofür er kämpfte, und liebte, was er kannte, als einer, der ein Edelmann war und sonst nichts. Es war, als hätte er mir die Erlaubnis erteilt, endlich meine eigene Stimme zu finden.

Ich erzählte ihnen, wie es gewesen war, an jenem Tag ein Soldat in der Aufstellung zu sein. Wie die Reihe beim ersten Angriff ihrer Kavallerie zerrissen sei. Ich erzählte ihnen, dass Colonel Cromwell – und ich blickte zu Holles, als ich den Rang voller Stolz betonte – recht hatte. Die Kavallerie musste die wichtigste Waffe werden. Doch es musste eine disziplinierte Kavallerie sein. Die gegnerischen Reiter waren weitergejagt, um den Tross zu plündern. Wenn sie auf dem Absatz kehrtgemacht und unsere Nachhut angegriffen hätten, wäre der Tag verloren gewesen.

Es war die Jugend, es war die Arroganz, die mich antrieb,

doch vor allem waren es Wut und Verbitterung über das sinnlose Abschlachten unausgebildeter Männer, und auch hier hatte Cromwell recht. Sie waren zum Exerzieren ausgebildet worden, nicht zum Kämpfen. Ein Lehrjunge brauchte sieben Jahre, um Böttcher, Drucker, Bäcker oder Schmied zu werden. Doch von einem Soldaten erwartete man, dass er in seiner freien Zeit das Kämpfen erlernte? An dieser Stelle verlor ich den Faden. Jedes entlaufene Pferd blieb irgendwann stehen. Ich sah wieder den Kreis aus Gesichtern, als ich langsamer wurde und ins Stocken geriet, sah Holles rotes, verächtliches Gesicht, während meine Knie zu zittern begannen, und ich daran dachte, wo und wer ich war – ein Schreiber mit einer zerbrochenen Feder.

»Und wer, wenn ich fragen darf, seid Ihr, Sir?«, sagte Holles.

Es war eine Frage, die ich mir mein Leben lang gestellt habe. »Thomas«, setzte ich kläglich an, »Thomas …«

»Thomas Stonehouse«, sagte Lord Stonehouse, und seine barsche Stimme hallte durch den Raum. »Er ist Thomas Stonehouse, mein Enkel und Erbe.«

46. Kapitel

Machte Lord Stonehouse diese erstaunliche Bekanntgabe, weil er stolz auf meine Vorstellung war? Weil er Wiedergutmachung leisten wollte? Weil er glaubte, ich sei ein würdiger Erbe? Natürlich glaubte ich das! Welche anderen Motive sollte er sonst haben? Hier und da gab es kleine Ungereimtheiten – Anne, die den Brief aus dem Feuer fischte und mich überredete, zu der Besprechung zu gehen. Mr Pym, der mich vom Tisch der Schreiber fortzog, damit ich neben ihm am Besprechungstisch Platz nahm. Doch ich schob jeden Zweifel beiseite.

Ich schwebte wie auf Wolken, als Lord Stonehouse – mein Großvater sollte ich wohl besser sagen – mich Cromwell vorstellte, der mich fragte, wo er mich erreichen könne.

»Schreibt ihm in die Queen Street, Oliver«, sagte Lord Stonehouse.

Cromwell verbeugte sich vor ihm, dann vor mir. Cromwell verbeugte sich vor mir! Was immer hinter Lord Stonehouse' Entscheidung steckte, ich verließ das House als ein vollkommen anderer Mensch und nicht mehr als der arme Schreiber, als der ich es betreten hatte. In der Lobby wäre ich beinahe an Mr Ink vorbeigegangen. Er stand hinter einer Säule und sah mich auf eine Weise an, wie Menschen es taten, wenn sie glaubten, man stelle etwas dar. Ich streckte meine Hand aus, doch er weigerte sich, sie zu ergreifen, obwohl meine Finger fast ebenso schwarz waren wie seine.

»Lieber Mr Ink! Kommt, ich bin doch noch derselbe wie

vorher!« Man könnte zu dem Schluss kommen, dass sich bereits der erste Hauch von Gönnerschaft in meine Stimme geschlichen hatte.

»O doch, Ihr seid ein anderer, Sir. Ihr redet anders. Ihr geht anders.« Schüchtern überreichte er mir zwei Blatt Papier, ebenso tintenbefleckt wie das allererste Dokument mit Mr Pyms Worten, mit dem ich durch die Straßen gerannt war. »Eure Rede, Sir.«

»Danke. Und Gott segne Euch, Mr Ink.« Ich lachte und umarmte ihn, weil er mich gelehrt hatte, an Worte zu glauben und auf die Zukunft zu hoffen, und weil es für einen Mann nichts Besseres gab.

Erst als ich an jenem Abend kurz vor sieben die Queen Street erreichte, um Lord Stonehouse die Sitzungsprotokolle zu überreichen, begannen mich Zweifel zu beschleichen. Es musste irgendeinen Haken geben. Ich geriet ins Straucheln. Doch die Diener verbeugten sich, Mr Cole entbot mir seine Glückwünsche und brachte mich im Handumdrehen nach oben.

Allein Lord Stonehouse – es ist schwer, einen Mann Großvater zu nennen, der einen einst in der Pestgrube verschwinden lassen wollte – war beängstigenderweise so wie immer. Ich stand an der leicht abgewetzten Stelle auf dem orientalischen Teppich, der Stelle, die Richard den Galgenplatz nannte, so wie ich schon einige Male zuvor dort gestanden hatte, während Lord Stonehouse Briefe unterzeichnete und sie Mr Cole zum Siegeln gab. Nachdem der Sekretär gegangen war, las er das Protokoll der Sitzung, immer noch, ohne von meiner Gegenwart Notiz zu nehmen. Mein Herz sank, als er die Seiten umblätterte. Der Haken musste Anne sein. Er würde niemals in eine Heirat mit ihr einwilligen. Und wenn er es nicht tat, würde ich fortgehen. Er kam zum Ende von Mr Inks Seiten, nahm die Augengläser ab, hustete und räusperte sich.

»Du hast gut gesprochen.«

»Nicht zu viel, Sir?«, wagte ich zu sagen.

Er hob die Lider und warf mir seinen Basiliskenblick zu. »Dein Schlusswort war mangelhaft. Holles hätte dich dort festnageln können.«

Er öffnete die Schublade, von der ich wusste, dass es meine war, und hielt einen Moment inne, ehe er die Rede hineinfallen ließ. »Hast du Cromwell in Edgehill gesehen?«

Ich hatte mich weit von dem Jungen entfernt, als der ich zum ersten Mal in diesem Zimmer gestanden hatte, ungestüm in seinen Träumen und Worten. Ich hatte gelernt, keinen Muskel in meinem Gesicht zu verziehen, solange ich vor ihm stand. Holles war nicht der Einzige, der Cromwell angriff. Seine Feinde hatten die Geschichte in Umlauf gebracht, er habe den Glockenturm einer Kirche erklommen, gesehen, dass das Parlament verlor, und sei geflohen.

»Es wurde schon dunkel. Ich sah jemanden, der ihm sehr ähnlich sah, Mylord.«

In seinem Gesicht regte sich kein Muskel. »Hast du Cromwell gesehen?«

»Ich bin sicher, dass Cromwell nicht lügen würde, Mylord.«

Seine Wangen zitterten leicht, die Andeutung eines trockenen Lächelns. Er blickte erneut auf die Rede, dann schloss er die Schublade. »Setz dich.«

Es war eine neue Erfahrung für mich in diesem Zimmer, und ich blickte mich fahrig um. Schweigend deutete er auf einen eleganten Stuhl aus Walnussholz mit fein geschnitzter Lehne. Der unvermeidliche Falke funkelte mich bösartig daraus an, als wüsste wenigstens er, dass ich ein Blender war. Lord Stonehouse ging zum Fenster, die Hände hinterm Rücken verschränkt, und starrte hinaus auf die dunkle Straße. Eine Kutsche ratterte vorbei, dann war es so leise, dass ich die Kerzen knistern hörte. Als er sprach, war es das Letzte, was ich zu hören erwartete.

»Ist dein Bein verheilt?«

Verwirrt starrte ich seinen breiten Rücken an. »Mein Bein?«

Er schwang herum, als hätte ich ihn beleidigt. »Dein Bein!«, blaffte er. »Ist es verheilt? Nach der Verbrennung mit dem Pech?«

»Ja, Mylord. Sehr gut. Ich habe nur eine Narbe behalten.«

»Zeig sie mir.«

Verlegen stand ich auf und knöpfte meine Kniehose auf, bis mein Bein so nackt war wie an dem Tag, an dem das Pech darauf getropft war. Er starrte die gerötete, gerunzelte Haut an, berührte sie, und dann umarmte er mich, unvermittelt und unbeholfen. Die Umarmung endete so schnell und abrupt, wie sie begonnen hatte, und als er mich losließ, sah ich etwas, das einem Augenzwinkern näher kam als alles andere, das ich je in seinem düsteren, grüblerischen Blick gesehen hatte.

»Wie geht es Lady Black?«

»Die Hochzeit wird in einer der Kapellen von St. Paul's stattfinden«, sagte ich.

»St. Paul's!«, kreischte Mrs Black und fiel in Ohnmacht. Mr Black fing sie gerade noch rechtzeitig auf. Nachdem Jane sie mit Hilfe einer kräftigen Dosis Salz und Essig wieder zu sich gebracht hatte, waren ihre ersten Worte: »Was um Himmels willen soll ich bloß anziehen?«

»Man könnte meinen, es sei ihre Hochzeit«, sagte Sarah, die als Einzige völlig ungerührt blieb. Sie hielt standhaft an ihrer Philosophie fest, dass es nun einmal mit den Menschen bergauf und bergab geht …

»… aber es das Beste ist, da zu bleiben, wo man ist?« Ich grinste.

»Ohne deine großen Füße, die mir ständig im Weg waren, habe ich mehr Platz in der Mansarde«, schnaubte sie. »Bis du zurückkommst.«

Sie glaubte immer noch halb, dass es sich um eine von meinen Flugblattgeschichten handelte. Von Zeit zu Zeit erging es mir genauso. Während in der Drury Lane ein Haus aus dem Besitz der Stonehouse' für uns vorbereitet wurde, hatte ich nichts zu tun. Banks, der Verwalter, und Jane kümmerten sich um alles. Sobald Lord Stonehouse herausgefunden hatte, dass sie Mrs Morlands Tochter war, hatte er darauf bestanden, dass sie den Haushalt in der Drury Lane übernahm. Eine positive Seite seines barschen, außergewöhnlichen Paternalismus war, dass er für seine Bediensteten sorgte. Als ich ihr die Stellung anbot, konnte sie nicht sprechen, sondern nickte nur und lief vor Freude rosig an. Für sie bedeutete es mehr als eine Rehabilitation, es war die Rückkehr in den Haushalt der Stonehouse'. Dort war sie aufgewachsen, und für sie war das ihre Familie.

Nie zuvor in meinem Leben war ich so untätig gewesen. Mr Black gestattete mir nicht, die Druckerei zu betreten. Seine Förmlichkeit im Umgang mit mir war beinahe erschütternd. Meine Hände wurden immer weißer, und es juckte mich in den Fingern, noch einmal die Lettern zu berühren. Anne war von der Countess in Beschlag genommen worden, die das Kommando über ihre Garderobe übernahm, ebenso wie über die ihrer Mutter, ihre Sprache, ihre Manieren, was sich gehörte und was nicht. Anne begegnete mir ebenfalls immer förmlicher, nannte mich auf alberne, gestelzte Weise Thomas, so dass ich mich bald danach sehnte, sie würde mich wieder Affe nennen.

Weder Kate noch Matthew würden zur Hochzeit kommen. Kate schrieb, dass Matthew Tag und Nacht an einem neuen Schiff namens *Endeavour* arbeitete, doch ich vermutete den wahren Grund darin, dass er die lange Hand von Lord Stonehouse fürchtete und es vorzog, in der relativen Sicherheit von Poplar vor den Toren der Stadt zu bleiben. Er schickte mir jedoch ein Hochzeitsgeschenk, das ich, wie er sagte, vielleicht doch noch brauchen könnte. Eingewickelt in dem Brief fand ich ein klein zusammengefaltetes Stück Papier, abgerissen von der Zeichnung eines Schiffszimmermanns. Darin lag eine silberne Halbkronenmünze. Die Lilie am Rand bewies, dass sie im Jahr 1625 geprägt worden war. Durchtrieben wie immer, war er nicht imstande gewesen, die Münze im Bach bei Lower Vale zu belassen, und musste sie herausgefischt haben, ehe er mir auf unserem Weg nach Highpoint nachgeritten war.

Über sich selbst schrieb Kate, ihre Rolle in dem Stück sei jetzt beendet, und sie habe ihren Frieden gefunden. Aber ich wusste, dass sie vor St. Paul's war und zusah, entschwindend wie ein Irrlicht, sobald ich mich umdrehte. Denn am Hochzeitsmorgen hatte Jane, die inzwischen in die Drury Lane umgesiedelt war, einen Osterkuchen auf der Türschwelle gefunden.

Ich stolzierte in Silberknöpfen und scharlachroten Strümpfen umher und strauchelte beim Anblick einer gebieterischen Gestalt mit vergoldetem und blumenverziertem Haarschmuck.

»Komm schon, Affe«, flüsterte Anne, als der Brautkelch in die Höhe gehoben wurde und die Fiedler zu spielen begannen.

Die Freude am Hochzeitsfest wurde für mich nur dadurch getrübt, dass Lord Stonehouse darauf bestanden hatte, Anne solle den Anhänger tragen. Während wir unseren Schwur ablegten, hatte ich das Gefühl, die Rubinaugen des Falken würden mich finster mustern, als sei ich ein Hochstapler.

»Ihr solltet ihm dankbar sein, Tom«, sagte Mr Pym auf dem Hochzeitsfest in der Queen Street. »Der Vogel hat Euch auserwählt.«

»Dieser liederliche Vogel hat mich auserwählt? Was für ein Rätsel soll das sein?«

»Der Vogel steht für ein gewaltiges Vermögen.«

»Hört auf, John«, sagte Lucy. »Lasst Tom den Tag genießen.«

Doch wir hatten eine ganze Menge Wein getrunken, ich musste das Rätsel knacken, und sie wollten mir dabei helfen. Wie die geborenen Verschwörer zogen sie mich aus dem Gedränge im Empfangszimmer fort in den Schatten der Halle, in die Nähe der Statue der Minerva, hinter der ich mich an jenem Tag versteckt hatte, an dem ich mich zum ersten Mal in die Queen Street gemogelt hatte. Mr Pym fragte mich nach meiner Ansicht, warum Lord Stonehouse auf dieser Sitzung seine überraschende Bekanntmachung von sich gegeben habe.

»Warum? Weil ich eine brillante Rede gehalten habe!«, prahlte ich. »Außerdem habe ich bei der Suche nach dem Anhänger mich selbst gefunden und ihm gezeigt, dass ich der Mann bin, der ihn beerben sollte.«

»Alles richtig«, sagte Mr Pym. »Ohne das alles wäre es gewiss nicht dazu gekommen.«

»Aber?«

Unvermittelt verstummte er. Lord Stonehouse tauchte in der Tür zum Empfangszimmer auf. Er hatte ein Glas in der Hand, doch seine Miene wirkte, als hätte er nichts als Staatsangelegenheiten im Sinn. Dann entdeckte er Anne, die sich gerade mit Warwick unterhielt, und ein Lächeln zeigte sich auf seinem Gesicht, als er sich zu ihnen gesellte.

»Macht ist zerbrechlich«, sagte Lucy, mit einem Mal ernst.

»Man stellte Stonehouse' Loyalität gegenüber dem Parlament in Frage. Zu Recht.«

»Zu Recht?« Ich schaute quer durch die Halle zu meinem Großvater, der auflachte, als Warwick ihm auf den Rücken klopfte. Er wirkte glücklicher und entspannter als ich es je erwartet hätte.

»Er hat Richard geholfen, nach Frankreich zu gelangen.«

Und nicht nur das, er hatte ihn sogar begleitet. Warwick kontrollierte den Seeweg, und es war eine riskante Überfahrt. Ein Schiff, an dem Lord Stonehouse einen beträchtlichen Anteil hat, hat Richard mitgenommen. Warwick war von einem seiner Kapitäne darüber in Kenntnis gesetzt worden. Die Gerüchte besagen, dass Richard von seinem Vater Geldmittel erhalten hat, die ihm den Weg nach Paris geebnet haben.

»Besser, Ihr wisst davon«, sagte Mr Pym und senkte seine Stimme noch weiter. »Er hat einen Fuß in beiden Lagern. Worum es ihm allein geht, ist das Vermögen und der Familienbesitz – und der Name. Aber indem er Richard geholfen hat, ist er zu weit gegangen, und bei der Sitzung war er gezwungen, in Bezug auf Euch eine Entscheidung zu treffen – und seine Loyalität zu erklären.«

Pym hatte Cromwells Rede geschickt in die Wege geleitet. Ebenso wie meine. Und, wenn man so will, meine Erbschaft. Ich war froh, dass mein Großvater Richard trotz des beträchtlichen Risikos geholfen hatte, denn er hatte ihm in der Vergangenheit ebenso geschadet wie mir. Doch ich musste auch daran denken, wie er die Narbe an meinem Bein berührt hatte, und an seine unbeholfene Umarmung. Auf seine Weise liebte er uns beide. Doch er wurde vom Falken getrieben, wie dieser ihn immer getrieben hatte, von der Sorge um seinen Besitz, und er setzte nicht alles auf eine Karte. Mit dieser Erkenntnis zog ich die halbe Krone aus der Tasche, die Glücksmünze, die Matthew mir zurückgegeben hatte, warf sie in die Luft und fing sie wieder auf. »Am Ende kommt also alles darauf an.«

Lucy lachte. »Darauf, wie die Münze fällt.« Sie nahm das Silberstück. »Sechzehnhundertfünfundzwanzig. Charles' Krönungsjahr.«

»Mein Geburtsjahr.« Dann kam mir ein Gedanke. »Ihr meint – möglicherweise werde ich nicht erben.«

»Natürlich werdet Ihr das!« Mr Pym strahlte. Dann wurde sein Strahlen schwächer. »Solange das Parlament an der Macht bleibt.«

Ich schob die Münze in die Tasche. Ich hob mein Glas, und meine Stimme drang durch die Halle: »Auf das Parlament!«

Alle schwiegen. Gesichter wandten sich mir zu, bis schließlich jedermann sein Glas hob. »Auf das Parlament!«

Aus ihrem Lächeln schloss ich, dass Warwick, mein Großvater und der Rest in meinem geröteten Gesicht und meinem Ausbruch die glühende jugendlich-naive Begeisterung für den Gegenstand sahen, genau wie ich sie in jener Nacht empfunden hatte, als ich durch die Straßen rannte und die Worte der Großen Remonstranz umklammert hielt. Und das war, wie Mr Pym sagen würde, wahr. Nur zu wahr.

»Über was habt ihr so heimlich geredet?«, fragte Anne mich später.

»Über den Falken«, sagte ich.

»Ist Lucy nicht wunderschön?«, sagte Anne.

»Nicht so schön wie du.« Ich küsste sie, aber ich konnte sie nicht richtig küssen, ehe sie den Anhänger abgenommen und ihn sicher weggeschlossen hatte – wie ich hoffte für immer. Wir zogen die Vorhänge an unserem Hochzeitsbett vor und fanden endlich zueinander.

Historische Notiz

Tom und die Stonehouses sind Fiktion, doch die herausragende Figur, Lucy Hay, die Countess of Carlisle, ist durch Fakten belegt. Sie war die Mätresse des Earl of Strafford, des mächtigsten Ratgebers des Königs, der für Pym und die parlamentarische Opposition zur Hassfigur wurde. Widerstrebend, weil es politisch opportun war, unterzeichnete König Charles Straffords Todesurteil, einen Akt, den er Zeit seines Lebens bereute.

Nachdem Strafford im Mai 1641 hingerichtet worden war, verlor Lucy nicht nur ihren Liebhaber, sondern auch ihre Machtbasis. Womöglich liebte sie die Macht mehr als die Liebe. Vielleicht war es auch eine Frage des Überlebens; sie war eine alleinstehende Frau und hatte das Gefühl, auf beide Pferde setzen zu müssen. Jedenfalls enthüllte sie John Pym ab November 1641, als das opponierende Parlament dem König mit der Großen Remonstranz seine explosiven Forderungen vorlegte, die Geheimnisse des Hofes, über die sie von der Königin auf dem Laufenden gehalten wurde.

Lucy war das Sexsymbol ihrer Zeit, eine schillernde Figur am Hofe Charles', doch vermutlich war es Macht, nicht Leidenschaft, die sie und Pym zusammenführte, obwohl die Gerüchte ein reißerischeres Bild zeichneten. 1647 schrieb Henry Neville, sie würde »zuerst im Vorderdeck von Master Holles beladen, dann im Heck von Master Pym, während sie Mylord Holland durch die Luken die Hand reichte«.

Pym und die anderen vier Mitglieder des Parlaments waren sich der Gefahr einer Verhaftung durch den König nur allzu bewusst. Die Frage lautete, wann. Die meisten Historiker glauben, der französische Botschafter habe ihnen eine entsprechende Warnung zukommen lassen, doch Diane Purkiss plädiert in ihrem Buch *English Civil War* überzeugend dafür, dass die Warnung von Lucy Hay kam – wenngleich nicht auf so dramatischem Weg wie in diesem Buch beschrieben. Sie argumentiert, dass den Historikern die Vorstellung nicht besonders behagt, da sie wie eine Szene aus einem Roman klingt. Doch sie zitiert verschiedene zeitgenössische Quellen, die diese Version für wahr hielten: »Thomas Burton zitiert … in seinem Tagebuch über Cromwells Parlament Mr Haselrig (einen der fünf Abgeordneten) mit den Worten: ›Ich werde niemals die Freundlichkeit dieser großen Dame vergessen, der Lady Carlisle, die uns rechtzeitig benachrichtigte.‹«

Dass Tom Lucys Brief dem Speaker Lenthall übergibt, ist reine Fiktion, doch der Dialog, den er hört, stammt aus zeitgenössischen Quellen, und das Misstrauen des Serjeants, der Brief könnte einen pestverseuchten Verband enthalten, ist ausgesprochen glaubhaft. Es muss einer der ersten Mordversuche mit biologischen Waffen gewesen sein, als John Pym erst einen Monat zuvor solch einen Brief im House erhalten hatte, in einem Flugblatt als *Ein verdammenswerter Verrat durch den ansteckenden Verband einer Pestwunde* gemeldet.

Es war die Zeit der Flugblätter und Flugschriften, und ich bin Joad Raymonds *Pamphlets and Pamphleteering in Early Modern Britain* zu Dank verpflichtet, das diese Jahre auf brillante Weise lebendig werden lässt, genau wie das Flugblatt die Politik für die allgemeine Öffentlichkeit erst sichtbar machte. Es ist schwierig, sich heute, wo die Regierung, zumindest theoretisch, bis zur Einkaufsliste der Abgeordneten alles offenzulegen hat, eine Zeit vorzustellen, in der sie für nichts Rechenschaft ablegen musste. Der König herrschte entweder durch Befehl, oder er berief das Parlament ein, sobald ihm das Geld ausging. Wie auch immer er herrschte, es war eine Privatangelegenheit. Die Öffentlichkeit hatte nichts damit zu tun.

Das Lange Parlament, das 1640 zusammentrat, war anders. Die Spaltung zwischen König und Parlament war so groß, dass London nach Neuigkeiten hungerte. Schreiber wie Mr Ink schrieben Protokolle in beiden Häusern, die jeden Montag veröffentlicht wurden. Der König war sich anfangs nicht bewusst, dass Politik plötzlich zu einer öffentlichen Angelegenheit geworden war.

»Das Parlament formulierte die Theorie einer verantwortlichen, stellvertretenden Regierung mit öffentlicher Rechenschaftspflicht«, schreibt Raymond, »und die Niederschrift dieses Beschlusses war elektrisierend.«

Es war der Beginn echter Nachrichten – doch auch der Beginn der Verdrehung von Tatsachen. Abgeordnete wie Pym ließen Abschriften oder Notizen durchsickern, um für ihr Wirken zu werben oder dieses zu rechtfertigen. Seit jenem berauschenden November 1641 waren die Briten nie wieder ohne Zeitungen. Nachdem im August 1642 der Krieg erklärt worden war, produzierten die Royalisten ihre eigenen Publikationen, und eine zunehmend bösartige, parteiische Presse war geboren. Im folgenden Jahr versuchte das Parlament, aus Sorge, es habe den Geist der Redefreiheit aus der Flasche gelassen, diese Entwicklung im Zaum zu halten. Daraufhin veröffentlichte Milton sein berühmtes Flugblatt zur Verteidigung der Redefreiheit, *Areopagitica*, welches als Titel das Epigramm trug: »Wahre Freiheit ist, wenn frei gebor'ne Männer, die das Volk beraten, freie Rede haben.«

Und so ist es nicht fadenscheinig, wenn Tom glaubt, die Worte, mit denen er durch die Straßen läuft, könnten die Welt verändern. Historiker streiten unaufhörlich darüber, ob es eine englische Revolution gegeben habe oder nicht, doch niemand kann bestreiten, dass es eine Revolution im öffentlichen Denken gab. Vor dem Bürgerkrieg wurden etwa 624 Titel pro Jahr veröffentlicht. 1641 betrug die Anzahl 2042 und verdoppelte sich 1642 beinahe noch einmal auf 4038 Titel. Die Worte eröffneten eine neue Welt, nicht nur für Menschen wie Tom, Will und Ben, sondern auch für Anne.

Der Samen des Feminismus ging im Bürgerkrieg auf, auch wenn er anschließend wieder unterdrückt wurde. Wie Susannah fanden Frauen vor allem in radikalen religiösen Sekten ihre Unabhängigkeit, aber allmählich entwickelten sie ein politisches Bewusstsein. Im Februar 1642 reichten 400 arbeitende Frauen, die nicht von Vätern und Ehemännern abhängig waren und schwer unter finanziellen Entbehrungen litten, eine Petition beim Parlament ein. Lawrence Stone nennt dies die erste unabhängige politische Aktion von Frauen in der englischen Geschichte. Als der Duke of Richmond wutentbrannt schrie: »Fort mit diesen Weibern, sonst werden wir gar noch ein Weiberparlament bekommen«, griffen die Überbringerinnen der Petition ihn an und zerbrachen seinen Amtsstab.

Es gibt keinen schriftlichen Beleg dafür, dass Cromwell in Edgehill gewesen war, doch es ist wahrscheinlich. In ihrer Biografie zitiert Antonia Fraser den puritanischen Abgeordneten Nathaniel Fiennes, der beim Versuch, dem ungeordneten Rückzug der Parlamentssoldaten Einhalt zu gebieten, von mehreren Einheiten unterstützt wurde, darunter auch der von Cromwell, und dass sie zusammen nach Kineton geritten seien. Denzil Holles, der später zu einem erbitterten Gegner Cromwells wurde, verfasste zusammen mit anderen Abgeordneten eine Woche nach der Schlacht einen Bericht, in dem er Cromwells Abwesenheit mit keinem Wort erwähnt.

Die Besprechung in Westminster, bei der Tom behauptet, Cromwell gesehen zu haben, ist Fiktion, doch Cromwells Rede basiert auf tatsächlichen Aussprüchen, die er in anderen

Zusammenhängen von sich gab. Wie so viele Ideen, die im Bürgerkrieg aufkamen und von denen manche zur Entstehung moderner Staaten beitrugen, bildeten Cromwells Ideen den Ursprung dessen, was später die New Model Army werden sollte, Großbritanniens erste reguläre kämpfende Truppe.

Dank

Ich danke meiner Agentin Felicity Rubinstein für ihre Kraft und ihr Engagement und meiner Lektorin Clare Smith für ihr sicheres Gespür für Textpassagen, die durch erneutes Feilen deutlich gewonnen haben.

Ich danke Deborah Rosario für die Recherchen und ihre Kenntnisse zum 17. Jahrhundert.

Danken möchte ich auch allen Freunden, die das Buch gelesen und mir Hinweise und Anregungen gegeben haben, ganz besonders Eileen Horne, Libby Symon und Peter Smith.

Zum Abschluss möchte ich ganz besonders meiner Frau Cynthia danken, für ihre Unterstützung und dafür, dass sie manchmal kritisch war, mich beim Schreiben aber immer auch ermutigt hat.

C. J. Sansom

Das Buch des Teufels

Historischer Kriminalroman

Aus dem Englischen von Irmengard Gabler

Band 18671

»Der beste Sansom überhaupt«

The Times

Der Ostermorgen des Jahres 1543 wird für Matthew Shardlake zum schlimmsten Tag in seinem Leben. An diesem Morgen findet er die verstümmelte Leiche seines Freundes Roger Elliard. Bald darauf wird ein neues Opfer gefunden, ebenso brutal zugerichtet. Ein Serientäter in London? Oder einer, der vom Teufel besessen ist? Und welche Rolle spielt das Buch der Offenbarung mit seinen düsteren Prophezeiungen des Johannes?

Fischer Taschenbuch Verlag

fi 18671 / 1

C. J. Sansom

Der Pfeil der Rache

Historischer Kriminalroman

Aus dem Englischen von Irmengard Gabler

Band 19105

Die große Bestseller-Serie aus England.

Der fünfte Auftrag für Anwalt Matthew Shardlake.

Juni 1545: Michael Calfhill war Lehrer bei der Familie Hobbey und wurde nicht müde, auf das schreiende Unrecht hinzuweisen, das den beiden Mündeln Emma und Hugh widerfuhr. Doch nun ist er tot – erhängt. Die Ermittlungen in diesem Fall führen Matthew Shardlake nach Portsmouth, wo die gesamte englische Flotte vor Anker liegt. Gefahr und Angst liegen in der Luft, denn eine Invasion der Franzosen wird befürchtet. Als Shardlake das Geheimnis der Hobbeys zu ergründen versucht, ist auch sein Leben bedroht.

»Eine wunderbare Kombination
aus Kriminalgeschichte und historischer Fakten.«
Daily Express

Fischer Taschenbuch Verlag

fi 19105 / 1

Tana French
Grabesgrün
Kriminalroman
Band 17542

Wer bringt ein kleines Mädchen um und bahrt es auf dem Opferaltar einer Ausgrabungsstätte auf? Jede Spur, die die beiden jungen Dubliner Ermittler Rob und Cassie verfolgen, führt sie nur tiefer in ein Dickicht, in dem sich alle Gewissheiten in ihr Gegenteil verkehren. Und keiner darf erfahren, dass Rob vor vielen Jahren selbst etwas Furchtbares erlebt hat – im Wald bei ebenjener Ausgrabungsstätte …

»In diesem Fall kann man wirklich einmal wieder von Kriminal-Literatur sprechen. Tana Frenchs beinahe ausufernde sprachliche Fähigkeiten beschwören ganze Welten herauf.«
Antje Deistler, WDR2

»Sprachlich sensationell, ein großartiges Debüt.«
Kathrin Fischer, hr2

»Das Beste, was in diesem Jahr auf den Krimi-Markt gekommen ist.«
Michael Ostafel, SWR2

Fischer Taschenbuch Verlag

fi 17542 / 1

Tana French
Totengleich
Kriminalroman
Band 17543

Dem Tod wie aus dem Gesicht geschnitten

Als die junge Polizistin Cassie Maddox in ein verfallenes Cottage außerhalb von Dublin gerufen wird, schaut sie ins Gesicht des Todes wie in einen Spiegel: Die Ermordete gleicht ihr bis aufs Haar. Wer ist diese Frau? Wer hat sie niedergestochen? Und hätte eigentlich Cassie selbst sterben sollen? Keine Spuren und Hinweise sind zu finden, und bald bleibt nur eine Möglichkeit: Cassie Maddox muss in die Haut der Toten schlüpfen, um den Mörder zu finden. Ein ungeheuerliches Spiel beginnt.

»Mit Tana French ist die Erbfolge unter den Crime-Königinnen gesichert.«
Der Tagesspiegel

»Voller fataler Volten, reich an Höchstspannung – und geadelt durch einen Plot, der individuelle Schuld in den Exzess sowie die Hauptfiguren beinahe in den Wahnsinn treibt.«
Die Welt

Fischer Taschenbuch Verlag

fi 17543 / 1

Tana French
Sterbenskalt
Kriminalroman
Band 18834

Frank Mackey, Undercover-Ermittler, hat seine Familie seit 22 Jahren nicht gesehen. Die vier Geschwister, den trinkenden, gewalttätigen Vater, die ruppige Mutter. Er wollte der Armut und Perspektivlosigkeit seines Viertels für immer entfliehen – zusammen mit seiner ersten großen Liebe Rosie. Doch die hatte ihn versetzt und war allein nach England aufgebrochen, so hat Frank es jedenfalls immer gedacht. Bis Rosies Koffer und ihre Fährtickets in dem alten Abbruchhaus in der Straße seiner Kindheit gefunden werden. Frank muss zurück nach Faithful Place – und feststellen, dass er diesen dunklen Ort immer in sich getragen hat.

»Tana French schreibt Krimis, die sind so gut,
dass auch Krimi-Hasser sie lieben müssen. Mit der beste
Stoff, den Krimifans sich derzeit beschaffen können.«
Brigitte

»Mit ihrem dritten Roman hat sich
Tana French noch einmal gesteigert.«
SonntagsZeitung

»Packend und grandios geschrieben.
French überwindet die Grenzen des Genres.«
Für Sie

Fischer Taschenbuch Verlag

fi 18834 / 1